Alex S. Judge

Tödliches Vermächtnis

Der Standort der Villa ist fiktiv und fand aus rein dramaturgischen Gründen seinen Ursprung in diesem Ort.

SONNTAG, 11. JULI
23.53 UHR

»Und du bist dir sicher, dass er tot ist?«

»Ja.«

»Warum?«

Schweigen.

»Hast *du* ihn etwa ...?«

»Verdammt noch mal - ich war auf seiner Beisetzung.«

Der kleine Mann atmete erleichtert aus. »Ach so. Ich dachte schon ...«

»Typen wie du sollten anderen das Denken überlassen.«

Beleidigt sah der kleine Mann zur Seite. Dann schnupperte er. »Warum riecht es hier so nach Bohnensuppe?«

»Nerv nicht, Manni. Vielleicht steht noch irgendwo ein alter vergammelter Suppentopf herum.«

»Was war das?« Manni riss die Augen auf, als könnte er dadurch besser hören.

»Was?«

»Na, das Geräusch.«

»Ich höre nichts. Jetzt such weiter, verdammt noch mal. Umso schneller kommen wir hier wieder raus.«

Es schepperte. Eine Katze miaute.

»Hier ist ein Vieh!«

Ein Schatten landete auf dem langen Esszimmertisch.

»Das ist nur eine Katze.«

»Wahnsinn, die muss doch halb verhungert sein. Der Alte ist schon so lange unter der Erde.«

»Erst seit dieser Woche.«

Manni öffnete die Küchenschränke.

»Was machst du da?«

»Ich suche Dosenfutter. Du kannst die Mieze doch nicht ihrem Schicksal überlassen.«

»Ich überlasse dich gleich mal deinem Schicksal!«

Die zugeschlagene Schranktür verfehlte nur knapp Mannis Finger.

»Hey, was soll das?«

»Ich hab dich nicht angeheuert, damit du hier einen auf Greenpeace machst!«

Manni grinste breit. »Nein, sondern weil ich der beste Einbrecher bin. Der allerbeste!«

»Dann beweis es mir und such diesen verdammten Schacht!«

»Ist ja gut. Aber der Plan stimmt hinten und vorne nicht. Komischer Bau. Der Flur ist kleiner eingezeichnet als in echt. Und die Küche ist auch kleiner.« Er nahm die Blaupause und drehte sie einmal rechts-, einmal linksherum. »Nichts stimmt mit den Mauern oder mit dem Zimmer überein.« Manni ließ die Blaupause sinken und deutete auf eine Wand. »Um nachzuschauen, müsste ich hier alles aufstemmen. Aber rein vom Logischen her kann hier kein Schacht sein. Hier gehen die Gasleitungen entlang.« Er zeigte auf den Herd. »Ich weiß nicht, wo ich anfangen soll.«

»Dann klopf die Mauer auf und sieh nach!«

Widerstrebend legte Manni den Plan auf den Tisch und wandte sich dem verzierten Geschirrschrank zu.

»Was hast du vor?«

»Voll bekomme ich ihn nicht von der Wand :g.« Behutsam stellte Manni das Porzellan auf den Tisch Das ist Frankenthaler Porzellan. Weißt du, was das alles rt ist?«

»Mir scheißegal. Deshalb bin ich nicht hier.«

Manni schnaufte angefressen.

Er spürte, dass sich Manni gerne noch etwas net ɔei verdient hätte, und musste aufpassen. »Komm, mac chon«, trieb er ihn an, um zu zeigen, wer hier das Sagen :e.

Die Katze stolzierte mit erhobenem Schwanz rischen Tellern, Terrinen und sonstigen Schüsseln umh ınd beschnupperte jedes Teil ausgiebig.

Manni tastete nach dem Spalt zwischen V d und Schrank, dann kippte und drehte er ihn abwecl ıd von einem Sockelfuß auf den anderen. Langsam rößerte sich der Spalt. Es war mühselig. Dann blieb Sockel an einer hochstehenden Fliese hängen, ruckt ınd der Schrank wankte.

Erschrocken sprang die Katze den Großen der sie wegschleuderte.

Nun landete sie auf Mannis Schulter. Bei de 'ersuch, Halt zu finden, zerkratzte sie ihm die Wange. ıni griff instinktiv nach der Katze, verlor das Gleichg ht und wurde unter dem Schrank begraben.

Der Große hob den Schrank an. »Kannst d :ht aufpassen?«, zischte er.

Stöhnend wand sich Manni hervor und sta ıf.

Er zog ein Taschentuch aus der Jackentasch drückte es an seine blutende Wange. »Weißt du, was ist mir hier zu blöd. Mach doch deinen Scheiß allein

Wütend strich er mit der anderen Hand innweben von der Hose. Ein hoffnungsloses Unte n. Die Schrankrückseite musste schon seit Jahren als chlupf für jegliche Spinnenart hergehalten haben.

Es klingelte.

Manni stoppte in seinen Bewegungen.

Dann klopfte es an der Tür. »Ist hier jemand?«

Der Große legt den Zeigefinger an die Lippen. Mit einer Kopfbewegung forderte er Manni auf, die Küchentür zu öffnen.

Missmutig schnaufend und mit einem Blick, als hätte er den Großen am liebsten erdolcht, tat er wie ihm geheißen.

Der Große nahm einen der Stühle, die am Tisch standen, und scheuchte damit die maunzende Katze in den Flur.

»Wieso ist Brunos Katze noch hier?«, fragte eine Männerstimme. »Morgen früh rufe ich gleich das Tierheim an, damit sie abgeholt wird.«

»Nicht das Tierheim«, antwortete eine Frau. »Sie wird bestimmt ihr Herrchen suchen. Ich sage dem Alten im Gartenhaus Bescheid, er wollte sich um sie kümmern.«

»Das sieht man, wie er sich kümmert«, gab der Mann zurück. »Hast *du* nicht eine Katze gewollt?« Er lachte.

»Eigentlich schon, aber ... Ich weiß nicht. Eine Katze, die ihr altes Herrchen vermisst und dann ständig ausbüxt, will ich auch nicht.«

»Glaubt dir dein Freund das eigentlich mit den Überstunden?« Die Stimme des Mannes klang rau und traurig.

»Bisher schon.« Die Frau kicherte. »Er denkt, ich bin heute bei einer Freundin. Und deine Frau?« Sie verstummte.

Nach einer gefühlten Ewigkeit hörten sie erneut ein Kichern, dann Schritte, die die Treppe hinuntergingen und leiser wurden.

»Verflucht noch mal«, flüsterte Manni. »Die haben sich unten in der Kanzlei ein Liebesnest eingerichtet. Da kommen wir nie rein.«

»Die werden schon nicht die ganze Nacht poppen«, sagte der Große leise, aber bestimmt. »Wenn wir heute den

Schacht finden, kommen wir morgen Nacht wieder und klettern erst später runter.«

Manni schüttelte den Kopf. »Das ist mir zu heiß. Ohne mich. So kann ich nicht arbeiten. Gib mir meinen Lohn, ich steige aus.«

»Welchen Lohn? Du hast doch ...«

»Komm mir nicht so! Ich habe meine Arbeit getan, wenn das andere alles nicht stimmt, ist das nicht mein Problem. Die Pläne sind einen feuchten Schiss wert. Der Einbruch vorhin beim Notar hat auch nichts gebracht. Also!«

Der Große kratzte sich an der Stirn, sah ihn an und spielte mit dem Gedanken, Manni zum Weitermachen zu zwingen. Doch als er neben Wut auch Angst in Mannis Miene erkannte, überlegte er es sich anders.

»Okay, du bekommst dein Geld. Aber ich habe jetzt keine Kohle bei mir. Treffen wir uns nachher bei mir? Dann geb ich es dir.«

Der Große grinste. Manni würde sein Geld nie zu Gesicht bekommen.

MONTAG, 12. JULI
8.22 UHR

Was für eine seltsame Fügung!

Wie kam ein Fremder dazu, ihm etwas zu vererben? Eine Frage, die ihm keine Ruhe ließ, seit er den Brief seiner Mutter gelesen hatte.

Das Ziepen der aufgestellten Nackenhaare kannte er nur zu gut.

Eine üble Vorahnung.

Als er vor einer Woche einen Brief von der im Schreiben seiner Mutter erwähnten Notarin erhalten hatte und dann einen weiteren vom Nachlassgericht, war es zu spät. Nun war der unbekannte Wohltäter tatsächlich verstorben.

Obwohl ihm das Nachlassgericht mitteilte, innerhalb von sechs Wochen könne er das Erbe ›ausschlagen‹, grummelte es in seinem Bauch. Aber um was für ein Erbe handelte es sich? Das, was seine Mutter im Brief geschrieben hatte, konnte wohl kaum stimmen. Und warum sollte er es ausschlagen? Hatte er nicht auf so eine Wende in seinem Leben gewartet? Endlich kam das Glück zu ihm. Was des einen Leid, ist des anderen Freud. Sagte man nicht so?

Doch durfte er es annehmen?

Pfeiffer war hin und her gerissen. Auf welche Stimme sollte er hören: Problemlösung oder Vernunft? Bisher konnte er sich immer auf sein Bauchgefühl verlassen. Und hier sagte es: Lass die Finger davon!

Wäre es nicht besser, dieser Stimme nachzugeben, statt sie zum Schweigen zu bringen? Später würde ihm die gleiche Stimme sagen: Ach, hättest du doch nur abgelehnt!

Aber er war schwach.

Denn es gab auch eine Stimme, die *es* mit aller Macht wollte. Nervig wie ein quengelndes Kind, das erst Ruhe gab, wenn es seinen Willen bekam.

Es war doch die Lösung all seiner finanziellen Probleme durch die Scheidung!

Jetzt saß er hier, neugierig und bis zum Zerreißen gespannt.

»Herr Pfeiffer?« Würdevoll betrat eine der beiden Vorzimmerdamen das Wartezimmer. Ihr Blick fiel auf Pfeiffers polierte Schuhe. Ihre Mundwinkel zuckten unmerklich.

»Ja?«

»Noch einen kleinen Moment, bitte. Frau Koch hat gleich Zeit für Sie.« Die Vorzimmerdame verschwand ebenso schnell, wie sie erschienen war.

Pfeiffer nickte. Erst jetzt nahm er die exquisite Einrichtung wahr. Die kleinen weißen Ledersessel gruppierten sich um einen silbernen Tisch, auf dem drei hochpreisige Journale lagen. Silberne Bilderrahmen aus unterschiedlichen Materialien und Strukturen schmückten lindgrüne Wände. Die hellen Bilder ähnelten sich in den Motiven und Farben, wodurch die Rahmen umso stärker in den Vordergrund rückten. Neben einer großen Milchglastür stand ein Wasserspender in der Ecke. Pfeiffer stand auf und bediente sich.

Mhm, das war erfrischend. Er goss sich nach.

Er öffnete die Tür zum Vorzimmer. Sein Blick fiel auf die hinter dem Empfangstresen am Boden liegenden Akten, die er beim Betreten der Kanzlei nicht wahrgenommen hatte. »Bei euch schaut's lustig aus. Ist der Putzfrau der Aktenschrank umgefallen? Oder probiert ihr ein neues Ablagesystem aus?« Er trat an den Tresen und stellte den leeren Becher ab.

»Bei uns wurde ...«

»Ach, das ist nichts weiter«, unterbrach die ältere Empfangsdame ihre Kollegin und bedachte sie mit einem strengen Blick.

»Sie sind also *der* Peter Pfeiffer?«, erklang eine klare Frauenstimme hinter ihm.

Als Pfeiffer sich umdrehte, streckte ihm Frau Koch bereits lächelnd die Hand entgegen. Mit einer ausholenden Geste bat sie ihn in ihr Büro. Mit der linken Hand hielt sie den knappen rosafarbenen Longblazer zu, denn der kaschierte nicht das Hüftgold, das sich bei Frauen um die fünfzig gelegentlich bildete.

»Habe ich was verpasst?« Zögernd betrat Pfeiffer das Büro, in dem sich das Design der Bilderrahmen vom Vor- und Wartezimmer fortsetzte. Nur war hier die dominierende Farbe Bronze und wirkte sehr edel.

Er nahm Platz und bemerkte das interessierte Lächeln der Notarin, das sein Anblick oft bei den Frauen auslöste. Verlegen strich er über die Lehne des Ledersessels.

»Sie sind Hauptkommissar? Wie aufregend!«

Fehlt nur noch, dass sie in die Hände klatscht, dachte Pfeiffer.

Doch sie legte die Hände in den Schoß, als hätte sie Pfeiffers Gedanken gelesen. »Bei mir im Notariat ist es nie aufregend. Obwohl ...« Sie machte eine Pause und beugte sich über den aufgeräumten Schreibtisch. Die dunkelblonden Haarspitzen ihres Pagenschnitts berührten fast die Oberfläche. »Hin und wieder schon. So wie heute. Ich habe lange auf diesen Tag gewartet ... Ich habe auf *Sie* gewartet.« Frau Koch richtete sich wieder auf.

Pfeiffer hüstelte in seine Faust. »Jetzt bin ich hier.« Ihm wurde warm. Mit den feuchten Handflächen rieb er sich über die Oberschenkel, um sie zu trocknen. Irgendetwas an der Frau machte ihn nervös.

Frau Koch zog die Augenbrauen hoch. »Darf ich fragen, warum Sie zu Lebzeiten von Herrn Lamprecht keinen Kontakt zu ihm wollten? Reine Neugier.« Ihr rechtes Augenlid zuckte. Betont förmlich schob sie Papiere in eine Aktenhülle. »Ich erinnere mich an keinen Fall, bei dem jemand zwei Jahre gewartet hat, um sich zu melden.«

Lamprecht, so also hieß sein Gönner!

»Keinen Kontakt wollte? So kann man das nicht sagen. Ich habe erst vor Kurzem erfahren, dass jemand vorsah, mich als Erbe einzusetzen. Meine Mutter erwähnte es in einem Brief, der in Hände geriet, die mir vermeintlich schaden wollten. Meine Exfrau, wenn Sie verstehen. Er fand erst auf Umwegen zu mir und mit zwei Jahren Verspätung. Ein trauriger Zufall, dass Herr Lamprecht zwischenzeitlich nun tatsächlich verstorben ist.«

»Das erklärt natürlich einiges. Und ... Wie ist das passiert?« Der Versuch, beiläufig zu klingen, misslang.

»Ach, das ist eine längere Geschichte.« Pfeiffer winkte ab. Er hatte keine Lust, über private Probleme mit seiner Exfrau und deren Spielchen zu reden.

»Na gut.«

»Aber erklären Sie mir doch erst einmal, warum ich so dringend zu Ihnen kommen sollte, bevor ich zum Nachlassgericht gehe? Das Testament wird doch dort verlesen, oder habe ich da etwas falsch verstanden?«

»Durchaus nicht, Herr Pfeiffer. Ich habe Bruno, ich meine, Herrn Lamprecht, seit Jahren vertreten. Und, was soll ich sagen? Er hatte bis zuletzt Angst vor dem Moment, an dem er dem Sohn seiner ...«

»Geliebten?« Das Wort kratzte in Pfeiffers Hals. Er schloss die Augen und stellte sich seine Mutter vor, die Hand in Hand mit einem gesichtslosen alten Mann, der nicht sein Vater war, im Park spazieren ging. Auf die Idee, dass sich seine Mutter nach Vaters Tod einsam gefühlt haben könnte, war er nie gekommen. Darüber hatten sie nie gesprochen.

Sorry, Mama.

Frau Koch räusperte sich, als hätte sie Pfeiffers Halskratzen ebenfalls gespürt, und riss ihn aus seinen Gedanken. »So würde ich das nicht ausdrücken, Herr Pfeiffer. Ich würde eher sagen: Angst vor dem Moment, an dem er dem Sohn seiner Frau entgegentreten würde. Kurz vor ihrem Tod haben Ihre Mutter und Herr Lamprecht geheiratet.«

»Was hat sie?« Pfeiffer wollte aufspringen, fand aber keine Kraft dazu. Um ihn herum drehte sich alles. Er stützte die Ellenbogen auf den Oberschenkeln ab und verharrte. Was sagte die Notarin? Seine Mutter hatte geheiratet? Und er erfuhr so nebenbei davon? Das hatte sie im Brief nicht geschrieben. Er strich sich über die Augen, damit ihn die Tränen nicht verrieten.

Oh Mama, es tut mir so leid! Du warst immer für mich da, und ich?

Er war mit seinem Leben beschäftigt gewesen und blind für die Probleme der anderen. Ob sie wenigstens glücklich gewesen war? Bestimmt, sonst hätte dieser Bruno ihn nicht im Testament bedacht.

»Das ist der Grund, Herr Pfeiffer, weshalb Sie vorher zu mir kommen sollten. Wir haben Herrn Lamprechts Wunsch, Sie nicht vor seinem Tod anzuschreiben, akzeptiert. Obwohl ich nicht verstanden habe, warum.«

Da Pfeiffer schwieg, sprach sie weiter.

»Er wollte unbedingt, dass Sie sich aufgrund der Mitteilung Ihrer Mutter von selbst bei uns melden. Er empfand es als positiv, dass Sie ihn nicht gleich hofiert haben, als Sie von dem künftigen Erbe erfuhren. Doch dann vergingen Wochen, Monate und nun sogar Jahre. Er vereinsamte, wartete bis zuletzt und war dann doch enttäuscht ...« Sie presste die Lippen aufeinander und nickte ihm verständnisvoll zu. »Doch jetzt haben wir die Erklärung für diese Verspätung. Ein Brief auf Irrwegen. Bruno war der Meinung, Ihre Mutter hätte es Ihnen persönlich mitgeteilt.«

Das hätte ich mir auch gewünscht.

Jetzt fühlte er sich noch schlechter. »Ich hoffe, er hat mich nicht für undankbar gehalten, weil ich mich nicht bei ihm gemeldet habe. Die Vorstellung wäre wirklich unerträ... In den letzten Tagen ist beruflich sehr viel passiert ... Eine Kollegin wurde bei einem Einsatz sehr schwer verletzt.« Er stockte. »Ich hätte ihn gerne kennengelernt. Herrn Lamprecht, meine ich.«

»Das freut mich zu hören. Seine größte Angst war, einen Fehler gemacht zu haben.«

»Welchen Fehler denn?«

»Na, die Heirat.«

»Ich verstehe Sie nicht?«

Frau Koch rückte näher an die Schreibtischplatte. »Es war als eine Art Vermächtnis geplant. Er hatte keine eigenen Erben. Ich riet ihm jedoch zu einem anderen Schritt. Und da er Ihre Mutter sehr verehrte ... Wie soll ich es sagen ... Er hätte sie nicht unbedingt kurz vor ihrem Tod heiraten müssen, damit Sie, Herr Pfeiffer, später das Erbe bekommen. Das hat er unter anderem getan, damit Sie keine hohe Erbschaftssteuer zahlen müssen«, flüsterte sie, als wollte sie vermeiden, dass selbst ihre Angestellten etwas hörten, was unter die notarielle Schweigepflicht fiel.

Pfeiffer starrte sie an. »Wegen des Geldes? Wusste das meine Mutter?«

»So, wie Sie das jetzt sagen, klingt das unromantisch. Sie werden nicht glauben, wie romantisch die beiden waren. Bruno ... Also Herr Lamprecht, hatte ihr bereits mehrmals einen Antrag gemacht. Aber aus Gründen, die für mich sehr unergründlich waren, da sie erwiesenermaßen leidenschaftlich verliebt waren, hatte sie alle abgelehnt.«

Es ist nicht Ihre Aufgabe, die Wünsche alter Menschen verstehen zu wollen, und schon gar nicht, mir ein schlechtes Gewissen einzureden, wollte er ihr sagen. Er verkniff es sich. Schließlich wollte er nicht undankbar klingen. Denn es kam ihm so vor, als würde Frau Koch alles für ihre Klienten tun und persönlich um den alten Herrn trauern. Stattdessen fragte er: »Sie wollte nicht heiraten?«

»Nein, erst im Krankenbett hat sie eingewilligt. Anscheinend wollte sie nicht als Erbschleicherin gelten. Er hatte ihr erneut einen Antrag gemacht, um Ihrer Mutter mit seiner Liebe Mut und Hoffnung auf die Zukunft zu geben und sie damit schneller aus dem Krankenhaus zu holen. Freude und Sicherheit sollten sie wieder gesund machen. Leider gab es dann nach der Operation Komplikationen, mit denen keiner gerechnet hatte.«

Pfeiffer hatte nur ein Wort gehört: »Erbschleicherin!« Ihm wurde schlecht bei der Vorstellung, mit welchen Gedanken sich seine Mutter in ihren letzten Stunden vor ihrem Tod auseinandergesetzt haben musste. Er wollte aufstehen und gehen. Doch die Notarin tat nur ihre Vermutung kund, weshalb seine Mutter die früheren Anträge abgelehnt hatte.

Frau Kochs Blick zeigte, wie unangenehm es ihr war, über solche persönlichen Dinge zu sprechen. »Bleiben Sie sitzen. Glauben Sie mir: Bruno wollte es so. Er war ein Mann, der durchaus imstande war, Entscheidungen solcher Tragweite zu fällen. Er hatte keine eigenen Erben, er war der Letzte seiner Familie. In Ihnen sah er einen Würdigen, der sein ›Vermächtnis‹ übernimmt.« Sie machte eine Pause und sah aus dem Fenster. »Bruno spürte, dass Ihre Mutter damals einwilligte, um für Sie ein Erbe zu erschaffen. Sie hatte gemerkt, dass sich bei Ihnen familiär etwas zum Negativen wendete.«

»Davon wissen Sie auch?« Nicht nur, dass seine Mutter seine damalige Ehekrise gespürt hatte, sie hatte es auch noch ihrem Freund, nein, ihrem Mann erzählt und der wiederum seiner Notarin!

Pfeiffer fühlte sich bloßgestellt.

»Ja, Herr Lamprecht äußerte mir gegenüber den Gedanken. Er war damit einverstanden, nachdem er Erkundigungen über Sie eingeholt hatte. Sein Testament ist unmissverständlich. Er wollte Ihnen beiden etwas Gutes tun. Als Vermächtnis war das zu unpräzise. Wer weiß, was aus seinem Besitz wird, wenn es dem Staat zufällt und Sie nicht der offizielle Erbe wären.«

»Das hört sich alles sehr geheimnisvoll an. ›Würdig sein‹, ›Vermächtnis‹ und ›Erkundigungen‹ einholen, ›hohe Erbschaftssteuer‹. Der ganze Aufwand wegen eines Hauses in Marokko?«

Ein Lächeln umspielte die Mundwinkel der Notarin. »Was hat Ihnen Ihre Mutter überhaupt mitgeteilt?«

»Bezüglich des Erbes oder der Heirat?« Pfeiffer schluckte seinen Unmut über die heimliche Hochzeit herunter und überlegte, was im Brief seiner Mutter gestanden hatte, den er nach so langer Zeit von Kirsten eher unbeabsichtigt erhalten hatte. »Ich würde mal ein Haus in Marokko erben.«

»Soo? Das ist recht einfach umschrieben.«

»Ja. Mehr nicht. Komisch, dieser ganze Aufwand wegen einer Hütte in der Wüste.« Er sah seine eigene spartanisch eingerichtete Drei-Zimmer-Mansardenwohnung in Würzburgs Innenstadt vor sich und fragte sich, was er außer der Einrichtung eigentlich seinen Kindern einmal vererben könnte.

Das Kratzen im Hals verstärkte sich.

Und jetzt kam eine Hütte in Afrika hinzu. Nun gut, besser als nichts. Vielleicht konnte er dort endlich mit Kati und Jacob einen Urlaub verbringen. Mit den Gedanken an seine Kinder ging es ihm gleich besser.

»Hütte in der Wüste?« Irritiert hielt sich Frau Koch die Hand vor den Mund. »So abseits liegt es auch wieder nicht. Und wenn man eine Villa erbt, ist doch etwas Natur außen herum auch schön, oder etwa nicht?«

»Eine Villa?« Pfeiffer verschluckte sich. »Ich dachte, es handelt sich um ein Haus? Ein Haus in Marokko.«

»Ach, jetzt verstehe ich!« Frau Koch lachte schrill. »Ihre Mutter hatte tatsächlich Humor! Und das in ihrem Zustand. Die Größe des Objekts finde ich hervorragend untertrieben. Es ist ein ... etwas größeres Haus.« Sie wischte sich eine Lachträne aus dem Auge und versuchte, die Haltung wiederzuerlangen, die einer Notarin würdig war. »Vierhundertachtzig Quadratmeter inklusive der verpachteten Kanzlei im Erdgeschoss. Und es steht hier in Margetshöchheim, das von den Einheimischen ›Maroggo‹ genannt wird.«

»Alter Schwede!«, entfuhr es Pfeiffer. Er ließ den Kopf in die Hände sinken. »Eine Villa?«

»Sie haben die Villa Lamprecht geerbt ... Doch das ist mit einer Klausel verknüpft.«

Pfeiffer hörte nicht mehr zu.

Dieser Lamprecht? Seine Mutter hatte *diesen* Lamprecht geheiratet? Die Villa Lamprecht war selbst ihm ein Begriff. Eine schwerreiche und knallharte Anwaltsfamilie, die vor dem Krieg unter mysteriösen Umständen eine Villa gebaut hatte. Jeder hatte über sie gelacht, weil sie ihre Kanzlei außerhalb von Würzburg, zwischen Äckern und Bauernhöfen, ausgelagert hatten. Doch Bruno Lamprechts Vater hatte es allen gezeigt, denn sie hatten Glück gehabt. Im Gegensatz zu vielen anderen Häusern ihrer Kollegen wurde ihre Villa in Margetshöchheim in der Würzburger Bombennacht vom 16. März 1945 nicht zerstört.

Pfeiffer sah, wie sich Frau Kochs Mund bewegte, das Rosa der fleischigen Lippen und das Weiß der Zähne. Doch die Worte drangen nur abgerissen zu ihm durch:

Verwalter ... Kurt Volkenstein ... alter Mann um die achtzig ... Gartenhaus ... lebenslanges Wohnrecht als Vermächtnis ... Verkaufsverbot für fünf Jahre ... Antiquitäten nicht zu veräußern ... keine baulichen Veränderungen erlaubt.

Der Mund der Notarin schien größer zu werden. Überdimensional kam er näher und drohte, ihn aufzufressen.

Er wischte sich über die feuchte Stirn.

Der große Mund verschwand. Die Notarin lächelte ihn an. »Herr Pfeiffer?«

Pfeiffer schreckte aus seinen Gedanken. »Ja?«

»Soll ich Sie zum Nachlassgericht begleiten?«, wiederholte sie behutsam.

»Nein ... Nein, das mache ich schon alleine.«

Sie hielt inne und sah ihn an. »Sie werden doch das Erbe annehmen, oder?«

Pfeiffer fasste sich an die Stirn. Sein Kopf wollte bersten, so schwirrten die Gedanken in ihm herum. »Natürlich, warum sollte ich nicht?«

»Natürlich. Warum sollten Sie auch nicht?« Sie lächelte erleichtert. »Gut. Dann wünsche ich Ihnen hier in Margetshöchheim alles Gute. Sollten Sie einmal notarielle Hilfe benötigen, würde ich mich freuen, wenn Sie mein Notariat in Anspruch nehmen. Symbolisch überreiche ich Ihnen einen Schlüssel ...« Ihre weiteren Worte verschwanden wieder in der Ferne. Als sie ihm einen Schlüssel hinschob, griff Pfeiffer mechanisch danach. Es war ein alter Schrank- oder Kellerschlüssel. Er hörte nicht zu, woher Frau Koch ihn hatte. Sie überreichte ihn als Sinnbild für das Haus. Den eigentlichen Zugang würde er von dem Verwalter erhalten, der in seiner Villa lebte. Er war bereits informiert und wartete auf Pfeiffers Erscheinen.

Nein, der Verwalter lebt im Gartenhaus auf dem Gelände *neben* der Villa, korrigierte sich Pfeiffer in Gedanken. Beim Hinausgehen lehnte er sich an den Türrahmen des Büros, um zu verschnaufen. Puh! Diese Nachricht, das Erbe, das alles überstieg seine Vorstellungskraft!

Pfeiffer drehte sich nochmals um. »Frau Koch?«

Die Notarin stand etwas steif hinter dem Schreibtisch. So, als traute sie sich noch nicht, Platz zu nehmen. »Bitte.«

»Was ist, wenn ich das Erbe ausschlage?«

Der Stift glitt ihr aus den Händen. Verlegen griff sie erneut danach und überspielte die Unsicherheit mit übertrieben geschäftlichem Gebaren, indem sie schnell eine Akte aus der Ablage zog. »Eine ›Erbausschlagung‹ können Sie innerhalb von sechs Wochen beantragen. Wird die Erbschaft ausgeschlagen, geht das Erbe normalerweise an den nächsten Erbschaftsanwärter. Dies können gegebenenfalls Ihre eigenen Kinder sein. Sind die Kinder minderjährig, müssen Sie als gesetzlicher Vertreter der Kinder die Erbschaft für Ihre Kinder ausschlagen. Schlagen alle Erben aus, erbt zum Schluss der Staat.« Sie starrte ihn an und es schien, als zitterten ihre Lippen. »Aber das wollte Bruno Lamprecht auf jeden Fall vermeiden.«

»Sie sagten eben ›normalerweise‹.«

»Sagte ich das?« Sie sah aus, als hätte er sie beim Klauen ertappt. »Tatsächlich gibt es hier eine Besonderheit. Sollten Sie das Erbe ausschlagen, vermacht Bruno Lamprecht in diesem Fall die Villa und alles andere seinem alten Freund Kurt Volkenstein, der jetzt als Verwalter eingesetzt ist und im Gartenhaus wohnt.«

Oh.

»Ich habe ein ungutes Gefühl bei der Sache«, hörte Pfeiffer sich leise sagen.

Mit einer Leidenschaft, die er der Notarin nicht zugetraut hätte, kam sie um den Schreibtisch herum und drückte ihm ihre Visitenkarte in die Hand. Ihre weichen Hände umschlossen eindringlich die seinen. »Hier ist noch meine private Karte. Ich wohne auch hier im Ort und bin also jederzeit erreichbar. Scheuen Sie sich nicht, mich zu kontaktieren. Mir lag sehr viel an Herrn Lamprecht, und ich möchte, dass die Villa in gute Hände kommt und bleibt. Und Herr Volkenstein wird Sie in jeder Hinsicht unterstützen. Das hat er versprochen.«

Beim Verlassen der Kanzlei hielt sich Pfeiffer am Geländer fest, um nicht auf den Stufen zu wanken. Würde er dennoch stürzen, konnte er gleich zu dem Arzt gehen, der im Erdgeschoss des Hauses seine Praxis hatte. Wie praktisch.

Pfeiffer wusste nicht, wie er jetzt noch sicher und pünktlich zum Nachlassgericht gelangen und den Termin überstehen sollte. Er war verwirrt.

Was sollte er tun? In ihm sträubte sich alles, das Erbe anzunehmen. Er hatte sechs Wochen Zeit, um sich zu entscheiden.

Und dann?

Pfeiffer rieb sich den Bauch, in dem es rumorte. Er ahnte, dass er es bereuen würde. Egal, wie er sich entschied.

11.55 UHR

Die Sonne blendete Pfeiffer, als er von dem großen Gerichtsgebäude auf die Straße trat. In dem mit viel Glas erbauten Gebäude war es heiß und schwül gewesen. Pfeiffer bemerkte die nassen Flecken auf seinem blauen Leinenhemd. Er krempelte die Ärmel hoch. Kurzarmhemden konnte er nicht leiden, egal, wie warm es war.

Eine elegante Frau um die dreißig trat in den Flimmerkreis der Sonne. Pfeiffer beschattete mit der Hand die

Augen und kniff sie zu. Träumte er oder erwartete sie ihn? Auf den ersten Blick ähnelte die Frau Ellen. Doch auf den zweiten Blick erkannte er, dass sie ihre blonden Haare nicht wie Ellen kurz, sondern zu einem Dutt hochgesteckt trug. Das enge Kleid und die Aktentasche ließen ihn auf eine Juristin tippen. Doch trugen Juristen nicht eher dunkle Kostüme?

Die Frau entpuppte sich als Immobilienmaklerin.

»Mein Name ist Bianca Vornwald«, begrüßte sie Pfeiffer überschwänglich. Nachdem ihr zuckersüßes Lächeln wie Wattebällchen von ihm abgeprallt war, überreichte sie ihm immer noch strahlend ihre Visitenkarte. »Wenn Sie diesen großen alten Kasten loswerden möchten, dann hätte ich bereits einen Käufer. Der Preis wäre sogar mehr als angemessen.«

»Das hat sich aber schnell herumgesprochen.«

Anscheinend arbeitete die Notarin Koch mit einer Immobilienmaklerin zusammen und schacherte ihr Aufträge zu. Doch den Gedanken ließ Pfeiffer gleich wieder fallen. Die Notarin war sehr darauf bedacht gewesen, dass er die Villa behielt, und kannte die damit verbundene Klauseln. Also ergab diese Vermutung keinen Sinn.

Ohne einen Blick auf die Karte zu vergeuden, steckte Pfeiffer sie in seine Brusttasche zu der Karte der Notarin. Ob die sich wohl vertrugen? Er grinste innerlich. »Ich überlege es mir.«

»Tun Sie das. Bedenken Sie allerdings, dass das alte Gemäuer unterhalten und erhalten werden muss: Grundsteuer, Strom, Öl ... Das sind beträchtliche Kosten. Dazu kommen die Renovierungskosten. Der alte Öltank, überhaupt die ganze Heizungsanlage, ist nicht auf dem neuesten Stand. Dazu noch das marode Dach und die historischen Fenster ...« Sie winkte ab, als wäre die Liste endlos, aber nicht den Atem wert, alle Punkte aufzuzählen.

»Na, Sie kennen sich aber aus.« So hervorragend, wie die Maklerin vorbereitet war, verfolgte sie einen Plan. Pfeiffers kriminalistisches Gespür wurde geweckt. Ob sie wusste, welchem Beruf er nachging?

Bianca Vornwald reckte das Kinn nach vorn. »Das ist mein Job.«

Wie geplant hatte sie ihn falsch verstanden. »Verstehe. Aber ... « Jetzt winkte Pfeiffer auf die gleiche Art ab wie sie eben. »Wenn Sie wüssten, wie ich in den letzten zwei Jahren gehaust habe, dann ist die Villa wie die Brückensuite im Hotel Atlantis in Dubai für mich. Die fünfundzwanzigtausend pro Nacht kostet, falls Sie die nicht kennen sollten.«

Sie starrte ihn schweigend mit offenem Mund an.

Pfeiffer war sich nicht sicher, ob er ihren Gesichtsausdruck als erschrocken oder ängstlich bezeichnen sollte. Oder war es beides? Zumindest schien ihre Sicherheit angeknackst. Er schmunzelte. »Und welcher Narr hätte ein Interesse daran, eine Ruine, wie Sie sie eben beschrieben haben, zu kaufen?«

»Äh, das ... Also.« Frau Vornwald räusperte sich. »Er möchte noch nicht genannt werden.«

»Dann soll der Narr mal anfangen, ein paar Kröten für die Renovierung beiseitezulegen.«

»Sie verkaufen?« Freudig griff sie nach seinem Arm.

Pfeiffer spürte ihre kalten Hände auf seiner Haut. Was sollte er davon halten? Die Notarin hatte ihm anscheinend verschwiegen, in welchem Zustand sich die Villa befand. Befürchtete sie deshalb, er könnte das Erbe ausschlagen? Auch der Rechtspfleger hatte ihn eben nochmals auf die Möglichkeit hingewiesen.

Bianca Vornwald ließ seinen Arm genauso schnell los, wie sie ihn ergriffen hatte. Als merkte sie selbst, dass ihre Reaktion nicht angemessen war.

Pfeiffer ließ sie in dem Glauben, ihn überzeugt zu haben. Er war zu neugierig, wer da seine Villa wollte. »Wir werden uns schon einigen.«

»Jaja, natürlich«, rief sie erfreut und knabberte etwas an ihrer Oberlippe.

»Gut, ich muss jetzt los. Die Pflicht ruft.«

Als sie davonstöckelte, zog er die Visitenkarte hervor und betrachtete sie nachdenklich. Wer war dieser Interessent? Was war mit der Villa, dass sie einerseits vom Besitzer in gute Hände übergeben werden sollte, um dann wieder von einer Maklerin so niedergemacht zu werden?

Seine Neugier war geweckt! Und sein ›Beschützerinstinkt‹ der Villa gegenüber.

13.41 UHR

Pfeiffer betrat sein Dienststellenzimmer.

Seine junge Kollegin Nina Schätzlein schaute mit rotränderten Augen auf. Kein Wunder. Beim letzten Fall hatte sie einen Menschen verloren, der ihr viel bedeutet hatte.

Es wunderte Pfeiffer, dass sie wieder arbeitstauglich geschrieben war. Doch nach eigenen Aussagen wollte Nina nicht untätig zuhause herumsitzen und ... weinen. Letzteres hatte sie nicht ausgesprochen, doch es hing in der Luft. Arbeit sei die beste Zerstreuung, meinte sie.

»Ich fasse es nicht. Denkst du tatsächlich, wir kommen ohne dich nicht klar?«

Pfeiffer tat unschuldig. »Ich baue Überstunden ab. Es ist ganz deine Leiche.«

Nina wischte sich theatralisch den imaginären Schweiß von der Stirn und pustete dabei. »Puh! Glück gehabt.«

Er setzte sich an seinen Schreibtisch. »Hast du meinen Schreibtisch aufgeräumt?«

Sie grinste. »Nur geringfügig. Ich habe die Akten ...«

»Du hast meine Akten bearbeitet? Ich dachte immer ...?«

»Denk das auch weiterhin! Schreibtischarbeit ist mir ein Horror. Genau wie dir.« Sie verdrehte lachend die Augen. »Aber ich konnte den Anblick einfach nicht mehr ertragen. Schließlich sehe ich das Chaos auf deinem Schreibtisch den lieben langen Tag. Du bist nicht da. Da siehst du mal, wie verzweifelt ich bin.« Dann wurde sie ernst. »Wie lief es beim Notar und dem Nachlassgericht?«

»Gut.«

Nina schaute ihn eindringlich an. »Gut? Na, hör mal! Du hast ein Haus in Marokko geerbt! Wenn es in Casablanca liegt, kannst du aus *Rick's Café Américain* ein *Peters Café Aleman* machen! Du brauchst nur jemanden für die Buchhaltung. Aber mich nicht!« Sie lachte wieder. Es war wie eine Befreiung ihrer Seele.

Lachen ist die beste Medizin, um Wunden zu heilen.

Pfeiffer lehnte sich zurück und verschränkte die Arme hinter dem Kopf. Er hatte Ninas sprudelnde Art in den letzten Wochen vermisst. Ihre positiven Gedanken, die mitunter durch ihre familiäre Situation getrübt waren, taten ihm gut. »Tut mir leid, dass ich deine Pläne durchkreuzen muss. Wir werden leider nicht nach Casablanca fliegen.«

Ninas Lachen versiegte. »Oh ... Das tut mir leid. Ich hatte mich schon so für dich gefreut. Was ist passiert?«

»Na, freuen kannst du dich trotzdem. Ab sofort bin ich Besitzer einer vierhundertachtzig Quadratmeter großen Villa in Margetshöchheim.«

»Was? DAS Maroggo? Ich fasse es nicht! Das ist ja der helle Wahnsinn! Ich gratuliere!«

Pfeiffer rührte sich nicht.

»So richtig glücklich siehst du jetzt aber nicht aus.« Sie legte den Kopf schief. »Sprich.«

Pfeiffer presste die Lippen zusammen.

»Gibt es einen Haken? Hast du eine Oma mitgeerbt? Oder eine Leiche im Keller? Oder was? Rede!« Neugierig rollte Nina mit dem Stuhl näher.

Pfeiffer schüttelte den Kopf. »Nichts dergleichen.«

»Warum freust du dich dann nicht?«

Er beugte sich über den Schreibtisch zu ihr hinüber. »Ich freue mich schon ... Aber ... Ich habe ein ungutes Gefühl.«

»So wie in den Horrorfilmen, wenn die Musik anschwillt? Kurz bevor der Axtmörder erscheint und die Jugendlichen wider jede Vernunft auf dem Dachboden nachsehen, was das für ein Geräusch ist?« Nina presste sich die Faust vor den Mund, doch es nützte nichts. Sie lachte.

Noch vor einigen Wochen hätte er gesagt: ›Nina, sei doch mal ernst‹. Heute freute er sich über ihr Lachen. Er schüttelte den Kopf, konnte aber selbst ein Lachen nicht zurückhalten. Ihr Lachen war zu schön.

Sie tupfte sich die Augen trocken. »Okay.« Schlagartig wurde sie ernst. »Wo ist das Problem?«

»Kaum habe ich das Erbe angetreten, da stehen schon die Kaufinteressenten Schlange.«

Sie blickte ihn verständnislos an. »Ist doch toll! Oder nicht?«

»Das weiß ich eben nicht. Es ist nur so ein Gefühl.«

»Würdest du denn überhaupt verkaufen wollen?«

»Das genau ist auch der Haken.«

»Also doch ein Haken.«

»Als ob der alte Mann geahnt hätte, dass die Geier nach seinem Tod über der Villa kreisen, verbot er mir für fünf Jahre, sie zu veräußern.«

»Was? Das ist fies. Geht das überhaupt?«

»Seine Villa – sein Gesetz. Das geht. Ich musste mich entscheiden: Erbe ausschlagen oder ...« Er zuckte mit der Schulter.

»Wer hätte dann geerbt?«

Pfeiffer kratzte sich am Kinn. »Irgendein alter Kauz. Ein Freund von ihm, der seit einiger Zeit im Gartenhaus wohnt.«

»Ein Opa mit lebenslangem Wohnrecht«, resümierte Nina.

»Es stört mich nicht«, behauptete Pfeiffer, spürte jedoch, dass Nina das Gegenteil von seinem Gesicht ablas. Schnell sprach er weiter. »Er übernimmt die Verwaltung, da bin ich nicht böse drum. Papierkram und so. Ich habe überhaupt keinen Schimmer von so was. Und überleg mal, wann ich das alles machen sollte? Von daher finde ich das ... gut.«

Wann sollte er das alles machen? In naher Zukunft änderte sich nun so vieles ... Wenn Ellen und die Kinder ...

Ob das alles gut ginge?

Natürlich geht das gut, sprach er sich selbst Mut zu. Für Ellen wäre es die ideale Lösung, damit sie endlich ...

»Warum bist du plötzlich so ernst?«

Pfeiffer schob die Unterlippe vor. »Ich musste gerade an Ellen denken.«

»Verstehe. Hast du ihr schon von den Neuigkeiten erzählt?«

Er schüttelte den Kopf, stand umständlich auf, ging um seinen Stuhl herum und umfasste die Lehne. »Ich fahre gleich zu ihr. Sie wird nächste Woche aus dem ›Juliusspital‹ entlassen und geht dann zur Reha.«

»Das sind großartige Nachrichten.«

Ja, das sind sie.

Er ging zur Tür und drehte sich um. »Ach so, der Vollständigkeit halber: Ich habe für nächste Woche einen Tisch bei Ritchy bestellt. Da wird gefeiert. Ich wollte warten, bis Andi aus dem Urlaub zurück ist und Ellen auch mitkommen kann. Ich sage Jürgen noch Bescheid.«

Ein Zucken huschte über Ninas Gesicht.

Hatte sie sich mit Ritchy verkracht?

Auf einmal sah Nina erschöpft aus.

»Wie geht es dir? Hast du mit deinem Vater gesprochen?« Seine Stimme klang selbst in seinen Ohren hohl.

»Nein.«

»Und mit deiner Mutter?«

»Ich habe keine Mutter mehr.«

»Nina!!«

Sie hob abrupt die Arme, um ihn am Reden zu hindern.

Pfeiffer schwieg. Nina duldete keinen Widerspruch zu diesem Thema. Heute? Seit Tagen? Seit ...

Der letzte Fall hatte ihnen allen verdammt viel abverlangt und war ihnen an die Nieren gegangen. Er war froh, selbst Überstunden abfeiern zu können und nun durch sein Erbe abgelenkt zu werden. Er musste viel organisieren, Neues würde sich nun ergeben. Ein Umzug, eventuell eine Renovierung ... Das alles wäre er gerne mit Ellen angegangen.

Ellen.

»Nur so aus Neugier: Was habt ihr denn für einen Fall?«, lenkte er zu Ninas sichtbarer Erleichterung vom Thema ab.

»Nichts Besonderes, du verpasst also nichts. Nur ein Unfall mit Todesfolge. Manfred Körner, vierundfünfzig Jahre alt, strafauffällig wegen verschiedener Einbruchsdelikte und leichter Körperverletzungen. Er wurde heute Morgen mit Genickbruch hinten am alten Hafen aufgefunden. Ob die Verletzung von einem Sturz von der Treppe herrührt, wird noch untersucht. Außer einem gebrochenen Handgelenk, Prellungen und seltsamen Kratzspuren in seinem Gesicht gibt es keine Anzeichen von Gewalteinwirkung.

Vielleicht wurde er von einem Tier angefallen und ist vor Schreck die Treppe hinabgestürzt.« Sie grinste. »Finden wir das Tier, finden wir den Mörder.« Sie lachte. »Seltsam sind nur die vielen Spinnweben auf seiner Kleidung.«

16.29 UHR

Pfeiffer parkte im Parkhaus vom ›Juliusspital‹. Während er zum Bettenhaus lief, strahlte er über das ganze Gesicht. Unterwegs hatte er beim Blumenladen angehalten und den schönsten Strauß ausgesucht. Er umfasste den bunten Blumenstrauß und zerdrückte vor Aufregung die gelbe Papiermanschette.

Der große Vierseitenbau mit dem innenliegenden Garten, den Julius Echter vor rund 500 Jahren errichten ließ, war in jener denkwürdigen Bombennacht zerstört worden. Doch wie viele historische Gebäude in der wunderschönen Altstadt Würzburgs war er dank vieler fleißiger Helfer wieder aufgebaut und 1952 in Betrieb genommen worden. All die Jahre wurde daran gearbeitet, um hier eine riesige Anlage aus Krankenhaus, Palliativakademie, Seniorenstift, Berufsfachschulen, Parkhaus und Weingut entstehen zu lassen.

Seit seiner Scheidung war Pfeiffers einziger Besuch Anfang März gewesen. Damals wurde die historische Unterzeichnung der Stiftungsurkunde mit einem Festgottesdienst gefeiert. Das hatte er sich nicht entgehen lassen und war einer der vielen Besucher im Gartenpavillon gewesen, die ihr Handy zückten, als die 440 Jahre alte Stiftungsurkunde aus dem bayerischen Staatsarchiv ins ›Juliusspital‹

gebracht wurde. Daher kannte Pfeiffer den Text fast vollständig auswendig. Gemäß dem Stiftungsbrief sollte das ›Juliusspital‹ »allerhandt Sorten Arme, Kranke, unvermögliche auch schadthaffte Leuth, die wundt- und anderer Arznei nottdürfftig sein, dessgleichen verlassene Waysen und dann fürüberziehende Pilgram und dürfftige Personen« aufnehmen. Was Pfeiffer daran so bewunderte: Julius Echter hatte dieses Spital damals aus seinem Privatvermögen bezahlt. Da könnte sich manch heutiger Politiker eine Scheibe abschneiden. Allein diese Tatsache machte den ursprünglichen Gedanken so wertvoll. Dass der damalige Bischof von Würzburg dafür den Judenfriedhof hatte einebnen lassen, wurde verschwiegen. Pfeiffer fragte sich, ob Echter in der heutigen Zeit womöglich von der Presse und der Öffentlichkeit als Antisemit oder Nazi bezeichnet worden wäre.

Dennoch faszinierte der Fürstbischof von Mespelbrunn Pfeiffer schon seit seiner Kindheit. Früher war er oft mit seiner Familie zu einem Picknickausflug in den Spessart gefahren, um zu sehen, in welchem Schloss Julius Echter aufgewachsen war. Aber auch die ›Würzburger Residenz‹ war ein beliebtes Ausflugsziel der Familie Pfeiffer gewesen. Oder das ›Käppele‹! Wie oft waren sie da hinaufgestiegen? Ach, waren das schöne Zeiten gewesen!

Sein Gang wurde langsamer.

Auch wenn seine Scheidung schon lange Vergangenheit war und ihn keinerlei Gefühle mehr mit Kirsten verbanden, war diese Zeit dennoch ein Teil von ihm, die er nicht missen wollte. Den schönen Tagen mit den Kindern und den unbeschwerten Ausflügen trauerte er nach. Nur gut, dass er sich vor einiger Zeit mit Jacob ausgesprochen hatte und nun wusste, warum sich die Kinder von ihm zurückgezogen hatten. Jetzt konnte er einiges nachholen. Er freute sich auf das, was da kommen würde.

Plötzlich hielt Pfeiffer inne. Noch nie war ihm all das so bewusst gewesen! Er liebte alte Häuser und hatte nun eine alte Villa geschenkt bekommen - hatte das eine Bedeutung?

Beschwingt ging er weiter. Dieses Mal machte ihm auch der Geruch, den die Krankenhäuser ausschwitzten, nichts aus. Er wunderte sich, denn die eigenartige Mischung aus Desinfektionsmittel, Jod und Verbandzeug, der Geruch von Angst und Tod, erinnerte ihn jedes Mal daran, wie seine Mutter hier gestorben war.

Das klang theatralisch, aber es war wahr. Was hatte er neulich in der Zeitung gelesen? Jährlich starben in Deutschland mehr Menschen an Krankenhauskeimen als bei Verkehrsunfällen. Das war keine gute Bilanz. Wer weiß, woran seine Mutter wirklich nach der Herzoperation gestorben war? Angeblich an Lungenentzündung. Eine Lungenentzündung unter den Augen der Ärzte!

Kurz war er verleitet, wieder in die alten Grübeleien zu verfallen. Doch er atmete tief durch. Er wollte sich seine Laune nicht vermiesen lassen. Nicht heute!

Seine Schritte hallten auf dem kalten Stein der Treppe, dann auf dem Linoleum im dritten Stock. Er kannte sich im Krankenhaus aus. Bei vielen Fällen musste er hier die Opfer oder deren Angehörige besuchen und befragen.

Allerdings war der heutige Besuch erfreulicher. Seine Stimmung war zu gut. Er bekam die Chance auf ein neues Leben! Das Erbe war die LÖSUNG!

Ellen musste nur noch zustimmen.

16.30 UHR

»Gabrielle, Schatz, sei so gut und hör auf deinen Vater.« Ellen stieß innerlich ein Stoßgebet aus.

»Und du hörst auf deinen Arzt, verdammt noch mal. Ich habe kein Problem, umzuziehen, wenn du nicht mehr in diese Wohnung zurückkannst. Ich will nur dich wiederhaben! Ich habe keinen Bock mehr, Babysitter zu spielen!«

Ellen hielt das Handy vom Ohr weg und lächelte. Sie ignorierte den Anflug von Egoismus in den Worten ihrer Tochter, denn sie hatte auch die Angst herausgehört. Sie wusste, ihre Tochter liebte sie und es ging nicht nur darum, dass sie auf ihre Stiefgeschwister aufpassen musste. Anderseits war die Situation perfekt, um Gabrielle aufzuzeigen, wie gut es ihr daheim - bei Ellen - ging. Doch Ellen schluckte den Satz: *Dann weißt du unser Zuhause wenigstens wieder zu schätzen!* herunter.

Nein. Keine Vorwürfe. »Ich bin sehr stolz auf dich«, sagte sie stattdessen.

»Was?« Gabrielle prustete los. »Mama, was ist los? Was ist das nun wieder für eine Taktik?«

»Du hast mich durchschaut.« Ellen wurde traurig. »Ich habe mir vorgenommen, nicht mehr zu motzen. Du bist alles, was ich habe, und das Leben ist zu kurz, um es zu vergeuden. Das habe ich am eigenen Leib erleben müssen.«

»Soso. Das sagt ausgerechnet die, die sich nicht entscheiden kann, etwas mit dem Mann anzufangen, den sie liebt.«

»Gabrielle! Fang nicht wieder damit an!«

»Was? Willst du die Wahrheit nicht hören? Du hast doch eben gesagt, das Leben wäre viel zu kurz, um es zu vergeuden. Das waren deine Worte!«

Ellen strich über ihre Bettdecke und holte tief Luft. *Meine Worte*, dachte Ellen. *Aber es ist nicht so einfach. Wir haben beide eine Vergangenheit.*

Oder redete sie sich das nur ein?

»Zieh doch mit ihm zusammen«, fing Gabrielle erneut an.

»Also jetzt ...!«

»Wieso nicht? Du willst sowieso aus der Wohnung raus, also suchst du uns was Größeres. Wo ist das Problem?«

Ellen schlug die Decke zurück. Ihr war plötzlich heiß. »Das hast nicht du zu entscheiden. So, und jetzt mach deine Hausaufgaben. Machs gut, bis morgen.«

Das Wort ›Feigling‹ schaffte es noch an ihr Ohr, bevor sie auf den roten Hörer auf dem Display drückte.

War sie wirklich ein Feigling?

Peter liebte sie, das stand nicht zur Debatte. Dass sie ihn liebte ebenso nicht. Und dennoch ... Was hielt sie zurück? Was war es?

Ging es zu schnell?

Ja.

Sie hatten sich erst einmal geküsst. Einen gefühlten Augenaufschlag später war sie im Krankenhaus aufgewacht. Und jetzt sollte sie schon mit ihm zusammenziehen?

Nein.

Ellen ließ sich zurück auf das Kissen fallen. Der Ruck schmerzte an ihrer Bauchwunde. Sie biss die Zähne zusammen und presste die Hand darauf. Als der Schmerz sich verzog, sah sie vor sich, wie sie zukünftig jede Nacht allein in ihrem Bett lag und sich nach Liebe und Wärme verzehrte. So wie bisher konnte es auch nicht weitergehen. Hatte also Gabrielle sie in ihrer jugendlichen Art durchschaut und tatsächlich als Feigling entlarvt?

Ein Klopfen an der Tür riss sie aus ihren Grübeleien.

»Bitte.«

Die Tür öffnete sich und ein traumhafter Blumenstrauß schob sich durch den Spalt in das triste Zimmer. Dahinter kam das lächelnde Gesicht des Mannes zum Vorschein, über den Gabrielle und sie gerade debattiert hatten. Mit dem Ellen so viele Jahre in einer Abteilung gearbeitet hatte, was bisher nie ein größeres Gefühl als Freundschaft und Kollegialität ausgelöst hatte. Bis es vor einigen Monaten ›Zoom‹ machte.

Seither waren fast fünf Monate vergangen. Und jetzt jammerte sie, dass es ihr zu schnell ging?

Sie war definitiv ein Feigling!

»Hi, wie geht es dir?«, fragte Pfeiffer.

»Sehr gut, Peter. Oh, was für ein wunderschöner Blumenstrauß!« Verlegen blickte sie auf den kleinen Tisch an der gegenüberliegenden Wand, auf dem noch die Sträuße der vergangenen Besuche standen. Auch wenn bei den älteren Sträußen schon die Blumenköpfchen hingen, hatte sie es nicht übers Herz gebracht, einen davon zu entsorgen.

Pfeiffer und sie erröteten gleichzeitig.

Oh Gott, wie in einem kitschigen Roman.

»Ich hatte noch keine Zeit, sie wegzuwerfen«, log sie schnell, um diese peinliche Stille zu überspielen.

Pfeiffer räusperte sich. »Ja, du hast echt viel zu tun hier. Was hast du heute gemacht?«

»Gar nichts.«

»Aber das hast du doch gestern schon gemacht.«

»Ja, aber da bin ich nicht ganz fertig geworden.«

Beide lachten.

Seit es dieses kleine Video mit dem Faultier und Ottos Stimme gab, war es jedes Mal ein geflügelter Schlagabtausch. Auch in der Dienststelle machte plötzlich jeder ›gar nichts‹.

Pfeiffer nahm die Vase mit dem ältesten Blumenstrauß, warf ihn in den Abfalleimer und tauschte das Wasser aus.

Sie hörte, wie er in dem kleinen Bad hantierte und das Wasser lief.

Dann stellte er den neuen Blumenstrauß auf den Tisch. »Wo ist deine Zimmerbewohnerin?« Er deutete auf das frischbezogene Bett am Fenster und musste dabei aufpassen, dass er sich nicht an dem über dem Tisch hängenden Fernseher stieß.

»Entlassen. Sie hat meine vielen gutgelaunten Besucher nicht mehr ertragen. Sie wollte endlich ihre Ruhe.« Hoffentlich hörte er nicht den kleinen Vorwurf heraus, denn selbst ihr war der tägliche Besuch der Kollegen mitunter zu viel geworden. Auch wenn sie Nina, Andi und all die anderen mochte und sie einerseits vermisste, war sie dennoch froh, wenn sie einmal ihre Ruhe fand und nachdenken konnte. Oder war genau das der Grund, weshalb sie ständig Besuch bekam? Damit sie nicht grübeln konnte?

Ellen lächelte bei dem Gedanken.

Pfeiffers Gesicht entspannte sich. Er lächelte zurück.

»Das ist schön«, sagte er. »Dann haben wir auch endlich unsere Ruhe. Diese Frau hat mit ihren riesigen Ohren ständig gelauscht.« Er wollte den Stuhl ans Bett ziehen.

»Nein.« Sie zog die Decke zur Seite und klopfte auf das Bett, damit er sich zu ihr setzte.

Pfeiffer sah sie an.

Er ist immer noch unsicher. Kein Wunder, er weiß nicht, woran er bei mir ist. Daran bist du selbst schuld, meine Liebe.

Als Pfeiffer steif neben ihr saß, beugte sich Ellen zu ihm und küsste ihn. Es war ein langer, zärtlicher Kuss. Das Verlangen kam erst mit dem zweiten Kuss, indem sich all die Gefühle der letzten Wochen entluden.

Atemlos schob Ellen ihn von sich und sah verstohlen zur Tür.

Pfeiffer folgte ihrem Blick und grinste. »Die lässt sich leider nicht abschließen.«

»Verrückter Kerl«, sagte Ellen und zog ihn nochmals zu einem Kuss zu sich.

»Ich will nicht, dass du wegen unsittlichen Verhaltens rausgeworfen wirst«, hauchte er zwischen den Küssen und streichelte zärtlich mit dem Handrücken über ihr Dekolleté.

Vor lauter Seufzen hörte sie nicht, wie nach dem kurzen Klopfen das Zimmer geöffnet wurde.

»Abendbrot.« Die Schwester hielt das übliche Tablett mit der Tellerhaube in der Hand. »Oh!«

Pfeiffer sprang vom Bett auf und stolperte über den Stuhl. »Ähm, ah, ist es schon so weit?«

Die junge Schwester grinste. »Lassen Sie es sich schmecken.« Sich der Zweideutigkeit ihrer Antwort bewusst werdend, verließ sie kichernd den Raum.

Pfeiffer hob neugierig die Haube. »Hm, lecker. Da bekomme ich gleich Hunger. Ich weiß noch gar nicht, wann ich heute Abend essen werde. Soll ich es dir am Bett servieren?«

Frühstück im Bett wäre mir lieber. »Nein, noch nicht. Ich bin sowieso schon viel zu dick geworden. Mir fehlt das Joggen. Hier herumzuliegen, bekommt mir nicht. Ich will endlich wieder Normalität.«

»Du bist wunderschön - auch wenn du etwas zugenommen hast.«

»Was? Ich habe zugenommen?«

»Äh, nein, so habe ich das nicht gemeint. *Du* hast doch gesagt, du hast zugenommen, aber ... Ich ... Äh ... Oh, ihr Frauen seid so kompliziert!« Pfeiffer riss die Arme hoch.

»Das war nur ein Vorgeschmack auf das, was noch kommen wird. Du wirst uns Frauen nie verstehen. Wir verstehen uns selbst nicht.« Ellen lachte und deutete auf das Tablett. »Iss, und dann erzählst du mir endlich, wie dein Gespräch beim Notar verlaufen ist und wo du heute Abend hingehst. Spann mich nicht länger auf die Folter.«

Pfeiffers Gesicht hellte sich auf. »Du wirst nicht glauben, was ich geerbt habe«, plauderte er und setzte sich an den kleinen Tisch. »Eigentlich nur, weil meine Mutter diesen Mann kurz vor ihrem Tod geheiratet hat.«

»Echt jetzt?«

»Seltsam alles. Außerdem darf ich nicht richtig darüber verfügen. Zumindest die nächsten fünf Jahre nicht.« Er bestrich die bereits durch die Trockenheit gebogene Scheibe Brot mit Butter, legte eine Scheibe Presssack und Blutwurst darauf und biss hinein.

»Und du glaubst, ich bin jetzt aus deinem Kauderwelsch schlau geworden?«

Pfeiffer sah sie belustigt an, während er kaute und genüsslich schluckte. »Das war nur ein Vorgeschmack auf das, was kommen wird.«

»Na super, dann wird es schon mal nicht langweilig mit uns. Also, was ist das für ein Haus in Marokko?«

Anhand von Pfeiffers Gesichtsausdruck registrierte sie, dass er ihre Anspielung verstanden hatte, ging aber nicht näher darauf ein. Pfeiffer legte das Brot aus der Hand und sah sie an. »Weißt du, wie Margetshöchheim noch genannt wird?«

Was hatte das damit zu tun? »Nein.«

»Maroggo.«

Ellen richtete sich so abrupt auf, dass ihre Wunde stach. Sie stöhnte auf.

Pfeiffer zuckte zusammen. »Hast du dir was getan?«

»Nein.« Sie fasste sich an den Bauch. »Geht schon wieder. Willst du mir jetzt weismachen, du hast dort ein Haus geerbt?«

Pfeiffer nickte und biss wieder vom Brot ab. »Wäre dir Marokko in Afrika lieber gewesen?«, fragte er mit vollem Mund. Seine Augen blitzten.

Sie kannte ihn schon so viele Jahre, dass sie genau spürte, wenn er ihr etwas verschwieg. »So eine kleine Fischerhütte am Strand?«, fragte sie provokant. Sie sah träumerisch an die Decke. »Warum nicht?«

Er ließ das Messer sinken. »Da muss ich dich leider enttäuschen. Es ist nur eine Villa am Bach.«

Gebannt hörte ihm Ellen zu, als er die Notarin mit ihrem rosa Longblazer beschrieb. Er berichtete vom Rat der Notarin, Mutters Zusage zur Eheschließung mit dem reichen Anwalt und von der jungen Maklerin, die ihm unaufgefordert einen Käufer serviert hatte. Und dass er im ›Ritchy‹ für übernächsten Samstag einen Tisch zur Feier der Erbschaft bestellt hatte.

»Ich hole dich ab. Ich möchte, dass du dabei bist, bevor du dich zur Reha verabschiedest. Komm, das wird lustig.«

»Ich kann doch hier nicht raus.« Oder wollte sie hier nicht raus? Hatte sie sich abgeschottet und wollte hier verharren, bis ihr Leben vorbei war?

»Hab ich schon geklärt.«

»Über meinen Kopf hinweg?«

Pfeiffer kniff die Augen zusammen. »Dienstliche Anweisung. Ich bin immer noch dein Chef.«

»Du nutzt deine Machtstellung aus.«

»Es gibt Schlimmeres.«

»Da hast du recht.« Ellen wurde ernst. Langsam wurde ihr bewusst, was er vorhatte. Hatte er bereits mit Gabrielle gesprochen? Steckten die beiden unter einer Decke? Wie konnte es sein, dass er plötzlich eine große Wohnung hatte, obwohl ihre Tochter es erst kurz vorher erwähnt hatte?

Pfeiffer setzte sich wieder auf das Bett und nahm ihre Hand. »Du warst diejenige, die Brossmann erzählt hat, dass du nicht zurück in deine Wohnung kannst. Schon vergessen? Ich wollte erst mit dir die Wohnung tauschen, aber jetzt habe ich Platz für uns alle.«

Brossmann war der Polizeipsychologe. Nach langem Hin und Her hatte er ihr geraten, eine andere Wohnung zu beziehen.

Ellen spürte plötzlich einen Kloß im Hals.

Erst im März hatte ihr eine Kollegin aus Eifersucht vor der Wohnung aufgelauert, und als sie das gerade verarbeitet hatte, wurde sie in ihrer Wohnung ... Sie hielt die Hand über ihre Operationsnarbe.

Sie musste sich und ihre Tochter schützen!

Es wäre für ihre Genesung förderlich, wenn sie sich nicht ständig diesen Erinnerungen und dadurch den Panikattacken aussetzen würde.

»Wenn du wieder von der Reha kommst, habe ich den Umzug erledigt.«

»Nein!« Ellen sprang fast aus dem Bett, doch der stechende Schmerz hinderte sie daran. »Du kannst doch nicht einfach meine Sachen packen! Das geht nicht!«

Pfeiffer lächelte und küsste sie. »Also, wenn *ich* das sagen würde, könnte ich es noch verstehen. Aber du? Du hast doch keine Pornos herumliegen. Oder doch?«

Sie musste entsetzt dreinschauen, denn plötzlich lachte Pfeiffer. »Entspann dich. Das kann gerne deine Tochter übernehmen. Wir machen es so, wie du möchtest. Du kannst auch noch deine Wohnung behalten, wenn dir das lieber ist und dir das alles zu schnell geht. Und falls es mit uns beiden nicht klappt, kannst du wieder zurück.«

Verdammt!

Jetzt kam er ihr auch noch einfühlend! Was sollte sie machen? Er bot ihr sogar Alternativlösungen an.

Langsam gingen ihr die Ausreden aus.

20.34 UHR

Es war spät, als sich Pfeiffer auf den Weg zur Villa machte. Den ganzen Tag hatte er nach Ausreden gesucht, um diesen Besuch aufschieben zu können. Warum eigentlich? Die Frage konnte er sich selbst nicht beantworten. Vielleicht spielte die Angst vor einer Enttäuschung mit? Oder befürchtete er, durchzudrehen, wenn sein Erbe sich als gigantisch herausstellen sollte?

Sein Navi führte ihn von der Stadtstraße rechts auf die Würzburger Straße, dann über die Brücke zurück auf die Zeller Straße. Über ihm thronte die ICE-Brücke. Dann kam schon der Bachgrund. Häuser und kleine Villen standen aufgereiht wie Perlen einer Kette an einem langgestreckten Hang entlang des Baches. Wie konnte da eine Villa in der ihm genannten Größenordnung Platz finden?

Die Antwort fand Pfeiffer auf der gegenüberliegenden Seite.

An der Straße stand ein Fahrzeug. Er stellte seinen Wagen dazu und stieg aus. Ein kleiner Steg führte über den ausgetrockneten Bach zu einem alten schmiedeeisernen Tor, das die besten Jahre bereits hinter sich hatte. Pfeiffer atmete tief durch, um verärgert festzustellen, dass er neugierig war und die bald einbrechende Dämmerung seinen Genuss beim Anblick trüben würde. Bei Sonnenschein wäre es bestimmt stimmungsvoller gewesen, die Außenbereiche zu besichtigen. Das große Portal und die Mauer mit den kleinen Putten und Skulpturen waren schon sehr eindrucksvoll. Pfeiffers Herz raste.

Oh Mann, war er aufgeregt.

Wenn die Villa wirklich eine Bruchbude war, wie es ihm die Maklerin weismachen wollte, konnte er sie in fünf Jahren immer noch veräußern. Er war bereits auf den angeblichen Interessenten gespannt, den die Maklerin ihm präsentieren wollte. Pfeiffer hoffte nur, dass der bis dahin nicht pleite ging oder gar verstarb. Er schüttelte den Gedanken ab. Fünf Jahre waren eine lange Zeit! Er würde erst wieder Überlegungen darüber anstellen, wenn es so weit war. Ändern konnte er es sowieso nicht.

Er sah zu dem gewaltigen Klotz. Von außen machte die Villa mit der verblichenen blassgelben Farbe nicht gerade einen vertrauenerweckenden Eindruck. Vier Säulen auf vier Stufen, von denen bereits der Putz bröckelte, stützten einen ausladenden Balkon im ersten Stock, dessen schmiedeeiserne Brüstung vor sich hin rostete. Das Muster war mit dem des Tores identisch. Das zweistufig abgesetzte, geschwungene Walmdach war mit roten Biberschwanzziegeln gedeckt, die auf der Schattenseite mit Moos bewachsen waren. Die hohen Jugendstilfenster im ersten Stock sowie die vom Dachgeschoss und der ovalen Dachgaube schrien regelrecht nach Pflege und Farbe. Ebenso die grünen Fensterläden im ersten Stock.

Das Erdgeschoss sah anders aus.

Die moderne Eingangstür wurde von den Säulen und dem Balkon eingerahmt und war anscheinend ebenso wie die neuen Fenster im Zuge der Kanzleieröffnung ausgetauscht worden. Laut der Notarin stammte die Villa aus den Dreißigerjahren, somit waren die Fenster im Obergeschoss nur aus werbewirksamen Prestigegründen verbaut worden. Dieser unerwartete Mix aus Moderne und Historik - oder sollte er sagen, altem Chic? - wirkte seltsam, aber interessant. Pfeiffer verstand, dass Modernisierungsarbeiten notwendig gewesen waren, dennoch hätte er es sich gewünscht, man wäre etwas feinfühliger damit umgegangen. Von einem Architekten mit mehr Fingerspitzengefühl ausgeführt, wäre es gelungener gewesen. Auch wenn es sich nicht um Denkmalschutz handelte, musste man nicht zwangsläufig silberne Lamellenjalousien anbringen, die ihn an Ellens modernen Küchenschrank erinnerten.

Eine der gängigen hässlichen Attrappen von Überwachungskameras, die auf den Eingang gerichtet war, unterstützte den Eindruck, dass die Alujalousien nicht nur vor der Sonne, sondern auch vor neugierigen Blicken schützen sollten.

Pfeiffer sah sich um. Wo war der private Eingang?

Ein alter, gebrechlicher Mann kam aus einem kleineren Haus und lehnte sich auf seinen Rollator. »Die Kanzlei ist bereits geschlossen«, keifte er. »Haben die wieder das Tor offenstehen lassen? Immer das Gleiche mit denen.«

Das musste der Achtzigjährige sein, den er zusammen mit der Villa geerbt hatte. Na bravo. Das konnte ja lustig werden. »Das ist mir klar«, antwortete Pfeiffer schroffer als geplant.

»So? Was wollen Sie dann hier?«

Pfeiffer legte den Kopf in den Nacken und schaute pathetisch die Hausfassade an. »Ich bewundere die unästhetische Umsetzung einer vielleicht unnötigen Modernisierung. Ich hoffe, der Architekt, der das zu verantworten hat, bekommt Pickel am Arsch. Und was wollen Sie hier?«

Der alte Herr gaffte ihn mit offenem Mund an. Nach der Zahnfehlstellung im linken Unterkiefer und der Verfärbung der Zähne generell zu urteilen, waren es noch seine eigenen. Wow! Der Mann musste sie gut gepflegt haben, ging es Pfeiffer durch den Kopf. Für so ein hohes Alter war das außergewöhnlich.

»Kruzifix! Sie sind der Erbe!«, rief der Alte und fuchtelte mit seiner runzeligen Faust in der Luft herum. Dann schlug er so heftig auf den Griff seines Rollators, dass sich fast die Handbremse löste. »Hab ich's mir doch gedacht.«

»Und deshalb begrüßen Sie mich so freundlich?«

»Ich werde hier nicht für meine Freundlichkeit bezahlt.«

»Sie werden bezahlt?«

»Na, glauben Sie, Bruno hätte das so einem Rotzlöffel wie Ihnen anvertrauen wollen? Er wollte schließlich nicht, dass sein hart erarbeitetes Erbe gleich durch Ihre Hände rinnt.«

Jetzt war es Pfeiffer, der ihn mit offenem Mund anstarrte. »Ist das der Grund für die Klausel?«

Der alte Mann wurde verlegen. »Was weiß ich. Ich war ihm nur einen Gefallen schuldig, und nun hänge ich hier fest.«

So hatte es Pfeiffer noch gar nicht betrachtet. Hing er jetzt ebenfalls hier fest? Er blickte zu dem Prachtbau und kam zu dem Resultat: Hier ließ es sich gut festhängen. »Sie hängen fest? Sie haben zwar lebenslanges Wohnrecht, aber niemand zwingt Sie, hier Ihr Leben zu verbringen.«

Betroffen winkte der Alte ab. »Ist schon gut.«

»Es hieß, den Schlüssel bekäme ich von Ihnen.«

»Sie wollen da jetzt rein?«

»Strom wird der Kasten doch wohl haben?« Pfeiffer lachte über den Gag. Doch plötzlich war er sich nicht mehr so sicher. Sein Blick wanderte über die marode Außenfassade und die metallenen Außenjalousien der Kanzlei. Doch die wurden sicherlich nicht per Hand heruntergekurbelt.

»Selbstverständlich ist die Villa elektrisiert«, empörte sich der alte Mann und fuhr sich vorsichtig durch seinen altmodischen Ziegenbart.

»Die Maklerin sprach von alten Stromleitungen. Wann wurden sie erneuert? Oder sind es noch die Originale aus dem Jahr Neunzehnhundertirgendwas?«

»Natürlich wurden sie erneuert. Und zwar ...«

»Ja?«

»Äh, ich glaube, Bruno hat es mir gesagt, aber ich kann mich nicht mehr erinnern«, knurrte sein Gegenüber.

Ein seniler Verwalter. Na, das konnte spannend werden. »Sie wissen aber schon noch, wo mein Schlüssel ist?«

»Jetzt werden Sie aber unfair, junger Mann.« Der alte Mann drehte um und schlurfte mit dem Rollator zurück ins Gartenhaus. Pfeiffer folgte ihm.

»Und Finger weg von meinem Schachspiel!«

»Was?« Jetzt erst sah Pfeiffer die aufgestellten Figuren auf einem alten Rattantisch mit Glasplatte.

»Keine Angst!«, rief er dem Alten hinterher. »Dazu fehlt mir derzeit der Kopf.«

Er besah sich das Gartenhaus. Es besaß Charme. Der im gleichen Grün wie die Fensterläden der Villa gestrichene eingeschossige Holzbau mit Walmdach und Kästen mit blühenden Pflanzen vor weißen Sprossenfenstern wirkte wie der gemütliche kleine Bruder des protzigen Baus.

Die kleine Drei-Zimmer-Wohnung, die er nach seiner Scheidung bezogen hatte, war nicht gerade ein Volltreffer gewesen, aber das Einzige, das in sein Budget gepasst hatte. Sie besaß weder einen Balkon noch gehörte eine kleine Ecke im Hof dazu. Nichts!

Pfeiffer grinste. Er hätte sich schon gefreut, wenn er nur dieses schnuckelige Häuschen geerbt hätte.

»Was grinsen Sie so?«, fragte der Alte, als er wieder aus dem Haus kam.

»Ach, ich kann mein Glück noch nicht fassen«, antwortete Pfeiffer und blies die Backen auf, damit er sein freudiges Zittern in den Griff bekam.

»Na, ob das Glück war, werden wir noch sehen.«

»Wie meinen Sie das?«

»Sie haben auch Verantwortung geerbt.«

»Ach so. Dessen bin ich mir durchaus bewusst.« Ganz in der Abwandlung, wie es schon im Spiderman-Film hieß, den er sich mit Jacob angesehen hatte: Große Macht bedeutet große Verantwortung!

Der Blick des Alten zeigte Pfeiffer, dass er ihm nicht wirklich Glauben schenkte. Doch das war ihm egal. Er wollte sich jetzt sein Erbe ansehen und es gebührend feiern, indem er seinen Freunden einen ausgab. Wann die richtige Einweihungsparty stattfinden sollte, machte er vom Zustand der Wohnräume abhängig. Er konnte vier Wochen Urlaub nehmen. Und was er in dieser Zeit nicht schaffte, würde er später erledigen.

»Langsam, Herr Pfeiffer. Ich bin nicht mehr so flott auf den Füßen.«

»Sie können auch gerne hierbleiben, Herr ...« Pfeiffers Antwort sollte nicht so respektlos klingen, wie sie rüberkam.

Zu spät. Der Alte bekam es in den falschen Hals. »Volkenstein. Kurt Volkenstein. Das könnte Ihnen so passen. Bruno wollte, dass ich Sie begleite.«

Oh, wie peinlich! Den Namen hatte ihm die Notarin schon genannt. »Natürlich, Herr Volkenstein.«

Volkenstein schlurfte zur Ostseite des Gebäudes. Dort gab es ebenfalls eine große massive Tür, die in ein Treppenhaus mit einer Steintreppe führte. Vom Erdgeschoss zweigte eine moderne Sicherheitstür in die Kanzlei ab.

»Das ist wahrscheinlich der Personaleingang?«, vermutete Pfeiffer.

»Durch den ist Bruno oder sein Vater damals ohne Umwege in die Privaträume gelangt, um zum Beispiel ein Mittagsschläfchen zu halten«, bestätigte Volkenstein Pfeiffers Vermutung.

Kurt Volkenstein erzählte, dass sich in früherer Zeit die vier Schlafzimmer der Angestellten der Kanzlei und des Hauspersonals im Dachgeschoss neben dem Dachboden befunden haben, daher auch das separate Treppenhaus. Die jeweiligen Söhne der Lamprechts hatten ebenfalls im ersten Stock gelebt. Erst Bruno senior, dann Bruno selbst. Seit der letzte Bruno die repräsentative Wohnung über der Kanzlei bezogen hatte, stand das Dachgeschoss leer. Es war nicht mehr üblich, Personal im Haus nächtigen zu lassen. Seitdem hatte er den Platz als Musikzimmer, Bibliothek und anderes genutzt.

Der Alte ließ seinen Rollator stehen und zog sich am Geländer Stufe für Stufe hoch. Pfeiffer wollte ihn stützen, doch Volkenstein zog schroff den Arm weg. »Das mache ich schon selbst.«

Pfeiffer hob beschwichtigend die Hände. »Ich wollte nur helfen.«

»Jaja«, brabbelte Volkenstein und nestelte mit dem Schlüssel vor dem Türschloss. Pfeiffer legte die Hand auf die von Volkenstein. »Auf dieses Gefühl habe ich mich sehr gefreut.«

Im Gesicht des alten Mannes zuckte es. Widerwillig reichte er Pfeiffer den Schlüsselbund.

Passte es ihm nicht, dass er im Gartenhaus und Pfeiffer hier oben wohnen würde? Er hatte vorhin schon so komische Bemerkungen geäußert. Das waren keine guten Voraussetzungen für ein freundliches Miteinander. Pfeiffer schob den Gedanken beiseite und betrat erwartungsvoll die Wohnung.

Es war wie das Eintauchen in eine andere Zeit.

Das war keine Wohnung, das war ein Museum.

Ergriffen hielt sich Pfeiffer am Türpfosten fest. Seine Erwartungen wurden komplett übertroffen.

Jedes Zimmer besaß einen anderen Charakter, und doch war alles in seiner Gesamtheit stimmig und einzigartig. Verträumtes Biedermeier im Schlafzimmer, dunkle Vertäfelung im Kolonialstil im Herrenzimmer, Barock im Arbeitszimmer, der wieder moderne Jugendstil in Wohnzimmer, Küche und Essbereich, erklärte Volkenstein wie ein Museumsführer.

Die Wohnung atmete immer noch die Aura eines brummigen Junggesellen und eines in der Ecke stehenden Katzenklos aus, trotz allem konnte er seine Mutter nun verstehen. Bei Bruno musste es sich um einen Schöngeist der besonderen Art gehandelt haben. Mama musste sich hier einfach wohlgefühlt haben.

Pfeiffer lächelte und freute sich, dass sie in ihren letzten Jahren noch so einen Mann kennengelernt hatte.

»Bruno konnte sich genau wie sein Vater nicht für einen Stil entscheiden. Er liebte so viele Kunstepochen«, riss Kurt ihn aus seinen Gedanken. »Also hat er von allem etwas genommen.«

Pfeiffer konnte es nachvollziehen. Auch wenn er sich niemals so eingerichtet hätte - ganz davon abgesehen, dass ihm dazu auch das nötige Kleingeld gefehlt hätte -, würde er sich hier wohlfühlen. Allein die alten Jazzplatten durchzusehen, würde ihm Freude bereiten. Das schlichte Musikzimmer mit seinem Schaukelstuhl und die angrenzenden Gästezimmer waren die ehemaligen Zimmer des Personals und fielen mit ihrer Kargheit aus der Reihe.

Eine Stunde später genoss Pfeiffer vom Küchenfenster aus den Blick auf den Garten. Die Vögel waren verstummt. Rascheln im Laub der großen Kastanienbäume ließ ihn vermuten, dass sie ihr Quartier in deren Schutz bezogen hatten. Aus dem Gartenhaus glimmte ein schwaches Licht in der Neumondnacht.

Mit einer Hand am Fensterrahmen abgestützt, zog Pfeiffer die frische Luft ein. Was für ein Haus!

Kurt Volkenstein trat neben ihn und legte die Hand auf Pfeiffers Schulter. »Ich wünsche Ihnen eine gute Zeit hier.«

Pfeiffer fuhr herum. Er hatte Volkensteins Anwesenheit total vergessen. »Danke.« Bei der Hausbesichtigung war er ihm nicht von der Seite gewichen. Nicht nur, dass Volkenstein ihm die Epochen erklärt hatte, in denen die Zimmer eingerichtet waren - nein, in Pfeiffer wuchs der Verdacht, dass er auch seine Reaktion überwachen wollte.

Kurt Volkenstein war bereits auf dem Weg ins Treppenhaus, hielt aber in der großen Essküche inne und sah sich um. Eine zersprungene Scheibe des Geschirrschranks weckte kurz sein Interesse. »Passen Sie auf sich auf«, warnte er Pfeiffer ohne jegliche Feindseligkeit.

»Wie meinen Sie das?«, fragte Pfeiffer, erhielt aber keine Antwort.

Volkenstein war bereits im Treppenhaus verschwunden und lief die Stufen hinab. Abwärts war er eindeutig schneller unterwegs, stellte Pfeiffer fest. Wahrscheinlich musste er aufs Klo und dann endlich ins Bett. »Herr Volkenstein. Was meinen Sie damit?«, rief er aus dem Fenster, als Volkenstein ins Freie trat.

Der schaute die Hauswand hinauf. Neben einer weiteren Überwachungskamera-Attrappe hing eine Lampe. »Der Bewegungsmelder ist schon wieder defekt«, sagte er. »Für solche Arbeiten bin ich nicht zuständig. Das müssen Sie schon selber lernen.«

»Kein Thema, ich komme schon hier rein. Aber was meinten Sie eben?«

»Was sollte ich meinen?«

»Na, das mit dem Aufpassen?«

»Was weiß ich. Ich bin ein alter Mann, ich bin ein alter Mann.« Nickend schob er den Rollator vor sich her und ging in Richtung des Gartenhauses.

»Na super, jetzt bin ich genauso schlau wie zuvor«, murmelte Pfeiffer und rief dem Alten hinterher: »Herr Volkenstein! Ich wollte Sie am Samstag nächster Woche zu meiner Party ins ›Ritchy‹ einladen.«

Der Alte winkte abfällig ab. »Nein, danke! Bruno war mein Freund! Feiern ist geschmacklos und unter meinem Niveau.«

»So war das auch nicht gedacht.« Pfeiffer schloss alle Fenster und Türen und verließ das Grundstück. Vereinzelte Lichter von der gegenüberliegenden Straßenseite blitzten wie tanzende kleine Glühwürmchen durch den Blätterwald der alten Bäume hindurch. Abgesehen vom Rauschen der Blätter und einem Rascheln im Unterholz herrschte absolute Stille.

Pfeiffer konnte es immer noch nicht glauben. All seine finanziellen Sorgen sollten jetzt passé sein? Er würde in eine Villa ziehen, im Garten unter einem der alten Bäume sein Bier trinken und ein Nickerchen halten. Oder er trank ein Glas Wein, je nachdem, was es zum Essen gab.

Diese Villa, dieser Garten waren nun seins.

Er sah zurück in die Dämmerung, die nichts mehr von alldem preisgab.

Auch wenn das komische Gefühl blieb, dass hier etwas nicht stimmte, wusste er, dass er sich hier wohlfühlen würde.

SAMSTAG, 26. JULI
18.17 UHR

Pfeiffers Rücken schmerzte.

Jürgen Stumpf, Nina und sein Sohn Jacob, wenn es ihm seine schulischen Aktivitäten erlaubten, waren Pfeiffer in den letzten beiden Wochen hilfreich zur Hand gegangen. Zuerst hatten sie die persönlichen Dinge und Kleidung von Bruno Lamprecht in Kartons verpackt und sie mit den Möbeln, die er nicht nutzen wollte, in das Dachgeschoss verräumt. Pfeiffer hatte es nicht über das Herz gebracht, sie zu entsorgen.

Pfeiffer war dem alten Lamprecht dankbar, dass er keinen Nippes der letzten fünfzig Jahre aufgehoben und Trockenblumen und Zinnkrüge verstauben hatte lassen.

Im Gegenteil: Die Wohnung war sauber und aufgeräumt. Brunos Kleidung war auf ein Minimum reduziert gewesen, die Möbel und Dekorationen exquisit ausgewählt. Pfeiffer verstand nun Bruno und die Klausel, die ihm die Veräußerung untersagte.

Wahrscheinlich sollte er sich in den fünf Jahren an die Kostbarkeiten gewöhnen und sie schätzen lernen.

Beim Gedanken an die fünf Jahre fiel ihm die Maklerin ein, die bereits mehrmals bei ihm geklingelt hatte. Er hatte sie jedes Mal abgewimmelt. Die Krönung war, als sie ihm im Dunkeln auf der Straße aufgelauert hatte. Wie hieß sie noch mal? Bianca Vornwald. Sie musste doch begreifen, dass er kein Interesse an einem Verkauf hatte. Vielleicht hätte er ihr nach dem Notartermin keine Hoffnung machen sollen, sich einen möglichen Verkauf zu überlegen.

Was zum Teufel noch mal hatte er sich dabei nur gedacht? Beim nächsten Aufeinandertreffen würde er ihr sagen, dass er die Villa gar nicht verkaufen durfte. Dann würde sie ihn hoffentlich nicht mehr belästigen.

Pfeiffer schaltete einen Gang höher und gab Gas. Er wollte wieder an etwas Schönes denken. An seine Villa ... mit dem außergewöhnlichen Einrichtungsstil aus verschiedenen Kunstepochen.

Jürgen Stumpf hatte ihm, wie Kurt Volkenstein bereits zuvor, die einzelnen Epochen erklärt. Allerdings erwähnte er nicht, woher sein Kunstverstand und Wissen stammten. Pfeiffer hatte nicht gefragt. Er hatte gespürt, dass Stumpf noch nicht bereit war, darüber zu reden. Pfeiffer vermutete allerdings, dass Stumpf die Kenntnisse aus seiner Tätigkeit im K3 erlangt hatte. Dem Dezernat für Diebstahl und organisiertes Verbrechen, wo er tätig war, bevor er in die Mordkommission wechselte.

Der Anblick der Antiquitäten in der Villa musste Jürgens Herz höherschlagen lassen.

Anders sah es auf dem Dachboden aus. Dieser war vollgestellt mit verstaubten Möbeln, von denen sich Pfeiffer peu à peu trennen wollte, um sich vom Erlös ein besseres Auto zu kaufen. Sein alter Passat musste immer öfter in die Werkstatt, und gerade eben fiel wieder die Klimaanlage aus.

Wenn Bruno Lamprecht wollte, dass Pfeiffer in der Villa lebte, wollte er ihn bestimmt nicht in einer Rostlaube herumfahren lassen. Und wer sollte schon mitbekommen, wenn er hier und da etwas verkaufte, was sowieso schon seit Jahren ausrangiert war? Im Testament ging es um die

Villa mit ihren Zimmern und nicht um die Überbleibsel auf dem Dachboden.

An einer roten Ampel streckte Pfeiffer den Rücken durch. Die Lehne knackte. Oder war es sein Rücken gewesen?

Hatten seine Freunde und er in den letzten Tagen zu viel gearbeitet? Ja, beantwortete er sich die Frage selbst. Wenn er schon so seine Knochen spürte, wie musste sich da erst Stumpf fühlen, der einige Jahre älter war und bald die fünfzig erreichte? Heute Abend brachte Jürgen seine hochschwangere Frau mit. Das war das Mindeste, was Pfeiffer vorerst tun konnte. Schließlich hatte Jürgen viele seiner freien Abende damit verbracht, gemeinsam mit ihm Tapeten zu lösen, zu tapezieren, Wände zu streichen und Möbel zu schleppen. Und das, obwohl er jeden Tag damit rechnete, noch einmal Vater zu werden und lieber bei seiner Frau geblieben wäre. Sein Handy trug Stumpf immer bei sich und erwartete jeden Moment den Anruf, dass die Wehen einsetzten. Dass sie beide heute kamen, war nur dem Umstand geschuldet, froh zu sein, auch einmal etwas abgelenkt zu sein.

Pfeiffer würde sich noch etwas Besonderes einfallen lassen, sobald er finanziell besser dastand. Den ersten Schritt hatte er bereits getan, indem er seine Wohnung gekündigt hatte. Also konnte es bereits nächsten Monat finanziell aufwärtsgehen. Überraschenderweise schien sein Vermieter glücklich über die Kündigung zu sein und hatte bereits zum ersten August einen Nachmieter. Wahrscheinlich war sein Entgegenkommen dem Umstand geschuldet, dass er die Miete beim nächsten Einzug erhöhen konnte.

Aber das war Pfeiffer egal. Er musste nur noch den Dauerauftrag löschen.

Umso mehr würde er die Villa genießen. Nur der verwilderte Garten würde noch Arbeit bereiten. Ach, was sagte er da, von wegen Garten! Park war das bessere Wort! Das Areal erstreckte sich noch weit hinter dem Gebäude. Den verwilderten Teil hatte er aufgrund der Renovierung im Inneren noch nicht begehen können. Das würde er nächste Woche nachholen, wenn Jacob Ferien hatte.

Dann würde er einziehen. Pfeiffer war erleichtert, dass er die Renovierung in seinem Urlaub fertigbekommen hatte.

Er strahlte über das ganze Gesicht, während er einen Fußgänger die Straße überqueren ließ, der zehn Meter weiter auch die Ampel hätte nehmen können.

Es passte alles.

Die gewaltige Essküche und das Wohnzimmer leuchteten in frischen Farben, sein neues Schlafzimmer hatte er etwas abgespeckt.

Die drei Gästezimmer im Dachgeschoss neben dem Musikzimmer waren für die Jugend reserviert. Da Ellen und Gabrielle sich bezüglich der Farbe nicht geäußert hatten, entschied er sich für ein schlichtes Weiß. Egal. Wenn es den beiden nicht gefallen sollte, wären die zwei Räume schnell noch einmal gestrichen.

Im Vergleich zu den anderen Zimmern waren die ehemaligen Dienstbotenzimmer in Ausstattung und Beschaffenheit für Fremdenzimmer enttäuschend. Im Gegensatz zum Museums- und Musikzimmer standen sie leer. Sie hinterließen einen Einblick in die sozialen Kontakte von Bruno Lamprecht junior, der anscheinend auf Übernachtungsgäste keinen Wert zu legen schien. Und wenn jemand wie Kurt kam, stellte er ihm lieber gleich das Gartenhaus zur Verfügung.

Aus Geldnot heraus hatte Pfeiffer Katis und Jacobs Zimmer mit einigen Biedermeiermöbeln aus Brunos Fundus aufgehübscht und war überrascht, welchen Effekt man erzielte, wenn man kräftige Farbe und alte Möbel kombinierte. Er war sehr zufrieden mit dem Ergebnis. Die Vorhänge fehlten noch, die mussten warten. Es konnte sowieso niemand in die Räume hineinsehen, also waren sie nur optisch von Belang und er würde auf Ellens modisches Gespür warten.

Die Museumszimmer, wie Pfeiffer die Räume ironisch nannte, brauchte er nicht zu renovieren. Sie waren perfekt in Schuss. Die Wände waren vertäfelt oder mit hochwertigen Stofftapeten bezogen. Pfeiffer würde später entscheiden, welches dieser Zimmer er selbst nutzen wollte.

Schade, dass Andi nicht dabei war. Sein Freund und IT-Experte in der Mordkommission war auf Teneriffa. Den Rucksackwanderurlaub hatte Andi schon vor Monaten geplant und wollte ihn auch nicht Pfeiffer zuliebe absagen. Als er hörte, wie hoch die Stuckdecken waren, machte er aus seiner Erleichterung über die Abwesenheit bei der Renovierung keinen Hehl.

Fluchend hatten Pfeiffer, Nina und Jürgen in den vergangenen Tagen mühsam die Tapeten entfernt. Nina trug den Tapetenlöser auf, Jürgen und er hatten mit dem Spachtel Schicht für Schicht abgetragen. Es war Schwerstarbeit, denn mehrere Generationen hatten ihre Tapeten übereinander geklebt. Stumpf spielte mit dem Gedanken, Fetzen von den unterschiedlichen Tapeten ins Museum zu bringen. Vielleicht waren sie ebenso wertvoll wie die Möbelstücke, deren Echtheit er keinen Moment anzweifelte.

Das und seine Bemerkung, dass Andi mit seinen ein Meter vierundneunzig mit Sicherheit eine ›große Hilfe‹ gewesen wäre, wenn es darum ging, die Tapetenschichten an den oberen Stellen der hohen Zimmer zu entfernen, hatten zu wahren Belustigungen geführt.

Heute Mittag war Andis Flieger gelandet. Pfeiffer freute sich, ihn wiederzusehen und sich seine Urlaubserlebnisse erzählen zu lassen.

Dann trübte sich für einen Moment seine Laune; er kam in Rottendorf an.

Normalerweise bestand seine Exfrau Kirsten auf Distanz, damit er ihrem neuen Lebensgefährten Rainer nicht begegnete, von dem er bis Anfang des Jahres keine Kenntnis gehabt hatte. Doch seit Pfeiffer von ihm wusste und nun darauf bestand, das gemeinsame Haus in Rottendorf zu verkaufen, versuchte Kirsten immer wieder, ihn in das Haus zu lotsen, um ihn umzustimmen. Er hatte die Absichten seiner Exfrau durchschaut. Um erneuten Diskussionen aus dem Weg zu gehen, hatte er heute darauf gepocht, Kati und Jacob weit vor dem Haus aufzulesen. Bestimmt hatten die Kinder etwas von dem Erbe erzählt. Dachte sie wirklich, er würde sie mit ihrem Lover in dem gemeinsamen Haus wohnen lassen, nur weil er jetzt die Villa geerbt hatte? Na, da konnte sie lange warten! Schließlich hatte er nur eine alte Unterkunft geerbt, aber kein Geld. Davon besaß Rainer definitiv mehr.

Pfeiffer hatte Kirsten einmal geliebt und konnte nicht glauben, wie sehr sie sich verändert hatte, wenn es um das Thema Geld ging.

Kati stieg auf der Beifahrerseite ein, während Jacob einen Flunsch zog, weil er wieder einmal hinten sitzen musste. Gegen seine ältere Schwester kam er noch nicht an. »Hi, Pappa«, grüßte Jacob.

Pfeiffer liebte Jacobs besondere Betonung von Papa, was dadurch cooler wirkte.

Er schaltete hoch und gab Gas. Nur schnell weg von hier. Sofort fiel die Beklemmung ab, und seine Laune stieg.

Pfeiffer fuhr auf direktem Weg zu Ritchys Pizzeria in die Innenstadt.

Kati starrte während der gesamten Fahrt auf ihr Handy. Die Achtzehnjährige plante, am Montag mit einer Freundin für vier Wochen Australien zu bereisen. Sie packte bereits die Koffer, und der heutige Abend passte überhaupt nicht in ihren Zeitplan. Daher schätzte sich Pfeiffer glücklich, dass sie seine Einladung überhaupt angenommen hatte. Lächelnd tolerierte er auch, dass sie nun letzte Absprachen mit ihrer Freundin traf, anstatt mit ihm zu reden.

Woher Kati das Geld für den Trip hatte, wollte er nicht wissen. Von ihm stammte es jedenfalls nicht. Da Jacob und sie seit einigen Wochen wussten, dass er sein Geld bisher für die Raten ihres jetzigen Zuhauses aufgewandt und den Rest für die kleine Absteige benötigt hatte, hatte sie ihn erst gar nicht gefragt. Pfeiffer hoffte inständig, dass Kirstens Eltern das Geld für die Reise beisteuerten und nicht Rainer. Doch da Rainer sich bereits kurz nach dem Einzug mit dem Pool bei den Kindern eingeschleimt hatte, würde es bestimmt Wunschdenken bleiben. Hatte Rainer nie bedacht, dass er ihn - Pfeiffer - damit beschämen würde? Oder war es seine Absicht?

Aber warum ließ er Kirsten jetzt in der Luft hängen, was ihr weiteres gemeinsames Leben betraf? Wenn er schon in einen Pool investierte, konnte er Kirsten doch auch sicherlich das Geld geben, um ihn auszuzahlen. Warum tat er es nicht?

Solange Pfeiffer unwissend von dem Verhältnis fleißig gezahlt hatte, war auch für Rainer die Welt rosarot gewesen.

Erst nachdem sich Jacob bezüglich des Pools ihm gegenüber verplappert hatte, war Kirstens doppeltes Spiel aufgeflogen. Über das Gefühl der Eifersucht war Pfeiffer längst hinaus. Er fühlte sich nur noch hintergangen und ausgenutzt.

Jacob grinste, als er bemerkte, wie sein Vater ihn im Rückspiegel beobachtete. Pfeiffer grinste zurück.

Das Lächeln seines Sohnes tat gut. Heute würde er einen entspannten Abend im Kreise seiner Lieben verbringen. Seinen Freunden. Alle, die sich für ihn freuten.

Nur eines musste er noch klären.

»Übrigens, ich möchte euch heute auch meine Freundin vorstellen.«

Kati stockte kurz beim Tippen, sah aber nicht auf.

»Freundin in deinem Alter?« Jacob feixte, als hätte er einen Gag gemacht und knuffte ihn von hinten in die Schulter.

Doch Pfeiffer spürte, dass er es ernst meinte. Er dachte unwillkürlich an seine Mutter und Bruno Lamprecht. Hatten seine Kinder auch solche Vorstellungen von Ellen und ihm? Er schüttelte sich innerlich.

»Jacob, so alt bin ich nun auch wieder nicht. Und bitte, keine solche Bemerkungen vor Ellen.«

»DIE Ellen?« Jacob zog sich an Pfeiffers Kopfstütze vor, sodass sich seine ganze Lehne bewegte. Wenn er so weitermachte, fiel das Auto bald auseinander.

Kati schaute nun zum ersten Mal zu ihm. »Lief das schon mit ihr, als du noch mit Mama zusammen warst?«

Pfeiffer riss fast das Lenkrad ab. Mit der Frage hatte er nicht gerechnet. »Das geht dich eigentlich nichts an«, sagte er bestimmter, als er wollte. »Aber damit du dich nicht wilden Spekulationen hingibst: Nein, es fing jetzt erst an.«

»Okay.« Kati widmete sich wieder ihrer Tipperei.

Was? Das war es schon? Keine Schimpftiraden? Keine Sticheleien? So einfach? Klasse. So konnten Kinder auch sein.

»Danke«, sagte Pfeiffer.

»Nicht dafür. Hab mich sowieso schon gefragt, wie lange du Mama nachtrauern willst.«

Pfeiffers Hals schnürte sich zu. Hatten sich seine Kinder bereits Gedanken über ihn gemacht? Na gut, von nun an konnte es nur noch vorwärtsgehen.

Er fuhr kurzerhand in die Tiefgarage unter dem Marktplatz. Um diese Zeit in der Stadtmitte einen Parkplatz zu ergattern, war schier aussichtslos.

Nina hatte sich bereiterklärt, Ellen und ihre Tochter aus dem ›Juliusspital‹ abzuholen. Fast zeitgleich kamen sie über den Marktplatz gelaufen.

Jetzt wurde es ernst.

Jacob stellte sich neben ihn. Er war inzwischen gleich groß.

Wann war er so gewachsen?

»Wer ist das Mädchen?«, fragte Jacob leise.

»Ellens Tochter.«

Aus dem Augenwinkel heraus sah Pfeiffer, wie Jacob verlegen wurde. Pfeiffer schloss einen Moment die Augen.

Nicht auch noch das.

»Ach, ihr seid schon da. Hallo, ihr zwei. Super. Ich habe Hunger wie ein Bär.«

»Hallo, Ellen«, sagten Kati und Jacob zeitgleich.

Pfeiffer war irritiert. »Sagtest du mir nicht erst, dass du ... äh, keinen Hunger hast?« Gerade noch so die Kurve geschafft.

Ellen zog schmunzelnd die Augenbrauen hoch. »Du wirst doch wohl nicht das Krankenhausessen mit dem vom ›Ritchy‹ vergleichen wollen?« Sie ahmte Ritchy nach, wie er leidenschaftlich die Fingerkuppen küsste. »Also wirklich, Peter! Darauf habe ich mich die ganzen Tage gefreut und deshalb gehungert.« Zu Nina sagte sie: »Da hast du dir den richtigen Mann geangelt. Ich frage mich, wie du bei dem leckeren Essen deine Figur behältst. Bestimmt joggst du jeden Tag.«

»Mitunter noch Pilates«, bestätigte Nina.

Ninas verhaltene Reaktion bestätigte Pfeiffer, dass etwas nicht stimmte. Seit sie bei Ritchy eingezogen war, hatte sie sich verändert. Oder war es nur, weil es zeitgleich Schwierigkeiten mit ihren Eltern gegeben hatte? Nina schwieg sich aus und ließ Pfeiffer weiterhin im Trüben fischen. Pfeiffer hasste es, nicht zu wissen, was seine

Leute belastete. Persönliche Probleme lenkten im Job ab und stellten somit eine Gefahr dar. Für die Person selbst sowie für die Kollegen, die mit ihr zusammenarbeiteten. Das konnte er aus eigener Erfahrung bestätigen. Auch ihm waren in vergangenen Zeiten fatale Fehler unterlaufen. Und das wollte er bei seinem Team vermeiden. Deshalb wussten alle, dass sie ihr Herz bei ihm ausschütten konnten.

Wenn sie wollten - und genau da lag das Problem.

Ellen richtete sich an Pfeiffers Kinder. Bestimmt war ihr sein Schweigen aufgefallen. »Seid ihr groß geworden. Ich kenne euch noch, da wart ihr so ...« Ellens Hand schwebte hoch und runter, hoch und runter, als könnte sie sich nicht entscheiden. Resigniert ließ sie die Hand sinken. »Okay, ihr seid schon erwachsen.«

»Mama, du bist peinlich«, kommentierte Gabrielle hinter ihr die Bemerkung.

»Mmh, findest du? Tritt mal vor«, sagte Ellen zu ihrer Tochter und untermalte ihre Worte mit dem ausgestreckten Arm. »So, und nun kennt ihr auch meine Tochter Gabrielle, die ... noch nicht erwachsen ist. Auch wenn sie es manchmal glaubt. Das sind Kati und Jacob.«

Kati schaute von ihrem Smartphone auf. Gabrielle spielte die beleidigte Leberwurst, hob nur kurz zum Gruß die linke Hand und strich sich mit einer natürlichen Eleganz das lange Blondhaar zur Seite. Sie wirkte erwachsener als Kati in diesem Alter.

Ellen trug ihre blonden Haare kurz und fransig. Mit ihren Lachfältchen um die Augen schätzte man sie mindestens fünf Jahre jünger. Außenstehende würden Ellen und Gabrielle nie für Mutter und Tochter halten. Eher für Schwestern - es sei denn, sie stritten sich.

»Du bist schon eine richtige Frau, Kati. Wie alt bist du jetzt?«, fragte Ellen.

»Ich bin achtzehn. Es freut mich sehr, dass du Papas Freundin bist.«

Pfeiffer verschluckte sich und hustete.

Gabrielle strahlte.

Ellen strich sich erschrocken über die Nase. Dann hatte sie sich im Griff und rettete die Situation mit ihrer Unkompliziertheit. »Gut ... Dann hätten wir das auch geklärt. Jetzt lasst uns gehen, ich habe Hunger.«

Erleichtert atmete Pfeiffer auf.

Kati lief feixend neben Pfeiffer her, den Blick immer noch auf das Handy geheftet.

Das Restaurant gehörte Ninas italienischem Freund Ritchy. Vor einigen Jahren war Ritchys Vater erkrankt und in die Heimat zurückgekehrt. Ritchy übernahm das Restaurant und die benachbarte Eisdiele. Inzwischen war das ›Ritchy‹ eine Goldgrube, und er wurde von einigen Unternehmern beneidet. Nur seine Arbeit, die hauptsächlich zum Erfolg beitrug, missgönnte ihm niemand. Aber so etwas sahen Neider nie. Das Besondere bei ›Ritchy‹ bestand darin, dass man, egal, wo die Gäste saßen, die Speisen von nebenan auch serviert bekam: Pizza in der Eisdiele und Eis im Restaurant.

Wie immer an schönen lauen Sommerabenden war der Außenbereich der Eisdiele voll belegt. »Buonasera, Angelo. Hi, Sarah«, begrüßte Nina die Bedienungen.

»Buonasera, Nina. Ihr habt den besten Tisch im Haus.«

Ein Mann beschwerte sich lachend, weil er dachte, er hätte den besten Tisch.

»Si, Signore. Sie haben den besten Tisch im Außenbereich«, erklärte Angelo zwinkernd das Offensichtliche.

Die Leute lachten. Gläser klirrten. Die nächste Runde wurde bestellt.

Pfeiffer bemerkte, wie Jacob langsamer ging, um mit Gabrielle auf gleicher Höhe zu sein. »Hi, ich bin Jacob. Wir kennen uns«, hörte er Jacob sagen. »Du gehst zwar auf eine andere Schule, aber wir haben uns schon mal gesehen. Ich weiß nur nicht mehr, wo.«

Gabrielle stammelte einige unverständliche Worte, dann rannte sie mit rotem Kopf ins Restaurant.

Pfeiffer griff seinen Sohn am Arm und zog ihn zu sich heran. »Nicht so einfach mit den Frauen. Aber niemals zu schnell aufgeben, hörst du?«

Jetzt errötete Jacob.

Sie durchschritten das Restaurant. »Buonasera, Ritchy!«

»Buonasera, Peter! Benvenuto, schön, dass ihr da seid. Isch habe viel zu tun, isch komme schpäter zu euch!«

»No Problema, Ritchy. Ich kenne den Weg!«, rief Pfeiffer.

»Nono, das verwechselst du. Richtig heißt es ›nessun Problema‹«. Breit grinsend zapfte Ritchy weiter ein Bier nach dem anderen und füllte die Weingläser. Dann rief er zackig nach seiner Bedienung und drückte ihr lachend das Tablett in die Hände. Anschließend löste er die rote Krawatte, damit er besser Luft bekam, und band seine lange schwarze Schürze fester zu. Einige Tische waren noch leer. Doch die ›Reserviert‹-Schilder zeigten an, dass sich das im Laufe des Abends noch ändern würde.

Pfeiffer schickte seine Gäste auf die höher gelegene Empore. Von hier hatten sie einen hervorragenden Blick nach unten auf die anderen Tische und die Bar. Eine attraktive Frau mit langen blonden Haaren setzte sich auf einen der Barhocker. Sie wirkte grazil und zog ihren engen Rock umständlich nach unten. Doch der Stoff tat ihr nicht den Gefallen, das Knie zu bedecken.

Die Frau kam Pfeiffer bekannt vor.

Während er noch sinnierte, woher er sie kannte, nahm er an der Stirnseite der Tafel Platz und lehnte sich zufrieden zurück. Bereits jetzt drangen Stimmengewirr, klirrende

Gläser und auf Porzellan kratzendes Besteck zu ihnen herauf. Jacob, der sich eben erst neben seine Schwester gesetzt hatte, erhob sich und ging zu den Toiletten. Wahrscheinlich wollte er nach Gabrielle schauen.

Bei ›Ritchy‹ feierten sie alle ihre Feste.

Ich sitze hier öfter mit meinen Freunden als in meiner bisherigen Wohnung, dachte Pfeiffer.

Freudestrahlend begrüßte Ritchy Andi, der sich gemeinsam mit Jürgen Stumpf und dessen hochschwangerer Frau durch das vollbesetzte Lokal schlängelte.

Gerade, als Andi an der Bar auf gleicher Höhe mit der attraktiven Blondine war, rutschte diese mit ihren Absatzschuhen von der Fußstütze ab und verlor das Gleichgewicht.

Andi war zur Stelle.

Mit einer Zuvorkommenheit, die Pfeiffer seinem IT-Experten nie zugetraut hätte, fing er sie auf und half ihr zurück auf den Hocker. Der Mann, der neben ihr saß und Pfeiffer den Rücken zukehrte, hatte keinen Versuch unternommen, um ihr behilflich zu sein.

Was für ein Stoffel, dachte Pfeiffer.

Andi und das Ehepaar Stumpf kamen die Treppe empor und begrüßten alle herzlich. Andi umarmte Ellen und erkundigte sich nach ihrer Genesung. Jürgen stellte seine Frau Iris vor und streichelte stolz über deren gewölbten Bauch.

Dann begrüßte Andi Pfeiffer. »Du hast da noch etwas Farbe im Haar.« Er lachte schelmisch, als Pfeiffer irritiert in sein volles dunkles Haar griff, das mal wieder einen Haarschnitt nötig hatte.

Pfeiffer umarmte ihn. »Bei meiner nächsten Villenrenovierung haust du nicht ab.« Er begrüßte Iris und Jürgen herzlich und bedankte sich für ihr Kommen. »Nicht wahr, Jürgen?«, sagte er. »Bei dieser Renovierung durfte Andi schwänzen, aber beim Umzug hilft er mit.«

»Auf jeden Fall«, brummte Stumpf.

Er rückte seiner Frau den Stuhl zurecht, damit sie sich setzen konnte. Iris war zierlich und machte einen zerbrechlichen Eindruck. Besonders im Kontrast zu ihrem Mann. Mit seinem Borstenhaarschnitt sah Stumpf aus wie eine Kopie von Schwarzenegger aus dem Film »Red Heat«, in dem dieser einen russischen Offizier spielte. Allerdings fehlten ihm Schwarzeneggers Größe und Muskeln.

Andi neigte den Kopf, und sein Pferdeschwanz berührte die Schulter. »Kein Problem, mir sind sowieso die Ausreden ausgegangen.«

Alle am Tisch lachten. Die Stimmung war gut, und es versprach ein schöner Abend zu werden. Pfeiffer war glücklich. All seine Freunde waren hier versammelt und freuten sich mit ihm. Nur einer fehlte.

»Wo ist Baumann?«

»Der lässt sich entschuldigen«, sagte Stumpf und griff nach der Karte. »Er ist mit seiner Frau im neuen Wohnmobil unterwegs.«

Pfeiffer ahnte, warum Baumann nicht gekommen war. Alfred Baumann wollte ihm die Stimmung nicht verderben. War der Chef anwesend, fühlten sich die Mitarbeiter immer beobachtet und feierten nicht entspannt. Er beschloss, mit Baumann allein ein Bierchen trinken zu gehen.

Angelo kam schwungvoll die Stufen heraufgelaufen und fragte nach den Getränken. So viel Wendigkeit hätte Pfeiffer dem kleinen rundlichen Mann nicht zugetraut. Geschwind nahm er die ihm zugerufenen Bestellungen auf und verschwand wieselflink.

Pfeiffer blickte erneut nach unten. Sein Blick traf sich mit dem der Frau an der Bar. Die Blondine lächelte ihn unvermittelt an. Jetzt fiel ihm auch wieder ein, woher er sie kannte. Na klar! Sie hatte ihre Haare sonst immer zu einem formellen Dutt gebunden. »Da sitzt doch tatsächlich die

Maklerin, von der ich dir erzählt habe. Wieso läuft sie mir ständig vor die Füße? Die hat mir noch gefehlt.« Er zog den Kopf zurück und wandte sich Ellen zu. »Verfolgt die mich schon wieder? Ich muss ihr endlich sagen, dass sie die Villa nicht bekommt.« Er war verunsichert.

»Heute zumindest nicht. Sie würdigt dich keines Blickes.«

»Eben hat sie mich noch angelächelt.«

»Das bildest du dir nur ein.«

Pfeiffer erstarrte.

»Was hast du?«

Er hatte die Szene schon fast vergessen. »Sie hat mir vor Tagen vor der Villa aufgelauert.«

»Was?«

Pfeiffer war es peinlich. »Ich habe vor lauter renovieren nicht mehr daran gedacht. Aber sie stand die Tage vor meinem Auto und wedelte mit einem Stock.«

»Mit einem Stock?« Ellen ließ die Speisekarte sinken. »Das erzählst du erst jetzt?«

Pfeiffer zuckte mit den Achseln.

»Sie sieht überhaupt nicht gefährlich aus. Bist du dir sicher, dass du nicht geträumt hast?« Andi lachte. Doch sein Lachen verschwand, als er Pfeiffers Gesichtsausdruck bemerkte.

Pfeiffer hätte Andi erwürgen können. Aber eher war er auf sich wütend. Wer den Schaden hat, braucht für den Spott nicht zu sorgen, hieß es so schön. Hätte er doch nur den Mund gehalten. Aber konnte er sich sicher sein, dass er es sich nicht wirklich einbildete? Die letzten Tage und Wochen waren anstrengend gewesen. Teilweise hatte er nur wenige Stunden auf der Couch im Wohnzimmer gepennt. In seiner Würzburger Wohnung hatte er nur geschlafen, wenn er am nächsten Morgen etwas im Baumarkt besorgen wollte. Er wusste nicht einmal mehr, an welchem

Abend er die skurrile Begegnung gehabt hatte. »Ach, vergesst es einfach.«

»Das ist aber schon ein heißes Gerät«, kommentierte Andi.

Stumpf feixte. »Andi, lass es! Die ist nicht dein Kaliber.«

»Wir werden sehen. Den Typen neben ihr stecke ich allemal in die Tasche.«

Jacob und Gabrielle kamen von den Toiletten. Höflich grüßte Jacob den Mann neben der Immobilienmaklerin. Doch er erntete nicht einmal ein Kopfnicken. Verstimmt setzte sich Jacob neben Kati.

»Kennst du den Mann da unten?«, fragte Pfeiffer leise.

»Das ist doch mein Klassenlehrer, der arrogante Arsch.«

»Jacob, bitte. Nicht in diesem Ton.« Auch wenn Pfeiffer ihm innerlich beipflichtete, durfte er so etwas nicht durchgehen lassen.

»Ist doch wahr!«, brauste Jacob auf. »Heute in der Schule schleimt er sich noch ein, und jetzt kennt er mich nicht.«

»Maas? Ich habe ihn lange nicht gesehen. Was unterrichtet er noch mal? Physik?«

»Haas, Pappa, nicht Maas. Und Physik und Mathe.«

Pfeiffer erinnerte sich vage. Zu lange war es schon her, dass er sich um die schulischen Angelegenheiten seiner Kinder gekümmert hatte. Das musste er Kirsten zugutehalten. Sie managte alles hervorragend, was die Kinder betraf.

Angelo brachte die Getränke.

Mit dem Ellenbogen auf der Stuhllehne beobachtete Andi die Blondine.

»Was schaust du denn ständig runter, Andi? Sie wird mich noch bemerken und hochkommen.«

»Soll sie doch.« Andi strich seine langen Haare nach hinten und richtete den Gummi, der seinen Pferdeschwanz zusammenhielt. Seine frühere Nickelbrille war zwischenzeitlich Kontaktlinsen gewichen, da sie seiner Meinung nach seine Chancen bei den Frauen schmälerte.

Pfeiffer vermutete, dass die Linsen gefärbt waren. Denn solch blaue Augen waren ihm an Andi die letzten zehn Jahre nicht aufgefallen. »Dann kannst du sie mir vorstellen.« Andi stopfte sein T-Shirt ordentlich in die Jeans.

»Einen Teufel werd ich tun.« Pfeiffer erstarrte. »Sie hat mir zugezwinkert.«

»Quatsch. Das hast du dir eingebildet«, sagte Andi beleidigt.

»Nein, sie hat mich schon wieder im Visier.«

Ellen beugte sich zu ihm, den Blick jedoch auf die Bar gerichtet. »Es sieht eher aus, als würde sie dich anmachen.« Sie umfasste Pfeiffers Gesicht mit beiden Händen und küsste ihn sanft auf den Mund.

»Mama, du bist so peinlich!«, rief Gabrielle.

Jacob und Kati stießen sich feixend gegenseitig in die Seiten. Die anderen lachten und applaudierten.

Mit einem Blick vergewisserte Ellen sich, dass die nonverbale Nachricht auch an der richtigen Adresse angekommen war.

Der enttäuschte Blick der attraktiven Blonden sprach Bände.

»Siehst du? So einfach geht das.«

»So einfach«, murmelte Pfeiffer perplex und berührte mit den Fingerspitzen seine Lippen, um das Gefühl des Kusses einzufangen.

Dann servierte Angelo die von Pfeiffer vorbestellten Vorspeisen: Antipasti-Platten mit Oliven, Feta, Schinken, gebratenen Auberginen und Zucchini, Salat und Calamari. Der Kuss war vergessen.

Andi setzte sich wieder richtig hin. »Ich werde sie später trösten«, sagte er ernüchtert. »Jetzt werde ich erst einmal auf den neuen Besitzer der alten Villa Lamprecht anstoßen und so viel essen, wie ich kann. Nur um dich zu schädigen, Peter.«

»Tu das, aber ich kann immer noch nicht glauben, dass ich der Erbe bin.«

Kati lehnte sich über den Tisch. »Hast du dafür auch einen guten Spruch, Nina?«

Nina überlegte. »Du bekommst immer das, was du dir wünschst?«

Kati reckte den Daumen hoch.

»Anscheinend gab es keine eigenen Kinder und du bist der einzige Sohn seiner Geliebten«, stellte Andi fest und lachte. »Wer weiß, wann das Verhältnis angefangen hat.«

Nina wurde blass.

»Oh! Sie hatten geheiratet!« Pfeiffer schirmte seine Augen ab. Wenn er sich Lamprecht an der Seite seiner Mutter vorstellte, rumorte sein Magen.

Ob es den Kindern auch so ging, wenn sie Ellen und ihn sahen?

Nach Jacobs Bemerkung von vorhin zu urteilen, war das der Fall. Lag wahrscheinlich auch an den Genen oder in der Natur an sich.

»Vielleicht bist du sein Sohn«, spekulierte Jacob.

»Oh Jacob, dann wäre ich ...« Er wollte ›ein Kuckuckskind‹ sagen, doch Pfeiffer brach ab, als er Ninas betrübtes Gesicht wahrnahm.

Jacob nippte an seiner Spezi. »Schade, dass er tot ist, sonst hätte ich endlich einen Opa gehabt.«

»Jacob, du *hast* einen Opa«, korrigierte Pfeiffer.

»Nee, Mamas Vater zählt nicht. Der ist immer nur grantig.« Jacob stand auf und ging die Treppe hinunter.

»Jacob.«

»Lass ihn. Die Hormone.« Andi hob das Glas. »Auf dass du nun endlich wieder einen Platz zum Leben hast!« Die Gläser klirrten, und ein ›Zum Wohl‹ und ›Salute‹ nach dem anderen erklangen.

Platz! Ja, Platz habe ich jetzt nun wirklich mehr als genug, dachte Pfeiffer. »Ich brauche Freiwillige für den Umzug.«

Ellen wich seinem Blick aus. Anscheinend war sie noch nicht so weit. Er raunte ihr ins Ohr: »Du musst nicht bei mir einziehen. Aber ... Du kannst jederzeit. Eure Zimmer sind fast fertig.«

Sie verzog ihren Mund mit dem kleinen Muttermal zu einem schiefen Lächeln.

»Junge, Junge.« Stumpf sah zu seiner Frau. »Deine Frage kommt zu früh, Peter. Ich bin noch nüchtern.« Dann grinste er so breit, dass seine Mundwinkel bis zu den Koteletten seiner braunen Stoppelhaare reichten.

Alle lachten.

Ritchy kam an den Tisch. »Mi dispiace tanto! Ees tut mir soo leid. Eine Bedienung ist ausgefallen und isch kann misch nicht zu euch setzen. Un' operazione è fallita. Non posso sedermi a te. Aber ich gratuliere dir von Herzen zu deinem Erbe. Carpe diem!« Er faltete die Hände zur Entschuldigung. »So tragisch, mit vecchio, wie sagt man? Alten Herrn? Aber es hat den Richtigen getroffen. Du hast ees verdient.«

Pfeiffer wusste, dass Ritchy seinen Akzent als markantes Aushängeschild pflegte, denn seit er ihn kannte, wurde seine Aussprache nie besser. Die Gäste liebten es.

Ritchy beugte sich zu Nina. »Und nischt, dass du jetzt denkst, du kannst bei ihm einziehen. Du bleibst bei mir.« Er küsste sie.

Nina errötete, was bestimmt nicht dem Kuss zuzuschreiben war. Pfeiffer vermutete eher, dass sie tatsächlich in seiner Villa Unterschlupf suchen wollte und sich nun ertappt fühlte.

»Das ist heute eine Knutscherei.« Gabrielle kicherte und sah sich suchend um.

Pfeiffer lächelte. Vermutlich hielt sie nach Jacob Ausschau. Na, das konnte was werden mit den beiden.

Sein Blick schweifte zur Theke.

Gerade kam Haas von der Toilette, zog seinen Teller zu sich heran und fing an zu essen, ohne auf seine Begleitung zu warten. »Ich habe Hunger«, könnte es geheißen haben, was Pfeiffer aus der Entfernung aufschnappte.

Noch während Haas genüsslich ein Stück Steak abschnitt und in den Mund steckte, knallte die Immobilienmaklerin ihr leeres Glas lautstark auf die Platte. »Das ist mir zu doof. Auf so ein Benehmen habe ich keine Lust! Ich gehe.« Umständlich kletterte sie vom Barhocker, zog ihr rosafarbenes Kleid zurecht, klemmte sich ihre Handtasche unter den Arm und stolzierte zum Ausgang, überlegte es sich anders und lief in Richtung der Toiletten.

Andi reckte den Kopf. Da Haas keine Anstalten machte, seiner wütenden Begleitung zu folgen, witterte Andi seine Chance. »Das war definitiv eine Abfuhr. Ihr entschuldigt mich! Ich möchte diese Schöne noch kennenlernen, bevor sie ins Universum entschwindet.«

»Viel Erfolg! Das schaffst du. Nach diesem Typ hast du es bestimmt leicht.«

»Der Typ ist kein Kavalier. Er verspeist sein Steak und lässt sie zuschauen.«

»Hat sie kein Essen bestellt?«

»Keine Ahnung.«

Pfeiffer wandte sich an Stumpf. »Um was wetten wir, dass sich unser Andi eine blutige Nase holt?«

Hätte Pfeiffer gewusst, wie blutig Andis Nase würde, hätte er ihn zurückgehalten.

FÜNF MINUTEN ZUVOR

Thomas Haas sah das ihm so vertraute Spiegelbild hinter dem Vorhang, den er zur Seite hielt.

»Du kennst den Jungen?«, fragte die Stimme aus dem Dunkeln.

Haas sah nach links. Dort stand der Junge und beobachtete ihn. Jacob war ebenso penetrant wie sein Vater. »Er ist ein Schüler von mir.«

»Perfekt.«

»Warum soll das perfekt sein? Er könnte Verdacht schöpfen ... Verschwinde endlich.«

»Nein, es ist alles perfekt. Verschwinde du! Wie geht es deinem Kopf?«

»Das weißt du do...«

»Entschuldigen Sie, bitte.« Sarah erschien im Flur. »Hier dürfen Sie sich nicht aufhalten. Außerdem wird Ihr Essen gerade serviert.«

Thomas Haas drehte sich zur Bedienung um. »Danke, ich komme sofort.« Als er sich wieder umwandte, war es weg – das Gesicht, das ihn irritierte, wenn es mit ihm sprach. Wie immer, nachdem es ihm seine Anweisungen unmissverständlich klargemacht hatte. War das alles nur ein böser Traum? Hörte er die Stimme real, oder war sie nur ein Hirngespinst? Sein verdammter Kopf! In dem gesprossten Fenster der Tür spiegelte sich sein Gesicht. Er sah seine aufgerissenen Augen ... Seitdem er diese Schmerzen hatte, sah er diese Bilder.

»Herr Haas, mit wem haben Sie gesprochen?« Jacob war an seine Seite getreten.

Thomas Haas fühlte sich wie in einem Science-Fiction-Film, in dem Zeitsprünge Realität waren. »Mit niemandem, Jacob! Ich habe nur gesungen.« Er fasste sich an seinen schmerzenden Kopf. Etwas Wasser ins Gesicht zu spritzen, würde ihm Linderung bringen. Doch statt das Herren-WC zu betreten, entschied er sich für das heiße Steak.

Aus dem Augenwinkel sah er noch, wie Jacob hinter den Vorhang spitzte und verwirrt nur seinem in der Glasscheibe gespiegelten Konterfei gegenüberstand.

Erneut sah Pfeiffer auf den Gastraum hinunter. Ritchy füllte leere Gläser mit diversen Getränken, spülte benutzte Gläser, tippte Bons und rief Bestellungen in die Küche. Pfeiffer beneidete ihn nicht. Wahrscheinlich wäre er schon nach einer Stunde an Ritchys Stelle hoffnungslos überfordert, und alles würde in einem Chaos enden. Haas saß immer noch ohne Begleitung an der Theke und aß genüsslich ein Steak.

Eine Frau mit Küchenschürze und Kopftuch rannte zu Ritchy und zerrte den Widerstrebenden in eine Nische. Dort redete sie unter Zuhilfenahme von heftigen Gesten auf Ritchy ein. Sein zuerst verärgerter Gesichtsausdruck wich blankem Entsetzen. Dann ergriff er den Arm der Frau, und gemeinsam verließen sie den Gastraum in Richtung der Toiletten.

Hoffentlich kein verstopftes Klo oder Wasserrohrbruch, dachte Pfeiffer. Bei dem Hochbetrieb wäre das eine Katastrophe.

Pfeiffer widmete sich wieder seinen Gästen; besonders Ellen, die liebevoll seine Hand drückte.

»Wo bleibt eigentlich Andi?«, fragte Stumpf in die Runde.

Jacob sah ebenfalls auf den Gastraum hinunter. »Der kam mir vorhin mit der Blondine entgegen, nachdem ich Haas bei Selbstgesprächen erwischt hatte.«

»Selbstgespräche?«, fragte Katie verwundert.

»Der ist voll gaga. Jetzt wusste er plötzlich wieder meinen Namen. Und ständig fasst er sich an den Kopf.«

»Vielleicht hat er einen Hirntumor, der sein Gedächtnis in Mitleidenschaft zieht.« Kati schmunzelte und legte das Handy beiseite, als erinnerte sie sich gerade daran, dass das ein Auslöser für Erkrankungen sein konnte.

»Oder er hat seiner Geliebten nicht gesagt, dass er Lehrer ist. Er hat schließlich auf die Frau neben sich gestarrt«, gab Gabrielle zu bedenken. »Und die sah nicht so aus, als wäre sie seine Frau.«

»Vielleicht ist sie seine Pflegerin.«

Alle lachten.

Ellen räusperte sich. »Peter, wir haben einen schlechten Einfluss auf die Kinder.«

»Das liegt an den Genen. Das haben wir von euch geerbt.« Kati grinste ihren Bruder an.

»Nein, mit der Muttermilch eingesogen«, setzte Jacob einen drauf.

»Kirsten hat euch nicht gestillt«, konterte Pfeiffer und errötete, als Ellen ihn vorwurfsvoll ansah.

Die Kinder verstummten.

Nina mischte sich zum ersten Mal in die Unterhaltung ein. »Es ist mittlerweile erwiesen, dass nicht alles Negative in Erscheinung treten muss, das einem die Eltern in ihren Genen mitgeben.«

»Was?«, riefen alle wie aus einem Munde.

»Wie meinst du das?« Iris strich sich über ihren Bauch.

»Man hat die Wahl.« Nina beugte sich vor und betrachtete fast versonnen die wunderschöne Rundung mit dem noch ungeborenen Leben. »Krankheiten sowie Eigenschaften, alles wird auf die Gene geschoben. Das ist aber so was von überholt. Auch wenn die Eltern negative Eigenschaften oder Krankheiten besitzen, können es die Kinder schaffen, diese mit guter Erziehung, Einstellung und vor allem guter Ernährung zu verändern.« Sie grinste Pfeiffer an. »Wir sind das, was wir essen und erleben und das, was unsere Eltern und Großeltern gegessen und erlebt haben. Das Ganze nennt sich Epigenetik.«

»Epi-was?« Kati sah sie fasziniert an. »Du bist echt krass drauf, Nina.«

»Woher weißt du so was?«, wollte Pfeiffer wissen.

»Ich interessiere mich im Gegensatz zu dir für meine Gesundheit.«

Pfeiffer grinste. »Du weißt auch, was das für dich bedeutet?«, erinnerte er sie an ihr familiäres Dilemma.

Nina biss sich auf die Lippe. Dann lächelte sie dankbar zurück. »Jetzt schon. Danke, Peter.«

»Dann sollten wir auf jeden Fall unseren Andi jetzt nicht stören. Vielleicht hat er endlich mal Erfolg!«, rief Stumpf.

Gelächter folgte seinen Worten.

»Mi scusi ...« Unbemerkt war Ritchy an den Tisch herangetreten. »Ein Lob der Küche!«, rief Pfeiffer ihm übermütig zu und hob das Glas. «Saluti!"

Seine Gäste schlossen sich lautstark an. »Prost!«

»Zum Wohle!«

»Saluti!«

Bleich und mit gequälter Miene quittierte Ritchy es mit einem Nicken.

»Peter ...«

»Was ist denn los, Ritchy? Du siehst aus, als würde eine Leiche im Pizzaofen stecken«, neckte Stumpf ihn lachend.

Ritchy schluckte. »Niescht im Ofen ... im Hof.«

»Mega Scherz, Ritchy!«

»So liebe ich dich!«

»Nie auf den Mund gefallen, Ritchy!«

»Nein«, flüsterte er nachdrücklich. »Wirklisch im Hof.« Er faltete dabei seine Hände flehend aneinander und deutete mit dem Kopf an, ihm zu folgen.

Pfeiffer reagierte als Erster. »Nee! Wirklich eine Leiche?«

Erneut schluckte Ritchy trocken.

Pfeiffer verstand: Der geschäftliche und finanzielle Schaden wäre für das ›Ritchy‹ nicht abzusehen. »Wir werden tun, was möglich ist«, versprach er. »Damit wir das Ganze ohne Aufsehen ...«

Mit zitternder Hand hielt ihn Ritchy zurück. »Das ischt mir doch egal ... Aber es ischt viel schlimmer. Andi ... Andi ...« Ihm versagte die Stimme.

20.38 UHR

Die Leiche lag vornübergebeugt über einem der vielen gelben Säcke. Die Austrittswunde klaffte rot auf dem Rücken. Blut hatte den Stoff dunkel gefärbt.

In der einen Hand hielt sie ein altes Leitungswasserrohr, an dessen vorderer Hälfte Blut klebte.

Keine zwei Meter entfernt lag rücklings an eine fahrbare Mülltonne gelehnt ... Andi. Seine Augen waren geschlossen, eine Pistole lag in der rechten Hand. Aus einer Platzwunde an seiner linken Schläfe sickerte Blut.

»Er lebt«, hauchte Ellen erleichtert.

»Gott sei Dank.«

Andi stöhnte.

»Er wacht auf. Schnell, dein Handy!«, rief Pfeiffer.

»Was hast du vor?«

»Alles festhalten. Wenn er sich bewegt, ist alles vorbei.«

Noch während Pfeiffer redete, entsperrte Nina das Display und filmte, wie Andi langsam wach wurde und die Augen öffnete.

Stöhnend griff er sich mit der linken Hand an die Wunde am Kopf, während er die rechte hob und verwundert auf die Waffe starrte. »Was soll das?« Angeekelt ließ er sie fallen. »Solche Scherze sind unter deinem Niveau, Peter.«

Pfeiffer sah zu Nina, dann zu Ellen und Stumpf, dann wieder zu Andi.

Sie waren ebenso entsetzt wie er. »Ich wäre froh, es wäre ein Scherz, Großer.« Pfeiffer trat zur Seite und gab Andi den Blick auf die Leiche frei.

»Was zum Geier ...?« Das blanke Entsetzen der Erkenntnis trat in seine Augen, als er den leblosen Körper der Immobilienmaklerin erkannte. Er griff nach der Waffe.

»Andi, mach keinen Scheiß. Waffe weg!«

»Was heißt hier: Mach keinen Scheiß? Ich war das nicht! Warum sollte ich sie erschießen?«

MONTAG, 28. JULI
9.55 UHR

Nina schritt im Schatten der knorrigen Bäume den Weg zur ›Senioren-Residenz St. Josefstift‹ entlang. Freundlich grüßte sie die vereinzelt auf den Bänken oder auf den Rollatoren sitzenden alten Leute. Doch die apathischen Gesichter reagierten nicht.

Irgendwie verstand sie die Leute. Sie selbst war heute auch verstört. Andi in Untersuchungshaft! Sie konnte bis zum jetzigen Zeitpunkt nicht verstehen, wie das alles passieren konnte. Wer glaubte an so etwas? Das war doch ein Fehler! Die Kollegen in der Dienststelle waren in heller Aufruhr. Keiner konnte glauben, in welche Situation der Kollege geraten war.

Auf einer weißen Bank an einer Buchsbaumhecke saß eine Frau, die jünger wirkte als die übrigen Bewohner des Altersheims. Vielleicht eine Besucherin? »Entschuldigen Sie, bitte. Wissen Sie, wo es zur Verwaltung geht?«

Die Frau schaute auf. Ein Lächeln und der Ausdruck des Wiedererkennens huschten über ihr blasses, mageres Gesicht. »Silvia! Wie schön, dich wiederzusehen. Das wird ja mal Zeit, dass du dich von deiner Arbeit losreißt und deine Mutter besuchst!«

Nina konnte gar nicht so schnell ausweichen, wie die Frau aufsprang und sie umarmte.

Oh je, wo war sie da nur hingeraten? Die arme Frau verwechselte sie doch glatt mit ihrer Tochter. Kein Wunder, dass Betrüger mit dem Enkeltrick Erfolg hatten.

Nina fasste die Frau vorsichtig an den Armen und hielt sie auf Abstand. »Du, ich muss schnell mal in der Verwaltung etwas klären. Weißt du den Weg?«

»Hast du wieder Ärger? Brauchst du einen neuen Job? Also nein, Silvia, doch nicht hier.«

»Ma ... ma.« Nina spielte mit, obwohl ihr das Wort ›Mama‹ seit dem Streit mit ihrer eigenen Mutter nicht leicht über die Lippen kam. »Wo geht's zur Verwaltung?«

»Das weiß ich doch nicht. Ich hatte noch keinen Ärger und musste auch nicht zum Direktor, so wie du. Ständig stellst du etwas an. Du hast dich nicht geändert.«

»Du hast wie immer recht, Mama.« Nina drückte die Frau sachte auf die Bank. »Aber ich muss da jetzt erst mal was klären, dann komme ich wieder zurück, okay?«

»Lass mich nur wieder allein«, schimpfte die Frau hinter ihr her.

Nina lief schneller. Nicht wegen der Frau, sondern weil sich deren Stimme immer mehr nach der ihrer eigenen Mutter anhörte. Und da sie beschlossen hatte, keine Mutter mehr zu haben, war das einfach zu viel. Schließlich übertönte das Knirschen ihrer Schritte auf dem Kies das Gekeife.

Endlich entdeckte sie einen Wegweiser, der Besucher zu den einzelnen Häusern wies. Im Haus C war die Verwaltung untergebracht.

Sie betrat das kühle Gemäuer und musste einen Augenblick warten, bis sich die Augen an das Dämmerlicht angepasst hatten. Der Beschilderung folgend, fand sie gleich die richtige Tür. Nina sah auf die Uhr. Sie war pünktlich, klopfte und trat ein.

Eine junge Frau mit starker Akne am Kinn blickte von ihren Papieren auf und nickte. »Frau Schätzlein? Sie können durchgehen.«

Die verschwendet keine Zeit, dachte Nina. *Nicht einmal für einen Gruß.*

Nina nickte demonstrativ zum Gruß und ging in das angrenzende Büro, dessen Tür offenstand. Da das Gespräch nicht für alle Ohren bestimmt war, schloss sie die Tür und erhaschte dabei einen missbilligenden Blick der Frau.

»Nina Schätzlein, Kripo Würzburg«, stellte sich Nina vor.

Heimleiter Vogler saß am Schreibtisch und schaute auf. Seine Brille harmonierte wunderbar mit den Haaren, die so tiefschwarz waren, dass sie nicht zu dem alten, zerfurchten Gesicht passten.

»Sehr schön, Sie sind pünktlich. Ich habe nicht viel Zeit.«

Nina hätte ihm am liebsten vorgehalten, was ihm einfalle, sich keine Zeit für seine Bewohner zu nehmen, doch sie schluckte die Worte und blieb freundlich. Deeskalation war in der Polizeischule ein eigenes Unterrichtsfach und wurde auch danach bei der Behörde großgeschrieben.

»Herr Vogler, dann mache ich es kurz, damit ich nicht Ihre und Sie nicht meine kostbare Zeit verschwenden. Vier Bewohner Ihres Hauses wurden Opfer des Enkeltricks. Die Häufung speziell in diesem Heim lässt auf einen Insider schließen.« Weiter kam sie nicht.

Unerwartet behände sprang der Heimleiter auf und stützte sich mit den Händen am Schreibtisch ab. »Was fällt Ihnen ein? Unterstellen Sie meinem Personal, dass es die Alten über den Tisch zieht?«

»Die Alten? Das klingt nicht nach Respekt und Achtung gegenüber Ihren Schutzbefohlenen«, konterte Nina.

Vogler lief rot an.

Nina stützte sich ebenfalls auf dem Schreibtisch ab. Nun standen sie sich wie zwei kampfbereite Ziegenböcke gegenüber. »Legen Sie für Ihr Personal die Hand ins Feuer?«

Das Rot von Voglers Wangen verblasste schlagartig.

»Also nicht. Sehen Sie, das ist doch schon mal ein Anfang. Was schlagen Sie vor?«

Er ließ sich in den Bürostuhl fallen. »Ich ... äh ... keine Ahnung.«

Nina nickte zufrieden. Solche Menschen liebte sie. Erst dick aufblasen, und wenn man sie nach Lösungen fragte, kam nur heiße Luft. »Gut, wir werden eine Aufklärungsveranstaltung durchführen. Sie werden dafür sorgen, dass alle Bewohner Ihrer Institution darüber informiert werden und anwesend sind.«

»Das ist alles?« Vogler schien erleichtert.

Nina schüttelte den Kopf und setzte zum Tiefschlag an. »Ich bekomme sämtliche Personalakten zur Einsicht. Wir sind verpflichtet, sie zu prüfen. Und Sie bestätigten gerade, dass Sie nicht für Ihr Personal bürgen. Die Opfer haben beträchtliche Summen verloren, dem müssen wir nachgehen.«

»Brauchen Sie dazu nicht einen richterlichen Beschluss oder so?«

»Oder so?« Nina holte ein Schreiben hervor. »So etwas?«

Vogler sank in sich zusammen und alterte zusehends. Mit scheinbar letzter Kraft nahm er den Telefonhörer und drückte eine Taste. »Lisa, komm mal.«

Nina stellte den dritten Karton auf den Stapel. Die Akten waren schwer. Sie würde mit dem Auto zum vorderen Eingang fahren und die Akten einladen. Warum nur hatte sie so weit entfernt geparkt? Was hatte sie sich dabei nur gedacht?

Aber die sichergestellten Akten unbeaufsichtigt lassen, bis sie das Auto geholt hatte, wollte sie auch nicht. Verdammt!

Der unter einer Treppe abgestellte Rollstuhl kam ihr da gerade recht. Sie sah sich um, sie war allein. Nur am Ende des Flurs unterhielten sich einige Seniorinnen. Kurz hielt sie inne und runzelte die Stirn. Sah sie jetzt schon Geister? Eine der alten Damen sah doch tatsächlich wie ihre Oma Lotte aus. Doch was wollte die hier? Sie wohnte doch noch in ihrem kleinen Häuschen? Sie musste sich irren.

Nina griff sich den Rollstuhl. Würde ihn jemand vermissen, wenn sie ihn für einige Minuten ausleihen würde? Kurz entschlossen stapelte sie die Kartons auf den Sitz. Den so beladenen Rollstuhl über den Kies zu schieben, würde alle ihre Kraft kosten. Sie schob ihn zum Ausgang.

»Mach's gut, Edi. War schön, dich wiederzusehen«, verabschiedete sich eine der älteren Damen und lief in Ninas Richtung.

»Oma!« Sie hatte sich doch nicht geirrt.

»Nina, meine Kleine!«

Meine Kleine war gut. Nina konnte auf das noch volle graue Haar der mindestens einen Kopf kleineren Frau herunterschauen. »Oma, was machst du denn hier?«

»Du kennst doch noch meine Freundin Brigitte? Na, die aus meiner Canasta-Runde.« Oma Lotte deutete ihren verwirrten Blick falsch. »Stell dir vor, Brigitte hatte im Juni einen Schlaganfall, sie kann sich nicht mehr selbst versorgen. Ihre Kinder sind überfordert und haben sie abgeschoben.«

Nina sah plötzlich ihre Eltern vor sich, die sich immer noch stritten. Sie bezweifelte, dass sie in der Lage wären, sich in so einem Fall um Oma zu kümmern.

Erneut missdeutete Oma Lotte ihre Reaktion. »Nicht wahr, das findest du auch schlimm?«

»Ja, natürlich.« Die Akten wankten gefährlich.

»Genau aus dem Grund werde ich mir schon vorher einen Platz aussuchen. Ich habe auch schon eine schöne Stelle gefunden, wo ich beigesetzt werden möchte.«

»Oma!«

»Was denn? Brigitte konnte sich dieses Haus nicht aussuchen, und *ich* würde es auf keinen Fall wählen. Viel zu unfreundliches Personal! Der Park da draußen ist das Einzige, was mir hier gefällt, und außerdem sind mir hier zu viele alte Leute. Also habe ich mir eine Art Liste gemacht. Mit der inspiziere ich derzeit alle Häuser in Würzburg und Umgebung und werde genauestens auf alles achten.«

Nina war hellwach. »Und du bist hier schon einigem Personal begegnet?«

Oma Lotte winkte ab. »Unfreundliche Zeitgenossen.« Dann leuchteten ihre grauen Augen auf. »Und stell dir vor, auch der Schwester einer Schulkameradin bin ich begegnet. Die da, die mit den langen Haaren. Und meinem Paul. Wie klein ist doch die Welt.«

Nina wollte etwas erwidern, da beugte sich Oma Lotte vor und flüsterte: »Sie war mal Sekretärin. Meine Freundin machte sich damals Sorgen. Sie erzählte mir, Edi wäre damals mit ihrem Chef durchgebrannt. Dabei soll der sie immer wie ein Dienstmädchen behandelt haben. Aber sie wirkte heute so einsam und traurig. Deshalb glaube ich das nicht. Und Paul, ja, der Paul. Für den habe ich mal so geschwärmt. Der war in der Oberprima. Klassenbester. Und heute? Demenz. Wer hätte gedacht, dass der mal nicht mehr weiß, was er am Morgen zum Frühstück hatte?« Oma Lotte schüttelte den Kopf. »Beide so gebrechlich. Dagegen wirke ich wie eine Marathonläuferin.« Sie kicherte stolz.

Nina beugte sich vor und küsste die Achtzigjährige auf die Wange. »So musst du auch bleiben. Ich kann mir nicht vorstellen, dass du in so einem Haus versauerst.« Dann kam Nina eine Idee und sie sah sich um. Niemand beobachtete sie. Perfekt! »Oma, ich habe eine geniale Idee!« Sie grinste über das ganze Gesicht. »Lauf am Hauptausgang die Straße runter, ich hole dich an der Ecke ab. Und ... Ab sofort bin ich nicht mehr deine Enkelin.«

Als Nina den beladenen Rollstuhl durch den Park schob, kam sie bei der Frau vorbei, die sich für drei Minuten als Ninas Mutter fühlte. Sie saß auf der Bank und träumte wieder von einem früheren Leben.

10.15 UHR

Pfeiffer klebte zum gefühlt zehnten Mal den Fensterrahmen mit Klebeband ab.

Das verdammte Zeug wollte einfach nicht gerade an der Scheibe haften.

Doch es lag nicht am Klebeband, sondern an seiner Konzentration. Ständig dachte er an Andis Verhaftung.

Wie konnte das alles nur geschehen? Was war im Hof passiert?

Ihm fehlte die Möglichkeit, mit Andi zu sprechen. Andi war sofort zum Verhör in die Dienststelle gebracht und die Interne aus Nürnberg war eingeschaltet worden. Die ›Interne‹ schien sich auf ihn als Täter eingeschossen zu haben, denn anschließend wurde Andi in die JVA verlegt.

Von den Kollegen erfuhr Pfeiffer, dass die Interne offensichtlich keine weiteren Spuren verfolgte. Pfeiffer konnte das nicht glauben. Warum suchten sie nicht nach anderen Verdächtigen?

Weil sie keine hatten!

Pfeiffer riss das Klebeband ab, knüllte es zu einem Ball zusammen und warf es in den Müllsack zu den Tapetenresten und dem anderen Unrat.

Für heute machte er Schluss, er konnte sich einfach nicht konzentrieren. Die Fenster mussten warten. Zu viel spukte in seinem Kopf umher. Und da waren wieder diese Stimmen, die etwas zu flüstern schienen. Waren sie real oder nur in seinem Kopf? Er musste aufpassen, dass er nicht durchdrehte. Damit würde er Andi nicht helfen. Pfeiffer hatte die Angst und Verzweiflung in Andis Augen gesehen, als er abgeführt wurde. Abgeführt von den eigenen Kollegen, die ihn kannten und dennoch mit einem Mal distanziert waren. Sie waren verunsichert.

Verständlich. Schließlich war Andi einer von ihnen. Wem sollten sie trauen, wenn sich schon ein Kollege der dunklen Seite des Lebens näherte?

Und er selbst? Andreas Reimer war ihm nicht nur ein Kollege, nein, sondern ein guter Freund.

Und nun stand er hier und musste hilflos zusehen, wie das Leben seines Freundes einen anderen Verlauf nahm, als sie es sich beide hatten träumen lassen. Pfeiffer glaubte immer noch an einen Scherz und wartete darauf, dass jemand ›April, April!‹ rief.

Doch nichts dergleichen geschah.

Pfeiffer lehnte den Kopf an die Fensterscheibe und schloss die Augen. Er musste etwas unternehmen!

Doch ihm waren die Hände gebunden. Baumann hatte ihm unmissverständlich nahegelegt, sich aus den Ermittlungen der Internen herauszuhalten. Er sollte, nein, er durfte sich nicht einmischen! Zu Andis Schutz! Wenn die ›Interne‹ übernahm, hieß das für ihn und seine Abteilung: Finger weg!

Wäre er, Pfeiffer, für den Fall zuständig, hätte er auch in andere Richtungen ermittelt. Nie im Leben hätte er Andi verdächtigt, egal, wie die Beweislage aussah.

War er durch ihre Freundschaft blind den Beweisen gegenüber?

Gab es deshalb die ›Interne‹, um alles objektiv zu bewerten?

Seiner Meinung nach hatte sich die Interne zu schnell auf Andi eingeschossen. Auch wegen der Zeugenaussagen, die bestätigten, dass Andi der Immobilienmaklerin in den Hof gefolgt war. Seine eigene und Jacobs Aussage.

Dazu kamen noch die Schmauchspuren an Andis Hand.

Pfeiffer griff sich an die Stirn. Da war wieder dieser pochende Schmerz. Er meldete sich jedes Mal, wenn er über der Frage grübelte, wie, verdammt noch mal, die Schmauchspuren an Andis Hand gekommen waren, wenn er keinen Schuss abgegeben hatte. Natürlich konnte der Mörder einen weiteren Schuss mit Andis Hand abgefeuert haben, doch das Argument ignorierte der zuständige Ermittlungsbeamte. Pfeiffer gestand sich ein: zu Recht. Denn auch dafür gab es Zeugen. Anwohner, die nur einen Schuss gehört hatten.

Egal, wie er es drehte, er kam zu keinem logischen Ergebnis. Für ihn war Andi unschuldig. Doch wie konnte er das beweisen?

Es war zum aus der Haut fahren. Wie, zum Teufel, sollte er Einblick in die Ermittlungen bekommen, wenn er hier herumsaß?

Andi war keine Hilfe! Er erinnerte sich an nichts! An absolut nichts! Die ›Interne‹ beurteilte seine Kopfverletzung als Ausrede, um mit einer vorgetäuschten Amnesie auf Unzurechnungsfähigkeit zu plädieren.

Wäre die Geschichte nicht so tragisch gewesen, hätte Pfeiffer darüber gelacht.

Oder konnte Andi sich doch erinnern und tat nur so?

Aber warum sollte Andi, der erst kurz vorher aus dem Urlaub zurückgekommen und an diesem Abend zum ersten Mal in seinem Leben dem Opfer begegnet war, sie umbringen? Das ergab doch keinen Sinn ... außer ... Andi hätte Bianca Vornwald doch länger gekannt.

Unmöglich!

Oder doch?

Warum sollte ein Kriminalkommissar, sein Freund, ihm so etwas vorspielen? In was für Machenschaften sollte er da verstrickt sein?

NEIN!

Pfeiffer weigerte sich, das zu glauben.

Um Andi zu helfen und sich selbst Gewissheit zu verschaffen, musste er mehr über das Opfer in Erfahrung bringen. Warum hatte die Maklerin ihn verfolgt? Warum war sie ausgerechnet an diesem Abend bei ›Ritchy‹ gewesen? Wer war dieser ominöse Kaufinteressent?

Als er in der gestrigen Diskussion mit Nina und Stumpf an dem gleichen Punkt angelangt war, hatten seine Kollegen ihm das Versprechen abgerungen, nichts zu unternehmen. Er hätte Urlaub, und die Kollegen der ›Internen‹ wären sicherlich fähige Leute.

Doch jetzt wurde ihm klar, dass er das Versprechen nicht würde halten können.

Hier zu renovieren, Farben im Baumarkt auszusuchen, während Andi auf der Pritsche lag und jeden Morgen erneut auf seine Freilassung hoffte, um dann doch wieder enttäuscht zu werden - nein, er konnte das nicht!

Pfeiffer ging in die Wohnküche, die fast so groß war wie seine halbe Wohnung in Würzburg. Er suchte nach der Visitenkarte der Maklerin. Sie lag zusammen mit der Notariatsurkunde und seinem Autoschlüssel auf dem riesigen ausziehbaren Tisch, der das Zentrum des Raums bildete.

Eine Tafel wie in Ritchys Restaurant, an der mindestens zehn Personen sitzen konnten, hatte er sich schon immer gewünscht. Hier war es Wirklichkeit geworden. Die Tatsache, dass er ein Einzelkind war, war vielleicht der Grund, warum er gerne viele Menschen um sich versammelte. Er würde es genießen, wenn seine Kinder am Wochenende kamen und hier die Spaghettiorgie startete.

Er griff nach dem Autoschlüssel.

Ding dong.

›Klingel austauschen‹, notierte Pfeiffer auf seine innere To-Do-Liste.

Das musste die Malerfirma sein.

Doch statt eines Handwerkers in weißer Arbeitsmontur stand Jacobs Lehrer, Thomas Haas, vor der Tür.

»Entschuldigen Sie bitte die Störung, Herr Pfeiffer.« Haas' Hand schoss vor, während er mit der anderen eine braune Ledertasche unter den Arm klemmte. »Mein Name ist Haas. Ich bin der Klassenlehrer Ihres Sohnes Jacob.«

Pfeiffer steckte die Visitenkarte der Maklerin in die Gesäßtasche seiner Jeans, bevor er dem Lehrer die Hand reichte. »Was verschafft mir die Ehre eines Hausbesuchs? Haben Sie nicht bereits Ferien?« Er ließ den Lehrer eintreten. Dann sah Pfeiffer in das Treppenhaus hinunter. Die Eingangstür stand offen. Verdammt. Er hatte etwas aus dem Auto geholt und die Tür festgestellt. Er musste besser aufpassen. »Wollen Sie mir beim Malern helfen?«, fragte er.

»Wie? Nein, nein. Mein Besuch ist schon eine Ausnahme.« Haas schaute sich um. »Das sieht mir sehr nach Arbeit aus, nichts für mich. Ich bin kein Handwerker.« Er lachte verlegen und räusperte sich. Der Ring an seiner linken Hand, die er abwehrend von sich streckte, unterstrich seine Geste. »Ich bin gekommen ... Ich wollte einiges klarstellen ... Bezüglich Jacobs Aussage.«

Pfeiffer blieb neben dem Geschirrschrank stehen. Der große Esstisch trennte sie voneinander. »Was gibt es da klarzustellen? Wir alle haben Ihnen doch ein Alibi gegeben, und Jacob hat meinen Freund belastet. Seien Sie verdammt noch mal froh.« Innerlich kochte Pfeiffer vor Wut. Dieser Mann, der mit der Immobilienmaklerin zusammengesessen und dann anschließend ohne sie so cool sein Steak verspeist hatte, hätte den perfekten Täter abgegeben. Wenn nicht sein eigener Junge Andi mit der Frau gesehen hätte, wäre Andi jetzt frei.

Haas' Blick wanderte von Pfeiffers Gesicht zum Schrank, verweilte dort einen Moment auf der defekten Scheibe und kehrte wieder zurück. »Hat er nichts weiter gesagt?«, griff der Lehrer das Thema wieder auf.

Pfeiffer stemmte die Arme in die Hüfte. »Was wollen Sie meinem Sohn unterstellen?«

»Nichts, um Himmelswillen! Er hat genug zu kauen.«

»Was?! Was meinen Sie?«

»Ach je, das war jetzt überhaupt nicht meine Absicht.« Thomas Haas ging nervös in Richtung des Wohnzimmers. »Was für ein imposantes Haus. Wenn die Wohnküche schon so aussieht, wie sieht dann erst der Rest aus?«

Pfeiffer besann sich, erreichte wie bei einem Wettstreit zuerst die Schiebetür und schob sie derart schnell vor Haas' Nase zu, dass die farbigen Glasornamente klirrten.

»Jugendstil, nicht wahr? Eine hervorragende Arbeit.« Haas besah sich die Tür wie ein Kunstkenner und überspielte somit Pfeiffers brüske Handlung.

»Was ist dann Ihre Absicht?«

Haas drehte sich zu ihm um. »Wie soll ich es sagen ... Mitunter ist Jacob nicht gut auf mich zu sprechen. Seine schulischen Leistungen leiden unter den familiären Verhältnissen. Und damit geraten wir in Konflikt.« Haas sah sich um. Anscheinend suchte er etwas zum Sitzen.

Pfeiffer würgte seine Überraschung herunter. »Warum erfahre ich ... erfahren wir das erst jetzt? Oder weiß meine Exfrau darüber Bescheid?« Pfeiffer machte keine Anstalten, ihn ins Wohnzimmer zu bitten. Stattdessen ruckte er dem Lehrer einen der Esszimmerstühle hin. Das wollte er genauer wissen. Ihm war nicht bewusst gewesen, dass die Kinder unter der Trennung litten. Da Kati sogar im Begriff war, zu studieren, war ihm nie der Gedanke gekommen, dass die Auseinandersetzungen mit Kirsten wegen des Hauses sich auf die schulischen Leistungen der beiden auswirken würden.

So konnte man sich irren.

Haas nahm Platz. »Nein ... Ja ... Ich dachte, er fängt sich wieder. Aber nun hat er so seltsam reagiert, dass ich nicht wusste, in welchem Umfang er sich etwas ausdenkt, um mir eventuell zu schaden.«

»Ausdenkt? Also, jetzt reicht es mir aber!« Pfeiffer trat auf ihn zu. »Er gibt Ihnen ein Alibi, und dafür geht ein hervorragender Kollege in Haft! Und Sie reden davon, dass er sich etwas ausdenken würde?«

»Nein, nein, so meinte ich das nicht.« Der Lehrer hob beschwichtigend die Hand. »Er hat gesehen, wie ich mich gedankenverloren mit meinem Spiegelbild unterhalten habe.« Sein Oberkörper beugte sich nach vorn und wirkte seltsam gealtert.

Pfeiffer spitzte die Lippen, schwieg jedoch.

»Wir Lehrer haben manchmal einen ziemlich hohen Stresspegel. Ich habe in letzter Zeit oft Kopfschmerzen. Auch ich habe meine Probleme.«

»Und was wollen Sie jetzt von mir?«

Wie zum Schutz hob Haas die Aktentasche vor seine Brust. »Ich wollte nur vermeiden, dass Gerüchte kursieren. Ich habe schließlich einen guten Ruf zu verlieren. Sollte sich das in der Schule herumsprechen, kann ich einpacken. Dann werde ich zum Gespött.«

»Das hätten Sie sich überlegen müssen, bevor Sie durchdrehen«, konnte sich Pfeiffer nicht verkneifen. »Und bevor Sie mit einer Frau ausgehen, mit der Sie nicht verheiratet sind. Woher kannten Sie eigentlich das Opfer?«

»Ich bin auch nur ein Mann.« Der Lehrer räusperte sich.

»Sie haben meine Frage nicht beantwortet.«

»Welche Frage? Ach, die, woher ich Bianca kenne? Von früher.«

»Von früher?«

Haas überlegte. »Ich habe bereits alle Fragen beantwortet, die diese Tragödie betreffen, Herr Pfeiffer. Und, soviel ich weiß, muss ich das bei Ihnen auch nicht. Sie sind nicht der ermittelnde Beamte.«

»Nein, aber Sie sind zu mir gekommen! Und Sie sind der Lehrer meines Sohnes. Ich muss wissen, ob Sie Ihren verantwortungsvollen Job noch stemmen können oder ein durchgeknallter ...«

Haas sprang auf. »Ich kann Ihnen versichern ...« Er fasste sich plötzlich an den Kopf.

»Ich brauche kein Geschwafel. Was ist mit meinem Jungen?« Pfeiffer stemmte sich mit beiden Armen auf dem Tisch ab, wie er es bei seinen Verhören gerne tat. Die Geste wirkte einschüchternd.

Haas Augen flackerten, als er aufsah. »Ich mag Ihren Sohn. Wirklich. Er ist einer der wenigen Schüler, die noch lernen möchten. Aber zurzeit ...«

»Was, zurzeit?«

»Vielleicht liegt es auch nur an mir. Ich bin, wie ich schon sagte, etwas überlastet. Ich hätte nicht herkommen sollen. Aber all die Schüler, die den Unterricht stören. Bitte reden Sie mit Jacob, damit er nichts von dem Selbstgespräch verlauten lässt, wenn die Schule wieder beginnt. Es wäre unerträglich für mich, wenn das bekannt würde. Kann ich auf Sie zählen?«

Pfeiffer empfand mit einem Mal Mitleid mit diesem Weichei. »Meinetwegen. Ich red mit ihm.«

»Danke.« Haas öffnete die Tür und trat ins Treppenhaus.

»Und was ist mit Jacobs Leistungen? Was kann ich tun?«

»Ach, vielleicht habe ich mich auch getäuscht und es war nur der Einfluss der Rowdys in seiner Klasse.« Haas rannte regelrecht die Stufen hinunter.

»Rowdys?«

»Ach, das gibt sich wieder.«

»Was?« Verdutzt sah ihm Pfeiffer nach und fragte sich erneut, was eine Frau wie Bianca Vornwald von so einer Memme wollte. »Eins bitte noch.«

Haas schaute zögerlich hinauf. »Ja?«

»Wieso haben Sie seelenruhig weitergegessen? Haben Sie Frau Vornwald nicht vermisst?«

Haas senkte kurz den Blick, dann sah er wieder zu ihm hinauf. »Erstens dachte ich, sie hätte schon einige Zeit vorher das Lokal verlassen. Wir hatten unterschiedliche Ansichten, was den weiteren Verlauf des Abends betraf. Und das hat sie mir deutlich zu verstehen gegeben.« Er verzog verbittert den Mund. »Mich hat es auch gewundert, dass sie noch im Restaurant war. Vielleicht hat sie es sich doch anders überlegt und ist noch einmal auf die Toilette gegangen.« Er starrte auf das Treppengeländer, als würde ihm erst jetzt die verlorene Chance bewusst. Dann sah er zu Pfeiffer und zuckte mit der Schulter. »Dass Ihr Sohn Bianca gesehen hat, nachdem ich wieder ins Restaurant gegangen war, war wirklich mein Glück.« Er hielt die Hände offen, als dankte er Gott. »Zweitens: Ich verabscheue Gaffer. Ich fungiere schließlich als Vorbild.«

Pfeiffer nickte.

Schönes Vorbild.

11.10 UHR

Am Festnetzanschluss von der Visitenkarte nahm niemand ab. Pfeiffer hatte gehofft, wenigstens eine Angestellte zu erreichen. Stattdessen antwortete der Anrufbeantworter mit der Stimme des Opfers, und Pfeiffer bekam eine Gänsehaut. Er legte auf. Der Anruf war ein Fehler gewesen. Wenn die Telefonkontakte des Opfers von der Internen durchgesehen wurden und seine Nummer mit einem Datum nach ihrem Tod erscheinen würde, käme er in Erklärungsnot.

Nun stand er vor ihrem Haus.

Es war ein modernes gelbes Einfamilienhaus in der Meisnerstraße in Erlabrunn, mit fantastischer Aussicht über das Maintal. Bianca Vornwald musste sehr gut verdient haben und war dennoch auf dem Teppich geblieben, denn das Immobilienbüro war ein nachträglicher Aufbau, der wie eine billige Hochzeitstorte rechts auf der Doppelgarage thronte.

Pfeiffer rüttelte an der Klinke, und die Tür schnappte auf. »Hallo?«, rief er leise, in der Hoffnung, niemanden herbeizurufen und eine gewisse Zeit allein stöbern zu können. Er musste herausfinden, wer an seiner Villa interessiert war.

Für alle Fälle hatte er seinen Dienstausweis eingesteckt und die Ausrede parat, Frau Vornwald habe seine Villa verkaufen wollen und er habe gehofft, die Ergebnisse von einer Angestellten zu erfahren.

Doch er betrat nur einen hellen Vorraum mit spitzem Glasdach, der anscheinend nach einem Umbau mit einer vorgelagerten Eingangstür versehen worden war. Ein stattlicher Ficus Benjamini, dessen Äste wie bei einer Trauerweide herabhingen, verdeckte halb die hintere Tür zum

Garten. Links gelangte man über zwei Stufen zur Privatwohnung und rechts in die Garage. Über eine Metalltreppe gelangte man zum Büro. An dieser Tür klebten noch die Reste eines aufgebrochen Polizeisiegels. Jemand hatte sich bereits Zugang zu dem versiegelten Büro verschafft.

Kam er zu spät?

Pfeiffer wollte gerade die Metallstufen hinaufgehen, als von oben Stimmen zu ihm drangen. Er griff nach der Klinke der Garagentür. Sie war unverschlossen. Doch bereits nach wenigen Zentimetern setzte sie zum Quietschen an. Sofort schloss Pfeiffer sie und verbarg sich hinter dem Ficus. Keine Sekunde zu früh.

»Ich bedanke mich, dass Sie sich ein weiteres Mal Zeit genommen haben, Herr Vornwald. Wenn Ihnen noch etwas einfällt, und erscheint es auch noch so unwichtig in Ihren Augen, rufen Sie mich an. Meine Karte haben Sie noch von Samstag.«

»Danke, Herr Bauer. Ich weiß es zu schätzen.«

Pfeiffer hörte Schritte auf der Treppe. Schritte von zwei Personen. Er widerstand dem Versuch, einen Ast zur Seite zu biegen. Das kleinste Rascheln würde ihn verraten.

Da sprach Bauers Gesprächspartner bereits weiter: »Ich kann das alles noch gar nicht glauben. Jeden Abend hoffe ich, ich erwache am nächsten Tag aus einem bösen Traum und neben mir liegt meine Bianca.« Er schniefte.

»Herr Vornwald, ich kann Sie wirklich gut verstehen und ich will Sie nicht anlügen. Es wird noch einige Zeit verdammt wehtun. Wann es nachlässt, kann ich nicht sagen. Aber ich verspreche Ihnen, alles mir zur Verfügung Stehende zu tun, um den Mörder Ihrer Frau zu fassen. Falls das ein kleiner Trost für Sie ist.«

Pfeiffer schüttelte innerlich den Kopf. *Du wirst den wirklichen Täter nicht finden, wenn du nicht nach ihm suchst und dich nur auf Andi einschießt.*

Ein verstaubter Zweig der Zimmerpflanze kitzelte Pfeiffers Nase. Er hielt sie zu, um nicht zu niesen. Es wäre fatal gewesen, sich genau in dem Moment zu verraten, in dem der Kommissar der ›Internen‹ beim Hinterbliebenen seinen Verständnisspruch loswurde.

»Ein Trost? Nein. Finden Sie dieses Schwein und bringen Sie es zur Strecke, bevor ich es tue!«, beschwor der Witwer Bauer plötzlich, als hätte er Pfeiffers Kritik gehört.

Die Haustür wurde geöffnet.

»Davon würde ich Ihnen abraten, Herr Vornwald. Lassen Sie uns unsere Arbeit tun.«

Die typischen ersten Akkorde von ZZ Tops ›Gimme All Your Lovin‹ unterbrachen den Kommissar. Bevor der Gesang einsetzte, hatte er bereits die Musik beendet.

»Bauer«, brummte er. »Wieso dauert das so lange? Könnt ihr nicht ...? Okay, ich sag es ihm.« Er räusperte sich. »Herr Vornwald, die Kollegen, die sich die Kundendateien Ihrer Frau holen wollen, verspäten sich um eine halbe Stunde.«

»Das passt mir aber gar nicht.« Vornwalds Stimme klang widerstrebend. Nicht wie die eines Mannes, der darauf erpicht war, dass der Mord an seiner Frau aufgeklärt wurde.

Pfeiffer wurde hellhörig.

Bauer anscheinend auch. »Ich weiß, dass ich Ihnen gesagt habe, Sie könnten gleich wieder zur Arbeit fahren. Aber ich würde Sie bitten ...« Statt des vorherigen verständnisvollen Klangs schwang ein Hauch Schärfe in der Stimme mit.

»Natürlich, natürlich warte ich noch. Ich ... äh ... bin nur etwas durcheinander.« Vornwald hatte anscheinend bemerkt, wie unangemessen seine Reaktion gewesen war.

»Gut. Ich halte Sie auf dem Laufenden, was die Ermittlungsergebnisse betrifft.«

»Danke, Herr Kommissar. Ich weiß das zu schätzen.«

Pfeiffer registrierte, wie der Lichteinfall im Vorraum nachließ. Vornwald hatte die Tür geschlossen.

Pfeiffer hielt den Atem an. Schweiß lief ihm an der Schläfe hinab. Juckte. Doch er kämpfte gegen den Impuls an, die Hand zu heben und ihn wegzuwischen. Vielleicht hatten die beiden ihn bemerkt, und ein lächelnder Bauer stand mit gezückter Waffe da und wartete, bis der ungebetene Besucher aus seinem Versteck spazierte.

Ein Rascheln ertönte, dann ein erleichterndes Aufatmen. Schritte schabten. Eine andere Tür öffnete und schloss sich wieder.

Pfeiffer verharrte noch einige Sekunden, dann wischte er sich über das schweißnasse Gesicht und trat hervor. Keine Sekunde länger hätte er es in seinem Versteck ausgehalten, ohne einen Krampf in der Wade zu bekommen.

Der Raum war leer. Erleichtert schüttelte er sein Bein. Jetzt musste er schnell handeln. Er lugte durch das Glasfenster der Eingangstür und sah den Schatten eines Autos wegfahren. Das musste Bauer gewesen sein. Hoffte er zumindest. Pfeiffer würde sich verantworten müssen, wenn Bauer zurückkehrte und ihn in den Büroräumen eines Mordopfers, nach Beweismitteln wühlend, auffinden würde. Einen weiteren Eintrag in seiner Personalakte wollte er tunlichst vermeiden. Ganz abgesehen davon, dass er es auch noch seinen Kollegen und Baumann erklären musste. Schließlich hatte er erst vor weniger als zwei Tagen Nina und Jürgen versprochen, sich aus den Ermittlungen der Internen herauszuhalten. Doch wenn es Antworten auf die offenen Fragen gab, würde er sie nicht zuhause zwischen den Farbeimern finden.

»Also beeil dich und lass dich nicht erwischen«, ermahnte er und nahm zwei Stufen auf einmal.

Pfeiffer streifte Einweghandschuhe über und sah sich im Büro um. Die beiden Wände zur Straße und zum Garten hin besaßen je zwei Fenster, deren Lichteinfall eine wunderbare Behaglichkeit erzeugte. Zwischen den Fenstern hingen gerahmte historische Blaupausen, deren Sinn Pfeiffer nicht erkennen konnte. In der Ecke stand eine Zimmerpalme, die sehr gesund aussah. Bianca Vornwald hatte anscheinend über einen ›grünen Daumen‹ verfügt. Daneben standen in einem Papierkorb zusammengerollte Pläne.

Die der Tür gegenüberliegende Seite war fensterlos. Dort stand ein gewaltiger Aktenschrank. Ein großer Schreibtisch mit Lampe, Bildschirm und Ablage bildete den Mittelpunkt des Büros. Ein Foto darauf zeigte Bianca Vornwald mit einem Mann, dessen Frisur und Ausstrahlung genauso unscheinbar wirkten wie Haas. Anscheinend hatte sie ein Faible für Männer gehabt, die ihre eigene Strahlkraft hervorhoben. Sie blickte glücklich zu ihrem Mann. In ihrer Mitte eine dieser Hunderassen, deren Stirnfransen mit einem Zopfgummi nach oben gebunden wurden.

Der Gedanke, dass die Frau nicht mehr in dieses Büro zurückkehren und sich nie mehr an den aufgeräumten Schreibtisch setzen würde, verursachte ihm einen Stich. Er schüttelte den Gedanken ab. Er durfte jetzt nicht scheitern. Er hatte eine Aufgabe und war in Eile. Jede Sekunde zählte.

Wo sollte er anfangen? Auf den ersten Blick war nichts Besonderes zu erkennen.

Die Akten!

Er suchte nach einem System in der Ablage. Namen, Objekte ... Es waren Unmengen an Akten. Alphabetisch geordnet zwar, aber unter ›L‹ wie Lamprecht fand er nichts, bei ›P‹ wie Pfeiffer und ›H‹ wie Haas konnte er ebenfalls nichts finden. Keine Akte unter dem Ort oder der Straße. Es sei denn, die Daten waren auf dem PC, der, wie Pfeiffer mit einem Blick unter den Schreibtisch erkannte, bereits fehlte.

Mit einem Mal kam ihm die Aktion als großer Fehler vor. Seine Hände schwitzten bereits unter dem Latex, und er kam sich vor wie ein Einbrecher. Was tat er nur?

Was, wenn Bauer auf den Gedanken kam, ihn zu verdächtigen?

Zugegeben, den Ermittlern blieben nicht viele Alternativen, wenn sie die Zusammenhänge herstellten. Wenn Pfeiffer einen Kollegen überraschen würde, der bei einem Mordopfer Unterlagen suchte, die mit dem Kollegen im Zusammenhang standen - tja. Was würde er daraus schließen? Dass der Kollege etwas zu verbergen hatte? Dass er Beweismittel verschwinden lassen wollte?

»Du Blödmann, du«, murmelte er. »Schnell raus hier.«

Doch da kam ihm ein Gedanke.

›R‹ wie Andi Reimer.

Nein, das konnte er nicht glauben.

Das wollte er nicht glauben!

Doch er brauchte Gewissheit! Vielleicht war Andi in eine Falle geraten und hatte von all dem wirklich keinen Schimmer.

Er durchsuchte die Akten erneut, als es klingelte.

Pfeiffer sah aus dem Fenster. Vor der Tür stand ein Wagen mit Nürnberger Nummer.

Verdammt, die Kollegen waren schneller hier als vermutet.

Und es gab kein Versteck oder eine weitere Tür, durch die er fliehen konnte. Er hörte bereits Stimmen, als er sich noch unschlüssig umsah.

Das Fenster!

Er hastete zur Gartenseite, öffnete das Fenster und sah hinunter. Bedingt durch die Hanglage war es nicht sehr tief. Zwei Meter bis zur Blumenrabatte, schätzte er. Erleichtert atmete er auf. Es hätte schlimmer kommen können. Unter ihm hätten Betontreppen zum Keller oder eine der beliebten Steinrabatten sein können.

Pfeiffer kletterte auf das Garagendach, zog das Fenster so weit heran, dass es erst auf den zweiten Blick als geöffnet zu erkennen war, und ließ sich vorsichtig hinuntergleiten.

Er landete in der Hocke.

Aus dem Büro der Maklerin drangen Stimmen. Vorsichtig öffnete er die Tür, die im Vorraum vom Benjamini verdeckt wurde.

Konnte er es riskieren, hier ungesehen durchzumarschieren? Er hatte vorhin bei seinem Blick aus dem Fenster niemanden im Wagen sitzen gesehen. Doch was war, wenn sie die Bürotür offengelassen hatten und blitzschnell mit den Akten auf der Treppe erschienen?

Er zog sie wieder zu. Und nun?

Pfeiffer sah sich um.

Vornwalds Terrasse und Garten waren nicht groß, zogen sich jedoch über die gesamte Hauslänge hin. Mit etwas Glück konnte er über die entgegengesetzte Hausseite ungesehen die Straße erreichen. Vorausgesetzt, kein neugieriger Nachbar beobachtete ihn. Er blickte zum oberen Ende des Grundstücks. Tolle Lage, nur Natur und keine Häuser. Der Nachbar zur Rechten hatte sich mit Obstbäumen selbst vor neugierigen Blicken abgeschirmt. Nur die Nachbarn, zwischen deren Grundstücken er zur Straße laufen wollte, hätten ihn entdecken können.

Er musste es riskieren und endlich verschwinden, bevor jemand nach dem offenen Bürofenster schaute.

Pfeiffer lugte vorsichtig durch die großen Terrassenfenster. Vornwald war nicht zu sehen. Also schnell. Pfeiffer spurtete nahe dem Haus über die Terrasse hinweg, als wäre er ein Olympionike.

Er sprintete vorüber und hätte es fast geschafft, die großen Fenster ungesehen zu passieren, doch das Glück sollte nicht mit ihm sein. Er hätte es wissen müssen, schließlich hatte er auf dem Foto die kleine Fellhupe gesehen. In den höchsten Tönen kläffte Vornwalds Hund an der großen Schiebetür, sprang an die Scheibe und drehte einen halben Salto.

Pfeiffer erschrak derart, dass er taumelte und über einen Blumenkübel, der auf der Terrasse stand, fiel. Im letzten Augenblick konnte er ihn fangen, bevor er klirrend zu Boden gefallen wäre. Dabei schrammte er sich den Unterarm auf.

Verdammt! Schnell weg hier. Wenn Vornwald nach seinem kläffenden Hund sah und ihn hier erblickte, war er verloren!

Beinahe stolperte er noch, kam ins Strudeln und erreichte schweißnass das Ende des Hauses. Auf dem Kiesbett an der Drainage entlang lief Pfeiffer Richtung Straße.

Pfeiffer spähte zu den Häusern auf der gegenüberliegenden Straßenseite. Niemand zu sehen. Dann linste er um die Hausecke. Zwei Männer luden Akten in den Kofferraum des Nürnberger Wagens und gingen zurück ins Haus.

Gut, dass er seinen Passat nicht direkt vor dem Haus der Vornwalds geparkt hatte. Er stieg ein, ließ den Motor an und fuhr langsam in die entgegengesetzte Richtung davon.

Zwei Straßenecken weiter hielt er an, schlug mit seinem Kopf auf das Lenkrad und fluchte.

Was habe ich mir dabei nur gedacht? Was habe ich geglaubt, zu finden?

Jetzt, nachdem alles vorbei und er einer Entdeckung entkommen war, zweifelte Pfeiffer an seinem Verstand. Die Fragen, die vor wenigen Stunden noch einen derartigen Zwang ausgeübt hatten und unbedingt beantwortet werden wollten, kamen ihm jetzt sinnlos vor.

Sich in die Ermittlungen einzumischen ... wie bescheuert!

Dann hielt er inne und lächelte.

Die Ermittlungskommission hatte viele Akten in den Kofferraum gestapelt. Warum sollten sie sich damit belasten, wenn sie Andi für den Mörder hielten? Außerdem hatte Bauer zu Vornwald gesagt, sie wollten den Mörder fassen und nicht, sie hätten ihn schon gefasst.

Hoffnung keimte auf. Sie ermittelten also auch im weitesten Sinne im Bekanntenkreis der Immobilienmaklerin. Vielleicht fühlte sich jemand von ihr betrogen?

Oder bedroht? So wie er, als sie ihm abends aufgelauert hatte.

Irgendwie konnte er das Opfer nicht mit Erpressung in Verbindung bringen. Aber wie hieß es so schön: Man konnte Menschen nur vor die Stirn sehen.

11.15 UHR

Nina horchte auf. Die fremden Stimmen auf dem Flur irritierten sie. Doch auf Ellens, Pfeiffers und vor allem Andis Stimme wartete sie vergebens. Im K 1 war nichts mehr so wie früher.

Die interne Abteilung aus Nürnberg hatte alles in Beschlag genommen. Lautstark polterten Bauers Mitarbeiter den Flur auf und ab, als wären sie die Chefs. Jedem Kollegen begegneten sie mit Argwohn und sahen in ihm einen potenziellen Verbrecher.

Alfred Baumann, seines Zeichens Kriminaloberrat und Dienststellenleiter, versetzte Nina kurzerhand zum K2. Offiziell sollte sie ihr Aufgabenspektrum in einem anderen Kommissariat erweitern, da sie dem gehobenen Dienst entgegensähe. Inoffiziell war allen klar, dass Baumann sie aus der Schusslinie nahm. Wenn die Interne ermittelte, wusste niemand, wen sie einer Mittäterschaft verdächtigten und an wem sie sich festbissen.

Zum Glück hatte Nina mit dem Enkeltrickbetrug einen Fall übertragen bekommen, der sie interessierte. So kam ihr das Ganze nicht wie eine Strafversetzung vor.

Sie schob eine der Personalakten zur Seite. Die Hälfte der Angestellten des Pflegeheims hatte sie schon durchgesehen und war auf nichts Verdächtiges gestoßen. Alleinstehende und verheiratete Frauen und Mütter und wenige Männer. Normale Menschen, die dort ihre Arbeit verrichteten. Und dennoch musste jemand dabei sein, der mehr war, als er vorgab. Oder ... ein anderer war, als es auf dem Papier stand.

Hier war eindeutig ein Insider am Werk.

Aber wie sollte sie das herausfinden? Die geschädigten Frauen und Männer waren alt und gebrechlich. Sie konnten sich teilweise nicht mehr daran erinnern, mit wem sie zwei Stunden zuvor gesprochen geschweige denn, mit wem sie in den letzten Wochen über familiäre Dinge geplaudert hatten.

Gut, dass in Ninas Ärmel ein Ass steckte!

Nach ihrem Aufeinandertreffen mit Oma Lotte hatte sie gleich Kriminaloberrat Baumann von ihrer Idee erzählt. »Ich sehe keine andere Möglichkeit, an entsprechende Informationen vor Ort zu gelangen«, hatte sie ihm erklärt. »Das Personal ist gewarnt, wenn wir erscheinen. Doch ich habe eine Vertrauensperson, die sich bereiterklärt hat, in unserem Auftrag dort einzuziehen und uns sachdienliche Hinweise zu geben.«

Baumann hatte nur den Kopf geschüttelt. Er hatte Bedenken, die alte Dame in Gefahr zu bringen. »Selbst wenn Pfeiffer im Urlaub ist, hat er einen schlechten Einfluss auf Sie. Vor einem halben Jahr wären Sie bestimmt nicht auf so eine Idee gekommen.«

Sie schwieg und dachte errötend an ihre Nacht im Swinger-Club, wo sie ebenfalls undercover ermittelt hatte. Damals war sie noch neu in der Abteilung gewesen. Sie bezweifelte, dass ihr Kollege bereits damals einen Einfluss auf sie gehabt hatte. Nein, es waren Neugier und ihr verdammter Ehrgeiz, die sie auf solche Ideen brachten. Peter warnte sie ständig vor solchen Ermittlungen. »Das ist nicht Peters

Einfluss. Für ihn steht die Sicherheit seiner Leute an erster Stelle. Aber das hier ist ein Altenheim und keine Mafiahöhle«, erklärte sie. »Ich werde auf meine Oma achtgeben.«

Freudestrahlend verließ sie kurz darauf Baumanns Büro, zückte ihr Handy und rief Oma Lotte an. Baumann musste die Aktion zwar noch von der Staatsanwaltschaft oder dem Polizeipräsidenten genehmigen lassen, aber das war kein Problem. Mit dem ›PC‹ spielte er hin und wieder Golf.

14.25 UHR

Um den Schornsteinfeger auf seiner Tour begleiten zu dürfen, hatte er ihm eine hanebüchene Story aufgetischt. Doch der hatte sie anstandslos akzeptiert. Der zusätzlich zugesteckte Geldschein und das Versprechen, dass niemand zu Schaden käme, hatten ein Übriges getan.

Nun ja, was verspricht man nicht alles, um sein Ziel zu erreichen?

Oder hatte er es doch eher bedrohlich klingen lassen?

Er grinste in sich hinein. Egal, es hatte seine Wirkung erzielt. Er bekam so Zutritt zu der Villa und konnte sich dort umsehen.

Er strich sich über das Gesicht. Aufpassen! Sonst riss er sich noch den angeklebten Bart ab.

»Bezirksschornsteinfeger? Machen Sie nicht immer erst einen Termin aus?«, fragte der Kommissar.

Der Schornsteinfeger räusperte sich verlegen. Trotz der leichten Rußschicht auf seinen Wangen erkannte er die Röte in dessen Gesicht.

Hoffentlich sah das der Kommissar nicht.

»Da haben Sie völlig recht«, antwortete der Schornsteinfeger. »Ich war zufällig in der Nähe und dachte, ich stelle mich gleich einmal vor. Ich habe gehört, Sie ... sind der neue Besitzer und fleißig am Renovieren. Viele Menschen sind überfordert mit den neuen Verordnungen und ich bin gerne behilflich, bevor Sie den alten Kamin in Betrieb nehmen oder andere Arbeiten ausführen und dann alles umsonst war.«

»Na, dann kommen Sie herein«, forderte der Kommissar sie auf.

Bravo, gut gemacht. Das war knapp, aber er hatte gerade noch so die Kurve gekriegt.

»Das ist übrigens ein Kollege von mir, Reinhold Maurer. Er ... begleitet mich für ein paar Tage, um ...«

»... um die bayrischen Bestimmungen kennenzulernen. Ich bin nicht von hier, wie Sie unschwer hören können.« Hoffentlich merkte er nicht, dass er seine Stimme verstellte.

»Aha.« Der Kommissar runzelte die Stirn.

Mist.

»Ich möchte nichts falsch machen und da ist die Praxis ...« Er stockte, als er sah, wie der Kommissar zudem noch grübelnd den Kopf neigte.

Verflucht noch mal! Was jetzt?

»Sie haben mich ertappt.« Er lachte anbiedernd auf, was in seinem Innern einen Kampf auslöste. Oft war eine Teilwahrheit die beste Option. Wenn der Kommissar jetzt ausflippte, konnte er die beiden immer noch töten. »Ich bin ein Kollege aus einem anderen Gebiet und habe von der berühmten ›Lamprechtvilla‹ gehört. Ich habe meinen Kollegen regelrecht angefleht, mich mitzunehmen. Nicht wahr, Rudi? Seien Sie versichert, ich liebe alte Bauten wie diesen. Der Stuck, die Architektur, die Geschichten der Häuser ... Einfach faszinierend. So ein moderner Schnickschnack wie da unten, also, das gehört verboten! Die Rollläden verunstalten die gesamte gelungene Außenarchitektur. Ich bitte Sie inständig, erhalten Sie das Haus. Was sage ich da! Das ist kein Haus, das ist fast schon ein Palast!«

Der Kommissar lachte.

Erleichtert hörte er auf zu schleimen.

Noch einige Sätze mehr, und ich hätte gekotzt.

Nun ja, sein ganzes bisheriges Leben bestand aus Zugeständnissen.

»Da gebe ich Ihnen vollkommen recht, Herr Maurer. Die Villa steht zwar nicht unter Denkmalschutz, aber etwas sensibler hätte man schon vorgehen können. Ich ...«

»Wäre es unverschämt, zu fragen, ob Sie mich etwas herumführen könnten?«, unterbrach er ihn und kam sich vor wie ein bettelnder Hund, der Leckerlis fürs Männchen machen bekam.

»Ja ... nun.« Zu seiner Überraschung fühlte sich der Kommissar geschmeichelt.

Was war das nur für ein naiver Vogel!?

Aber ihm sollte es recht sein, ansonsten hätte er ein Problem: wohin mit den Leichen? Weitere Tote, dazu ein Kommissar, würden nur die Polizei auf den Plan rufen. Und für eine weitere Verlängerung seines Zeitplans brachte er keine Geduld mehr auf. Bisher war ihm bereits genug Ungelegenes dazwischengekommen. Die Sache mit der Maklerin hatte enorme Planung benötigt. Gut, dass er damals gehört hatte, wie Pfeiffer den alten Mann zum Essen einladen wollte. Er liebte es, immer im rechten Moment am rechten Fleck zu sein. Eigentlich sollte Pfeiffer Bianca folgen. Doch woher sollte er wissen, dass der eine Freundin hatte? Wenn der jetzt im Knast sitzen würde, hätte er uneingeschränkten Zugang zur Wohnung. Leider war ihr dieser trottelige Hippieverschnitt gefolgt. Trotzdem, es war ein genialer Streich, es so hinzustellen, als wäre es der Bulle gewesen. Wenigstens hatte er einen seiner Punkte abhaken können. Und damit war er seiner Rache ein Stück nähergekommen. *Ha! Das muss mir erst einmal jemand nachmachen. Ich bin den Bullen haushoch überlegen*, dachte er mit Genugtuung. Außerdem verschwendete niemand auch nur einen Gedanken an den toten Manni oder kam gar auf die Idee, beide Verbrechen könnten zusammenhängen.

Der Kommissar bat sie herein, führte sie durch die große Wohn- und Essküche und weiter in das riesige Wohnzimmer mit den bodentiefen Fenstern.

Bei Tag sah alles anders aus als in der Nacht. Heller, freundlicher. Das alte Mobiliar wirkte pompös. Da stand auch noch der Geschirrschrank, den Manni hatte fallen lassen. Die Scheibe war zerbrochen.

Und ich habe Manni fallenlassen. Er lachte in sich hinein. Schließlich wollte er nicht riskieren, dass Manni reden und damit seine Pläne durchkreuzen würde. So hatte er es bei der Fremdenlegion gelernt: Aktivitäten des Gegners vorauszusehen und zu unterbinden.

Im Wohnzimmer erstrahlten die Wände in einem satten Braunton, dadurch wurden die bodentiefen gesprossten Fenster und der weiße Stuck edel betont. Ein großer gemauerter Kamin an der langen Wand bildete das Zentrum des Raums. Davor standen sich zwei gediegene Ledersofas gegenüber. Es sah aus wie aus einem der Wohnjournale, in denen sie die Domizile der Reichen abbildeten. Die stammten bestimmt vom Vorbesitzer. Doch der Typ hatte sie perfekt integriert. Zu allem Sonstigen besaß er also auch noch Geschmack. Neid kroch seine Kehle hinauf. Warum hatten immer andere Glück?

Die Unzufriedenheit zog ihn regelrecht nach unten, und sein Körper beugte sich unter der Last der negativen Gedanken. Wie immer, wenn er sein Leben verfluchte.

Er hielt sich am Tisch fest. Seine Rache war so greifbar nahe.

»Ist alles in Ordnung?«, fragte der Kommissar.

Jetzt war der auch noch hilfsbereit. Verdammt! Was sollte er tun? Er durfte keine Schwäche zeigen. Oder doch? Er konnte seinen Schwächeanfall für sich nutzen. Perfekt! Das lief besser als gedacht. »Hätten Sie vielleicht ein Glas Wasser für mich? Jetzt habe ich mich so gefreut, und nun macht der Kreislauf schlapp.«

Pfeiffer verschwand in der Küche.

Der Schornsteinfeger wischte sich über die Stirn und sah ängstlich zu ihm.

»Mach du jetzt deine Arbeit und lass mich hier hocken«, zischte er ihm zu.

Der Kommissar brachte doch tatsächlich nur ein volles Glas. Er trank es in einem Zug aus und bat um mehr. Diesmal brachte der Kommissar eine volle Flasche.

Perfekt.

Er schenkte sich selbst ein.

»Ich müsste dann mal weiter.« Der Schornsteinfeger sah auf seine Armbanduhr.

»Machen Sie nur Ihre Begehung. Ich bleibe noch einen Moment hier sitzen. Natürlich nur, wenn das für Sie in Ordnung ist?«, sagte er zum Kommissar gewandt. Der nickte. »Dann erledigen Sie das Geschäftliche und ich komme ein anderes Mal wieder, wenn ich darf.«

Der Kommissar sah von einem zum anderen, überlegte, ob er den Fremden allein in der Wohnung lassen konnte. Dann meinte er scherzhaft: »Warum nicht? Hier gibt es nichts zu holen.«

Er riss sich zusammen und zwang sich zu einem Lächeln. »Sie sind ja saugut drauf! Bis gleich.« Er prostete ihm mit dem Wasserglas zu.

Als der Kommissar mit dem Schornsteinfeger in den Heizungskeller ging, stellte er das noch volle Glas zurück, nahm die Wasserflasche und griff in seine Hosentasche.

15.00 UHR

Als Pfeiffer in die Wohnung zurückkam, stand Jacob in der Küche. Pfeiffer begrüßte ihn und schaute in das Wohnzimmer. Es war leer.

»Suchst du den komischen Typ?«, fragte Jacob grinsend. »Der ist verschwunden, als ich kam. So extrem, wie die Kanzlei unter dir gesichert ist, so einladend ist es hier oben bei dir.« Seine Augen leuchteten übermütig. »Du lässt doch sonst keine Fremden in die Wohnung. Ich glaube, du wirst alt.«

»Alt?« Na, danke auch. »Und du müsstest dich mal wieder in der Schule mehr anstrengen und besser lernen.« Mist. So wollte er das Thema nicht ansprechen.

Jacob drehte sich von ihm ab. »Sagt wer?«

»Dein Klassenlehrer. Lass uns rübergehen und was trinken. Magst du ne Pepsi?« Pfeiffer wollte das in Ruhe besprechen. »Es tut mir leid, wenn du unter der Trennung von uns so leidest«, lenkte er ein.

»Ich ... Ich leide nicht.« Jacob blieb in der Küche stehen.

»Ich verstehe, wenn du es nicht zugeben willst. Aber vielleicht kann ich dir helfen.«

Heftig drehte sich Jacob zu ihm um. »Wie willst du helfen?«, fuhr er Pfeiffer an.

»Ich weiß es nicht, sag du es mir. Ich möchte nicht, dass die Schule darunter leidet.«

»Ich bin gut in der Schule.«

»Dein Lehrer sagt aber ...«

»Glaubst du ihm oder mir?«

Pfeiffer überlegte.

»Da musst du erst überlegen? Echt jetzt? Eigentlich wollte ich dir beim Fenster streichen helfen, aber ich gehe. Ich habe es mir nämlich auch *überlegt.*«

15.15 UHR

Pfeiffer steuerte den Passat durch die Stadt Richtung Kitzingen. Sein Bauch schmerzte, und er fühlte sich beschissen.

So richtig beschissen.

Nicht nur, weil er seinen Freund und Kollegen in der JVA besuchen musste, nein, er sollte ihn auch noch zum Reden bringen.

Hauptkommissar Bauer hatte ihn angerufen und in die Dienststelle einbestellt. Pfeiffer war es siedendheiß geworden, als er die Stimme von seiner Einbruchaktion wiedererkannt hatte. Sein erster Gedanke war, dass er beobachtet worden war und nun Rechenschaft ablegen musste.

Doch Bauer stellte sich als der zuständige Ermittlungsbeamte der Internen vor und bat ihn, ins Büro zu kommen, um seine Aussage erneut durchzugehen. Sein Blick haftete an Pfeiffers zerkratztem Unterarm, den das hochgekrempelte Hemd freilegte.

»Gartenarbeit«, erklärte Pfeiffer und setzte sich.

Bauer lächelte. »Deshalb übernimmt das meine Frau.«

Glück gehabt. Oder versuchte er gerade, ihn einzulullen? Stellte er ihm eine Falle?

Pfeiffer musterte sein Gegenüber.

Durch die klare, unmissverständliche Stimme bei Vornwald und vorhin am Telefon hatte sich Pfeiffer einen Mann um die sechzig vorgestellt. Umso mehr überraschte es ihn, einen etwa gleichaltrigen Kollegen vorzufinden.

Widerwillig registrierte Pfeiffer, dass sich Bauer an seinem Schreibtisch breitgemacht hatte. Für Ninas Aufräumaktion schickte er ein stummes ›Danke‹ gen Himmel.

Nachdem Pfeiffer seine Aussage nochmals getätigt hatte, wechselte Bauer das Thema. »Herr Kollege, Andreas Reimer schweigt weiterhin und wir haben keinerlei Anhaltspunkte, wo wir einhaken können«, begann er.

»Dann suchen Sie doch endlich woanders! Andi Reimer ist unschuldig! Würden Sie ihn kennen, kämen Sie erst gar nicht auf diese absurde Idee.«

»Sicher, sicher.« Bauer, mit dem Pfeiffer unter anderen Umständen vielleicht sogar ein Bier getrunken hätte, grinste. »Und genau dafür gibt es Richtlinien, die den außenstehenden Ermittlungsbeamten die Führung überlassen und nicht Ihnen, Herr Kollege. Was hätten Sie gemacht? Die Waffe in seiner Hand unterschlagen und die Schmauchspuren weggezaubert?«

Pfeiffer schluckte das beleidigende Vokabular herunter, das ihm spontan einfiel. Stattdessen brummte er: »Natürlich nicht.«

»Das freut mich zu hören. Und wenn er wirklich unschuldig ist, wie Sie behaupten, warum schweigt er dann? Solange er seinen Mund hält, erschwert er unsere Ermittlungen. Nur weil er sich durch den Schlag bei der Gegenwehr der Getöteten an nichts mehr erinnern kann oder will, heißt es nicht, dass er es nicht war.« Er hob die Hände wie ein Prediger, der ein Wunder auffangen wollte. Pfeiffer ging nicht darauf ein. Bauer sprach weiter. »Herr Kollege, ich mache Ihnen ein faires Angebot. Ich bitte Sie, in der Funktion eines Freundes Andreas Reimer aufzusuchen.«

»Ich?«

»Sprechen Sie mit ihm. Vielleicht erzählt er Ihnen, was im Hinterhof vorgefallen ist. Wir brauchen das Geschehene aus seiner Sicht. Wenn nicht, kann ich nichts mehr für ihn tun. Die Beweiskette ist eindeutig.« Bauers Ton wurde schärfer. »Wir brauchen neue Anhaltspunkte, ansonsten schließen wir die Ermittlungen und überlassen den Rest der Justiz. Reimers Plan, auf Zeit spielen oder gar auf Unzurechnungsfähigkeit zu plädieren, werden wir entschieden durchkreuzen.«

»Unzurechnungsfähigkeit? Das ist doch nicht Ihr Ernst?«

»Warum schweigt er sonst? Erklären Sie es mir.« Pfeiffer sah ihn wütend an. Verdammt, er konnte es nicht erklären.

Bauer nickte siegessicher. »Und damit Sie mein Entgegenkommen ernst nehmen, habe ich bereits mit dem Ermittlungsrichter gesprochen.« Er drehte sich zum Schreibtisch und griff nach einem Papier. »Für Sie wurde bereits eine Besuchserlaubnis ausgestellt und die übliche Überwachung des Gesprächs ausgesetzt und für nicht notwendig erachtet. Sie können ungestört und offen mit ihm sprechen.«

Was sollte er machen? Letzten Endes hatte Pfeiffer eingewilligt. Vielleicht war es wirklich eine gute Chance. Zum einen konnte Pfeiffer endlich Andi besuchen, denn Besuche jeglicher Art waren untersagt; zum anderen konnte er vielleicht herausfinden, was tatsächlich passiert war.

Pfeiffer überholte einige Autos, die sich an die Geschwindigkeitsbeschränkungen hielten. Das Hinterherzuckeln nervte ihn heute. Er wollte das Gespräch mit Andi hinter sich bringen.

Er kam sich vor wie ein Pharisäer. Kein Wunder, dass sein Magen rebellierte.

Die Wärter waren höflich, ohne freundlich zu sein. Sie machten in der JVA ihren Job und waren nach Schichtende froh, ihre Kinder in die Arme schließen zu können, die frei aufwuchsen. Nach einigen Kontrollen und mehreren sich vor ihm öffnenden und hinter ihm schließenden Metalltüren und Gitter später, gelangte Pfeiffer in den Besuchstrakt.

Da den Inhaftierten mitgeteilt wurde, wer sie besuchen wollte, konnten sie einen Besuch ablehnen. Pfeiffer wertete es daher als ein gutes Zeichen, dass Andi dem Gespräch zugestimmt hatte.

»Sie haben dich geschickt? Ich habe mich schon gefragt, wann sie auf diese Idee verfallen.« Steif setzte sich Andi Pfeiffer gegenüber und verschränkte die Arme vor der Brust. Das sonst anliegende blaue T-Shirt schlackerte. Er trug wieder seine Nickelbrille und sah aus wie John Lennon, bevor der einen Vollbart hatte. Nur waren Andis Haare heller und die Augen trauriger. Das strahlende Blau seiner Augen war einem Blaugrau gewichen.

»Und ich hatte gehofft, du würdest dich über den Anblick eines Freundes freuen.«

»Kommst du als Freund?«

»Was glaubst du?«

»Ich weiß es nicht.«

Die eintretende Stille traf Pfeiffer wie ein Schlag. »Ich komme als Freund.«

»Gut, dann haben wir das geklärt.«

Wieder trat diese entsetzliche Stille ein. Draußen wurden Metalltüren zugeschlagen und Schlösser rasteten ein. Ein bedrückendes Geräusch.

Wie sollte er beginnen? Mit Smalltalk? »Ich soll dir liebe Grüße von Nina, Ellen und der restlichen Mannschaft ausrichten. Sie vermissen dich.«

Dass es die falschen Worte waren, wurde Pfeiffer bewusst, als Andi in sich zusammensank und sich unter den Brillengläsern über die Augen strich.

»Kannst du dich wirklich an nichts erinnern?«

Andi schüttelte den Kopf. »Ich weiß nur noch, dass ich hinter ihr hergegangen bin, um mit ihr zu reden ... oder besser gesagt, zu flirten.« Ein kleines Lächeln schlich sich in seine Mundwinkel, verschwand aber sofort wieder. »Das ist alles. Ich sah ihr aprikosenfarbenes Kleid ...«

»Aprikosenfarben? Echt jetzt?«, unterbrach ihn Pfeiffer ungewollt.

»Jaa. Sie sah zum Anbeißen aus. Das weiß ich noch.«

»In Ordnung. Okay, weiter. Du sahst ihr aprikosenfarbenes Kleid ...«

»... hinter der Ecke verschwinden ...« Er stockte.

»Was ist?«

»Nichts.«

»Junge, sprich!«

»Ach, ich bilde mir ein, ich hätte mich gebückt, um etwas aufzuheben. Aber das kann auch die Erinnerung eines anderen Tages sein. Ich sag ja, ich habe einen Blackout.«

Wieder kam Pfeiffer die Frage:

Was, wenn Andi das Opfer sehr wohl gekannt hatte? Bianca Vornwald war schließlich genau in dem Moment vom Hocker abgerutscht, als er nach Betreten des Restaurants auf ihrer Höhe war. War das vielleicht ein Signal gewesen? Hatte sie Andi etwas gegeben?

»Du glaubst mir nicht«, stellte Andi fest. Zorn schwang in seiner Stimme mit.

Pfeiffer schreckte auf. Er steckte in einer Zwickmühle. Wenn er Andi fragte, ob er Bianca Vornwald bereits vorher gekannt hatte, würde er den letzten Rest Vertrauen zerstören. »Hast du eine Theorie, warum sie dich niedergeschlagen haben könnte?« Er vermied extra die Erweiterung des Satzes: Und wie die Waffe und die Schmauchspur in und auf deine Hand gelangt sind?

Andi schüttelte resigniert den Kopf. »Ich habe kein Sterbenswörtchen mit ihr gewechselt. Warum sollte sie mich auch niederschlagen? Ich hab doch nichts getan! Hat sie gedacht, ich würde sie zwischen Küche und Damenklo innerhalb von dreißig Sekunden vergewaltigen? Denn genau so lange dauert es, bis in diesem Laden wieder jemand auf dem Klo erscheint. Die Frauen müssen ständig auf die Pipibox. Also, was hat sie sich vorgestellt?«

Pfeiffer überlegte. »Bauer könnte argumentieren, dass du ihr gefolgt bist, um sie in den Hof zu zerren. Dort hat sie sich dann zur Wehr gesetzt.«

»Was denkst du, warum ich schweige?« Andi senkte den Kopf auf den Tisch. »Weißt du, was seltsam ist?«, sprach er und hob erst den Kopf, als von Pfeiffer keine Antwort kam. »Ich wusste noch nicht einmal, dass da ein Hof ist. Ich war zwar schon oft mit euch da zum Essen ...«

»... aber nie auf dem Klo«, vollendete Pfeiffer seinen Satz. »Ich weiß, deine Kamelblase.« Pfeiffer nickte. Das hatte er auch schon überlegt. Andi hatte immer damit geprahlt, dass er erst nach dem fünften Bier zur Toilette musste. Kamele speicherten Wasser, er Bier. Daher der Ausdruck Kamelblase.

»Als ich aufwachte, wusste ich nicht einmal, wo ich war. Mir fehlen Minuten meines Lebens. Und genau da passiert etwas, das mein Leben durcheinanderbringt. Es ist ein Albtraum! Wie bin ich in den Hof gekommen?«

»Meines Erachtens nach lautet die wichtigste Frage: ›Warum?‹«

Andi richtete sich auf und wirkte plötzlich, als hätte jemand die Energiezufuhr aktiviert. »Dieser Haas, hat den jemand überprüft? Er hat zwar durch euch alle ein Alibi erhalten ... Aber komisch ist das doch schon, oder?«

Pfeiffer schnaubte geräuschvoll. »Absonderlicher Typ. Er kam die Tage zu mir und wollte sichergehen, dass Jacob seinen Freunden nichts erzählt. Hat einen Schlag, wenn du mich fragst.«

»Warum war er mit dieser Bianca zusammen?«

»So direkt habe ich ihn nicht gefragt. Er hatte durchklingen lassen, dass er sie von früher her kannte und etwas von ihr wollte. Sie jedoch nicht, deshalb ging sie.«

»Da haben wir ein Motiv.«

Pfeiffer fuhr sich mit beiden Händen durchs Haar. »Glaubst du, das weiß ich nicht? Aber was bringt es, wenn wir ihn alle gesehen haben, wie er seelenruhig an der Theke sein Steak gegessen hat?«

»Findest du das nicht seltsam?«

»Natürlich.«

»Hat überhaupt jemand danach gefragt?«

»Du meinst Bauer?«

»Ja.«

»Ich werde nachhören.« Wieder Stille. Pfeiffer glaubte, Andis Herzschlag zu hören. »Du denkst, es war kein Zufall?«

»Ich gehe mit einer illegalen Waffe zu deiner Einweihungsparty und erschieße eine Frau, die ich bis dato nie gesehen habe?« Andi schlug sich mehrmals an die Stirn.

»Du hast sie nicht gekannt?«

Andi hieb mit der Faust auf den Tisch.

»Andi, ich muss dich das fragen.«

Andi sank wieder in sich zusammen. Seine Energie war verpufft. »Ich weiß.«

Pfeiffer gab ihm recht. Die Sache stank zum Himmel. »Haben sie eine Erklärung für die unregistrierte Waffe?«

»Sie sagen, ich hätte sie mir auf dem Schwarzmarkt besorgt. Ich sitze an der Quelle und hätte keinerlei Schwierigkeit und Skrupel, meine Quellen anzuzapfen«, antwortete er mutlos.

»Wenn du eine Waffe bei dir getragen hättest, erfüllt das ja eigentlich den Tatbestand der vorsätzlichen Tötung.«

»Danke für deine Ermutigung.«

»Ich will damit sagen, dass das dann auch für den wahren Mörder gilt.«

Andi schob die Brille auf den Nasenrücken. »Scheiße, Mann! Ich habe die ganze Zeit angenommen, ich wäre nur zufällig im falschen Moment am falschen Platz gewesen.«

»Anscheinend nicht.«

Langsam hob Andi die Schulter und schirmte mit der Hand die Augen ab. Seine Lippen bebten. Er weinte.

Pfeiffer fühlte sich hilflos. »Junge, das bekommen wir wieder hin«, sagte er, sich selbst am meisten überzeugen wollend.

»Das glaube ich nicht. Das wäre dann ein Wunder.«

16.45 UHR

Pfeiffer saß Bauer gegenüber und berichtete von seinem Gespräch mit Andi.

»Sie glauben diesen Scheiß?« Bauers Gesicht verfärbte sich rot. »Das war verschwendete Zeit. Ich werde die Ermittlungen beenden. Er will es nicht anders.«

Pfeiffer stand auf. »Dann frag ich noch einmal: Sind Sie dem nachgegangen?«

»Dieser Verschwörungstheorie? Dass ich nicht lache!«

»Also nicht.«

»Wollen Sie mir ans Bein pissen?«

»Wenn es sein muss.«

»Ich warne Sie, Pfeiffer! Ich sitze am längeren Hebel. Sollte ich Sie in der Nähe der Zeugen oder des Tatorts sehen, hetze ich Ihnen die Dienstaufsicht auf den Hals.«

Pfeiffer spürte die Hitze der aufsteigenden Röte ebenfalls in seinem Gesicht. Er hoffte, dass Bauer sie auf seinen Zorn zurückführen würde und nicht auf ein schlechtes Gewissen, weil er es bereits getan hatte. Provokant steckte er die Hände in die Hosentaschen. »Wissen Sie, Bauer, ich habe selten so einen unfähigen Pisser wie Sie gesehen.

Sie sind außerstande, den wahren Mörder zu fassen und schießen sich nur auf Andi ein, weil es der einfachste Weg ist.«

»Raus hier!!!«

»Mit Vergnügen. Übrigens, das ist mein Büro. Hinterlassen Sie es bitte reinlich und putzen Sie den Scheiß weg, den Sie labern, bevor Sie nach Nürnberg zurückschleichen.«

17.15 UHR

Als Pfeiffer seine von ihm scherzhaft als ›Personaleingang‹ bezeichnete Tür aufschloss, fuhr ein Auto auf sein Grundstück.

Er spähte um die Hausecke. Ein älteres Ehepaar stieg aus einem silberfarbenen Mercedes. Mit verkniffenen Mündern gingen sie zum Eingang der Kanzlei. Sie konnten nicht einmal die wenigen Schritte von der Straße her gehen, nein, sie mussten bis vor den Eingang fahren. Was die wohl für Probleme haben?, fragte er sich. Auf dem Schild der Kanzlei waren die Fachgebiete der Anwälte aufgelistet: Scheidung, Familienrecht, Verkehrsrecht, Arbeitsrecht.

Kein Strafrecht.

Er mochte generell keine Anwälte. Die Deutschen waren zu einem streitsüchtigen Volk mutiert, das lieber klagte als miteinander zu reden. Wahrscheinlich waren deshalb die Honorarrechnungen laut Gebührenordnung so hoch. Sie sollten diejenigen abschrecken, die keine Rechtsschutzversicherung abgeschlossen hatten. Aber auch Strafverteidiger, die mühsam überführte Verdächtige wegen Formfehlern herauspaukten, waren rote Tücher für ihn.

Andererseits war er froh. Eine Arztpraxis als Mieter zu haben, hätte eine weit höhere Besucherfrequenz bedeutet.

Siedendheiß fiel ihm ein, dass er sich in der Kanzlei noch als neuer Besitzer vorstellen wollte. Er sah auf die Armbanduhr, es war früher Nachmittag. In den nächsten Tagen würde er Pralinen oder Kuchen kaufen und sie den Angestellten vorbeibringen.

Im Garten streunte die Katze. Den Blick argwöhnisch auf Pfeiffer gerichtet, hob sie vorsichtig eine Pfote nach der anderen, als wollte sie das hohe Gras nicht niedertreten. Als Pfeiffer auf sie zuging, rannte sie in den hinteren Bereich des Gartenstücks, das er bei der ersten Hausbesichtigung wegen der Dunkelheit nicht mehr hatte besichtigen können. Dann hatte ihm wegen der Renovierung die Zeit dazu gefehlt. Na, das konnte was werden. Jetzt besaß er so einen großen Garten und hatte keine Zeit, ihn zu genießen.

Pfeiffer tröstete sich mit dem Gedanken, dass bessere Zeiten kommen würden, sobald die Renovierung erledigt und er eingezogen war. Zumindest den Rasen könnte Jacob mähen. Doch zuerst musste er noch die Situation mit ihm klären.

Pfeiffer folgte der Katze, aber bevor er die Rückseite der Villa erreichte, war sie verschwunden. Wollte sie wieder über die Katzenleiter hoch in seine Wohnung? Wie angewurzelt blieb Pfeiffer stehen. »Heilige Schei...«, entfuhr es ihm. Was war denn das? Von seiner Wohnung aus hatte er immer nur das weitläufige Geäst der alten Bäume gesehen. Nun entdeckte er, dass sie ihm den Blick auf etwas versperrt hatten, was seinen kühnsten Träumen noch ein Sahnehäubchen aufsetzte.

Er ging zu dem alten Glashaus und suchte den Eingang. Efeu und sonstiges Gestrüpp hatten den filigranen Bau überwuchert.

Wie ein Verrückter zerrte Pfeiffer an den Ranken und versuchte, die schmiedeeisernen Verbindungen mit dem überraschend gut erhaltenen Glas freizulegen. Doch die Pflanzen zerkratzten nur seine Hände und Arme, als wollten sie ihr Geheimnis schützen. Er legte die Hände zum Abschotten des Sonnenlichts an eine Scheibe und äugte hinein. Doch es war zu dunkel. Nur mit Mühe zügelte er seine Ungeduld. Langsamer entfernte er weitere Ranken. Er erreichte die Tür und öffnete sie vorsichtig. Durch das freigelegte Stück Glasdach schien die Sonne.

Pfeiffer wich zurück und unterdrückte mit den dreckigen Händen vor dem Mund einen Jubelruf. Er konnte nicht glauben, was er sah! Das war tatsächlich ein großer Pool, eingebettet in einem Glashaus, dessen Stil er aufgrund der geschwungenen Formen laienhaft dem Jugendstil zuordnete. Hammer! Anscheinend war die Villa doch älter, als angenommen wurde.

Pfeiffer schickte Jacob per Whatsapp ein Foto von dem alten Badehaus und schrieb dazu: ›Schau mal, was ich entdeckt habe!‹

Jacobs Antwort kam prompt: ›Willst du mich kaufen?‹

›Nein. Entschuldigen und schwimmen.‹

Keine Reaktion.

Okay, da hatte er noch ein hartes Stück Arbeit vor sich. Nicht nur mit der Sanierung des Anwesens, sondern auch bei seinem Junior.

Als wenig später das Handy in seiner Gesäßtasche vibrierte, hoffte er, Jacob hätte es sich anders überlegt. Aber zu seinem Verdruss war es Kriminaloberrat Alfred Baumann, sein direkter Vorgesetzter und Dienststellenleiter. Bestimmt hatte sich Bauer sofort nach ihrem Gespräch bei Alf beschwert. Pfeiffer steckte das Handy wieder ein.

Sollte sich Baumann doch erst einmal auf der Mailbox abreagieren. Er wollte sich nicht die Laune versauen lassen, sondern sich noch ein Weilchen an dem Anblick seiner Entdeckung freuen.

Er hatte Urlaub, und morgen war auch noch ein Tag.

19.10 UHR

Der allgegenwärtige Gestank von Tapetenlöser, Kleister und Farbe vernebelte Pfeiffers Verstand. Er befürchtete, durchzudrehen. Ständig hörte er nachts Stimmen, die er nicht lokalisieren konnte. Er hatte das Haus durchsucht. Doch wenn er dachte, er hätte den Ursprung gefunden, verstummten sie.

Die letzten Wochen waren nicht nur körperlich eine Herausforderung für ihn gewesen, sondern auch emotional. Erst das gigantische Erbe, dann die Renovierung, anschließend Andis Verhaftung und der Druck seitens der internen Ermittlung.

Doch es lag nicht nur daran. Allein heute war ein ereignisreicher Tag gewesen. Es fing mit der Eröffnung des Klassenlehrers über Jacobs schulischen Tiefstand an, dann folgte sein unerlaubter Zutritt zum Büro des Mordopfers, das Auftauchen des Bezirksschornsteinfegers mit dem seltsamen Typ, der Streit mit Jacob und endete mit den Gesprächen mit Andi und Bauer. Die Freilegung des Schwimmbads war zwar ein körperlicher Kraftakt gewesen, aber für seine Psyche eine regelrechte Wohltat. Jetzt war Pfeiffer so erschöpft, dass er nicht einmal mehr wusste, welcher Tag heute war.

Besonders, dass Jacob sauer auf ihn war, gab ihm den Rest. Das musste er so schnell wie möglich wieder hinbiegen. Der Junge war feinfühliger, als er gedacht hatte. Mein Gott, warum konnte er gut Verhöre führen, war aber im zwischenmenschlichen Bereich so ein Stümper?

Kein Wunder, dass er jetzt platt war.

Pfeiffer öffnete alle Fenster und sog gierig die Luft ein. Das beruhigte. Dann hatte er eine Idee. Er suchte seine Sportsachen, schlüpfte hinein und trabte die anderthalb Kilometer zum Imbiss an der Dorfstraße. Er wunderte sich, wie gut ihm die Bewegung tat, das Durchpusten seiner Lunge und Gehirnwindungen. Kurzentschlossen joggte er noch eine kleine Strecke am Main entlang, bevor er sich einen Döner bestellte.

Der Imbiss war beliebt. Pfeiffer musste warten und stellte sich auf die Straße. Er beobachtete versonnen die vielen Radfahrer, die an ihm vorbeifuhren, die großen Schubverbände auf dem Main und die Menschen, die über den Steg von Veitshöchheim schlenderten.

Trotz der vielen Radfahrer war die Stille hier im Ort ungewohnt. Seltsamerweise fehlte ihm die quirlige Würzburger Kneipenkultur kein bisschen. Es überraschte ihn, wie schnell er sich an diese Art von Ruhe gewöhnt hatte.

Als er einen Platz auf der warmen Steinmauer ergattert hatte, packte er seinen Döner aus. Knoblauchgeruch stieg ihm in die Nase. Lecker. Gierig biss er hinein, und schon kleckerte Weißkraut auf seinen Turnschuh. Er schnipste es weg.

Seine Joggingschuhe hatte er heute zum ersten Mal seit langem wieder herausgekramt. Bei jeder Fahrt in die Würzburger City nahm er einige Kartons aus seiner alten Wohnung mit. Vorgestern waren die Kartons aus dem Keller dran, in denen er auch die Sportsachen gefunden hatte. Sie lagen dort seit seinem Auszug aus dem Haus beziehungsweise seinem Einzug in die kleine Wohnung. Seit der Scheidung hatte er einfach keine Lust verspürt, sich sportlich zu betätigen. Es wunderte ihn, dass er seine Figur bisher gehalten hatte. Eine Zeitlang frönte er einem anderen Sport - er hatte sich in ein Sexabenteuer nach dem anderen geflüchtet. Das hielt auch schlank. Bis das mit Ellen geschehen war. Danach hatte er seinem Leben eine neue Richtung gegeben.

Er streckte den schmerzenden Rücken durch. Körperliche Arbeit war er ebenfalls nicht mehr gewohnt. Jede Nacht war er ins Bett oder besser gesagt auf die Couch gefallen. Es war effektiver, auf der Baustelle zu schlafen, als kostbare Zeit mit der Fahrerei zwischen seiner Würzburger Wohnung und dem neuen Domizil zu verlieren.

D o m i z i l.

Pfeiffer ließ das Wort auf der Zunge zergehen, als er eine halbe Stunde später aus der Dusche kam. Ebenerdig natürlich, altersgerecht von Bruno Lamprecht renoviert. Das Bad war modern mit großen weißen Schieferfließen gekachelt. Passend zu den restlichen Zimmern der Villa, deren Böden aus polierten Eichenbohlen bestanden, waren die Bodenfliesen im Bad dem Holz perfekt nachgeahmt.

Pfeiffer wischte den Spiegel trocken und grinste sein Konterfei an. Das würde traumhaft werden. Er befühlte seinen Bart, dessen Länge bereits über einen gepflegten Designerbart hinausging. Nein, der passte nicht mehr. Neues Leben, neue Rasur. Ellen hatte schon lange den Wunsch geäußert, er solle wieder wie ein Mensch aussehen. Doch er hatte vermeiden wollen, dass die Frauen ihn ständig anschmachteten.

Frisch rasiert und mit Shorts bekleidet betrat er das Wohnzimmer. Er genoss es, keine Vorhänge zuziehen zu müssen. In der Dämmerung standen die Bäume wie große Bodyguards vor den Fenstern und schützten vor fremden Blicken.

Er nahm sein Handy und trat auf den Schalter der Stehlampe mit dem Glasschirm. Warmes Licht ergoss sich über die beiden Sofas und den Tisch. Eine Insel im vierzig Quadratmeter großen Wohnzimmer, während der Rest des Raums an einer unwirklichen Atmosphäre aus Schatten und Dunkelheit festhielt. Pfeiffer schloss das große Fenster, damit keine Insekten hereinflogen und die Wände verunzierten. Er musste dringend Fliegenschutzgitter anbringen.

Den ersten bewusst verbrachten Abend in der Villa wollte er für Ellen festhalten, um sie daran teilhaben zu lassen. Am Sonntag war sie aus dem ›Juliusspital‹ direkt auf Reha gegangen, ohne sich seine Villa anzusehen. Er verbarg seine Enttäuschung vor ihr. Sie hatte ihre Gründe, und er wollte sie nicht drängen. Er machte einige Fotos und schickte sie ihr per Whatsapp. Gut, dass diese Räume im Jugendstil nicht so überladen wirkten wie zum Beispiel das Barockarbeitszimmer.

Klar, es fehlten noch Kleinigkeiten, die persönliche Note sozusagen, aber für ihn war es jetzt schon traumhaft.

Glückselig rückte Pfeiffer den Fernseher auf dem kleinen Büfett zurecht und steckte den Stecker in die Dose. Damit war das letzte Gerät angeschlossen. Zum ersten Mal konnte er im neuen Zuhause mit seinem geliebten Surroundsystem fernsehen. Wenn bei Actionfilmen hinter ihm die Hubschrauber knatternd aufstiegen oder Schüsse peitschten, fühlte er sich mitten im Geschehen.

Pfeiffer räumte das Werkzeug zur Seite. Den Hammer legte er griffbereit neben die Sockelleiste, unter der er am nächsten Tag die Kabel verlegen wollte. Das Werkzeug würde er noch einige Zeit benötigen.

Er hielt inne. Hatte er eine Stimme gehört? Nein, es war nichts. Bestimmt spielten seine Nerven verrückt.

Der Döner machte durstig. Pfeiffer langte nach der Wasserflasche auf dem Tisch, trank mit großen Schlucken und sah sich zufrieden um. Er war inzwischen mit der Renovierung weit vorangekommen. Heute konnte er sich mit gutem Gewissen dem Feierabend hingeben. Sein Rücken schmerzte noch immer. Mit einem zufriedenen Seufzer setzte er sich aufs Sofa, nahm die Fernbedienung und startete die Kiste. Die Bundesliga befand sich noch in der Sommerpause. Durch die Renovierungsarbeiten war ihm das relativ egal gewesen. Pfeiffer zappte durch die Programme. Zum Entspannen würde es auch ein Film tun. Vielleicht einer mit rasanten Verfolgungsjagden oder menschenfressenden Zombies - in der Hinsicht war er flexibel.

Ein Horrorfilm lief. Egal. Hauptsache, runterkommen.

Seine Glieder wurden immer schwerer. Mühsam erhob er sich, schleppte sich in die Küche und nahm aus dem Kühlschrank zwei Flaschen Bier aus dem Sechserpack. Da er sich heute besonders müde fühlte, wollte er sich einen weiteren Gang zum Kühlschrank ersparen. Mit der zweiten Flasche öffnete er die erste. Für die andere Flasche nahm er einen Öffner mit. Das kalte Bier zischte regelrecht in seiner Kehle. Er rülpste. Das war das Knoblauchdressing vom Döner.

Im Wohnzimmer wurden auf dem Bildschirm Menschen von grunzenden Zombies verfolgt und rannten um ihr Leben. Wohlig ließ sich Pfeiffer aufs Sofa fallen und stellte das Bier ab. Was war das? Ein seltsames Geräusch ließ ihn aufhorchen. Dann fiel ihm Brunos Katze ein. Bestimmt kletterte sie wieder über die Katzenleiter in den ersten Stock. Solange er die nicht abmontierte, musste er jederzeit mit ihrem Besuch rechnen.

Die Zombies im Film fielen über ihre schreienden Opfer her. Aus den in den Ecken des Wohnzimmers montierten Lautsprechern klangen Schmatzgeräusche und Schritte. Er lächelte. Jetzt hörte er schon die Zombies hinter sich.

Geile Akustik - das war sein letzter Gedanke.

DIENSTAG, 29. JULI
9.35 UHR

Am frühen Vormittag holte Nina ihre Oma samt dem halben Hausstand ab und fuhr in Richtung der ›Senioren Residenz‹. Einerseits war Oma Lotte hellauf begeistert von Ninas Idee, andererseits trauerte sie ihrem geliebten Bett mit Tellerrost und Spezialmatratze nach.

Während der Fahrt mit einem Zivilfahrzeug der Dienststelle kniff Oma Lotte mürrisch die Augen zu, drehte das Radio aus und schwieg.

Nina bekam ein schlechtes Gewissen. Was verlangte sie da ihrer Oma ab?

War es richtig, sie im Altersheim unterzubringen? Nur, damit sie die Bewohner und das Personal infiltrierte? Nur, um an Informationen über einen Straftäter zu gelangen? War es das Risiko wert?

Aber wer sollte es schon erfahren?

Am vergangenen Abend hatte der Vortrag ›Schutz der Personen vor Betrügern‹ stattgefunden. Die Kollegen hatten Nina von einem vollen Saal berichtet.

Vielleicht war die Aktion mit Oma gar nicht mehr notwendig.

Sie hielt an und wollte zum Wenden ansetzen.

Lotte schaute auf. »Was hast du vor?«

»Ich kann das nicht von dir verlangen. Das neue Umfeld und ganz zu schweigen davon, dass ich dich vielleicht in Gefahr bringe.«

»Papperlapapp. Fahr weiter. Was soll denn daran gefährlich werden, wenn ich mich etwas umhöre?«

»Versprich mir, dass es auch beim Umhören bleibt.«

»Ich werde das schon hinbekommen.«

Sie küsste ihre Oma auf die Wange.

Vierhundert Meter vor der Seniorenresidenz hielt Nina an, um sich die dunkelhaarige Perücke aufzusetzen, die sich bereits im Frühjahr für die Ermittlungen im Swingerclub bewährt hatte. »Du kannst mich jederzeit anrufen, wenn dir etwas auffällt. Ich muss dann sehen, in welcher Verkleidung ich erscheine.«

Lotte lächelte verschmitzt und rückte die Perücke zurecht. »Hast du auch eine für mich?«

»Oma! Du musst jetzt alt und tüdelig wirken, damit man dich für ein geeignetes Opfer hält.« Nina sah den Trotz in Omas Augen und zweifelte am Gelingen des Plans. Sie seufzte. »Ich weiß, das wird dir besonders schwerfallen.«

Ein abfälliges Schnaufen war die Antwort. »Okay, ich bin so weit.«

Diesmal parkte Nina am oberen Eingang.

Einen Koffer nach dem anderen wuchtete sie aus dem Kofferraum. Oma Lotte war nicht davon abzubringen gewesen, ihren halben Hausstand einzupacken. Nein, sie wollte chic aussehen! Wenn sie schon einmal unter so vielen Menschen war, sagte sie, dann wollte sie auch gut angezogen sein. Außerdem argumentierte sie: »Wenn eine alte Frau in ein Heim abgeschoben wird, kommt sie schließlich auch nicht mit einem Handköfferchen an, sondern bringt alles mit, was ihr lieb und teuer ist.«

Dem hatte Nina nichts mehr entgegenzusetzen und warf das Handtuch. Zusätzlich zu einem Koffer mit Büchern und Schnickschnack packte sie auch einige Kartons mit Lampen, Bildern und Zimmerpflanzen, um das Bild der Abschiebung zu perfektionieren.

Neben dem Eingangsbereich gab es eine Rampe für Rollstühle. Dort wollte Nina die eleganten goldfarbenen Koffer hochrollen. Doch ausgerechnet bei dem großen Koffer, den Oma scheinbar auch noch mit Backsteinen gefüllt hatte, blockierten ständig die Räder. Kurzerhand hob Nina ihn an und schleppte ihn die Treppe hinauf.

Nina sah ihre kleine alte Oma an. Sie wirkte so zerbrechlich. Fast ängstlich presste sie ihre Hand auf das Herz.

»Trödle nicht so rum«, raunte Oma. »Der Tag ist kurz. Ich muss noch auspacken und die aufsuchen, die schon ihr Geld losgeworden sind. Vielleicht wissen sie heute, was sie damals zu wem gesagt haben.«

Nina war perplex. Positiv. »Ich dachte gerade, du hättest Angst?«

»Papperlapapp! Ich doch nicht!« Oma Lotte zwinkerte ihr zu. »Ich wollte mich nur in die Rolle der abgeschobenen Oma hineinfinden.«

»Das ist dir gelungen.«

Am Eingang kamen ihnen zwei Damen und ein Herr mit Rollatoren entgegen. Mürrisch dreinschauend beäugten sie die Neuankömmlinge.

»Mei, ja mei, die will ihre Oma auch loswerden!«, zischte die Frau, die mit ihrer Frisur und dem glatten grauen Haar an einen in die Jahre gekommenen Ritter der Tafelrunde erinnerte.

Nina wich ihr aus. »Ich bin nicht verwandt mit ihr, ich bin ... Ich war die Haushaltshilfe!«, rief sie entrüstet.

»Noch nicht einmal die eigenen Kinder haben Zeit, um sie abzuschieben. Die gehen lieber den ganzen Tag Kaffee trinken.«

Nina verkniff sich eine Antwort. Der Herr der Runde rollte auf Oma zu und lud sie ein, sich ihrem morgendlichen Spaziergang anzuschließen.

Oma strich ihr Sommerkleid glatt. »Vielen Dank. Ein anderes Mal gerne. Heute ist doch alles ziemlich anstrengend für mich.« Sie besann sich gerade noch rechtzeitig auf ihre Rolle und schaute extra gequält drein. »Ich weiß ehrlich gesagt gar nicht, was ich hier überhaupt soll.«

Die zweite Frau aus diesem Dreierverbund schob dem Mann ihren Rollator in die Hacken. »Na, komm endlich. Du siehst doch, sie will ihre Ruhe haben. Sie ist was Besseres.«

»Nein, nein. Ich glaube eher, dass sie in den beschützten Bereich kommen wird«, erwiderte er traurig, drehte sich um und hielt energisch den Rollator der Frau von seinen Beinen fern. »Dann sehen wir sie nie wieder.«

Oma Lotte verlor jegliche Gesichtsfarbe.

»Was bedeutet das?«, fragte Oma Lotte die drei.

»Beschützter Bereich? Wir nennen das: geschlossener Bereich. Da kommen die rein, die nicht mehr alle Tassen im Schrank haben. Die werden eingesperrt, damit sie sich nicht auf der Straße verirren und von den Pflegern gesucht und aufgelesen werden müssen.«

Erschrocken hielt sich Oma Lotte die Hand vor den Mund.

»Komm.« Nina rollte mit dem kleinen Koffer auf den Mann zu. »Sie machen Frau Kilian Angst! Das ist respektlos!«

Der Mann nickte mitfühlend. »Das tut mir leid.« Dann beugte er sich zu Nina und mit dem Kopf in Richtung der zweiten Frau. »Die ist eifersüchtig«, flüsterte er. »Lassen Sie sich nicht irritieren. Seit sie festgestellt hat, dass sie bei unserem Don Juan keine Chancen hat, will sie wenigstens *mich* für sich allein haben.« Der alte Herr wuchs bei seinen Worten um einige Zentimeter und zwinkerte ihr zu.

»Was erzählst du da? Sprich lauter, ich kann dich nicht verstehen!«, keifte es von hinten.

»Don Juan?«, fragten Nina und Oma wie aus einem Mund.

Er beugte sich vor. »Sorgen Sie dafür, dass sie nicht in den beschützten Bereich kommt, sonst verpassen Sie einiges.« Der Mann lachte und rollte gemeinsam mit den Rentnerinnen als Rollator-Trio die Rampe hinunter.

Nina hielt sich den Kopf.

Um Himmelswillen! Wo war Oma da nur hineingeraten?

9.35 UHR

Am Morgen wurde Pfeiffer erneut von Stimmen geweckt.

Doch diesmal verschwanden sie nicht, als er die Augen aufschlug. Die Moderatoren irgendeiner Morgensendung unterhielten sich über die verschiedenen Zubereitungsarten von Muffins. Er tastete nach der Fernbedienung und brachte die Moderatoren zum Schweigen.

Schwerfällig wollte er sich von der Couch erheben, doch der Kopf dröhnte. So hatte er sich nicht mal bei seiner letzten Kneipentour gefühlt. Der Sechserpack stand leer auf dem Tisch, das Leergut lag im Wohnzimmer verstreut herum.

In der nächsten Zeit würde er kein einziges Bier anrühren, schwor er sich. Die Wohnung sah so verwüstet aus, als wären die Zombies in der Nacht aus der Glotze gestiegen und hätten hier eine Party geschmissen.

Eine Party, an die er sich nicht erinnerte.

Oder hatte er doch Besuch gehabt? Pfeiffer überlegte, wer dagewesen sein könnte, doch er konnte sich an niemanden erinnern. Die letzte Erinnerung war dieser verdammte Zombiefilm. Wann hatte er das ganze Bier getrunken? Er erinnerte sich nur an zwei Flaschen. Nein! Eigentlich nur an eine Flasche. Die andere stand doch da, oder nicht? Seltsam. Wann hatte er die anderen getrunken? Hatte der Döner so einen Durst verursacht, dass er alle sechs Flaschen Bier hinuntergekippt hat?

Hier und da trank er mal ein Bier. Und wenn er unglücklich war, hatte er auch schon mal eins über den Durst getrunken. Doch gestern? Er war glücklich! Erschöpft, aber glücklich. Mit seinen Kindern hatte er sich wegen der Trennung ausgesöhnt, und das mit Jacob ... Er würde mit ihm reden. Mit Ellen lief auch alles bestens. Die Geldprobleme gehörten der Vergangenheit an. Und die Probleme mit Kirsten würden sich auch noch klären. Jetzt, da er nicht mehr den Druck hatte, das gemeinsame Haus verkaufen zu müssen. Vielleicht würde er es ihr doch überlassen ... mal sehen.

Was war das? Ein angebissenes Stück Pizza lag mit der Salami-Käseseite auf den wunderschönen Holzdielen. Das war der Rest von vorgestern. Hatte er in der Nacht den Kühlschrank geplündert?

Beim Bücken stieß er ein Gebet gen Himmel aus. Erstens, damit er sich nicht übergab, wenn er sich bückte und zweitens, weil der Boden gut lackiert war und das Fett keine Rückstände hinterlassen hatte. Er hatte doppeltes Glück gehabt.

Während sein Kopf auf der Höhe der Beine verweilte, sah er etwas unter dem Sofa blitzen. Er streckte den Arm aus und ergriff eine leere Flasche Ouzo. Ach du Scheiße! Wann hatte er die denn getrunken? *Verdammt, Peter!*, schalt er sich. *Was soll der Scheiß?*

Pfeiffer richtete sich auf. Relativ aufrecht ging er in die Küche. Er schaltete die Kaffeemaschine und den Wasserkocher an. Im Schrank fand er eine alte Packung mit Pfefferminztee. Als Verfallsdatum konnte er nur noch 2016 entziffern. Egal, das waren Kräuter, die konnten nicht verderben, höchstens an Geschmack verlieren. Vorsichtshalber hängte er drei Beutel in die Kanne und übergoss sie mit heißem Wasser.

Pfefferminztee hatte Kati gerne getrunken. Nur, dass die Kinder immer seltener zu Besuch gekommen waren. Das würde sich jetzt ändern. Doch was, wenn sie hier waren und er dann so einen Aussetzer wie heute hätte? Was Kirsten dazu sagen würde, wollte er sich gar nicht erst ausmalen.

Als er sich umdrehte, wurde ihm schlecht. An der frischgestrichenen Küchenwand war der Putz bis zu den Backsteinen abgeklopft, und an mehreren Stellen gähnten ihm rote Löcher entgegen. Auf dem Boden lag zwischen dem abgeklopften Verputz ein Zimmermannshammer.

Sein Hammer!

Pfeiffer wankte und hielt sich an der Wand zum Wohnzimmer fest. Was hatte er da nur angestellt?

Dann rannte er ins Wohnzimmer. Der Werkzeugkasten fehlte. Wo war er? Gestern Abend stand er doch noch hier! Er rannte von Zimmer zu Zimmer. In seinem zukünftigen Schlafzimmer blieb er wie angewurzelt stehen. Das Werkzeug lag auf dem Boden verstreut, und in eine Wand waren ebenfalls Löcher geschlagen, aber kleinere.

In einem der Löcher steckte sein Schraubendreher.

10.35 UHR

Eine Stunde später hatte Lotte ihre Kleider in den Schrank gehängt, Bücher und Blumen aufgestellt und die Lampe angeschlossen. Die Reproduktion von Spitzwegs Gemälde »Der abgefangene Liebesbrief«, dessen Anblick sie immer amüsierte, musste der Hausmeister aufhängen. Nina war zurück in die Dienststelle gefahren. Vorerst würden sie jeglichen persönlichen Kontakt vermeiden und jeden Abend telefonieren.

Lotte sah in den Spiegel. Nicht, um wie sonst ihr Aussehen zu überprüfen und Strähnen zurechtzuzupfen, sondern um Gesichtsausdrücke zu üben. Von ahnungslos über ›Ich verstehe nicht‹ bis hin zu ›Das ist mir zu hoch‹. Zufrieden mit dem Ergebnis, aber unglücklich über die Rolle, die sie spielen musste, wandte sie sich ab. Sich dummzustellen, entsprach nicht ihrem Naturell. Nun, es half nichts. Sie musste das Beste aus der Situation machen. Umso schneller wäre sie wieder daheim.

Also los! Auf zur ersten Inspektion durchs Haus.

11.15 UHR

Das, was Baumann gestern auf die Mailbox gesprochen hatte, war nicht ergiebig. Die Nachricht bestand nur aus einem Wort: herkommen!

Nur seine Stimme ließ darauf schließen, wie schlimm es wirklich war: Ein heiseres, gepresstes Flüstern.

Baumann hatte sich also nicht bereits auf der Mailbox abreagiert.

Mist. Konnte der heutige Tag eigentlich noch schlechter werden?

Seit heute Morgen zermarterte sich Pfeiffer das Hirn, warum er die Wände aufgeklopft hatte. Hatte er im Schlaf den vergangenen Tag durchlebt und die Wut Bauers Arroganz gegenüber ihn vielleicht austicken lassen? Wenn er sich wenigstens an den Auslöser und den Wutanfall selbst erinnern könnte, dann würde er mit sich ins Gericht gehen. So hatte er nur schnell die ›Beweislöcher‹ verspachtelt, um sie nach dem Abtrocknen noch einmal streichen zu können.

Erschöpft stand Pfeiffer nun vor seinem Chef und ließ das Donnerwetter über sich ergehen.

»Du hast was?«, brüllte Baumann. »Haben sie dir ins Hirn ge...?« Im letzten Moment konnte er den Anflug eines primitiven Ausrufs stoppen. Baumanns Kopf glich einer überreifen Tomate. »Ich habe immer gedacht, du willst meinen Sessel, wenn ich in Pension gehe. Aber so funktioniert das nicht! Nicht mit einem neuerlichen Eintrag in der Personalakte. Und vor allem nicht, wenn du mich vor der Zeit unter die Erde bringst.«

Pfeiffer war froh, dass Baumann nur von seinem Gespräch mit Bauer wusste und jetzt den ausgearteten Ton, den Pfeiffer gegenüber dem Ermittlungsbeamten angeschlagen hatte, ansprach. Kurz spielte Pfeiffer mit dem Gedanken, ihm von seinem Eindringen in das Maklerbüro zu beichten. Baumanns Gesundheit zuliebe schwieg er jedoch. Nicht vorzustellen, wie Baumann ausflippen würde, wenn er davon erfuhr. »Ich will deinen Job nicht.« Pfeiffer setzte sich. Mit den Händen strich er sich über das Gesicht. Er hatte keine Ambitionen auf Baumanns Job. Den lieben langen Tag dem Polizeipräsidenten in den Allerwertesten kriechen und sich mit Presse und Personal herumzuärgern, war nicht sein Ding. Er wollte an der Front arbeiten. Seine Spürnase brauchte den Gestank der Straße.

»Das glaube ich dir nicht! Du setzt alle Hebel in Bewegung, um mich ins Grab zu bringen! Wie oft muss ich dich noch decken? Ich bezweifle, dass mein Nachfolger das tun wird, also erhalte mich am Leben! Ich möchte meinen Ruhestand genießen. Ich habe noch Träume! Ich bin jetzt stolzer Besitzer eines Wohnmobils und plane, gemeinsam mit Hilde die Welt zu bereisen. Ich verspreche dir, du wirst deines Lebens nicht mehr glücklich wenn Hilde erfährt, wie du unsere Pläne boykottierst.«

»Beruhige dich doch bitte.« Pfeiffer faltete flehentlich die Hände. »Ich habe kein Verlangen, mir Hilde zum Feind zu machen.« Er wusste um Hildes scharfe Zunge und lenkte ab. »Hast du dir doch die lange Kiste gekauft? Wann geht's los? Machst du auch oben immer die Luke auf, damit du aufrecht stehen kannst?« Pfeiffer lachte über seinen Gag. Mit der imponierenden Größe von zwei Meter drei hatte Baumann in seiner Jugend aktiv bei den Würzburger Basketballern gespielt und war nur haarscharf an einem Profivertrag vorbeigeschlittert. Die Vorstellung, wie sich Baumann in das Vehikel quetschte, amüsierte ihn. Vor allem das Bild von Baumann auf der dort üblicherweise verbauten kleinen Toilette. Wo sollte Alf da mit den Beinen hin? Ins Waschbecken? Oder die Tür auflassen?

Baumanns Mund zuckte verräterisch. Seine Augen leuchteten kurz auf, dann wurde er wieder ernst. Er winkte ab. »Das ist jetzt nicht das Thema.«

Pfeiffer sah ihm an, wie gern er über den nächsten Campingurlaub gesprochen hätte. Stattdessen kam er zu dem brisanten Thema zurück. »Merkst du nicht, dass die Untersuchung in die falsche Richtung läuft? Bauer verrennt sich.«

»Bauer ist ein erfahrener Kollege.«

»Bauer ist ein Arschloch.«

Baumann blickte erschrocken erst zur Tür, dann auf einen 1985er-Pokal, in dem ein Sammelsurium von Stiften steckte. Ein Andenken an ein Würzburger Basketballturnier.

»Was? Ist dein Büro verwanzt?« Pfeiffer hob den Pokal hoch.

»Lass den Unfug!« Die riesigen Hände rissen ihm den Pokal aus den Fingern. Baumann hob die Arme. Seine Finger krallten sich in der Luft in etwas Imaginäres, als wollte er dem Herrgott sagen, er solle ihn endlich von diesem Fluch namens Pfeiffer erlösen. Dann schloss er die Augen. »Okay, Peter. Was hast du?«

Pfeiffer rutschte vor. »Wie du weißt, war ich bei Andi in der JVA. Ich muss nicht extra betonen, wie verzweifelt er ist.«

Baumann kniff die Lippen zusammen.

Pfeiffer fuhr fort: »Unabhängig voneinander kamen wir zu dem Schluss, er wäre nur im falschen Moment am falschen Ort gewesen. Ein blöder Zufall, der ihn in die Fronten eines Zwists zwischen Liebenden hatte geraten lassen.« Er machte eine Pause.

Baumann war nun hochkonzentriert. Seine Augen hatten sich zu schmalen Schlitzen verengt. Dadurch gewannen seine Tränensäcke, die wie Rucksäcke unter den Augen hingen, noch mehr an Größe. Auch wenn er regelmäßig einen Wutanfall über Pfeiffers Ermittlungsmethoden oder Ausrutscher bekam, konnte sich Pfeiffer Baumanns Anerkennung sicher sein. Alf hielt große Stücke auf ihn und wusste seine Spürnase zu schätzen. »Und das glaubst du jetzt nicht mehr?«

»Nein.«

»Mein Gott, sprich endlich weiter! Weißt du, wie lange ich heute Abend wieder meditieren muss, um diese Anspannung wegzubekommen? Hilde hat mir extra eine

Meditationsapp aufs Handy geladen. In der Beziehung ist sie echt hart drauf.«

Pfeiffer erklärte ihm seine Theorie bezüglich der illegalen Waffe. »Wenn jemand in ein Restaurant bereits eine illegale Waffe mitnimmt, dann doch nur in der Absicht, sie auch zu benutzen.«

»Das überzeugt mich nicht.« Baumann rieb sich unter dem Auge und schob den Tränensack hin und her.

Pfeiffer nickte. »Stimmt. Es könnte sich immer noch um einen Zufall handeln, bei dem Andi zwischen die Fronten geraten ist. Aber mein Bauchgefühl sagt mir, dass da mehr dahintersteckt. Wie viele Restaurants gibt es alleine in Würzburg? Ausgerechnet an dem Tag, genau in diesem Restaurant, treffe ich die Immobilienmaklerin, die mir ständig über den Weg läuft, um mir meine Villa abzuschwatzen. Und ihre Begleitung ist ausgerechnet Jacobs Lehrer, dieser Haas. Ein unscheinbarer Typ, der weit unter ihrem Level steht. Bauer interessiert sich nicht einmal dafür, warum der Typ mit dem Opfer gemeinsam an der Bar gesessen hat.«

»Noch kann das alles Zufall sein.«

»Das sind meiner Meinung nach zu viele Zufälle. Angeblich hatte sie einen Interessenten für die Villa. Eine Villa, die ich nicht verkaufen darf. Also, was ist so interessant daran? Am Montag erscheint sogar der Lehrer bei mir.« Kurz schilderte er Baumann die Begegnung. »Und zu guter Letzt habe ich mich deswegen auch mit Jacob verkracht, weil der Haas' Behauptung vehement abstreitet.«

Baumann streckte die langen Beine unter dem Schreibtisch aus. Er brachte bestimmt nur noch hundert Kilo auf die Waage, er schien in letzter Zeit schmaler geworden zu sein. »Ich verstehe durchaus, wenn da dein Bauch streikt. Das alles hinterlässt einen faden Beigeschmack«, gab Baumann zu. »Aber um offiziell handeln zu können, ist das wiederum zu vage. Dass Bauer das als fadenscheinige Ablenkung von den Tatsachen sieht, kann ich nachvollziehen.«

Pfeiffer sprang auf. »Er verfolgt noch nicht einmal eine zweite Spur bezüglich der Waffe. Bauer ist voreingenommen.« Pfeiffer beugte sich über Baumanns Schreibtisch, als wollte er ihn gleich an den Jackenaufschlägen packen, stützte sich dann jedoch stattdessen auf der Platte ab. »Wir wissen, dass Andi unschuldig ist, also müssen wir anderen Spuren nachgehen. Im Zweifel für den Angeklagten! Ich will Andi nicht hängen lassen!«

»Peter, da brauch ich schon mehr. Liefer mir Beweise, was mit der Villa nicht stimmen kann, und ich versuche, dir den Rücken freizuhalten.«

Die Art, wie sich Baumann durch die Haare fuhr, erinnerte eher an ein Haareraufen.

»Ich werde Hilfe brauchen, Alf.«

»Hilde wird mich köpfen«, brummte Baumann und wedelte mit der Hand, er solle verschwinden.

»Aber dein Gewissen und Andi werden es dir danken. Und ...«, Pfeiffer drehte sich noch mal zu seinem Chef um. »Du behältst deinen besten IT-Spezialisten.«

11.15 UHR

Ellen kam vom Laufen zurück und fühlte sich voll neuer Energie. Die Bewegung an der frischen Luft hatte ihr gutgetan. Sie war die Löffelstelzer Straße zum Rundfunkturm hinauf und über die Felder zurückgelaufen. Keine lange Strecke, doch für den Anfang war sie damit zufrieden.

Sie zog das verschwitzte T-Shirt aus und hängte es auf dem kleinen Balkon über einen Stuhl. Seit dem Krankenhausaufenthalt hatte sie zugenommen. Das war unverzeihlich. Klar, es war ihrer Verletzung zuzuschreiben und der damit einhergehenden Bettruhe. Aber hier in der Reha-Klinik konnte sie es stoppen. Jetzt war Schluss damit. Sie durfte wieder leichten Sport betreiben. Außerdem war die Reha sowieso mehr wegen des traumatischen Aspekts als wegen der körperlichen Verletzung angesetzt worden.

Sie strich sich über ihren sonst so flachen Bauch und musterte die sich abzeichnende Wölbung kritisch. Es sah aus, als wäre sie schwanger. Na, das fehlte noch! Nur gut, dass das unmöglich war. Schließlich war sie mit Peter ... hatten sie noch nicht ... Es war ja der Unfall dazwischengekommen.

Sie biss sich auf die Lippe.

Unfall ist gut.

Aber das andere Wort brachte sie nicht über die Lippen. Wie jeden Tag strichen ihre Finger mehrmals über die Narbe. Dort, wo ihr das Messer in den Bauch gerammt worden war. Der kleine Wulst fühlte sich hart unter ihren Fingerkuppen an. Wenn sie die Augen schloss, spürte sie noch den brennenden Schmerz von damals, bevor sie das Bewusstsein verloren hatte.

Die Ärzte sagten, sie hätte Glück gehabt. Auch Kinder könne sie noch bekommen.

Kinder!

Sie wollte keinen weiteren Nachwuchs.

Oder doch?

Mit Ende dreißig ohnehin nicht so einfach. Gabrielle war fünfzehn und käme damit bestimmt nicht klar. Oder tat sie ihr unrecht? Schließlich hatte Gabrielle ihr zugeredet, sich auf Peter einzulassen. War ihre Tochter reifer, als sie glauben wollte?

Wieso beschwerte sie sich dann über das Babysitten bei ihren Halbgeschwistern? Das gefiel Gabrielle definitiv nicht. Oder war es, weil es ihr Vater angeordnet und ihr kein Mitspracherecht eingeräumt hatte? Das könnte durchaus sein. Immerhin hatte Gabrielle ihren Sturkopf geerbt. Sie wollte gefragt und nicht, auch nicht von ihrem Vater, vereinnahmt werden. Über ihre Halbgeschwister hatte sich Gabrielle nie geäußert. Die schien sie zu mögen.

Ellen lächelte. Was machte sie sich nur für Gedanken? Gingen die Hormone mit ihr durch? Um Himmels willen! Hier, so weit von ihrer Tochter entfernt, vermisste sie Gabrielle umso mehr. Mutterliebe überdeckte alles. Die schlaflosen Nächte, jeder Streit war vergessen. Ellen stellte sich vor, wie es wäre, wieder ein Baby im Arm zu halten. Es fühlte sich ... gut an.

Peter.

Ob Peter gemeinsame Kinder in Betracht zog?

Ach Gott, jetzt sind es schon Kinder!

Wie wenig sie voneinander wussten. Wieder überkam sie das Gefühl, warum das alles geschehen war und ihre Ängste, über die sie mit Peter einfach nicht sprechen konnte: Was wäre, wenn sie gestorben wäre? Was wäre dann? Gabrielle oder andere imaginäre Kinder müssten zu ihren Vätern und den neuen Geschwistern ziehen.

Ellens Herz raste. Sie bekam einen Schweißausbruch, gleichzeitig fühlte sich ihr Brustkorb beklemmend eng an. Sie setzte sich auf das Bett, zog die Beine an und wartete darauf, dass die Angstattacke vorüberging. Zum ersten Mal in ihrer Laufbahn als Kommissarin war sie damals derart zwischen die Fronten geraten. Den Messerangriff hätte sie nicht überlebt, wenn sich nicht ein anderer für sie geopfert hätte.

»Er ist für mich gestorben«, flüsterte sie.

Das Wort war ausgesprochen.

Ellen weinte.

Um ihren Lebensretter. Ihre Angst. Und ihre Schmerzen.

Das würde noch ein Weilchen so bleiben, erklärte ihr die Hauspsychologin jeden Tag aufs Neue. Wie in dem Film: ›Und täglich grüßt das Murmeltier‹. Jeden Tag das Gleiche. Wann würde es endlich besser werden? Diese Frage konnte ihr niemand beantworten.

Zu allem Überfluss war sie auch noch schreckhaft geworden. So wie heute beim Joggen. Ein Mann war von einer Parkbank aufgestanden. Ellen erstarrte vor Schreck. Der Mann hatte sich mehrmals entschuldigt und war irritiert weitergegangen. Und sie? Sie konnte sich minutenlang nicht bewegen.

Das war kein Zustand, in dem sie wieder ein normales Alltagsleben, geschweige denn ihren Dienst aufnehmen konnte.

Und privat? Ein Leben mit ihrer Tochter und vielleicht sogar mit Peter? Ellen war froh darüber, dass Roland und seine neue Frau Gabrielle bei sich aufgenommen hatten, bis sie genesen war und wieder in der Lage sein würde, ein normales Leben zu führen. Gabrielle wollte wieder bei ihr leben.

Und Peter? Es war lieb von ihm, als er ihr anbot, den Umzug für sie zu übernehmen, damit sie nie wieder ihre Wohnung betreten musste. Bezüglich ihrer Scham, Peter würde in ihrer persönlichen Wäsche und Dingen wühlen, hatte er auch eine Lösung. Sie wollte nicht, dass Peter sie kennenlernte, indem er ihre Habseligkeiten zusammenpackte. Selbst die Psychologin konnte ihre Argumentation nicht nachvollziehen. Alle Menschen um sie herum waren so unerträglich verständnisvoll.

Nur sie verstand sich nicht!

Sie wünschte sich, dass Peter ihr die Wäsche vom Leib riss. Aber momentan war ihre Beziehung wie eine Knospe, die noch nicht erblüht und von keiner Biene bestäubt worden war.

Ellen schmunzelte. Was für seltsame Gedankenbilder beschwor sie da herauf? Sie würde das Bild von der Biene morgen der Ärztin erzählen, vielleicht verstand sie es dann besser.

Ellen sah aufs Handy. Peter hatte bereits viermal angerufen. Sie konnte ihn nicht zurückrufen. Sie wusste nicht, wie sie ihm alles erklären sollte.

So, wie er sie mit den Fotos von der Villa auf dem Laufenden hielt, erkannte sie, dass er beschäftigt war. Das war gut so. Er hatte alle Hände voll zu tun und war abgelenkt.

Und sie hatte noch etwas Zeit, um sich über sich und ihre Gefühle zu ihm klarzuwerden.

15.35 UHR

Nach dem Gespräch mit Baumann war Pfeiffer ein besonderer Gedanke gekommen.

Er hatte ihn bereits mehrmals auf die lange Bank geschoben und schließlich aufgrund der Renovierungsarbeiten und Andis Verhaftung vergessen. Aber heute setzte er ihn gleich um. Direkt nach dem Gespräch hatte er seinen Kollegen Stumpf angerufen. Stumpf sagte sofort zu, nachmittags vorbeizukommen. Dann kaufte Pfeiffer im Baumarkt das ein, womit er die Spuren der nächtlichen Zombieparty ausmerzen konnte, und anschließend besorgte er bei der Gärtnerei einen Kranz.

Jetzt wollte er an die frische Luft und den Kranz an Lamprechts Grab niederlegen.

Müde und erschöpft klopfte er an die Tür von Volkensteins Gartenhaus. Eine Klingel war nicht zu sehen und anscheinend auch an dem alten Holz nicht vorgesehen.

Die Tür öffnete sich, und noch bevor Volkenstein den Kopf durch den Spalt stecken konnte, um nachzusehen, wer ihn da störte, huschte bereits die Katze durch die Öffnung. »Muschi, bleib hier!«, rief Volkenstein, doch die Katze scherte sich nicht darum. »Verflixt und zugenäht. Die Katze macht, was sie will. Sie sucht immer noch ihr Herrchen«, fügte er traurig hinzu.

Pfeiffer kratzte sich am Kinn. Seitdem er gestern Abend den Bart abrasiert hatte, fühlte er sich nackt. »Guten Abend, Herr Volkenstein. Ich hoffe, ich habe Sie nicht gestört. Können Sie mir bitte sagen, auf welchem Friedhof Bruno Lamprecht beigesetzt wurde? Ich möchte ihm die letzte Ehre erweisen.«

Der Alte stützte sich mit den Unterarmen schwer auf seinen Rollator. »Ich dachte schon, Sie fragen nie«, brummte er und wischte sich über den Mund, als würde er sabbern.

Pfeiffer stieg die Hitze ins Gesicht. »Ich weiß, ich habe ihm viel zu verdanken.«

»Das würde ich auch sagen.«

Hoppla! Hörte da Pfeiffer bei dem Alten einen Funken Unmut heraus? Oder war da noch etwas anderes? Neid? Unzufriedenheit? »Also, wo liegt er?«

Volkenstein richtete sich auf. »Selbstverständlich hier in Maroggo, auf dem alten Friedhof unten an der Mainstraße. Wo sonst? Groß und schwarz.«

Darauf hätte er auch selbst kommen können. »Was, ›groß und schwarz‹?«

»Na, der Grabstein. War's das?«

Ehe sich Pfeiffer versah, war der Alte im Haus verschwunden.

»Verstehe. Werde ich bestimmt finden.« Die Worte prallten an der geschlossenen Tür ab.

Mein Gott, war der Alte heute launisch! Da konnte er sich auf eine abenteuerliche Nachbarschaftsbeziehung freuen.

Pfeiffer wandte sich zum Gehen. Auf dem spröden Rattantisch standen die Schachfiguren in Reih und Glied auf einem geschnitzten Holzbrett und warteten auf einen neuen Spielzug. Eine unreife Kastanie fiel mit lautem Ploppen auf die Glasplatte, ohne eine der Figuren umzuwerfen, und hüpfte weiter in ein frisch angelegtes Blumenbeet mit sechs roten und sechs gelbblühenden Pflanzen. In der Idylle voller wuchernder Sträucher und Gräser wirkte das Beet seltsam deplatziert. Zwischen den Blumen lag die zusammengerollte Katze in der Sonne. Sollte ihm recht sein. Besser sie lag hier als in seiner Wohnung.

Pfeiffer drehte sich um und sah Volkenstein hinter der Gardine stehen. Er griff nach dem weißen Bauer auf dem Schachbrett und spielte den Eröffnungszug.

Jetzt würde er erst einmal auf den Friedhof gehen und sich bei Bruno Lamprecht bedanken. Vielleicht hörten dann die Geister auf, ihn zu ärgern.

Wenn du mit mir spielen willst, gerne. Aber dann nach meinen Regeln.

15.55 UHR

Pfeiffer ging durch die Gräberreihen. Mit Schrecken erinnerte er sich an seine letzte Observation auf dem großen Friedhof in Würzburg, die in einem Desaster geendet war. Die Szene hatte ihn in die Tagespresse gebracht. Den dafür zuständigen Journalisten, Graf Ferdinand von Weiden, würde er sich noch vorknöpfen. Nur war ihm bisher für eine Revanche noch nichts Angemessenes eingefallen. Pfeiffer war neugierig, wann der Graf hinter seinem Erbe eine Bestechung vermutete. Deshalb war er froh, dass Baumann sich in diesem Fall um die Presse gekümmert hatte.

Er sah sich um. Im Gegensatz zu dem Friedhof in Würzburg war der kleine Friedhof in Margetshöchheim überschaubar. Er schritt nach links den Hauptweg entlang in Richtung der Wasserhähne. Niemand war auf dem Friedhof zu sehen, nur außerhalb der Mauern hörte er Menschen auf der Straße.

Der große schwarze Grabstein war nicht zu übersehen. Und selbst wenn Volkenstein ihn nicht beschrieben hätte, wären die vielen Kränze für Pfeiffer Merkmal genug gewesen, dass hier erst vor kurzem jemand beigesetzt worden war. Aus den eingemeißelten, weiß hinterlegten Daten auf dem Stein entnahm er, dass Bruno junior sich nicht nur den Namen, sondern auch Grab und Grabstein mit seinem Vater teilte. Lamprecht senior war bereits vor über dreißig Jahren verstorben. In diesen Kreisen war es anscheinend üblich, Familiengräber länger als dreißig Jahre zu belassen.

Doch eine Person wurde auf dem Grabstein nicht genannt: Brunos Mutter.

Die verdorrten großen und kleinen Kränze, die mit ihren weißen und farbigen Bändern übereinander auf dem Grab lagen, hinterließen bei Pfeiffer ein Gefühl von Trauer. Er hatte keine Chance gehabt, diesen Mann kennenzulernen und ihm zu danken.

Erneut fragte er sich, warum seine Mutter ihn erst kurz vor ihrem Tod über Bruno und dessen Absicht, ihn als Erben einzusetzen, informiert hatte. Schämte sie sich wegen der Liebesbeziehung? Fürchtete sie Vorwürfe? Oder hatte sie Angst vor seinen Fragen gehabt?

Pfeiffer kniete nieder, legte den Kranz zu den anderen und dankte mit einem stummen Gebet seinem Gönner für das Erbe.

»Sie sind also sein Erbe?«, hörte er eine Stimme hinter sich.

Pfeiffer fuhr herum. »Was zum Geier ...?« Er stockte, als er eine alte Frau sah. Nicht dieselbe vom Würzburger Friedhof, die ihn damals als Lüstling beschimpft hatte. Das relativ junge Gesicht passte nicht zu den langen weißen Haaren und den buschigen, weißen ... Augenbrauen. Sie wirkte, als hätte sie die sechzig noch lange nicht überschritten, doch erschien sie alt und gebrechlich. Vornübergebeugt stand sie vor ihm. Der Begriff ›gebrochene Frau‹ bekam so eine Bedeutung.

Die Frau schien seine Gedanken vom Gesicht abzulesen. »Ich habe vor vielen Jahren einen schweren Schicksalsschlag erlitten, der mich gezeichnet hat.« Sie strich sich mit der linken Hand über den rechten Oberarm.

»Entschuldigen Sie bitte mein ungehobeltes Benehmen.« Oh, da war er wieder einmal voll ins Fettnäpfchen getreten. Trotz der Hitze trug die Frau dunkle Kleidung, eine weite langärmelige Bluse und eine weite Hose.

Pfeiffer senkte den Blick. Erdkrümel und Gräser hingen an ihren ausgebeulten Hosenknien. Er sah die Knieabdrücke neben den Kränzen.

»Lassen Sie.« Sie winkte ab. »Ich habe Sie schließlich erschreckt. Und ich bin solche Reaktionen gewohnt. Die Leute hören zuerst meine Stimme und dann sehen sie mich.« Sie verzog ihre blassen Lippen zu einem bitteren Lächeln. »Ich war neugierig, wer da kommen mag.«

»Warum, in aller Welt, ist das für alle so interessant?«

»Warum? Na, hören Sie, Sie haben aus heiterem Himmel ein Millionenerbe erhalten. Von jemandem, der Sie nicht einmal kannte.«

»Er kannte meine Mutter.«

»Er kannte viele Frauen.«

Pfeiffer zog die Brauen hoch. Bisher hatte keiner so offen den Wert seines Erbes beziffert. Wollte sie damit andeuten, ebenfalls Anspruch darauf zu erheben? »Waren Sie eine von seinen Frauen?«, fragte er vorsichtig. War das der von ihr erwähnte Schicksalsschlag?

»Sowohl als auch.«

Pfeiffer runzelte die Stirn. »Wie meinen Sie das?«

»Ich war eine seiner Frauen, und ja, das war dann auch der Schicksalsschlag.«

»Das ... Das tut mir leid«, stotterte er. Wie erriet sie nur seine Gedanken?

»Vergessen Sie es. Ich hab es auch vergessen.«

Das glaubte er ihr nicht. Sonst hätte sie nicht an Lamprechts Grab gekniet.

Plötzlich lächelte sie. »Sie haben recht.«

Die Frau wurde ihm unheimlich. Konnte sie tatsächlich Gedanken lesen?

Sie lachte. Es war ein herzliches, offenes Lachen, das zeigte, welch attraktive Frau sie einmal gewesen sein musste. Im Geiste sah er sie als eben erblühte junge Frau vor sich.

»Ihnen ist alles auf dem Gesicht abzulesen. Ich frage mich wirklich, wie Sie es als Polizist so weit bringen konnten.«

Pfeiffer wich zurück, kam ins Straucheln und hielt sich am Grabstein fest. »Woher wissen Sie, dass ich Kriminalhauptkommissar bin?«

Sie winkte ab. »Wenn Würzburg ein Dorf ist, können Sie sich denken, wie schnell Informationen in Maroggo den Besitzer wechseln. Hier kennt jeder jeden.«

»Das trifft sich gut«, hakte Pfeiffer ein. »Da Sie anscheinend Bruno gut kannten, könnten Sie mir vielleicht etwas über ihn erzählen? Ich möchte gerne mehr über ihn wissen.«

Über ihr Gesicht strich ein Hauch von Widerwillen. Dann fasste sie sich in ihre Haare und klemmte einzelne Strähnen keck hinter das Ohr. »Wenn es sein muss. Dann lassen Sie uns runter an den Main gehen. Hier sind mir zu viele Leichen.«

Wirklich Neues erfuhr Pfeiffer nicht von der Frau.

Bruno war als Einzelkind bei Bruno Lamprecht senior aufgewachsen. Einem Narzissten, der seinen Sohn zu einem ebensolchen heranzog. Die Mutter verließ ihren Mann nur wenige Jahre nach Brunos Geburt. Über diese Rabenmutter hatte sich die Nachbarschaft die Mäuler zerrissen. Dass aus dem Junior ein erfolgreicher Anwalt wurde, darauf war der alleinerziehende Lamprecht senior überaus stolz.

»Woher wissen Sie das alles?« Pfeiffer wich einer Inlineskaterin aus, die in einem höllischen Tempo vorbeiraste.

Aus dem Augenwinkel bemerkte er einen Ruck, der durch die Frau ging. »Also nein! Diese Jugend ist so rücksichtslos!« Sie fasste sich ans Herz, als wollte sie überprüfen, ob es stillgestanden hatte.

Etwas zu theatralisch, fand Pfeiffer. Doch es war eine gebrechliche Frau, und er konnte schlecht nachvollziehen, wie sie sich fühlte, wenn sie sich erschrak. Pfeiffer ertappte sich dabei, dass er sie anstarrte.

Verlegen senkte sie die runzelige Hand. »Ich weiß, ich bin etwas schrullig. Aber ich bin einmal fast umgefahren worden«, erklärte sie. Langsam gewöhnte sich Pfeiffer daran, dass sie seine Gedanken wie in einem Buch las. »Um Ihre erste Frage zu beantworten: Eine Freundin von mir hat damals bei ihm gearbeitet. Sie jammerte ständig über seine Launen.«

»Wessen Launen?«

Sie blieb stehen und sah in den Himmel. Überlegte. »Ich glaube, sie war zu der Zeit dort, als der Senior noch lebte.«

Pfeiffer war enttäuscht. Informationen vom Hörensagen, aus zweiter Hand. Aber was hatte er erwartet? Es durfte kaum noch Zeitzeugen geben, die er fragen konnte.

Doch besser als nichts. Er wollte schließlich keine Informationen zu einem Mordfall, sondern lediglich den Mann besser kennenlernen, dem er die positive Wende in seinem Leben zu verdanken hatte.

Pfeiffer bedankte sich bei der alten Dame für ihre Freundlichkeit und fragte, ob er sie zurückbegleiten solle.

»Danke, nein. Ich werde mich hier noch etwas in den Schatten setzen und dann langsam wieder zurückgehen. Vielleicht füttere ich auch die Enten, so wie Bruno, Gott hab ihn selig. Das beruhigt.« Sie zog eine Tüte mit Krumen aus ihrer Hosentasche.

Pfeiffer blickte auf die Entenansammlung und den dadurch bekleckerten Weg. »Wohnen Sie hier im Ort?«

Sie schaute ihn mit grauen Augen an und überlegte. Dann deutete sie in die Richtung, aus der sie gekommen waren. »Drüben in Zell, im ›Aurelia‹, habe ich eine kleine Wohnung.«

16.45 UHR

»Na, das nenn ich mal ein Schwimmbad«, entfuhr es Stumpf. »Das wird immer exklusiver hier.«

»Kann das der Grund sein, warum mein Bauchgefühl mir sagt, dass hier was nicht stimmt?«

»Was machst du dir Gedanken? Genieß dein Erbe, dieses geniale Glück, alter Knabe!«

»Würde ich ja gerne.« Pfeiffer erschrak selbst über die Traurigkeit in seiner Stimme.

»Was ist los? Von was redest du?«

Pfeiffer rieb sich die Stirn.

»Erzähl!«

»Es hört sich blöd an, ich weiß. Aber ich habe das Gefühl, das Haus mag mich nicht. Als würde es sich gegen mich, seinen neuen Bewohner, wehren. Ich höre sogar Stimmen.«

Mist, Letzteres wollte ich gar nicht erwähnen!

Stumpf lachte, doch es klang aufgesetzt. »Was faselst du? Du hast zu viel um die Ohren gehabt, Peter, und das ist ein altes Haus. Das bildest du dir nur ein. Eh! Du wirst die Stimmen unter dir aus der Kanzlei hören, oder das Radio von dem Opa im Garten«, rief er, erfreut darüber, eine plausible Lösung präsentieren zu können.

Pfeiffer nickte. Konnte es das sein? Ein Radio? War die Erklärung so simpel?

Sicher, seit seiner Trennung vor zwei Jahren und der nachfolgenden Scheidung hatte er eine stressige Zeit gehabt, zeitweise auch Depressionen. Aber so schlimm, dass er sich nun Stimmen eingebildet hatte, war es nicht gewesen. Schließlich hatte er in seiner Drei-Zimmer-Wohnung keine Stimmen gehört!

Oder waren sie dort so leise und subtil gewesen, dass er sich deshalb ständig in One-Night-Stands gestürzt und sich an anderen Tagen die ganzen Staffeln von ›Game of Thrones‹ reingezogen hatte, damit er sie überhörte? Hatte ihm das sein Unterbewusstsein befohlen? Oder seine Einsamkeit?

Das konnte er nicht glauben.

Vielleicht hatte Jürgen recht und es handelte sich wirklich nur um die Stimmen der Angestellten oder um ein

Radio in der Nacht. Das erklärte immerhin, warum er sie nur hin und wieder hörte.

Aber es erklärte nicht, warum er die Wände aufgeklopft hatte!

Vermutete er die Stimmen dahinter? Hatte er im Wahn nach diesen Stimmen gesucht?

Pfeiffer schüttelte den Gedanken ab. Stumpf sprach bereits weiter.

»Was genau vermutest du?« Stumpf trank einen Schluck aus der Wasserflasche. Er hatte Pfeiffer verwirrt angesehen, als er ihm ohne eine Erklärung Wasser statt Bier serviert hatte.

Konzentriert wiederholte Pfeiffer sein Gespräch mit Baumann und listete die Punkte auf, die mit Andi zu tun hatten. Er endete mit dem Gedankengang bezüglich der Waffe.

»Die Mitnahme einer illegalen Waffe in ein Restaurant zeugt doch auch von der Absicht, sie zu benutzen.«

Pfeiffer stockte und sah Stumpf prüfend an. »Und gerade fällt mir ein, dass sie mit mir geflirtet hat.«

Stumpf lachte. »Wenn jede Frau, die mit dir flirtet, hinter einem Verbrechen stecken würde, wären die Gefängnisse voll.«

Pfeiffer ignorierte den Einwand. »Was ist, wenn ich der Frau folgen sollte? Ellen hatte sie mit ihrem Kuss regelrecht aus dem Konzept gebracht.«

»Damit sie sich vor dir umbringen lässt?« Der mitschwingende Spott in Stumpfs Worten zeigte, was er von der Theorie hielt.

»Nein, mich!« Pfeiffer lief erregt auf und ab. »Vielleicht sollte ich in die Falle gehen, und es ist etwas schiefgegangen?«

Stumpf überlegte. »Das alles nur, damit das Haus leer steht und jemand etwas daraus entwenden kann? Richtig?«

Er lächelte ungläubig, doch weiterer Spott blieb aus. Er schien auch keine bessere Erklärung zu haben.

»Warum sonst das ganze Theater?«

»Tja, warum?« Stumpfs Blick wanderte über die Villa.

»Die ist nicht so alt, wie sie aussieht«, erklärte Pfeiffer.

»Warum wurde dann der Kasten auf älter gebaut? War es wirklich nur ein Spleen? Und das Schwimmbad?« Er lief über das Areal. Dann drehte er sich mit ausgestreckten Armen um die eigene Achse. »Was ist das Besondere an all dem hier? Ist es die Architektur?«

Pfeiffer hielt inne. Der Gedanke war nicht abwegig. »Die Villa wurde in den Dreißigerjahren erbaut. Wer zu der Zeit Geld besaß, um so etwas bauen zu können, der ...«

»... hatte Dreck am Stecken?«

Pfeiffer schüttelte den Kopf. »Der war damals sehr angesehen, wollte ich sagen.«

»Ohne ein Parteizeichen war man früher nichts.«

»Als Nazi wurde Lamprecht senior zum Glück nicht erwähnt. Da habe ich schon Herrn Google befragt und hätte in dem Fall das Erbe ausgeschlagen. Brunos Großvater hatte seine Anwaltskanzlei neunzehnhundertzwanzig in einem Würzburger Hinterhof gegründet und an seine Söhne weitergegeben.«

Stumpf setzte sich in Bewegung, schritt zur Eingangstür der Villa und stieg die Stufen hoch.

»Was ist los?«, rief Pfeiffer und eilte ihm nach.

»Ich möchte nur etwas überprüfen.«

»Ich weiß echt nicht, was wir in dem Haus suchen sollen.«

Stumpf grinste. »Man weiß nie, was man bei einer Durchsuchung zutage fördert. Das ist ja das Spannende daran.«

Nachdem sie erfolglos die Wohnung auf den Kopf gestellt hatten, stiegen sie auf den Dachboden.

Hier war es heiß und stickig. Pfeiffer öffnete zwar die vier kleinen Dachluken, aber es würde dauern, bis die abgestandene Luft und gestaute Hitze entwichen.

Ihr Glaube, einen brauchbaren Hinweis zu finden, sank langsam. Dennoch durchforsteten sie die hier gelagerten Schätze. Schränke und Kommoden, zusammengewürfelte Stühle und Sessel standen herum; Spiegel und Gemälde waren - teilweise mit weißen Laken abgedeckt - gestapelt oder aneinandergereiht an eine der zwei Deckensäulen gelehnt. Eine Ansammlung von Antiquitäten aus den letzten Jahrhunderten. Hinterlassenschaften eines Kunstsammlers, der nicht wagte, etwas zu verkaufen. Hinzu kamen die Möbel, die sie vor Wochen aus der Wohnung hochgestellt hatten.

Heute sahen sie das Sammelsurium mit anderen Augen. Bei jedem Möbelstück, hinter jedem Gemälde vermuteten sie einen Schatz, für den es sich zu töten lohnen würde.

Stumpf hob ein Gemälde mit massiven goldfarbenen Rahmen hoch und betrachtete es von allen Seiten. »Würdest du das auf dem Dachboden verstecken, wenn es wertvoll wäre?«

Pfeiffer zog gerade eine Schublade aus einem braun lackierten Schränkchen und untersuchte die Unterseite. Aber wieder war kein Umschlag oder sonstiges daran befestigt. Enttäuscht schob er die Schublade zurück. Er besah sich das Gemälde an und verzog den Mund. »Ja.«

Sie lachten.

»Vielleicht fehlt uns nur der richtige Kunstverstand?« Stumpf grinste und stellte das Bild an seinen Platz zurück.

»Dir vielleicht! Ich mag meinen Verstand. Der sagt mir, ob mir etwas nicht gefällt, auch wenn es wertvoll wäre.« Pfeiffer zog die nächste Schublade heraus.

»Das sagt nur einer, der nicht das nötige Kleingeld in der Portokasse hat.« Stumpf kippte ein Schränkchen, damit Pfeiffer darunter sehen konnte.

Wieder nichts.

Er stellte das Schränkchen ab und setzte sich darauf.

Pfeiffer wischte sich den Schweiß von der Stirn. »Sagst du mir endlich, was wir suchen?«

»Ich weiß es nicht. Irgendetwas ist hier, das wir übersehen.«

Müde ließ sich Pfeiffer auf einen alten Stuhl mit lederbezogener Armlehne fallen. »Ich habe mich schon öfter gefragt: Warum ausgerechnet ich?«

»Seltsam ist, dass es trotz des Bruders von Lamprecht senior keinen weiteren Erben gibt.«

Pfeiffer berichtete von der Begegnung mit der weißhaarigen Frau auf dem Friedhof. »Sie sagte, sein Vater wäre ein Narzisst gewesen und hätte seinen Junior auch zu einem erzogen. Vielleicht fanden sie deshalb keine Frauen?«

»Deine Mutter war doch ...«

Pfeiffer zuckte mit den Schultern. »Die Frau behauptete zwar, meine Mutter wäre nur eine von vielen gewesen, aber ich glaube, da sprach nur der Neid. Schließlich hat er nie geheiratet. Abgesehen von meiner Mutter.«

»Ach, mach dich nicht heiß. Es soll auch Männer geben, die keine Kinder wollen. Vielleicht ist die Linie von seinem Bruder deshalb auch ausgestorben?«

Pfeiffer zog die Augenbrauen hoch und verdrehte die Augen. Er zog die Kisten heran und überflog die Papiere. Doch auch da fand er nichts Interessantes.

»Was machen wir jetzt?«

Pfeiffer lehnte seinen Kopf zurück und starrte die Ziegel an. »Keine Ahnung.«

Stumpf stand auf, griff nach seiner Wasserflasche und trank sie leer. »Du hast schon recht: Es sind zu viele Zufälle.

Auch das mit Andi. Ich bin froh, dass du Baumann überzeugen konntest.«

Pfeiffer sprang auf. »Deshalb sollst du mal deine Fühler nach der Tatwaffe ausstrecken. Andi hat nie und nimmer eine Waffe zum Essen mitgebracht. Du bist hinter ihm gelaufen, als ihr an den Tisch gekommen seid. Er trug ein enges T-Shirt.«

Stumpf sah zur Seite.

»Was hast du?«

Stumpf räusperte sich.

»Was?«

»Am Tatort war Andis Hosenbein hochgerutscht. Er trug ein Knöchelholster. Hast du das nicht gesehen?«

»Nein!« Wütend schlug Pfeiffer auf einen der tragenden Balken des Dachbodens. Jahrealter Staub löste sich und rieselte zu Boden.

Wieso war ihm dieses Detail entgangen?

»Baumann muss deinem Riecher wirklich vertrauen, dass er uns trotz der erdrückenden Beweislage und Indizienkette heimlich ermitteln lässt.«

Pfeiffer durchfuhr es heiß.

Oder er hat mich nur ruhiggestellt?

Rückblickend beschlich Pfeiffer das Gefühl, Baumann wäre zu schnell eingeknickt. Er bekam seinen Willen, Stumpf und Nina durften helfen und somit fand die rebellische Seele ihre Ruhe. Stattdessen ...

»Peter, Kopf hoch! Wenn sich Andi eine Waffe besorgt hat, finde ich das heraus.«

Pfeiffer sah ihn vorwurfsvoll an.

»Äh, ich meine natürlich ...«

Ernüchtert winkte Pfeiffer ab. »Lass gut sein, Jürgen.«

»Nein, nein! Ich glaube an Andis Unschuld. Und hier steht viel rum.« Er zeigte auf die Antiquitäten. »Ich kenne jemanden, der sich mit so was auskennt. Aus der Zeit, als ich noch im Betrugsdezernat war, habe ich noch was gut bei ihm. Der soll sich das mal ansehen. Wir decken auf, was hier vor sich geht.«

17.55 UHR

Dieses Mal als Fußpflegerin getarnt, betrat Nina das Pflegeheim zur vereinbarten Zeit. Oma Lotte hatte ihr die Nachricht zukommen lassen, sie müsse Nina dringend sprechen. Das Abendessen war noch in vollem Gange. Trotz des grünen Kopftuchs und der Brille hatte Oma Lotte sie gleich erkannt und kam ihr aufgeregt entgegen.

»Hast du schon was herausgefunden?«, war Ninas erste Vermutung. »Sie haben keinen Termin bei mir«, fügte sie laut hinzu und klopfte auf ihren Alukoffer, den sie neben sich herzog. Über einem grünen Fuß stand Silke Ziegler – medizinische Fußpflege.

»Was? Nein, nein.« Oma winkte ab, als wäre der Grund ihres Aufenthalts eine Lappalie. »Nein, das Essen ist unter aller Kanone.«

»Das Essen? Du rufst mich wegen des Essens her?« Nina zwang sich, tief durchzuatmen. Sie sah das verzweifelte Gesicht der alten Dame und lenkte ein. »Du bist verwöhnt, Oma«, flüsterte sie.

»Ich ernähre mich gesundheitsbewusst, sonst wäre ich nicht so fit. Also, wenn ich hier länger bleiben muss, werde ich von dem Essen genauso krank wie alle anderen hier. Es gibt jeden Abend nur Brot, Wurst und Käse.«

»Es gibt bestimmt auch Gemüse. Und jetzt tu nicht so, als gäbe es bei dir etwas anderes.«

»Natürlich gibt es bei mir zuhause etwas anderes«, gab die rüstige Dame zurück und schlug sich stolz auf ihr Kniegelenk. »Ich brauche noch kein Ersatzteil! Bei mir ist alles noch echt! Aber wenn du mich hier nicht bald rausholst, werde ich meine erste Arthrose bekommen. Von Demenz will ich gar nicht erst reden. Hier fehlen komplett die guten Om...«

Der Direktor kam wie zufällig aus seinem Büro geschlendert und schaltete sich ein. »Also ich muss schon sagen, Frau Kilian, Sie wiegeln unsere Bewohner auf.« Er rückte seine Brille zurecht, deren rote Bügel heute zu seinem roten Einstecktuch im gediegenen grauen Anzug passten.

Hatte er sie beobachtet? So schnell, wie er gerade aufgetaucht war, vermutete Nina es. Er wollte schließlich wissen, was sie herausfand. Wollte er jemanden schützen? Oder hatte er zu guter Letzt die eigenen Finger im Spiel? Nina durfte ihn nicht unterschätzen.

»Soooo? Das freut mich aber.« Oma war nicht gewohnt, nachzugeben.

»Wenn das so bleibt, muss ich Sie bitten, unser Haus zu verlassen.«

»Das lass ich mir nicht zweimal sagen!«

Bevor Oma Lotte auf den Direktor zupreschen konnte, stellte sich Nina vor sie. »Frau Kilian! Bitte!«, zischte Nina leise. »Wolltest du mir nicht helfen?« Nina wandte sich von ihrer Oma ab und schob den Gefängnisdirektor, wie sie den Heimleiter im Stillen nannte, in sein Vorzimmer. Oma Lotte folgte ihnen widerwillig.

Nina schloss die Tür und atmete auf. Lisas Schreibtisch war unbesetzt. Das pickelgesichtige Mädchen hatte schon Feierabend.

»Können Sie nicht etwas an den Zutaten ändern, Herr Vogler? Das käme doch allen Bewohnern zugute«, versuchte Nina zu vermitteln.

»Eine gesunde Ernährung liegt nicht in unserem Budget.«

»Bitte was?«

Der Direktor bemerkte seinen Fauxpas und räusperte sich verlegen. »Was glauben Sie, wie unsere Bewohner rebellieren, wenn sie ihr heißgeliebtes Brot nicht bekommen? Und auf keinen Fall das dunkle oder eins mit Körnern. Die verfangen sich im Gebiss. Nein, nein, es muss das gute alte Mischbrot sein. Der Deutsche will selbst auf Malle nicht auf seine Backwaren verzichten.«

»Da passt es Ihnen ja gerade, wenn eine gesunde Ernährung sowieso nicht in Ihrem Budget liegt. Sie könnten daraus allerdings einen Unterschied zu anderen Heimen machen. Aber das ist nicht in Ihrem Interesse, stimmt's? Ich verstehe.« Nina wartete auf eine Antwort.

»Also ... Nein ... Ich ... Ich verbitte mir hier weitere Bemerkungen über die Speisen. Ansonsten muss ich von unserer Abmachung zurücktreten.«

Vogler wollte in sein Büro fliehen, doch Nina hielt ihn am Ärmel zurück. »Sie haben wohl vergessen, dass es ein Entgegenkommen seitens der Ermittlungsbehörden ist. Wenn Sie sich weigern, werden wir hier mit einer Hundertschaft einrücken und den Laden stilllegen. Ist das vielleicht in Ihrem Interesse?«

»Man merkt, Sie sind miteinander verwandt.« Der Heimleiter bedachte sie mit einem giftigen Blick und stolzierte in sein Büro. »Sie finden allein hinaus«, sagte er noch, bevor er seine Tür zuwarf.

»Nina, du warst grandios.« Oma Lotte klatschte in die Hände. »So viel Einfluss hast du?«

»Ich habe gar nichts. Das würde nie passieren, aber das weiß er nicht. Und du ...« Nina umarmte Oma Lotte und drückte ihr einen Kuss auf die Wange. »Du bist jetzt etwas verträglicher und hältst die Ohren auf. Wer unterhält sich mit wem über Kinder, Enkel und Geld? Verstanden? Und ruf mich nicht wegen solcher Lappalien her. Wir müssen aufpassen, dass man uns nicht so oft zusammen sieht, sonst macht sich keiner an dich ran.«

Nina öffnete die Tür und sah sich um. Niemand beobachtete sie. Die meisten Senioren im Foyer schlurften mit Blick auf ihre Pantoffeln zu ihren Räumen. »So, und nun geh. Ich warte noch einen Moment, ehe ich dir folge.«

»Ach, ist das alles aufregend!« Oma strich zum Abschied mit weichen Händen über Ninas Arme. »Jetzt verstehe ich, warum du deinem Traum nachgejagt bist und keine Chirurgin werden wolltest.«

Nina schnaubte. Selbst von ihrer geliebten Oma wollte sie nicht an dieses Kapitel ihrer Vergangenheit erinnert werden. Damit hatte sie abgeschlossen. Mit allem - auch mit ihren Eltern. Einzig ihren Bruder Markus vermisste sie. Bisher ahnte er noch nichts von der Lebenslüge, die ihnen die Eltern aufgetischt hatten. Und das sollte auch so bleiben.

Dann nahm sie ihren Rollkoffer und verließ das Haus.

MITTWOCH, 30. JULI
1.55 UHR

In der Nacht wanderte Pfeiffer von einem Zimmer der Villa in das nächste. Er tastete sich an den Wänden entlang. Da waren sie wieder! Über sich hörte er Stimmen, die wisperten, raunten, zischten. Woher kamen sie?

Er betrat das Treppenhaus. Die Stimmen wurden lauter, je höher er kam. Eine Stufe nach der anderen stieg er zum Dachboden hinauf. Schweiß rann ihm über die Stirn; das Treppenhaus schien nicht enden zu wollen. Was war hier los? Ein rotierender weißer Kreis kam auf ihn zu. Das gleißende Licht blendete ihn. Er schirmte die Augen ab. Dann stand er vor der Tür zum Dachboden ... öffnete sie und ...

Schweißgebadet wachte Pfeiffer auf. Orientierungslos strich er sich über die Augen. Es blieb dunkel. Neumond, erinnerte er sich. Nur die stockfinstere Nacht drang durch das Fenster. Er setzte sich auf und stieß mit dem Knie irgendwo an. Verflucht! Was war das? Ach, der Couchtisch! Langsam erinnerte er sich. Die Villa! Er war auf der Couch eingeschlafen. Er trug noch Jeans und Shirt, letzteres klebte nun kalt an seiner Brust.

Es knackte.

Pfeiffer schaute zur Decke. Hatte das Geräusch den Traum ausgelöst und ihn letztendlich geweckt? Es dauerte einen Moment, bis er es lokalisiert hatte. Treppenhaus und oberes Geschoss. Genau wie in seinem Traum!

Nur die Stimmen fehlten. Wann hatte er sie zuletzt gehört? Seit der Nacht des Blackouts nicht mehr. Hatte er damals auch nur geträumt, und der Alkohol hatte ihm falsche Erinnerungen eingepflanzt?

Da! Wieder! Die alten Dielen über ihm knarzten. Jemand lief dort oben herum!

Pfeiffer stand auf und rempelte erneut gegen den Tisch. Er fluchte im Stillen. Um den Einbrecher nicht zu warnen, wollte er kein Licht anschalten. Mit der Hand tastete er auf dem Tisch nach dem Handy. Er stieß gegen sein Glas vom Abend und konnte es gerade noch auffangen und zurückstellen. Dann fand er das Handy, tippte auf das Display und leuchtete ins Zimmer. Der schwache Schein reichte ihm zur Orientierung.

Er lief in sein Schlafzimmer, leuchtete hinein und umrundete das Bett. Unter einer Decke, als Nachtschränkchen getarnt, stand dort der Tresor, den er kurz nach Andis Verhaftung aus seiner Wohnung geholt hatte. Normalerweise deponierte er seine Waffe während eines Urlaubs in einem Stahlfach in der Waffenkammer. Doch aus einem unbestimmten Gefühl heraus hatte er sie nach seinem Einbruch bei der Maklerin mitgenommen.

Er hob die Decke an, gab die Kombination ein und entnahm die Waffe. Er lud sie und schlich zurück in den Flur. Leise öffnete er die Wohnungstür und spähte in das Treppenhaus. Es war ruhig und dunkel. War der Eindringling verschwunden?

Oder kam er noch rechtzeitig?

Da! Es knarzte erneut. Pfeiffer schlich die Stufen hinauf. Auf der obersten Treppenstufe zum Dachboden setzte er sich und wartete. Es war der einzige Zugang - der Einbrecher musste hier herauskommen.

Als die Tür sich endlich öffnete, hob Pfeiffer die Waffe und zielte.

2.00 UHR

Nina wälzte sich von einer Seite des Bettes auf die andere. Ihre Hand glitt über das Laken. Das Bett neben ihr war leer. Bestimmt war Ritchy im Restaurant wieder einmal aufgehalten worden. Oder er bereitete Eis für den nächsten Tag vor. Seine Eiskreationen waren in der ganzen Stadt beliebt und ständig ausverkauft. Ritchy schuftete und schuftete.

Zu Beginn ihrer Beziehung hatte sie seinen Ehrgeiz bewundert. Doch da oft Personal ausfiel, befürchtete sie, dass er sich zu viel aufbürdete. Er wollte doch nur die Wintermonate überbrücken, und nun hatte er bereits die Eisdiele mit Studenten bestückt. Das setzte ihm zu. Doch er hatte sich eingestehen müssen, allein nicht alles bewältigen zu können.

Nina wusste nie, wann er heimkam. Es hatte ihr nichts ausgemacht, allein zu sein. Sie hatte auf ihren Freiraum bestanden und ihn genossen. Aber seit sie aus der Wohnung im elterlichen Haus aus- und bei Ritchy eingezogen war, hatten sich ihre Prioritäten verschoben.

Warum?

Etwas hatte sich verändert. Nur was?

Eigentlich suchten sie eine größere Wohnung. Aber sie fühlte sich mittlerweile wohl hier, und da sie beide sowieso viel arbeiteten, suchte Nina nicht länger. In einer größeren

Wohnung müsste sie auch mehr Zeit mit putzen und aufräumen verbringen. Und darauf war sie nicht erpicht.

Sie schaute auf ihren Fitnesstracker. Zwei Uhr vier.

»Vermisst du misch, Bella?«

Nina schreckte hoch und knipste die Nachttischlampe an. »Was, zum Teufel, hockst du da auf dem Hocker?«

Ritchy lächelte und strich sich sein feuchtes Haar nach hinten. Die typische Geste, die Nina sonst den Atem raubte, wirkte kraftlos. »Sei così bella quando dormi.«

»Ricardo! Isch kann kein Italienisch!«

»Isch liebe es, wie du Ricardo sagst. Du sahst so bellissima aus, isch wollte disch nicht wecken.«

»Und deshalb beobachtest du mich? Was ist los?« Sie schlug die Bettdecke zurück und lud ihn ein, zu ihr unter die Decke zu schlüpfen.

Das ließ sich Ritchy nicht nehmen. Nur mit Boxershorts bekleidet, kuschelte er sich an sie. Nina schloss die Augen und sog den herben Sandelholzduft von seinem Shampoo ein.

Heute erforschten seine Hände nicht ihren Körper, liebkosten nicht ihre Brüste. Nichts dergleichen. Er umarmte sie nur, als wollte er sie nie wieder hergeben.

Nina bekam fast keine Luft. »Nicht so fest.« Nicht nur wegen der festen Umarmung. Auch Angst schnürte ihr die Kehle zu. Sie streichelte seine Brust. »Was ist los mit dir?«

»Niente, angelo mio.«

»Nichts?«

»Si.«

Er log. Nina kannte ihn zu gut. Doch er würde erst reden, wenn er dazu bereit war.

Seine Brust hob und senkte sich gleichmäßig mit jedem Atemzug. Er war eingeschlafen.

Wenigstens einer, dachte sie und starrte noch lange zur Decke.

2.05 UHR

Pfeiffer staunte, als er sah, wer im Schein einer Taschenlampe den Dachboden verließ.

Im grün-blau-gestreiften Satinpyjama schob sich Kurt Volkenstein voll beladen und auf leisen Sohlen rückwärts ins Treppenhaus. Unter dem einen Arm klemmte ein üppiges weißes Fellknäuel, dessen langer Schwanz hin und her zuckte. Mit dem anderen Arm hielt er einen Stapel Schallplatten. Umständlich versuchte er, die Tür ins Schloss ziehen.

Pfeiffer knipste das Licht an.

Volkenstein drehte sich um, erblickte die auf ihn gerichtete Waffe und erschrak. Die Katze nutzte ihre Chance, befreite sich aus dem gelockerten Griff, landete federnd auf ihren Läufen und schlüpfte durch die Tür zurück auf den Dachboden. Die Schallplatten indes konnte Volkenstein geistesgegenwärtig noch greifen, bevor sie zu Boden fielen.

Gute Reaktion für so einen alten Mann, dachte Pfeiffer.

»Na, auf die Erklärung bin ich gespannt!« Pfeiffer ließ die Waffe sinken, legte die Taschenlampe zur Seite und lehnte sich gegen die Wand.

Kurt Volkenstein errötete bis unter den störrischen weißen Ziegenbart. »Äh, das ... Also ich ... Wie soll ich sagen?«

»Ich höre.« Pfeiffer klopfte ungeduldig mit dem Lauf der gesicherten Waffe in die linke Handfläche.

Kurts Blick folgte der Bewegung. Er schluckte unbehaglich.

Pfeiffer hatte Mitleid mit ihm. »Zeigen Sie mal her.« Er stand auf, schob die Waffe in den Hosenbund und griff nach den Schallplatten.

»Ich hätte Sie Ihnen wieder zurückgebracht, wirklich!«

Pfeiffer besah sich Kurts Ausbeute. ›Alte Operetten‹, gesungen von Rudolf Schock, Dagmar Koller und Peter

Hofmann. Die letzten beiden Platten waren von Peter Alexander. »Peter Alexander, den liebte meine Mutter auch«, hörte er sich zu seiner Überraschung selbst sagen. »Sie hatte anscheinend mit Bruno Lamprecht einen Seelenverwandten gefunden. Schade, dass sie mir nie von ihm erzählt hat. Von Bruno, meine ich.«

Der alte Mann entspannte sich und lächelte. »Ich glaube, Bruno hätte Sie gemocht.«

»Meine Exfrau hatte leider andere Pläne mit dem Brief meiner Mutter. Ich habe ihn erst drei Wochen vor Bruno Lamprechts Tod erhalten. Und dass ich nicht gleich zu ihm gerannt bin, müssen Sie verstehen. Meine Mutter hatte auf einmal einen Freund! Den Schock musste ich erst verdauen.«

»Was war daran so schlimm?«

»Sie hätte es mir sagen sollen.«

»Vielleicht hatte sie Angst?«

»Warum sollte sie Angst gehabt haben?«

Kurt Volkenstein nickte. »Vor genau dieser Reaktion. Menschen im vorgerückten Alter werden oft beleidigt, wenn sie sich nach Liebe sehnen. Als hätten sie kein Glück verdient.«

Pfeiffer lachte auf. »Das kann schon sein. Mein Sohn schaute irritiert, als er hörte, dass ich eine Freundin habe. Für ihn bin ich bereits ein Grufti. Das liegt bestimmt in den Genen. Oder in der Evolution - die Jungen und Starken sollen sich vermehren und nicht die Alten und Kranken, könnte ich mir vorstellen.« Mit ernstem Gesicht klemmte er sich die Platten unter den Arm. »Aber wir schweifen ab, Herr Volkenstein.«

Betreten sah Volkenstein ihn an. Inzwischen konnte er sich nur noch mühsam auf den Beinen halten. »Herr Pfeiffer, Sie haben recht. Es ist unverzeihlich. Ich hätte Sie fragen sollen, aber ... Ich war gerade ... ziemlich ... einsam ...

Da erinnerte ich mich an die Platten. Eigentlich wollte ich jetzt die Katze vorschieben. Ich hole sie tatsächlich ständig hier oben raus, müssen Sie wissen. Aber heute wäre das gelogen.«

Pfeiffer war unschlüssig. Volkenstein war einsam? Was sollte er machen? Er wollte ihn nicht des Diebstahls bezichtigen. Schließlich hatte Kurt Volkenstein erst in den letzten Wochen einen Freund verloren. In diesem Alter neue Freundschaften zu schließen, stellte sich Pfeiffer schwer vor.

Er erinnerte sich an die erste Besichtigung der Villa. Volkenstein war aufgeregt gewesen, als er die wundervolle Plattensammlung gesehen hatte. Was hatte er da noch gesagt? ›Bevor Sie die verkaufen oder hier oben vergammeln lassen, würde ich sie gerne erstehen.‹

In den letzten Wochen vor Brunos überraschendem Tod hätten sie immer Schach gespielt. Aber die Plattensammlung hatte Bruno nicht erwähnt. ›Sonst hätte ich ihn direkt darauf angesprochen‹, hatte Kurt Volkenstein erzählt. Aber wie immer hatte Pfeiffer nicht richtig hingehört. Und er selbst war Volkenstein gegenüber auch nicht gerade freundlich aufgetreten.

Und jetzt? Sie standen sich mitten in der Nacht im Treppenhaus gegenüber, jeder mit seinem schlechten Gewissen belastet.

Einsam.

»Ich bringe Sie jetzt runter. Und morgen könnten Sie mich bei einer Partie Schach fertigmachen.« Er hakte den alten Mann unter, begleitete ihn bis ins Erdgeschoss und überreichte ihm die Platten. Mit einem Lächeln auf den Lippen ging er zurück in seine Wohnung.

Auch von Kurt Volkenstein hatte er den Eindruck, dass er glücklich und beschwingter zum Gartenhaus zurückkehrte.

11.10 UHR

Der Mann, den Jürgen Stumpf am nächsten Tag Pfeiffer als den ›kleinen Wilhelm‹ vorstellte, passte eher in das Rotlichtmilieu als in einen Antiquitätenladen. Seine geölten braunen Haare waren feinsäuberlich über die kahle Stelle am Hinterkopf gekämmt. Die spitze Nase passte zu dem langen Gesicht, aber der braun-lila schimmernde Seidenanzug stand im grellen Kontrast zu dem Typus. Dazu trug er eine rote Fliege und gelbe Schlangenlederschuhe. Er wirkte verkleidet.

Der kleine Wilhelm zog ein rotes Stofftaschentuch aus der Jackeninnentasche und tupfte sich Stirn und Nacken trocken.

Pfeiffer zog Stumpf zur Seite, schob ihn bis zu einer alten Biedermeierkommode und flüsterte: »Was ist, wenn er uns anlügt? Wenn er uns etwas Wertvolles für Billiges verkaufen will, um es anschließend meistbietend zu verschachern? Kannst du ihm trauen?«

Stumpf nickte und ging zu dem schillernden Kolibri. »Willi, sag, was mache ich, wenn du mich über den Tisch ziehst?«

Farbe schoss in die Wangen des schmächtigen Mannes, und er tupfte sich erneut die Stirn ab. »Herr Kommissar, ich muss schon sagen ... Ich würde nie ...«

Stumpf blieb hart. »Was passiert?«

Verlegen sah der kleine Wilhelm zur Seite. »Sie sagen es meiner Mutti.«

Eine Handbewegung von Stumpf in Pfeiffers Richtung sorgte dafür, dass er jegliche Regung und jeden Kommentar verschluckte.

»Genau«, sagte Stumpf. »Frau Weishaupt, die Besitzerin der Galerie ›Schwarz auf Weiß‹ und des Auktionshauses Weishaupt und Partner hat ihre Prinzipien ...«

»... die ich übernommen habe, das möchte ich betonen!«, echauffierte sich der kleine Wilhelm.

»Es war auch schon mal anders. Aber gut zu wissen, dass du dich geändert hast. Also schau mal, ob hier was Wertvolles rumsteht, für das sich ein Verbrechen lohnen würde.«

»Es ist mir eine Ehre, Ihnen behilflich sein zu dürfen.« Wilhelm Weishaupt nahm eine Lupe aus seinem Aktenkoffer und begutachtete sorgfältig ein Gemälde nach dem anderen.

Während Stumpf und der Antiquitätenhändler sich Stück für Stück vorarbeiteten, brummte Pfeiffers Handy. Er sah auf das Display.

›Ex‹ stand da.

Sofort verpuffte seine gute Laune.

Er gab Stumpf ein Zeichen und ging hinunter in die Wohnung.

»Kirsten, was willst du?«, nahm er grußlos das Gespräch an.

»Hallo, Peter. Wie geht es dir?«

So nett? Dann will sie was.

»Was willst du? Komm zum Punkt, ich habe nicht so viel Zeit wie du.«

»Ich wollte dich zu deinem Erbe beglückwünschen. Jacob ist ganz hin und weg! Fehlt nur noch der Pool.«

Wenn du wüsstest!

»Lass die Sticheleien, vor allem vor den Kindern. Aber da sind wir gleich beim Thema. Was ist mit den Hausbesichtigungen, die ich vereinbart habe?«

Kurze Stille am anderen Ende. »Das Haus ist den Leuten einfach zu teuer für das Alter. Sie wollen alle mindestens hunderttausend runterhandeln.« Ihre Tonlage hatte sich leicht verändert.

Sie lügt.

Verdammt, damit hätte ich rechnen müssen. Wer weiß, was sie den Interessenten erzählt hat, nur damit sie nicht aus dem Haus ausziehen muss.

Er zwang sich, sich seine Verärgerung nicht anmerken zu lassen. Dann fiel ihm etwas Besseres ein. »Was willst du eigentlich mit dem großen Haus, wenn die Kinder jetzt bei mir wohnen?«

Sie schnappte hörbar nach Luft, und ihre Stimme überschlug sich. »Das kannst du nicht machen! Du mit deinen unregelmäßigen Arbeitszeiten! Wie willst du sie nach Würzburg zur Schule bringen?«

»Lass das meine Sorge sein, Kirsten. Sie sind keine kleinen Kinder mehr. Vielleicht wachst du langsam auf und überlegst, wie es mit deinem Rainer weitergehen soll. Wenn er dir auch den Geldhahn zudreht, wird es eng für dich. Was macht die Jobsuche?«

»Aber du hast doch jetzt genug Geld«, wich Kirsten einer Antwort aus. »Es muss doch nichts überstürzt werden.«

Hatte sie überhaupt nach einem Job gesucht?

»Überstürzt?« Pfeiffer schluckte die anderen Worte herunter. Er wollte ihr nicht die Verachtung entgegenschmettern, die er inzwischen für sie empfand.

Zu lange hatte sie ihn ausgenommen.

»Schwamm drüber. Du kennst meine Meinung. Es ist nicht gut für die Kinder, wenn sie unseren Zank miterleben. Also halte dich bitte ihnen gegenüber bedeckt.«

»Ich habe nie ...!« Sie verstummte. »Ist gut, du hast recht.«

Wenigstens lag ihr das Wohl der Kinder am Herzen. Besänftigt legte er auf.

Bezüglich der Hausbesichtigungen musste er sich etwas einfallen lassen. Es konnte nicht sein, dass ihn Kirsten jetzt auf diese Tour über den Tisch zog. Um die Kosten niedrig zu halten, hatte er bewusst auf einen Makler verzichtet.

Auch wenn die Maklergebühr vom Käufer bezahlt wurde, schreckten diese Kosten ab. Hätte er damals bereits Bianca Vornwald gekannt, dann ... Hm, würde sie dann jetzt noch leben?

Pfeiffer verdrängte den Gedanken, er war nicht hilfreich. Er musste sich jetzt um den Hausverkauf kümmern und retten, was zu retten war.

Die nächste ernüchternde Nachricht erreichte Pfeiffer drei Stunden später. Der kleine Wilhelm resümierte: »In der Tat ließe sich ein ansehnliches Sümmchen mit dem, was in der Wohnung steht und auf dem Dachboden vor sich hin staubt, erzielen. Konsolen und Tischchen - gestempelt TOPINO.«

Während der Experte etwas von vergoldeten Bronzesabots und am Knie mit einer feinen, vergoldeten Bronzeapplikation mit Kanneluren, Voluten und Festons faselte, verstand Pfeiffer nur die Hälfte.

»Dieses Exemplar erzielt auf den internationalen Auktionen Preise im mittleren fünfstelligen Bereich. Alle anderen sind weit darunter.« Der kleine Wilhelm zog enttäuscht eine Schnute. »Kein einzelnes Teil sticht hervor. Man bräuchte schon einen größeren Transporter und müsste alles auf einmal abholen, damit es sich wirklich lohnt. Zuletzt benötigt man entsprechende Abnehmer für diese speziellen Antiquitäten. Denn ohne Käufer ...« Er hob die Schultern und ließ den Satz unbeendet.

Pfeiffer war genauso schlau wie zuvor.

14.55 UHR

Pfeiffer saß in seinem alten grünen Passat und beobachtete das Reihenhaus. In diese Wohngegend oberhalb der Schulen von Veitshöchheim hatte es ihn bisher noch nie verschlagen. Ohne Navi wäre er aufgeschmissen gewesen.

Er hatte die Fenster heruntergelassen und genoss den leichten Windzug, der hin und wieder durch das Auto wehte. Wie oft hatte er in diesem Auto gesessen und Menschen observiert? Unzählige Male!

Es war still. Das Radio war defekt. Er wischte den Staub von dem ausgeblichenen Armaturenbrett und klopfte motivierend auf das Plastik. Erst vor einigen Wochen musste er den Anlasser reparieren lassen, und der Werkstattmeister hatte den Kopf geschüttelt. Offensichtlich war in seinen Augen der neue Anlasser teurer als das ganze Auto.

Eigentlich hatte Pfeiffer sich einen neuen Wagen gönnen wollen, jetzt, nachdem er keine doppelten Kosten durch Miete und den Unterhalt für das Haus bestreiten musste. Doch die Ereignisse der letzten Tage missfielen ihm enorm. Warum musste eine junge Frau sterben? Und wieso war sie mit dem Mann essen gewesen, vor dessen Haus er jetzt stand?

Pfeiffer benötigte Antworten.

Dringend! Sonst drehte er noch durch. Etwas stank hier zum Himmel. Doch außer seinem Bauchgefühl, das er an dem besagten Abend der Maklerin hätte folgen sollen, hatte er keine Ansatzpunkte. Aber auf seinen Spürsinn konnte er sich bisher immer verlassen.

Was machte man in so einem Fall? Einfach herumstochern?

Genau.

Ein roter Micra schoss auf eine Garagenansammlung zu, die wie Legosteine aufgereiht waren.

War sie es? Die gehörnte Ehefrau? Wusste sie von dem Treffen ihres Mannes mit der Maklerin bei ›Ritchy‹ letzten Samstag und hatte sie die Chance genutzt, um die Nebenbuhlerin auszuschalten?

Pfeiffer war aufgedreht. Heute ging es nicht um irgendeinen Fall, sondern um Andi und vielleicht auch um ihn.

Er hätte Frau Haas anrufen und einen Termin vereinbaren können, so, wie es der Anstand gebot. Doch er wollte sie überraschen. Face to face. Nichts ging über den ersten Eindruck, wenn er sich dem Gegenüber als Kriminalhauptkommissar vorstellte. Die wenigsten Menschen konnten so schnell ein schlechtes Gewissen übertünchen. Auch Frau Haas wollte er keine Zeit geben, um sich Antworten zurechtzulegen.

Eine sexy Frau im Sommerkleid stieg aus dem Micra aus, öffnete das Garagentor und fuhr hinein. Sie ließ die Garage offen, als wollte sie gleich nochmals zum Auto, lief mit jungem, beschwingtem Gang über die Straße und betrat das Haus Nummer zehn.

Pfeiffer wusste bis jetzt nicht, wie die Ehefrau von Jacobs Lehrer aussah. Aber so hätte er sie sich nicht vorgestellt. Das lange, brünette Haar fiel in perfekten Korkenzieherlocken auf die schmalen Schultern. Ihrem Kleidergeschmack, der schlanken Figur und dem leichten Gang nach zu urteilen, musste sie weit jünger sein als ihr Mann, den er auf Anfang vierzig geschätzt hatte.

Pfeiffer pfiff anerkennend. So eine Frau passte nicht zu dem verkniffenen Typ. Anscheinend hatte er außergewöhnliche Talente, die Frauen wie seine Ehefrau oder Bianca Vornwald an ihm schätzten.

Pfeiffer stieg aus und ließ einen roten SUV passieren.

Der Fahrer bedachte erst ihn, dann den Passat mit einem abschätzigen Blick.

»So ein tolles Auto hättest du auch gerne!«, rief ihm Pfeiffer hinterher und überquerte die Straße.

Bevor er klingeln konnte, wurde die Haustür geöffnet. Pfeiffer zuckte zusammen, und Frau Haas ließ vor Schreck den Autoschlüssel fallen.

Pfeiffer hob ihn auf. »Bitte schön.« Er reichte ihn ihr.

»Oh, entschuldigen Sie, wenn ich Sie erschreckt habe. Ich muss noch etwas im Auto holen ... Wollen Sie zu meinem Mann?«

»Ist er denn da?«, fragte Pfeiffer aus einer Eingebung heraus. Erleichtert darüber, dass sie seinen verdutzten Gesichtsausdruck auf den Zusammenprall bezog. Sonst wäre das ›Face to Face‹ ziemlich peinlich geworden, denn aus der Nähe betrachtet sah sie ganz anders aus. Wie man sich täuschen konnte. Die Frisur und das Sommerkleidchen hatten keine Frau um die fünfzig erwarten lassen. Einzig die strahlenden Augen passten zu dem jugendlichen Kleid - sie wirkten glücklich. Ihr Teint jedoch war großporig, an Wangen und Kinn hatte die Hautelastizität bereits vor der Zeit stark nachgelassen.

Welch ein Unterschied zu dem Mordopfer. Ob sie deshalb nicht mit ihrer Nebenbuhlerin klargekommen war? Inwieweit Bauer bereits ihr Alibi überprüft hatte, musste er noch klären.

Sie überlegte kurz. »Nein, er holt noch Würstchen beim Metzger. Wir wollen heute Abend grillen.«

Pfeiffer verbarg seine Erleichterung. »Dann warte ich einfach, wenn es Ihnen nichts ausmacht.«

»Und wer sind Sie?« Frau Haas fragte, als wäre ihr erst jetzt aufgefallen, dass er sich nicht vorgestellt hatte.

»Ach, entschuldigen Sie. Ihr Mann ist der Lehrer meines Sohnes und er hatte ... einige Fragen.« Im letzten Moment war Pfeiffer eingefallen, dass sie vielleicht nichts von dem Verhältnis mit der Maklerin wusste. Zudem wäre es interessant, wie er seiner Frau seine Abwesenheit am Samstagabend erklärt hatte.

Sie schaute auf den Schlüssel in ihrer Hand, schließlich nickte sie. »Dann können Sie mir gleich die Kisten reintragen.«

»Das mache ich doch gerne, Frau Haas.« Er lächelte sie charmant an.

»Na, Sie sind mir vielleicht einer!« Sie lachte, strich sich eine Locke hinters Ohr und stöckelte mit übertrieben jugendlichem Gang zur Garage.

Mitunter war es hilfreich, dass Frauen von ihm angetan waren. Das wollte er ausnutzen. »Es sind Ferien. Wieso sind Sie daheim? Oder fahren Sie noch in den Urlaub? Eigentlich sehen Sie jetzt schon erholt aus«, log Pfeiffer und hob einen Kasten mit Bier und einen weiteren mit gemischten alkoholfreien Getränken aus dem Kofferraum.

Sie kramte auf der Rückbank und kam mit einer großen Papiertragetasche eines ansässigen Modehauses hervor. Wieder griff sie sich in die Haare. Anscheinend war sie gerade beim Friseur gewesen. »Wir mussten unseren Urlaub verschieben. Thomas, also meinem Mann, ist etwas dazwischengekommen. Davon mal abgesehen, haben wir noch sechs Wochen, bis die Schule wieder beginnt. Das Wetter passt, warum sollten wir dann in den Süden fliegen?« Ihre Verharmlosung hörte sich an, als wollte sie es sich selbst schönreden.

Pfeiffer folgte ihr mit den Getränkekisten zum Haus. »Wohin darf ich sie stellen?«

»Kommen Sie rein.«

Im Haus war es angenehm kühl. Frau Haas ging einen schmalen Flur entlang, von dem rechts die Küche und links vermutlich das Gäste-WC abzweigten. Im Hintergrund führte eine Treppe sowohl in das Obergeschoss als auch in den Keller. Geradeaus sah Pfeiffer in den großzügigen

Wohn-Essbereich und dahinter in einen kleinen Garten mit roter Hollywoodschaukel.

Pfeiffer stellte die Kisten an der Treppe ab.

»Schön haben Sie es hier. Da brauchen Sie wirklich nicht zu verreisen.«

Frau Haas' Mundwinkel wussten für einen kurzen Moment nicht, ob sie nach oben oder nach unten wandern sollten. Ein erzwungenes Lächeln gewann die Oberhand.

Pfeiffer setzte noch einen drauf: »Wobei ...« Er machte eine galante Handbewegung in ihre Richtung. »Eine Frau von Welt wie Sie sollte auch die Welt kennenlernen.«

Hatte er zu dick aufgetragen? Es widerstrebte ihm, zu schmeicheln, doch es zeigte Wirkung. Dass eine Frau dafür anfällig war, bedeutete unter anderem, dass sie selten Komplimente bekam und diese umso mehr genoss.

Frau Haas zupfte an dem Spaghettiträger ihres Kleides. »Sie aber auch! Ja, da haben Sie wohl recht. Ich läge allzu gern in Nizza am Strand.« Ihre Gedanken drifteten ab.

»Es muss ein verdammt schlimmer Grund gewesen sein, wenn Ihr Mann deswegen den Urlaub abgesagt hat. Ich hoffe, nichts Gesundheitliches?« Pfeiffer war gespannt.

Ihre Augen irrten nach rechts oben.

Sie überlegt sich eine Lüge.

»Nein, nein, es ist alles gut. Aufgeschoben ist ja nicht aufgehoben, wie man so schön sagt.«

Plötzlich veränderte sich die Atmosphäre zwischen ihnen.

Ihr Lächeln verschwand. Sie strich sich über den Oberarm. War es ein Zeichen von Angst? Oder fröstelte sie nur?

Pfeiffer verlor die Verbindung zu ihr. Hatte er etwas Falsches gesagt? Zumindest nichts, das diese Reaktion auslösen würde.

»Es ist besser, wenn Sie jetzt gehen.« Ihre Stimme hatte den flirtigen Schmelz verloren und klang reserviert. »Ich weiß nicht, wann mein Mann kommt, und ich muss noch einiges vorbereiten.«

Er verbarg seine Überraschung. »Ich muss auch noch etwas Dringendes erledigen, fällt mir gerade ein. Ich komme ein anderes Mal wieder.« Er öffnete die Haustür und ging hinaus.

Hinter ihm fiel die Tür ins Schloss.

Als Pfeiffer zum Auto ging, fühlte er sich beobachtet. Abrupt drehte er sich um. An einem Fenster von Haus Nr. 10 verschwand ein Kopf mit kurzen Haaren hinter dem Vorhang.

Daher wehte also der Wind. Ihr Mann war daheim!

War er eifersüchtig und sie wollte ihn nicht verärgern? Unwahrscheinlich. Denn mit dem Rauswurf hätte sie die Eifersucht zusätzlich geschürt. Hätte sie Pfeiffer dagegen vorgestellt, wäre alles gut gewesen.

Aber warum versteckte er sich? War er krank? Oder nur feige und wollte ihm nicht begegnen? Hatte er seiner Frau ein spezielles Zeichen gegeben, als sie zur Treppe sah? Das wäre möglich!

Kurz spielte er mit dem Gedanken, zurückzugehen und nach ihm zu fragen. Doch aus einem Impuls heraus unterließ er es. Was, wenn Haas Frau von den Eskapaden wusste und ihn schützte? In dem Fall musste er es anders angehen. Hatte Bauer auch ihr Alibi überprüft?

Pfeiffer schloss das Auto auf. Die Fernbedienung hatte sich auch schon lange verabschiedet.

Die Sache war seltsam. Vielleicht hatte Jacob bezüglich seiner schulischen Leistungen recht und der Lehrer log.

Jacob.

Pfeiffer tippte Jacobs Nummer in sein Handy. »Hi, Jacob. Können wir reden?«

15.35 UHR

Pfeiffer verabredete sich für den späten Nachmittag mit Jacob. Es war ein kurzes Gespräch, und nur zögernd hatte der Junge dem Treffen zugesagt. Pfeiffer vermutete, dass er neugierig war, was ihm sein alter Herr zu sagen hatte.

Bevor Pfeiffer den Wagen startete, rief Bauer an. In einem überraschend netten Ton bestellte er Pfeiffer in die Dienststelle.

Was wollte der jetzt schon wieder? Wollte er sich einschleimen, weil er Baumann auf Pfeiffers Seite wusste? Oder beschlich Bauer die Sorge, er könnte den Fall nicht lösen und benötigte nun doch Pfeiffers Rat?

Pfeiffer schimpfte sich einen Narren. Die letzte Vermutung war so unrealistisch wie die Realisierung des Weltfriedens.

Also, was war es dann?

Pfeiffer fuhr durch die belebter werdenden Straßen zurück nach Würzburg. In der Ferienzeit entspannte sich die Stadt. Leider traf das nicht auf ihn zu. Eine innere Unruhe beschlich ihn.

Im Fluss einer grünen Welle bog Pfeiffer an einer Ampel rechts auf die Brücke der Deutschen Einheit ein. Der Main glitzerte in der Sonne. Auf den Mainwiesen, wo sich im Frühsommer Tausende Besucher zum Afrikafest versammelten, sah er jede Menge Menschen. Auf Decken verstreut lagen sie in der Sonne, andere spielten mit ihren Hunden oder joggten trotz der Wärme.

Wenig später lenkte er den Passat auf den dienststelleneigenen Parkplatz. Natürlich stand der Wagen mit dem Nürnberger Nummernschild auf seinem Platz. Der ›Interne‹ hatte sich nicht nur sein Büro, sondern auch seinen Parkplatz einverleibt. Kurzentschlossen parkte Pfeiffer ihn zu.

Er lief den Flur entlang und grüßte im Vorbeigehen die Kollegen in den offenen Zimmern des K3. Doch die zurückhaltende Resonanz und die scheelen Blicke irritierten ihn.

War etwas mit Andi? Hatte er etwa ...? Nein, den Gedanken wollte er nicht zu Ende denken! Aber wäre Andi entlassen worden, hätten sich seine Kollegen überschlagen, um ihm die freudige Nachricht zu überbringen.

Pfeiffer ging langsamer, bis er schließlich stehen blieb.

Wenn sie belastendes Material gegen Andi hatten, warum beorderte Bauer dann ihn in die Dienststelle?

Im gleichen Moment kam ihm die Erleuchtung: Sie hatten etwas gefunden - gegen ihn.

Ihn - Peter Pfeiffer.

Hauptkommissar - adé.

Bauer streckte den Kopf in den Flur. Er grinste bei Pfeiffers Anblick. »Hab ich doch richtig gehört, wie die Schritte immer langsamer wurden. Kommen Sie nur rein, Herr Kollege.«

Pfeiffer verspürte den Wunsch, ihm das Grinsen aus dem sonnengebräunten Gesicht zu schlagen. Er ballte die Fäuste und zählte bis drei. Dann löste er die Fäuste und lächelte ebenfalls. »Guten Tag, Herr Kollege. Was gibt's?« Als er sein Büro betrat und die beiden anderen Kollegen von der Internen sah, rutschten ihm fast die Beine weg. In Gedanken überschlug er all seine Fehltritte, fand jedoch nichts, das den geballten Auftritt rechtfertigen würde. Es sei denn, es hätte sich ein Zeuge für seinen Einbruch in Bianca Vornwalds Büro gemeldet. »Kollegen«, korrigierte er sich.

»Nehmen Sie erst einmal Platz«, forderte der Ältere der drei ihn wohlwollend auf.

So freundlich? Es schien schlimmer zu sein als angenommen. Pfeiffer fiel auf, dass er die Namen von Bauers

Kollegen nicht registriert hatte. Einer stand hinter Ninas Stuhl am Fenster, der andere lehnte am Aktenschrank. Da Pfeiffer auf Ninas leerem Stuhl Platz nehmen sollte und ihm die Nähe zu dem Kollegen zu dicht war, zog er ihn kurzerhand hinter dem Schreibtisch hervor. Die Luft im Raum wurde jetzt schon knapp.

Bauer räusperte sich. »Ich komme gleich zum Thema. Wir haben einen Zeugen aufgetan, der beteuert, Ihnen die Tatwaffe im Fall Bianca Vornwald verkauft zu haben.«

»WAS!?«

Pfeiffer wollte aufspringen, doch der Jüngere drückte ihn zurück auf den Stuhl.

»Fassen Sie mich nicht an!«, blaffte Pfeiffer ihn an und schüttelte die Hand von seiner Schulter.

»Dann bleiben Sie bitte sitzen«, sagte der junge Ermittler.

Bauer genoss die Situation. Das Grinsen in seinem sonnengebräunten Gesicht vertiefte sich. »Sie wollten doch, dass wir auch anderen Spuren nachgehen. Das haben wir getan. Es war nur eine Frage der Zeit, bis wir Ihnen auf die Schliche kamen.«

»Sind Sie noch bei Trost?«, schrie Pfeiffer. »Ich war nicht am Tatort!«

»Das haben wir auch nicht behauptet. Doch Sie haben mit Ihrem Kollegen und Freund zusammengearbeitet. Sie haben ihm die Waffe besorgt, und er hat Ihnen die Maklerin aus dem Weg geräumt. Was Sie dabei nicht bedacht haben, ist, dass er nicht mehr rechtzeitig fliehen konnte, weil das Opfer ihn noch im Todeskampf bewusstlos geschlagen hat. Daher konnte Andreas Reimer nicht zurück an Ihren Tisch kommen.«

Pfeiffer wollte erneut aufspringen, doch Bauer ging um den Tisch herum und brachte ihn mit ausgestrecktem Arm dazu, sitzen zu bleiben. Zufrieden lehnte er sich an die

Tischkante und setzte seinen Monolog fort. »Wir wissen nur noch nicht so genau, was Ihr Motiv ist. Ihnen gehört doch jetzt so eine Mordsvilla.« Er lachte genüsslich über seinen Gag. »Den wollte ich die ganze Zeit schon bringen«, fügte er entschuldigend hinzu. Er wurde wieder ernst. »Aber Spaß beiseite. Finanziell haben Sie nun ausgesorgt. Sie brauchen nicht mehr zu arbeiten. Ist es das? Wollten Sie sehen, wie es sich auf der anderen Seite anfühlt? Ob Sie mit einem Verbrechen durchkommen?«

»Wie sind Sie überhaupt Kommissar geworden, Bauer? Hören Sie sich eigentlich selbst zu?«

Bauer grinste wieder.

»Lassen Sie uns doch mal weiter überlegen: Wie ich von Ihren Kollegen hörte, liegen Ihnen die Frauen zu Füßen. Mit Ihrer Kollegin Müller haben Sie ein Verhältnis. Und dann werden Sie in ihrem Beisein von dem Opfer angebaggert.«

Pfeiffer starrte ihn mit offenem Mund an. Jetzt war er baff. »Worauf wollen Sie hinaus?«, stöhnte er. Jetzt zog Bauer auch noch Ellen in die Sache hinein. Pfeiffer wischte sich den Schweiß von der Stirn.

»Sie mussten die Maklerin beseitigen, mit der Sie auch ein Verhältnis hatten, und beauftragten Ihren Kollegen damit. Hatten Sie noch etwas gut bei ihm?«

»Das ist doch alles drecksverreckte Scheiße, was Sie da reden!«

Bauer blieb die Ruhe selbst. »Sind Sie sich sicher? Was wollte dann das Opfer mit den Plänen von Ihrer Villa?« Er klickte mit dem Kugelschreiber. Mine rein. Mine raus. Mine rein. Mine raus.

Pfeiffer glaubte, sich verhört zu haben. »Was hatte Sie? Pläne?« Wieso hatte er die nicht gesehen?

Bauer deutete auf Blaupausen, die aufgerollt auf einem Tisch an der Wand lagen. Rechts und links waren sie mit

Wasserflaschen beschwert, damit sie nicht zusammenrollten.

»Bianca Vornwald wollte unbedingt die Villa für einen Kunden. Vielleicht hat sie ihm die Pläne gezeigt. Was weiß ich? Zurzeit geschehen seltsame Dinge in der Villa. Ich vermute, jemand will mich aus dem Weg räumen, um da hineinzugelangen. Mehr weiß ich nicht!«

»Seltsame Dinge? A-j-a. Und die Fotos von Ihnen?« Mine rein. Mine raus. Mine rein. Mine raus.

Erst jetzt entdeckte Pfeiffer zwei Schnappschüsse an einem Flipchart. Sie zeigten, wie er vor dem Notariat aus dem Passat stieg. Pfeiffer ruckte auf dem Stuhl herum. »Sie hat mich beschattet? Warum?« Das Klicken dröhnte in seinem Kopf.

»Das wüssten wir auch gerne. Haben Sie sie deshalb töten lassen?«

»Nein!« Pfeiffer fühlte sich in einer Hochgeschwindigkeitsachterbahn gefangen. Der Notknopf war defekt, er konnte weder stoppen noch abspringen. Ihn schwindelte. Was konnte er tun? Wieso hatte ihn die Maklerin observiert?

Der jüngere Typ hinter ihm fing an zu kichern.

Pfeiffer drehte sich um. »Was soll das?« Dann begriff er. »Sie Arschloch! Sie haben mich reingelegt! Sie haben nichts gegen mich in der Hand!«

»Haben Sie etwas zu verbergen? Scheint fast so.« Bauer grinste. Die Arme links und rechts auf die Armlehnen gestützt, beugte er sich über Pfeiffer. »Sie wollten doch, dass wir in alle Richtungen ermitteln. Das tun wir nun. Also unterstehen Sie sich, sich nochmals bei Ihrem Vorgesetzten auszuheulen oder Ihre Kollegen loszuschicken, um heimlich zu ermitteln. Ich bekomme das raus! Sie sind schneller wieder im Fokus, als es Ihnen lieb ist.«

16.10 UHR

Pfeiffer fuhr auf seinen Stellplatz vor der Villa. Er war immer noch benommen. Die Fahrt hatte er im Autopilotmodus hinter sich gebracht. Keine Interne, die ihm drohte! Pfeiffer stieg aus und klemmte sich die Kopien der Hauspläne unter den Arm. Hatte er alles nur geträumt? Nein! Die Pläne waren Realität!

Was passierte hier? Erschöpft lehnte er sich ans Auto.

Es war ein Albtraum. Hätte er nur nicht diese verdammte Villa geerbt. Er hätte nicht bei ›Ritchy‹ gefeiert, Andi wäre der Maklerin nicht begegnet und säße jetzt nicht in der JVA. Bauer wäre mit seiner Mannschaft nicht hier aufgetaucht, und er hätte nie zu spüren bekommen, wie es sich anfühlte, der Justiz ausgesetzt zu sein. Nun wusste Pfeiffer, wie sich ein unschuldig Verdächtiger vorkam. Er erstickte an seiner Verzweiflung!

Statt sich wie in den letzten Wochen derart körperlich anzustrengen und anschließend erschöpft in den Schlaf zu fallen, wäre er ohne Villa in seinem Urlaub nach Himmelstadt zum Biergarten geradelt und hätte gemütlich ein paar Bierchen geschlürft. Oder er hätte eine Fahrt auf einem der Ausflugsdampfer unternommen, die auf der anderen Mainseite anlegten. Stattdessen beschränkten sich seine diesjährigen Urlaubserinnerungen auf Ausflüge in den Baumarkt und in Möbelhäuser und auf Dreck, Farb- und Kleistergeruch.

Und an einen seltsamen, nächtlichen Blackout.

Verdammt!

Pfeiffer hieb mit der Faust auf das Autodach. Es schepperte.

Hatte Bauer vielleicht etwas mit der Sache zu tun? Neid veranlasste Menschen zu allerlei Dingen. Das konnte er aus seiner langen Diensterfahrung bestätigen. Auch Polizisten waren nicht dagegen gefeit. Was, wenn der Mörder an Hauptkommissar Bauer herangetreten war ...?

Oh Mann! Jetzt drehst du aber komplett durch!

Woher sollte der Täter wissen, wer für den Fall zuständig war? Und außerdem, für so eine Verschwörung wäre sich sogar Bauer zu schade.

Obwohl, wenn der Preis stimmte, würde der auch seine Mutter verkaufen. Zumindest würde es die Aktion von vorhin erklären.

Pfeiffer tastete über das Autodach. Der Schlag hatte keine Delle hinterlassen. Glück gehabt. Er tätschelte den Passat, um ihn ob der Grobheit um Verzeihung zu bitten, und ging zur Villa. Das abseitsstehende Gartenhaus strahlte Ruhe aus. Sollte er dem alten Herrn einen kurzen Besuch abstatten? Auf dem Schachbrett war sein morgendlicher Spielzug erwidert worden. Kurt Volkensteins schwarzer Bauer war seinem weißen gefolgt.

Pfeiffer stand nicht der Sinn nach einem Schachzug, aber er wollte den Alten nicht erneut vor den Kopf stoßen. Er zog mit einem weiteren Bauer in die Schlacht. Kam er schon nicht gegen den menschlichen Bauer an, wollte er wenigstens auf dem Spielbrett alle Bauernfiguren auslöschen! Er war neugierig, in wie vielen Zügen der Alte ihn mattsetzen würde.

16.15 UHR

Ninas Nachricht – »Ich habe was herausgefunden!« – veranlasste Pfeiffer zu einem konspirativen Treffen.

Nina schlug den Ringpark vor. Eine Grünanlage, die sich von der Löwenbrücke bis zum Berliner Ring erstreckte. Die Vorbereitungen für das Ringparkfest am kommenden Wochenende waren in vollem Gange. Gerade wurde die Bühne für die Livemusik aufgebaut.

Pfeiffer schaute nach links und rechts. Nina kam von der Mainseite auf ihn zu. Ein Jogger überholte sie. Keiner von den ›Internen‹, stellte Pfeiffer erleichtert fest. Er kam sich vor wie James Bond, der sich mit seinem Informanten traf.

»Danke, Nina. Du setzt viel aufs Spiel.«

»Das würdest du für mich auch tun.« Sie reichte ihm eine Akte.

Pfeiffer nickte dankbar und schlug sie auf. »Ruhestörung?«, fragte er irritiert. »Was hat das mit unserem Fall zu tun?«

Nina grinste. »Unser Fall? Das ist wohl etwas übertrieben. Bisher hast du nur eine Aneinanderreihung seltsamer Zufälle. Und das hier ist ein weiteres Puzzleteilchen. Ich weiß nicht, ob es etwas bedeutet, zumindest finde ich es erwähnenswert.« Sie deutete mit dem Kinn zur Akte. »Schau dir den Namen an.«

»Haas«, las Pfeiffer. »Ja, leck mich fett! Das darf doch wohl nicht wahr sein! Woher wusstest du davon?«

»Ich dachte, ich gehe mal der Spur nach. Habe den Namen eingegeben, um zu sehen, ob etwas Polizeiliches vorliegt. Und siehe da.«

Er suchte nach dem Datum. »Das war ein Tag vor Andis Verhaftung!« Die Polizei hatte ihn wegen Ruhestörung aufgesucht! Alarmiert von den besorgten Nachbarn. Erst als sie androhten, gewaltsam die Tür aufzubrechen, öffnete Frau Haas mit leichten Blessuren im Gesicht. Auf Nachfrage bezüglich einer Anzeige wegen Körperverletzung gegen ihren Mann lachte sie und antwortete, sie möge es gern etwas heftiger und diesmal wäre es besonders gut gewesen.

Pfeiffer schüttelte den Kopf. »Und das haben die Kollegen geglaubt?«

»Ihnen blieb nichts anderes übrig.« Nina lehnte sich zurück. »Ich habe vorhin mit ihnen gesprochen. Sie erinnern sich noch gut daran, dass das Paar danach sehr einvernehmlich und liebevoll miteinander umging. Da beweis mal das Gegenteil. Haas behauptete, seine Frau brauche es immer etwas kräftiger, und er hätte es ihr besonders gut besorgen wollen. Sie hätten es wohl etwas übertrieben. Er wolle sich später bei den Nachbarn für die Lärmbelästigung entschuldigen.«

Pfeiffer lachte. »Na, wer hätte das gedacht. Stille Wasser sind bekanntlich tief und schmutzig. Das hätte ich dem Kerl nicht zugetraut! Und so was unterrichtet meinen Jungen und spielt sich auf wegen Rufschädigung. Dabei ruiniert er seinen Ruf selbst.«

Aufmunternd stieß Nina ihn mit dem Ellenbogen in die Seite. »Wir wissen doch aus vergangenen Fällen, was alles hinter den Fassaden der ach so braven Bürgern abgeht.«

Sie grinste und zuckte entschuldigend mit den Schultern.

Pfeiffer passte es nicht, dass ausgerechnet Nina ihn an den Fall im Swingerclub erinnerte. Aber er gab ihr recht. Sexuelle Vorlieben standen den Menschen nicht auf die Stirn geschrieben. Erst nach ihrem Tod wurden sie aufgedeckt oder, wie in diesem Fall, wenn besorgte Nachbarn die Polizei verständigten.

»Und nun? Bringt dich das weiter?«, fragte Nina.

»Als Erstes rede ich mit den Nachbarn. Das sind Reihenhäuser. Vielleicht haben sie noch mehr gehört. Und du spielst Bauer die Akte zu. Haas' gewalttätiges Potenzial ist bestimmt interessant für ihn.« Er beobachtete zwei Männer, die über den Aufbau der Absperrung diskutierten. »Mich wundert, dass Bauer ihn nicht überprüft hat.

Vielleicht hatte er das Gleiche mit Bianca Vornwald vor. Und ...«

Nina verzog den Mund. »Du vergisst, dass Jacob Andi mit der Frau gesehen hat.«

»Daran denke ich die ganze Zeit. Vielleicht irrt er sich ja.«

»Doch nicht Jacob!«

Hm, Nina hatte recht, überlegte Pfeiffer. Jacob besaß ein ausgezeichnetes Gedächtnis. »Vielleicht ist er von Haas eingeschüchtert worden?«, spekulierte er.

»Und dann kommt Haas zu dir und bittet um Diskretion? Unwahrscheinlich. Irgendwas ist da faul.«

Pfeiffer und Nina saßen schweigend nebeneinander auf der Bank. Vögel kamen angeflattert, um die heruntergefallenen Brotkrümel der letzten Bankgäste aufzupicken.

Nina schreckte auf, die Vögel flatterten davon. »Du musst noch mal mit Jacob sprechen! Kannst du dich erinnern, wie er sich im ›Ritchy‹ über den Lehrer beschwert hat, weil der ihn nicht erkannt hat? Er meinte, Haas wäre mit einer fremden Frau dagewesen und wolle deshalb nicht erkannt werden.«

Pfeiffer starrte sie an. »Du!« Jetzt stieß er Nina in die Seite. »Jacob sagte auch, vielleicht hätte er einen Tumor. Die These ist zwar weit hergeholt, würde aber erklären, weshalb Haas so wechselhaft und brutal geworden ist.«

»Und das Selbstgespräch, bei dem Jacob ihn beobachtet hat«, schob Nina nach.

Pfeiffer sendete kurzerhand seinem Sohn eine Whatsapp mit den Worten: ›Ich bin auf dem Weg zu dir.‹

Nina sah auf die Uhr. »Mist, ich muss zurück. Ich werde das Gefühl nicht los, dass Bauer all meine Schritte überwachen lässt.« Sie stand auf und sah auf Pfeiffer hinab. »Versprich mir eins, Peter. Sei vorsichtig.«

16.55 UHR

Pfeiffer erkundigte sich bei Nina nach ihrem aktuellen Fall im Pflegeheim, verabschiedete sich und bog am Berliner Ring Richtung Rottendorf ab.

Jacob öffnete die Tür, noch bevor Pfeiffer geklingelt hatte. Verwirrt, weil Pfeiffer es sonst tunlichst vermied, das Haus zu betreten, machte er einen Schritt zur Seite und ließ ihn hinein.

»Wir gehen in dein Zimmer hoch«, bestimmte Pfeiffer in einem Ton, der jegliche Diskussion ausschloss.

Kirsten kam aus der Küche und trocknete ihre Hände an einem Geschirrtuch ab. »Was willst du hier?«

»Mit meinem Sohn reden.«

»Ist was passiert?«

»Nein.«

»Da haben deine Kollegen aber was anderes gesagt.«

Pfeiffer blieb stehen und blickte über das Geländer auf sie herunter. »Meine Kollegen? Hieß einer davon Bauer?«

»Ja, ein sehr netter Mann. Er sagte, du steckst in Schwierigkeiten.«

»Na, das ist doch das, was du gerne hören möchtest, oder nicht?«, reagierte er aggressiver als beabsichtigt.

»Es wird dich überraschen, aber so etwas will ich ganz und gar nicht hören! Deine Kinder lieben und brauchen dich. Da nützt du uns nichts im Gefängnis.«

Dann erhältst du auch keinen Unterhalt, wollte er erwidern. Doch dann sah er einen Hauch von Angst und Reue auf Kirstens Gesicht, schluckte die Worte hinunter und schob Jacob die Treppe hoch. »Was weißt du über deinen Lehrer?«, fragte er auf dem Weg in dessen Zimmer.

»In was ziehst du da den Jungen mit rein?«, rief Kirsten ihnen hinterher.

»In nichts, Mama! Es geht nur um meinen Klassenlehrer.«

»Den Haas? Was ist mit ihm?«

Pfeiffer ignorierte sie und schloss die Zimmertür. Nun waren sie ungestört. »Also, was weißt du?«

»Pappa, du machst mir Angst. Erst die Fragen über dich, und jetzt fragst du mich nach meinem Lehrer?«

»Ach, Quatsch. Dazu besteht kein Grund. Aber du hast ... hm ... Zeig mir mal dein Zeugnis!«, forderte er Jacob spontan aus einer Eingebung heraus auf und setzte sich aufs Bett.

Widerwillig schlurfte Jacob an den Schreibtisch.

Pfeiffer musterte das Zimmer. Abgesehen von einigen Plakaten von Musikbands, die Pfeiffer nichts sagten, war es unverändert.

Unmotiviert reichte ihm der Junge das Zeugnis und setzte sich auf den einzigen Stuhl.

Pfeiffer las es und sah Jacob aus dem Augenwinkel heraus grinsen.

»Hab doch gesagt, dass der lügt!«

Pfeiffer nickte. Jacobs schulische Leistungen waren überaus ansprechend. Drei Dreier, zwei Einser und der Rest Zweier. Sein eigenes Zeugnis in Jacobs Alter sah anders aus. Doch das band er seinem Sohn nicht auf die Nase.

»Und in Physik hab ich sogar eine zwei. Also, ich weiß wirklich nicht ...« Er verstummte, als Pfeiffer die Hand hob.

»Es tut mir leid, dass ich dir nicht geglaubt habe. Nimmst du meine Entschuldigung an?«

Jacob stieß sich mit den Füßen ab, wirbelte mit dem Stuhl einmal um die Achse und tat, als müsste er überlegen.

Pfeiffer wartete. Es kam ihm wie eine Ewigkeit vor.

»Okay. Was bleibt mir anderes übrig«, sagte Jacob gespielt gönnerhaft. »Du brauchst meine Arbeitskraft beim

Umzug ... und beim Renovieren ... des Schwimmbads!«, platzte er heraus, als hätte er nach der Entschuldigung ein Ventil öffnen können. »Wie cool ist das denn? Da werden meinen Freunden die Augen rausfallen, wenn die aus den Ferien kommen. Die meisten sind gerade verreist und haben das alles noch gar nicht mitbekommen. Das mit der Villa und so. Aber ...« Er lachte, als er Pfeiffers Miene sah. »Oder willst du nicht, dass ich helfe?«

»Klar doch.« An die Vorstellung von einer herumtollenden Meute Teenager in seinem Garten musste er sich allerdings erst gewöhnen. Aber Jacob und er hatten wieder zueinandergefunden, und das war der zukünftige Trubel allemal wert.

Als hätte Jacob seine Bedenken erkannt, sagte er: »Keine Angst, Pappa, ich werde keinen Klassenausflug zu dir organisieren. Ist zu abgelegen.« Er lachte. »Aber darf ich morgen früh mit Marcel vorbeikommen? Wir können ein bisschen helfen ...«

»Rasen mähen?«

»Klar, wenn du einen Rasenmäher hast?«

Das wusste Pfeiffer nicht. Er würde Volkenstein fragen. »Werde schon was auftreiben. Und wenn's ne Sense ist.«

»Was ist das?«, fragte Jacob und lachte erneut. »War nur ein Scherz.«

Pfeiffer grinste, dann wurde er ernst. »Aber um jetzt noch mal auf deinen Lehrer zurückkommen. Was weißt du über ihn?«

Jacob zuckte gelangweilt mit der Schulter. »Nichts, ist halt ein Lehrer.«

Pfeiffer überlegte. »Ist er nett? Gibt er viele Schularbeiten auf? Ist er gerecht? Macht sein Unterricht Spaß?«

»Jo, geht.«

Super! »Jacob, du musst doch was wissen!«

»Die Lehrer interessieren uns nicht.«

Pfeiffer kam eine Idee. »Wie lautet sein Spitzname?«

Jacob feixte. »Hase oder Schlaffi. Häschen Schlaff.«

»Das ist nicht gerade sehr respektvoll. Warum nennt ihr ihn so?«

»Weil er eben ein Schlaffi ist.«

»Jacob!«

»Echt jetzt? Okay. Was soll ich sagen? Er kann sich nicht durchsetzen. Er will immer alles friedlich ausdiskutieren. Wenn *du* da vorne stehen würdest, da wäre automatisch Ruhe im Zimmer, aber bei dem?« Jacob schnaubte verächtlich. »Und dann lebt er ständig in der Vergangenheit. Nervt uns damit, dass die Schüler früher viel besser waren, erzogener, gehorsamer. Damals herrschte noch Zucht und Ordnung«, imitierte er den Lehrer und faltete brav die Hände vor dem Gesicht. »Er war in einer Studentenvereinigung und gibt ständig mit seinem Ring an, den er als eine Art Auszeichnung bekommen hat. Voll spießig! Der merkt gar nicht, dass er sich immer zum Affen macht.«

Jacob beschrieb wirklich einen Schlaffi. Lebte Haas deshalb privat ein anderes Leben? Dominierte er zu Hause deshalb seine Frau und reagierte sich an ihr ab? Meistens war es umgekehrt: Daheim hatten sie nichts zu melden, und draußen in der Welt machten sie einen auf dicke Hose. Warum nicht mal andersherum?

»Hast du den Eindruck, er wäre krank?«

»Wie kommst du darauf?«

»Ich meine die Situation bei Ritchy an der Bar, als du ihn gegrüßt hast und er dich ignoriert hat. Du warst ziemlich sauer.« Pfeiffer musste vorsichtig sein. Jacob war Zeuge. Er durfte ihn nicht zu dem Moment befragen, in dem Jacob seinen Lehrer bei dem Selbstgespräch beobachtet hatte, sonst würde es als Zeugenbeeinflussung eingestuft.

»Ach, das? Ja, das war schon doof, wie er mich da hat abblitzen lassen. Aber ich kann mir vorstellen, dass das wegen der Braut war. Da konnte er keinen lästigen Schüler gebrauchen.«

Das klang logisch. Pfeiffer lief im Zimmer auf und ab. Vielleicht reagierte Haas nur im Beisein von Frauen dominanter. Und das mit dem Tumor war einfach eine doofe Idee gewesen.

»Warum fragst du? War er schon wieder bei dir?«

Pfeiffer schüttelte den Kopf. »Ich kann dir momentan noch nicht mehr sagen. Es ist alles etwas verworren.«

»Bekommst du es wieder hin?«

»Bestimmt.«

»Versprich es mir.« Eben hatte noch der Schalk aus Jacobs Augen geblitzt, jetzt blickten sie ernst.

Pfeiffer schluckte. »Okay, ich verspreche es dir.« Mit einer einarmigen Umarmung zog er Jacob zu sich und küsste ihn auf den Haaransatz. »Ich bin sehr stolz auf dich.«

Ohne zu fragen, was Bauer und dessen Kollegen über ihn wissen wollten, verließ Pfeiffer sein ehemaliges Zuhause. Er wollte die gute Meinung, die Jacob von ihm hatte, nicht mit schlechten Gedanken an Bauers Fragen trüben.

Da er wusste, welche Fragen *er* an Bauers Stelle gefragt hätte, konnte er es sich vorstellen. Dazu kam der Multiplikationsfaktor Arschloch, und das ergab: unverschämt.

Umso mehr freute er sich über Jacobs Wertschätzung.

17.55 UHR

Nachdem er den alten Rasenmäher aus der Garage geholt und in den Kofferraum gewuchtet hatte, fuhr er nach Veitshöchheim. Von Haas' Nachbarn wollte er erfahren, ob ihnen noch weitere seltsame Dinge aufgefallen waren. Vielleicht hatten sie noch mehr durch die dünnen Wände aufgeschnappt.

Die noch zu erledigenden Arbeiten in seiner Wohnung waren vergessen. Es gab zu viele ungeklärte Fragen. Solange die nicht geklärt waren, fand er keine Ruhe.

Bei Haas schien niemand zuhause zu sein. Aber er konnte sich täuschen und der Lehrer linste wie beim letzten Mal hinter der Gardine hervor. Deshalb fuhr er an dessen Haus vorbei, parkte am anderen Straßenende und lief zurück zum Nachbarhaus.

Pfeiffer wollte gerade läuten, als er durch das Milchglas der Eingangstür einen Schatten huschen sah und aus dem Hausinneren ein spitzer Schrei und Poltern ertönten.

In Pfeiffers Kopf schrillten die Alarmglocken.

Pfeiffer vermutete, dass ebenso wie bei Haas' Haus die Fenster rechts und links neben der Eingangstür vom Gäste-WC und der Küche waren. Er kam sich vor wie ein Spanner, als er versuchte, durch den Spalt des gekippten WC-Fensters etwas zu sehen. Nichts. Nur die weißen Fliesen an den Wänden ließen sich erahnen.

Ein weiterer Schrei ertönte.

Pfeiffer sprang zum Küchenfenster und spähte hinein.

Er erstarrte.

16.55 UHR

Lotte breitete fünf Tarotkarten vor sich aus. Eine Karte mittig, die restlichen vier an deren Seiten ausgerichtet. Grübelnd glitten ihre manikürten Finger über die Karten.

»›Der Eremit‹? Jaja, ich fühle mich hier sehr einsam«, murmelte sie. Verstohlen sah sie sich um. Überall alte Leute, zu denen sie keinen Zugang bekam. Ihr gegenüber saß eine Frau, tief in den Text eines Buchs versunken. Eine andere Frau hatte sich vorhin neben Lotte gesetzt und sie freudig angesehen. Doch Lottes Versuch, mit ihr ins Gespräch zu kommen, scheiterte. Die Frau hatte sie nur abwesend angelächelt und war kurz darauf wieder gegangen.

Komische Frau.

»Lotte, konzentrier dich wieder auf die Karten«, maßregelte sie sich. Wo war sie stehengeblieben? Ach ja. ›Der Eremit‹. Der konnte aber auch statt Einsamkeit Glück, Zufälle und Begegnungen bedeuten. War damit gerade die komische Alte gemeint? Oder würde noch jemand in ihr Leben treten? Wollte die Frau ihr etwas erzählen und traute sich nicht?

Lotte sah sich um. Ah, da hinten kam einer der vielen verschiedenen Hausärzte. Den kannte sie nicht. Ein Mann weit über fünfzig, der selbst kränklich aussah. Ha! In seinem weißen Kittel scharwenzelte er von Tisch zu Tisch, um mit jeder seiner jahrelangen Patientinnen ein nettes Wort zu wechseln. Hin und wieder hörte Lotte ein freudiges Kichern der Bewohner, die sich über diesen Besuch freuten.

Ob das der Don Juan war, von dem ihr berichtet worden war?

Lotte dachte an ihren eigenen Hausarzt. Seit einem Jahr hatte sie ihn nicht mehr aufgesucht. Wozu auch? Seine Aufforderung, eigenverantwortlich mit ihrer Gesundheit umzugehen, hatte sie für bare Münze genommen. Damals erklärte er ihr, siebzig Prozent der Krankheiten würden durch falsche Ernährung ausgelöst. Seit sie das beherzigte und danach lebte, funktionierte auch ihr Körper einwandfrei. »An Ihnen verdiene ich nichts«, hatte er ihr bei der letzten Visite lachend gesagt.

»Aber Sie müssen sich doch dessen bewusst gewesen sein, als Sie mir das mit der Ernährung erklärt haben, Herr Doktor«, hatte sie schmunzelnd geantwortet.

»Frau Kilian, Sie sind eine der wenigen, die meine Ratschläge auch umsetzen. Allen anderen ist die schnelle Pille für dies und das lieber, als etwas an ihrem Leben zu ändern«, sagte er resigniert.

Sie griff nach der Teetasse und trank einen Schluck Kräutertee. Eine Spezialmischung von ›Maintee‹, ihrem Lieblingsteeladen am Main, die sie sich selbst aufgebrüht hatte. ›Oma Lottes Geheimmischung‹ nannte sie der Besitzer. Sie hatte keine Ahnung, welche Zutaten er enthielt, aber er war gesund und köstlich. Mindestens einen Liter musste sie noch trinken, um auf ihr tägliches Soll zu kommen. Auch das war ein Rat, den sie von ihrem Arzt übernommen hatte. Sie stellte die Tasse ab und deckte die nächste Karte auf.

Oh! ›Die Herrscherin‹! Das bedeutete Kind oder etwas Mütterliches. Ob Nina schwanger war? Morgen würde sie Nina genau beäugen, ob sich da ein Bäuchlein wölbte. Das wäre bezaubernd! Schon so lange hoffte sie auf ein Urenkelchen.

Weiter, konzentrier dich, maßregelte sie sich im Geiste.

Links außen lagen ›Die 4 Stäbe‹. Mit dem Zeigefinger strich sie sich über den Mund. Nein, das wusste sie nicht. Schließlich konnte sie sich nicht alle Bedeutungen der insgesamt achtundsiebzig Karten merken. Aus der Seitentasche ihrer Strickjacke zog sie ein kleines Deutungsheft heraus. ›Erfolg, Frohsinn und Feierlichkeit‹, las sie nach. Da, in der Mitte lag ›Die Sieben der Schwerter‹: List, Betrug und Unehrlichkeit.

Hoppla!

»Guten Tag, Frau Schmitt.« Der Arzt war bei der Frau mit dem Buch angekommen. Lächelnd legte sie das Buch auf den Tisch und verschob dabei Lottes Karten.

Er rückte sich einen Stuhl zurecht, hielt jedoch inne, um Lotte zu begrüßen. »Da haben wir wohl einen Neuzugang. Hallo, Frau Kilian. Ich bin Doktor Ott.«

»Ach, Herr Doktor, dass Sie meinen Namen kennen? Ich fühle mich geschmeichelt.« Lotte war es in der Tat. Immerhin hatte sich Doktor Ott die Mühe gemacht, Erkundigungen über sie einzuziehen. Ach, wie nett. Hoffentlich kam er öfter, dann hätte sie endlich einen adäquaten Gesprächspartner hier in diesem Haus.

»Ich musste mich doch erkundigen, wer die junge Dame am Tisch bei Frau Schmitt ist. Nicht wahr, Frau Schmitt?«

»Mhm.« Frau Schmitt wirkte sauertöpfisch. Selbst sie hatte die Anspielung verstanden, dass sie alt aussah.

Lotte setzte die Brille ab und ließ sie in der Jackentasche verschwinden. »Sie sind mir aber einer. Sie könnten mein Sohn sein«, säuselte sie.

»Niemals, Frau Kilian, niemals. Sie sind doch höchstens ein paar Jährchen älter als ich. Aber allerhöchstens.« Nun setzte er sich auf den Stuhl und schaute lächelnd von ihr zu Frau Schmitt und wieder zu ihr. Er wurde zusehends unentschlossener, wem er seine Aufmerksamkeit widmen sollte.

Lotte genoss sein Dilemma. Sie sah ihm an, wie er mit sich rang. Anscheinend hätte er sich gerne mit Lotte befasst, wusste aber nicht, wie, ohne Frau Schmitt, seine eigentliche Patientin, zu ignorieren.

Plötzlich riss er die Augen auf und sprang auf, als säße er auf einem Schleudersitz. »Das ... Das darf doch nicht wahr sein! Ein kontaminierter Stuhl.«

»Ein was?«, rief Lotte.

Frau Schmitt unterdrückte ein Lachen.

Doktor Ott drehte sich im Kreis wie ein Hund, der seinen Schwanz jagte. Er zerrte am Kittel, auf dem sich sein Hinterteil in gelber Farbe abzeichnete. Seine Hose war ebenfalls nass. »Das ist eine Frechheit! Sie, Sie!« Wutschnaubend starrte er Lotte an.

Lotte wich zurück. »Machen Sie mich dafür verantwortlich? Ich kann doch nichts dafür. Da saß vorhin ... eine Frau ... kontaminiert.« Lotte hielt sich die Hand vor den Mund. »Deshalb hat die so selig gelächelt.«

Manuela, die Betreuungsassistentin für den Zeitvertreib, eilte herbei und trug den Stuhl weit von sich haltend aus dem Gemeinschaftsraum.

Der Doktor besann sich. »Frau Kilian, selbstverständlich können Sie nichts dafür. Hätten Sie es mitbekommen, hätten Sie mich sicherlich gewarnt.«

»So ist es, Herr Doktor. Ich verzeihe Ihnen den Verlust Ihrer Contenance.« Sie sagte es so hoheitsvoll, dass selbst die Queen neidisch geworden wäre.

Doktor Ott schluckte. So würdevoll, wie es in dieser Situation möglich war, verließ er den Raum.

Frau Schmitt griff nach ihrem Buch. »Das geschieht ihm recht.«

Lotte legte die verschobene Karte wieder an die richtige Position und zügelte sich, den Kommentar zu äußern, der ihr auf der Zunge brannte. Sie angelte ihre Brille aus der Tasche und besah sich die Karten. Im Alltag konnte sie noch ganz gut sehen, aber um die Karten zu deuten, benötigte sie Unterstützung. Wie sie dieses Ding hasste, das ihr das Alter so schamlos vorführte.

Die nächste Karte war: ›Das Gericht‹.

Was für ein Zufall.

Jeder bekommt, was er verdient, hatte ihre Mutter immer gesagt.

Leider hatten alle Karten mehrere Bedeutungen. Man konnte sie positiv und negativ interpretieren. Bedeutete ›Das Gericht‹ also Erleuchtung oder Lügen? Das war die

Frage. *Die Karten lügen nie! Nur der Deuter ist fehlbar*, stellte Lotte wieder einmal fest.

»Darf ich mich vorstellen? Feser, Anton Feser, mein Name.« Eine angenehme Stimme mit leichtem Würzburger Dialekt ertönte neben ihr.

Frau Schmitt, anscheinend gewohnt, ignoriert zu werden, stand auf und verließ leicht hinkend den Raum.

Erneut aus ihren Gedanken gerissen, wollte Lotte den Störenfried bereits unwirsch anfauchen. Doch dann rückte sie ihre Brille zurecht und betrachtete ihn: Ein hochgewachsener Mann um die fünfundsiebzig, gerade Haltung, nicht gebeugt wie die meisten der Heimbewohner oder der Doktor von eben. Bekleidet war er mit einer hellen Stoffhose, blauem Hemd, marinefarbenem Pullunder und einem gemusterten Halstuch - kein Jogginganzug, wie er hier von den männlichen Heimbewohnern bevorzugt wurde.

»Was macht so eine flotte Frau wie Sie in dieser Absteige?« Charmant zwinkerte er ihr zu.

Schnell nahm sie das verhasste Nasenfahrrad ab. Oh, ihre verdammte Eitelkeit.

Sie wollte gerade antworten, dass sie sich hier ebenso fehl am Platz fühlte wie offensichtlich er, als ihr die von Nina übertragene Rolle einfiel. So ein attraktiver Mann aber auch. Mit dem hätte sie sich gern anderweitig verabredet. Prachtexemplare wie ihn fand man in ihrer Altersgruppe selten. Meistens waren sie dickbäuchig, kahlköpfig und jammerten den lieben langen Tag über zu hohen Blutdruck, Prostataprobleme und schwere Beine. Anstatt den Rat von anderen anzunehmen, versuchten sie, sich gegenseitig mit der einzunehmenden Pillenanzahl zu übertrumpfen.

Das war sie so leid.

Sie hatte eine Mission! Ninas Chancen, den Fall zu lösen, stiegen mit ihrer Hilfe, und sie hatte ihr versprochen, nicht mehr aus der Rolle zu fallen. Sie spielte eine wohlhabende

Dame, die ihren Enkel vermisste. Jedem, auch denen, die es nicht interessierte, klagte sie ihr Leid vom Enkel Markus, der schon lange in München lebte. Inzwischen wisse sie schon gar nicht mehr, wie er aussehe. Ebenso vergessen von ihrer Familie, niemand besuche sie ...

Sie lächelte zurück. »Ach, Sie Schelm! Meine flotte Zeit ist doch längst vorbei«, erwiderte sie schrullig. »Es gibt Tage ...« Sie ließ die Worte in der Luft hängen, stattdessen winkte sie ab. Den Satz, sie sei doch genauso tüdelig wie die meisten der Insassen hier im Heim, brachte sie nicht über die Lippen. Nein, das konnte sie nicht. Aber sie musste wenigstens ihrer aufgetragenen Rolle der einsamen alten Frau gerecht werden; besonders, da gerade die Betreuungsassistenten wieder einen neuen Stuhl hereinbrachte. »... da kenne ich meine eigenen Verwandten nicht mehr. Sie kommen kaum noch zu Besuch. Wer sind Sie noch mal?«

Verdattert ging der Mann weiter.

Verdammt!

Schmachtend sah Lotte ihm hinterher. Sobald der Undercoverauftrag abgeschlossen war, würde sie diesen Herrn nochmals kontaktieren. Sie musste ihr Verhalten aufklären.

»Ich finde es so schrecklich, wenn Kinder ihre Eltern abschieben. Ich erlebe das Tag für Tag. So undankbar sind sie«, sagte Manuela. Sie setzte sich mit an den Tisch und begutachtete die ausgebreiteten Karten.

Den Blick immer noch auf den Rücken des charmanten Mannes geheftet, nickte Lotte. Sie registrierte die begierigen Blicke der betagten Heimbewohnerinnen. Also nein, was die sich alle einbildeten!

»Ich habe letztens schon gehört, wie Sie Schwester Edeltraud Ihr Leid geklagt haben«, hakte Manuela nach.

Lotte wurde hellhörig und sah sie an. »Die Familie kommt nur, wenn sie Geld braucht.« Sie ging in ihrer Rolle auf.

Anton Feser drehte sich um und lächelte sie an.

Lotte winkte ihm in Zeitlupe zu.

Er drehte sich weg.

Das war anscheinend zu viel des Guten! Oh, sie durfte es mit der Tüdeligkeit nicht übertreiben. Sonst nützte selbst die beste Erklärung nichts, wenn er sich einer der anderen willigen Frauen zugewandt hatte.

»Das ist übrigens unser Don Juan. Aufpassen, Frau Kilian. Er ist ein Herzensbrecher.«

Lotte fuhr herum. »Was, er?«

»Was haben Sie denn gedacht?« Schwester Manuela schmunzelte.

»Ich weiß nicht ...« Lotte hatte sich über den angekündigten Herzensbrecher keine Gedanken gemacht, schließlich erforderte Ninas Auftrag ihre ganze Aufmerksamkeit. Sie nahm den Faden wieder auf. »Hier gibt es viele, die abgeschoben wurden.«

Manuela sah sie irritiert an.

»Alle so einsam ... So wie ich. Abstellgleis.«

»Das ist der Lauf der Zeit, Frau Kilian. Die Menschen werden immer älter. Wer soll daheim auf sie aufpassen, wenn sie nicht mehr wissen, wer sie sind? Ich arbeite seit fast fünfundzwanzig Jahren in der Pflege, und die Demenz hat in den letzten zwanzig Jahre die üblichen Herzkreislaufleiden abgelöst. Wenn unsere Eltern und Großeltern wenigstens gesund wären, könnten sie eigenständig wohnen. So, wie Sie noch vor kurzem, Frau Kilian.«

Lotte nickte. »Ich habe nicht mehr nach Hause gefunden. Meine Kinder waren überfordert und haben mich von der Polizei suchen lassen.« Die Lüge fiel Lotte schwer.

Manuela lächelte sie an. »Und dabei geht es Ihnen noch relativ gut. Sie können noch Karten legen.«

Verdammt! »Ach, das? Ich schau mir nur die Bilder an. Sind das meine?«

»Ich glaube, schon.«

»Gut, dass Sie auf mich aufpassen. Nicht, dass ich noch des Diebstahls bezichtigt werde.« Lotte legte ihre Hand auf Manuelas. »Ich hoffe, Ihre Kinder sind nicht so undankbar wie meine.«

Manuelas Blick schweifte durch den Aufenthaltsraum und verlor sich. »Mein Sohn kümmert sich jetzt schon kaum um mich. Das ist das andere Extrem, die Pubertät. Nur, wenn er Geld braucht, bin ich interessant. Er macht sich überhaupt keine Gedanken darüber, woher das Geld kommt. Ich mag gar nicht daran denken, was einmal wird, wenn ich alt werde und anfange, ihn zu brauchen.« Manuela lächelte bitter.

»Das geht leider schneller, als man denkt. Vor einem Monat noch ging es mir gut, und schwupps ... Die Kinder können oder wollen sich nicht um mich kümmern, schieben einen ab. Mein Enkel kommt auch nur, wenn er was braucht. Sind Sie alleinerziehend?«

»Ja, das macht die ganze Situation auch nicht leichter. Ihm fehlt die feste Hand eines Vaters.«

»Glaube ich gern.« Lotte tippte mit dem knochigen Zeigefinger auf den Tisch. Manuela standen die Geldsorgen auf die Stirn geschrieben. »Und wie schaffen Sie es, über die Runden zu kommen?«

»Es muss. Jammern hilft auch nicht.«

Lotte hielt den Atem an und schaute sie fragend an.

Manuela beugte sich zu ihr vor und flüsterte: »Ich putze noch bei zwei Nachbarn.«

Lotte atmete enttäuscht aus.

Manuela deutete es falsch. »Ich weiß, aber ich bin mir dafür nicht zu schade, wissen Sie? Es ist ehrlich verdientes Geld. Ich muss schließlich ...«

Lotte hob die Hand. »Sie sind sehr fleißig. So jemanden wie Sie hätte ich auch gebraucht, dann wäre ich nicht hier gelandet.« Sie bezweifelte, dass Manuela etwas mit den Vorkommnissen im Hause zu tun hatte.

Oder?

War es Täuschung, um sie einzulullen? Rächte sie sich an alten Menschen für die schwere Arbeit?

Lotte schüttelte den Kopf. Nein, das glaubte sie nicht.

»Alles gut bei Ihnen?« Manuela musterte sie besorgt.

»Ja, mein Kind. Alles gut.« Traurig sah Lotte zu Anton Feser, den sie umsonst verprellt hatte. Wie kam bloß Nina damit zurecht, jeden zu verdächtigen und trotzdem eine richtige Entscheidung zu treffen? Lotte bewunderte ihre Enkelin. Doch wie wurde sie jetzt die Betreuungsassistentin los? Ihr fiel etwas ein. »Ich muss mal dringend wohin, sonst kontaminiere ich auch ...«

Manuela lachte. »Das wollen wir natürlich nicht.« Sie sah besorgt auf. »Ich muss auch los, da kommt mein Sohn. Kommen Sie zurecht?«

Lotte folgte ihrem Blick und sah zu dem Jungen, der in zerrissenen Jeans und Pumaturnschuhen auf sie zugeschlendert kam. »Ich weiß nicht, wohin?«, stellte sie sich dement.

»Warten Sie.« Manuela half ihr vom Stuhl auf. Lotte hatte gerade das Gefühl, daran festzukleben. »Ich bringe Sie gleich dahin.«

Während Lotte die Karten einsammelte, beobachtete sie, wie Manuela ihrem Sohn Geld zusteckte. *Dem würde ich was erzählen*, dachte sie und schlenderte in die entgegengesetzte Richtung von den Toiletten.

»Frau Kilian, Sie laufen in die falsche Richtung!«, rief Manuela ihr hinterher.

Lotte drehte sich um und sah, während Manuela sie eingeholt hatte, wie der Junge langsam, aber interessiert, ebenfalls folgte.

Lotte schloss die Augen. Da musste sie jetzt durch. »Aber ich will doch einkaufen. Ich brauche noch Brot.«

Manuela tätschelte ihren Arm. »Wir gehen vorher erst einmal auf die Toilette. Das hat meine Mutter auch immer gesagt.«

»Meine auch. Ach, da ist Markus. Schön, dass du mit mir einkaufen gehen willst.«

Manuelas Miene drückte Mitgefühl aus. »Das ist mein Sohn, Frau Kilian. Mein Sohn.«

Lotte hoffte, nicht zu dick aufgetragen zu haben. Keinesfalls wollte sie in den gesicherten Bereich.

Doch da winkte Manuela bereits einem Pfleger.

17.56 UHR

Pfeiffer lugte durch das Küchenfenster ... und sah ein Pärchen. Bis auf mörderisch hohe High Heels, die kaum zum Laufen gedacht sein konnten, war die Frau nackt. Ihre Hände waren an den oberen Schranktürknöpfen fixiert. Mit einem gefalteten Ledergürtel streichelte ein Mann über die Innenseite ihrer Schenkel. Lustvoll legte sie den Kopf in den Nacken, und eine Flut schwarzer Haare ergoss sich über ihren Rücken.

Pfeiffer wich zurück.

Ihm wurde heiß!

Rita!

Er sah nochmals auf die Szene. Nein, Gott sei Dank! Die Frau war jünger als seine ehemalige Kollegin mit den gleichen Vorlieben, mit der er Anfang des Jahres eine Affäre gehabt hatte.

Tief durchatmend lehnte er sich an die Hauswand.

Himmelherrgott noch mal! Wie lange verfolgten ihn die Erinnerungen noch?

Okay, was sollte er tun? Er wollte in der Villa sein, wenn Jacob kam und das Schwimmbad besichtigte. Pfeiffer sah auf die Uhr. Sollte er warten, bis die beiden ihr Sexspiel beendet hatten, oder ...?

Das Klingeln nahm ihm die Entscheidung ab.

Verdammt!

Unbeabsichtigt war er gegen die Hausklingel gekommen.

Ein nicht jugendfreier Fluch drang aus der Küche. Der Kopf des Mannes erschien am Fenster.

»Was wollen Sie?« Anscheinend hoffte er, den lästigen Besucher abwimmeln und mit seinem Sexspiel fortfahren zu können.

Pfeiffer kramte seinen Dienstausweis aus dem Portemonnaie und hielt ihn an die Scheibe.

Wieder ertönte ein Fluch.

Kurz darauf öffnete der Mann die Tür.

»Sie wünschen?« Herr Haberberger, ein attraktiver Mann Mitte dreißig mit vollem blondem Haar, hatte sich nur Jeans übergezogen und den Reißverschluss geschlossen. Dass er den Knopf offenließ, um lässig zu erscheinen, stand für Pfeiffer fest. Indem Haberberger demonstrativ den gut gebauten Oberkörper zur Schau stellte, wollte er anscheinend den ungeladenen Besuch zum Gehen veranlassen.

Nicht mit ihm. »Besser, wir besprechen das drinnen.« Pfeiffer grinste und betrat den Flur.

Frau Haberberger kam barfuß die Treppe herunter und rieb sich die Handgelenke. Sie trug rote Shorts und ein schwarzes enges T-Shirt. Sie hatte es in der kurzen Zeit sogar geschafft, einen BH anzuziehen. So kam ihre kurvige Figur bemerkenswert gut zur Geltung. Ihre grünen Augen glühten noch vor Lust. Die Abdrücke der Fesseln an den Handgelenken und die der hochhackigen Schuhe auf den

Spannen waren noch zu erkennen. Sie war weniger selbstsicher als ihr Mann und strich sich verlegen das Haar aus dem zart geröteten Gesicht. Pfeiffer ahnte, dass sie gerne gewusst hätte, wie viel er gesehen hatte.

Er lächelte vielsagend.

Ihre Wangen glühten, sie wandte sich ab und ging voran. »Kommen Sie bitte herein.«

Pfeiffer folgte ihr ins Wohnzimmer, das von der Aufteilung und Einrichtung her dem der Familie Haas ähnlich war: Sitzecke, Schrankwand, Esszimmergarnitur.

»Um was geht es?«, fragte Herr Haberberger, als alle auf der Eckgarnitur aus roséfarbenem, bereits dunkel abgesessenem Velours Platz nahmen.

In Pfeiffers Hosentasche vibrierte das Handy. »Einen Moment, bitte«, sagte er und ignorierte die beleidigten Mienen des Ehepaars. Die Nachricht war von Jacob: ›Komme morgen später, muss erst Reifen flicken.‹ Pfeiffer richtete sich wieder an das Ehepaar, das seine Ungeduld nicht verbarg. Schließlich hatte er sie in einem sehr intimen Moment gestört. »Es geht um Ruhestörung.«

»Was? Wer hat sich beschwert?«, rief Herr Haberberger, während seine Frau - Pfeiffer hätte es kaum für möglich gehalten - noch tiefer errötete.

Er freute sich über die Reaktion des Paars auf seine zweideutige Bemerkung. »Ich dachte, Sie?«, antwortete Pfeiffer. »Sie haben doch wegen Ihrer Nachbarn die Polizei gerufen. Ist das nicht korrekt?«

Die Erleichterung der Frau war goldig. In ihrem Gesicht spiegelte sich ihre Verlogenheit wider. Sich dessen bewusst werdend, strich sie sich hektisch mit dem Finger über ihre vollen Lippen. »Doch, aber ist das nicht längst erledigt? Warum die Sache aufwärmen?«

»Für Sie ist es vielleicht erledigt, für uns nicht. Wir haben noch einige Fragen. Zum Beispiel: War es der erste

Vorfall von Ruhestörung bei Ihren Nachbarn? Oder gab es zuvor schon ähnliche Vorkommnisse?«

Das Ehepaar sah sich an.

Überlegten sie, oder trafen sie eine stille Übereinkunft? »Frau Haberberger, Sie können offen mit mir reden.«

»Wir können uns nur an dieses eine Mal erinnern«, antwortete sie stockend.

»Vorher nie?«

»Nein. Danach auch nicht mehr.«

»Warum haben Sie an diesem Abend nicht gleich die Polizei gerufen? Meistens reicht es doch aus, wenn man beim Nachbarn klingelt und darum bittet, etwas leiser zu sein.«

Frau Haberberger starrte ihn an, als wäre er nicht ganz bei Trost. »Ich hatte das Gefühl, eine persönliche Konfrontation wäre unangebracht. Sonja, seine Frau - sie hat geschrien!«

»Geschrien?« Pfeiffers Blick wanderte von einem zum anderen. Er kannte zwar die Akte, aber er wollte die getätigte Aussage von den beiden persönlich hören. »Sind Sie sich sicher? Es gibt unterschiedliche Schreie. Von Lust bis Angst ...«

»Herr Kommissar, stellen Sie sich doch nicht so ...« Herr Haberberger stockte und besann sich. »Da haben Sie mit Sicherheit recht«, räumte er zögernd ein. »Doch ...«

Seine Frau unterbrach ihn.

»Ich hatte große Angst um Sonja. Sie ist durchs Haus gerannt und hat geschrien, er solle sie in Ruhe lassen. Hier haben wir gesessen und es gehört!«

»Dann war es kein Sexspiel?«

»Natürlich war es das nicht!« Frau Haberberger zog die Beine auf das Sofa und umfasste fröstelnd die Knie. »Wochen vorher hatte sie mir erzählt, dass sie die Scheidung einreichen wollte. Wen wundert's, dass ich dann Angst um sie hatte? Wir waren schließlich befreundet.«

»Frau Haas sprach von Scheidung? Davon hat sie mir nichts erzählt.«

Herr Haberberger schlug sich auf den Oberschenkel. »Verstehen Sie, was wir meinen? Sie hat es sich angeblich anders überlegt. Es ist, als hätte er ihr Vernunft eingebläut. Sie sind wie frisch verliebt. Sie himmelt ihn jetzt regelrecht an.« Er warf seiner Frau einen verliebten Blick zu.

Frau Haberberger lächelte ihren Mann an und spielte mit einer Haarsträhne.

Anscheinend belebten Sexspielchen auch ihre Ehe.

»Frau Haas hat die Scheidung zurückgenommen? Also haben Sie ihre Ehe gerettet, weil Sie die Polizei gerufen haben. Sicher war Sonja Haas Ihnen sehr dankbar für Ihre Hilfe.« Pfeiffer war gespannt, wie die Situation sich entwickelte. Das wurde immer besser.

»Glauben Sie? Natürlich nicht! Beide sprechen nicht mehr mit uns. Kennen uns seitdem nicht mehr. Und dabei waren wir so eng befreundet.« Er überkreuzte Mittelfinger und Zeigefinger. »Aber so ist das. Undank ist der Welten Lohn. Jetzt wollen Sie nichts mehr mit uns zu tun haben.«

Während ihr Mann sprach, sah Frau Haberberger zu Pfeiffer und spielte weiter mit ihrem Haar.

Pfeiffers Hals wurde trocken. Er hätte gern nach einem Glas Wasser gefragt, wollte jedoch den Redefluss nicht unterbrechen. »Ähm. Erwähnte sie Ihnen gegenüber einen Grund für die beabsichtigte Trennung?« Pfeiffers Blick fiel auf die Fesselmale an ihren Handgelenken.

Wieder sah Frau Haberberger kurz ihren Mann an, dann richtete sie ihren Blick durch das bodentiefe Fenster hinaus in den kleinen Garten. »In jeder Ehe kommt der Moment, wo alles eingefahren ist, nichts Neues passiert. Ein Partner entwickelt sich weiter, der andere bleibt stehen, ist mit allem zufrieden ... So was in der Art. Sie hatte es satt, einen Langweiler ...«

»Echt? Hat sie das gesagt?« Haberbergers Stimme hörte sich an, als ginge es um ihn und nicht um die Nachbarn.

Bestimmt zog er Parallelen.

Seine Frau erwiderte liebevoll seinen Blick und nickte.

Es entstand eine peinliche Stille.

Pfeiffer räusperte sich dezent. »Halten Sie es für möglich, dass Frau Haas aus Angst die Polizei angelogen hat?«

Herr Haberberger war froh, wieder über jemand anderen sprechen zu können. Er neigte den Kopf in Pfeiffers Richtung, sah jedoch weiterhin seine Frau an, die wiederum nur Augen für Pfeiffer hatte. »Das haben wir uns auch schon gefragt. Aber sie sieht nicht aus, als würde sie Angst habe. Ganz im Gegenteil, sie sieht glücklicher aus als je zuvor.«

Nun blinzelte Frau Haberberger lächelnd ihrem Mann zu. »Sie haben eine Möglichkeit gefunden.« Sie kicherte. Dann wurde sie wieder ernst. »Ich wollte Sonja schon mal fragen, aber wie gesagt, beide gehen uns aus dem Weg. Obwohl ich bei ihr das Gefühl habe, sie würde schon gerne ... Doch er ist sehr komisch geworden.«

»Inwiefern?«

»Er kennt mich nicht.«

Pfeiffer war enttäuscht. »Das sagten Sie gerade.«

»Nein. Das meint sie nicht.« Haberberger beugte sich zu Pfeiffer und stützte den Ellenbogen auf seine Oberschenkel. »Sonja sieht und erkennt uns zum Beispiel im Supermarkt. Das sieht man an der freudigen Überraschung in ihrem Gesicht, die sie nicht verbergen kann. Dann dreht sie sich aber bewusst ab, um nicht mit uns sprechen zu müssen. Er aber ... Er erkennt einen nicht.«

Das war interessant. »Haben Sie den Eindruck, es könnte etwas anderes dahinterstecken? Macht er einen kranken Eindruck auf Sie?« Pfeiffer dachte wieder an die Vermutung mit dem Hirntumor, der solch ein Verhalten auslösen könnte.

Haberberger lehnte sich zurück. Wie zum Zeichen dafür, dass er sich damit auskennt, streckte er demonstrativ seine trainierte nackte Brust heraus. »Überhaupt nicht. Eher das Gegenteil. Er wirkt fitter als früher.«

»Was erzählst du da?« Frau Haberberger schüttelte den Kopf. »Das finde ich gar nicht. Er ist so wie sonst auch.« Ihre Augen scannten Pfeiffers Körper und blieben an den hochgekrempelten Ärmeln hängen. »Ich habe einen Blick dafür.«

Flirtete sie gerade mit ihm?

Vor den Augen ihres Mannes?

Pfeiffer wurde heiß. Er musste raus hier! Hätte er doch vorhin nur nicht so großspurig zu verstehen gegeben, dass er von ihren Aktivitäten wusste.

Er wollte keinen Ehestreit auslösen.

Zu spät! Haberberger stand langsam auf.

Pfeiffer sprang auf. »Ich muss dann mal.« Doch er kam nicht zu mehr als einem Schritt. Dann stand Haberberger vor ihm und versperrte ihm den Weg. Er war gleich groß und stand so nah, dass die Hitze seines nackten Oberkörpers abstrahlte.

Frau Haberberger erhob sich ebenfalls, trat zu ihrem Mann, als wollte sie ihn von Handgreiflichkeiten abhalten. Doch stattdessen zog sie sich das T-Shirt über den Kopf und schüttelte die langen Haare zurecht.

»Lust, zu bleiben?«, fragte ihn Haberberger und küsste seine Frau.

DONNERSTAG, 31. JULI
9.05 UHR

Pfeiffer schreckte auf.

Stimmen. Da waren wieder diese Stimmen. Er lauschte in die Stille. Nichts. Sie waren weg. Hatte er sich das wieder nur eingebildet? Verdammt! Was sollte das nur werden?

Er ließ sich zurück aufs Kissen fallen und sah auf die Uhr. Er hatte doch tatsächlich verschlafen. Kurz vor sieben war er wach, aber zu faul gewesen, um aufzustehen. Dann war er wieder eingeschlafen. Tief. Bis ihn diese Stimmen weckten.

Er schwang die Beine aus dem Bett, tappte ans Fenster und zog den schweren Vorhang zur Seite. Licht durchflutete den Raum, der mit dem dunklen Holz der Möbel warm und gemütlich wirkte. Mit zusammengekniffenen Augen sah er aus dem Fenster und betrachtete das Grundstück. Unter ihm lagen die Umrisse des Schwimmbads. Dahinter erstreckte sich die Wildnis, die in den Mischwald überging. Wohin er sah: dichtes Grün.

Und Stille.

Vielleicht hatten sich vorhin Mandanten am Eingang der Kanzlei unterhalten, so wie es Stumpf vermutet hatte. Pfeiffer nickte und ließ es dabei bewenden. Eine gute Erklärung für die Sinnestäuschungen. Es fühlte sich gut an, nicht mehr an seinem Geisteszustand zu zweifeln.

Barfuß lief er in die Küche, stellte die Kaffeemaschine an, schob zwei Scheiben Toastbrot in den Toaster und trank einen großen Schluck vom Orangensaft. Im Bad drehte er die Dusche heiß auf. Als Pfeiffer im Spiegel seine nackte Brust registrierte, erinnerte er sich, wie Haberberger gestern versucht hatte, ihn mit dem nackten Oberkörper aus der Fassung zu bringen. Das hatte er noch ignorieren können, doch dann kam das amouröse Angebot.

Total überstürzt hatte er das Haus der Haberbergers verlassen. Nur schnell weg, war sein Gedanke gewesen. Noch vor einem halben Jahr hätte er, wie wohl fast jeder Mann, so ein verlockendes Angebot in Erwägung gezogen. Doch bei den Haberbergers war er wirklich in Bedrängnis geraten. Noch nie in seinem Leben war er derart rot angelaufen. Noch nicht einmal bei den Undercover-Ermittlungen im Swingerclub vom Frühjahr.

Das heiße Wasser dampfte und beschlug den Spiegel. Er nahm ein Handtuch und wischte darüber. Er sah ausgeschlafen aus. Zufrieden stieg er in die Dusche. Er würde seine Kraft brauchen, schließlich wollte er mit den Jungs im hinteren Garten Ordnung schaffen.

9.45 UHR

Pfeiffer lud den schweren Rasenmäher aus dem Auto und schob ihn die Auffahrt hinauf. Die Räder hinterließen tiefe Spuren im Kies.

Der Briefkasten quoll mit Werbung über. Jeder Händler pries seine Waren an. Zwischen Grillgut und Bettwäsche, Autoleasing und Kopfschmerztabletten lag eine

Paketbenachrichtigung von gestern. Einmal war er nicht da, und schon verpasste er den Postboten! Die letzte Postsendung hatte Kurt entgegengenommen, doch der schien unterwegs zu sein. Pfeiffer konnte ihn nirgends sehen. Vielleicht schlief er aber auch noch.

Pfeiffer starrte auf den Zettel. ›Abzuholen in der Kanzlei‹!

Mist! Einerseits war es gut, so ersparte er sich die Fahrt zur Paketstelle im Supermarkt. Andererseits ärgerte er sich, weil er es zum wiederholten Male versäumt hatte, Pralinen für die Angestellten zu besorgen.

Trottel! Das fehlte ihm heute noch zu seinem Glück.

Sollte er noch schnell Präsente kaufen? Was, wenn Jacob in der Zwischenzeit kam?

Egal, das konnte er nachholen.

Mit leeren Händen und einer Ausrede auf den Lippen lief er zum Hauptportal. An der Tür wurde er wegen der extremen Sicherheitsvorkehrungen ausgebremst. Er klingelte und wartete. Wie ein Häufchen Elend stand ein Mann an eine der Säulen gelehnt und beobachtete ihn.

Die Gegensprechanlage knackte. »Sie wünschen?«

Pfeiffer beugte sich vor. »Einlass.«

Kurze Stille. »Haben Sie einen Termin?«

»Nein, einen Paketzettel.«

»Einen was?«

»Sie haben ein Paket für Pfeiffer angenommen. Das möchte ich abholen.«

»Moment, bitte. Ich frage nach.«

Pfeiffer verdrehte die Augen. Da war es leichter, in seiner Dienststelle Einlass zu bekommen.

Während er vor der Tür wartete, musterte er den Balkon. Waren dort kleine Risse zu sehen? Oh Mann! Hatte die Maklerin doch recht gehabt?

Die Tür öffnete sich, und eine junge Frau mit breit aufgemalten Augenbrauen deutete auf das große Paket am Boden.

»Bitte schön, Herr Pfeiffer. Das hier ist auch noch für Sie. Bitte lassen Sie das nicht einreißen, soll ich Ihnen ausrichten.« Sie drückte ihm noch ein kleines Päckchen in den Arm.

Pfeiffer schluckte über so viel Unverfrorenheit. Er schob es mitsamt dem Großen ins Freie. Es war schwerer, als er gedacht hatte.

»Moment mal!«, rief Pfeiffer der Angestellten nach, bevor sich die Tür endgültig schloss. »Warum ist die Kanzlei so gesichert?«

»Oh.« Sie öffnete die Tür einen Spaltbreit und lächelte. »Das ist unser Aushängeschild. Wir wollen unseren Klienten von vornherein das Gefühl vermitteln, dass ihre Geheimnisse bei uns sicher verwahrt sind. Das war übrigens die Idee von Herrn Dr. Lamprecht senior.« Damit verschwand sie, und die Tür fiel wie in einem Hochsicherheitstrakt schwer hinter ihr in das Schloss.

Tolle Werbung für die Klienten! Pfeiffer kam sich vor wie ein Lieferant - abgefertigt an der Tür. Aber er hatte sowieso keine Zeit für einen Plausch. Mit dem großen Paket hatte er richtig viel Arbeit vor sich. Er würde bald wissen, was hier in seinem Anwesen vor sich ging. Und mit dem kleinen Päckchen hielt er das neue Sicherheitsschloss in der Hand. Nun wollte er an seinem Eingang und oben die Schlösser austauschen. Damit das Personal der Kanzlei ebenfalls Schlüssel bekam, hatte er gleich zehn Schlüssel anfertigen lassen, die er dann noch übergeben musste.

Hinter ihm verließ ein Paar in seinem Alter mit glückseligen Mienen und ohne ihn eines Blickes zu würdigen die Kanzlei. Wäre das jetzt eine Frauenarztpraxis, könnte man denken, die würden Eltern, kam es Pfeiffer in den Sinn.

Er wollte gerade um die Ecke gehen, als sein Blick erneut auf den Mann mit der verbitterten Miene fiel. Pfeiffer hob das Päckchen an. »Na, wollen Sie auch ein Paket abholen?«, witzelte er.

»Nein, meine Freundin Melanie. Sie ist seit drei Wochen verschwunden. Und die da drinnen geben mir keine Auskunft!«

Pfeiffer stutzte. »Wie bitte?«

»Genau! Sie haben richtig gehört. Hier stimmt eindeutig was nicht. Sie haben das sofort verstanden, aber von denen da drinnen will mir keiner was sagen. Aber ich bekomme es raus! Meine Freundin ist weg, und die wollen mir tatsächlich einreden, sie wäre in Urlaub. Aber ich weiß, dass auch Kevin fehlt. Auch seit dem Elften. Angeblich sind sie zusammen nach England geflogen. Neuanfang und so.« Er hielt einen Ausweis hoch, der eine junge blonde Frau zeigte. »Und wie konnte sie auf dem Flughafen einchecken ohne das Ding hier? Meli wollte nur kurz zu ihrer Freundin, deshalb hatte sie auch keine Handtasche dabei.«

»Woher haben Sie Ihre Informationen?«

Der Mann war froh, endlich Gehör zu finden. »Meli hat mir und ihrer Kollegin am Elften eine WhatsApp-Nachricht geschickt. Übrigens die letzte. Seitdem war sie nicht mehr online, was an sich schon ein Paradoxon ist. Sie schrieb, sie verlässt mich und würde mit Kevin in England neu anfangen.« Mit tränenglasigen Augen schüttelte er den Kopf. »Sie hatten weder Urlaub in der Kanzlei beantragt, noch haben sie gekündigt. Die beiden sind ihre Jobs los, wenn sie wieder da sind. Zumal sie an diesem Tag auch noch in geheimen Akten gewühlt haben sollen, hat mir ihre Freundin im Vertrauen gesagt. Aber das ergibt alles keinen Sinn! Sie hat weder Gepäck, Geld noch ihren Ausweis mitgenommen. Als Nächstes gehe ich zur Polizei!«

»Gehen Sie in die Weißenburgstraße. Verlangen Sie meine Kollegin, Kommissarin Nina Schätzlein. Sagen Sie ihr einen schönen Gruß von Peter Pfeiffer. Sie wird sich Ihrer Angelegenheit annehmen.«

»Sie sind von der Polizei? Aber da können Sie doch gleich ...«

»Tut mir leid, ich bin außer Dienst, und ohne Dienstausweis komme ich da nicht rein.« Er deutete mit dem Kopf zur Kanzleitür. Außerdem war es ein Unterschied, bei den Haberbergers harmlose Fragen zu stellen oder in einer Rechtsanwaltskanzlei, in einer Angelegenheit, deren Ausmaß er nicht einmal ansatzweise überblicken konnte. Alle von ihm gefundenen Beweise oder relevanten Aussagen verlören vor Gericht ihre Beweiskraft. So etwas würde für Baumann und ihn der Todesstoß bedeuten. Und das wollte er nicht riskieren. »Ich versichere Ihnen, meine Kollegin wird sich Ihrer annehmen.«

Pfeiffer zückte sein Handy und wählte Ninas Nummer. »Nina, bist du im Büro? Super, es wird gleich ein Herr ...« Er drehte das Handy vom Mund weg. »Wie ist Ihr Name?«

»Poller.«

»... ein Herr Poller bei dir vorbeikommen«, sprach Pfeiffer an Nina gewandt weiter. »Der Fall hat höchste Priorität, hörst du? ... Ja, ein weiteres Puzzleteil ... wegen der Villa ... Ich rieche das. Okay, bis dann.« Er drückte auf ›Ende‹.

Poller klappte der Unterkiefer herunter.

Erst nachdem Poller die Straße Richtung Main entlang zu seinem Auto gegangen war, schickte Pfeiffer Nina noch eine Sprachnachricht hinterher: »Wenn du kommst, bring die Spurensicherung und den Beschluss zum Umgraben eines seltsamen Blumenbeets mit.« Im Anschluss sandte er ein Foto von Kurts Blumenbeet.

Er würde einen Besen fressen, wenn da nicht einer verbuddelt war.

11.00 UHR

Mit erhitzten Gesichtern kamen die Jungs die Einfahrt hochgeradelt. Kies spritzte auf, als sie bremsten und dabei die Vorderräder seitlich von den Hinterrädern überholt wurden. Kurz vor Pfeiffer kamen sie zum Stehen.

»Starker Auftritt. Wenn du immer so bremst, ist es kein Wunder, dass dein Reifen platt war.«

Jacob stieg ab, lehnte sein Rad an einen der alten Bäume. »Das kommt nicht vom Bremsen«, rief er über die Schulter zurück, als er um die Villa herumlief, Richtung Personaleingang. »In beiden Reifen war jeweils ein seitlicher Schlitz. Die hat jemand mit Absicht zerstochen.«

»WAS?«, rief Pfeiffer, doch da streckte ihm Marcel schon die Hand entgegen.

»Guten Tag, Herr Pfeiffer. Lange nicht gesehen. Wie geht es Ihnen?« Marcel grüßte Pfeiffer mit einem hochachtungsvollen Blick, der dann über die Villa und das große Gartengrundstück wanderte.

»Danke, gut. Und dir anscheinend auch. Du bist groß geworden.« Seit der Trennung von Kirsten und dem Auszug hatte er Jacobs besten Freund nicht mehr gesehen. Erst bei Marcels Anblick wurde ihm bewusst, wie sehr sich auch Jacob verändert hatte: Aus einem Halbwüchsigen war ein junger Mann geworden.

»Wo ist das Schwimmbad?« Jacob sah grinsend auf den bereitgestellten Rasenmäher.

Pfeiffer deutete in die entsprechende Richtung. Verständlicherweise wollten Jacob und Marcel zuerst das Schwimmbad besichtigen.

Pfeiffer war es recht. Die Jungs mussten nicht mitbekommen, wenn die Spurensicherung vorne ein Grab aushob. Auch wenn Sechzehnjährige solche Nachrichten mit coolen Sprüchen kommentierten, der echte Anblick war doch etwas anderes.

Ach, was sollte es. Es würde noch dauern, bis Nina dem Staatsanwalt einen Beschluss aus den Rippen leiern konnte und mit der Spurensicherung kam. Also konnte er auch noch die Freude seines Sohnes genießen, wenn er das alte Schwimmbad zu Gesicht bekam.

Pfeiffer hob den Stapel Werbung auf und trug ihn zur Papiertonne.

Unbemerkt fiel ein Zettel aus dem Stapel:

›Verschwinde!‹

11.55 UHR

Nachdem Nina nach ihrem Gespräch beim Staatsanwalt wieder im Büro war, verging keine Minute, bis es an der Tür klopfte. Bevor sie ›Herein‹ sagen konnte, trat Bauer ein.

So konnte man auch Macht demonstrieren!

Bauer blieb im Türrahmen stehen und verschränkte die Arme vor der Brust. »Wer war der junge Mann vorhin?«

»Ein Fall.«

»Ein Fall? Ihr Fall oder der Ihres Kollegen Pfeiffer? Mir ist nicht entgangen, wie Ihr Vorgesetzter Sie aus der Schusslinie genommen hat. Übertreiben Sie es nicht, Frau Kollegin. Kollege Pfeiffer zieht Sie da in Dinge hinein, die Ihrer Karriere abträglich sind.«

»Sie haben keine Ahnung!«, entfuhr es ihr. Doch sie ahnte, dass Bauer mehr wusste.

Bauer lächelte gönnerhaft. »So?«

In letzter Sekunde unterdrückte Nina, dass er sie nicht so blöd angrinsen solle. Wenn Bauer sie an die Leine legen würde, konnte sie Pfeiffer und Andi nicht unterstützen. Noch konnten Stumpf und sie ungehindert ermitteln.

Bauer sah sie ernst an. »Also, was haben Sie?«

»Ähm.« Nina sammelte sich. Sollte sie Bauer einweihen? Eigentlich ging es ihn nichts an. Was, wenn alles zusammenhing? Es konnte Andis Freiheit bedeuten! Aus einem Instinkt heraus antwortete Nina: »Vermisste Personen.«

Bauer stutzte. Anscheinend hatte er etwas anderes erwartet. »Und in welcher Verbindung stehen diese ›vermisste Personen‹ mit Ihrem Kollegen Pfeiffer?«

»Sie haben in der Anwaltskanzlei in Peter Pfeiffers Villa gearbeitet.«

Bauer zog verächtlich die Augenbrauen hoch. »Sie glauben nun tatsächlich, das ›Liebespaar‹ wurde auf dem Grundstück des Kollegen verscharrt?«

Woher wusste ...? Hatte er an der Tür gehorcht? Oder war ihr Büro verwanzt? Was hatte er gehört, als Poller ihr hier im Büro alles über seine Freundin und den angeblichen Flug nach England mit ihrem Kollegen berichtet hatte?

Bauer grinste.

Was für ein Spiel spielte dieser Mann? Nina hoffte, er würde erkennen, wie wenig das alles mit Zufall zu erklären wäre. Aber dann müsste Bauer zugeben, mit Andi den Falschen eingesperrt zu haben.

»Wissen Sie, Kollege Bauer.« Nina schlug den gleichen überheblichen Ton an wie er. »Mir ist wichtig, dass der Staatsanwalt die Zusammenhänge erkennt und mir sogar den hier ... «, sie griff nach dem auf ihrem Schreibtisch liegenden Beschluss, der sie zum Öffnen des seltsamen Erdhügels ermächtigte, und wedelte damit, »... ausgestellt hat.«

»Auf dem eigenen Grund benötigt er keinen Beschluss!« Bauers Stimme triefte vor Sarkasmus.

»Sie können sichergehen, dass das sowohl Hauptkommissar Pfeiffer als auch der Staatsanwalt wissen. Aber Peter Pfeiffer wollte sichergehen, dass *Sie* ihm nicht wieder etwas unterstellen. Übrigens wird der Staatsanwalt über den Fall auf dem Laufenden gehalten.«

»Von Ihnen?«

Nina zuckte mit den Schultern. »Das spielt keine Rolle. Ausschlaggebend ist nur, dass er sehr interessiert zuhört.«

Mit finsterem Blick verließ Bauer ihr Büro. Da er es nicht für nötig hielt, die Tür hinter sich zu schließen, hörte Nina, wie er Pfeiffers Büro betrat und kurz danach den Flur entlang eilte.

Was immer er vorhatte, es war nichts Gutes.

12.45 UHR

Der Rasenmäher hinter dem Haus knirschte gefährlich.

Pfeiffer war froh, den alten Mäher eingepackt zu haben, denn auf dem riesigen Grundstück hatte er nichts Entsprechendes gefunden. Und den alten Volkenstein konnte er nicht fragen, da der heute unterwegs zu sein schien. Er besaß noch nicht einmal eine Mobilnummer von dem alten Herrn. Falls er überhaupt im Besitz eines Handys war, was Pfeiffer bezweifelte.

Er stellte sich vor, wie Bruno Lamprecht zu Lebzeiten Rasen gemäht hatte. Unmöglich! Bestimmt hatte er einen Gartenbaubetrieb mit der Pflege des Grundstücks beauftragt. Zumindest für das Nötigste, korrigierte er sich. Denn der hintere Teil mit dem Schwimmbad war ein Dschungel, der seit Jahren keine Pflege erfahren hatte.

Seltsam, dass der Betrieb nicht nachfragte. Erwartete der Betrieb etwa, dass er sich meldete? Schlechte Geschäftspraktiken! Oder der Betrieb war nicht darauf angewiesen.

Egal, die Jungs hatten ihren Spaß. Marcel jagte mit dem Rasenmäher die Katze, die wesentlich schneller war und aus seiner Reichweite verschwand, und Jacob befreite das Glashaus von den Ranken.

Nina parkte auf einem der Parkplätze der Kanzlei. Pfeiffer wies nachfolgende Fahrzeuge der Spurensicherung auf die Wiese Richtung Gartenhaus ein.

Jogi von der Spurensicherung stieg aus. »Du lässt dir wirklich was einfallen, damit wir beschäftigt sind und keinen Feierabend machen dürfen.«

Nina trat hinzu und grinste. »Ihm bekommt der Urlaub nicht. Ohne Mord und Totschlag kann er nicht leben.«

Pfeiffer hob abwehrend die Hände. »Leute, ich hätte gerne darauf verzichtet. Doch was soll ich machen? Den Hügel verschweigen, nachdem zwei Personen aus der Kanzlei bereits seit Wochen vermisst werden? Ich hoffe, dass es sich nur um ein gewöhnliches Blumenbeet handelt und sich das Pärchen aus den Flitterwochen zurückmeldet. Aber ehrlich: Wie groß sind die Chancen?«

»Das sieht schon aus wie ein Grab«, stimmte Jogi zu, nahm den Spaten und stocherte am Rand herum. »Aber ein Mörder, der sich die Mühe macht und extra Blümchen pflanzt?« Er zuckte mit den Schultern. »Aber warum nicht? Soll doch nicht auffallen.«

So hatte es Pfeiffer noch gar nicht gesehen. Kurt lebte seit Wochen hier, ihm wäre eine Veränderung an dem Blumenbeet sicherlich aufgefallen. Oder war er vielleicht doch zu senil? Oder war gar Kurt ...?

Nina fluchte plötzlich höchst undamenhaft.

Pfeiffer folgte ihrem Blick zur Einfahrt.

Durch das Tor schritt der blasse Poller, dessen Vermisstenanzeige die ganze Aktion ausgelöst hatte. Fassungslos deutete er auf die Blumen, die Jogi gerade vorsichtig ausgrub und an die Seite setzte. »Da ... da?«, stotterte er. »Sie haben ... sie also gefunden?«

»Nein, Herr Poller.« Nina rannte ihm entgegen und zog ihn zur Seite.

Poller riss sich los und rannte zu dem Blumenbeet. »Sie haben mir nicht gesagt, dass Sie Meli schon gefunden haben!«

»Herr Poller, hören Sie mir doch zu! Wir haben nur einen Verdacht. Es besteht immer noch die Möglichkeit, dass Ihre Freundin und der Arbeitskollege leben.«

»Nein! Tun sie nicht! Ich weiß es! Aber ich verstehe nicht, wer sie hier vergraben haben soll!«

Eine Frage, die sich Pfeiffer ebenfalls stellte. Und vor allem, wenn es so war: Warum mussten die zwei überhaupt sterben?

Ein silberner Mercedes mit Nürnberger Kennzeichen rollte auf das Grundstück. Wie ein Käfer, der sich den Weg in sein Paradies fraß und davon Besitz ergriff. Pfeiffer wurde schier übel: Hinter der Frontscheibe grinste Bauer.

»Was will der hier?«

Nina versuchte, Poller davon abzuhalten, mit den Händen die Erde wegzuschaufeln. Jogi kam ihr zu Hilfe und zog ihn auf die Beine. »Stehen Sie gefälligst auf. Sie verfälschen die Spuren«, herrschte er Poller an.

Der wehrte sich. »Spuren? Ich denke ...?«

Nina ignorierte Poller. »Sorry, Peter. Davon wollte ich dir gerade erzählen.«

»Was weiß er?« Mit in die Hüften gestemmten Händen beobachtete Pfeiffer, wie Bauer und seine Gehilfen ausstiegen. Bauers schlenkriger Gang hatte etwas Souveränes.

Pfeiffer fragte sich, ob er ihn jeden Abend vor dem Spiegel übte. Seltsamerweise würdigte Bauer die Villa keines Blickes.

Hatte er sie bereits gesehen? Doch wann?

»Anscheinend alles. Dennoch war er über den Beschluss überrascht«, raunte Nina.

Poller starrte Nina an. »Was geht hier vor?«

»Nichts, was Sie angeht.« Nina klopfte die Erde von ihren Jeans.

Schreie ertönten hinter der Villa.

Pfeiffer fuhr herum. Erst jetzt wurde ihm bewusst, dass der Rasenmäher seit geraumer Zeit verstummt war.

»Pappa! Pappa!« Jacob kam angerannt und wedelte panisch mit den Armen.

»Was ist passiert?«

Kreideweiß zerrte Jacob an seinem Arm. »Komm!«

»Was ist passiert? Hat sich Marcel verletzt?«

»Nein! Nein! Viel schlimmer!« Plötzlich schluchzte Jacob und Tränen lösten sich. »Komm doch, bitte!«

Pfeiffer packte ihn an den Schultern und hielt ihn fest. »Jacob! Sag schon! Was ist passiert!«

»Wir ... wir ... haben zwei Leichen gefunden.«

»Na, das wird immer interessanter.« Bauer winkte der Spurensicherung zu, ihm und dem Jungen zu folgen. »Solch ein Ablenkungsmanöver hätte es nun wirklich nicht gebraucht«, sagte Bauer zu seinen Männern, die ihm wie Tick, Trick und Track folgten.

Pfeiffer biss die Zähne zusammen. »Hätte ich gewusst, dass Sie zugegen sind, hätte ich noch mehr Leichen aufgefahren. Für Sie ist mir keine Show zu teuer.«

Bauer nickte anerkennend. »Ihnen ist noch zum Scherzen zumute?«

»Auch Sie werden noch merken, dass das nichts mit mir zu tun hat. Ich hoffe nur für meinen Kollegen Andreas Reimer, dass der Zeitpunkt bald kommt.«

»Wie goldig. Sie denken immer noch an andere, während Ihnen selbst die Probleme schon bis zum Hals stehen.«

»Welche Probleme?«

»Leiche im Restaurant, Leichen auf Ihrem Grundstück? Überall, wo Sie aufkreuzen, fallen die Menschen um wie die Fliegen. Sie wollen mir doch die ganze Zeit weismachen, dass alles mit der Villa zu tun hat und Kollege Reimer unschuldig ist. Also, langsam glaube ich das.«

Pfeiffer schwankte. Was deutete Bauer da an? Verdammt! Erneut in den Fokus der Internen zu rücken, missfiel ihm gehörig. Was hatte der Ermittler vor?

Wie im Nebel sah er, wie Nina beruhigend auf die Jungs und Poller einredete und sie wegführte. Dann zückte sie das Smartphone. Bestimmt telefonierte sie mit der psychologischen Beratungsstelle, damit sich ein Profi der drei annahm.

Er war momentan keine Hilfe. Sollte er einen Anwalt einschalten? Zumal er sie quasi bereits im Hause hatte. Er verwarf den Gedanken.

»Ich bin doch nicht so doof und verscharre die Leichen auf meinem eigenen Grundstück. Und dann bin ich auch noch derjenige, der sie wieder freilegen lässt.« Pfeiffer lachte auf. Doch sein Lachen klang selbst in seinen Ohren dünn. Er biss sich auf die Lippe.

»Wir haben schon dümmere Mörder erlebt«, behauptete Bauer. »Und *Ihnen* wurde die Sache zu heiß. Sie hören von den vermissten Personen und müssen handeln, ehe wir sie finden. Aber ...« Sie gingen zur Rückseite der Villa. Abrupt blieb Bauer stehen und starrte auf den weitläufigen Garten mit dem historischen Schwimmbad. Weitgehend vom

Bewuchs befreit, waren nun die ganzen Ausmaße zu erkennen. Der Bau war zirka zehn Meter lang und fünf Meter breit. Das geschwungene Glasdach war mittig mindestens drei Meter hoch.

Bauers Mundwinkel glitten abfällig nach unten.

Pfeiffer erkannte in Bauers Miene neben Verachtung und Neid auch Triumph. Ach was, sicher täuschte er sich.

»... dass Sie dazu Ihren Sohn benutzen, ist echt schäbig«, beendete Bauer den Satz.

Mit erhobener Faust wollte sich Pfeiffer auf Bauer stürzen. In dem Moment klopfte ihm Jogi auf die Schulter.

»Mensch, Peter, das ist geiler als geil! Da hast du ein wahres Schmuckstück geerbt. Das freut mich für dich!«

Der Wutschleier löste sich auf. Pfeiffer atmete aus, ließ den Arm sinken, öffnete die Faust und nickte zum Dank. Sein Verstand gewann wieder die Oberhand. Bauer wollte, dass er ausrastete.

Jogi setzte nach: »Und die Leichen bringen wir für dich weg.« Ein röhrendes Lachen drang aus seiner Kehle.

»Besten Dank auch«, murmelte Pfeiffer.

Jogi trat näher heran, deutete mit dem Kopf auf Bauer und raunte verschwörerisch: »Und der da, der wird auch noch aufwachen.«

Bauer grinste gönnerhaft. »Das habe ich gehört. Und ich versichere Ihnen, ich bin hellwach. Gehen Sie lieber mal an Ihre Arbeit.«

Jogi ging grinsend zu seinen Kollegen, die bereits in das Dickicht eingedrungen waren, und erteilte Anweisungen.

13.00 UHR

Als vom vorderen Grundstück Geschrei ertönte, lief Pfeiffer zum Gartenhäuschen und sah, wie ein Taxi davonfuhr.

Kurt Volkenstein stand mit dem Rollator auf dem Kiesweg und fuchtelte mit der Faust. »Was zum Teufel treiben Sie da?«

Pfeiffer blieb neben dem alten Mann stehen.

Die ehemals in Reih und Glied gepflanzten Blumen lagen neben dem Loch und waren teilweise von der ausgehobenen Erde bedeckt. In einem halben Meter Tiefe hatten die Kollegen der Spusi alles stehen und liegen lassen, um sich dem offensichtlichen Leichenfund im Schwimmbad zu widmen.

»Das sah wie ein Grab aus«, entschuldigte sich Pfeiffer.

»Ist es auch!«, zischte Kurt.

»Was?«

Volkenstein schniefte und fuhr sich mit zittriger Hand über die Augen. »Brunos geliebter Zeus.«

»Ein Hund? Ein Hund ist hier vergraben?« Pfeiffer hätte sich die Haare raufen können.

»Warum nicht? Bruno wusste, dass es verboten ist. Aber der arme Zeus war so qualvoll gestorben. Vergiftet. Kurz darauf ist Bruno ihm gefolgt, als hätte er ohne ihn nicht mehr leben wollen.«

»Vergiftet? Das ist eine Straftat. Hat Bruno Anzeige erstattet?«

Kurt winkte ab. »Ach, wen kümmert schon der Tod eines Hundes? Bruno hätte ihn in der Tierklinik obduzieren lassen müssen. Das wollte er ihm nicht auch noch antun.«

»Woher wusste er, dass es Gift war?«

»Zeus hat etwas hier auf dem Grundstück gefressen, danach ging es los. Krämpfe, er konnte nicht mehr laufen, er ... Ach, lassen Sie es. Ich möchte nicht mehr daran denken.« Mitgenommen setzte sich Volkenstein auf den Stuhl und starrte auf das Schachbrett.

»Ich verstehe Sie, aber ich muss es wissen! Hier auf dem Grundstück?«, fragte Pfeiffer »Vielleicht hat er ausgelegtes Schneckenkorn oder Rattengift erwischt ...«

Volkenstein schnaubte empört. »Bruno hat weder Pflanzenschutzmittel noch sonstiges Giftzeug im Haus und Garten geduldet.«

Pfeiffer sah sich um. Aufgrund der Kanzlei und deren Mandanten blieb das schmiedeeiserne Tor ständig offen. Ihm war nie der Gedanke gekommen, hier in irgendeiner Art und Weise gefährdet zu sein. Er sah zu seiner Wohnung und schluckte. »Sind hier früher auch seltsame Sachen passiert?« Er sah wieder zu dem Alten und betete, dass er die Frage verneinte.

Kurt wollte auch schon mit dem Kopf schütteln, doch dann überlegte er. »Ich bin seit Anfang Mai hier und ...« Er holte tief Luft. Seine Lungen pfiffen.

»Ist Ihnen was eingefallen?«, hakte Pfeiffer ungeduldig nach.

Wie hypnotisiert nickte Kurt. Sein Blick wanderte langsam zu den Fahrrädern der Jungs, die an den Bäumen lehnten. »Da drüben hat Bruno sein Rad auch immer abgestellt. Eines Tages waren beide Reifen platt.«

»Platt?«, wiederholte Pfeiffer erschrocken. »In beiden Reifen ein Schlitz?«

Kurt sah ihn stirnrunzelnd an. »Ja, zerstochen. Woher wissen Sie das?«

Pfeiffer ließ sich auf den anderen Stuhl fallen. Er wischte sich den Schweiß von der Stirn, der ihm plötzlich aus allen Poren kroch.

Kurt Volkenstein nahm die Dame in die Hand. »Sie sind gut.« Er spitzte anerkennend die Lippen.

»Was meinen Sie?«

»Na, der Schachzug. Den habe ich nach ihrer traditionellen Bauerneröffnung nicht erwartet.«

Pfeiffer wusste nicht, worauf Volkenstein hinauswollte, bis er sah, dass sein weißer Läufer vorgezogen worden war. »Das war ich nicht.«

Kurt sah ihn an. Die Augen unter den buschigen Brauen waren auf einmal so klar wie die eines jungen Mannes. Er setzte zum Sprechen an, als Jogi, lautstark mit einem Kollegen schwatzend, kam und die Heckklappe seines Autos öffnete.

Er entdeckte Pfeiffer und streckte ihm den aufgerichteten Daumen hin. »Na, du hast ja die Ruhe weg. Erst findest du zwei Leichen in deinem Garten, und keine zehn Minuten später spielst du Schach.«

Tja, so sieht vieles anders aus, als es wirklich ist, dachte Pfeiffer bitter.

Aus dem Augenwinkel heraus nahm Pfeiffer wahr, wie sich Volkenstein an die Brust fasste. Pfeiffer sprang auf. »Geht es Ihnen gut?«

Volkenstein hob den runzeligen Arm und deutete auf Jogi. »Wer ist der Mann in dem weißen Anzug dort? Und von was für Leichen redet er?«

»Zwei Angestellte der Anwaltskanzlei werden seit drei Wochen vermisst. Ich dachte, sie wären hier verbu... begraben, deshalb wurde hier danach gesucht. Währenddessen haben mein Sohn und sein Freund hinten im Garten den Rasen gemäht und dort im Gestrüpp die Leichen gefunden.«

»Leichen? Hier? Oh mein Gott.« Er griff nach dem Läufer. Die Finger des alten Mannes umschlossen die Schachfigur.

»Nicht anfassen!«, rief Pfeiffer noch, doch es war schon zu spät.

Erschrocken ließ Kurt den Läufer fallen. »Verzeihen Sie. Ich bin gerade etwas durcheinander. Was soll das alles hier?«

»Das wissen wir noch nicht. Aber die Rätsel mehren sich.«

»Leichen? Rätsel? Was soll das alles bedeuten?«

»Das frage ich mich auch. Die Reifen von dem Rad meines Sohnes sind heute zerstochen worden. Nur stand das Rad einige Kilometer entfernt in Rottendorf.«

Das Zittern des Ziegenbarts verstärkte sich. »Auch beide Reifen?«, fragte Volkenstein mit rauer Stimme.

»Genau.« Pfeiffer beugte sich vor und legte erschöpft seinen Kopf in seine Hände. »Ist Ihnen nie der Gedanke gekommen, dass das alles zusammenhängt?«

»Was zusammenhängt? Glauben Sie tatsächlich, da steckt mehr dahinter?«

Sie nicht? Pfeiffer schaute müde auf. Er fühlte sich zwanzig Jahre älter. »Die zerstochenen Reifen von Brunos Rad, der vergiftete Hund? Kann es sein, dass man Bruno, Sie und nun auch mich aus der Villa vertreiben will?«

»Man will Sie vertreiben? Was erzählen Sie da?« Kurt Volkenstein wurde blass.

Pfeiffer wischte sich über das Gesicht. Verdammt! Er hatte ihm keinen Schreck einjagen wollen. Er wusste nichts von dem Tod der Maklerin, seinem nächtlichen Blackout ... der Schornsteinfeger. Oh Mann! Den hatte er gar nicht mehr auf dem Schirm gehabt. Im Nachhinein war das Erscheinen der beiden Männer überaus seltsam gewesen. Vor allem der zweite Mann, den Pfeiffer allein in der Wohnung gelassen hatte! Er war verschwunden, als Jacob aufkreuzte. Das war Stunden vor seinem Blackout gewesen.

Ich Idiot! Ich habe ihm eine Flasche Wasser gegeben, und die habe ich am Abend wegen des Döners leergetrunken! Wo ist sie abgeblieben?

Kurt fuchtelte vor seinem Gesicht herum, doch Pfeiffer beachtete ihn nicht. Die Flasche ... Am Morgen hatte er keine leere Wasserflasche weggeräumt. Er erinnerte sich nur an die sechs leeren Bierflaschen und die Ouzoflasche, die er in die Abstellkammer verräumt hatte. Aber im Wasserkasten gab es immer noch eine leere Stelle. Wo war sie? Was, wenn er damals betäubt worden war, damit man in seinem Haus etwas suchen konnte ... und dafür die Wände aufschlug und es so deichselte, dass er glaubte, es im Vollrausch selbst getan zu haben? Und um keine Beweise zu hinterlassen, hatte der Unbekannte die manipulierte Flasche entfernt.

»Wie heißt der ansässige Schornsteinfeger?«, fragte Pfeiffer aus den Gedanken heraus. Hatte sich der Mann überhaupt namentlich vorgestellt? Er wusste es nicht. Die Schornsteinfegermontur hatte ihm als Legitimation gereicht. Wie hatte der Typ ausgesehen, der mit dem Schornsteinfeger gekommen war? Pfeiffer bekam es nicht zusammen. Zu normal, nichts Außergewöhnliches. Keine besonderen Merkmale, die sich einprägen würde. Jetzt verstand er Zeugen, die sich nicht mehr an Gesichter erinnern konnten. Ihm war das bisher noch nie passiert. Im Gegenteil ...

»Ach, jetzt reden Sie wieder mit mir!«

»Herr Volkenstein. Bitte.«

»Das weiß ich doch nicht. Ich habe ihn bisher noch nicht kennengelernt. Bruno sagte, dass die ständig wechseln. Warum ist das wichtig? Hat der was damit zu tun? Wollen Sie sagen, der hat Zeus vergiftet, damit Bruno aus der Villa verschwindet?«

»Nein.« Eigentlich hätte Pfeiffer sagen müssen: Ich weiß es nicht.

Er schloss die Augen.

»Geht es Ihnen gut?« Volkensteins besorgte Stimme durchschnitt die Stille. »Danke.« Doch es ging ihm ganz und gar nicht gut. Während er schlief, war jemand in seine Wohnung eingedrungen. Nein, er wurde extra unter Drogen gesetzt, damit der Eindringling ungestört in der Wohnung hantieren konnte. Warum dieser Aufwand? Er hätte doch einfach warten können, bis Pfeiffer das Haus verlassen hatte.

Pfeiffer fiel es wie Schuppen von den Augen. Der Einbrecher hatte nie eine Chance gehabt, ungestört nach was auch immer suchen zu können. Seit der Schlüsselübergabe war er permanent am Renovieren. Selbst im größten Renovierungschaos hatte er hier geschlafen!

Eine weitere Bestätigung für ihn, dass nicht Andi, sondern er der verführerischen Maklerin hätte folgen sollen. Hätte er sich nicht in Ellen verliebt, wäre er ihr bestimmt gefolgt.

Pfeiffer schüttelte den Kopf. Dass ihn einmal eine feste Beziehung aus einer derartigen Situation retten würde, hätte er nicht gedacht.

Kurt stand ächzend und mit schmerzverzerrter Miene auf und mühte sich nun, die Erde auf Zeus zurückzuschaufeln.

Was war aber mit dem toten Hund? Hatte man bereits vor Wochen versucht, Bruno aus der Villa zu graulen, und als es nicht geglückt war ...

Gottverdammich! Warum war er noch nicht auf den Gedanken gekommen?

»Wie ist Bruno gestorben? Waren Sie dabei?«

Jegliche Farbe wich aus Kurts Gesicht. Es war nun fast so weiß wie sein schütterer Ziegenbart. Nach einer Weile sagte er: »Ich ahne, was Sie meinen.« Er schüttelte den Kopf und lehnte die Schaufel an den Kastanienbaum. »Das ist unmöglich. Bruno bekam einfach einen Herzanfall, nachdem er Zeus hier vergraben hatte. Es war zu viel Anstrengung und Schmerz für ihn.«

»Wirklich? Das ließe sich nachprüfen.«

»Warum ... Warum wollen Sie das tun?« Volkensteins Lippen pressten sich zu einem Strich zusammen. »Was passiert hier?«

Das frage ich mich auch.

Pfeiffer tippte mit dem Zeigefinger gegen seine Unterlippe. Um Klarheit zu bekommen, müsste er Bruno exhumieren lassen. Von einem Hausarzt ausgestellte Totenscheine beinhalteten zu viele Fehlerquellen. Bei Menschen ab einem gewissen Alter wurde zu oft ein natürlicher Tod vorausgesetzt. Nach Lage der Dinge könnte hier jedoch jemand nachgeholfen haben. Fragte sich nur, wer? Wer steckte hinter allem? Wer suchte was in dieser Villa? Wenn Bruno ermordet wurde, weil er hier lebte, dann ...

Jacobs zerstochene Reifen! Das war eine Warnung! Der Unbekannte bewies ihm damit, dass er wusste, wo seine Kinder wohnten!

Pfeiffer stockte. Magensäure stieg ihm die Kehle hinauf.

Nichts auf der Welt war es wert, die Familie in Gefahr zu bringen. Dann dachte er an Ellen. Würde sie mit Gabrielle hier einziehen, wären sie ebenfalls in Gefahr.

»Ich werde das Erbe ausschlagen!«

Pfeiffer fühlte sich erleichtert. So gerne er hier leben würde, so gerne er seine finanziellen Sorgen verabschiedet hätte - Leben und Sicherheit seiner Familie waren wertvoller! Das riskierte er nicht.

»Das dürfen Sie nicht! Bruno hat sich was dabei gedacht, als er Ihnen die Villa gegeben hat.« Volkenstein biss sich sogleich auf die Zunge.

»Was?«

»Na, Sie haben doch gerade gesagt, dass Sie das Erbe ausschlagen.«

»Habe ich das laut gesagt?«

Kurt Volkenstein nickte. »Ich hätte nicht gedacht, dass Sie bei den kleinsten Schwierigkeiten so schnell aufgeben.«

Pfeiffer stieß zischend die Luft aus und starrte Volkenstein an. »Bruno hat davon gewusst?«

»Von was?«

»Jetzt stellen Sie sich nicht wieder doof! Sie sagten gerade, Bruno dachte sich was dabei.«

Kurt Volkenstein schloss für einen Moment die Augen und atmete tief durch. Dann öffnete er sie. »Bruno hat von nichts gewusst. Aber nach Zeus' Tod ging es ihm schlecht. Da hat er im Testament verfügt, dass Sie hier wohnen müssen und die Villa nicht veräußern dürfen. Wem sollte er sein Vermögen denn sonst vermachen? Mir? Das wäre die denkbar schlechteste Option gewesen. Ich folge Bruno bestimmt in nächster Zeit. Aber Sie sind jung und der Sohn seiner ... Er hat Ihre Mutter sehr verehrt, müssen Sie wissen. Und Sie sind Polizist. Wer, wenn nicht Sie kann herausfinden, was hier passiert?«

»Er hat mir die Villa vermacht, damit ich herausfinde, was hier passiert? Wissen Sie ...!« Pfeiffer sprang auf und lief aufgebracht hin und her. »Dass er vielleicht mein Leben aufs Spiel setzt, kann ich noch verkraften, aber das meiner Familie?! Das ist zu viel!«

Volkenstein sackte in sich zusammen. Jegliche Kraft schien aus seinem Körper gewichen, er um zusätzliche Jahre gealtert zu sein. »Das ha... hat Bruno nicht geahnt! Glauben Sie, das wollte er? Er dachte, er macht Ihnen eine Freude ... Wenn Sie dafür, wie nebenbei, den Tod seines Hundes aufklären würden, wäre das mehr als recht. Wie sollte er wissen, dass es etwas Schlimmes ist? Er dachte, es wäre vielleicht einer der Klienten oder Nachbarn, die keine Hunde mögen.«

»Wissen Sie überhaupt, wie viele Menschen mittlerweile wegen der Geschichte hier ihr Leben verloren haben?«

Kurt bedeckte sein Gesicht mit den Händen und wimmerte.

Nein, das wusste er nicht.

Pfeiffer raufte sich die Haare. Sein Schädel brummte. Eigentlich war es noch schlimmer: Selbst die Polizei und er kannten das ganze Ausmaß nicht. Bisher wussten sie nur von der ermordeten Maklerin. Dass die Jungs die beiden Leichen gefunden hatten, war reiner Zufall gewesen. Und hätte der Freund von der Anwaltsgehilfin nicht den Ausweis gefunden und angefangen, Fragen zu stellen, wüssten sie nichts von dem Zusammenhang mit der Kanzlei und den durchwühlten Akten. Dann würde er immer noch an sich zweifeln.

Hinter ihm knackte es. Pfeiffer fuhr herum.

Bauer notierte etwas in seinen Notizblock. Dann sah er auf und grinste.

Da Pfeiffer nicht wusste, wie viel Bauer von seinem Gespräch mit Volkenstein mitbekommen hatte, kam er sofort auf den Punkt. »Ich bestehe darauf, dass die Leiche von Bruno Lamprecht exhumiert wird.«

»Vergessen Sie's.« Bauer lachte höhnisch auf. »Sie wollen überall nur noch Leichen ausbuddeln lassen.« Dann wurde er ernst. »Wissen Sie, was das den Steuerzahler kostet?«

»Das ist mir scheißegal! Schließlich habe ich mit meiner Ahnung bei dem Pärchen auch richtig gelegen«, beharrte Pfeiffer.

»Woran das wohl liegen mag? Trotz der Sachlage behaupten Sie immer noch, Sie hätten nichts damit zu tun?«

»Ja! Verdammt noch mal!« Pfeiffer spürte, wie ihm die Zornesröte in die Wangen schoss. Er machte einen Schritt auf Bauer zu. Der hob beschwichtigend die Hände.

Oder war es eine Abwehrhaltung?

Handgreiflichkeiten brachten ihn nicht weiter. Für Bauer wäre es nur ein Schuldeingeständnis, zumindest das einer Mittäterschaft.

Pfeiffer reckte das Kinn. »Und Sie müssen endlich anfangen, die richtigen Fragen zu stellen. Werden Sie eigentlich für den Scheiß, den Sie hier verzapfen, bezahlt, oder machen Sie das ehrenamtlich? Wenn Sie dafür bezahlt werden, ist nämlich das eine Verschwendung von Steuergeldern.«

Bauers Mundwinkel zuckten gefährlich. »Dafür, dass Ihnen der Scheiß bis zur Oberkante Unterlippe steht, reißen Sie verdammt mutig den Mund auf. Passen Sie auf, dass er Ihnen nicht reinläuft und Sie daran ersticken, Herr Kollege!«

Pfeiffer schluckte. Plötzlich hatte er einen verdammt ekligen Geschmack im Mund.

14.15 UHR

»Jungs, ich fahr euch nach Hause!«

»Oh, nee! Jetzt, wo es interessant wird!«

Pfeiffer war beruhigt und erschrocken zugleich. Anscheinend hatten die Jungen den Schock über den Leichenfund überwunden. Auf der anderen Seite fragte er sich, was er in Jacobs Erziehung falsch gemacht hatte, weil die Neugierde siegte und sie alles für eine spannende CSI-Folge zu halten schienen.

Die psychologische Seelsorgerin hatte sich mit Jacob und Marcel unterhalten, nachdem Nina ihre Aussagen aufgenommen hatte.

»Die Neugierde ist zurzeit der bessere Aspekt zur Verarbeitung dieses Ereignisses«, erklärte sie Pfeiffer mit warmer Stimme. »Weil die beiden die Toten nicht kannten, fehlt ihnen die persönliche Bindung. Das ist ein Vorteil bezüglich des Selbstschutzes. Ich empfehle Ihnen, alle Fragen Ihres Sohnes und von seinem Freund bezüglich des

Falls zu beantworten, soweit das möglich ist. Das trägt zur besseren Verarbeitung bei.«

Sie gab den Jungs ihre Visitenkarte, damit sie sie jederzeit anrufen konnten.

Danach wandte sich die einfühlsame Frau mit dem grauen Kurzhaarschnitt Poller zu. Für ihn stand fest, dass es sich bei den beiden, inzwischen in Alusärgen abtransportierten Leichen um seine Freundin und ihren Kollegen handelte. Durch die Erhärtung des Verdachts, dass seine Freundin wirklich ein Verhältnis mit dem Kollegen gehabt haben könnte, schlug seine bisherige Trauer in Groll um.

Pfeiffer sah, wie die Seelsorgerin ebenfalls mit ihm sprach und ihm ihre Visitenkarte überreichte.

Nina lief mit energischem Schritt auf zwei Mitarbeiter der Kanzlei zu, die rauchend das Szenario verfolgten. »Hopp, rein. Hier gibt es nichts zu sehen. Und melden Sie mich unverzüglich bei Ihrem Chef an.« Ein Blatt Papier wehte vor ihren Füßen umher.

Pfeiffer schmunzelte. Nina, wie sie leibte und lebte. In der Kanzlei würde sie mit einem Kollegen die Aussagen der Angestellten aufnehmen.

Er musste jetzt zuerst Jacob aus der Schusslinie bringen und Marcel bei dessen Eltern abliefern. Während die Jungen in seinen Passat stiegen, hob er den Zettel auf.

Sein Blut gefror, als er das einzelne Wort las.

»Was ist mit unseren Rädern?«

»Was?« Pfeiffer erschrak und steckte hastig den Zettel ein. »Äh, muss ich schauen.« Er blickte sich suchend um. »Jetzt möchte ich erst einmal, dass ihr hier versch...«

»Du musst keine Angst um uns haben.« Jacob rutschte neben Marcel auf die Rückbank. Dass er freiwillig im Heck Platz nahm, zeigte Pfeiffer, dass das Erlebte doch nicht so spurlos an Jacob abgeprallt war. »Und auf keinen Fall wirst du die Villa zurückgeben!«

Pfeiffer, der gerade den Schlüssel ins Zündschloss stecken wollte, stockte in der Bewegung. »Woher ...?«

»Ich habe gehört, wie dieser Bauer das zu einem seiner Schleimer gesagt und sich über dich lustig gemacht hat.«

»Er hat was? Der hat doch keine Ahnung, was hier ...!« Wütend hieb Pfeiffer auf das Lenkrad.

»Pappa, ich weiß, dass du das Erbe nur aus Angst um Kati, mich, Ellen und Gabrielle ausschlagen willst. Aber sei mal ehrlich. Denjenigen, der hinter all dem steckt, den schnappst du doch mit Leichtigkeit. Dann wären die Villa, die Zeit, die Arbeit und das Geld, das du bereits hineingesteckt hast, umsonst futsch. Nee, das will ich nicht.«

Pfeiffer drehte sich um. Er sah Jacobs schiefes Lächeln in dem schmalen, vor Eifer glühenden Gesicht. Ein warmes Gefühl wallte in ihm auf. Ach, wie sehr er Jacob liebte! Sein Vertrauen in die Fähigkeiten seines alten Herrn streichelten seine wunde Seele. Gerne hätte er Jacob umarmt. Sollte er ihm sagen, dass die plattgestochenen Reifen vielleicht etwas mit den Morden zu tun hatten? Dass es eine Art Warnung war?

Und dann war da noch der Zettel, den eine Brise ihm gerade vor die Füße geweht hatte. Ein Wort - eine Botschaft: ›Verschwinde!‹

Zufall? War sie überhaupt für ihn?

Oder war Poller damit gemeint, der den Kanzleiangestellten mit seiner Mahnwache auf den Wecker gegangen war?

Und wenn nicht?

Verlieh er einer Sache eine Bedeutung, die er an anderen Tagen als Zufall, einen schlechten Scherz von Neidern oder einfach nur als eine alte weggeworfene Notiz abgetan hätte?

Pfeiffer glaubte es nicht. Sein Gefühl sagte ihm: Nein! Die Nachricht war eindeutig eine Warnung für ihn!

Er würde von hier verschwinden. Sein Verstand sagte ihm, dass er den Fall lösen würde. Schließlich hatte er in seiner Laufbahn bereits einige knifflige Mordfälle gelöst. Genau, wie es Jacob gesagt hatte. Aber da war die Angst, die sich schon fast zur Panik steigerte. Keine Villa, kein Vermögen der Welt waren es wert, Gesundheit oder Leben seiner Lieben zu riskieren.

Trotzdem fühlte er sich wie ein Feigling. »Das ist lieb von dir, Jacob. Aber ich könnte es mir nie verzeihen, wenn dir und deiner Schwester etwas passieren würde.« Pfeiffer startete den Wagen. »Ich möchte, dass ihr die nächsten Tage nicht aus dem Haus geht und jeglichen Kontakt mit Fremden meidet. Verstanden? Versprichst du mir das?«

Jacobs Maulen fiel verhaltener aus, als er erwartet hatte. Anscheinend erkannte er den Ernst der Lage.

Während der Fahrt war es im Wagen verdammt still.

14.25 UHR

Nachdem Pfeiffer die Jungs abgesetzt hatte, klingelte sein Handy. Nina.

»Was hast du in der Kanzlei rausgefunden?«, begann Pfeiffer, ohne sich mit Vorreden aufzuhalten.

»Vorerst noch nicht viel. Nach Aussagen des Anwalts Dr. Montag, der die Kanzlei seit Lamprechts Tod führt, wurde in der Nacht vor dem Verschwinden der beiden Angestellten in die Kanzlei eingebrochen. Akten waren herausgezogen und durchwühlt worden. Eine Angestellte hat herumgedruckst, schließlich rückte sie doch noch mit einer Info raus: Die Toten hatten sich ein Liebesnest in einem der Büros eingerichtet. So, wie es momentan aussieht, haben die beiden entweder etwas von dem Einbruch bemerkt oder wurden von den Einbrechern überrascht. Was die Einbrecher jedoch in den Akten gesucht haben, ist allen ein Rätsel. Aber deshalb rufe ich nicht an.«

Eine Pause entstand.

»Warum dann?« Pfeiffers Nackenhärchen richteten sich auf. Er ahnte Schlimmes. »Sag schon.«

»Quincy hat angerufen.«

»Die Rechtsmedizin? Jetzt schon?«

Nina schnaufte laut auf. »Peter, die Leichen von der Villa sind noch nicht mal dort eingetroffen. So schnell wie unser guter Nürnberger auch ist, das bekommt selbst er nicht hin.«

Dass Professor Queisner aus Nürnberg stammte, hatte er nicht gewusst. Zu Obduktionen hatte er immer Ellen vorgeschickt. Ob er auch Bauer kannte?

»Und was wollte er?«

Nina räusperte sich. »Es ist wegen Bauer. Ich habe aus einer Eingebung heraus Quincy vor Tagen gefragt, ob er denn wisse, dass der ›angebliche‹ Mörder von Bianca Vornwald über einen Meter neunzig groß ist und zirka neunzig Kilo wiegt. Er sollte mir mal erklären, wie es eine Frau mit einsneunundfünfzig und einundfünfzig Kilo schaffen sollte, einen Mann dieser Größe derart mit einer Eisenstange am Kopf zu verletzen.« Sie machte erneut eine Pause. Doch als Pfeiffer schwieg, sprach sie weiter. »Er konnte es mir nicht erklären. Er hat daraufhin Tests durchgeführt. Das Opfer konnte unmöglich in diesem Winkel Andi am Kopf treffen. Quincy hat das in seinem Bericht vermerkt.« Wieder ließ Nina ihre Worte wirken.

»Und Bauer verschweigt es?«

»Bauer hat den Einwand mit der Begründung abgetan, Andi hätte sich gebückt.«

»Das darf doch wohl nicht wahr sein! Was hat der nur vor? So blöd kann man doch nicht sein!« Pfeiffer hieb mehrmals auf das Lenkrad.

Blöd, dass er gerade an einer Ampel stand. Der Fahrer neben ihm wedelte mit der Hand vor dem Gesicht, ob er einen Dachschaden hätte.

Pfeiffer schnitt eine Grimasse. Der Mann sah schnell weg.

»Sehr gute Arbeit, Nina. Das war brillant. Warum ist mir das nicht eingefallen?«

»Weil du Urlaub hast und eigentlich in keinem Fall ermittelst«, antwortete sie trocken.

»Der ist gut. Ich stecke bis zum Hals in dem Fall drin.« Eigentlich stand ihm - wie Bauer schon sagte - die Scheiße bis zur Unterlippe, und er musste aufpassen, wie weit er den Mund aufriss.

»Wir bekommen Andi da raus, Peter. Wir schaffen das.«

»Dank dir.« Er musste sich zu einem optimistischen Tonfall zwingen.

Sie lachte. »Oh! Meine Undercover-Agentin ruft gerade an. Ich muss aufhören.«

Ehe Pfeiffer nachfragen konnte, wer damit gemeint war, hatte sie aufgelegt.

Er musste unbedingt mit Andi sprechen. Doch Bauer würde ihn mit Sicherheit nicht mehr zu seinem Verdächtigen vorlassen. Zumal er jetzt selbst im Fokus der Ermittlungen stand. Also, wie konnte er in die JVA gelangen?

Ihm kam eine grandiose Idee.

Pfeiffer löste seine Freisprecheinrichtung, fuhr rechts ran und wählte die Nummer der JVA.

»Hier Bauer«, meldete sich Pfeiffer, als er die entsprechende Stelle am Apparat hatte. »LKA, ich rufe wegen des inhaftierten Andreas Reimer an. Hauptkommissar Peter Pfeiffer wird im Laufe des Tages erneut bei Ihnen eintreffen und Andreas Reimer aufsuchen. Ja ... Genau ... Die Genehmigung gilt noch, und die Gesprächsaufzeichnung wird erneut ausgesetzt.«

14.55 UHR

Nachdem Pfeiffer Andi über die neuesten Ereignisse unterrichtet hatte, reagierte der anders, als er gedacht hatte. Statt zu überlegen, wie die Zusammenhänge einen Sinn ergaben, sagte er nur: »Na so was. Jetzt bist du also an der Reihe. Ha! Wie fühlt es sich an, im Visier der Justiz zu stehen?«

Beschissen.

Doch Pfeiffer schluckte die Worte herunter.

»Jetzt glaubst du mir?!«

»Ich habe dir die ganze Zeit geglaubt, Andi! Ich verstehe ja, dass du hier drin einen Koller bekommst, aber ich riskiere Kopf und Kragen. Ein klein wenig Entgegenkommen deinerseits wäre nicht schlecht, wenn ich mich hier schon hereinschmuggle.«

»Ich habe dich nicht darum gebeten.«

»Andi, schalt jetzt wieder um! Ich schaffe es nicht allein, dich hier rauszubekommen. Ich brauche dich. Wir arbeiten alle auf Hochtouren an deiner Entlastung.«

»Ach, hör doch auf. Das bringt doch nichts! Leichen im Garten, plattgestochene Reifen, vergiftete Hunde, mysteriöse Zettel.« Andi schüttelte den Kopf. »Das ergibt doch alles keinen Sinn.«

Pfeiffer haute so auf den Tisch, dass der mitgebrachte Kaffeebecher umfiel. Gott sei Dank war er bereits leer, sonst hätte sich der Kaffee über die auf dem Tisch liegenden Papiere ergossen. »Jetzt hab ich aber genug!«

Ein Justizvollzugsbeamter sah zur Tür herein.

Pfeiffer hob die Hand mit dem Becher. »Alles in Ordnung. Hab nur meinen Kaffee umgestoßen.«

Als sie wieder allein waren, beugte sich Pfeiffer zu Andi. »Mensch, Andi, streng dich an. Du willst doch nicht in den Knast, oder? Dagegen ist das hier das wahre Paradies. Du als Bulle wirst da keine Woche klarkommen.« Er wollte nicht das Wort ›überleben‹ benutzen. Andi wusste selbst, was einem Polizisten dort blühte.

Wie auf Kommando fielen Andis Schultern vornüber. Er rieb sich mit dem Handrücken über die Nase. »Du meinst also, dass zwischen all den Vorkommnissen bei dir in der Villa und meiner Verhaftung ein Zusammenhang besteht?«

Endlich! »Genau.«

»Und eigentlich solltest du der Frau folgen ... Doch stattdessen bin ich Volltrottel ihr hinterher.«

Pfeiffer zögerte. »Du sagst es.«

Andi hob die Augenbrauen. »Danke.«

Pfeiffer grinste.

»Ein Krankenhausaufenthalt von dir hätte es aber auch getan«, überlegte Andi weiter.

»Stimmt. Warum also ein Mord?« Pfeiffer hielt es nicht mehr auf dem Stuhl, nachdem er die Antwort gefunden hatte. »Weil i-c-h ihr nicht gefolgt bin!«

Mit neuer Hoffnung sah Andi ihn an. »Genau, und weil es auch um die Maklerin ging! Was hat sie also getan, dass sie sterben musste? Wie war sie so? Du hast sie doch ein paarmal getroffen.«

»Immer nur kurz. Sie war ... sehr nett, aber ...«

»Peter, das ist nichts Besonderes. Dir liegen die Frauen zu Füßen. Die Frage ist, ist sie dir an die Wäsche gegangen?

Oder hat sie dich ignoriert? War sie übertrieben nett, launisch oder weiß der Geier was?«

Pfeiffer überlegte. »Ich fühlte mich von ihr bedrängt. Sie wollte unbedingt meine Villa für einen Kunden haben.«

Andi hob die Hand, als hätte er eine Eingebung. »Wie war das noch mal mit dem Stock? Du hattest doch bei ›Ritchy‹ erwähnt, dass sie dir eines Abends aufgelauert hat. Dabei hätte sie wild mit einem Stock herumgewedelt.«

»Ja«, bestätigte er widerwillig. Er erinnerte sich noch gut an seinen Schreck, als sie zu guter Letzt auch noch bei ›Ritchy‹ aufgetaucht war.

»Was war das für ein Stock?« Gedankenverloren griff Andi nach einem Blatt Papier, das für Notizen gedacht war.

»Keine Ahnung. Ein Stock halt. So'n langes Ding.« Pfeiffer hielt seine Hände auseinander und fühlte sich hilflos, als er sich für keine Größe entscheiden konnte. »Ich dachte, sie wäre sauer, weil ich die Villa nicht verkaufen wollte.«

Andi rollte das Blatt zwischen den Fingern und hob die kleine Papierrolle hoch. Im Dunkeln konnte es als Stab durchgehen.

Pfeiffer schlug sich an die Stirn. »Ich Idiot! Natürlich! Ich dachte damals, es wäre ein Stock in ihrer Hand. Doch es könnte auch eine Rolle mit Plänen gewesen sein.«

»Die Pläne, die Bauer bei der Vornwald gefunden hat? Mein Anwalt hat mir davon berichtet. Was wollte sie mit Plänen von deiner Villa? Und warum sollte sie damit zu dir kommen?« Jetzt schlug Andi auf den Tisch. Pfeiffer zuckte zusammen. »Ich hab's!«

Wieder steckte der Beamte den Kopf herein.

»Alles gut!«, rief Pfeiffer freudig. »Wir hatten nur gerade eine Erleuchtung!«

Verächtlich grinsend ging der Beamte wieder auf seinen Posten.

»Mann, die sind hochsensibel«, stellte Pfeiffer fest und wandte sich wieder Andi zu. »Also, was ist dir eingefallen?«

»Du hast mir doch von eurem Kunstexperten erzählt.«

»Dem kleinen Wilhelm. Ja, und?«

»Mein Gott, du stehst heute wirklich auf der Leitung.«

Pfeiffer zuckte ratlos mit den Schultern.

»Er hat nichts gefunden, das die Einbrüche in der Villa rechtfertigt, oder? Was ist, wenn du das gewisse Etwas nicht finden kannst, weil es versteckt ist? Wenn Bianca Vornwald auf den Plänen etwas entdeckt hat? Einen geheimen Gang vielleicht, ein Zimmer, das du nicht siehst? Geheim und voll mit einem Schatz.« Seine Augen leuchteten wieder. »Das Bernsteinzimmer!«

»Ach, Andi.« Pfeiffer wollte den Gedanken als abwegig abtun. Doch je länger er darüber nachdachte, umso mehr Sinn ergab es. »Die Maklerin war doch nie in der Villa, woher ... Warum eigentlich nicht? Sie kannte sich mit Plänen aus. Es fiel nicht auf, wenn sie im Archiv nach Plänen suchte. Vielleicht ist sie auf etwas gestoßen und wollte es mir an dem Abend sagen.« Pfeiffer schlug sich an die Stirn. »Und ich Idiot habe es nicht kapiert! Das ist es!«

»Was?«

»Das, was die gesucht haben! Jetzt bin ich mir absolut sicher, dass ich es nicht war!«

»Was - warst - du - nicht?« Andi rückte demonstrativ von ihm ab.

Pfeiffer lief umher. »Mein Blackout!«

»Was für ein Blackout? Peter, was ist los?«

»Ich habe die Wände nicht aufgeklopft! Da hat jemand was gesucht! Da hat jemand gewusst, dass hinter einer dieser Wände etwas verborgen ist. Deshalb auch die Klausel mit dem Renovieren! Ich darf keine Wände entfernen!« Pfeiffer blieb stehen, stützte sich mit den Armen auf dem Tisch ab und starrte Andi an. »Es war tatsächlich jemand in der Nacht bei mir in der Wohnung!« Geschockt von der Erkenntnis sackte er wieder auf den Stuhl.

Entgeistert starrte Andi ihn an. »Wann wolltest du mir davon erzählen?«

»Überhaupt nicht!«

»Wieso?«

Pfeiffer setzte ein schiefes Grinsen auf. »Ich wollte dich nicht mit meinen Problemen belasten. Ich war froh, dass du wieder Zugang zu mir gefunden hast, da war kein Platz für das hier. Aber jetzt ...« Er spreizte die Finger, um sie dann zu einer Faust zu schließen. »Jetzt ergibt es einen Sinn, und es ist eines der Puzzleteilchen, die uns bisher fehlen.«

»Und du hast dir diesen Blackout w-i-e erklärt?« Andi ließ nicht locker.

Verdammt! Was sollte er sagen?

»Bitte die Wahrheit.«

Pfeiffer schloss die Augen. »Ich dachte, ich hätte zu viel getrunken. Der ganze Stress, du weißt ...« Resigniert erzählte er, was er an diesem Morgen vorgefunden hatte. Die leeren Bierflaschen und der Ouzo, die fehlenden Erinnerungen, das alles getrunken zu haben, und vor allem: die kaputten Wände.

»Er hat dir nichts getan, das ist gut«, versuchte Andi, ihn zu beruhigen. »Er wollte nur an den Schatz.«

»Ach, hör doch auf mit dem Schatz!«

»Was, bitte schön, soll es denn sonst sein? Es kann sich nur um einen ... alten Nazischatz handeln.«

Pfeiffer verdrehte die Augen, beließ es aber dabei. Solange er selbst keine bessere Idee hatte, sollte Andi ruhig an einen Schatz glauben.

»Aber warum kam die Maklerin damit zu mir? Sie hätte sich doch den ›Schatz‹«, er betonte das letzte Wort ironisch, »selbst holen können.«

»Genau das wollte sie auch machen. Sie war Teil einer Verbrecherbande. Und sie ...«, überlegte Andi laut.

»... hat es sich anders überlegt«, vollendete Pfeiffer den Satz. »Sie wollte mir davon erzählen und ihren Partner hintergehen. Und dafür musste sie sterben.«

»Du hast ihr also doch gefallen«, stellte Andi sarkastisch fest.

»Warum hat sie mich dann nicht einfach angerufen?«

»Hättest du ihr dann zugehört?«

»Warum nicht?«

Andi spitzte die Lippen und dachte nach. »Es könnte doch sein, du hast ihr derart gefallen, dass sie etwas *Bestimmtes* für ihre Informationen wollte.«

Pfeiffer wurde rot und winkte ab. »Warum hat sie mich dann nicht noch einmal aufgesucht oder angerufen? Oder mich im Restaurant gewarnt? Stattdessen lockt sie dich in eine Falle?«

»Weil sie beleidigt war, als du sie fast überfahren hast. Und dann sah sie Ellens Kuss.«

»Mhm. Da kannst du recht haben. Und sie wurde kontrolliert oder erpresst und zum Schluss reingelegt. Der Komplize muss gewusst haben, dass sie ihn verraten wollte. Sonst hätte er keinen Grund gehabt, sie loszuwerden.«

»Mit Kontrolle ... Meinst du den Lehrer?«

Pfeiffer zuckte mit den Achseln. »Er ist das Bindeglied.«

Das Schweigen, das Andis ausdruckslosen Blick begleitete, ließ sie beide an dieser Theorie zweifeln.

»Was soll ein biederer Physiklehrer mit deiner Villa?«, brach Andi schließlich die Stille.

»Wenn ich das wüsste, würdest du nicht hier drinnen sitzen.«

Andi ließ sich nicht beirren. »Wie soll er an Informationen zu deiner Villa gekommen sein, um so einen Plan auszuhecken?« Er stand auf und lief grübelnd durch den Raum.

»Er verschafft sich das Wissen über den ›*Schatz*‹.« Er grinste Pfeiffer provozierend an. »Er holt die Maklerin ins Boot, damit sie die Pläne besorgt, und muss zudem über derart kriminelle Energie verfügen, dass er ihren Tod plant, die Angestellten der Kanzlei tötet und bei dir im Garten verbuddelt.«

»Unwahrscheinlich. Nicht dieser Mann.« Pfeiffer sah Haas vor sich, wie er sich bei seinem Besuch an die Aktentasche geklammert hatte. »Es sei denn, er leidet unter einer Persönlichkeitsspaltung. Das würde sein verändertes Sexualverhalten erklären, und dass er Jacob und die Nachbarn nicht mehr erkennt.«

»Verändertes Sexualverhalten?« Andi setzte sich sofort auf seinen Stuhl. Er war ganz Ohr.

Pfeiffer erzählte ihm von den Haberbergers, deren Besuch zu erwähnen er vorhin vergessen hatte. Das amouröse Angebot verschwieg er.

»Okay, das ergäbe Sinn, hätte er nicht wiederum von Jacob ein Alibi erhalten.«

»Stimmt«, meinte Pfeiffer. »Und wenn es die Maklerin war, die auf Haas zugekommen ist?«

Andis Kopfschütteln glich dem eines Wackeldackels. »Nein, Peter, das ist zu weit hergeholt. Warum sollte sie dann bei dir mit den Plänen erscheinen?«

»Sie hat gemerkt, dass er sie aus dem Rennen werfen wollte.«

»Aber du vergisst die Leichen auf deinem Grundstück.«

Pfeiffer blies die Backen auf und stieß die Luft aus. »Egal, wie wir es drehen, es ergibt keinen Sinn. Es muss definitiv noch jemand involviert gewesen sein. Derjenige, der die Maklerin getötet hat. Hast du damals niemanden auf dem Gang gesehen?«

»Ich weiß es nicht mehr.«

»Und wie beweisen wir das? Bauer wird dich in der Luft zerreißen, wenn du ihm mit so einer Behauptung kommst.«

»Dann müssen wir eben seine anderen Theorien widerlegen. Im Zweifel für den Angeklagten, heißt es doch so schön.«

»Was meinst du?«

»Wie kamen Schmauchspuren an deine Hand?«

Der hoffnungsvolle Blick auf Andis Gesicht verschwand. »Jetzt kommst du mir schon wieder damit. Ich weiß es nicht!«

»Aber ich habe eine Vermutung.« Pfeiffer lehnte sich zurück. »Hast du nicht gesagt, dir kam es vor, als wärst du betäubt worden? Nun, mit dem Wissen, dass ich auch in den Schlaf geschickt wurde, spielen wir es mal neu durch. Du bist hinter Bianca Vornwald hergelaufen, sagst du. Du sahst ihr aprikosenfarbenes Kleid um die Ecke verschwinden und glaubst, dich gebückt zu haben. Danach kam dein Blackout.« Pfeiffer wartete, bis er Andis ungeteilte Aufmerksamkeit hatte. »So, und ich glaube, du hast da bereits deinen Schlag bekommen oder ... eine Injektion. Und der Schlag folgte erst danach.«

»Aber dann hat Bauer recht, dass ich den Schlag in gebückter Haltung erhalten habe.«

»Schon, aber in einem anderen Kontext. Du warst nicht der Angreifer, sondern das Opfer! Sie hat dich angegriffen. Das war ihr Auftrag.«

»Von der dritten Person?«, ergänzte Andi. »Die zierliche Frau hat es bestimmt nicht geschafft, mich in den Hof zu zerren.«

»Du sagst es. Und der Dritte hat dann im Hof seine Komplizin erschossen und dir das Holster für die Waffe an dein Bein gelegt.«

Andi spitzte nachdenklich die Lippen. »Sie wird kaum zugeschaut haben, wie er mir die Waffe in die Hand legt, um damit auf sie zu zielen.«

Pfeiffer schüttelte den Kopf. »Nein, er hat aus dem Handgelenk heraus auf sie geschossen.« Er streckte seinen Zeigefinger und Daumen als Waffe, hob seinen linken

Arm und schoss lässig darunter hindurch. Dann schaute er Andi erwartungsvoll an. »Sie konnte nicht reagieren, so schnell wie es geschah. Und nachdem sie tot war, feuerte er seelenruhig eine weitere Kugel aus deiner Hand ab, befestigte das Knöchelholster, schraubte den Schalldämpfer ab und verschwand durch den Hintereingang des zweiten Hauses in weite Ferne.« Er ließ die Worte wirken.

»Es fehlte aber nur eine Kugel ...«, gab Andi zu bedenken. »Deshalb wurde auch nicht nach einer zweiten Kugel gesucht.«

»Warum auch? Bauer musste nicht auf die Idee kommen, dass der Mörder vielleicht eine Extrapatrone mitbringen würde, um das Magazin aufzufüllen. Er hat seinen Täter serviert bekommen.« Fast brachte Pfeiffer Verständnis für den internen Ermittler auf. »Wir können es nur beweisen, wenn wir die zweite Kugel finden. Ich mach mich sofort auf den Weg.«

Andi winkte resigniert ab. »Die ist nicht mehr da. Der Mörder wird sie in die Luft geschossen haben, oder in einen der Müllsäcke. In der Hoffnung, dass sie baldmöglichst abgeholt werden.«

»Und wenn nicht?« Pfeiffer stand auf, ging um den Tisch und legte die Hand auf Andis Schulter. »Vielleicht steckt sie weiter oben im Mauerwerk oder ist heruntergefallen. Trotz Schalldämpfer konnte er es nicht riskieren, im Hof nach der Kugel zu suchen. Ein Anwohner hätte ihn überraschen können, oder jemand vom Küchenpersonal hätte die Abfälle herausgebracht, so wie es tatsächlich passiert ist.«

»Und die Müllsäcke?«, fragte Andi.

»Ich kann mich nur an gelbe Säcke erinnern. Und die werden alle vier Wochen abgeholt.«

»Oh Mann, vielleicht haben wir Glück.« Andi schob die Brille auf den Nasenrücken zurück. »Waren eigentlich auch meine Fingerabdrücke auf dem Knöchelholster?«

»Und wenn, wissen wir, wie es der Täter problemlos bewerkstelligt hat.«

Andi nickte mit zusammengekniffenem Mund.

»Wir schaffen es, Andi! Ich werde Bauer die Kugel zeigen, und du kommst hier raus.«

15.55 UHR

Nachdem Pfeiffer die JVA verlassen hatte, raste er die B8 entlang Richtung Innenstadt. Er musste so schnell wie möglich zu ›Ritchy‹, um den Innenhof abzusuchen.

Hatte er sich Andi gegenüber zu weit aus dem Fenster gelehnt?

Aber so was von!

Wie konnte er Andi nur solch ein Versprechen geben? Was, wenn er keine Kugel fand?

Idiot!

Überhaupt ärgerte er sich, nicht früher an eine zweite Kugel gedacht zu haben. Das war ein Aspekt, den sie alle außer Acht gelassen hatten.

Obwohl ... Die Chance war winzig, diese Kugel zu finden. Wenn der Mörder so schlau war, wie Pfeiffer annahm, hatte er sie bereits entfernt.

Doch Pfeiffer wollte nicht aufgeben. Nachdem er über den Berliner Ring in die Ludwigstraße gerast war, hatte er das Gefühl, durch die weiteren Gassen der Innenstadt zu schleichen. Nach einer gefühlten Ewigkeit erreichte er endlich die Häfnergasse.

Kein Parkplatz frei, das war klar.

Er fuhr direkt bis zum ›Ritchy‹ und stellte sich kurzerhand schräg neben den Eingang. Von den Gästen der Eisdiele bekam Pfeiffer somit die uneingeschränkte Aufmerksamkeit.

Pfeiffer stieg aus, klebte das Tatütata, wie sie es immer scherzhaft nannten, auf das Autodach und grinste zu den Gästen. »Polizeieinsatz.«

Noch während er hineinging, hörte er einen Gast motzen: »Der holt bestimmt die Pizza für seine Kollegen.«

Pfeiffer ignorierte ihn. Wie unter Zwang lief er durch das Restaurant. Mehrere Tische waren bereits besetzt.

»Ciao, Peter! Isch freue mich, disch zu sehen. Isch habe gehört, du hast viel Arbeit mit deiner Villa. Und wegen Bella Nina müssen wir noch mal reden!«, rief Ritchy ihm nach.

Pfeiffer hob stumm die Hand zum Gruß und lief in den Versorgungstrakt. Er brauchte erst Gewissheit bezüglich der Kugel. Dann konnte er sich mit Ritchy unterhalten.

Er sah sich um. Wo ging es zum Hof?

In der Panik der besagten Nacht war er den anderen nachgelaufen. Nun musste er sich erst orientieren. Die meisten Türen waren beschriftet. WC Damen, WC Herren. Küche - kein Zutritt. Personal. Lange dunkelrote Vorhänge an der einen Gangseite kaschierten uralte Fenster und schützten im Winter vor den zugigen Ritzen. Eine Notlösung, da der Vermieter nach Ritchys Aussage Renovierungsarbeiten verweigerte.

Das mussten die Vorhänge sein, von denen Jacob erzählt hatte. Dort hatte er seinen Lehrer beim Selbstgespräch überrascht. Pfeiffer zog jeden Vorhang auf. Hinter dem dritten entdeckte er eine Außentür mit kleinen Sprossenfenstern. Im Glas sah Pfeiffer sein Konterfei. Haas hatte tatsächlich mit seinem Spiegelbild gesprochen.

Oder ...?

Pfeiffer drückte auf die Klinke. Abgeschlossen. Der Schlüssel steckte. Er drehte ihn um, öffnete die Tür und stand im Hof.

Der Hof! Dort, wo die Maklerin getötet wurde!

Pfeiffer durchfuhr es heiß.

Verdammt! Was bedeutete das alles?

Vom Nacken zog ein stechender Schmerz hoch bis zum Scheitelbein und breitete sich dort aus.

Er sah sich um. Der zugemüllte Innenhof war so groß wie eine Spülschüssel. Der Gestank von Essensresten und altem Fett schwallte ihm entgegen. Gut, dass es hier kühl war, da die umliegenden Hauswände und die kleine Öffnung keine Sonne hineinließen. Er sah hinauf zu den kleinen dreckigen Fenstern, von denen man auf die Parade voller Bio-, Restmülltonnen und gelben Säcken hinabblicken konnte. Er vermochte sich nicht vorzustellen, dass es Wohnungsfenster waren. Wer wollte bei den Würzburger Wohnungspreisen solch eine Aussicht, wenn er zum Küchenfenster hinaussah? Anhand vereinzelter Glasbausteine mit Lüftungsöffnung tippte er auf die Treppenhäuser der um den Hof angeordneten Häuser.

Damit erklärte Bauer das Fehlen von Zeugen, die einen Schuss gehört haben könnten.

Und wenn der Mörder einen Schalldämpfer verwendet hatte? Ein weiterer Punkt, den Bauer ignorierte.

Pfeiffer sah sich um. Andi hatte bewusstlos rechts an einer der vielen Restmülltonnen gelehnt. Und die Tote lag links auf den gelben Säcken. Das Bild hatte er jeden Tag vor Augen und würde es auch nicht so schnell vergessen.

Er drehte sich um und betrachtete die Tür, aus der er getreten war. Auch von außen war eine Klinke angebracht. Wenn die Tür nicht abgeschlossen war, konnte ... jemand von außen eindringen und ... mit dem Lehrer sprechen. Jemand, der kurz darauf im Hof die Maklerin getötet hatte, während Haas ein Alibi durch Jacob bekam. Jemand, der von Jacobs Auftauchen gestört wurde und anschließend in der Dunkelheit verschwunden war!

Die Gedanken schwirrten wie zugedröhnte Hornissen in seinem Kopf, knallten gegen die Hirnrinde und verstärkten den pochenden Schmerz.

Er konnte sie nicht fassen. Das war die Bestätigung für die Theorie des dritten Mannes. Bisher hatte er gedacht, Haas hätte psychische Probleme. Vom Lehrerstand hörte man andauernd davon. Oder dass in seinem Kopf ein Tumor wucherte. Schließlich hatte er diesem Verdacht nie widersprochen. Wollte Haas ihn bewusst in dem Glauben lassen? Warum?

Durch zwei weitere Türen gelangten die Mieter der umliegenden Häuser in den Hof, um ihren Müll hier abzustellen. Die gegenüber den Mülltonnen gelegene Tür war fast eher ein Tor. Es war angelehnt. Holzbohlen glichen den Höhenunterschied der kleinen Stufe aus, damit man die Tonnen mühelos auf die Straße bugsieren konnte. Er ging hinüber und sah hinein. Ein drei, vier Meter langer Durchgang führte auf die Straße hinaus und zweigte in der Hälfte rechts in ein Treppenhaus ab. Jeder konnte von der Straße in den Hof gelangen - und somit auch in das Restaurant, wenn vorher jemand die Tür aufgesperrt hatte.

Aber wer?

Ob Bauer auch auf den Gedanken gekommen war, dass jemand von außen den Hof betreten haben konnte?

Pfeiffers Blick fiel auf die durcheinander geworfenen gelben Säcke. Es sah aus, als hätte jemand etwas gesucht.

Pfeiffer erstarrte. Kam er zu spät? War Bianca Vornwalds Mörder zurückgekehrt, um die Kugel zu suchen und mitzunehmen? Hatte er sie bereits gefunden?

Unsinn. Warum sollte er erst heute Abend danach suchen? Derjenige hatte Tage beziehungsweise Wochen Zeit dazu gehabt. Bestimmt hatten nur Kinder die Säcke zur Seite geworfen, um an die dahinterstehenden Fahrräder zu gelangen.

Tausend schreckliche Möglichkeiten kamen ihm in den Sinn. Alle zu Andis Ungunsten.

Nein! Er durfte die Hoffnung nicht aufgeben!

In welche Richtung hätte der Schuss damals abgefeuert werden können? Rechts lag Andi. Links die Tote. Pfeiffer hockte sich auf den Platz, an dem Andi gelegen hatte, und blickte nach oben. Wohin würde er schießen, wenn er einfach nur eine Kugel abfeuern wollte? Auf dem dunklen Verputz der alten Wände fiel eine frische Bruchstelle sofort auf. Da war nichts.

Dann drehte und wendete er einen gelben Sack nach dem anderen auf der Suche nach einem Einschussloch ab.

»Che cosa stai cercando? Warum durchwühlst du meinen Müll?« Pfeiffer fuhr herum, Ritchy stand hinter ihm.

»Ritchy, wann ist dein Müll das letzte Mal abgeholt worden?«

Ritchy sah ihn verdutzt an.

»Sag schon!«

»Sì, beh, es müsste ... Ah ... Lass misch überlegen ... Morgen vor einem Monat«, stotterte er. »Isch glaube, kurz vor ... Kurz vor Andi ...« Er stockte und schwieg schließlich.

»Okay«, sagte Pfeiffer. »Das heißt, die gelben Säcke sind noch von jener Nacht.«

»Si, einige. Nur welsche?«

»Shit!« Pfeiffer hob die restlichen Säcke hoch, überprüfte sie und legte sie zur Seite. Nirgends fand sich ein Einschussloch.

»Nach was suchst du? Pistole? Die hatte doch Andi in der Hand.«

Pfeiffer sah ihn mahnend an. Daran wollte er nicht erinnert werden.

»Wenn du mir sagst, was du suchst, könnte isch dir helfen«, bot Ritchy an.

»Ich suche ein Einschussloch einer zweiten Kugel.«

»Zweite Kugel?«

»Wenn Andi nicht geschossen hat, können die Schmauchspuren bei ihm nur von einem weiteren Schuss während seiner Bewusstlosigkeit stammen. Der Mörder hat die Waffe ein weiteres Mal mit Andis Hand abgefeuert. Ich suche den Beweis dafür: die zweite Kugel.«

Ritchy fasste sich an die Stirn. »No, no, no!«

»Was ist?«

»Isch habe vorhin einen Mann überrascht, der genau wie du hier im Hof die Säcke durchwühlt hat.«

Nein!

»Das sagst du mir erst jetzt? Wie sah er aus?«

»Isch wusste nicht, dass das wichtig ist. Isch dachte, das ist wieder einer der Schaulustigen ... die den Tatort begehen wollen. Aber jetzt? Oh Mamma Mia! Wenn du sagst ... Der Mörder hat die Kugel!«

»Wie sah er aus?!«

Ritchy griff sich an den Mund, als würde er gleich weinen. »Isch weiß es nicht, so genau habe isch nicht gesehen.«

»Scheiße! Hat er sie gefunden?«

»Si, er sah auf etwas ... piccolo in der Hand, als er da rauslief. Und jetzt?«

Resigniert lehnte sich Pfeiffer an die Biotonne. »Jetzt haben wir keinen Beweis mehr für Andis Unschuld.« Dann sah er Ritchy zornig an. »Wieso heute?«

»Cosa intendi. Was meinst du?« Ritchy verstand nicht.

»Er hatte drei Wochen Zeit. Wieso war er erst heute hier?«

16.45 UHR

Entmutigt traf Pfeiffer bei seiner Villa ein. Er wollte aussteigen, überlegte es sich jedoch und blieb im Auto sitzen.

Die Sonne reflektierte in den Fensterscheiben der Villa. Vögel zwitscherten und jagten sich von Baum zu Baum. Schließlich zankten sie sich in einem alten Kastanienbaum. Kastanien fielen herunter, platzten auf und blieben neben den bereits zertretenen auf dem Kiesweg liegen. Zwei Finken landeten auf dem Kies und pickten an den Kastanienkrümeln. Waren es Finken? Keine Ahnung. Mit Sicherheit konnte er nur Elstern und Amseln auseinanderhalten. Er war froh, dass die Vögel trotz Brunos Katze den weitläufigen Garten bevölkerten. Das dichte Gesträuch und die hohen Bäume boten ihnen ausreichend Schutz und Nahrung.

Pfeiffer grinste. Es war ein bitteres Grinsen. Wehmütig, traurig.

Das alles würde er sehr vermissen.

Er hatte sich hier ein schönes Leben ausgemalt, sah in seinen Zukunftsvisionen bereits Enkel auf dem Grundstück herumtollen. Eigentlich müsste ihn der Anblick seines Erbes verzücken, aber das war vorbei. Inzwischen verband er nur Negatives mit der Villa. Hätte er sein Erbe nicht bei ›Ritchy‹ gefeiert, wären sie dort nie der Maklerin begegnet. Andi würde nicht in der JVA sitzen, und Bauer könnte keine Show abliefern.

Nach langer Zeit ängstigte ihn wieder die Zukunft. So schön, wie alles gewesen war, so schnell zerrann das Glück durch die Finger. Sollte er tatsächlich vom Erbe zurücktreten? Zurück in seine alte Wohnung konnte er nicht mehr. Der Vermieter sanierte bereits das Bad. Mist, er hatte voreilig gekündigt. Doch wer konnte so etwas kommen sehen?

Jacob glaubte an ihn! Was, wenn Jacob recht behielt? Wenn sich alles als eine verdammte Seifenblase herausstellte und er wegen nichts und wieder nichts zurückgetreten war? Wem konnte er vertrauen? Seinem Instinkt? Einen Mörder zu finden, bevor dieser ...?

Nein, das Risiko war zu groß.

Zu viele waren bereits gestorben: das Pärchen, die Maklerin.

Wäre doch Bianca Vornwald nie bei ihm aufgetaucht! Dann würde sie noch leben!

Pfeiffer öffnete die Augen.

Konnte er da sicher sein?

Ihm fielen die Fotos ein, die sie vor dem Notariat von ihm gemacht hatte. Wieso hatte sie ihn überwacht? Was wollte sie von ihm? Und wer war der mysteriöse Interessent für die Villa? Gab es ihn überhaupt? Der Maklerin würde er zutrauen, dass sie einen imaginären Käufer nur vorgeschoben hatte, um Zugang zur Villa zu bekommen. Ein echter Interessent hätte sich bestimmt persönlich bei ihm gemeldet, nachdem er vom Ableben der Maklerin gehört hatte. Und wieso hatte die Maklerin Pläne von seiner Villa besessen? Pfeiffers Kampfgeist erwachte. Solange ein Funke Hoffnung bestand, musste er jeder neuen Spur unbedingt nachgehen!

Er hatte wieder ein Ziel! Nichts war schlimmer als abzuwarten, bis Bauer seinen Bericht abgab. Nein, dem würde er etwas entgegensetzen. So schnell gab er Andi und die Villa nicht auf.

Pfeiffer nahm sein Smartphone und wählte Stumpfs Nummer.

Nach dem sechsten Klingeln nahm Stumpf ab. »Hallo, Mutter. Was gibts?«

Pfeiffer grinste. »Servus, Jürgen. Bauer ist also in deiner Nähe. Kann ich heute noch ungestört mit dir reden?«

»Ja, Mutter ... Ich werde dir den Einkauf vorbeibringen.«

Es entstand eine kurze Pause, und Pfeiffer glaubte, im Hintergrund Stimmen zu hören.

»Selbstverständlich erst nach dem Dienstende«, ergänzte Stumpf gereizt.

»Alles klar. Ich schreib dir eine Nachricht, was ich brauche. Bis dann.« Pfeiffer legte auf und sah auf die Uhr. Eine Stunde hatte er noch Zeit. Pfeiffer tippte seine Gedanken in die WhatsApp und schickte sie Jürgen.

17.45 UHR

Auch Nina hatte er zu ihrer abendlichen Besprechung gebeten. Doch sie konnte nicht versprechen, pünktlich da zu sein, da sie noch nach ihrer Undercoveragentin schauen musste.

Pfeiffer und Stumpf waren inzwischen durch das Haus gegangen, hatten sich die Zimmer angesehen und die Stellen für die neuen Kameras ausgesucht und installiert. Er war froh, dass Stumpf großen Spaß an solcher Elektronik und beim Betrugsdezernat viel Erfahrung damit gesammelt hatte.

Weniger enthusiastisch war er, als es darum ging, nach verborgenen Stauräumen zu suchen.

»Was willst du mit dem Mann vom Mordopfer?«, fragte Stumpf. »Der wurde bereits von der Internen überprüft. Er ist ahnungslos, hat nichts mitbekommen, es gibt keine Schulden oder sonstigen Auffälligkeiten.«

Wenn du wüsstest. Pfeiffer erinnerte sich an das belauschte Gespräch, in dem Vornwald nur widerwillig auf die

Beamten gewartet hatte. Das allerdings durfte er Stumpf nicht erzählen. Der hatte ihm das heilige Versprechen abgerungen, nichts zu unternehmen.

»Auf Bauers Ermittlungen gebe ich nichts.« Pfeiffer spuckte die Worte regelrecht aus. »Obwohl die Maklerin die Pläne zuhause hatte, streitet er immer noch ab, dass alles etwas mit der Villa zu tun hat. Ich will auch wissen, ob sich der geheimnisvolle Interessent beim Witwer gemeldet hat. Bei wem soll der sich sonst melden? Bianca Vornwald hatte keine Angestellten.« Er klopfte eine weitere Wand ab, lauschte dem Klang. Kein Hohlraum.

Stumpf drückte sein schmerzendes Kreuz durch. »Das ist keine Garantie. Er kann es verschweigen ...«

»Wenn er nichts zu verbergen hat, wäre es unlogisch«, widersprach Pfeiffer.

»Oder es gibt überhaupt keinen Kaufinteressenten.«

»Das glaube ich eher. Sie hat es nur vorgeschoben, um in die Villa zu gelangen.« Pfeiffer breitete die Pläne auf den Dielen aus und starrte darauf wie ein Baby in einen Sicherungskasten. Er musste aufpassen, dass er sich nicht die Finger verbrannte. »Was übersehen wir nur?«

»Ich kenn mich da nicht aus. Um das herauszufinden, müssten wir alles nachmessen.« Sich des gewaltigen Arbeitsumfangs, der sich aus seinen Worten ergab, bewusst, blickte Stumpf lustlos umher.

Pfeiffer bemerkte, wie er verstohlen auf die Uhr schaute. »Hinter einer der Wände ist etwas versteckt.«

Jürgen sah entsetzt die frisch tapezierten Flächen an. »Willst du wirklich alles aufreißen? Ich kratze die Tapeten nicht wieder runter.«

Pfeiffer horchte auf. Doch der aufgeblitzte Gedanke erlosch, bevor er ihn greifen konnte.

»Wir werden erst suchen, dann ...«

»Versprochen?«

»Versprochen.« Pfeiffer griff nach dem Zollstock und sah sich die Wohnzimmerwand an. »Vier Meter sechsundneunzig.« Er schritt zum Plan und suchte die entsprechende Wand. Da stand kein Maß. »Das kann lustig werden. Wie soll ich was vergleichen, wenn die Maße nicht vollständig eingetragen sind? So ein Scheiß! Da stehe ich bestimmt Wochen hier!«

Lachend ließ sich Stumpf aufs Sofa fallen. »Jetzt weißt du auch, warum die Typen die Wände aufgehackt haben. Hast du übrigens gut ausgebessert. Ich hätte fast nichts bemerkt.«

Pfeiffer pfefferte den Zollstock neben Stumpf auf das Sofa, der grinsend zusammenzuckte. Aus der Küche brachte er zwei kalte Flaschen Bier. Seitdem er wusste, dass er nicht im Vollrausch seine Wohnung verwüstet hatte, traute er sich wieder, Bier zu kaufen.

»Abgesehen von dem Bernsteinzimmer, was vermutest du hier?«

Pfeiffer stöhnte. »Keine Ahnung.« Er öffnete die Flaschen und stellte sie auf den Tisch.

Stumpf zeigte seine Erleichterung, als er das Zischen hörte. Niemand hatte das Bier manipuliert. »Es muss etwas Wertvolles sein, sonst lohnen sich der ganze Aufwand und das Risiko nicht. Die Angestellten der Kanzlei wissen angeblich nicht, was der Lamprecht all die Jahre so getrieben hat.«

»Oh Mann, das ist die berühmte Nadel im Heuhaufen. Jetzt überleg mal, wo willst du anfangen? Wer ist noch am Leben, der uns helfen kann? Lamprecht ist tot. Alle von früher sind tot oder wissen von nichts, wie dieser Kurt. Und der ist nicht von hier.« Stumpf klappte beständig den Zollstock auf und zu.

Pfeiffer entriss Jürgen den Zollstock und warf ihn auf das gegenüberliegende Sofa. »Auf dem Friedhof erzählte mir eine alte Frau, ihre Freundin wäre eine Angestellte von Bruno gewesen. Vielleicht lebt sie noch?«

Stumpft verdrehte die Augen und griff nach dem Bier. »Wie willst du sie finden? Du hast doch keinen Namen.«

»Das schon. Aber sie hat mir erzählt, dass sie selbst im St. Aurelia in Zell wohnt. Da werde ich sie besuchen. Die Frau ist so auffällig, die werde ich gleich wiedererkennen.« Er sah auf seine Armbanduhr. »Heute brauche ich da nicht mehr hinzufahren.«

»Selbst wenn du sie findest, kann ihre Freundin bereits seit Jahren verstorben sein.«

»Danke fürs Mut machen.« Pfeiffer hob prostend die Bierflasche in Stumpfs Richtung und trank.

»Bitte, dafür bin ich da«, erwiderte Stumpf trocken und stand auf. »Und während du deine Zeit vergeudest, werde ich mir morgen die Klatschpresse der letzten fünfzig Jahre zu Gemüte führen. Vielleicht waren die Lamprechts in einen Skandal verwickelt.«

Bei Stumpfs Worten verschluckte er sich fast. »Wie willst du das anstellen? Selbst eine gute Bibliothek zu durchforsten, dauert ewig.«

Stumpf grinste. »Ich werde eine Frau besuchen, die jeden in Würzburg und Umgebung kennt.«

19.10 UHR

Diese Tür kannte Pfeiffer, doch statt erneut einzubrechen, klingelte er.

Ein Hund kläffte permanent. Dennoch brummte Vornwald erst nach Pfeiffers drittem Läuten ein missbilligendes »Jaa?« in die Sprechanlage.

Den hatte er definitiv gestört. Die Frage war nur, wobei?

»Guten Abend, Herr Vornwald«, flötete Pfeiffer in das Mikrofon. »Kripo Würzburg, könnte ich Sie einmal sprechen? Es ist wichtig.«

Es dauerte geschlagene zehn Sekunden, bis der Türöffner summte. Pfeiffer betrat den Zwischenraum mit dem gewaltigen Benjamin Ficus. Ehe er sich der Erinnerung hingeben konnte, die der Anblick in ihm auslöste, riss Vornwald die Wohnungstür auf. Der kleine Hund kam die beiden Stufen heruntergeschossen, rannte hin und her, drehte sich im Kreis und kläffte immer hysterischer.

Vornwald machte keine Anstalten, ihn zur Ordnung zu rufen. Er schien Pfeiffers Sorge, der aufgedrehte Hund würde ihn doch noch in die Wade zwicken, zu genießen. Mit verschränkten Armen lehnte er sich an den Türpfosten. Seine Körpersprache signalisierte, dass er nicht gewillt war, ihm Einlass zu gewähren.

Wären sie sich an einem anderen Ort begegnet, hätte Pfeiffer ihn nicht mit dem Mann auf dem Foto auf Bianca Vornwalds Schreibtisch in Verbindung gebracht. Statt bieder gescheitelt, waren die Stirnhaare keck nach oben gegelt. Er trug ein weißes Polohemd mit aufgeschlagenem Kragen, das sich eng an seinen schlanken Körper schmiegte.

Pfeiffer verbarg seine Überraschung über das veränderte Aussehen. Er käme sonst in Erklärungsnot.

»Sie sind neu. Wo ist dieser Bauer? Haben Sie den Mörder meiner Frau?«

»Wollen Sie das wirklich hier draußen besprechen?«

Vornwald suchte nach einer Ausrede.

»Wieder in Eile?« Im gleichen Moment biss sich Pfeiffer auf die Zunge.

Doch Vornwald registrierte seinen Fauxpas nicht. Er wurde rot und ließ Pfeiffer schweigend eintreten. Bestimmt nahm er an, Bauer habe ihn eingeweiht.

»Neue Frisur?« Sollte Vornwald doch glauben, dass Bauer ihn beschrieben hatte.

Verlegen griff sich Vornwald in die gestylten Haare. »Bianca hat sich immer einen etwas flotteren Haarschnitt an mir gewünscht. Ich war zu bequem. Ihr zum Gedenken habe ich ihr jetzt diesen Wunsch erfüllt.«

Erst nach ihrem Tod. Was sollte Pfeiffer daraufhin erwidern? »Wie viele Jahre waren Sie verheiratet?« Ungeniert sah sich Pfeiffer in der Wohnung um. Der Hund folgte ihm argwöhnisch in sicherem Abstand. Wenigstens hatte er mit dem Keifen aufgehört.

»Neun.«

Links sah Pfeiffer eine geräumige Küche mit Kochinsel. Verschiedene Wein- und Ölflaschen waren zusammen mit Kräutertöpfchen auf der Marmorplatte zu einem Stillleben arrangiert. Es war aufgeräumt. Durch eine kleine Mauer abgetrennt stand rechts davon der Esstisch mit roten Lederstühlen, auf dem roten Tischläufer lagen Papiere und Prospekte. Beiläufig schob Vornwald sie zur Seite, während er Pfeiffer zu einer Sofalandschaft mit gläsernem Couchtisch bat. Auch hier war alles sauber und gepflegt. Bei einer Mahlzeit hatte ihn Pfeiffer also nicht gestört.

Warum hatte ihn der Witwer warten lassen?

Pfeiffer setzte sich und blickte genau auf die Glasfront, an der er vor einigen Tagen vorbeigerannt war. Pfeiffer schüttelte sich innerlich über seine Dummheit. Hätte Vornwald hier gesessen, wäre er wie auf einem Präsentierteller sichtbar gewesen.

Oder hatte er ihn gesehen?

»Geh auf deinen Platz, Zuzu«, befahl Vornwald dem Vierbeiner und deutete auf ein riesiges rosa Kissen in der Ecke zwischen Wohn- und Esszimmer. Doch Zuzu machte keine Anstalten, den Besucher aus den Augen zu lassen.

Stattdessen streckte sie alle viere von sich und starrte Pfeiffer weiterhin an. Zwei Pfoten nach vorne, zwei nach hinten. Das machte nicht jeder Hund und war ein außergewöhnlicher Anblick.

Pfeiffer rutschte auf dem Sofa umher. Hatte das Fellknäuel ihn wiedererkannt?

Quatsch.

Um vom Verhalten des Hundes abzulenken, fragte Pfeiffer: »Vermisst er sein Frauchen?«

Vornwald setzte sich zu seinem Besucher. »Sehr. Zuzu war mehr Biancas Hund. Sie lag bei ihr im Büro und war selten allein. Auch bei Außenterminen nahm sie sie meistens mit.« Er schluckte schwer.

Aus einem unbestimmten Gefühl heraus glaubte Pfeiffer ihm nicht.

»Aber deshalb sind Sie nicht hergekommen, stimmt's? Haben Sie den Mörder schon gefasst?«

»Nein.« Pfeiffer ließ ihn nicht aus den Augen. »Es tut mir leid.«

Vornwalds herabgesackte Schultern hoben sich für einen Moment, kaum wahrnehmbar hatte er eingeatmet. Tief. Erleichtert?

»Weshalb sind Sie dann da?«

Pfeiffer stützte das Kinn auf die gefalteten Hände. »Ihre Frau war im Besitz von Plänen der Villa Lamprecht. Wir fragen uns, wieso?«

»Vielleicht hatte sie einen Auftrag.«

»Hatte sie nicht.«

»Nicht? Warum sollte sie dann ...?« Vornwald verstummte. Entweder hatte er sich wieder im Griff, oder er wusste wirklich nichts von den Plänen.

»Genau das ist die Frage, die wir uns stellen. Hat sich bei Ihnen ein Interessent gemeldet?«

Vornwald schüttelte den Kopf.

»Niemand, für den Ihre Frau gearbeitet hat? Haben sich Kunden gemeldet, weil Ihre Frau wegen ihres Ablebens keine Termine eingehalten hat?«

Zuzu kratzte sich, die Hundemarke am Halsband klapperte. Vornwald richtete seinen Blick auf den Hund. »Nicht, dass ich wüsste. In letzter Zeit waren die Aufträge rückläufig.«

»Haben Sie den Anrufbeantworter des Büros abgehört?«

»Den haben Ihre Männer mitgenommen. Und Biancas Handy auch.«

»Stimmt.« Pfeiffer schimpfte sich einen Narren. Natürlich wertete die ›Interne‹ die Telefondaten aus. Er musste unbedingt noch mal mit Bauer reden.

Vornwald zuckte ratlos mit den Schultern. »Ich bin etwas überfordert mit der ganzen Situation.«

»Wollen Sie deshalb verreisen?«

Erschrocken rieb sich Vornwald die Finger. »Wie kommen Sie darauf?«

»Die Prospekte auf dem Tisch da«, erklärte Pfeiffer. »Das sind Urlaubsprospekte.«

Vornwalds Mund öffnete sich, doch es kam kein Wort heraus.

Pfeiffer lächelte. »Sie hätten jetzt wenigstens lügen können, dass es sich dabei um den gemeinsam geplanten Urlaub handelt, den sie zu stornieren vergessen haben.«

Zorn blitzte in Vornwalds Augen auf.

»Ihre Ehe war schon seit langer Zeit nicht mehr glücklich.« Pfeiffer lehnte sich zurück. »Erzählen Sie mir davon.«

»Da gibt es nichts zu erzählen«, herrschte Vornwald ihn an. »Jede Ehe hat ihre Höhen und Tiefen.«

»Da stimme ich Ihnen zu. Doch nicht in jeder Ehe wird die Frau erschossen, vererbt solch ein Haus.« Pfeiffer machte eine allumfassende Geste. »Und eine Firma. Sie sind der Alleinerbe?«

Anscheinend. Zumindest deutete Pfeiffer so Vornwalds verlegenen Blick in den Garten. »Wer denn sonst?«, bestätigte er schließlich.

Auf die Idee, dass er das eigentlich wissen müsste, kam er nicht. Ein Zeichen dafür, dass ihn das schlechte Gewissen plagte. Ob Bauer das Testament hatte überprüfen lassen? Schließlich war es ein Mordmotiv, falls sich Bianca Vornwald hätte scheiden lassen wollen. Pfeiffer musste überprüfen, welcher Notar die Testamentseröffnung übernahm. Vielleicht gab es Parallelen zu seiner netten Notarin Frau Koch? Wieder diese Frau. Vielleicht existierte zwischen den Frauen wirklich eine gewinnbringende Geschäftsbeziehung?

Zuzu robbte einige Zentimeter näher. Vornwald ignorierte es.

Ob der Hund bei seinem Frauchen gehorsamer gewesen war? Vornwald würde es sicher nicht zugeben. Aber es lag nahe.

Dass Bianca sich aber von ihrem Mann ab- und Haas zugewandt haben sollte, konnte Pfeiffer nicht glauben. Vom Regen in die Traufe. So, wie der Mann heute vor ihm saß, sah er wesentlich attraktiver aus als auf dem Foto im Maklerbüro. »Warum haben Sie Ihr Äußeres erst jetzt verändert? Das macht Sie verdächtig.«

»Verdächtig? Nur, weil ich beim Friseur war?« Vornwald lachte höhnisch, doch dann strafte sein mahlender Kiefer seine Worte Lügen. »Ihr Kollege stimmte mir zu, dass es einen neuen Lebensabschnitt einläutet.«

»Mag sein. Aber ich interpretiere es nicht zu Ihrem Vorteil. Für mich stehen Sie ganz oben auf der Liste der Verdächtigen. Sie haben ein starkes Motiv für einen Mord an Ihrer Frau.«

»Was?! Sie vergessen mein Alibi!« Vornwald sprang auf. Zuzu ebenfalls.

Mist, die Information fehlte Pfeiffer. Mit hochgezogenen Augenbrauen holte er seinen Notizblock hervor und blätterte wahllos in alten Aufzeichnungen. »Welches ist?«

Vornwald war irritiert. »Na, ich hatte eine Telefonkonferenz mit meinem Chef.«

»Um diese Zeit?«

»Ich habe es bereits Ihrem Kollegen erklärt, bei uns gibt es eine Umstrukturierung und da ...«

»Könnten Sie Ihren Job verlieren?«

Vornwald setzte sich wieder. »Also ich ... Das steht noch ... Auf keinen Fall.«

»Soso. Sie liefern uns schon wieder ein Motiv.«

»Motiv? Wieso ...?« Als er verstand, schwieg er.

»Wissen Sie, warum Ihre Frau an diesem Abend im ›Ritchy‹ war?«

Vornwald war Pfeiffers wechselnden Gedankengängen nicht gewachsen. »Wie? Äh, ach so, nein. Sie hat nichts gesagt.«

»Sie kennen auch nicht den Mann, mit dem sie sich dort getroffen hat?«

»Nein.«

Die Antwort kam schnell. Was, wenn er Haas doch kannte? Wenn er der zweite Mann war?

»Wie erklären Sie sich das Treffen mit ihm?«

»Es wird ein Geschäftsessen gewesen sein. Sie ist hin und wieder mit Kunden ausgegangen.«

Pfeiffer sah ihn an.

»Äh ... Ich meine, mit Interessenten für ihre Immobilien. Sie war sehr beliebt.«

»Eben sagten Sie noch, das Geschäft sei rückläufig gewesen. Konnte sie es sich dann leisten, Kunden einzuladen? Nicht jeder geht mit Kunden in ein Restaurant. Wie oft kam das vor?« Oder wurde sie eingeladen? Es würde eine Leichtigkeit sein, Belege bei der Steuer zu finden.

Vornwald zog die Schulter hoch, sodass der aufgestellte Kragen seine Ohrläppchen berührte. »Das kann ich so nicht sagen.«

»Ungefähr.«

»Ein-, zweimal im Monat, würde ich sagen.«

»Auch im ›Ritchy‹?« Pfeiffer kannte die Antwort bereits von Ritchy. Er hatte die Maklerin vorher noch nie gesehen, aber er wollte es von Vornwald selbst hören.

»Nein, also das hat mich auch gewundert. Nicht, dass das Essen dort nicht gut wäre, aber Bianca bevorzugte deutsche Küche. Da macht man bei Geschäftsessen nichts verkehrt. Vielleicht wollte der Kerl dorthin.«

»Kommen wir zur Villa Lamprecht. Ihre Frau sagte damals zu einem Zeugen, sie hätte einen Kaufinteressenten für die Immobilie.«

»Sie war gut in dem, was sie tat.« Stolz breitete sich auf seinem Gesicht aus.

Zum ersten Mal, fand Pfeiffer.

»Es gab aber wie gesagt keinen Auftrag für den Verkauf. Kam es vor, dass sie übereifrig Aufträge an Land zog?«

»Meinen Sie, Bianca wurde deswegen getötet, weil der Besitzer die Villa nicht verkaufen wollte?«

Pfeiffer wurde übel. Die Vermutung wollte er keinesfalls vertiefen. »Nicht von dem Besitzer, aber vielleicht von dem angeblichen Interessenten. Hat sie Ihnen gegenüber nichts verlauten lassen?«

»Wir unterhielten uns selten übers Geschäft.«

Pfeiffer wunderte sich über die Naivität des Mannes.

»Also hören Sie, Herr Kommissar. Ihr Kollege hat alle Unterlagen zur Überprüfung konfisziert. Er hat mit meinem Chef gesprochen, der mein Alibi bestätigt hat. Ich möchte ...«

»Übrigens, Mord kann man auch in Auftrag geben.«

»Was fällt Ihnen ein?«

Pfeiffer stand auf. »Mir ist egal, welche Meinung mein Kollege vertritt. Ich finde, Sie haben verdammt viel Glück, dass Ihre Frau Sie auf diese Weise verlassen hat. Sonst würden Sie vermutlich nicht mit dem Hund hier sitzen. Und ...« Pfeiffer deutete auf die Prospekte auf dem Tisch. »Mit Urlaub ist jetzt erst mal nichts. Sie wissen, dass Sie während der Ermittlungen erreichbar bleiben müssen?«

Vornwald war extrem still, während er Pfeiffer zur Tür begleitete und ihn verabschiedete. Den Hinweis, sich zu melden, sollte ihm noch etwas einfallen oder sich der seltsame Käufer melden, ließ er kommentarlos über sich ergehen.

Puh! Pfeiffer ging zum Auto und atmete durch.

Da hatte er sich weit rausgelehnt. So unsensibel befragte er sonst nie die Angehörigen der Mordopfer. Noch nicht einmal bei Verhören ging er so vor. Doch Vornwald hatte gleich drei Gründe, weshalb ihm der Tod seiner Frau nutzte. Wenn man das nicht Glück im Unglück nannte. Und dass dem Witwer das Glück derart hold war, konnte sich Pfeiffer nicht vorstellen. Und wenn doch? Dann hatte Pfeiffer vermutlich eine Klage wegen Verleumdung am Hals.

Wenn er jedoch recht behielt und Vornwald in die Geschichte involviert war, dann hatte er ihn aufgeschreckt.

Er hoffte auf Letzteres.

Wenn Vornwald der zweite Mann vom Hinterhof war, hatte er nicht nur die zusätzliche Kugel an sich genommen. Nein, er war dann auch ein verdammt guter Schauspieler, um hinter der zur Schau gestellten naiven Seite den gefährlichen Mörder zu verbergen.

FREITAG, 1. AUGUST
10.00 UHR

Stumpf betrat die Galerie ›Schwarz auf Weiß‹. In unterschiedlichen Abständen waren an den Wänden überdimensionale Bilder angebracht, die durch dezentes Licht gekonnt in Szene gesetzt wurden. Anscheinend hatte der Künstler im Baumarkt rote und grüne Farbe in großen Gebinden aufgekauft und in unterschiedlichen Kombinationen auf rahmenlose Leinwände gekleckert.

Das nennt sich also Kunst!

Gut bezahlte Kunst, stellte Stumpf fest. Diskrete kleine Schilder am rechten unteren Bildrand offenbarten teilweise Preise, die denen von Kleinwagen entsprachen.

»Hat Wilhelm wieder etwas angestellt?« Eine dialektfreie, kräftige Frauenstimme ertönte. Der Hauch eines herben Herrenparfüms wehte ihm entgegen.

Er drehte sich um und sah sich der Besitzerin der ersten Galerie Würzburgs gegenüber. Ihre imposante Erscheinung war in die Jahre gekommen. Einst hatte sie Stumpf überragt, nun war sie mit dem Alter geschrumpft und er konnte gleichziehen. Leicht gebeugt und auf einen Stock gestützt, schritt sie auf ihn zu. Seit einigen Jahren quetschte sie ihre geschwollenen Füße in elegante Damenschuhe mit einem drei Zentimeter hohen Absatz. Allein bei dem Anblick schmerzten ihn seine Füße. »Frau Weißhaupt, Sie sehen wie immer blendend aus!«

Sie tat seine wohlwollende Lüge mit einer wirschen Handbewegung ab. »Wenn deine Mutter noch am Leben wäre, würdest du nicht so maßlos übertreiben. Obwohl ...« Sie fuhr sich mit der freien Hand durch ihre Frisur, ihr Markenzeichen. Anders als bei Cruella de Vil aus ›101 Dalmatiner‹ war bei ihr jedoch die rechte Seite weiß und die linke Seite schwarz gefärbt. Niemand wusste, ob es die Comicfigur schon vor ihr gab oder ob sie erst nach Frau Weißhaupts Vorbild entworfen wurde – so lange trug die Galeriebesitzerin bereits diese Frisur. Als Kinder hatten Stumpf und seine Freunde sie oft Cecilia de Weißhaupt genannt.

»... für mein Alter kann ich mich wirklich noch sehen lassen«, sagte sie keck.

Stumpf lächelte in sich hinein und fuhr sich über seinen Borstenhaarschnitt. »Mehr Haare als ich haben Sie allemal.«

»Jürgen, werd nicht frech. Sag, was führt dich zu mir? Sonst bist du doch immer bei meinem Willi.«

Anscheinend hatte sie noch keine Zeitung gelesen. »Heute brauche ich Ihre Kenntnisse. Ich bin gerade an einem Fall dran ...«

Wieder winkte sie ab.

»Komm mit rüber, hier ist es zu ungemütlich.« Auf den Stock gestützt, stolzierte sie zu dem Wartebereich. Eine schwarze Ledereckе stand neben zwei weißen Sesseln, auf denen Kissen in Schwarz und Weiß lagen. »Hier ist es gemütlicher.«

Das war nicht der wahre Grund. Aber nie würde Frau Weißhaupt zugeben, dass sie nicht mehr so lange stehen konnte.

Stumpf erinnerte sich noch aus seiner Kindheit, dass sie damals sogar zwölf Zentimeter hohe Absätze getragen hatte. Gegenüber seiner Mutter, die für die Galerie die

Buchführung erledigt hatte, witzelte Frau Weißhaupt immer darüber, dass sie ihren Mann, den Kunstmogul Leopold Dietbert Weißhaupt, bereits ohne Absätze überragt hatte und ihm so zusätzlich zeigen wollte, wie klein er war. Klein genug, um der Vater von Wilhelm zu sein, über dessen Abstammung zahlreiche Gerüchte kursierten.

Stumpf ließ sich stöhnend auf das Sofa fallen und versank in den Polstern. Seit den Renovierungsarbeiten in der Villa schmerzte ihn der Rücken. Er fragte sich, wie die alte Dame später vom Sofa aufstehen wollte, ohne ihn um Hilfe zu bitten. Denn dazu war sie zu stolz.

Eine alte Diva.

Andere wären seit zwanzig Jahren im Ruhestand und würden seit fünf Jahren in einem Pflegeheim leben.

Nicht so Cecilia de Weißhaupt.

Energiegeladen, wie sie war, würde sie selbst noch unter den Bewohnern eines Pflegeheims Künstler entdecken, dort eine Galerie gründen und Kultur aufleben lassen. Nachdem sie jahrelang im Stadtrat von Würzburg tätig gewesen war, war sie es gewohnt, sich für den Ausbau der Würzburger Kulturstätte gegen Männer durchzusetzen.

»Ich kannte Bruno Lamprecht sehr gut«, begann sie zu Stumpfs Überraschung ohne Einleitung. »Er war grandios, aber nicht sehr beliebt.«

Bestimmt hatte der kleine Wilhelm ihr von seinem Besuch in Pfeiffers Villa erzählt, vermutete Stumpf. Er musste genau abwägen, was er sagte, damit er ihr nicht zu viele Informationen gab.

»Was genau willst du wissen? Eine reine Charakterstudie benötigst du sicherlich nicht.«

Das Telefon klingelte. Sie ignorierte es.

Stumpf wollte sich anlehnen, sank aber stattdessen immer tiefer in das weiche Polster. »Es geht um seine Villa. Willi hat bereits bestätigt, dass es dort nichts besonders

Wertvolles gibt, das sich zu stehlen lohnt. Doch es muss etwas geben, das für jemanden von so hohem Wert ist, dass er sich Zutritt in die Villa verschafft hat. Mein Kollege und ich sind mit unserem Latein am Ende und hoffen auf einen Impuls von Ihnen.« Er berichtete ihr von der toten Maklerin, verschwieg jedoch, dass sie Pfeiffers Pläne besessen hatte. Er erwähnte die beiden Leichen im Garten und die durchwühlte Kanzlei. »Es muss doch einen Grund, einen Zusammenhang dafür geben? Eine Überlegung ist nun, dass Lamprecht und die Villa eventuell in einen Skandal verwickelt waren.«

»Einen Skandal? Skandale.« Sie sah auf die Uhr. »Hast du Zeit mitgebracht?«

10.05 UHR

Die Nacht saß Pfeiffer noch in den Knochen. Er hatte sie im Auto vor Vornwalds Haus verbracht. Weit nach Mitternacht war das Licht ausgegangen. Er wäre noch bis zum Morgen geblieben, hätte er nicht einen Anwohner bei einem Telefonat beobachtet, während der dabei durch das Fenster sein Auto betrachtete. Pfeiffer startete den Passat und war dankbar, dass der Wagen gleich ansprang. Er wollte weg sein, bevor eine Streife erschien und er in Erklärungsnot geriet. Ob Vornwalds Nachbar das Nummernschild hatte lesen können, würde er am nächsten Tag erfahren.

Enttäuscht war Pfeiffer nach Hause gefahren.

Aber was hatte er sich erhofft? Ein konspiratives Treffen aller Verdächtigen bei Vornwald? Oder dass der Witwer im Dunkeln das Haus verließ und zu Haas fuhr?

Er schalt sich einen Narren.

Pfeiffer hatte den Wecker auf acht Uhr gestellt. Als er läutete, fühlte er sich kein bisschen erholt. Er duschte und frühstückte.

Zu Fuß wäre Pfeiffer wohl schneller im Nachbarort Zell beim St. Aurelia Heim gewesen. Tatsächlich wollte er im Anschluss der Befragung der Zeitzeugin vom Friedhof die frühere Angestellte aufsuchen. Und, sollte sie überhaupt noch leben, mit ihr zur Villa fahren. Eine Begehung sozusagen. So seltsam, wie sie sich damals nach Aussage ihrer Freundin verhalten hatte, musste sie etwas wissen. Pfeiffer flehte inständig, dass Stumpf mit seiner Aussage falsch lag und die Spur nicht auf dem Friedhof endete.

Seine Euphorie wurde im St. Aurelia Heim schnell gedämpft.

Das befragte Pflegepersonal schüttelte den Kopf. »So eine Frau wohnt hier nicht«, sagten alle, als er die Friedhofsbesucherin beschrieb.

Er wartete noch die Essenszeit ab, um sich selbst zu überzeugen.

An keinem Tisch saß seine Gesprächspartnerin vom Friedhof.

Verdammt! Warum hatte sie gelogen?

Sein Handy klingelte. Er wollte es genervt ignorieren, doch es war Nina. »Du, ich schaffe es nicht. Meine Oma hat eine heiße Spur und mich gebeten, sofort ins Altersheim zu kommen.«

»Kein Problem, Jürgen und ich gehen gerade Spuren nach. Deine Oma ist gut drauf. Sieht aus, als würde sie das Ermitteln genießen.« Es tat gut, kurzfristig von den eigenen Sorgen abgelenkt zu werden.

»Beängstigend. Sie hat schon nach dem nächsten Fall gefragt. Wie ein Junkie.«

»Nina, was für ein Vergleich!«

»Du kennst Oma nicht.«

11.50 UHR

Stumpf zückte erregt seinen Notizblock. Das konnte interessant werden. »Hat er für viele Schlagzeilen gesorgt?«

Cecilia Weißhaupt lächelte geheimnisvoll. »Er war schließlich ein Lamprecht. Ich bin mit seinem Vater zur Schule gegangen.«

Stumpf überlegte. Lamprecht senior musste Jahrgang 1935 gewesen sein. »In der gleichen Klasse?«, fragte er ungläubig.

»Wenn du das jemandem außerhalb deiner Ermittlungen erzählst, ziehe ich dir die Ohren lang und du bekommst Hausverbot.«

Stumpft lachte. »Warum? Sie haben sich doch blendend gehalten.« Nie und nimmer hätte er sie auf über achtzig geschätzt.

Ihr Gesicht verlor die Strenge. »Na egal, du wolltest doch etwas über Lamprecht erfahren und nicht mir schmeicheln.«

Jürgen Stumpf lehnte sich zurück und sank noch tiefer in die Polster. »Ich bin ganz Ohr.«

Er erfuhr viel über die Familiengeschichte der Lamprechts. Cecilia Weißhaupt entkräftete das Gerücht, die Lamprechts hätten die Villa selbst gebaut.

Der damalige Lamprecht war in der Weimarer Republik für einen Politiker tätig gewesen und hatte sich um dessen Finanzen gekümmert. Doch dann hatte er den Fehler gemacht, gegen ihn zu kandidieren. Daraufhin ruinierten der Politiker und dessen Freunde die Lamprechts finanziell. Dennoch kaufte er kurz darauf die Villa in ›Maroggo‹. Der Vorbesitzer, ein Industrieller, wollte sich den Würzburger Machenschaften entziehen und hatte deshalb außerhalb der Stadt gebaut. Die wildesten Gerüchte kursierten damals. Die Leute munkelten, mit der Villa hätte der Industrielle die Schulden bei seinem Rechtsanwalt beglichen. Von Kirchengeldern über Bestechungsgelder bis hin zu Erpressungen wurden Brunos Großvater allerlei krumme Geschäfte nachgesagt. Da die Herkunft von Lamprechts Geld im Dunkeln lag, benötigten die Menschen Erklärungen, die es schlechtredeten. Sie konnten einfach nicht akzeptieren, dass jemand ein cleverer Rechtsanwalt und Geschäftsmann war als sie selbst, ein besseres Händchen für Geld hatte und die richtigen Mandanten an Land zog.

Frau Weißhaupt schüttelte den Kopf. Kein einziges Haar ihrer prächtigen Frisur bewegte sich. »Menschen können sehr neidisch sein. Heute noch. Als Bruno die Kanzlei übernahm, arbeitete er hart, um wieder einen guten Namen zurückzugewinnen. Er hatte die reichen Klienten von seinem Vater übernommen und gutes Personal eingestellt, nachdem er einigen nach dem Ableben seines Vaters gekündigt hatte.«

»Was war der Grund?«

Wieder lächelte sie verschmitzt und rieb sich die geschwollenen Finger. Der Ehering schnitt tief ins Fleisch. »Eines seiner Lehrmädchen soll eine Affäre gehabt haben. Man war sich nicht sicher, ob mit Bruno, seinem Vater oder mit einem Klienten. Da scheiden sich die Gerüchte. Fakt ist, dass sie gehen musste und mit ihr noch zwei weitere Angestellte die Kanzlei verließen.«

»Wissen Sie noch die Namen?« Stumpf überlegte, ob es sich um die gleiche Frau handeln konnte, die Pfeiffer auf dem Friedhof getroffen hatte.

»Lieber Jürgen!« Frau Weißhaupt lachte entrüstet auf. »Was glaubst du, was ich mir alles merken kann? Namen? Nein! Ich kenne so viele Menschen, bedeutende Menschen, da kann ich mir nicht auch noch jeden Angestellten merken.« Sie machte eine Pause. »Gesichter hingegen bleiben länger in meinen grauen Zellen haften.« Sie reckte den Kopf. »Wenn du mir Bilder zeigst, kann ich es dir eher sagen.«

Und da bestand das Problem: Wo sollten Pfeiffer und er anfangen? Selbst, wenn es noch alte Personalakten gäbe, würden sie keine Einsicht erhalten. Er seufzte.

»Jetzt mach doch mal nicht so ein Gesicht.«

»Das sagt sich so leicht. Wir fischen hier in alten Gerüchten.«

»Aber das wolltest du doch. Die Hälfte der Gerüchte sind wahr. Also weiter.« Sie zog die Augenbrauen hoch. »Zwar munkelte man später, Bruno junior wäre schwul. Doch dem steht bekanntlich die Tatsache gegenüber, dass er etwas mit Peter Pfeiffers Mutter hatte. Mit dem Alter wurde Bruno weicher, umgänglicher. Ich würde ihm zutrauen, dass er das Gerücht mit seiner Homosexualität selbst gestreut hat, um seine Ruhe vor den Frauen zu haben. Schließlich haben sie ihn wahrscheinlich hauptsächlich seines Geldes wegen umschwirrt wie Motten das Licht. Dass Pfeiffers Mutter sein Herz aufgetaut hat, spricht für sie.«

»Das wird ihn freuen zu hören.«

»Schau, nächstes Gerücht: Das besagte Lehrmädchen soll schwanger gewesen sein.«

Stumpf sah von seinem Notizblock auf.

»Genau, aber Fakt ist: Bruno hat sich später geweigert, je wieder eine Frau anzusehen und zu heiraten. Und was könnte das bedeuten?«

Verständnislos sah Stumpf sie an.

»Jürgen! Soll ich deine Arbeit machen? Ihr Männer seid manchmal so ...« Frau Weißhaupt schien in den Weiten der Galerie nach Synonymen für das Wort zu suchen, die schmeichelhafter das ausdrückten, was ihr als Erstes auf der Zunge lag.

Stumpf lief rot an. »Sie meinen, das Lehrmädchen war von Bruno schwanger?«

»Wer weiß? Die Vermutung liegt nahe.« Frau Weißhaupt lachte zufrieden.

Geräuschvoll zog Stumpf die Luft durch die Zähne. »Er hätte also doch einen Erben haben können!«

»Zumindest keinen offiziellen.«

»Aber wenn das Kind nichts von seinem Erzeuger weiß, kann es sich auch nicht melden. Und Bruno Lamprecht hat darüber geschwiegen. Er wollte also nicht, dass er oder sie erbt. Warum? Das ergibt doch alles keinen Sinn!«

»Vielleicht wusste Bruno Lamprecht auch nichts von der Schwangerschaft«, gab Frau Weißhaupt zu bedenken. »Es kommt durchaus vor, dass Mütter ihre Kinder ohne Vater aufziehen.«

»Nein, von so einem Gerücht muss doch auch er gehört haben. Es sei denn, er wurde abgeschirmt oder belogen.« Stumpf kratzte sich am Ohr. »Der geheime Unbekannte«, murmelte er. »Er muss von seiner Herkunft erfahren haben. Warum sonst will er Pfeiffer vertreiben?«

Cecilia Weißhaupts Blick huschte an Stumpf vorbei. Sie rollte mit den Augen. »Was machst du denn hier?«

Stumpf drehte sich um. Mit großen Augen kam der kleine Wilhelm zu ihnen.

13.15 UHR

Heute betrat Nina getarnt als Pizzabote die große Halle der ›Senioren-Residenz St. Josefstift‹. Die schulterlangen honigfarbenen Haare hatte sie unter der roten Schirmmütze versteckt. Ihre forschen Schritte hallten auf den Terrakottafliesen wider, und einige Köpfe drehten sich in ihre Richtung. Um weiteres Aufsehen zu vermeiden, blieb sie stehen und tat, als telefoniere sie. Keiner sollte wissen, dass die hilflose Oma Lotte noch eine Enkelin hatte, die sich um sie sorgte.

Dabei sah sie sich um. Niemand war zu sehen. Kein Personal. Oma Lotte riss sich von einer alten Dame mit langen weißen Haaren los und eilte zu Nina. Wie flink ihre Oma doch im Vergleich zu den anderen Insassen mit den Rollatoren war. Das war nicht gut! Sie sah nicht hilflos aus.

Ein attraktiver hochgewachsener Mann lächelte bei Oma Lottes Anblick und folgte ihr mit Blicken.

»Da bist du endlich!«, raunte Oma Lotte und schnupperte an dem Pizzakarton. »Hätte dir nicht etwas Besseres als Pizza einfallen können? Da mach ich mich doch total unglaubwürdig. Ich verfolge eine sehr heiße Spur. Komm mit in den Gemeinschaftsraum.«

»Erst bezahlen Sie mich, gute Frau«, sagte Nina mit lauter, tiefer Stimme und hob den Karton hoch, wie zum Schutz vor einem bettelnden Hund. »Was hast du herausgefunden?«, raunte sie leise.

»Da ist wieder dieser Doktor Ott. Der wusste das letzte Mal, wer ich bin. Er flirtet mit mir, obwohl er fast mein Sohn sein könnte. Und jetzt hat er wieder versucht, mich auszufragen. Das ist eine ganz heiße Spur.«

»Gut, ich werde ihn mir mal anschauen. Und wer ist dein Verehrer dort drüben?«

Oma Lotte schielte zu Anton Feser und fuhr sich kokett über das chic frisierte Haar. »Der ist auch heiß, nicht wahr?« Sie kicherte wie zu ihrer Backfischzeit. Dann wurde sie ernst. »Und ich muss vor ihm die Tüdelige spielen. Das passt mir gar nicht.« Sie warf Nina einen verzweifelten

Blick zu und sah sich verstohlen um. »Ich hoffe nicht, dass er sich eine andere sucht. Deshalb solltest du auch sofort kommen. Sobald der Betrüger geschnappt ist, kann ich mit Herrn Feser reden und einiges klarstellen.«

»Oma«, flüsterte Nina. »So kenne ich dich gar nicht. Du bist ja regelrecht verknallt.« Nina hatte geglaubt, Oma Lotte würde immer noch um Opa trauern. Anscheinend war dem nicht so.

»Papperlapapp.« Oma Lotte wischte die Bemerkung mit der Hand weg. Doch die Röte in ihrem Gesicht strafte sie Lügen.

»Du bist hier zu gut drauf! Spiel wenigstens die Tüdelige«, sagte Nina liebevoll. »Du bringst sonst noch unsere Mission in Gefahr. Da ist eine Bank. Da setzt du dich jetzt hin und isst die Pizza. Die ist lecker. Und nicht erschrecken wegen dem, was jetzt kommt.«

»Was kommt denn jetzt?« Omas Stimme klang unsicher, als Nina sie auf die Sitzfläche der Bank drückte.

»Das«, sagte Nina leise, richtete sich auf und strich dabei entschuldigend über ihre Hände. »Es tut mir wirklich leid, liebe Frau ...,« sagte sie laut, damit es auch der Schwerhörigste im Foyer hören musste. »Aber ich kenne Sie wirklich nicht. Sie müssen mich mit jemandem verwechseln. Ich liefere nur Pizza aus.«

Alle Blicke waren nun auf sie gerichtet. Die Heimbewohner tuschelten. Manch einer nickte. Solche Szenen waren hier bekannt.

Jegliche Farbe wich aus Oma Lottes Gesicht. »Du gönnst mir aber auch gar kein Glück«, presste sie hervor. Dann hielt sie ihre Hand vor den Mund und spielte mit. Aber die Tränen in ihren Augen waren echt. »Du siehst aber aus wie mein Enkel Markus.«

Nina biss sich auf die Lippe und flüsterte: »Wenn alles vorbei ist, werde ich mit deinem Liebsten reden, versprochen. Wir treffen uns dann in deinem Zimmer.« Sie erhöhte wieder die Stimme. »Ach, ich habe ein Allerweltsgesicht. Danke für die Wegbeschreibung.«

Dann lief sie in den ans Foyer angrenzenden Gemeinschaftsraum mit Caféteria.

Als Nina wiederkam, war das gesamte Foyer wie ausgestorben. Die Senioren hatten sich nach dem Mittagessen zurückgezogen, um ein Nickerchen zu halten. Oma Lotte saß immer noch einsam und bedrückt auf der Bank. Sie knetete ihre Hände. Ihre rote Bluse und Ninas rosafarbenes T-Shirt waren die einzigen Farbtupfer im Raum und hoben sich von der hellen Wand ab.

Ninas Herz krampfte, als sie an das Gespräch mit Oma dachte. Sie musste an deren Sicherheit denken. Wenn jemand bemerkte, dass sie als Lockvogel fungierte, geriet sie vielleicht in Gefahr. Im besten Fall suchte sich der Täter ein anderes Opfer, im schlimmsten Fall ... Das wollte sie sich nicht ausmalen.

»Oma«, flüsterte Nina, um sie nicht zu erschrecken. Sie setzte sich neben sie und ergriff ihre Hände. »Ich blase die Aktion ab. Du gehst wieder heim. Ich habe mich gehen lassen, als ich dich um den Gefallen gebeten habe. Aber ich habe Angst ...« Weiter kam sie nicht.

Oma Lottes Kopf ruckte hoch. »Papperlapapp.« Ihre Augen funkelten vor Abenteuerlust. »Ich bleibe! Jetzt, wo es mir Spaß macht! Was soll mir schon passieren?«

Nina verstand nicht recht. »Ich dachte ... Du hast eben so traurig und ängstlich ausgesehen.«

»Ich?« Oma Lotte rollte die Augen. »Mich wirft nichts so leicht aus der Bahn.«

»A... Aber ...«

»Nun.« Oma Lotte zog eine missmutige Schnute. »Herr Feser ist mit der jungen Schachtel von Doktorwitwe hochgegangen.«

»Hochgegangen? Aufs Zimmer? Du bist eifersüchtig?«

»Na und? Was ist dabei?«, fragte Oma. Irritiert sah sie Doktor Ott nach, der mit einem alten Herrn aus der Caféteria trat und an ihnen vorbeilief, ohne sie zu beachten.

»Nichts.« Nina biss sich auf die Lippe, um nicht laut loszulachen.

»Das wollte ich hören.« Oma Lotte hatte die Brauen hochgezogen. Doch dann sah sie auf Ninas Bauch.

Nina folgte ihrem Blick und schaute an sich herunter. Sie hatte ihr rosafarbenes Shirt locker in eine enge Jeans gesteckt. »Oma, was soll das?«

»Ich wollte nur wissen, ob ich die Karten richtig gedeutet habe. Es hat etwas mit einem Kind zu tun, das ist definitiv. Du weißt, die Karten lügen nie!«

»Ein Kind? Die Karten? Ach, Oma.« Nina lehnte sich zurück und streckte ihren sonst flachen Bauch derart vor, als wäre sie im fünften Monat schwanger. »Würdest du dich denn um das Baby kümmern, während ich Verbrecher jage?«

»Ich?« Oma wich zurück. »Dafür habe ich keine Zeit.«

Nina lachte und sah in Gedanken, wie Oma Lotte ihren nächsten Canastaabend plante. Oma hatte keine Zeit zum Babysitten. »Siehst du. Und ich habe noch lange Zeit. Ich bin jung und möchte noch etwas in meinem Beruf leisten. Ich habe erst dieses Jahr bei der Kripo angefangen. Und es macht mir Spaß. Du hast mich unterstützt und es mir ermöglicht. Vergessen? Außerdem muss ich meine Schulden an dich zurückzahlen.«

Oma lächelte, griff nach Ninas Gesicht und zog sie zu sich heran.

Nina hatte vergessen, wie sich ihre weichen Hände anfühlten. Allein diese Hände waren ihr jahrelang Liebkosung und Trost gewesen, wenn sie Ärger mit ihrem Vater hatte. Doch nun schaute sie zudem in Augen, die vor Liebe glänzten.

»Oh, Ni... Meine Güte, wer ist denn das?« Sie sah an Nina vorbei.

Nina folgte ihrem Blick und errötete.

12.15 UHR

Heute trug der ›kleine Wilhelm‹ ein gelbes Hemd mit Fliege und einen dezenteren Anzug. Zumindest, was die Farbe betraf: schwarz. Denn das extravagante Ausbrandmuster war extrem ... außergewöhnlich. Zeigte es Pelikane? Stumpf schaute ein zweites Mal hin, um sich zu vergewissern, dass er richtig gesehen hatte.

»Hast du gerade angerufen?«, fragte Frau Weißhaupt.

»Ich weiß, ich soll die Annegret nicht allein lassen.« Wilhelm schaute ängstlich von Stumpf zu seiner Mutter. »Doch nachdem ich den Herrn Kommissar hier reingehen gesehen habe, fiel mir ein, dass ich ihm unbedingt noch was erzählen muss. Und Sie sind auch nicht an Ihr Handy gegangen«, sagte er vorwurfsvoll zu Stumpf.

Stumpf nahm das Smartphone aus der Sakkotasche und sah darauf. »Stumm geschaltet, wenn ich in Gesprächen bin. Was gibt es denn so Wichtiges?«

»Sie sagten mir doch, ich solle die Augen und Ohren offenhalten. Das habe ich. Und ein Infor...« Wilhelm zerrte an seiner Fliege, wie um mehr Luft zu bekommen. »Ich meine ... Ein Bekannter erzählte mir, dass ein Schlossknacker, den er und ich und auch Sie von früher kennen, von einem seltsamen Typ angeheuert wurde. Kurz darauf war er tot. Das kann doch kein Zufall sein!«

»Spielst du auf Manni an?«

»Genau der.«

»Der ist am alten Hafen gestürzt.«

Der ›kleine Wilhelm‹ verdrehte die Augen und hob mädchenhaft die Arme.

»Lass das Getue! Es muss nicht jeder wissen, was du bist. Es reicht schon diese Aufmachung!«, fauchte seine Mutter.

»Mama!«, sagte er entrüstet. Dann ließ er die Arme sinken und wandte sich verschwörerisch wieder an Stumpf. »Manni ist früher nie über die Treppen eingestiegen, sondern nur von außen.«

»Und?«

»Er war ausgesprochen sportlich. Wohlan, er ist in die Jahre gekommen und wird keine Fassaden mehr hochgeklettert sein. Aber dass er einfach so eine Treppe hinunterfällt, das bezweifelt ganz Würzburg.«

»Ganz Würzburg?« Stumpf grinste.

»Nun ... Die gewisse Szene halt. Sie wissen schon. Zumal er kurz vorher herumposaunt hat, er hätte einen tollen Auftrag an Land gezogen. Er sei angeheuert geworden, um irgendwo einzusteigen. Und dann ist er plötzlich tot. Mein ... Bekannter sagt, Manni wurde aus dem Weg geräumt, damit er nicht entlohnt werden musste.«

Stumpf strich sich über die Mundwinkel. »Oder ...« Er streckte das Kinn vor und spitzte die Lippen. »Der Bruch ging schief.«

Der ›kleine Wilhelm‹ legte stolz den Kopf schief. »Genau.«

Stumpf versuchte, sich zu erheben, kam aber nicht aus dem tiefen Polster heraus. Er blieb sitzen. »Hat einer deiner

Be-kann-ten auch eine Idee, um wen es sich bei dem Auftraggeber handeln könnte? Oder um welches Objekt? Habt ihr gehört, ob Ersatz gesucht wurde? Wenn nicht, dann war der Bruch vielleicht erfolgreich und er brauchte Manni nicht mehr.«

Der kleine Wilhelm ließ den Kopf sinken. »Leider keine weiteren Informationen. Das hat aber nicht unbedingt etwas zu bedeuten. Vielleicht war der Typ beim zweiten Mal diskreter oder vorsichtiger bei der Auswahl und hat kein Tratschmaul angeheuert. Oder jemanden von außerhalb.«

»Oder er hat die zweite Leiche versteckt. Ein Unfall fällt nicht weiter auf, ein zweiter schon.«

Cecilia Weißhaupt pochte so entsetzt mit dem Stock auf den Boden, dass es durch die Galerie dröhnte. »Ihr macht mir Angst!«

»Dann halten Sie sich bitte die Ohren zu, Frau Weißhaupt. Das musste ich als kleiner Junge bei Ihnen auch immer machen, wenn Sie Ihre diversen Geschäfte abgeschlossen haben, vergessen?«

Mit offenem Mund fasste sich die Dame ans Herz.

Der kleine Wilhelm hielt die Luft an und schaute an die Decke.

Für einen kurzen Moment glaubte Stumpf, sich zu sehr im Ton vergriffen zu haben und von ihr der Galerie verwiesen zu werden. Sein Zwinkern sollte die Worte zwar als Scherz abmildern und versöhnlich wirken, doch Frau Weißhaupt war eine Person, mit der man so nicht sprach. Egal, ob Scherz oder nicht.

Es vergingen einige Sekunden, dann schloss sie den Mund und ihre Miene entspannte sich. »Hast du dir damals deine Ohren richtig zugehalten?«

Jürgen Stumpf überlegte, ob er die Wahrheit sagen sollte. »Mitunter nicht.«

Um ihre faltigen Mundwinkel zuckte es amüsiert. Dann wedelte sie mit der Hand. »Macht schon weiter«, sagte sie, ohne sich die Finger in die Ohren zu stecken.

»Wo waren wir stehengeblieben?«

»Mannis Unfall und eine zweite Leiche?«

»Genau.« Stumpf überlegte laut. »Bei dem Unfall haben wir nicht ermittelt. Nichts deutete auf Mord hin, geschweige denn einen Zusammenhang zu den anderen Morden. Das zum Thema Betriebsblindheit. Verdammt!« Er schälte sich aus dem Polster hoch. »Danke, Willi. Gute Arbeit.« Er legte seinen Arm um Willis Schulter. »Du hast uns sehr geholfen.« Er drehte sich zu seiner Gastgeberin um. »Frau Weißhaupt, vielen Dank für Ihre Zeit und Geduld. Schönen Tag noch.«

Wilhelm war es nicht gewohnt, gelobt zu werden. Stolz wackelte er mit dem Kopf und sah seine Mutter herausfordernd an.

Auf dem Weg zur Tür blieb Stumpfs Blick auf den mit grünen und roten Farbklecksen beschmierten Leinwänden hängen. »Muss ich den Künstler kennen?«

»Du nicht«, antwortete Cecilia Weißhaupt, während ihr Sohn sich abmühte, sie von der Couch hochzuziehen. »Du nicht.«

13.25 UHR

Pfeiffer war enttäuscht. Die auffällige Frau vom Friedhof war weder im ›Bürgerspital‹ noch im Haus ›Abendsonne‹ jemandem bekannt.

Wenigstens hatte Stumpf mehr Erfolg gehabt und interessante Dinge über die Lamprechts und Manni zutage gefördert.

Jetzt stand er im Foyer der ›Senioren-Residenz St. Josefstift‹, dem letzten großen Pflegeheim in Würzburg. Danach musste er die vielen kleinen Altenheime abklappern, die allerorts wie Pilze aus dem Boden schossen. Die steigende Anzahl von Senioren musste untergebracht werden. Daher war es eine gute Geldanlage, in solch ein Haus zu investieren.

Und dies hier war eine Seniorenresidenz. Was für ein unglaublicher Name! Er sah sich um. Auf den ersten Blick wirkte die Residenz trotz der Einfallslosigkeit ansprechend - alt, aber ansprechend. Ein Eindruck, der der Größe und der luftigen Architektur geschuldet war. Im Foyer saß eine einzelne Seniorin und unterhielt sich mit einem Pizzaboten. Er kam zu einer ungünstigen Zeit. Mist.

Eine Frau mit Krückstock und Dutt schlurfte an ihm vorbei und zum Aufzug. Pfeiffer blickte sich suchend um.

Dann sah er nochmals zu der Frau am Aufzug. Ein Dutt! Was, wenn die gesuchte Frau ihre Haare ansonsten hochsteckte? Dann würde sich die Suche als überaus schwierig erweisen.

Er musste zur Heimleitung. Ehe er die Frau mit Dutt nach dem Weg fragen konnte, schloss sich hinter ihr die Aufzugstür. Er ging zu der Seniorin und dem Pizzaboten.

»Bei so einem Prachtexemplar von Mann wäre ich gerne noch einmal jung«, sagte die Seniorin ungeniert, bevor er den Mund aufmachen konnte.

»Bitte?« Pfeiffer sah in ein Gesicht, das sich verdammt gut amüsierte.

Der Pizzabote blickte auf und errötete. »Oma!«, fauchte der weibliche Bote. »Benimm dich!«

»Nina?«

»Pst!« Offensichtlich wäre Nina am liebsten im Erdboden versunken. »Hallo, Peter. Darf ich dir ...« Sie sah sich nach etwaigen Lauschern um und flüsterte: »Meine Oma, Lotte Kilian, vorstellen?«

»Guten Tag, Frau Kilian. Schön, Sie kennenzulernen.«

»Das Vergnügen ist ganz meinerseits, Herr Hauptkommissar. Meine Nina schwärmt ständig von ihrem Chef. Aber dass Sie auch noch so gut aussehen, das hat sie ganz und gar verschwiegen.«

»Jetzt ist aber gut. Du lässt gerade deine Tarnung auffliegen.«

Erschrocken hielt sich Ninas Oma die Hand vor den Mund. »Das wäre unerfreulich, nachdem ich auf eine heiße Spur gestoßen bin.«

»Wie schön. Ihr habt den Betrüger?« Pfeiffer war beeindruckt. Diese Frau war Energie pur.

Ungesehen von Oma Lotte schüttelte Nina den Kopf. Keine Spur, sollte das heißen.

»Eben! Was hast überhaupt du herausgefunden?«, fragte Oma Lotte.

Nina strich mit der Sandale über die Terrakottafliesen. »Ich muss ihn erst überprüfen lassen.« Sie räusperte sich. »Er gibt an, auf der Suche nach Patienten zu sein, da einige verstorben sind.«

»Nein! Was du nicht sagst.« Oma lächelte freudlos. »Dann muss Herr Feser doch noch warten.«

»Wer?« Pfeiffer bekam von beiden Frauen keine Antwort.

Nina strich ihrer Oma über die schmalen Schultern. »Oma ist uns sehr behilflich. Sie ist sehr aufmerksam und hat ein gutes Gespür für Menschen.« Obwohl sie die Worte an Pfeiffer richtete, waren sie doch für Oma Lotte bestimmt.

Ihre Oma richtete sich auf und wurde zwei Zentimeter größer. »Ich muss nur etwas geduldiger werden und nicht gleich in jedem einen Betrüger sehen.«

Nina schmunzelte. »Das muss ich auch noch lernen. Das liegt anscheinend in den Genen.«

»Aber Sie sind doch nicht hier, um Nina zu kontrollieren, oder? Das müssen Sie wirklich nicht«, sagte Oma besorgt.

Pfeiffer grinste. »Ich bin auf der Suche nach einer Frau mit auffällig langen weißen Haaren. Ich habe sie an Bruno Lamprechts Grab getroffen. Das ist der, der mir die Villa vermacht hat«, erklärte er der alten Dame. »Sie sagte damals, sie wäre im St. Aurelia in Zell untergebracht. Aber da hat sie sich wohl vertan, denn dort kennt sie keiner.«

Oma Lotte griff nach seinem Arm. »Das muss Edi sein! Edith Trivor. Lange weiße Haare passt. Das ist die kleine Schwester meiner damaligen Freundin.«

Pfeiffer konnte seine Erregung nicht verbergen, denn in seinem Inneren kribbelte es. »Sie erzählte mir von einer Freundin, die in der Kanzlei Lamprecht gearbeitet habe. Meinte sie da vielleicht die Schwester?«

Oma Lotte schüttelte lächelnd den Kopf. »Nein, nein! Sie selbst hat dort gearbeitet!«

»Sie selbst? Sie war das Lehrmädchen?« Donnerwetter aber auch. Die Frau hatte ihn gehörig an der Nase herumgeführt.

»Du bist grandios«, flüsterte Nina.

Bevor Pfeiffer antworten konnte, fragte Oma Lotte dazwischen: »Ist das wahr? Konnte ich euch helfen? Ach, ist das aufregend!«

»Ist das die Frau, die du damals mit dem dementen Paul getroffen hast? Hast du da nicht gesagt, sie wäre Sekretärin gewesen und mit ihrem Chef durchgebrannt?«

»Kindchen. Das weißt du noch? Du hast gut zugehört.«

»Ist das die fehlende Verbindung?«, fragte Nina Pfeiffer.

Pfeiffer nickte. »Eine andere Zeitzeugin hat Jürgen erzählt, dass damals beim Lamprecht einem Lehrmädchen gekündigt wurde. Der Grund war nicht klar, und es gab darüber die wildesten Spekulationen.« Pfeiffer blickte sich um. »Wo finde ich diese Edith?«

Oma Lotte stemmte die Hände in die Hüfte. »Ich habe vorhin erst mit ihr gesprochen. Sie wollte auf ihr Zimmer. Wenn nicht, geht sie vielleicht im Park spazieren. Bei dem schönen Wetter. Der Park ist wunderschön. Er ist das einzig Gute hier.«

»Wissen Sie die Zimmernummer?«

»Nein, aber ich kann Ihnen den Gang zeigen, wo sie damals abgebogen ist. Ich bin in Haus D untergebracht. Die Aussicht ist bei mir nicht so schön wie hier. Ist aber alles eine Frage der Betrachtung. Zudem bin ich auch nicht mehr so lange da. Da will ich mal nicht so kritisch sein.«

Pfeiffer und Nina folgten ihr mit Abstand durch die Eingangshalle, an der großen Treppe vorbei, unter der einsam ein Rollstuhl stand. Nina grinste bei seinem Anblick.

Sie schaute zu den Türen. »Hm. Ich bin mir nicht sicher, welche, aber eine von denen war es.«

Pfeiffer ging von Tür zu Tür und las die Namensschilder. Er winkte sie heran. »Hier.«

Pfeiffer klopfte.

»Wer ist da?«, kam es zögernd von innen.

Pfeiffer trat ein, gefolgt von Nina und Oma.

Entgeistert starrte die Frau vom Friedhof von Pfeiffer zu Ninas Oma. Das Wasserglas entglitt ihrer Hand und zersplitterte auf dem Boden.

»Guten Tag, Frau Trivor. Dass wir uns so schnell wiedersehen, haben Sie nicht beabsichtigt, wenn Sie mir ein falsches Altenheim genannt haben.«

»Sie sind gut, Herr Hauptkommissar. Zumindest kennen Sie die richtigen Leute«, sagte sie mit einem bissigen Blick auf Oma Lotte.

Oma Lotte schloss die Tür. Nina lächelte Frau Trivor an und sammelte die Scherben auf.

»Und nun? Was wollen Sie, Herr Hauptkommissar Pfeiffer?«

Pfeiffer sah sich um. Es war ein kleines Apartment, das die Bewohner mit ihren eigenen Möbeln einrichten konnten. Die Einrichtung sah zusammengewürfelt aus.

Ein alter Globus diente als Bar, ein kleines Beistelltischchen neben einer Leselampe war übersät mit alten Büchern. Ein Gartenbuch lag aufgeschlagen auf dem Sessel. Eine blaue Staudenpflanze stand daneben. Nicht die übliche Friedhofspflanze, dachte Pfeiffer. »Sagen Sie es mir!«

»Das weiß ich doch nicht!«

»Bei unserer ersten Begegnung konnten Sie meine Gedanken lesen. Ist Ihnen diese Gabe verlorengegangen? Warum das Versteckspiel?«

»Welches Spiel?«

»Das Sie mit uns spielen wollten. Ich rufe gerne die Kollegen und lasse Sie auf die Dienststelle bringen.«

Um ihren faltigen blassen Mund zuckte es. »Ich weiß nicht, was Sie meinen.«

»So? Ich hatte auf dem Friedhof nicht den Eindruck, dass Sie an Demenz leiden.«

»Friedhof?«

»Edi, mach doch keine Sperenzien«, hakte sich Oma ins Gespräch. »Du hast doch nichts zu verbergen, oder etwa doch?« In ihrer Stimme schwang Angst mit. »Was würde nur Sissi dazu sagen?«

Edith Trivor fuhr herum. »Sissi? Lass sie aus dem Spiel! Die hat sich damals auch nicht für mich interessiert!« Sie zuckte zusammen, als ihr bewusst wurde, dass sie zu viel verraten hatte. In Zeitlupe ließ sie sich auf dem Bett nieder.

»Damals, als Ihnen Leid zugefügt wurde?«, fragte Pfeiffer sanft.

Ediths Blick blieb verklärt an einem welken Blumenstrauß haften, der in einer Vase auf einem kleinen Tischchen stand. Das grünliche Wasser schimmerte durch das zerkratzte Glas. Die Vase war bestimmt Eigentum des Pflegeheims, überlegte Pfeiffer. Solch schäbige Vasen besaß man nicht. Das war bestimmt der erste Blumenstrauß seit Jahren für sie.

Selbst Pfeiffer wusste, dass regelmäßig das Wasser ausgetauscht und die Stängel angeschnitten werden mussten. Edith anscheinend nicht. Oder legte sie keinen Wert auf Blumen? Doch warum hatte sie dann den Strauß nicht weggeworfen?

Er dachte an Ellen, wie sie seine Blumensträuße aufgehoben hatte, und schmunzelte.

Der Blumenstrauß hatte eine Bedeutung für diese Frau.

»Ist es lange her? Sind Sie nachtragend?«.

»Ich möchte, dass Sie gehen.«

Pfeiffer nahm auf dem Stuhl gegenüber von Edith Trivor Platz. »Wir gehen erst, wenn Sie meine Fragen beantwortet haben. Waren Sie die Frau, von der Sie mir auf dem Friedhof erzählt haben?«

Edith Trivor beobachtete teilnahmslos, wie Nina den Boden aufwischte.

Pfeiffer folgte ihrem Blick. Er war so sehr auf den verwelkten Blumenstrauß konzentriert gewesen, dass er nicht mitbekommen hatte, wie Nina einen Lappen holte.

Verdammte Blumen!

Sollte er einen Schuss ins Blaue wagen? »Sind die Blumen von ihm?«

Edith hob den Kopf. Trotz des faltigen Halses sah er, wie sie schluckte.

Er hatte also recht.

»Auf dem Friedhof hatte ich den Eindruck gewonnen, Sie fänden mich sympathisch. Sie hätten mich warnen müssen. Meine Familie gerät in Gefahr.«

Langsam wandte sie sich ihm zu und blickte ihn entsetzt an. »Was meinen Sie?«

»Es gibt bereits vier Tote. Und das sind nur die, von denen wir wissen. Ich werde alles unternehmen, damit meiner Familie nichts passiert. Vor allem nicht meinen Kindern. Hören Sie? Sie sind mein Ein und Alles. Das verstehen Sie sicherlich.«

Sie schwieg. Die Hände auf ihrem Schoß zitterten.

»Haben Sie Kinder?«, fragte Pfeiffer.

Sie hielt die Finger fest, doch konnte sie das Zittern nicht unterdrücken. »Es war mir nicht vergönnt«, antwortete sie tonlos und blickte aus dem Fenster, als wäre sie allein.

Pfeiffer biss die Zähne zusammen. Er hätte geschworen, dass der Blumenstrauß von ihrem Kind war. Eine Tochter oder ein Sohn, die sich Brunos Erbe zurückholen wollten. Wer sollte es sonst sein? Oder war er auf dem kompletten Holzweg?

»In welcher Beziehung standen Sie zu Bruno Lamprecht?«

»Er war mein Arbeitgeber.«

»Nur Ihr Arbeitgeber? Warum mussten Sie denn gehen? Mitten im Lehrjahr? Das machte in der damaligen Zeit keinen guten Eindruck. Entweder hatte man unverheiratet ein Kind bekommen oder goldene Löffel geklaut. Was war es bei Ihnen?«

»Das geht Sie nichts an!« Immer noch vermied sie den Blickkontakt.

»Und ob mich das was angeht, Frau Trivor! Wenn deswegen Bruno sterben musste, dann geht mich das erst recht etwas an! Rache ist ein starkes Mordmotiv.«

Edith drehte den Kopf zu Pfeiffer und schaute ihn lange schweigend an. Dann sah sie zu Oma Lotte, zu Nina und wieder zu Pfeiffer. Sie runzelte die Stirn. »Haben Sie mich gerade tatsächlich des Mordes bezichtigt? Wen soll ich denn umgebracht haben?«

»Bruno Lamprecht.«

»Bruno? Ich dachte, er starb an einem Herzinfarkt.«

»Wir werden ihn obduzieren lassen. Dann wissen wir es genau.«

Sie nickte nur, als würde sie es zur Kenntnis nehmen. Dann schüttelte sie den Kopf. »Das ist alles Unsinn! Warum sollte ich ihn jetzt umbringen? Nur weil mir der Senior vor nahezu vierzig Jahren gekündigt hat? Dann hätte ich es damals getan. Da hatte ich noch Wut im Bauch. Aber doch nicht jetzt.«

Das Argument konnte Pfeiffer nicht zusammen mit den Scherben wegkehren lassen. Er musste zuerst den Grund für die Kündigung wissen. Vielleicht hatte es nichts mit dem Fall zu tun. Zum jetzigen Zeitpunkt konnte er es noch nicht einschätzen. »Kommt drauf an, weshalb. Also?«

»Ich wollte dieses Kapitel meines Lebens vergessen«, sagte sie mit bebender Stimme.

Pfeiffer hielt die Luft an. Das war bestimmt der bei ihrem ersten Treffen erwähnte Schicksalsschlag. Jener, der sie weit vor der Zeit hatte derart altern lassen und an den sie immer erinnert wurde, wenn sie in den Spiegel blickte.

Edith räusperte sich. Gerade so, als bemerkte sie seine mangelnde Aufmerksamkeit. »Die Kanzlei vertrat damals einen Kommunalpolitiker. Wenn er betrunken war, verprügelte er seine Frau und seinen Sohn. Er zahlte Lamprecht senior und junior eine horrende Summe, damit sie das unter den Teppich kehrten. Sie werden jetzt sagen, häusliche Gewalt war damals noch Gang und gebe und nicht strafbar. Eine schlimme Zeit! Doch als Politiker stand er zudem in der Öffentlichkeit, die diesem Thema gespalten gegenüberstand. Er konnte es nicht riskieren, seine Wahl zu verlieren. Seine Frau war nach den Verhandlungen von Lamprecht bereit, zu schweigen und bekam dafür im Gegenzug das gemeinsame Haus in

München. Auch eine Scheidung kam für ihn nicht infrage. Als Politiker war für ihn eine Scheidung politischer Selbstmord.«

Sie blickte auf. »Ich führte damals das Protokoll. Ich sah diese Familie und sah dabei meinen Vater. Brutal und ohne jegliches Mitgefühl, wenn er immer wieder Mutter und uns Mädchen schlug. Eine schlimme Zeit für mich und alle betroffenen Frauen.« Sie ignorierte Pfeiffers fragenden Blick, stattdessen wischte sie sich eine Träne aus dem Augenwinkel.

»Als seine Frau auf die Toilette ging, folgte ich ihr. Sie übergab sich. Ich fragte sie, wie oft ihr Mann sie schon um Verzeihung gebeten hätte? Wie oft er Besserung versprochen und wie oft er es gebrochen hatte? Sie übergab sich erneut. Sie meinte, in München wären ihr Kind und sie in Sicherheit.

›Sind Sie wirklich so naiv zu glauben, dass Sie ihm nie wieder begegnen?‹, fragte ich sie. ›Wie oft müssen Sie bei öffentlichen Veranstaltungen dabei sein? Einmal im Monat? Einmal in der Woche?‹ Die Frage konnte sie sich selbst beantworten. Sie war schon lange genug dabei. ›Und in einem Hotel können Sie nicht allein übernachten, die Journalisten würden das herausfinden. Also müssen Sie mit ihm unter einem Dach, in einem Zimmer nächtigen. Was, wenn er dann wieder getrunken hat und sich für die Trennung rächt?‹

Die Frau fing an zu weinen, und ich ging zurück in das Besprechungszimmer. Auf sie jedoch warteten wir vergeblich. Sie ging auf dem direkten Wege zur Polizei und erstattete Anzeige gegen ihren Mann. Die Polizei lachte sie aus und schickte sie heim. Doch das tat sie nicht. Sie ging zur Presse.« Edith Trivor holte ein Taschentuch hervor und schnäuzte sich. »Dafür machten die Lamprechts mich verantwortlich, was ja auch stimmte«, sagte sie bitter lächelnd.

»Sie kündigten mir fristlos. Ich hatte die Kanzlei um viel Geld gebracht, als der Politiker seinen Vertrag löste.«

Pfeiffer sank in sich zusammen. So bedrückend diese Geschichte auch war, es war nicht die Spur, die er sich erhofft hatte. Diese Spur verlief im Nirgendwo. Der Junge des Politikers hatte kein Mordmotiv. Es sei denn, er hätte sich gerne von seinem Vater schlagen lassen.

Energielos stand Nina mit dem Lappen in der Hand mitten im Raum und starrte auf den Boden.

Edith strich sich durch das lange Haar. »Tut mir leid, wenn es nicht das ist, was Sie sich erhofft haben.«

Pfeiffer hätte am liebsten gefragt, was sie glaube, was er sich erhofft hätte. Stattdessen fragte er: »Was ist aus den beiden geworden?«

Sie lächelte fast triumphierend. »Als seine Frau hörte, dass ich ihretwegen meine Lehrstelle verloren habe, stellte sie mich ein. Sie bekam bei der Scheidung nicht nur das Haus in München, sondern auch einiges an Barbeständen, gründete einen gemeinnützigen Verein für misshandelte Frauen und Kinder und kämpfte seitdem für die Strafverfolgung gewalttätiger Ehemänner.«

»Da haben Sie viel erwirkt. Sie können stolz auf sich sein. Wer weiß, was mit ihr geschehen wäre, wenn sie geschwiegen hätten.«

»Das sagte sie mir auch oft.« Sie lächelte zaghaft.

»Haben Sie bei ihr gewohnt?«

»Bis zu ihrem Tod, vor sechs Jahren. Dann bin ich ein wenig herumgereist und letzten Sommer zurück nach Würzburg gekommen.«

Pfeiffer blickte sich in dem Apartment um. »Warum haben Sie sich keine normale Wohnung genommen, sondern ein Zimmer in einem Heim?«

»Betreutes Wohnen in einer Residenz«, korrigierte sie ihn. »Warum nicht? Ich brauche nicht viel, das hier reicht mir zum Leben. Man schaut nach mir, wenn es mir nicht gutgeht. Warum sollte ich in meinen letzten Lebensjahren noch viel Aufwand betreiben?«

Pfeiffer strich sich über die Augen. Er war müde. Das konnte nicht der Schicksalsschlag gewesen sein, der sie so hatte altern lassen. Sie musste nach der Kündigung nicht auf der Straße leben, nichts dergleichen. Im Gegenteil! Durch den Umzug war sie ihrem brutalen Vater entkommen. Alles hatte sich damals für die junge Edith zum Besten entwickelt.

Edith sah ihn an. Doch dieses Mal tat sie ihm nicht den Gefallen, seine Gedanken laut von seinem Gesicht abzulesen.

Warum wohl?

Weil sie ihm nicht antworten wollte?

Bestimmt.

Sie erzählte nur so viel, wie sie preisgeben musste.

Pfeiffers Anstand weigerte sich, Edith Trivor direkt auf den Schicksalsschlag anzusprechen. Das war eine Gratwanderung, auf der er sich öfter befand, wenn es sich um gebrechliche oder zarte Personen handelte. Hatte er ein zu weiches Herz? Anscheinend. Was sollte er machen? Er brauchte Antworten. Er konnte es sich nicht leisten, auf Empfindlichkeiten Rücksicht zu nehmen. Wie sollte er vorgehen?

Die Antwort auf seine Frage nahm ihm Ninas Oma ab. »Oh, kleine Edi. Das ist eine wundervolle Geschichte. Das Leben hat es so gut gemeint mit dir.« Oma Lotte setzte sich zu Edith aufs Bett und griff nach ihren Händen.

Zuerst wollte Edith sie ihr entziehen, doch Oma Lotte ließ sie nicht los. »Jeder andere wäre an deiner Stelle verzweifelt, so jung und ohne Arbeit. Wie du weißt, war deine Schwester meine Schulfreundin. Ich kenne dich noch, da bist du mit dem Holzroller die Langgasse heruntergerollt, und deine blonden Zöpfe sind im Wind auf und nieder gehüpft. Oder wenn du vom Bordstein gesprungen bist.« Sie lachte bei der Erinnerung an diese Zeit.

Edith schaute verbissen aufs Fenster. Nicht hinaus, ihr Blick blieb an der Scheibe haften. So, als wäre er nicht in der Lage, ihr inneres Gefängnis zu durchdringen. Keine Regung in ihrem Gesicht verriet, dass sie Lottes schöne Erinnerungen teilte.

Doch Oma Lotte ließ sich nicht beirren. Im Plauderton sprach sie weiter. »Die liebe Sissi. Wie ich sie vermisse. Wann ist sie noch einmal gestorben?«

»Zu früh«, kam die mürrische Antwort.

»Da hast du recht. Viel zu früh.« Oma Lotte ließ die Worte verhallen.

Das Ticken der Zeiger einer Wanduhr dröhnte plötzlich in Pfeiffers Ohren. Von irgendwoher hörte er ein leichtes Summen. Einen unterschwelligen Ton, der ihm erst in dieser Stille auffiel. Vielleicht die Lüftung oder eine Klimaanlage, sofern im Seniorenstift so etwas verbaut sein sollte. Auch das leichte Pfeifen, wenn Edith atmete, war nun wahrnehmbar. Empfand nur er die Stille als unerträglich? Wo, zum Teufel noch mal, sollte das hinführen? Pfeiffer unterdrückte einen Stoßseufzer.

»Glaubst du, ihr früher Tod war die Strafe dafür, dass sie dich und deine Mutter bei deinem brutalen Vater zurückgelassen hat?«

Erneut versuchte Edith, Oma Lotte ihre Hände zu entziehen. Diesmal mit Erfolg. Entweder war Oma Lottes Griff nachlässig geworden, oder sie hatte es bewusst zugelassen, damit das Zittern von Ediths Händen für jedermann sichtbar wurde.

Oma Lotte sprach im Plauderton weiter, als würde sie ein Kuchenrezept weitergeben. »Sissi hatte doch diesen Hallodri Hans, oder wie hieß er noch? Egal. Sie hat ihn so überstürzt geheiratet, dass ich für meinen Teil geglaubt habe, es gleiche glatt einer Flucht aus dem Elternhaus. Ich hatte keine Ahnung, was sie durchgemacht hat. Und natürlich du und deine Mutter.«

Edith starrte auf ihre zitternden Finger. Um das Zittern zu kaschieren, tippte sie mit den Fingern einen Takt, der nur in ihrem Kopf existierte.

»Und dich, arme Edi, hatte Sissi zurückgelassen. So klein, wie du warst. Dich und deine Mutter. Ihr habt sicherlich die gesamte Wucht abbekommen. Ich mag mir gar nicht vorstellen ...«

»Dann lass es!« Edith stand auf. »Niemand kann sich vorstellen, was wir erlebt haben.«

Oma nickte betroffen, blieb aber ruhig und ließ sich nicht beirren. »Umso mehr freue ich mich, dass sich dein Leben zum Guten gewandt hat. Ich freue mich so sehr für dich, dass du dieses schlimme Ereignis gleich für dich nutzen konntest, um aus deinem Elternhaus zu entfliehen. Das war wie ein Lottotreffer!«

»Schön, dass du dich so freust. So, und nun lasst mich gefälligst allein. Ich möchte mich hinlegen.« Edith ging zur Tür und öffnete sie. »Es tut mir sehr leid, wenn jemand, warum auch immer, zu Schaden gekommen ist. Aber ich habe nichts mit alldem zu tun. Guten Tag.«

Auf dem Flur schauten sich die drei fragend an.

»Und nun? Jetzt sind wir genauso schlau wie vorher.« Nina ging auf und ab.

»Nicht ganz.« Pfeiffer führte sie von der Tür weg. »Wir wissen, dass Edith Trivor jemanden kennt und schützt. Sie verschweigt den wirklichen Grund ihres Alterns. Auf dem Friedhof sagte sie etwas Mysteriöses. Ich bekomme es nur nicht mehr zusammen. Irgendetwas mit einem

Schicksalsschlag. Warum verschweigt sie es aber? Sie hat verstanden, dass es etwas mit mir und der Villa zu tun hat. Schützt sie jemanden? Oder hängt sie selbst mit drin?«

Oma Lotte zupfte an Ninas Hand und raunte: »Denk an die Karten. ›Die Herrscherin‹ bedeutet Kind oder etwas Mütterliches. Und ›Die Sieben der Schwerter‹ bedeutet List, Betrug und Unehrlichkeit.«

»Ach, Oma!«

»Das bedeutet vielleicht: Ein Kind ist in Gefahr!«

Nina schüttelte verständnislos den Kopf.

Eine Schwester lief den Gang entlang. Ihre Sohlen quietschten im Takt auf dem Linoleum. In den Händen trug sie eine Vase.

»Entschuldigung! Schwester! Einen kleinen Moment, bitte!« Pfeiffer sprang ihr nach und hätte sie fast touchiert, als sie stehenblieb.

Überrascht sah sie die drei an. »Bitte?«

»Ich sehe gerade, Sie bringen da jemandem eine Vase. Frau Trivor hat auch vor Tagen oder sogar Wochen Blumen bekommen. Haben Sie gesehen, von wem sie den Blumenstrauß bekommen hat? Kommt die Person öfter?«

»Also ... Nein ... Also, ich nicht. Und Besuch bei ihr habe ich auch noch nie gesehen.«

»Eine andere Schwester vielleicht?« Pfeiffer ließ nicht locker. Seine Hände schwitzten. Er hatte plötzlich das Gefühl, dass diese Fragen über Leben und Tod entscheiden würden.

»Da müsste ich mal die Kolleginnen fragen, wer da gerade Dienst hatte.« Sie wollte schon weitergehen.

»Seien Sie bitte so gut, Schwester ...« Er sah auf das Namensschild. »Elke. Es ist sehr, sehr wichtig. Melden Sie sich bitte sofort bei mir.« Er reichte ihr seine Visitenkarte. »Rufen Sie bitte alle an, die denjenigen gesehen haben könnten. Bitte, es ist sehr dringend.«

Schwester Elke wich einen Schritt zurück. Anscheinend war ihr sein Flehen sehr suspekt. Sie blickte auf seine Karte und starrte ihn dann entgeistert an. »Polizei? Was ist passiert? Hat das was mit dem Trickbetrüger zu tun, der hier sein Unwesen treiben soll?«

Pfeiffer hob beruhigend die Hände. »Nein, machen Sie sich keine Sorgen. Das ist nichts Schlimmes. Es geht hier nur ... um ein Erbe«, log er zur Hälfte und fand selbst an der Lüge Gefallen. »Wir suchen einen Mann, der anscheinend etwas geerbt hat, doch wir finden ihn nicht. Sie können uns helfen. Frau Trivor ist schon etwas tüdelig und kann sich nicht mehr an sein Aussehen und den Namen ihres Verehrers erinnern. Wir wären Ihnen sehr dankbar für Ihre Hilfe.«

An ihrem Gesichtsausdruck las Pfeiffer ab, dass sie nicht verstand, wieso die Polizei bei der Suche nach Erben involviert war. Doch mit einem Schulterzucken steckte sie die Karte ein und ging weiter ihrer Arbeit nach.

Pfeiffer kratzte sich am Kopf. Er hätte sich die Haare raufen können. »Bitte vergessen Sie mich nicht!«, rief er hinterher.

»Nein, Sie bestimmt nicht!«, rief Schwester Elke, lächelte ihn über die Schulter an und verschwand mit der klobigen Vase in einem der Zimmer.

14.45 UHR

Pfeiffer verließ die Seniorenresidenz und fuhr auf dem schnellsten Wege in die Dienststelle zu Bauer. Er musste den internen Ermittler von einer Exhumierung von Bruno

Lamprechts Leiche überzeugen. Nur, wie anstellen? Schließlich hatte Bauer ihm bereits erklärt, dass er auf diesem Ohr taub sein würde.

Pfeiffer trommelte auf das Lenkrad. Ihm stank es gewaltig, klein beigeben zu müssen. Aber er brauchte Gewissheit. Was konnte er also machen?

Alles unter den Tisch fallen lassen?

Wenn Bruno aufgrund der Vergiftung seines geliebten Vierbeiners und seines Alters wirklich eines natürlichen Todes gestorben war, würde er sich jämmerlich vor Bauer und der Dienststelle blamieren. Gegen den Willen von Bauer hatte er den Hund bei der Gerichtsmedizin einliefern lassen. Wenn Alfred Baumann dahinterkam und sich die Obduktion des Tieres dazu noch als Fehlalarm herausstellte, würde er ihm das in Rechnung stellen. Doch das war ihm egal. Bisher war er immer gut damit gefahren, wenn er auf sein Bauchgefühl hörte. Sollte er Baumann informieren? Nein. Während einer internen Ermittlung waren auch Baumann die Hände gebunden. Wenn es schiefging, würde sich Alfred schon bei ihm melden. Außerdem hatte Bauer ihn gewarnt: Sollte er noch einmal seinen Vorgesetzten einschalten, würde er erneut in den Fokus von Bauers Ermittlungen rücken.

Normalerweise wäre ihm das scheißegal gewesen. Doch im Augenblick würde es weder Andi noch der Gerechtigkeit nützen, wenn er ebenfalls hinter den Mauern der JVA verschwand. Untersuchungshaft zog sich hin. Und wahrscheinlich würde niemand anderen Spuren als den von Bauer vorgegebenen folgen.

Pfeiffer benötigte Beweise für Andis Unschuld. Die konnte er nur finden, wenn er frei war. Wenn Bruno tatsächlich ein weiteres Opfer dieses Mörders war, bewies es Andis Unschuld. Selbst ein bornierter Ignorant wie Bauer konnte dann den Zusammenhang nicht mehr leugnen.

Pfeiffer fuhr rechts ran und wählte die Nummer vom Notariat Koch.

»Pfeiffer hier, ich muss dringend Frau Koch sprechen.«

»Frau Koch ist noch in einem Termin. Kann ich etwas ausrichten?«, hörte er die blasierte Stimme der Vorzimmerdame.

Pfeiffer schnaubte genervt. »Sagen Sie ihr bitte, sie möchte mich umgehend anrufen, hören Sie?«

»Das kann länger dauern, aber ich werde es ausrichten.«

»Danke.« Er musste mit der Notarin besprechen, wie er das Erbe ausschlagen konnte. Sollte sich doch dann dieser Volkenstein damit herumärgern.

Pfeiffer stutzte und schmiss das Handy auf den Beifahrersitz.

War es vielleicht genau das, was passieren sollte?

Die Notarin hatte sich an jenem Tag in ihrem Büro ertappt gefühlt, als er nachfragte, wer bei einer ›Ausschlagung‹ das Erbe bekäme. Steckte hinter allem doch der alte Kurt?

Niemals! Das konnte er nicht glauben. Wie sollte der das in seinem Alter bewerkstelligen? Und warum? Er war uralt, konnte jetzt schon kaum seinen Pflichten als Verwalter nachkommen.

Und nach dem nächtlichen Aufeinandertreffen im Treppenhaus hatte er den Eindruck, dass der alte Mann sehr einsam war.

Und wenn Volkenstein die Villa verkaufen würde?

Pfeiffer hatte nie gefragt, ob die Fünfjahresklausel des Testaments auch bei seinem Nachfolger gelten würde. Das war eine der Fragen, die er Frau Koch stellen musste, wenn sie zurückrief.

Pfeiffer sah sich um und schob den Gedanken an Volkenstein beiseite. Der Mörder beobachtete ihn, da war er sich sicher. Damit der Mörder wusste, dass er – Pfeiffer – keine

Gefahr für ihn darstellte und somit seine Familie, einschließlich Ellen und Gabrielle, unbehelligt ließ, blieb ihm bis zum offiziellen Verzicht nur eines zu tun: ausziehen!

Er massierte sich die Schläfen. Ihm brummte der Schädel. Und wenn Volkenstein es nicht war? Wer war es dann? War es ein Täter? Oder gab es zwei? Wenn Haas der Täter war, was war sein Motiv? Wollte er die Villa? War er Lamprechts Sohn und fühlte sich übergangen? Wenn es so sein sollte, wie hatte er das herausgefunden? Und warum hatte er dann nicht das Testament angefochten? Tausend Fragen, aber keine einzige Antwort! Es gab nur eine Möglichkeit: Haas fragen.

Pfeiffer wählte Stumpfs Nummer. Niemand nahm ab. Er schickte ihm eine WhatsApp, Stumpf solle beim Standesamt von Margetshöchheim den auf Bruno Lamprechts Todesurkunde unterzeichnenden Arzt ausfindig machen.

Er selbst würde Haas besuchen.

14.50 UHR

Lotte schlurfte zu ihrem Zimmer. Die Aufregung war nichts für ihren Körper. Hatte sie sich zu viel zugemutet? Ein Nickerchen würde ihr guttun.

Sie hörte Schritte hinter sich.

Schnelle Schritte.

Ungewöhnlich federnd und zu leicht für die Menschen im Seniorenstift. Zwar waren die Pflegekräfte schneller unterwegs als die Bewohner, doch die erkannte sie an ihren quietschenden Gesundheitsschuhen.

Das hier war eindeutig ...

Sie drehte sich um und sah in das feixende Gesicht von Manuelas Sohn.

»Da geht es nicht zum Klo.« Er blieb neben ihr stehen und überragte sie fast um einen Kopf.

Lotte sah zu ihm auf. Unsicher, ob er ihr behilflich sein oder sie verhöhnen wollte. »Ah.« Ihr fiel nichts anderes ein. Sollte sie ihn anraunzen? Ihn als frechen Bengel beschimpfen?

»Oder wohnen Sie da hinten?«

Lotte nutzte die Gelegenheit. »Oh Markus, schön, dass du mich besuchen kommst.«

Auf seinem Gesicht spiegelte sich eine Abfolge von Gefühlen. Überraschung, Mitgefühl, Hohn? »Ich bringe dich auf dein Zimmer ... Oma.« Er hakte sie unter und führte sie.

Selbst wenn sich der Junge nur einen Scherz erlaubte, war er überraschend behutsam.

»Welche ist denn deine Tür?«, fragte er.

»Die da«, sagte sie, selbst verdattert darüber, wie leichtgläubig sie das preisgab.

Er nickte. »So, da wären wir.« Er wartete, bis sie aufgeschlossen hatte, machte ihr die Tür auf und wollte ihr den Vortritt lassen.

Von Gang her ertönte ein Ruf. »Ach, hier steckst du! Du sollst doch die Bewohner in Ruhe lassen!« Mit hochrotem Kopf kam Manuela angelaufen und riss den Jungen fast grob von ihr weg. »Entschuldigen Sie, Frau Kilian. Also nein!« Zu ihrem Sohn zischte sie: »Wie oft soll ich es dir noch sagen?«

»Oh Mann, eh! Chill doch mal dein Gesicht! Nie darf ich was!«

»Benimm dich!«, antwortete sie. »Und auch deine Freunde sollen hier nicht aufkreuzen.« Sie zeigte auf zwei Jungen, die sich auf der Sitzecke am Flurende fläzten. »Das hier ist kein Spielplatz. Ihr seid alt genug, um zu verstehen, dass das hier meine Arbeitsstelle ist.«

Lotte betrat ihr Zimmer. Sie sah gerade noch, wie Manuela ihrem Sohn erneut einen Schein zusteckte.

15.30 UHR

Die Reihenhäuser kannte Pfeiffer nun zur Genüge. Er kam von der von den Haberbergers abgewandten Seite zum Haus des Lehrers und hoffte, dass ihn die ›freiliebenden‹ Nachbarn nicht entdeckten.

Bevor er bei Haas klingelte, spähte er durch das Küchenfenster. Leer und aufgeräumt.

Sekunden, nachdem die Klingel ertönte, hörte er verhaltene Schritte aus dem hinteren Bereich des Hauses. Sonja Haas öffnete die Tür. Erschrocken sah sie ihn an. Ihrem Haar fehlte der frischfrisierte Look mit den Korkenzieherlocken. Stattdessen hing es strähnig herunter. Die Blässe in ihrem Gesicht übertünchte selbst die nachlässig aufgetragene Schminke nicht.

»Mich haben Sie nicht erwartet?«

»Nein. Meinen Mann.«

Pfeiffer war enttäuscht. »Er ist nicht zuhause?«

»Nein.« Sie wollte schon die Tür schließen, doch Pfeiffer stellte seinen Fuß dazwischen.

»Warum sind Sie so kurz angebunden? Neulich waren Sie freundlicher zu mir. Grillen Sie heute nicht?«

Statt seine Frage zu beantworten, sagte sie nur: »Ich habe etwas auf dem Herd stehen.«

Pfeiffer spielte mit und schnupperte. »Es duftet aber nach nichts. Was kochen Sie denn?«

Frau Haas lief rot an und wollte wieder die Tür schließen.

Er senkte die Stimme zu einem Flüstern. »Vor was haben Sie Angst, Frau Haas? Ist er da oben? So wie letztens?« Er nickte Richtung Treppe und oberes Geschoss.

»Bitte gehen Sie!«

»Nicht, solange Sie mir nicht sagen, was hier gespielt wird. Schlägt er Sie? Sind Sie in Gefahr?«

»Ich weiß nicht, wovon Sie reden!«

»Das glaube ich Ihnen nicht. Richten Sie Ihrem Mann aus, er hat gewonnen. Ich ziehe aus der Villa aus. Er kann sie haben.«

»Was reden Sie da?« Sonja Haas sah ihn so verständnislos an, als rede er chinesisch. »Lassen Sie uns in Ruhe.«

Pfeiffer wich zurück, und ehe er sich versah, schlug sie die Tür vor seinem Gesicht zu. »Sagen Sie ihm das!«, rief er. »Es ist verdammt wichtig!«

Das Handy brummte, als er zum Auto lief.

»Was, zum Teufel, hast du vor?«, donnerte Jürgen Stumpf los. »Bist du von allen Geistern verlassen?«

Pfeiffer schwieg.

Stumpf wartete ab. Dann sagte er versöhnlicher: »Hast du etwas erreichen können?«

»Nein, Haas war nicht da. Ich habe es seiner Frau gesagt und hoffe, dass sie es ihm ausrichten wird.«

»Dass du ihm die Villa überlässt? Du spinnst!«

»Ich weiß, aber was soll ich tun?« Pfeiffer spürte regelrecht Stumpfs verständnisloses Kopfschütteln. »Hast du den Arzt ausfindig gemacht?«

»Klar. Doktor Hubert Kümmert. Er ist aber schon im Wochenende.«

»Jetzt schon?« Er sah auf die Uhr.

»Seine Sprechstundenhilfe war auch überrascht, als er alle Termine abgesagt hat. Du findest ihn beim Angeln.«

»Shit. Kannst du ihn anrufen?«

»Sie sagte mir, er hätte da nie ein Handy dabei.«

»Und wo er angelt, weiß sie auch nicht?«

»Der Main hat einige Kilometer Länge. Du wirst warten müssen, bis er wieder da ist.«

»Nicht mein Tag.«

»Tatsächlich nicht dein Tag ...«

»Wieso? Was meinst du?« Pfeiffers Magen grummelte ahnungsvoll.

»Bauer will dich sprechen.«

»Shit.«

Stumpf legte auf.

16.17 UHR

Bauer ging um den Schreibtisch, zog die Schublade auf und holte ein kleines Aservatentütchen hervor. Wie beiläufig warf er es vor Pfeiffer auf den Tisch. Trotz der Folie ploppte es metallisch, als es aufschlug.

Pfeiffer starrte auf die zusammengestauchte Pistolenkugel. »Sie? Sie Schwein, Sie! Wie, zum Teufel ...?«, doch im selben Moment verstummte er.

Bauer lächelte. Dem Lächeln fehlte jeglicher Zynismus. Ungewohnt für Pfeiffer, da für ihn Arroganz zu Bauer gehörte wie das Amen in die Kirche. »Was hätten Sie mit der Kugel gemacht, wenn ich sie nicht vor Ihnen gefunden hätte?«

»Ich hätte die Spurensicherung gerufen. Und ich hätte Baumann informiert.«

»Nicht mich?« Bauer spielte mit der kleinen Tüte, ohne Pfeiffer anzusehen.

»Auf keinen Fall.«

»Warum?« Bauer hielt im Spiel inne und sah Pfeiffer eindringlich an.

»Weil Sie sie jetzt verschwinden lassen.«

»Sind Sie sich da so sicher?«

Pfeiffer schluckte. »Sie überraschen mich.«

»Ich mich auch. Aber Ihre Fragen konnte ich nicht von der Hand weisen. Und Ihrem fast inkompetenten Zwang, Ihren Freund herauszuboxen und dessen Unschuld zu beweisen. Dazu kam, dass Ihr Vorgesetzter hinter Ihnen steht. Sie scheinen ein fähiger Mann zu sein.«

Pfeiffer überlegte, was Bauer bezweckte, doch er kam zu keinem Ergebnis, das seinen vorgefassten Erwartungen entsprochen hätte.

»Ich habe Sie überwachen lassen! Auch das Gespräch, das sie gestern mit Reimer geführt haben. Ein cleverer Schachzug, sich als mich auszugeben, muss ich gestehen. Sofern ich ihn nicht vorausgeahnt hätte ...« Er grinste süffisant.

Pfeiffer ballte erneut die Fäuste. Eine Geste, die sein Körper inzwischen unbewusst mit Bauers Person in Verbindung brachte. Wie ein dummer Schulbub war er in dessen Falle getappt. Seinen Plan vorauszusehen und in der JVA das Gespräch mit Andi abzuhören, war genial gewesen, das musste er Bauer wohl oder übel zugestehen.

Pfeiffer entspannte sich bewusst und öffnete die Fäuste. Warum hatte Bauer bisher in die falsche Richtung ermittelt, wenn er doch seinen Hinweisen gefolgt war?

Da sprach Bauer auch schon weiter. »Ich weiß, dass ich mitunter sehr unangenehm wirke, aber mit freundschaftlichem Gehabe komme ich in meinem Job nicht weiter. Ich muss die Wahrheit finden.«

Auf was wollte Bauer hinaus?

»Warum haben Sie nichts gesagt? Wir hätten doch zusammenarbeiten können?«, fragte Pfeiffer.

Bauer setzte sich auf die Schreibtischkante. »Sie verkennen meine Aufgaben, Herr Kollege. Wenn wir gerufen werden, ist meist eine ganze Abteilung erkrankt. Obwohl erkrankt«, korrigierte er sich, »eine unbefriedigende Bezeichnung darstellt. Besser: In der Abteilung ist etwas faul. Unser Job ist es, nicht nur den faulen Apfel zu eliminieren, sondern auch die angesteckten Früchte zu erkennen, auszusortieren und die ganze Abteilung zu säubern.«

Ein drastisches Bild, aber Bauer hatte recht: War in der Apfelkiste einer faul, waren es auch bald die anderen.

»Ich bin es gewohnt, mir Feinde zu machen, aber Sie ...« Bauer lachte. »Sie waren eine Herausforderung, muss ich gestehen. Um Ihre Frage von gestern zu beantworten: Ja, ich werde für meinen Job bezahlt und arbeite nicht ehrenamtlich.«

Pfeiffer wurde rot.

»Aber nun zu Ihnen und den Fakten, die Sie mir die ganze Zeit glauben machen wollen.«

Pfeiffer wollte auffahren, doch Bauer wischte jeglichen noch unausgesprochenen Einwand mit einer Handbewegung fort.

»Lassen Sie mich ausreden, bevor Sie mir wieder an die Gurgel springen. Ich habe den Kollegen auf toxische Rückstände untersuchen lassen: Betäubung, Drogen ...«

Pfeiffer konnte sein Erstaunen nicht verbergen.

Bauer ignorierte es und sprach weiter. »Ich habe Ihnen mit Absicht Informationen vorenthalten, Herr Kollege. Das ist meine Methode. Jedenfalls bestätigte sich mein Verdacht, dass Kollege Reimer betäubt wurde.«

»Ihr Verdacht?« Pfeifer würgte.

Bauer verschränkte die Arme. »Was würde der Mörder Ihrer Ansicht nach unternehmen, wenn wir Reimer entlassen?«

Er wäre gewarnt und wüsste, dass wir ihm auf den Fersen sind, dachte Pfeiffer. »Also haben Sie uns nur hingehalten, um den wahren Mörder zu überführen?«

»Wie gesagt, ich misstraue jedem außerhalb meines Teams.«

»Auf Kosten von Andi Reimer! Sie hätten sich auch eine andere Möglichkeit einfallen lassen können. Woher hätte der Täter wissen sollen, dass Andi frei ist?«

Bauer zuckte entschuldigend mit den Schultern. »Ich muss gestehen: Ich habe keinen blassen Schimmer, wer es sein könnte. Ihre Theorie, die mir am Anfang wie ein Hirngespinst eines verzweifelten Freundes vorkam, hat sich bei mir eingenistet. Es sind zu viele Zufälle, die ich nicht von der Hand weisen kann. Mit den zwei Leichen auf Ihrem Grundstück bekam die Sache noch einen weiteren Schub. Und Sie erwähnten im Gespräch mit Andreas Reimer die Pläne der Maklerin und warum diese vielleicht sterben musste. Das klingt für mich sehr interessant und logisch. Es sei denn ...« Er sah Pfeiffer prüfend von der Seite her an. »Sie hätten darauf spekuliert, dass Sie abgehört werden, und hätten alles nur fingiert.« Misstrauen glomm für einen Moment in seinen Augen auf.

Pfeiffer gestand sich ein, dass er auf den Gedanken nicht einmal ansatzweise gekommen war. So viel zur eigenen Angst, die dumm machte. »Das müssen Sie herausfinden«, sagte er lächelnd, bereute aber gleich, sich die Bemerkung nicht verkniffen zu haben.

»Wohl wahr.« Bauer nickte. »Wie erklären Sie sich das mit Haas? Obwohl er von Ihrem Sohn persönlich ein Alibi erhalten hat, halten Sie ihn für den Drahtzieher? Tja, und dann hörte ich, dass Sie von dem Erbe zurücktreten wollen, da ...«

»Ich habe bereits Frau Haas von meinem Auszug informiert.«

Bauer zog die Brauen hoch. »Was erwarten Sie sich davon?«

»Den Schutz meiner Familie.«

»Sehr kurz gedacht.«

Pfeiffer wollte aufspringen.

Bauer legte ihm beschwichtigend die Hand auf die Schulter. »Nichts für ungut, Kollege. Ich habe eine Tochter in etwa dem Alter Ihres Sohnes. Ich wäre auch zurückgetreten. Aber jetzt erzählen Sie mir alles der Reihe nach. Auch das mit dem Blackout.« Er grinste unverhohlen. »Ich habe mir die Aufzeichnung zweimal angehört. Es war tatsächlich jemand bei Ihnen in der Villa?«

Pfeiffer forschte nach Spott und Hohn in Bauers Miene. Vergebens. Stattdessen entdeckte er ernsthaftes Interesse an den Geschehnissen. So erzählte er ihm alles, was seiner Meinung nach zu dem Fall gehörte. Von dem seltsamen Besuch der Schornsteinfeger, den aufgehackten Wänden, dem Zettel mit der Warnung, dem Wertgutachten des kleinen Wilhelms und was laut dessen Aussage in der Szene über den Unfalltod des Einbrechers gemunkelt wurde, und zuletzt von Edith Trivor, dem ehemaligen Lehrmädchen der Lamprechts.

Bauer klappte zwischenzeitlich die Kinnlade herunter.

Pfeiffer war sich bewusst, dass er damit preisgab, Nina und Stumpf in seine Ermittlungen mit eingespannt zu haben. »Ich übernehme die Verantwortung zu den Ermittlungen. Meine Kollegen haben in meinem Auftrag gehandelt.«

»Ist schon gut.« Bauer winkte ab, während er aufstand, sich den Hintern rieb und um den Tisch herumging. Er ließ sich auf den Stuhl fallen und streckte die Füße unter dem Tisch aus. »Ich hätte Ihnen schon früher zuhören sollen ... Aber jetzt können wir gemeinsam daran arbeiten.« Bauers Blick suchte nach Pfeiffers Zustimmung, ehe er weitersprach: »Es ist gut, dass Sie Ihrem Sohn Hausarrest gegeben und Haas darüber informiert haben, dass Sie von Ihrem Erbe zurücktreten werden. Sich aus der Schusslinie zu nehmen, ist vorerst das Beste«, revidierte er seine vorige Meinung. »Ich werde Haas erneut in Augenschein nehmen. Er scheint mir der Dreh- und Angelpunkt zu sein. Etwas haben wir am Anfang übersehen.«

Pfeiffer nickte wieder. Endlich ging es voran. »Und was ist mit der Exhumierung von Bruno Lamprecht? Wenn bereits er ermordet wurde, wissen wir, dass die Sache von langer Hand geplant wurde.«

Bauer grübelte einige Minuten. »Ich habe den Oberstaatsanwalt dahingehend informiert. Bisher sieht er keinen ausreichenden Verdacht. Da müssen wir ihm noch etwas mehr bringen, bevor er die Totenruhe von jemandem stört. Doch nach dem, was ich eben gehört habe, kann ich ihm jetzt den Gefallen tun. Ich bleibe dran.«

16.00 UHR

Jetzt sah der Fleck aus wie ein Frosch.

Lotte konnte sich nicht entscheiden. Neigte sie den Kopf nach rechts, ließ der Lichteinfall den unförmigen Fleck an der Decke wie einen Bärenkopf aussehen.

Sie hatte sich auf die Bettdecke gelegt und ließ das Gespräch mit Manuelas Sohn Revue passieren.

Manuela war sehr nett, doch was war mit ihrem Sohn? Was, wenn er unzufrieden mit seinem Leben war? Wenn das mühsam erarbeitete Geld der Mutter nicht ausreichte, um seine Wünsche zu erfüllen? Ständig steckte Manuela ihm Geld zu. Er trug teure Turnschuhe, von deren Preis sie Lebensmittel für einen ganzen Monat hätte einkaufen können. Sie wusste das, da sie die Marke schon von früher kannte. Und die Preise für deren Schuhe waren in den letzten zehn Jahren mit Sicherheit gestiegen.

Aber sie durfte nicht von sich auf andere schließen. Sie war anders erzogen worden. Nicht mit diesem wahnsinnigen Konsumdenken, das heute in den Köpfen der Menschen herrschte und das ihnen vermittelte: Du bist nur schön und stellst nur etwas dar, wenn du dies oder jenes hast oder trägst.

Sie war froh, dass Markus und Nina nicht so waren.

Du schweifst ab, maßregelte sie sich. Zurück zu Manuela. Sie hatte ihren Sohn bestimmt nicht so erzogen. Es war das Umfeld. Zeig mir deine Freunde, und ich sage dir, wer du bist. Sie hatte diese Lümmel auf den Polstern gesehen. Was für ein Umgang! Würde es Manuela nicht auffallen, wenn ihr Sohn Sachen besaß, die sie nicht bezahlt hatte? Mit Sicherheit würde es ihr auffallen. Oder sparte sie es sich vom Munde ab, damit er nicht nörgelte?

Dann kam ihr ein Gedanke. Und wenn Manuela ihm Geld gegeben hatte, um vor ihr eine Schau abzuziehen? Oh weh, das wäre mal ein ganz neuer Aspekt.

Sie musste ihren Kopf zur Ruhe kommen lassen. Das waren Gedanken, die sie nicht denken wollte.

Lotte drehte sich zur Seite und schloss die Augen. Ein Nickerchen würde ihr guttun und helfen, die Gedanken zu ordnen.

Gerade, als sie in den Schlaf wegdriftete, klingelte das Haustelefon.

Wer hatte diese Nummer? Keiner! Nina erreichte sie auf dem Handy, das Markus ausrangiert und ihr überlassen hatte.

Schnell richtete sie sich auf und hob ab. »Kilian«, meldete sie sich mit übertrieben schwacher Stimme.

»Oma! Hallo. Hier ist Markus. Schön, dass ich dich erreiche. Wie geht es dir?«

Lotte wäre beinahe der Hörer aus der Hand gefallen.

Es funktionierte! Das war eindeutig nicht die Stimme von Markus. Außerdem nannte er sie immer »Omchen«.

Wut kroch in ihr hoch. Wie einsam mussten sich alte Leute fühlen, dass sie auf solche Anrufe hereinfielen? Sie wünschte sich sehnlichst, diesen Verbrecher dingfest machen zu können. Ihn wegsperren zu lassen, damit er nie wieder das Licht der Sonne erblickte! »Oh, mein lieber Junge! Dass du einmal anrufst! Das ist aber lieb von dir, dich an deine alte Oma zu erinnern«, flötete sie erfreut in den Hörer. »Mir geht es nicht so gut. Ich weiß nicht, wo ich bin. Ich sitze hier in einem fremden Zimmer und ... Dennoch stehen meine Möbel darin. Verstehst du das?«

Am anderen Ende der Leitung entstand ein kurzes Schweigen. Anscheinend wusste der falsche Enkel nicht, was er darauf erwidern sollte.

Lotte half ihm. »Wie geht es dir, Jungchen? Was macht die Arbeit? Wo warst du noch einmal?«

Das war anscheinend das Stichwort für ihren Gesprächspartner. »Ach, Oma, was soll ich sagen? Mich hat das Glück verlassen. Ich habe meinen Job verloren, weil ich einen Autounfall hatte und nicht zur Arbeit erscheinen konnte.«

»Das ist aber ungerecht. Dürfen die das überhaupt?«

»Tja, das ist denen egal. Zum Glück ist mir bei dem Unfall nichts passiert. Ich muss nur dafür sorgen, dass ich ein Auto bekomme, damit ich wieder arbeiten gehen kann. Ich brauche nun dringend ein Auto, damit ich den neuen Job bekomme.« Er legte ein Flehen in seine Worte, ohne eine Frage zu formulieren.

Wirklich clever. Er fragte nicht direkt nach Geld, sondern nach etwas, damit er wieder zur Arbeit kommen konnte.

Welche Oma sagte da Nein? »Dann kauf dir doch eins.« So einfach wollte sie es ihm nicht machen.

Sie hörte ein ersticktes Schluchzen.

Ach nein, weinte er jetzt? »Was hast du denn, Bub?«, fragte sie mit geheucheltem Mitgefühl.

»Ich wollte dich fragen, ob du mir nicht das Geld für ein Auto leihen kannst. Du bekommst es wieder, sobald ich den Job habe und wieder Geld verdiene.«

Lotte biss sich auf den Daumennagel. Verdammt! Sie hatte Nina nicht zugehört, als sie ihr Instruktionen für den Fall geben wollte, dass der falsche Enkelsohn auf der Bildfläche erschien. Was hatte sie sich nur dabei gedacht, alles als eine Art Spiel zu sehen? Jetzt musste sie reagieren, sonst roch er Lunte und sprang ab. Das durfte sie nicht zulassen. Sie wollte ihn unbedingt zur Strecke bringen! »Natürlich helfe ich dir, Bub. Wie viel brauchst du denn?«

»Zwanzigtausend Euro.«

»So viel?«, entfuhr es ihr. Sie hielt sich die Hand vor den Mund.

»Hast du das nicht? Du bekommst es wieder.« Unsicherheit schwang in der Stimme mit.

»Nein, nein, das ist es nicht. Aber die Autos waren zu meiner Zeit nicht so teuer«, rang sie sich eine Notlüge ab.

Ein erleichtertes Seufzen. »Das ist doch nicht teuer, Oma. Zu deiner Zeit hatten die Autos auch noch eine Kurbel für das Fenster. Jetzt geht alles automatisch. Das kostet halt.« Er lachte kurz auf. Es war ein seltsames Lachen, das sie nicht einordnen konnte.

»Da brauche ich was zum Schreiben, damit ich es dir überweisen kann.« Sie suchte nach einem Kugelschreiber. Doch im selben Moment hielt sie inne. Das würde er nie wollen. Dazu müsste er seine Personalien verraten. Und sie behielt recht.

»Oh ... Oma ... Nein, das brauchst du nicht. Da geht zu viel Zeit verloren. Ich brauche das Geld sofort. Ich kann selbst leider hier nicht weg, aber ich schicke dir nachher meinen Freund René vorbei, den kennst du noch von früher. Der holt dich an deiner Bank ab, dann musst du keine Angst vor einem Überfall haben.«

»Ach, wie lieb von dir!« So ein Lümmel aber auch! Lotte schüttelte über so viel Dreistigkeit den Kopf. Wollte er ihr wirklich weismachen, dass sie diesen Freund von damals kannte? Sie musste unbedingt Zeit schinden, damit sie Nina informieren konnte. »Aber Junge«, säuselte sie. »Heute wird das nichts mehr. Ich fühle mich nicht gut und liege bereits im Bett.«

»Mist! Äh, sorry, Oma. Morgen hat die Bank nicht mehr geöffnet. Aber, ich brauche das Geld so dringend, sonst ist dieses Schnäppchen weg und ... Dann werden es dreißigtausend Euro für ein Auto.«

Wieso rufst du dann so spät an?, wollte sie fragen, wusste jedoch die Antwort auch so. Die gespielte Dringlichkeit ließ alten Menschen keine Zeit zum Überlegen und vor allem keine Zeit für eventuelle Nachfragen innerhalb der Familie. »Mein lieber Junge, ich kann heute nicht raus. Morgen bekommst du dein Geld.«

Sie hörte ein Schnaufen. »Oma ... Morgen hat doch keine Bank offen. Wenn du es heute holst, kannst du es mir auch heute geben. Oder hast du es unter der Matratze?«

Lass das mal meine Sorge sein, woher ich mein Geld bekomme, hätte sie am liebsten geantwortet, doch sie durfte nicht so selbstsicher auftreten. Besser, sie legte noch eine

Schippe nach: »Mein kleiner Liebling! Ich muss erst einmal überlegen, wo ich es habe.«

»Oh, okay ...«

Sie kam nicht umhin, dass ihr ein Schauer über den Rücken lief, als sie seine veränderte Stimme vernahm. »Wir treffen uns morgen um zehn Uhr hier im Foyer«, stotterte sie. Musste sie Angst haben, dass er sie hier in der Residenz überfiel? Was hatte sie nur getan?

»Drinnen, in deinem Heim? Oh, nee Oma, da geht mir René nicht rein. Ist es nicht besser draußen? An der frischen Luft?«

»Du bist so quengelig wie früher, als du noch ein kleiner Junge warst. Also gut, draußen am Eingang, das schaffst du schon! Reservier dir das Auto, und morgen kannst du es kaufen. Da freue ich mich sehr für dich. Du kannst dann mit mir ja einmal eine Spritztour machen.«

»Alles klar. Bis dann, ich meine, ich sage es René«, kam es widerwillig zur Antwort.

»Also, bis morgen.« Schnell legte sie auf.

Puh.

Sie zog den Seidenschal über ihren Kopf und legte ihn aufs Bett. Jetzt war ihr warm geworden. Das war knapp. War dieser Kerl aufdringlich. Anscheinend war das genau die Masche. Festnageln, damit sie das Geld sofort bekamen und es sich die Opfer nicht noch anders überlegten. Oder die Sache gar vergaßen. Aber nicht mit ihr! Sie musste Nina Bescheid sagen.

Sie griff nach dem Handy. Erstens hatte sie dort Ninas Nummer gespeichert, zum Zweiten vermied sie, dass bei einem erneuten Anruf von dem falsche Markus ihr Apparat besetzt und er damit gewarnt war.

19.30 UHR

Wochenende.

Das hatte er sich wieder einmal weiß Gott anders vorgestellt. Ellen hatte für ihn eine Unterkunft besorgt.

Pfeiffer stopfte die Kleidung in Taschen und Koffer und verließ die Villa.

Er wollte Kurt sagen und zeigen, dass er die Villa verließ. Doch Kurt war immer noch nicht zu Hause. Es war bald einundzwanzig Uhr. Wo, zum Geier, war er? Sollte er sich seinetwegen Sorgen machen? War ihm etwas zugestoßen? Pfeiffer klopfte minutenlang an die Tür des Gartenhauses.

»Herr Volkenstein? Sind Sie zu Hause? Kurt?« Niemand rührte sich.

Er blinzelte durch die kleinen Fenster.

Eine spartanische Einrichtung war zu erkennen. Mhm. Wenn er das gewusst hätte, hätte er Kurt einige Möbel überlassen. So zu wohnen, war bestimmt nicht einfach. Erneut kam ihm der Gedanke, dass Kurt etwas mit den Ereignissen zu tun haben könnte, verwarf ihn aber wieder. Das wollte er nicht glauben.

Schnell trat er vom Fenster weg. Erwischt zu werden, wie er die Lebensumstände eines alten Mannes ausspionierte, wäre sehr peinlich geworden.

Seine Stimmung hob sich, als er mit einem zündenden Gedanken das Grundstück verließ. Wenn das alles vorbei war, würde er den alten Herrn einladen und ihn Möbel aussuchen lassen.

Am Tor drehte er sich noch einmal um, nahm Abschied von der Villa und hoffte, dass ihn jemand dabei beobachtete.

Dann stieg er in den Passat und verließ ›Maroggo‹.

Pfeiffer war gespannt, was Ellen zu seiner Entscheidung sagen würde.

Ellen!

Ellen hätte vor lauter Unverständnis den Kopf geschüttelt und ihn einen Feigling geschimpft.

Zu Recht!

Seine Entscheidung kam ihm jetzt unversehens falsch vor. Die Familie zu schützen, war das eine; einem Verbrecher und Mörder widerstandslos die Villa zu überlassen, das andere.

Nein, das konnte er nicht machen!

Alles in ihm sträubte sich.

Von unterwegs wollte er eigentlich die Notarin anrufen, die ihn bis jetzt nicht zurückgerufen hatte. Doch um diese Zeit erreichte er niemanden mehr. Stattdessen drehte er an der Apotheke um und raste zurück zur Villa.

Er hatte eine Idee!

Ellen schrieb er eine Nachricht, dass er sich später melden würde und nicht kommen könne.

Dieses Mal stellte er den Passat in den Schatten des Gartenhauses. Er rannte zu dem kleinen Schuppen, in dem die Mülltonnen standen, und riss die Papiertonne auf. Sie war halb leer. Er fischte nach dem Stapel Prospekte, den er die Tage weggeworfen hatte. Wo hatte er nur diese Kameras gesehen? Nach kurzem Blättern fand er den richtigen Prospekt. Seit gestern waren sie im Angebot. Perfekt. Hoffentlich waren sie nicht ausverkauft. Er musste sich beeilen. Der Discounter schloss um zwanzig Uhr.

Auf dem Weg in die Zellerau wählte er Stumpfs Nummer.

»Wo brennt's?«, begrüßte ihn Stumpf schon nach dem zweiten Läuten.

»Bei mir, Jürgen. Ich brauche dich.«

»Was ist passiert?«

Pfeiffer erklärte ihm seine Idee.

»Wird ja Zeit, dass du endlich loslegst.«

»Was soll das denn heißen?«

»Du startest endlich zum Gegenangriff. Die Angst um deine Familie hat dich gelähmt. Verständlich. Umso mehr freue ich mich, dass du es dir jetzt anders überlegt hast. Ohne Gegenwehr die Villa zurückzugeben, das passt nicht zu dir. Wann soll ich bei dir sein?«

»Ich weiß, dass Iris jeden Moment entbinden kann ...« Pfeiffer stockte.

»Wir warten jetzt über eine Woche auf das Baby, da wird es nicht ausgerechnet heute Nacht kommen.«

»Danke«, sagte er nur.

»Um nichts auf der Welt lass ich mir entgehen, wie du diesem Spinner die Handschellen anlegst. Ich höre sie jetzt schon klicken. Ich informiere Bauer über die Kameras, sonst werden die Beweise nicht anerkannt. Dann bin ich um zweiundzwanzig Uhr bei dir.« Stumpf legte auf.

Gerade pünktlich, denn Pfeiffer war auf dem Parkplatz des Discounters angelangt. Er blieb gleich neben dem Eingang stehen, hastete hinein und durch die Regalreihen. Die Prospektware stand immer im hinteren Bereich, mittig auf der Verkaufsfläche. Er schaute die Tische durch. Nichts.

Verdammt. Es wäre auch zu schön gewesen.

Dann fiel ihm ein, dass die hochwertigen Artikel immer in einem Glaskasten verschlossen an der Kasse platziert wurden. Er rannte durch den Laden zur Kassenschlange.

»Tschuldigung. Kann ich mal?« Er drängelte sich vor und sah in die Auslagen der links und rechts neben den Kassenbändern aufgestellten Vitrinen. Nichts.

»Na, Sie haben es aber eilig.« Eine Blondine legte Salat und Paprika auf das Band und beäugte ihn wohlwollend.

»Ich brauche unbedingt noch eine dieser Wildkameras«, sagte Pfeiffer so laut, dass es beide Kassiererinnen hören konnten.

Die Jüngere sah auf. »Da kommen Sie leider zu spät. Ich habe gerade die letzte verkauft. Da«, sie deutete auf einen kahlköpfigen Greis, der o-beinig watschelnd die automatische Tür passierte, »verlässt sie gerade den Laden.«

Pfeiffer schob scheppernd den Einkaufswagen einer Seniorin beiseite, ohne auf ihren empörten Einwand einzugehen, und rannte hinaus.

20.05 UHR

Jacob drückte das Smartphone fester ans Ohr.

»Hast du schon vergessen, was dir dein Vater gesagt hat?«, flüsterte Marcel.

»Nein. Aber was soll schon passieren? Er reagiert voll übertrieben. So kenne ich ihn gar nicht.«

»Dann müsste es dir doch zu denken geben.«

»Ach, das ist nur, weil er froh ist, mich wiederzuhaben. Seitdem er sich von Mama getrennt hat, war er ziemlich einsam. Was soll schon passieren?«

»Logo, er hat Angst. Ich auch. Mach, was du willst, ich bleibe daheim. Wenn du unbedingt spielen willst, dann musst du zu mir kommen.«

»Schon klar. Ich habe Ferien und soll zu Hause rumsitzen? Kati ist weg, und zwischen Mama und Rainer kriselt es. Es ist voll öde hier.«

»Jacob, die paar Tage wirst du doch überstehen.«

»Will ich aber nicht. Mir ist langweilig. Bis morgen.« Jacob legte auf.

20.10 UHR

Empört schaute der Rentner von der Wildkamera in seinen Händen zu Pfeiffer. »Was wolle Sie? Mei Kamera?«

»Ja, für eine Nacht. Ich bezahle sie und schenke sie Ihnen morgen.«

Die kleinen Augen unter den zotteligen Brauen verengten sich skeptisch. »Wolle Sie Ihr Fraa inflagranti erwische?«

Pfeiffer wich einem wegfahrenden Fiat aus. »Dazu hätte ich die Idee vor einigen Jahren haben müssen.«

»Wen wolle Sie denn dann erleech?« Der Alte blieb stehen. Sein Interesse schien geweckt.

»Das werden Sie mir nicht glauben.«

»Versuche Sie's. Ä alter Jäächer wie ich is neugierich. Wie ä Waidmann seh'n Sie nit aus.«

»Keiner der üblichen Art, die Ihnen ständig über den Weg laufen. Aber in gewisser Weise bin ich schon ein Jäger.«

»Was Sie nit saache.« Das Gebiss des Alten klapperte.

Pfeiffer grinste und beugte sich vor. »Ich jage Mörder, und heute Nacht will ich jemanden zur Strecke bringen, der in meine Villa einbrechen will.«

»Des is ämal orichinell«, erwiderte der Rentner und drückte Pfeiffer den Karton mit der letzten Kamera in die Hand. »Sehr orichinell.«

20.45 UHR

Von dem passionierten Jäger erfuhr Pfeiffer, wie er die Kamera installieren und in Betrieb nehmen musste. Er wählte den Platz oberhalb einer Astgabel in einem der großen Bäume, weit genug vom Eingang entfernt, damit sie nicht entdeckt wurde und nah genug, um den Eindringling auf einer Aufnahme identifizieren zu können. Die alte Attrappe der Kamera, die bereits an der Seitenwand des Eingangs installiert war, sollte ablenken.

Er kontrollierte das Probefoto, indem er die SD-Karte in sein Handy steckte. Pfeiffer grinste darauf. Perfekt, es funktionierte.

Jetzt musste er nur noch publikumswirksam verschwinden, damit jeder glaubte, er hätte aufgegeben. Er war gespannt, ob er heute Abend hier Vornwald oder Haas antraf.

Ein Blick zum Gartenhaus zeigte ihm, dass Volkenstein noch immer nicht zu Hause war. Oder versteckte er sich etwa hinter den Gardinen und beobachtete ihn? Quatsch!

Aber wo war er?

In den vergangenen Tagen war der alte Herr immer daheim gewesen. Woher kam seine plötzliche Betriebsamkeit? Ach, was spann er sich da jetzt wieder zusammen? Mittlerweile vermutete er hinter jedem Menschen einen Verdächtigen.

Pfeiffer sah auf die Uhr. Er hatte noch Zeit, bis Jürgen zu ihm stieß. Kurzentschlossen rief er Bauer an.

»Ich wurde bereits vom Kollegen Stumpf informiert. Etwas unorthodox, meinte der Staatsanwalt, aber machbar«, kam Bauer grußlos gleich zur Sache. »Ich würde Ihnen ja meine Unterstützung anbieten, aber meine Kollegen und ich sind über das Wochenende zurück nach Nürnberg gefahren.« Er räusperte sich, als kratzte ihn das schlechte

Gewissen im Hals. »Allerdings bin ich wegen der Exhumierung von Lamprechts Leichnams voraussichtlich morgen Vormittag wieder da. Wir sehen uns dann. Viel Erfolg.« Bauer beendete das Gespräch.

Verwundert legte Pfeiffer sein Handy weg. Ihm sollte es recht sein, wenn Bauer ihm freie Hand ließ. Seiner Schuldigkeit, ihn zu informieren, war er nachgekommen. Bauer konnte ihm nicht unterstellen, eigenmächtig gehandelt zu haben.

22.00 UHR

Die Dämmerung setzte ein. Kein Luftzug zog durch den Bachgrund, der die abendliche Hitze vertrieben hätte.

Pünktlich kam Jürgen Stumpf, parkte einige Meter weiter und näherte sich zu Fuß Pfeiffers Auto, das zirka fünfzig Meter oberhalb der Einfahrt zu seinem Anwesen stand. Weit genug von einer Straßenlaterne entfernt, um nicht aufzufallen, nah genug an der Villa, um jederzeit einschreiten zu können.

»Hab ich was verpasst?« Stumpf setzte sich auf den Beifahrersitz, ohne dass die Innenraumbeleuchtung anging. Die hatte Pfeiffer vorsorglich ausgestellt. Unbedachte Kleinigkeiten hatten schon oft eine Observierung auffliegen lassen: Eine Tür, die aufging und die Innenbeleuchtung aufleuchten ließ oder die Glut einer Zigarette, die man hundert Meter weit sehen konnte.

»Alles ruhig. Ich bin mir noch nicht mal sicher, ob überhaupt irgendwas passiert.«

»Wir werden sehen.« Stumpf griff nach dem T-Shirt, das er trug, und zog es von seiner Brust weg. »Es ist unerträglich«, jammerte er. »Iris hat es gut. Sie badet gerade ihre geschwollenen Beine in kaltem Wasser.« Er schaltete die Klimaanlage hoch und schnüffelte wie ein Spürhund im Rausch. »Klimaanlage im Eimer? Shit!«

Stöhnend ließ Pfeiffer die vorderen Fenster herunter und machte die Zündung aus. Das neue Auto musste warten, bis die Angelegenheit mit der Villa aufgeklärt war. Solange musste er den Sommer mit offenen Fenstern überstehen.

Stumpf öffnete eine mitgebrachte Coladose. »Jede Observierung ist ein Schuss ins Blaue. Aber wenn der Spinner sieht, dass du nun endlich weg bist, auf was soll er dann noch warten?« Er trank und stellte die Dose auf das Armaturenbrett.

»Da hast du recht. Aber ich habe ein ungutes Gefühl. Warten wir es ab.«

»Mhm«, brummte Stumpf. »Kommt man nur über die Einfahrt auf das Grundstück? Habe mir noch gar keine Gedanken gemacht, wie es hinten aussieht.« Er deutete die Straße hinab.

»Das Gelände ist zwar eingezäunt, doch das ist gewiss kein Hindernis. Eine Drahtschere, und schon ist man drin. Den Bewegungsmelder habe ich ausgestellt, damit der oder die Typen nicht verschreckt werden.«

»Sie? Du rechnest mit mehreren?«

»Zwei. Ein dritter ist unwahrscheinlich. Zu viele Beteiligte - zu großes Risiko.« Er sah Stumpf an, richtete aber sofort wieder den Blick auf die Straße. Keine Bewegung durfte ihm entgehen. »Ich mache mir Sorgen um Volkenstein.«

»Deinem Verwalter? Der ist doch zu alt dafür.«

Pfeiffer lehnte den Kopf an die Stütze. Laue Luft wehte wohltuend durch die offene Scheibe über seine Seite hinweg. Seit die Sonne verschwunden war, wurde die Temperaturen langsam angenehmer. »Er ist immer noch nicht nach

Hause gekommen. Entweder er ist untergetaucht, weil er mit denen unter einer Decke steckt, oder er kommt genau dann zurück, wenn der Einbruch stattfindet.« Er machte eine Pause. »Zwischen die Fronten zu geraten, überlebt der Alte nicht.«

»Jetzt mal nicht den Teufel an die Wand«, meinte Stumpf. Doch seiner Stimme fehlte die Zuversicht.

Pfeiffers Blick fixierte die Straße. Im Licht der Straßenlaterne seitlich der Einfahrt konnte er sehen, falls sich jemand zu Fuß nähern sollte. Oder waren die Typen so frech, dass sie mit einem Fahrzeug bis vor die Tür fuhren?

Fehlte deshalb von Volkenstein jede Spur? Hatten sie ihn ausgeschaltet, um später unbehelligt eindringen zu können?

Pfeiffer stöhnte.

»Was hast du?«

»Immer noch ein ungutes Gefühl.«

»Reiß dich zusammen. Was soll schon schief gehen?«

»Weiß nicht. Ist halt so ein Gefühl, dass heute noch was passiert.«

Ein Fahrzeug bog in die Straße ein.

Pfeiffer richtete sich auf. Angespannt beobachteten beide, wie das Licht der Scheinwerfer auf und ab hüpfte, wenn das Auto über Bodenunebenheiten fuhr.

Geblendet kniff Pfeiffer die Augen zusammen. Er konnte nicht erkennen, was hinter dem herankommenden Auto geschah. Der Wagen beschleunigte, fuhr an der Lamprecht-Villa vorbei und näherte sich.

Wie auf ein Kommando neigten Pfeiffer und Stumpf ihre Köpfe aus dem Sichtfeld.

Das Auto fuhr vorbei und verschwand ein Stück hinter ihnen in einer Einfahrt.

Danach war es wieder ruhig. Hin und wieder sahen sie

Lichtkegel am anderen Ende der Straße, wo die Brücke über die Landstraße führte und diese Seite des Ortes mit dem anderen Ortsteil verband. Der ICE rauschte, dann war es wieder still.

Beide starrten stumm auf die Straße.

Die Zeit kroch in Zeitlupe dahin. Pfeiffer sah auf Uhr. Zweiundzwanzig Uhr fünfundvierzig.

Ein Auto startete, schaltete die Lichter an und kam nun von hinten. Wieder neigten beide die Köpfe.

Ein gedämpftes Brummen erklang.

»Verdammt«, fluchte Stumpf, dessen Kopf auf Höhe des Schalthebels hing. Erst, als das Auto außer Sichtweite war, stützte er sich ab und griff nach seinem Handy in der Gesäßtasche. »Iris«, erklärte er Pfeiffer und nahm das Gespräch an. »Du weißt schon, dass wir gerade mitten in einer Ob... Was? Oh nein. Jetzt? Ja, ich hab dich schon verstanden, du musst nicht so schreien. Ab... Aber ...« Hilflos sah er zu Pfeiffer.

»Die Wehen?«

»Ja«, sagte er mit heiserer Stimme. »Es geht los.«

»Na, dann mach dich heim«, forderte ihn Pfeiffer auf.

»Ich kann doch jetzt nicht ...«

»Doch, du kannst.« Pfeiffer griff nach Stumpfs Smartphone. »Warte auf ihn, Iris, er kommt sofort zu dir. Alles Gute dir und dem Nachwuchs!«

Das »Danke« am anderen Ende versank in einem Stöhnen.

»Ich komme, mein Schatz!« Stumpf schüttelte widerwillig den Kopf, während er das Handy wegsteckte. »Soll ich dir Nina rufen?«

Pfeiffer sah auf die Uhr. Kurz vor Mitternacht. »Nein, nein. Die wird schon schlafen. Die paar Stunden schaffe ich noch allein.«

»Versprich mir, nicht aus dem Auto zu steigen. Du

beobachtest einfach nur, verstanden? Die Bilder deiner Kamera werten wir morgen aus. Das ist dann Beweis genug. Bin schon richtig neugierig. Mann, ist das ein Scheiß-Timing.« Jürgen schaute die Straße hoch und runter. »Bring dich nicht in Gefahr!«, ermahnte er Pfeiffer noch mal.

Der winkte leise lachend ab. »Ich pass auf. Und nun mach dich los, P-a-p-a! Fahr vorsichtig.«

Rasch stieg Stumpf aus und rannte zu seinem Wagen.

Als seine roten Rücklichter verschwunden waren, kam erneut ein Auto. Dann wieder. Und wieder. Gefühlt halbstündlich kam ein Anwohner angefahren und verschwand in einer der Garagen oder Einfahrten.

Pfeiffer war kurz vor dem Wegnicken. Gut, dass ihn das Lüftchen, das an seinem Gesicht entlang wehte, jedes Mal wieder hochschrecken ließ und wachhielt.

Erneut leuchteten Scheinwerfer auf.

Langsam fuhr das Auto die Straße entlang auf Pfeiffer zu. Abermals duckte er sich. Auf seiner Höhe reduzierte der Fahrer auf Schrittgeschwindigkeit, dann fuhr er weiter. Pfeiffer sah vorsichtig hoch. Das Auto parkte einige Häuser weiter. Ein Mann stieg aus und ging zu einem der gegenüberliegenden Häuser.

Durch das offene Fenster hörte Pfeiffer ein Knacken.

Er drehte sich wieder in Fahrtrichtung, als plötzlich eine dunkle Gestalt etwas in das Fahrzeuginnere hineinhielt. Das Pfefferspray brannte wie Feuer in Augen und Rachen und raubte ihm den Atem. Tränenblind und hustend schlug er um sich, ohne etwas zu treffen. Ein Lumpen wurde ihm in den Mund gestopft. Er glaubte, zu ersticken. Mit einer Hand zerrte er an dem Arm, mit der anderen versuchte er, die Hupe zu treffen. Ein Kinnhaken knockte ihn aus.

Benommen hörte er ein Ratschen, das beim Zusammenziehen von Kabelbindern entstand und fühlte, wie seine Hände gefesselt wurden. Dann spürte er einen feuchten

Lappen auf Mund und Nase. Den Geruch kannte er: Chloroform!

Pfeiffer hielt die Luft an, versuchte, den Kopf wegzudrehen. Vergebens. Er würgte und inhalierte die betäubenden Dämpfe.

Dann sackte Pfeiffer bewusstlos in sich zusammen.

SAMSTAG, 2. AUGUST
1.26 UHR

»Das war der Kommissar!«, flüsterte der andere. Tänzelnd und wie ein Hündchen, das auf Leckerlis wartete, lief er neben ihm die Auffahrt hinauf.

»Ich weiß. Sonst hätte ich nicht seine Schlüssel«, zischte er und hielt den Schlüsselbund hoch, während er mit der anderen Hand die geschulterte Axt hielt. Das helle Klimpern erschreckte ihn. Schnell umklammerte er die Schlüssel. Mit ausholenden Schritten lief er zu der Villa. Er mied den Kies und ging auf dem Rasen, der die Schritte dämpfte.

»Wenn uns jemand gesehen hat? Du hast gesagt, er wäre ausgezogen. Sonst hätte ich nicht mitgemacht. Woher hast du gewusst, dass er dort im Auto saß? Und wenn hier noch jemand auf uns wartet?« Nervös und ängstlich fuchtelte der andere mit einer langen Rolle von Plänen umher, als wollte er etwaige Angreifer damit erschlagen.

»Deswegen hast du die da auf.« Der andere piekte ihn mit dem Zeigefinger auf die Stirn. Empört wollte er ihm den Stoff vom Gesicht ziehen.

Er wich zurück, schlug die Hand fort.

»Lass das!« Stattdessen zog er die Maske des anderen zurecht, die bereits das Kinn entblößt hatte.

Wie ein getretener Hund glotzte ihn der andere an.

Er lehnte die Axt an die Eingangstür. »So was nennt man Instinkt. Entweder man hat ihn oder nicht«, belehrte er gönnerhaft. »Sie waren nur zu zweit. Und der andere ist vorhin weggefahren. Und jetzt halt's Maul!« Wieder so ein Waschlappen wie Manni. Oh Mann! Hatte er es nur mit Idioten zu tun?

Womit hatte er das nur verdient? Nüchtern betrachtet gab es nur wenige, eigentlich gar keine, Menschen, die mit ihm mithalten und seinen Ansprüchen genügen konnten. Seine Ausbildung, sein Ehrgeiz und sein Intellekt suchten vergebens nach einem gleichwertigen Partner. Selbst der Kommissar hinkte ihm hinterher. Es war spaßig, Pfeiffer an der Nase herumzuführen. Wie einen Bullen am Nasenring, dachte er und unterdrückte bei dem Wortspiel ein Kichern. Und jetzt lag der Bulle auch noch gefesselt und geknebelt im Kofferraum.

Er blickte zu der lächerlichen Attrappe einer Überwachungskamera, die ihm jedes Mal ein müdes Lächeln abrang. Wen sollte die abschrecken? Ihn bestimmt nicht.

Dann stutzte er.

Da hing nicht nur die Kamera vom letzten Mal, verdammt! Der Scheißkerl hatte darüber eine echte installiert. Er kniff die Lippen wie ein zahnloser Löwe zusammen. Gut, dass die Skimaske sein Gesicht verbarg. Dem anderen gegenüber durfte er keine Schwäche zeigen. Wie sollte er vorgehen? Erwarteten ihn im Haus noch mehr Kameras? Die neuen Systeme waren gefährlich, er kannte sich aus. Mehr als zehn Kameras konnte man an einem Stromnetz anschließen. Pfeiffer hatte wohl vom Auto aus über seine App beobachten und filmen wollen.

Verdammt! Er hatte den Bullen unterschätzt!

Was nun?

Jeden Raum absuchen und jede einzelne Kamera abschalten? Dazu brauchte er Zeit, die er nicht eingeplant hatte. Das war unmöglich.

Verdammt!

Zudem konnte der aufzeichnende Recorder sonst wo stehen. Die modernen Geräte waren klein und benötigten nur das gleiche WLAN oder Stromnetz wie die Kameras. Er schätzte, Pfeiffer hatte die clevere Variante mit dem Stromnetz ausgewählt. Zumindest hätte er sich an seiner Stelle dafür entschieden und sich nicht auf ein schwankendes WLAN-Netz verlassen. Und die Stromleitungen durchzogen wie ein riesiges Spinnennetz diese Mauern.

Wenn er nun eine Kamera übersah? Was dann? Eigentlich würde Pfeiffer nur zwei Männer mit Sturmmasken sehen.

Doch wie sah das aus? Als wäre er unfähig! Ein kleiner dummer Einbrecher, der dem Bullen in die Falle gelaufen war.

Das durfte er nicht zulassen. Nicht nach dem, was er bereits bewegt hatte.

Ihm kam ein weiterer Gedanken, der ihm die Laune vermieste. Was, wenn die Kameras mit Mikrofonen ausgestattet waren? Ein Stimmenabgleich war das Letzte, was er gebrauchen konnte. Wenn er eine Kamera übersah, die nicht nur filmte, sondern auch Gespräche aufzeichnete, war er geliefert. Aber er konnte einfach den Stromkreis ausschalten! Wo, zum Teufel, war der Sicherungskasten?

Er sah sich um.

»Was suchst du?«, flüsterte der andere.

»Ich könnte mir vorstellen, dass er diesmal weitere Kameras installiert hat«, spielte er den Überlegenen.

»Wirklich?«

»Würde ich so machen. Schließlich hat er etwas entfernt im Auto auf uns gewartet.«

»Oh nein! Und jetzt?«

»Nichts. Soll er uns ruhig filmen. Mit den Skimasken kann er uns nicht identifizieren. Die anderen Kameras werde ich jetzt vom Stromnetz nehmen. Als ich mit dem

Schornsteinfeger im Haus war, ist der Bulle mit ihm in den Heizungskeller gegangen. Dort ist bestimmt auch der Sicherungskasten.«

»Wow.«

Er badete in der Bewunderung, die der andere ihm entgegenbrachte. Dann ging er um die Villa herum. Auf der von den Straßenlaternen abgewandten Seite umfing sie Finsternis. Unmöglich, so den passenden Schlüssel für den Kellerzugang zu finden.

Der andere zog eine Taschenlampe aus der Hosentasche.

»Nein, nicht hier draußen. Das ist zu hell. Versuchs mit dem schwachen Handydisplay.«

Umständlich zog der andere sein Handy hervor, ohne vorher die Lampe weggesteckt zu haben. Klappernd fiel sie zu Boden.

Er unterdrückte ein Stöhnen. Wenn er den Typ nicht brauchen würde, hätte er ihm am liebsten eins übergebraten. Nein. Er musste sich zurückhalten. Wenn er ständig an ihm herummeckerte, würde er aussteigen wollen. So wie Manni. Schweren Herzens schaltete er einen Gang herunter.

Mit dem Körper schirmte er das schwache Licht des Bildschirms ab.

Kein Schlüssel vom Bund passte. Aber das hielt ihn nicht auf! Manni hatte ihm das Knacken von einfachen Schlössern gezeigt, und am Hafen hatte er dessen Werkzeug an sich genommen. Lächelnd zog er es aus seiner Gesäßtasche. Diesbezüglich war er auf niemanden mehr angewiesen.

In wenigen Sekunden hatte er die Kellertür geöffnet, und sie standen nun an einer langen Kellertreppe, die in das Dunkle hinabführte. Kalte Luft schlug ihnen entgegen. Typisch für alte Kellergemäuer, die oft auch im Sommer konstant zehn Grad hatten. Er zog die Tür hinter sich zu und knipste das Licht an.

Vorsichtig gingen sie die Steinstufen hinab. Nur ein Teil der Villa war unterkellert. Von dem kleinen Vorraum gingen nur zwei Türen ab. An der Wand dazwischen befand sich der zweiflügelige Sicherungskasten.

Die Tür rechts war eine Brandschutztür und führte in den Heizungsraum. Er öffnete die linke Tür interessehalber. Sollte sich herausstellen, dass das, was er suchte, sich hier unten befand und er hätte es nicht in Erwägung gezogen, würde er sich in den Arsch beißen.

Als ihm ein muffiger Geruch von keimenden Kartoffeln entgegenschlug und er in den Regalen nichts als verstaubte Einmachgläser und Weinflaschen entdeckte, warf er enttäuscht die Tür hinter sich ins Schloss.

Jetzt würde er den Strom kappen, damit der Recorder nichts mehr speichern konnte.

Er stellte sich das dumme Gesicht von dem Bullen vor, wenn der morgen aus seinem Auto befreit wurde und feststellte, dass die Kamera-Aktion nutzlos gewesen war. Seine Laune stieg.

Der Sicherungskasten klemmte. Doch schließlich offenbarte sich ein Gewirr von Sicherungen und Schalter. Bei drei schwarzen Kippschaltern erahnte er die Hauptsicherungen. Er kippte sie um, und das Kellerlicht erlosch. Auch das leichte Summen der Heizung, das unterschwellig durch die schwere Tür gedrungen war, setzte aus.

Sein Komplize aktivierte das Handylicht und leuchtete die Stufen hinauf.

Geschafft.

Als sie um die Villa gingen und er sah, dass das kleine Licht an der neuen Kamera erloschen war, atmete er durch.

Er schaute auf die Uhr. Das hatte sie zehn Minuten gekostet. Okay, weiter. Wenigstens sparte er die Zeit bei dem Schloss der Eingangstür, da er nun Pfeiffers Schlüsselbund hatte.

Das Schloss war neu, stellte er vergnügt fest. Wieder einmal überraschte ihn der Kommissar. Sicher hatte er sich für schlau gehalten, als er das Schloss tauschte. Doch der Originalschlüssel vereinfachte die Sache ungemein. Wie bereits die ganze Zeit, als er die Schlüssel des verliebten Pärchens benutzt hatte, um seelenruhig bei Pfeiffer ein- und auszuspazieren. Der zweite Schlüssel passte, und das Schloss öffnete sich mit einem wunderbaren, leisen Knacken.

Er trat ein und vergewisserte sich beim Schließen der Tür, dass ihnen niemand gefolgt war.

Dann rang er sich ein Lob für den anderen ab. »Prima, jetzt kannst du die Lampe nehmen.«

Obwohl niemand in der Kanzlei war, schlichen sie die Stufen hinauf. Die Wohnungstür öffnete er ebenfalls mit Pfeiffers eigenem Schlüssel.

Ohne das Licht anzuschalten, trat er durch die Wohnküche in das Wohnzimmer und sah sich um.

»Verdammt, der hat immer noch keine Vorhänge an den Fenstern«, sagte er. »Wenn der Alte hier Licht flackern sieht, kommt er ins Grübeln. Nimm wieder das Handy. Das muss reichen.«

Der andere tat eifrig, während er mit dem Handy den Raum ausleuchtete. Plötzlich jauchzte er auf. »Endlich haben wir mal Glück!«

»Wieso? Was ist?«

»Schau, hier! Da liegen die Pläne, die Bianca nicht mehr hergeben wollte.« Der andere kniete nieder, rollte die mitgebrachten Blaupausen daneben aus. »Aber die Pläne weichen von deinen ab.« Das schwache Licht des Handys huschte von der einen Blaupause zur anderen.

Er lachte in sich hinein. Wer auch immer ihn da erhört hatte, er dankte ihm. Die lang gesuchten Pläne lagen ihm zu Füßen. »Ich weiß. Die dumme Fotze hat gedacht, ich bekomme es nicht mit. Und jetzt hat der Bulle auch schon nach dem Versteck gesucht. Und hör auf, von Glück zu faseln. Vergleich lieber, wo die Pläne voneinander abweichen. Leg sie übereinander.«

Der andere schwieg. Er wusste, was mit denen geschah, die sich ihm in den Weg stellten oder schlauer sein wollten. »Leuchte mal mit dem Handy dahinter, dann sehe ich die Abweichungen besser.«

Gute Idee!

Das sagte er natürlich nicht. Ein Lob musste für heute reichen. Schließlich sollte er kein Oberwasser bekommen.

»Hier ist eine doppelte Wand.« Der andere war froh, endlich etwas Nützliches beisteuern zu können.

Nun ja, er musste sich unentbehrlich machen, sonst wäre seine Zeit auch gezählt.

Wenn er wüsste ...

»Ich sehe es. Das muss es sein. Das Pärchen sagte damals, dass der Senior früher geheime Akten hier oben aufbewahrt hat.«

»Warum hast du so lange gewartet? Du hättest doch schon vor Wochen hier einbrechen können. Ich verstehe das nicht«, rutschte ihm heraus. Er biss sich auf die Lippe.

»Klugscheißer, du. Ich war schon ein paar Mal hier drin, aber mit den falschen Plänen habe ich nichts gefunden. Schließlich haben wir nur die Aussage deiner Stiefmutter, dass das die Kanzlei war. Und du wolltest dir ja keine Finger schmutzig machen. Also bestimme ich, wie und wann. Wie du weißt, war der Polyp ständig hier. Wenn ich so einen abmurksen muss, werden wir unser Lebtag nicht mehr glücklich. Dann jagt uns das ganze Land. Auch dich. Willst du das?«, fragte der andere genervt.

»Nein«, erwiderte er widerwillig und versuchte vergeblich, das Zittern in der Stimme zu verbergen. Er durfte nicht bemerken, dass jeden Tag seine Angst vor ihm wuchs.

Doch der andere war jetzt aufgedreht. Mit dem Plan in der Hand suchte er die entsprechende Wand. Es war die Zwischenwand zwischen zwei Schlafzimmern.

»Ich verstehe immer noch nicht, warum dir das überhaupt so wichtig ist. Was, wenn du weißt, wer dein Vater ist? Was dann? Vielleicht ist er schon lange tot. Und dann?«, brach es wieder aus ihm heraus. Erschrocken verstummte er. »Sorry, ist deine Sache.« Verdammt! Warum musste er immer alles logisch betrachten und für alle Fragen eine Antwort haben? Sollte der doch machen, was er wollte. Hauptsache, er verschwand bald wieder aus seinem Leben!

Der andere reagierte weniger aggressiv als erwartet. Anscheinend hatte er einen wunden Punkt getroffen. »Das verstehst du wirklich nicht. Du bist wohlbehütet aufgewachsen, aber ich ...« Der andere kniff die Lippen zusammen und stieß ihn zur Seite.

»Was hast du vor?«, fragte er unsicher.

»Das wirst du gleich sehen.« Der andere ging in das Wohnzimmer, kehrte mit einer Axt auf der Schulter zurück und verschwand grinsend in dem kleinen Zimmer.

Er hörte dumpfes Hämmern und Splittern. Das musste die geheime Wand sein. Endlich hatte das Suchen ein Ende. Bald würde er wieder ein richtiges Leben führen.

8.00 UHR

Lotte hatte die halbe Nacht kein Auge zugemacht. Jedes noch so kleine Geräusch, das auf den Gängen zu hören war, hatte sie atemlos zur Tür starren lassen, ob sich jemand daran zu schaffen machte. Wenn nach minutenlangem Starren die Tür gegen jede Erwartung doch nicht langsam aufgeschoben wurde, sank sie erleichtert auf ihr Kissen zurück. Dann schalt sie sich eine dumme Kuh, weil sie so unüberlegt jemanden eingeladen hatte, bei ihr einzubrechen.

Was hatte sie sich eigentlich dabei gedacht, sich auf so etwas einzulassen?

Langeweile?

Nun ja, ihr Leben war in den letzten Jahren nicht mehr so aufregend gewesen, gestand sie sich ein. Dass etwas sie um den Schlaf brachte, hatte sie deshalb schon lange nicht mehr erlebt. Gustavs Tod war das Letzte gewesen, das sie aus der Bahn geworfen hatte. Darunter hatte sie lange gelitten.

Jetzt fügte sie während ihrer Selbstkasteiung, die morgige Geldübergabe gut zu überstehen, noch die Sorgen um Nina hinzu. Es war unverzeihlich, wie ihr Schwiegersohn mit ihrer Enkelin umging. Allerdings wollte Nina ihr weismachen, es wäre nichts vorgefallen. Hah! Doch nicht mit ihr! Ihre Tochter ging ihr aus dem Weg. Begegnete sie ihrem Schwiegersohn, machte er ein verkniffenes Gesicht. Und Nina war überstürzt aus der Dachgeschosswohnung ihres Elternhauses ausgezogen. Wieso nahmen alle an, sie wäre auf der Brotsuppe dahergeschwommen?

Während sie sich zu neutralen Gedanken zwang, die ihre Nerven beruhigen sollten, malte sie sich aus, wer morgen bei der Geldübergabe aufkreuzen würde und wie sie die Handschellen klicken hörte. Die letzten Tage waren grandios gewesen, doch morgen folgte die Krönung: die Festnahme des Verbrechers.

Lotte saß beim Frühstück und bekam kaum einen Bissen hinunter. Sie zwang sich, von dem Quark mit Früchten zu essen. Sie fühlte sich von allen im Speisesaal beobachtet.

Ahnten die Mitbewohner und das Personal, was sie vorhatte? Jeder schaute auf sie. Was sollte das? Waren ihre Nerven so überdreht, dass sie sich das alles einbildete? Oder sah sie einfach nur so übermüdet aus, dass jeder ihre Augenringe anstarrte?

Irritiert sah sie sich um und atmete erleichtert auf. Keiner beobachtete sie, nein! Die allgemeine Aufmerksamkeit galt der Witwe des Schuldirektors, die gerade erhobenen Hauptes am Arm von Anton Feser hereinstolzierte.

Verdammt! Hatte die sich ihn geschnappt? Das durfte doch nicht wahr sein!

Lotte zwang sich ein eisiges Lächeln ab. Auf keinen Fall wollte sie sich ihre Eifersucht anmerken lassen. Anton Feser sollte nicht bemerken, dass auch sie gerne einmal an seinem Arm hängen wollte.

Anton Feser geleitete die Witwe zu ihrem Frühstückstisch, verneigte sich leicht und schlenderte zum Tisch am Fenster, an dem er lächelnd Platz nahm. Den beiden dickbäuchigen Männern, die bereits an seinem Tisch saßen und in ihre Brötchen beißen wollten, klappte der Unterkiefer herunter.

Der hatte Klasse! Diese Konkurrenz erkannten sogar seine Tischnachbarn.

Lotte schluckte und versuchte, in der Quarkschüssel etwaige verschlüsselte Botschaften zu finden. Energisch schob sie die Schüssel von sich und erhob sich. Sie würde sich jetzt fertig machen und dann ihren großen Auftritt starten. Wenn der Casanova von ihrem Einsatz bezüglich des Enkeltrickbetrügers hörte, dann hatte sie sowieso gewonnen. Sie spürte, wie er sie immer wieder taxierte. Abgeneigt war er also nicht.

Mit erhobenem Kopf verließ sie den Speisesaal.

8.31 UHR

Es war dunkel.

Stockdunkel.

Er hörte Musik.

Pfeiffer wusste nicht, wo er war. Er lag mit angezogenen Beinen auf der linken Seite. Er wollte sich aufrichten, doch ein Schmerz fuhr wie ein Messerstich in seine Schulter. War sie ausgekugelt? Nein, das war ein anderer Schmerz. Er spürte seine Finger kaum. Seine Hände waren auf dem Rücken gefesselt, seine Fußknöchel ebenfalls.

Was war geschehen?

Er schmeckte plötzlich den Lumpen im Mund und dankte Gott, dass er nicht daran erstickt war. Jetzt fiel es ihm wieder ein:

Der Mann mit dem Pfefferspray!

Wie lange lag er hier schon? Wo war er? Er roch immer noch das Chloroform. Er war regelrecht darin gebadet worden, damit er länger stillhielt. Es konnten also Stunden seit seiner Überwältigung vergangen sein.

Panik stieg auf, als ihm der Gedanke kam, er könne in einem Grab liegen. In einem Sarg. Doch durch die Embryonalstellung, in der er lag, verwarf er den Gedanken. Er hatte hier mehr Breite als in so einer schmalen Kiste.

Pfeiffer ließ seinen Kopf erschöpft auf den Boden sinken. Der raue Belag kratzte ihn an der Wange und kam ihm bekannt vor. Natürlich! Es war der Innenbelag seines Kofferraums. Deshalb die Dunkelheit. Draußen konnte es schon Tag sein.

Pfeiffer trat gegen die Kofferraumwand.

Er lauschte, ob er Verkehrslärm hörte. Nichts. Dann fiel ihm ein, dass es Nacht oder Samstagmorgen war und sich am Wochenende der Verkehr verringerte.

Verdammt! Es konnte Stunden dauern, bis er gefunden wurde, wenn überhaupt. Wenn die Hitze kam, würde er geschmort werden wie ein Hähnchen im Backrohr. Das wäre das Ende!

Nein, sein Passat, ein in dieser Straße fremder Wagen mit den heruntergelassenen Scheiben, musste einfach Aufmerksamkeit erregen. Und wenn sie den Wagen irgendwo an einem abgelegenen Ort abgestellt hatten? Daran wollte er nicht denken ...

Stumpf.

Ob der Kollege bereits sein Kind im Arm hielt? Kaum anzunehmen, dass Stumpf jetzt an Pfeiffer denken würde. Bestimmt glaubte er, wenn Pfeiffer sich nicht meldete, wäre er eingeschlafen.

Nicht, dass das jemals passiert war. Offiziell nie.

Inoffiziell waren sie auch nur Menschen.

Pfeiffer musste warten und hoffen, dass ein Passant rechtzeitig das Treten gegen die Karosserie hörte. An der Stelle musste langsam außen eine Beule wachsen.

Erschöpft hielt er inne. Es brachte nichts, wahllos zu klopfen und dann keine Kraft mehr zu haben, wenn wirklich jemand vorbeikam.

Er musste hier heraus, um sich Haas vorzuknöpfen. Ihm in seiner Wohnung einen Blackout vorzugaukeln, war clever gewesen; ihn hier anzugreifen, war fahrlässig. Der Angriff auf einen Polizeibeamten bedeutete, dass er jetzt dienstlich ermitteln konnte.

Wenigstens war Jacob in Sicherheit und außerhalb der Reichweite dieses Verrückten.

Aber warum sollte Haas das alles tun? Bisher war er sicher gewesen, dass Haas dahintersteckte. Doch jetzt sah er Vornwalds gestyltes Outfit vor sich. Die gegelten Haare, den hochgestellten Polokragen. Der Typ hatte sich radikal verändert. Zu was war er wirklich fähig?

Hatte Vornwald ihn überwältigt? Ließ er seine Frau ermorden, um damit einer Scheidung zuvorzukommen? Oder war es wirklich seine Art zu trauern, indem er seiner Frau posthum einen Herzenswunsch erfüllte und seinen Stil geändert hatte?

Pfeiffer wusste es nicht. Menschen töteten manchmal aus banalen, für Außenstehende oft nicht nachvollziehbaren Gründen.

Er drehte sich auf den Rücken, um die schmerzende Schulter zu entlasten. Er biss die Zähne zusammen, was in Anbetracht des Lumpens lächerlich wirkte.

Erneut hörte er Musik.

Das Lied kannte er. Es war ... der Klingelton seines Handys. Gott sei Dank, jemand versuchte, ihn zu erreichen.

Er drehte sich wieder auf die Seite, und dabei ertasteten seine Finger einen Kasten. Was war das? Kunststoff. Lang und leicht.

Das Warndreieck, durchfuhr es ihn.

Die schmerzende Schulter trieb ihm Tränen in die Augen. Unbeirrt angelte er nach dem Warndreieck. Es dauerte gefühlte Stunden, bis er den Kasten auseinander- und den Inhalt herausziehen konnte.

Und nun? Wollte er mit einem Warndreieck die Kabelbinder aufschneiden? MacGyver fiel ihm ein. Als Junge hatte er die Serie verschlungen und den Typ bewundert. Was würde der jetzt tun? Den Kofferraum aufstemmen!

Da! - Er hörte Geräusche. Die Wagentür.

Pfeiffer trat wie verrückt gegen den Kofferraum. Das stumpfe Poltern musste jeder im Umkreis von einigen Metern hören.

Pfeiffer verharrte.

Stille. War es nur ein Dieb, der die Chance nutzte, den Wagen zu stehlen oder sich den mageren Inhalt des Fahrzeugs einzuverleiben?

Ein Klicken ertönte, und der Kofferraum sprang auf. Tageslicht drang durch den Spalt. Geblendet kniff er die vom Pfefferspray verkrusteten Augen zusammen. Eine Gestalt bewegte sich hinter dem Auto.

Pfeiffer umklammerte das Warndreieck.

Dann wurde der Deckel aufgeklappt, und eine Gestalt durchbrach den Lichtschein. Er konnte sie nicht erkennen. Nur, dass sie mit einem Arm den Deckel festhielt.

Langsam erkannte er die Umrisse. Helle kurze Haare.

Ellen?

»Peter, Peter. Wenn man dich allein lässt.« Sie fasste hinter ihn und hob das Warndreieck hoch. »Und wen wolltest du damit erschlagen?«

9.10 UHR

Der Wind pfiff Jacob entgegen. Blätter und verdorrte Blüten kreisten in kleinen Windhosen die Einfahrt hinauf. Gerade rechtzeitig zog er die Haustür hinter sich zu, sonst wären sie im Hausflur verschwunden. Die Windhosen drehten ab. In der windgeschützten Ecke des Carports, an der Wand zur Garage, fielen sie in sich zusammen, und ihre Beute blieb auf einem Haufen liegen. Jacob hatte die Einfahrt gerade erst gekehrt. Umso mehr ärgerte es ihn, dass sich dort bereits wieder ein Haufen gebildet hatte.

In der Ferne donnerte es. Jacob sah zum Himmel.

Wenn er Glück hatte, würden die Wolken abziehen, die sich über Kretschmars Haus gebildet hatten. Natürlich bildeten sie sich nicht direkt über dem Haus des verhassten

Nachbarn. Seit der seinen Bungalows aufgestockt hatte, war ihre tolle Aussicht auf die umliegende Landschaft verschwunden.

Jetzt sah es so aus, als würden die Wolken das Dach des Nachbarhauses verschlingen.

Doch er würde auch heute kein Glück haben.

Vorgestern die platten Reifen, dann die beiden verwesten Leichen, deren Anblick er nicht aus dem Kopf bekam. Und nun würde er auch noch nass bis auf die Bayern-München-Boxershorts werden, die ihm Rainer geschenkt hatte.

Er musste sich sputen. Schließlich wollte er heute mit Marcels neuer Playstation spielen.

Jacob zögerte, als er an das Versprechen dachte, dass er seinem Vater vor nicht einmal achtundvierzig Stunden gegeben hatte. Doch Pappa würde es nicht erfahren, beruhigte er sein Gewissen. Wer sollte es ihm erzählen? Überhaupt: Was sollte auch passieren? Sein alter Herr war übersensibel, was das anbetraf. Oder doch nicht?

Erneutes Donnern riss ihn aus seinen Zweifeln. Ihm lief die Zeit davon, wenn er wenigstens einigermaßen trocken bei Marcel ankommen wollte.

Verdammt! Jetzt musste er sich sputen.

Er lief zu seinem Fahrrad. Wenigstens hatte er es wieder. Ein Kollege seines Vaters hatte Wort gehalten und ihm das Rad vorbeigebracht. Doch viel Mühe, um es ordentlich hinzustellen, hatte er nicht darauf verwendet. Es hatte den Halt verloren und lag auf dem Boden.

Von der Straße ertönte eine außergewöhnliche Hupe.

Jacob drehte sich um und sah einen goldfarbenen Mustang mit schwarzen Rallyestreifen und Felgen vor dem Haus anhalten. Der Motor tuckerte in einem tiefen, satten Bass vor sich hin. Der Ton vibrierte in Jacobs Brust.

Wow! Geiles Auto! Wer war das? Wollte der zu ihm?

Die getönte Scheibe fuhr herunter. »Hallo, Jacob!«, ertönte eine Stimme aus dem Inneren, die es schwer hatte, den Motor zu übertönen.

Moment mal, die Stimme kannte er doch? Jacob ging zu dem Auto, stützte sich mit den Händen im offenen Fenster ab und sah hinein. »Häschen?« Erschrocken hielt sich Jacob die Hand vor den Mund, als könnte er damit das Wort ungesagt machen. Verlegen hüstelte er. Vielleicht hatte Haas das Wort überhört. Was machte sein Klassenlehrer in dieser abgefahrenen Mühle?

Haas lachte. »Keine Angst, ich kenne meinen Spitznamen. Und jetzt ist das Häschen auch noch schnell geworden.« Er lachte erneut.

»Haben Sie ein neues Auto?« Doofe Frage. Interessanter wäre die Frage, wie sich Haas so einen Schlitten von seinem Lehrergehalt hatte leisten können.

Haas nickte. Zärtlich strich er über das Lenkrad. »Ein Jugendtraum, den ich mir verwirklicht habe.«

»Cool. Und was tun Sie hier in Rottendorf?«

»Ach, das ist Zufall. Ich wusste nicht, dass du hier wohnst. Ich bin gerade mit einem Freund über die Autobahn gebrettert und habe ihn ein paar Straßen weiter abgeliefert.«

»Gebrettert?« So einen Ausdruck hätte Jacob seinem Lehrer überhaupt nicht zugetraut.

»Du willst weg? Dann will ich dich nicht aufhalten.«

Jacob schaute wieder zum Himmel. Erste Regentropfen fielen auf sein Gesicht und auf die hochglanzpolierte Kühlerhaube des Mustangs und perlten dort ab. »Ist zu spät. Ich warte den Regen ab.«

Haas sah auf seine Uhr. »Ich hab noch etwas Luft bis zu meinem Termin. Soll ich dich mitnehmen?« Er trat auf das Gaspedal und ließ den Motor aufheulen. »Zweihundertdreißig PS, das macht Spaß.«

Ein greller Blitz schien den Schornstein von Kretschmars Haus zu treffen. Sekunden später wetteiferte das Donnergrollen mit dem Motorgeräusch.

Jacob sah vom Mustang zum Fahrrad, das schräg mit verdrehtem Lenker dalag. Etwas störte ihn. Das Fahrrad sah seltsam aus. Oder war es die komische Lage?

Plopp, plopp, plopp. Immer mehr Regentropfen klatschten in sein Gesicht.

Der Motor heulte erneut auf.

»Kein Problem, wenn du nicht willst. Ich will mich nicht aufdrängen.« Haas hob die Hand zum Abschied. »Mach's gut. Schöne Ferien noch.« Das Fenster glitt hoch.

»Nein!« Jacob riss die Beifahrertür auf und ließ sich in den Ledersitz fallen.

Haas grinste breit. »Ist doch cooler als Fahrradfahren.«

Jacob grinste zurück. »Nur geringfügig.« Dann strich er sich über die nassen Arme und hoffte, keine Wasserflecken auf dem Ledersitz zu hinterlassen. Den Schaden könnte er nicht vom Taschengeld bezahlen.

»Schnall dich an.« Haas legte den Gang ein und fuhr los.

Als Jacob nach dem Gurt griff, fiel sein Blick auf das Fahrrad. Jetzt wusste er, was ihn gestört hatte: Es hatte wieder platte Reifen.

Haas war seinem Blick gefolgt und grinste.

Oh nein!

Haas war es? Sein Lehrer? Warum zum Teufel hatte er nicht auf seinen Vater gehört und war daheimgeblieben? Jacob wollte schreien, doch er bekam keinen Ton heraus.

Er griff an die Tür, wollte sie öffnen und während der Fahrt herausspringen.

Doch die Tür war verriegelt.

Er saß in der Falle.

Haas lachte schallend.

9.50 UHR

»Ach, ist das aufregend«, murmelte Lotte und steckte den Umschlag von Nina in ihre Handtasche. Verflixt! Was hatte sie sich dabei gedacht, ausgerechnet heute die kleine Handtasche auszuwählen? Aber sie hatte keine andere dabei. Die kleine Tasche war umständlich zu schließen und, da nun der Umschlag herausschaute, auch schlecht zu tragen.

Während sie mit der Handtasche kämpfte, sah sie zwei Straßenmusiker, die sich zirka zehn Meter neben dem Haupteingang der Seniorenresidenz an einer Parkbank postierten und nach ihren Instrumenten griffen. Eine Gitarre und ein Kontrabass, dessen offener Musikkoffer zum Geldeinwerfen einladen sollte.

Straßenmusikanten in polierten Schuhen! Wenn das Mal gut ging!

Etwas Besseres war denen auf die Schnelle auch nicht eingefallen. Die meisten Rentner hatten heutzutage wenig Geld, waren also auch nicht gerade die Zielgruppe der angeblichen Künstler. Zudem sahen die Musiker nicht so aus, als würden sie den Musikgeschmack von Senioren treffen. Würde dieser René das ebenfalls durchschauen?

Sie hoffte, nicht.

Inständig betete sie, dass René genauso aufgeregt war wie sie.

Nina beobachtete vom Foyer heraus das Geschehen. Die Scheiben des großen Eingangsportals spiegelten sich, so konnte Lotte Nina nicht ausmachen.

»Oh nein, nicht auch noch der«, entfuhr es Lotte, als sie den »Gefängnisdirektor« Vogler erblickte.

Er kam vom Parkplatz, bemerkte Lotte und steuerte geradewegs auf sie zu. »Frau Kilian, ich habe Sie schon lange nicht mehr gesehen. Ich hatte schon gehofft, Sie hätten sich verabschiedet.«

»Ohne Ihnen Bescheid zu geben? Das könnte Ihnen so passen. Ich habe eine Mission, und die ziehe ich durch«, fügte sie leise hinzu und presste die Handtasche an ihre Brust.

Vogler sah den Umschlag herausragen und erblasste. »Ist es das, was ich denke?«

»Ich weiß nicht, ob und was Sie denken. Es wäre nur sehr hilfreich, wenn Sie weitergehen würden«, zischte Lotte.

»Lieber Gott, ich habe gehofft, es käme nicht wieder vor.«

»Tja, da sehen Sie mal. Gott ist nicht auf Ihrer Seite.«

Beleidigt rollte er die Augen, drehte sich um und stolzierte zum Eingang. Dort begrüßte er einige Senioren, die ihn mehr schätzten als Lotte und die Straße wie eine Heuschreckenplage belagerten. Was machten plötzlich alle hier draußen? Auf dem sonst leeren Gehweg gab es ein Geschiebe und Gestakse. Rollatoren und Gehstöcke schienen den Rhythmus für die Musikanten vorgeben zu wollen.

Lotte sah sich um. Es war niemand da, der dieser ominöse René sein konnte.

Sie sah zu den Musikanten hinüber und konnte die Zivilfahnder zwischen den Senioren kaum noch erkennen. Die Abwechslung hatte sich in der Residenz herumgesprochen. Fatal. Jetzt eilten auch andere Passanten zwischen den Rollatoren umher.

Eine Mutter mit Kind, ein Fahrradfahrer mit Helm und Rucksack. Und dazwischen die Straßenmusikanten, die noch immer ihre Instrumente stimmten.

Aber niemand wartete auf sie.

Eine hochelegante Frau auf der anderen Straßenseite erregte Lottes Aufmerksamkeit. Sie lief zwischen den parkenden Autos auf und ab. Sie schien ebenfalls auf jemanden zu warten.

Warum waren die Menschen nie pünktlich? Oder hatte sie sich in der Uhrzeit vertan? Verflucht und zugenäht! Lotte fummelte ihre Brille heraus und schaute auf die Armbanduhr. Nein, sie war pünktlich.

Sie steckte die Brille wieder ein und befühlte das Kuvert. Der Inhalt fühlte sich wie echte Scheine an. Oder wie ein Kartenspiel. Nein, das war fester und hatte ein anderes Format.

Lotte schüttelte über sich selbst den Kopf. Sie und ihre Karten. Das hatte sich zu einer richtigen Marotte entwickelt.

Ihr fiel die letzte Sitzung ein. Die Karten hatten unter anderem von einem Kind, Erfolg, Betrug und List gesprochen. Bestimmt war damit der falsche Enkel gemeint! Der Fall hier bot alles. Aber es hieß auch Gefahr. Wieso sollte der Betrüger in Gefahr geraten? Durch die Polizei? Durch sie? Oder war jemand anderes gemeint? Die Karten hatten sie gelehrt, die Voraussagen ernst zu nehmen, doch sie ließen auch immer Spielraum zur Interpretation.

Fest stand: Der falsche Enkel musste unschädlich gemacht werden. Wenn dessen Freund kam, würden die beiden falschen Musiker sofort zugreifen. Lotte zitterte, als sie sich der Menschenmasse auf dem Gehweg bewusst wurde. Der Betrüger konnte nur festgenommen werden, wenn die Ermittler schnell genug durch die inzwischen ungeduldigen Zuschauer kamen.

Wo blieb dieser René nur? Hatte er den Braten gerochen? Hatte er bemerkt, dass sie ihn hingehalten hatte, und war gar nicht erst gekommen? War alles umsonst gewesen?

Ach Quatsch! Der wollte das Geld, beruhigte sich Lotte. Die dringliche Stimme des falschen Enkels klang ihr noch im Ohr.

Sie schluckte.

Auf der gegenüberliegenden Straßenseite fuhr ein Auto in einen der schräg angelegten Parkplätze. Es war eines der protzigen Autos mit hohem Einstieg, deren Namen sie nie aussprechen konnte. Sie wusste nur, dass er SUV geschrieben wurde, und sprach es zu Ninas Erheiterung immer SUFF aus. Ein Mann stieg aus, umrundete das schwarze Schlachtschiff und begrüßte galant die Frau, die dort ungeduldig gewartet hatte.

Lottes Atem stockte.

Das war Anton Feser!

Seine Begleitung war nicht die Direktorenwitwe aus dem Frühstücksraum, sondern eine jüngere Brünette. War die nicht im zweiten Stock untergebracht? Oder war es der dritte? Mann, oh Mann, hatte der einen Verschleiß! Aber egal, der Mann hatte Sexappeal.

Lotte konzentrierte sich wieder auf die Umgebung. Immer noch niemand zu sehen, der den Freund des Enkels hätte spielen könnte.

Anton Feser winkte ihr zu. Dann ging er um das Auto, blieb lächelnd stehen und blickte auf seine Armbanduhr.

Hitze stieg in Lotte auf. Oh nein, wurde sie jetzt etwa rot? Wie ein Backfisch?

Verstohlen blickte sie zu dem attraktiven Anton Feser hinüber. Den Blick an ihm haftend, machte sie einen Schritt und stieß mit einem Passanten zusammen. »Können Sie nicht aufpassen?«, schrie er sie an und ging wütend weiter.

Verdattert sah Lotte ihm nach. »Entschuldigung!« So etwas war ihr noch nie passiert. Das musste aufhören. Sie machte sich vor Anton Feser unmöglich! Was sollte der nur von ihr denken?

Zum Glück hatte Don Juan den Zwischenfall nicht bemerkt. Er bugsierte gekonnt den schwarzen SUFF auf die Straße und fuhr an ihr vorbei. Diesmal, ohne sie anzusehen.

Natürlich, gegenüber seiner Begleitung wäre es unangemessen, wenn er einer anderen Frau zuzwinkerte.

»Wann fangen Se endlich an zu spielen?«, maulte ein Herr in fleckiger Jogginghose, auf den leeren Musikkoffer starrte. »Wenn Se denken, Se bekommen einen Pfennig, wenn Se nich spielen ...«

Die anderen Senioren lachten.

Miesepetrig packten die Musiker langsam ihre Instrumente zusammen. »Wir können heute nicht spielen, mein Instrument ist verstimmt«, sagte der Kontrabass-Spieler.

Anscheinend hatten auch sie keine Hoffnung mehr, dass der Verdächtige zur Geldübergabe erscheinen würde. Einem aufmerksamen Beobachter wäre auch aufgefallen, dass sie ihre Instrumente hielten wie Suppenlöffel. Einige Senioren schimpften vor sich hin und gingen wieder ihrer Wege.

»Ich kann doch auch nichts dafür«, murmelte Lotte. Sie verstand die Männer. Die Zivilbeamten waren nur auf den Verdacht einer alten Frau hier - und alles war nun umsonst. Ihr persönlich war es egal, was sie von ihr dachten. Sie sah die Männer nie wieder. Aber Nina musste sich tagtäglich gegenüber Männern bewähren. Sie würde sich die Hänseleien der Kollegen anhören müssen.

Lotte presste die Handtasche an sich. Ach Quatsch, da waren nur Papierschnipsel drin. Doch die Handtasche fühlte sich so ... anders an. Sie schaute hin, und ihr schwindelte.

Der Umschlag fehlte.

9.10 UHR

»Autsch!«, rief Pfeiffer, nachdem ihm Ellen das Klebeband vom Mund gerissen und er den Lappen ausgespuckt hatte.

»Sei nicht so ein Weichei.«

»Bin ich nicht.« Pfeiffer saß aufgerichtet im offenen Kofferraum und sah zu, wie Ellen Klebeband und Kabelbinder eintütete.

»Nein, du bist ein Volltrottel! Lässt dich bei einer stinknormalen Observierung überwältigen.«

Pfeiffer hob die Hand. Er wollte nicht darüber sprechen. Die Scham, von Ellen befreit zu werden, war Strafe genug. Er rieb sich die blutigen Handgelenke und rollte die Schultern. Dann stieg er aus dem Kofferraum und streckte sich.

»Bist du verletzt?« Ellens Stimme klang besorgt.

Pfeiffer sah sie liebevoll an. »Nur mein Stolz.«

Ellens Lachen fühlte sich gut an. Wie Mamas Pusten auf die Wunde, wenn er als Kind gestürzt war.

»Wie hast du mich gefunden?«

»Jürgen hat mich heute Morgen angerufen und gesagt, dass du nicht ans Telefon gehst. Da wollte ich dich wecken.«

Er drehte sich schnaufend um und ging zur Fahrertür. Er sah unter den Sitz und griff nach seinem Handy. Mehrere Anrufe. Jürgen, Ellen und ein unbekannter Anrufer, der bereits drei Mal versucht hatte, ihn zu erreichen. Wo, zum Geier, waren seine Schlüssel?

»Was suchst du?«

Ratlos sah er sich um. »Er hat anscheinend meine Schlüssel genommen und ist einfach in die Villa spaziert.«

»Die Villa ...« Ellen verstummte.

Er hielt in seiner Suche inne und drehte sich um. »Ich weiß, sie hat nur Ärger bereitet.« Wieder ertönte sein Klingelton. Der unbekannte Anrufer. Er drückte ihn weg. »Ich spielte mit dem Gedanken, von diesem ›Vermächtnis‹ zurückzutreten ...«, sprach er weiter und krümmte Zeigefinger und Mittelfinger beider Hände, um das Wort in Anführungsstriche zu setzen.

Ellens zarte Gesichtszüge verhärteten sich. »Das meine ich nicht ...«

Er wusste, dass sie seine Absicht missbilligen würde. »Ich weiß, deshalb habe ich das Überwachungssystem angeschlossen und bin geblieben.« Mit Blick auf seine Handyapp verschlechterte sich seine Laune. »Verflucht noch mal. Er hat nicht nur die Kameras entdeckt, er hat auch noch das gesamte Stromsystem lahmgelegt.« Er sah auf den schwarzen Bildschirm. »Gut, dass ich noch eine Kamera außerhalb des Systems installiert habe!«

»Du hast was?«

»Das ist unsere Chance, ihn zu identifizieren!«

Ohne auf Ellen zu achten, stürmte Pfeiffer los.

»Warte!«, rief sie und eilte ihm nach.

»Ich wollte dir eigentlich einen schöneren Rahmen bieten, wenn ich dir die Villa das erste Mal zeige«, rief er atemlos. »Aber ...« Er verstummte, als sie die Einfahrt hinaufliefen.

Vor ihnen erhob sich das Anwesen wie in einem Film, bei dem der Kameramann erst am Schluss auf das Gebäude schwenkt.

Ellen blieb stehen. Fast ehrfürchtig sah sie hoch. »Du hast mir nie Fotos von außen geschickt.«

Die Morgensonne verfing sich in den Fensterscheiben und brachte die Blätter der großen Kastanienbäume zum Glänzen. An diesem Sommertag wirkte die Villa wie ein Märchenschloss.

»Hab ich nicht?« Pfeiffer lächelte schief. »Ich wollte dich überraschen.« Er nahm ihre Hand. »Jetzt weißt du, warum ich möchte, dass du einziehst.«

Sie sah ihn an. Ihre Augen wurden feucht. »Ich weiß jetzt, warum du sie behältst. Sie ist ein Traum.«

»Zurzeit eher ein Albtraum.«

Ellen schüttelte vehement den Kopf. »Das wird wieder.«

Er ging zu den Kastanien.

»Wen wolltest du hier mit der Kamera-Attrappe abschrecken?«, rief sie, um einen sachlichen Ton bedacht und um Haltung ringend.

Pfeiffer sah gerade noch, wie sie sich über die Augen wischte. Er blickte zu der Kamera. »Die war schon vor mir da. Ich wollte, dass er keine Veränderung sieht. Da oben habe ich die Neue angebracht. Ich habe gehofft, dass er eine von meinen Kameras drinnen nicht findet und sich in Sicherheit glaubt. Ich habe nicht geahnt, dass er gleich den gesamten Strom abtrennt.«

»Den hast du damit nur beleidigt.« Ellen betrachtete die Eingangstür. »Keine Spuren von Gewalt.«

»Er hatte meine Schlüssel. Verdammt. Wie sollen wir jetzt reinkommen?«

»Er war nett zu dir.« Sie zeigte auf einen Haufen Exkremente, in dessen Spitze der Schlüsselbund steckte.

»Scheiße.«

»Du sagst es.«

»Positiv gesehen, hat er uns seine DNA dagelassen.«

»Quincy wird sich freuen, wenn er das untersuchen darf.«

Pfeiffer wuchtete indessen die Papiertonne aus dem Schuppen, stellte sie an den Stamm und kletterte wie am Abend zuvor hinauf. Besonders darauf bedacht, das Gleichgewicht zu halten. An der untersten Gabelung löste er die Kamera vom Ast.

»Eine Nachtsichtkamera?« Ellen pfiff anerkennend.

Pfeiffer sprang von der Tonne. »Wir werden sehen, ob es was gebracht hat. Man muss so viel beachten. Und mir fehlte die Zeit, mich genau einzulesen. Am meisten machten mir die blöden LED-Lichter Sorgen. Sie blinken wie eine amerikanische Weihnachtsbaumbeleuchtung. Ich habe sie teilweise mit Dreck beschmiert, musste aber noch was übrig lassen, sonst funktioniert die Bildaufnahme nicht. Man braucht sie für die Beleuchtung der Fotos.«

»Hattest du keine bessere Kamera?«

Pfeiffer schaute sie böse an. »Ich sagte doch, drinnen habe ich ein super System. Das hier war nur noch eine Art Absicherung. Es war eine spontane Idee.« Wie es ihm der alte Jäger gezeigt hatte, tippte er auf der Rückseite auf die Knöpfe, um die Bilder der Speicherkarte abzurufen. »Die Stunde der Wahrheit.« Pfeiffer hielt die Luft an.

Die ersten Fotos waren Probeaufnahmen gewesen. Dann das erste Foto aus der Position des Baums. Sie sahen Pfeiffer, wie er sich vom Baum in Richtung des Personaleingangs der Villa entfernte. Da war es noch hell gewesen und das Foto relativ scharf. Leider waren die folgenden Bilder schwarz, wobei die Umrisse der herunterhängenden Blätter im Licht weiß hervorstachen, da sich das Licht reflektierte. Im Hintergrund waren zwei schwarz gekleidete Gestalten mehr zu erahnen als zu erkennen, da die sonst üblichen hellen Gesichter durch Masken verdeckt waren.

»So ein Dreck! Die hat viel zu spät ausgelöst und dadurch zu wenig Fotos gemacht.« Er zappte weiter.

»Masken? Die waren gut vorbereitet. Das zeigte schon der Überfall auf dich im Auto.« Ellen deutete auf die rechte Gestalt, die man kaum wahrnehmen konnte. »Was hält der da in der Hand?«

»Kann ich nicht erkennen. Werkzeug? Der da hat anscheinend was gegen die Tür gelehnt. Vielleicht das Stemmeisen, das sie nicht mehr brauchten.«

Die folgenden Fotos zeigten, wie sie nach zehn Minuten erneut vor der Tür standen. »Da hatten sie anscheinend den

Strom gekappt.« Der Zeitstempel der folgenden Bilder bewies, dass sie nach nur vierzig Minuten aus der Villa kamen.

»Die waren schnell, als ob sie jetzt gewusst hätten, wo sie suchen mussten. Etwas hat sich verändert. Schau, die Stimmung der beiden.«

»Als ob sie es nicht gefunden hätten?«

»Keine Ahnung. Sieht aber nicht danach aus.«

»Was sagst du eben? Sie wussten, wo sie zu suchen hatten?« Pfeiffer schlug sich gegen die Stirn. »Ich habe die Pläne der Maklerin liegen lassen.«

Ellen verdrehte demonstrativ die Augen.

Beim nächsten Foto erschien plötzlich einer der beiden direkt unterhalb der Kamera und hielt den ausgestreckten behandschuhten Mittelfinger in die Kamera. Das Licht reflektierte gespenstisch seine Pupillen. So, wie bei einem Reh auf der Straße im Scheinwerferlicht.

»Wer ist das?«, hauchte Ellen.

»Ich habe nicht die leiseste Ahnung.«

10.05 UHR

Lotte drehte sich im Kreis. Sie suchte den Boden ab. Nichts!

Wo war der Umschlag? Herausgefallen? Er hatte schließlich nicht komplett in die Tasche gepasst und herausgelugt. Oh, wie leichtsinnig!

Moment mal! Der Passant, den sie angerempelt hatte!

Sie versuchte, sich an die Szene zu erinnern. Wie aus dem Nichts war der Mann aufgetaucht. Hatte er gewartet, bis sie unaufmerksam wurde, sie dann angerempelt und dabei in die Tasche gegriffen? Den Umschlag entwendet? Geklaut?

Wie hatte er ausgesehen? Sie konnte noch nicht einmal sagen, ob er alt oder jung gewesen war.

Sie wollte zu den Zivilfahndern gehen und fragen, ob sie etwas gesehen hatten. Doch so seelenruhig, wie sie nach den Instrumentenkoffern griffen, war ihnen alles entgangen.

Nina! Ob sie etwas gesehen hatte?

Wo war sie nur? Warum war sie nicht herausgestürmt und dem Dieb hinterhergehetzt?

Weil sie vor lauter Menschen nichts sehen konnte?

Oh nein! Was für ein Fiasko!

Lotte ertappte sich bei dem Gedanken, Gott zu bitten, dass es ein einfacher Dieb war, der beim Anblick des Umschlags nicht widerstehen konnte.

Denn die Folgen, wenn es wirklich der Enkeltrickser war, waren nicht abzuschätzen! Spätestens beim Öffnen des Umschlags würde er die Falle erkennen. Und was dann passierte, mochte Lotte sich nicht ausmalen.

Sie sah sich noch einmal um, dann eilte sie in die Seniorenresidenz. Es half nichts. Sie musste Nina beichten, dass die Mission fehlgeschlagen war.

Nina diskutierte gerade mit Direktor Vogler, als sie Lotte bemerkte, auf ihre Armbanduhr blickte und kreidebleich wurde.

Hatte Vogler Nina extra aufgehalten, damit sie vergaß, ihren Lockvogel zu beschatten? An den alten Gauner hatte sie bisher keinen Gedanken verschwendet.

»O…« Nina schluckte die persönliche Anrede im letzten Moment herunter. »Frau Kilian, was ist passiert?«

Lotte hatte das Gefühl, der Boden schwankte. Mein Gott! Was sollte sie sagen?

Alles war verloren.

10.00 UHR

Pfeiffer starrte immer noch auf den Typ mit dem ausgestreckten Finger. Dass der die Kamera entdeckt, den Chip jedoch nicht entfernt hatte, zeugte von dessen Überheblichkeit.

Das Klingeln seines Handys riss ihn aus den Gedanken. Wieder der unbekannte Anrufer. Wer war das? Dann fiel ihm ein, dass es vielleicht die Notarin sein könnte, die gestern vergessen hatte, ihn zurückzurufen.

»Pfeiffer!«

»Es hat lange gedauert, bis Sie befreit wurden. Haben Sie so wenig Freunde, die Sie vermissen?«, höhnte eine Männerstimme in einem souveränen Bass.

Pfeiffer hätte ihm am liebsten gesagt, er werde ihm den hinterlassenen stinkenden Kothaufen ins Maul stopfen. Stattdessen sagte er: »Was wollen Sie? Sie waren doch jetzt in der Villa. Warum verschwinden Sie nicht, wenn Sie gefunden haben, was Sie wollten?«

Die folgende Stille zerrte an seinen Nerven. Dann endlich sagte der andere etwas. Etwas, mit dem Pfeiffer nie gerechnet hätte.

»Ich habe Ihren Sohn.«

Die Worte schwirrten in seinem Kopf. »Sie haben was?«

Auf Ellens fragenden Blick hin aktivierte er wie betäubt die Lautsprecherfunktion.

Ellen trat näher.

»Und Sie wissen, was ich will«, sagte der Unbekannte.

»Wer sind Sie? Was erzählen Sie da von meinem Sohn?«

»Sie haben mich genau verstanden! Treten Sie vom Erbe zurück! Die Villa gehört mir. Ich bin Brunos Sohn!«

Jetzt erst erkannte Pfeiffer die Stimme. »Haas, sind Sie das? Sie sind es doch! Was soll das? Was ist mit Jacob? Das ist doch ein ganz blöder Witz! Hat Ihnen Ihre Frau nichts ausgerichtet? Ich bin doch schon längst ausgezogen! Sie können die Villa haben!«

Pfeiffer glaubte, einen gemurmelten Fluch zu hören. »Sie glauben, das alles ist ein Witz? Ich will es schriftlich. Notariell beglaubigt!« Haas lachte. »Jacob ist in meiner Gewalt. N o c h geht es ihm gut. Doch ich garantiere nicht für seine gesunde Rückkehr - falls SIE nicht kooperieren sollten. Und ...« Er machte eine Pause, in der sich die Sekunden zogen wie Tage. »Sie sind zwar von der Polizei, aber sollten Sie Ihre Kollegen hinzuziehen - und das bekomme ich zwangsläufig mit -, dann werden Sie Jacob nicht heil zurückbekommen.«

»Haas, was ...?«

»Ich rufe um elf Uhr wieder an. Nachdem Sie die letzte Stunde verstreichen ließen, weil Sie nicht ans Telefon gingen oder konnten«, er lachte über seine Bemerkung, »müssen Sie sich jetzt etwas sputen. Wenn Sie dann eine notariell beglaubigte Verzichtserklärung vorweisen, dürfen Sie Jacob wieder mitnehmen. Bis dahin werden Sie allen erzählen, Ihr Sohn wäre bei Ihnen, damit seine Mutter nichts unternimmt, was Sie dann bereuen würden. Wenn nicht ... Na, Sie kennen sich aus und wissen, was passiert. Und suchen Sie mich nicht. Sie werden mich nicht finden.«

»Sie wissen, dass eine erzwungene Rücktrittserklärung ungültig ist«, wandte Pfeiffer ein.

»Wer redet hier von *erzwungen*? Sagten Sie nicht eben, ich könne die Villa haben? Also treten Sie doch freiwillig zurück, nicht w a h r? Wenn Sie jemandem davon erzählen, werden Sie sich für den Rest Ihres Lebens ständig umdrehen müssen, weil Sie nicht sicher sein können, ob ich auf Sie und Jacob warte.« Haas legte auf.

»Haas! Haas!« Pfeiffer starrte auf sein Handy, dann zu Ellen, die nur verständnislos den Kopf schüttelte.

»Das war Jacobs Lehrer?«

Pfeiffer ließ sich neben die Tonne auf den Rasen sinken und sah Ellen an.

»Peter?«

»Hast du das auch gehört? Er hat Jacob. Und wenn ich die Villa nicht zurückgebe, dann ...« Pfeiffer kaute schwer an dem Wort, das ihm nicht über die Lippen ging.

»Ruf Jacob an!«

Wie unter Trance wählte er Jacobs Nummer. Sofort meldete sich die Mailbox. »Der Empfänger ist zurzeit nicht erreichbar. Bitte versuchen Sie es später noch einmal.«

»Wie, verdammt noch mal, ist er an Jacob rangekommen? Ich hatte ihm doch verboten, aus dem Haus zu gehen!«

»Peter, das war sein Lehrer«, nahm Ellen Jacob in Schutz. »Woher sollte er wissen ...?«

»Das ist mir egal! Er hat meine Bedenken in den Wind geschlagen.« Pfeiffer stand auf und trat gegen die blaue Papiertonne. Sie bewegte sich keinen Zentimeter. Er trat ein zweites Mal zu, jetzt knallte sie gegen den Baum.

»Zufrieden? Geht's dir jetzt besser?«

»Ja!« Er fuhr sich durchs Haar und überlegte. »Du hast doch Antons Nummer gespeichert, oder?«

Ellen nickte zustimmend und zog ihr Smartphone hervor. Sie wählte dessen Nummer. »Hi, Anton. Hier ist Ellen Müller ... Ja, danke, mir geht's schon besser ... Nein, ich bin eigentlich noch in der Reha in Bad Mergentheim. Ich rufe im Auftrag von Hauptkommissar Pfeiffer an. Bitte orte folgende Nummer.« Sie nahm das Handy aus Pfeiffers zitternder Hand, rief die letzten Anrufe auf und gab Jacobs Nummer durch. Dann tippte sie weiter. »Und der Kollege ist eben von einer unbekannten Nummer angerufen worden. Kannst du herausfinden, woher der Anruf stammte?« Sie nannte Pfeiffers Nummer und gab ihm das

Handy zurück. »Und Anton ... Ich weiß, ich sage es immer, aber diesmal ist es wirklich sehr dringend. Melde dich bei Peter, sobald du was hast. Danke dir.«

10.04 UHR

Pfeiffer war froh, dass Ellen darauf bestanden hatte, mit ihrem Auto zu fahren. Auf keinen Fall wäre sie in seinen Passat gestiegen.

»Wir werden Haas' Ehefrau aufsuchen«, beschloss Ellen. »Vielleicht weiß sie etwas.«

Stumm nickte er. In Gedanken spielte er alle möglichen Szenarien durch. Er sah Jacob gefesselt vor sich liegen, verletzt oder sogar ... Pfeiffer fuhr sich über das Gesicht. »Nein!«

Ellen legte ihre Hand in die seine. Ihre Anwesenheit gab ihm Kraft. Auf sie war Verlass. Im Moment konnte er nicht reden. Seine Gedanken waren zu wirr. Er konnte sie nicht in Worte fassen.

Immer wieder fragte er sich, was Haas mit der Entführung bezweckte. Was hatte Haas wirklich vor? Selbst einem altmodischen, handyhassenden Lehrer musste bekannt sein, wie die Polizei arbeitete. Und Haas war Physiklehrer. Ein Kind der Wissenschaft. Unmöglich konnte er so dumm sein, um nicht zu wissen, dass man ihn orten konnte oder dass eine erpresste notarielle Verzichtserklärung keine Gültigkeit hatte. Oder doch? Wollte er mit dem Druckmittel der Angst Pfeiffers Schweigen erkaufen? Nein, spätestens, wenn er Jacob freiließ, existierte ein weiterer Zeuge!

Pfeiffer wischte sich erschöpft über die Augen. Seine Finger wurden nass, doch langsam versiegten die Tränen.

»Er wird danach alle Zeugen aus dem Weg räumen«, sagte er in die Stille hinein.

»Denk jetzt nicht daran. Egal, wo Jacob ist, du wirst ihn herausholen.« Ellen umklammerte das Lenkrad. Ihre Handknöchel traten weiß hervor und straften die ruhigen Worte Lügen.

»Warum ist mir dieser Scheißkerl immer einen Schritt voraus?« Pfeiffer schlug gegen die Tür. »Ich hinke ihm hinterher! Seit Andi für einen Mord verhaftet wurde, den er nicht begangen hat. Haas diktiert uns seinen Willen auf. Er schreibt das Drehbuch, und wir tanzen nach seiner Pfeife.«

Pfeiffer sah die Häuser vorbeirauschen. Er blickte auf den Tacho. Achtzig km/h, wo nur sechzig erlaubt waren. Er holte sein Handy hervor.

»Haas wollte dich die ganze Zeit aus der Villa haben. Und nun, als du gehen willst, greift er zu radikalen Mitteln?«, fasste Ellen zusammen. »Das ergibt doch keinen Sinn. Er muss doch wissen, dass er damit nicht durchkommt.«

Pfeiffer erinnerte sich an Jacobs Aussage, wie er den Lehrer bei dem Selbstgespräch beobachtet hatte. »Und wenn er doch krank ist, so wie Jacob damals spaßeshalber vermutet hat? Durch einen Tumor verändert sich die Persönlichkeit. Dann sieht er nicht das ganze Ausmaß seiner Tat, ist sprunghaft, handelt irrational.«

Ellen sah zu ihm. Das kleine Muttermal an ihrem Mund zuckte. »Du meinst, er hat nichts mehr zu verlieren? Er ist plemplem, unzurechnungsfähig und nicht einzuschätzen?« Sie sah wieder auf die Fahrbahn. »Na bravo! Hat er Kinder?«

»Ist mir zumindest nicht bekannt. Seine Frau hat keine erwähnt, und ich glaube nicht, dass mehr als zwei Personen in dem Haushalt wohnen. Aber sie können ja schon erwachsen und ausgezogen sein. Haas sagte, er wäre Brunos

Sohn! Warum hat der ihn enterbt? Bei meinen Nachforschungen bin ich auf keine leiblichen Kinder gestoßen. Sonst hätte ich das Erbe nie angenommen. Oh Mann! Ich habe damals gewusst, dass es ein Fehler ist! Ich habe den Ärger im Nacken gespürt. Und ich Blödmann habe es ignoriert und nur das Geld gesehen. Ein gigantisches Haus, wo ich jedem Kind ein Zimmer geben kann und dir und Ga...«

»Idiot!« Ellen trat auf die Bremse, als der voranfahrende Wagen an der Ampel auf der Rothofstraße bei Gelb stehen blieb.

Erleichtert stellte Pfeiffer fest, dass Ellen den Autofahrer und nicht ihn meinte.

»Jammern hilft uns nicht weiter. Jeder hätte die Villa genommen. Ich auch.«

»In alte Familienstreitigkeiten zu geraten, ist nicht gerade das, was ich mir für meine Kinder gewünscht habe.«

Als die Ampel grün wurde, gab Ellen derart Gas, dass der Motor aufheulte. »Jetzt hör endlich auf. Mit so etwas konnte niemand rechnen. Überleg weiter. Wenn er behauptet, der Erbe zu sein, muss er aus einer unehelichen Beziehung stammen, oder?«

»Früher nannte man das einen Bastard«, stellte Pfeiffer klar.

»Heute auch.«

»Aber warum ist er nicht an seinen Vater herangetreten, als der noch lebte?«

»Vielleicht ist er das. Doch der wollte das Testament nicht zugunsten seines unehelichen Sohnes ändern.«

»... sondern es dem Sohn seiner großen Liebe lassen?« Pfeiffer fuhr herum. »Bruno! Brunos Grab! Ich bin gespannt, wie weit Bauer mit der Exhumierung von Bruno ist. Vielleicht hat Haas auch ihn umgebracht, damit er an die Villa kommt.«

»Ach komm, Peter. Das ergibt erst recht keinen Sinn. Ich wäre mit Bruno zum Notar gegangen und hätte die Testamentsänderung zu meinen Gunsten erzwungen. So, wie er das jetzt bei dir macht. Erst dann hätte ich ihn getötet, damit er es nicht rückgängig machen kann.«

»Ellen, du erschreckst mich!«

Ellen deutete ein Lächeln an. »Du kennst noch nicht alle Seiten von mir. Immer noch Interesse?«

»Immer noch.« Nun griff er nach ihrer Hand und drückte sie. »Danke, dass du da bist.«

»Du bist jetzt eine gute Partie. Da lohnt es sich.«

Jetzt verzog Pfeiffer seinen Mund zu einem schiefen Lächeln.

»Was tippst du da eigentlich die ganze Zeit?«, fragte Ellen. Bevor Pfeiffer antworten konnte, fasste Ellen schon wieder den nächsten Gedanken in Worte. »Und warum hat er die Maklerin und die beiden Angestellten aus der Kanzlei getötet, wenn er nur die Villa will? Kollateralschaden? Möglich. Glaube ich aber nicht. Andi die Schuld dafür anzulasten, war ein ausgeklügelter Plan.«

»Die Maklerin wollte ihn hintergehen und mir von dem Versteck erzählen. Dafür musste sie sterben. Welche Rolle ihr Ehemann in der Sache spielt, weiß ich aber immer noch nicht.«

Pfeiffer wählte Bauers Nummer. Mailbox. Er hinterließ eine kurze Nachricht, in der er um dringenden Rückruf bat. Das Gleiche tat er bei Nina, als er sie nicht erreichte.

Dann rief er im Notariat an. Niemand nahm ab. »Wenn das Büro geschlossen ist, wie soll ich das mit der ›Erbausschlagung‹ machen?« Er massierte sich den Nasenrücken. »Warte mal! Frau Koch hat mir ihre Privatadresse gegeben. Ich habe ihre Daten gespeichert.«

Er rief ihren Kontakt auf und sagte, noch bevor sie abnahm, zu Ellen: »Dreh um.«

10.12 UHR

Lotte hastete den Gang entlang, so schnell es ihre glatten Sohlen auf dem Terracottaboden zuließen.

Nina hatte recht. Sie musste die Residenz verlassen. Hier war sie nicht mehr sicher.

Doch zuerst musste sie noch ein letztes Mal in ihr Zimmer, um ihren Hausschlüssel zu holen. Sonst stand sie daheim vor verschlossener Tür. Die Kleider und der kofferweise Krimskrams, die sie bei ihrem Einzug angeschleppt hatte, würde Nina die nächsten Tage abholen.

Lotte blieb stehen und überlegte. Warum sollte der falsche Enkel aus seiner Deckung kriechen? Er war unentdeckt geblieben, zumindest als Person. Niemand wusste, wer er war. Er könnte sich mit Leichtigkeit ein anderes Heim mit vielen anderen alten Bewohnern aussuchen ... Es sei denn, er war an dieses Haus gebunden.

Genau als Lotte diese Erkenntnis hatte, sah sie Manuelas Sohn von der Sitzecke aufstehen und auf sie zu schlendern. Frech grinste er sie an.

Lotte blieb stehen. »Du?«

»Was ich?«

»Oh.«

»Manuela hatte recht, Sie sind doch ganz schön neben der Spur.«

Sie nickte verloren. Dann hob Lotte den Kopf. »Sei nicht so frech, seine Mutti nennt man nicht mit dem Vornamen. Zu meinen Zeiten ...«

»Mann, wo leben Sie denn? Sie wollen doch nicht etwa, dass ich M a m a sage?« Er lachte und wollte weitergehen.

Lotte hätte ihm gerne erklärt, was es bedeutete, eine solche aufopfernde Mama zu haben. Doch aller Wahrscheinlichkeit nach ging es nicht in das Erbsenhirn hinein. Das war Manuelas Angelegenheit. Stattdessen rief Lotte: »Warte!«

Der unerwartet forsche Ton ließ ihn innehalten. »Alles klar bei Ihnen?«

»Ja. Setz dich her.« Sie wies mit der Hand zu den Polstern, die für Besucher bereitstanden.

»Ich ...«

»Setz dich!«

»Okay. Sie sind jetzt aber nicht so ne Psycho-Oma, oder?« Widerwillig, dennoch gehorsam, setzte er sich.

»Gott bewahre! Was erzählst du da für einen Unsinn, Junge? Ich möchte nur etwas von dir wissen. Hörst du? Du gehst hier ein und aus. Kennst du jemanden, der einen Jungen hat, vielleicht in deinem Alter oder etwas älter? Jemand wie du, der hier ein und ausgeht. Jemand, der sich hier ebenfalls auskennt?«

»Schon mal was von Datenschutz gehört?«

»Werd nicht frech.«

»O-k-a-y, Sie wollen doch was von mir. Also, warum wollen Sie das wissen?«

»Junge, dafür habe ich jetzt keine Zeit.«

Grinsend fasste er sich in seine gestylten Haare. »Wie soll ich die Frage beantworten, wenn ich die Hintergründe nicht kenne?«

»Das musst du nicht ...«

Zum Zeichen seiner fehlenden Gesprächsbereitschaft wollte er aufstehen.

Lotte zog ihn am Arm zurück. »Ist dir etwas bekannt? Wenn du etwas weißt und nichts sagst, machst du dich strafbar.«

»Da muss ich erst überlegen. Vielleicht helfen mir ja ein paar Scheinchen beim Denken.«

Am Ende des Gangs sah Lotte Dr. Ott in Richtung Speisesaal vorbeieilen.

Er wandte den Kopf ab und unterhielt sich mit seiner Begleitung ... einem jungen Mann!

Lotte blieb wie angewurzelt sitzen und merkte zu spät, dass sich Manuelas Sohn davonstahl. Sie ließ ihn laufen. Das war vergebene Liebesmüh. Wenn er noch nicht einmal abwartete, um das Geld einzustreichen, dann hatte er auch keine Informationen zu verkaufen.

Lotte stand auf und konzentrierte sich auf Dr. Ott.

Moment mal! Nina hatte ihn doch überprüft, oder hatte er sie angelogen? Lotte versuchte, das Gesicht seiner Begleitung zu beäugen. War das die Person, die ihr den Umschlag mit dem Geld entwendet hatte?

Mit dem falschen Geld, besser gesagt.

Lotte lief den Gang hinunter bis zu der Ecke, an der Dr. Ott verschwunden war. Als der Flur endete und sie wie ein Spion um die Ecke spähen wollte, stieß sie mit Don Juan zusammen.

»Nicht so stürmisch, Verehrteste.« Er lächelte sie mit glühenden Augen an. Das marinefarbene Halstuch um seinen Hals steckte in bester Gentlemen-Manier im Kragen seines weißen Hemdes. Die blaue Segeltuchhose rundete seine Erscheinung exquisit ab.

Ausgerechnet jetzt kam dieser Mann aus dem Nichts. Hin- und hergerissen suchte Lotte den Eingangsbereich der Halle ab. Doch von Dr. Ott und seinem Begleiter war nichts mehr zu sehen.

»Herr ...« Um Himmelswillen, ihr war doch tatsächlich sein Name entfallen. In Gedanken nannte sie ihn immer Don Juan, wodurch sie seinen eigentlichen Namen nicht mehr erinnerte.

Er nahm es gelassen. »Anton Feser, Frau Kilian.«

Himmel! Er kannte ihren Namen!

»Verlassen Sie uns schon wieder? Das war aber ein kurzer Abstecher«, sagte er, als sie schwieg.

Der Boden unter Lottes Füßen gab plötzlich wie aufgeweichter Morast nach.

»Geht es Ihnen gut, Verehrteste?«

Lotte spürte seine Hand am Ellenbogen. War sie gewankt? Oh, wie peinlich. Bei diesem Mann setzte bei ihr einfach alles aus. »Woher ... Ähm ... Wissen Sie das?«, stotterte sie, während sein angenehmes Aftershave in ihre Nase zog.

»Sie sind die Heldin des Tages. Was sag ich da, nein, des Jahres.«

»Ich?« Lotte wich zurück. »Wieso?«

»Wegen des Betrügers. Das spricht sich hier schnell herum.«

Lotte starrte auf den Boden. »Wer hat das erzählt?«

»Die Residenz ist ein Dorf. Alles Klatschmäuler.« Er lachte charmant. »Sie haben mich ganz schön an der Nase herumgeführt. Eine tüdelige Frau zu spielen, war bestimmt eine Qual für Sie, Frau Kilian.«

Wie er sie verstand! »Sehr. Ich hätte es sehr genossen, gute Gespräche mit Ihnen zu führen statt orientierungslos durchs Haus zu irren.«

Er lächelte sanft. Seine Haut war sonnengebräunt, und wenn seine Gesichtszüge sich entspannten, enthüllten die Fältchen dazwischen helle Haut.

Das ließ ihn gleich zehn Jahre jünger erscheinen, dachte Lotte. »Sie sind mir schon einer. Aber ich muss jetzt gehen.«

»Kommen Sie wieder?«

»Nicht als Bewohnerin. Mir sagt das Essen nicht zu.« Sie zwinkerte ihm zu. Dann beugte sie sich verschwörerisch vor. »Sie passen auch nicht wirklich hierher.«

»Finden Sie?« Seine Augen funkelten schelmisch.

»Oder doch«, überlegte sie laut. »Sie erhellen das Haus. Die Damen sind allesamt verrückt nach Ihnen. Das bringt

Leben hier rein. Enttäuschen Sie die Damen nicht und leben Sie lange.«

»Das habe ich vor. Was ist mit Ihnen?«

Jetzt strahlte Lotte ihn an. »Für einen Moment fühlte ich mich jung. Aber sind wir doch einmal ehrlich.« Sie legte ihre Hand flach auf seine Brust und säuselte: »Sie sind mir zu jung und zu ... agil.«

Mit warmer Hand umfasste er die ihre und drückte sie gegen die Brust. Seine Augen ruhten einige Sekunden lang auf ihr, ohne dass er etwas sagte.

Als Lotte seinen Körper spürte, wurde ihr warm. Die Stille war unerträglich, und sie wollte ihm die Hand entziehen.

Anton Feser ließ es nicht zu. Langsam führte er ihre Hand zu seinen Lippen und küsste sie galant, während er hauchte: »Schade.« Dann ließ er sie los und winkte einer anderen Dame zu.

Lotte drehte sich um und atmete durch. Puh, was war das? Kein Wunder, dass die Frauen ihm zu Füßen lagen. Aber dass er gleich der Nächsten winkte, nahm sie ihm übel.

»Adieu, Anton Feser. Adieu.« Lotte ließ ihn stehen.

Auf den Moment hatte die Grauhaarige, der sein Winken galt, anscheinend gewartet. Mit einem Seitenblick, der den Gummi ihrer Unterhose weich werden ließ, stolzierte sie, die Handtasche herumwirbelnd, in die Arme von Don Juan.

Sie schritten zu seinem Zimmer. Er schloss auf, und schon waren die beiden darin verschwunden.

Lotte starrte in den leeren Gang.

»Kommst du?«, rief Nina von der Halle her. Ach ja, Nina wartete ja auf sie. Es half alles nichts, sie musste noch in ihr Zimmer, den Schlüssel holen. Lotte drehte sich um und sah ein Hörgerät auf dem Boden liegen.

Das geschieht der Frau recht, dachte sie und wollte es liegen lassen. Doch nach dem ersten Schritt überlegte sie es sich anders. Nein, das konnte sie nicht tun. Diese Teile waren verdammt teuer, und sie hatte ihr ganzes Leben nicht Gleiches mit Gleichem vergolten. Damit wollte sie auch nicht mit achtzig beginnen. Und schon gar nicht wegen eines Weiberhelden.

»Ich komme gleich, Nina. Warte hier. Da hat jemand was verloren.« Lotte bückte sich langsam. Auch wenn sie sich fit fühlte, war sie dennoch keine zwanzig mehr. Sie hob das kleine Teil auf und ging zu Fesers Zimmertür. Apartment vierundzwanzig, las sie.

Bevor Lotte klopfen konnte, wurde die Tür aufgerissen. Die grauhaarige Frau dahinter wich erschrocken zurück, während Anton Feser am Bett stand und telefonierte. »... gedacht, das war eine Falle ...«

»Sie?«, fragte die Frau.

Lotte streckte ihr die offene Handfläche mit dem Gerät hin. »Das haben Sie wohl gerade vermisst?« ... als Sie sein Säuseln nicht verstanden haben, fügte Lotte in Gedanken hinzu.

Anton Feser drehte sich bestürzt um, als er ihre Stimme hörte. Den aufgerissenen Umschlag in der Hand konnte er so schnell nicht verstecken. Das in Geldscheingröße geschnittene Zeitungspapier flatterte auf das Bett.

Lotte starrte auf das Falschgeld, dann zu ihm. »Auf Sie wäre ich nie gekommen. Und wer war der Junge, der mich angerufen hat? Ihr eigener Enkel?«

Von einer Sekunde auf die andere verwandelten sich seine Augen zu schmalen Schlitzen. Der Charmeur wurde zu einem Widerling. Anton Feser winkte seiner Bekannten. »Rein mit ihr!«

Mit überraschender Kraft zerrte die Frau Lotte in das Zimmer. Lotte stolperte, drehte sich dabei und schlug mit dem Schwung der Frau mit der flachen Hand ins Gesicht. Die ließ sie los und wich zurück. Lotte nutzte die eine Sekunde, in der Feser zur Tür hechtete, um sie zuzuschlagen, und rief: »Nina! Hilfe! Vierundzwanzig! Zimmer vier...«

Dann war die Tür zu, und Fesers starke Hände drückten sie mit einem Kissen auf Nase und Mund gegen die Wand.

Panisch schlug Lotte um sich. Sie hörte Poltern, Holz splittern. Dann fiel das Kissen herab, und nach Luft japsend rutschte sie zu Boden.

»Oma, alles klar?« Nina kniete auf Don Juans Rücken und zog die Handschellen hervor. Seine Komplizin saß heulend in der Ecke.

»Ja, alles bestens, mein Kind. Das war aufregend.«

»Oma!«

Anton Feser wollte den Kopf abwenden.

»Ja, schau nur weg. Die armen Frauen so zu betrügen, dass Sie sich nicht schämen.« Sie rutschte hinüber zu Nina. »Darf ich?«

»Was? Du willst ihm die Handschellen anlegen?«

»Ja. Das will ich.« Das kalte Metall schnappte schnell um sein rechtes Handgelenk zu. »Tja, wer hätte gedacht, dass ich in meinem Alter noch einmal einem Mann Handschellen anlege? Und deinen Enkel bekommen wir auch noch.«

Lotte lachte schallend und lehnte sich erleichtert an die Wand. Dann liefen Tränen der Erleichterung über ihre Wangen.

10.13 UHR

»Peter? Warum hat dir damals die Notarin ihre Privatadresse gegeben?« Mit gerunzelter Stirn schaute Ellen kurz zu Pfeiffer, denn ihre Aufmerksamkeit war darauf ausgerichtet, eine Wendemöglichkeit zu finden. »Ich würde solche Daten nicht ohne Grund einem Fremden geben.«

Pfeiffer rutschte auf dem Sitz hin und her, ohne zu antworten. So, wie er Ellens Blick deutete, hatte sie bereits die Antwort gefunden. Schon oft hatte sie miterlebt, wie ihm Zeuginnen oder sogar Täterinnen ihre Telefonnummer zusteckten. So ein aktives Flirten machte Pfeiffer verlegen. Aber was konnte er dazu? Selbst mit Holzfällerbart hatte es nicht nachgelassen.

Er räusperte sich. »Sie hat mir ihre private Visitenkarte für Notfälle gegeben. Allerdings wäre mir in dem Fall lieber, sie hätte sich einen nächtlichen Besuch von mir erhofft, als wenn sie genau diese Situation herbeiführen wollte. Das würde nämlich bedeuten, dass sie mit Haas unter einer Decke steckt und damals schon die Weichen dafür gestellt hat, damit ich sie jederzeit erreichen kann, wenn ich sie für diesen Zweck brauche.«

»Ist sie überprüft worden?«

»Ich weiß es nicht. Bauer hat mir gegenüber nichts dergleichen erwähnt. Es bestand nie ein Verdacht gegen sie. Auch ich habe sie aus den Augen verloren. Was soll sie denn für einen Nutzen davon haben?«

»Den kennen wir noch nicht. Vielleicht hat sie ein Verhältnis mit Haas und will an der Villa verdienen. Deshalb hat sie die Maklerin mit ins Boot genommen.«

»Dass sie der Maklerin Aufträge zugeschanzt hat, hatte ich auch schon überlegt. Aber daran stört mich etwas.«

»Was?«

»Weiß ich noch nicht. Sie war zumindest ganz verwundert, dass wir jetzt bei ihr aufkreuzen.«

»Sie muss den Schein wahren. Wenn sie sofort willig erscheint, macht sie sich ja verdächtig.« Ellen wollte in die erste Ausfahrt nach Margetshöchheim einbiegen, so, wie es der einfachste Weg zur Villa war.

Doch mit einem Blick auf Google Maps wies Pfeiffer sie an, auf der Stadtstraße zu bleiben und den Ort zu durchqueren. »Nein, fahr vor bis zur Ampel und dann links. Dann sparen wir uns die ganzen Seitenstraßen. Die Notarin wohnt da oben in dem Neubaugebiet.«

Als sie an der Ampel standen, klingelte Pfeiffers Handy. Die Nummer war ihm nicht bekannt. »Pfeiffer«, meldete er sich.

»Koch hier, Herr Pfeiffer. Ich habe mir überlegt, dass es sicherlich nichts bringt, wenn Sie bei mir in meiner Privatwohnung erscheinen. Oder?«

Schwang in der Stimme der Notarin die Hoffnung mit, sein Anruf könnte doch privater Natur sein? »Wie meinen Sie das?«, stellte sich Pfeiffer unwissend.

Ellen bog ab. An der Stelle, wo immer das Spargelhüttchen stand, gab Pfeiffer Ellen Zeichen, anzuhalten.

»Na ja, Sie haben mich schließlich angerufen, weil Sie mit mir sprechen wollten.«

»Richtig.« So schnell wollte Pfeiffer die Notarin nicht aufklären.

Sie druckste. »Also ist es geschäftlich?« Enttäuschung war in ihrer Stimme zu hören. Entweder war sie eine gute und abgebrühte Schauspielerin, oder aber sie hatte wirklich auf ein Stelldichein gehofft.

»Wie ich Ihnen schon sagte, ich muss Sie dringend als Notarin sprechen. Ihrer Angestellten habe ich es gestern schon ausrichten lassen ...«

»Das hat sie vergessen, mir auszurichten«, unterbrach Koch. »Was ist passiert, dass Sie um diese Zeit meine Hilfe benötigen? Passen Sie auf: Fahren Sie zur Kanzlei. Ich komme gleich hinunter. Ist Ihnen das lieber?«

»Definitiv. Danke, Frau Koch.«

Sie seufzte. »Ich bin gleich da. Geben Sie mir ein paar Minuten.«

»Die habe ich nicht. Bitte beeilen Sie sich!«

»Ist etwas passiert?«

»Ja.« Pfeiffer drückte das Gespräch weg und sah Ellen an. »Wende wieder. Ihr Büro liegt auf der unteren Seite der Straße. Sie war enttäuscht, dass es kein privater Besuch ist.«

Ellen hob die Brauen, verschluckte jedoch die Antwort.

Pfeiffer schaute auf die Uhr im Armaturenbrett. Von Haas' Ultimatum lief die Zeit ab. Sie standen schon fast fünf Minuten auf den Parkplatz vor dem Haus im Lerchenweg mit dem Notariat und der Arztpraxis. Wo blieb die Notarin nur? Er widerstand dem Zwang, sie erneut anzurufen.

Nina meldete sich und wurde von ihm auf den neuesten Stand gebracht.

Entsetzt hörte sie zu. »Ich informiere sofort Baumann. Wenn Bauer nicht erreichbar ist, wird er das SEK informieren. Ich mach mich auf den Weg zu euch.« Ohne eine Antwort abzuwarten, legte sie auf.

Endlich bog ein silberfarbener Mercedes älteren Baujahrs in die Straße. Pfeiffer und Ellen stiegen aus und warteten, bis die Notarin eingeparkt hatte.

Nach dem Unwetter war es rapide abgekühlt. Windböen fegten über die Straße und hatten, bis auf vereinzelte Pfützen, alles wieder getrocknet.

Pfeiffer sah sich um. Nur geparkte leere Autos, kein Passant zu sehen, der sich verdächtig verhielt. Eigentlich hätte er Haas irgendein Schreiben überreichen und den Rest das SEK erledigen lassen können.

Doch er traute Haas zu, dass er für so einen Fall Vorkehrungen getroffen hatte. Oder dass Haas ihn beobachten ließ. Woher bekam Haas seine Informationen? Warum hatte er ihm genau diese Frist gesetzt? Haas musste doch wissen, dass an einem Samstag normalerweise kein Notar arbeitete.

War die Notarin vielleicht doch darin verwickelt? War sie deshalb so schnell bereit gewesen, außerhalb der Bürozeiten das Schriftstück aufzusetzen? Sie könnte Haas jederzeit informieren, wenn etwas nicht stimmte. Pfeiffer musste auf seine Worte achten. Schon bei ihrem ersten Gespräch hatte sie ihn mit Fragen gelöchert. Damals war es ihm unverdächtig erschienen, und ihr Interesse hatte ihm geschmeichelt.

Idiot!

Ellen griff nach seiner Hand. Sie war blass. Hegte sie den gleichen Verdacht? Oder hatte er seine Gedanken wieder einmal laut ausgesprochen?

Er hoffte, nicht.

Wenn sich doch endlich Bauer melden würde! Wo steckte der nur?

Die Wagentür ging auf. Eine Frau mit knöchellanger Jeanshose und blaugestreifter Longbluse quälte sich vom Sitz hoch. Sie sah um einiges jünger aus, als er sie in Erinnerung hatte. Sie schloss die Tür und kam auf sie zu. So, wie sie einer Pfütze auswich, hätte Pfeiffer in ihr nie die Notarin erkannt.

»Sie haben mir Angst gemacht, Herr Pfeiffer. Was ist passiert?«, fragte sie anstelle einer Begrüßung und sah fragend zu Ellen.

»Ich brauche eine Erbausschlagung.«

»Nein!« Sie fasste sich an den Mund.

»Doch.«

»Darf ich fragen, warum?«

Pfeiffer presste die Lippen zusammen.

Ellen sah von ihm zu der Notarin. »Müller mein Name«, stellte sie sich vor. »Sagen wir mal so: Etwas ist dazwischengekommen.«

Frau Koch nickte mechanisch. »Das verstehe ich nicht.« Als keine weitere Erklärung folgte, überbrückte sie die peinliche Stille. »Meine Angestellte wird auch gleich hier sein. Sie entschuldigt sich. Sie hat vergessen, mir Bescheid zu geben. Tja, jetzt hat sie Pech und muss auch kommen. Ich kenne mich nicht so mit den PC-Programmen aus. Das ist nicht mein Ding.« Ihr Auge zuckte. So wie damals, als Pfeiffer zum ersten Mal im Notariat war.

Bis auf den Wind herrschte Stille in der Straße. Nur das Rasseln der Schlüssel in den zitternden Händen der Notarin klang in Pfeiffers Ohren. Ein ungutes Gefühl beschlich ihn. Fröstelnd rieb er sich den Nacken.

Warum zitterte die Notarin, als sie die Tür aufschloss? War es wirklich nur die Kälte?

»Bitte beeilen Sie sich«, sagte Ellen, als sie der Notarin knarzend die Holztreppe hinauf in die Kanzlei folgten.

»Waren Sie bei der Polizei?«

Ellen und Pfeiffer blieben entsetzt stehen. »Warum sollten wir?«

»Ich weiß ja nicht ... Bitte nehmen Sie im Büro Platz.« Die Notarin folgte ihnen, fuhr den PC hoch und ging an den Empfangstresen mit den Aktenschränken. Eine Lade nach der anderen zog sie heraus.

Pfeiffer hörte Stimmen. Anscheinend war die Angestellte eingetroffen und half bei der Suche. Zwei Minuten später trat sie mit erhitztem Gesicht ein.

»So, nun habe ich den Vorgang gefunden und kann das Schriftstück aufsetzen.«

»Ist etwas durcheinandergeraten?«

»Nicht der Rede wert. Wir haben nur unsere Ablage neu sortiert.«

Neu sortiert?

Pfeiffer erinnerte sich an das Bild der verstreuten Akten in der Kanzlei. Was, wenn damals jemand etwas gesucht hatte? Bestimmt. So wie in der Rechtsanwaltskanzlei und bei ihm in der Villa. Sonst hätten damals die Damen auf seine Nachfrage nicht so reserviert reagiert.

Was hoffte der Einbrecher, hier zu finden? Die Namen der Verstorbenen oder die der Erben? Mehr Sinn ergab, wenn der Einbrecher dadurch wusste, wer zum Beispiel eine riesige Villa in Margetshöchheim erben würde. Und sei es nur, um der Maklerin einen Tipp zu geben.

Pfeiffer fiel noch etwas ein: Auch der seltsame Kaufinteressent für die Villa hatte sich nie gemeldet. Warum eigentlich nicht? Also war das nur ein Vorwand gewesen? Genau! Um *in die* Villa zu kommen. Aber wenn Haas wusste, dass er der Erbe war, dann ... Es ergab keinen Sinn! Außer, Haas wusste zu diesem Zeitpunkt noch nicht, dass er selbst der Erbe war. Was suchte er dann in der Villa? Einen Beweis für seinen Erbanspruch?!

Pfeiffer hob die Augenbrauen und beobachtete, wie Frau Kochs Finger flink über die Tastatur huschten. Ihr Lid zuckte erneut.

Doch welchen Sinn ergab es, ihn zum Rücktritt vom Erbe zu zwingen? Falls Haas auch wirklich der Erbe war. Und dann? Er, Pfeiffer, würde dafür sorgen, dass Haas keine Freude an der Villa hatte!

Ihm schmerzte der Kopf. Er sah auf die Uhr. Noch fünfunddreißig Minuten, bis Haas wieder anrief.

10.31 UHR

Mit dem notariell beglaubigten Schreiben in der Jackentasche verließen sie die Kanzlei. Pfeiffer rief Nina an. »Ich habe es. Aber die Notarin kommt mir sehr verdächtig vor. Habt ihr sie damals überprüft?«

»Moment, ich frage mal.«

Pfeiffer sah zu Ellen. »Wen will Nina da fragen?«

Ellen zuckte mit der Schulter.

Dann war Nina wieder in der Leitung. »Nein, es gab keinen begründeten Verdacht gegen sie.«

»Wen hast du da eben gefragt?«

»Hauptkommissar Bauer«, antwortete Nina verhalten.

»Bauer? Du bist bei Bauer?«

»Ja, ich bin mit Bauer *zusammen*.«

»Was?!«

»Äh, ich meine ...« Sie hustete verlegen. »Ich bin mit ihm zusammen auf dem Friedhof, an Lamprechts Grab. Und du sollst sofort herkommen!«

»Nein! Nein! Ich kann nicht! Anton wird bald Jacobs Handy orten. Ich muss dann bereit sein«, fügte Pfeiffer gedämpft hinzu. Er sah sich um, ob jemand ihn belauschte. Aber die Straße war immer noch leer.

»Wir sind bereit und ich verstehe Sie«, hörte er plötzlich Bauers Stimme. »Hat der Anrufer einen bestimmten Ort vorgegeben, wenn er anruft?«

Pfeiffer überlegte. »Soweit ich das in Erinnerung habe, nein. Er wird meine Mobilnummer wählen.«

»Gut, dann spielt es keine Rolle, wenn Sie hier sind. Das SEK wurde sowieso eingeschaltet. Wir übernehmen ab jetzt Jacobs Befreiung. Aber *hier* haben wir noch einen anderen wichtigen Aspekt! Kommen Sie bitte sofort auf den Friedhof.« Bauer legte auf.

Pfeiffer starrte erst auf das Smartphone, dann zu Ellen. »Er sagte: ›Bitte‹.«

»Dann wollen wir ihm folgen, wenn er schon so nett bittet.«

Pfeiffer griff sich erneut an den Nacken. Sein Gefühl hatte ihn nicht getrogen: »Es stimmt etwas mit Brunos Leiche nicht. Doch der Rechtsmediziner würde so schnell kein Resultat haben.«

»Es sei denn, die Todesursache wäre offensichtlich. Was bedeuten würde, dass der Totenschein gefälscht war. Aber aus welchem Grund?«

Pfeiffer drehte sich zu Ellen. Sein Blick fiel auf das Schild der Arztpraxis, das er vorhin nicht wahrgenommen hatte. Er hob die Hand und zeigte auf das Schild. »So heißt der Arzt, der den Totenschein ausgefüllt hat.«

»Wieder ein Zufall? Das glaube ich nicht.«

»Ich auch nicht. Aber warum sollte Brunos Arzt einen Mord vertuschen? Es sei denn ... Haas hätte ihn erpresst.«

»Und wenn Haas auch Bruno getötet hat, ist er ein vierfacher ... Nein. Wenn wir dem kleinen Wilhelm Glauben schenken, dann ist er sogar ein fünffacher Mörder.« Pfeiffer verstummte. Erneut griff die Angst um Jacob nach seinem Herz. Würde er seinen Sohn jemals lebend wiedersehen? »Ellen.« Er presste die Hand an die Brust. »Ich habe Angst.«

Ellen fasste ihn an den Oberarmen, als wollte sie ihn schütteln, ließ es aber bei dem Griff bewenden. »Peter. Nicht aufgeben. Hörst du? Sie werden Jacob finden und befreien!«

»Wenn ich Jacob verliere, verzeihe ich mir das niemals.«

Ellen biss sich auf die Lippe und streckte ihm drohend den Zeigefinger entgegen. »Jetzt hörst du mir mal zu! Du steigst jetzt ein! Wir klären die Mordfälle, und in der Zwischenzeit wird das SEK Jacob befreien! Und ehe du dich versiehst, wird er wieder bei uns sein. Aber beweg jetzt deinen verdammten Hintern ins Auto, damit ich losfahren kann!«

Pfeiffer streckte sich. Die Wut gab ihm Kraft. »Du hast recht. Wir werden Haas jedes seiner verdammten Verbrechen nachweisen und ihn lebenslang hinter Gitter bringen!« Er nahm der verdutzten Ellen den Schlüssel aus der Hand, stieg ein und startete das Auto.

Die zweihundert Meter hätten sie auch laufen können, dachte Pfeiffer, als er keinen Parkplatz fand. Kurzentschlossen parkte Pfeiffer in der zweiten Reihe und blockierte damit die kleine Nebengasse, aus der immer mehr Schaulustige zusammenkamen.

Blaulichter am Friedhof, das war für die ›Marogganer‹ ein sehr seltener Anblick. Somit fanden sich Schaulustige ein, die in morgendlicher Mission die Pflanzen auf den Gräbern ertränkten.

»Was für ein Auflauf. Hätte man die Exhumierung nicht diskreter abhandeln können? Schafft die Leute hier weg!«, rief Pfeiffer einem der uniformierten Kollegen zu.

Der schüttelte den Kopf. »Hab ich versucht. Nichts zu machen. Das wollen die sich nicht entgehen lassen. Wann hat man schon mal ...« Er wurde vom Knacken des Funkgeräts am Gürtel unterbrochen. Er drehte Pfeiffer den Rücken zu, griff nach dem Funkgerät und meldete sich.

»Was ist hier los?« Pfeiffer sah Ellen fragend an und ging mit ihr an der Aussegnungshalle vorbei und den Hauptweg entlang. Von weitem sah Pfeiffer Nina neben Bauer stehen und die ... »Spurensicherung? Was macht die hier?«

Ellen bahnte sich bereits den Weg durch die Kollegen und lief zu Nina. Sie umarmten sich und wechselten einige Worte. Dann fiel Ninas Blick auf Pfeiffer, und sie wurde ernst. »Endlich!«

»Kann mal jemand erklären, warum hier ...?« Sein Blick fiel auf den Erdhügel, der neben dem geöffneten Grab der Lamprechts lag. Der schwarze glänzende Stein mit den weißen Buchstaben war verrutscht, weil der fehlende Boden vor ihm nachgegeben hatte. Dann blickte er in die Tiefe und ... Das Grab war leer. Wo war der Sarg? Hatte man ihn bereits in die Rechtsmedizin gebracht? Aber warum waren dann noch alle hier?

Pfeiffer sah zu Bauer, der mit verschränkten Armen und sorgenvollem Gesicht mit einem seiner Nürnberger Kollegen sprach. Ihm war, als beobachtete Bauer ihn aus den Augenwinkeln heraus.

»Verdammt, wo ist die Leiche?«, raunte Pfeiffer.

»Das ist die Frage der Woche.« Bauer verabschiedete seinen Kollegen mit einem freundlichen Kopfnicken und kam zu ihnen. »Als wir vorhin ankamen, fanden wir das Grab genau so vor.« Er sah zu Ellen. »Und Sie sind?«

»Ellen Müller.«

»Soweit ich weiß, sind Sie aktuell dienstunfähig. Was treiben Sie dann hier?«

»Ich wurde als Freund hinzugezogen.«

»Sie meinen als Freundin.« Bauer grinste. »Mir ist Ihr Verhältnis bekannt.«

Obwohl Ellen errötete, streckte sie die Schultern durch. »Gut, dann ist das ja geklärt. Was gedenken Sie, im Fall der entwendeten Leiche zu unternehmen?«

Bauer lächelte unmerklich.

Jogi im Spurensicherungsoverall lief an Pfeiffer vorbei und kniete sich an das Grab. »Mensch, Peter, bei dir wird's aber wirklich nicht langweilig. Erst hast du Leichen, wo sie nicht hingehören, und dann fehlt eine da, wo sie eigentlich sein sollte.« Er gluckste amüsiert.

Bauer deutete Pfeiffer und Ellen an, sich vom Grab zu entfernen. »Die Frage ist nicht nur, warum die Leiche fehlt, sondern: Warum wurde sie *erst jetzt* entwendet? Was will der Täter verschleiern? Was für einen Nutzen zieht er daraus, dass uns die Leiche fehlt?« Er schaute in die Runde und musterte einen nach dem anderen. »Wer wusste von der Exhumierung?«

Letzteres hatte sich Pfeiffer auch bei der entwendeten zweiten Kugel in Ritchys Hinterhof gefragt. Doch dann stellte sich heraus, dass Bauer Andi und ihn hatte abhören lassen. Steckte Bauer wieder dahinter? Aber warum? In ihrem letzten Gespräch hatte Bauer signalisiert, dass er Andi für unschuldig hielt und auf Pfeiffers Seite war.

»Haben Sie meine Frage verstanden?«

»Jaja. Ich überlege nur.«

»Wir waren bei Edith Trivor, und da hast du erwähnt ...«, kam ihm Nina zur Hilfe.

Bauer zog die Augenbrauen hoch. »Wie lange machen Sie diesen Job schon?«

Pfeiffer schnaufte. »Lange genug, um zu wissen, dass es die alte Frau nicht gewesen sein kann. Sie hat kein Mordmotiv. Sie hätte sich bereits vor vierzig Jahren an Lamprecht gerächt. Ich konnte ja nicht ahnen, dass ...«

Bauer nickte. »Was ist mit der Frau? Warum hatten Sie sie im Visier? Und: Warum weiß ich nichts davon?« Die letzte Frage richtete er an Nina, doch sie kam nicht zum Antworten.

Blitzlichter flackerten auf, und Bewegung kam in die Zuschauer.

Bauer hob die Hand und stoppte Nina, die gerade antworten wollte. Er richtete sich an die umstehenden Kollegen. »Wenn Sie nicht wollen, dass Sie alle in zehn Sekunden in den sozialen Medien zu sehen sind, würde ich Ihnen raten, etwas zu unternehmen.«

Während die Kollegen sich um die Schaulustigen kümmerten, nahm Bauer Nina beim Arm. »Kommen Sie«, sagte er zu Pfeiffer und Ellen. »Wir setzen uns in mein Auto und da erklären Sie mir alles.«

»Dazu fehlt uns die Zeit. Mein Sohn ...«

»Das SEK ist bereits auf dem Weg. Die Ortung läuft. Dank Ihrer Anweisung, Frau Kollegin Müller. Wir mussten jedoch den offiziellen Weg gehen. Rein rechtlich gesehen, Sie verstehen? Sie wollen doch schließlich nicht, dass der Entführer wegen Rechtsfehlern freikommt«, sagte er an Ellen gerichtet und verließ schnellen Schrittes den Friedhof.

Ellen sah kurz zu Pfeiffer. In ihrem Blick las er: Was hast du nur? Der ist doch okay.

Sie hatte ja auch nicht im Visier des internen Ermittlers gestanden.

Sie folgten Bauer, der den Dienstwagen öffnete. »Soweit ich informiert bin, hat Haas Ihnen gesagt, dass er sich wieder meldet.«

»Ja.« Pfeiffer sah auf die Uhr. »Wir haben noch achtzehn Minuten.«

»Gut. Dann bringen Sie mich auf den neusten Stand, während wir zu Frau Haas fahren.«

10.44 UHR

Während Pfeiffer Bauer über die Laurentiusbrücke lotste und dann auf die Veitshöchheimer Straße Richtung Karlstadt abbog, hörte er Ninas Ausführungen aufmerksam zu. Links von ihnen floss der Main. Ein Mainschiff lag tief im Wasser und kämpfte sich stromaufwärts.

Nina holte tief Luft. »Nachdem wir uns von Edith Trivor in der ›Senioren-Residenz St. Josefstift‹ verabschiedet hatten, forderte ich die Telefondaten von ihrem Festnetzanschluss an.«

Pfeiffer hustete. Warum war er nicht auf diesen Gedanken gekommen?

»Wer hat das genehmigt?«, fragte Bauer.

Es entstand eine Pause.

Bauer betrachtete Pfeiffer neben sich und Ellen im Rückspiegel. »Wer?«

»Kriminaloberrat Baumann«, antwortete Nina widerwillig.

Pfeiffer sah, wie sich Bauer für einen kurzen Moment versteifte. »Weiter.«

»Sie hat in den letzten Wochen mehrmals mit Haas telefoniert. Ich besorgte mir ein Foto von ihm und bin wieder ins St. Josefstift gefahren. Wir suchten die Zeugin, diese Pflegerin, die dem Mann die Blumenvase gegeben hat. Doch die ist seitdem verschwunden. Die Kollegin macht sich Sorgen.«

»Er räumt alle Zeugen aus dem Weg«, schlussfolgerte Bauer.

Pfeiffer schossen die Tränen in die Augen.

Jacob!

»Tut mir leid«, sagte Bauer mit einer Stimme, die Pfeiffer so an ihm nicht kannte.

Bauer kam zu der gleichen Schlussfolgerung wie er, dass auch Jacob ... Ihm wurde schlecht.

Nina beugte sich vom Rücksitz zu Pfeiffer vor. »Nein. Jacob wird er nichts tun. Er muss doch wissen, dass er nach der Show und den ganzen Morden sein Erbe verspielt hat! Also, wie will er das machen?«

»Das wissen wir. Er aber anscheinend nicht.«

»Der ist nicht dumm!«, rief Nina.

Genau, er war nicht dumm!

Das war auch Pfeiffers Überlegung. Was führte Haas im Schilde? Dass er intelligent war, zeigte sein ausgeklügelter Plan mit Andi und der Maklerin. Er musste ebenfalls wissen, dass er nicht lebend aus der Sache herauskam, wenn er Jacob auch nur ein Haar krümmte. Doch wenn er krank war und alles nur aus Rachsucht tat?

»Ich habe Frau Haas bereits besuchen lassen. Es gibt da eine kleine Überraschung«, unterbrach Bauer seine Überlegungen.

»Was für eine Überraschung?« Wieder hatte Pfeiffer das Gefühl, hinterherzuhinken.

Wieder bestimmte ein anderer das Tempo.

Er war durch seine Angst gelähmt. Nicht fähig, rational zu denken. Er war erschöpft – und froh, nun Hilfe zu haben.

Dann stand Pfeiffer wieder vor dem Haus, in das er vor Wochen die Getränkekisten hineingetragen hatte. Was sollten sie hier? Bekam er hier die Antworten von Haas' Frau, die er so dringend benötigte?

Frau Haas öffnete und erschrak, als sie Pfeiffer und seine Kollegen vor der Tür stehen sah. Heute waren zwar ihre Haare gewaschen, aber ihnen fehlte immer noch der Chic der ersten Begegnung. Sie war blass und dezenter geschminkt. Dunkle Ränder um die Augen zeugten von Schlafmangel.

Im Hintergrund sah Pfeiffer Haas stehen.

Pfeiffer war wie vom Blitz getroffen. Der Kerl entführte seinen Sohn und trank in aller Ruhe ein Bierchen mit seiner Frau?

»Haas! Sie verdammtes Schwein, Sie! Wo ist mein Sohn?« Pfeiffer stürzte an der Frau vorbei auf den Lehrer zu, packte ihn am Kragen und schleuderte ihn über das Sofa hinweg.

Dem Poltern folgte ein Stöhnen. »Bitte helfen Sie mir!«, rief Haas und deckte wimmernd mit den Unterarmen sein Gesicht ab.

Blind vor Wut und Angst wollte Pfeiffer nachsetzen, doch Bauer hielt ihn zurück.

Pfeiffer riss sich los und kniete sich auf Haas. Er hob die Faust, bereit, den Aufenthaltsort seines Sohnes aus ihm herauszuprügeln.

»Tun Sie mir nichts! Bitte! Es tut mir so leid. Ich konnte ihn nicht daran hindern.« Haas weinte, hielt die Unterarme immer noch abwehrend über das Gesicht.

»Was zum Geier ...?« Pfeiffer sah zu Bauer.

Bauer kratzte sich mit dem Daumen über die tiefen Mundwinkel. Die Sorgen vieler Jahre hatten sich dort eingegraben.

Pfeiffer waren sie nie aufgefallen, wenn er in das sonnengebräunte Gesicht gesehen hatte. War er die ganze Zeit so blind gewesen? »Was wird hier gespielt?« Pfeiffer stieg von Haas herunter und baute sich vor Bauer auf.

»Das ist die Überraschung, die ich erwähnt habe.« Er schaute auf seine Füße.

»Mann! Ich bin nicht zum Rätselraten hierhergekommen!«

Frau Haas stürzte zu ihrem Mann und nahm ihn in die Arme. Erst jetzt bemerkte Pfeiffer das Veilchen in Haas' Gesicht.

»Wer ... Wer hat dann meinen Sohn?«

»Mein Zwillingsbruder Armin.« Haas weinte und fasste sich an den Hals. »Mir wird schlecht.« Er rannte ins Bad.

»Was? Es gibt zwei von der Sorte?«

Sonja Haas ließ sich auf das Sofa fallen. »Alles fing so toll an. Ein Bruder, von dem Thomas nichts gewusst hatte. Was für eine Überraschung! Was für eine Freude! So etwas erlebt man nicht selbst, das sieht man nur im Fernsehen - in Hollywoodfilmen oder RTL Soaps. Aber doch nicht eine Familie Haas!« Sie strich sich über die wabbelige Wange, als wollte sie eine Träne wegwischen.

Pfeiffers Handy läutete.

Nach dem vierten Läuten gab einer von Bauers Leuten ihm ein Zeichen. »Jetzt.«

Pfeiffer nahm ab.

»Das dauert aber. Wollen Sie Ihren Sohn nicht wiedersehen?«

»Doch! Doch! Wo ist er?«, schrie Pfeiffer. »Geht es ihm gut? Kann ich ihn sprechen?«

»Unterbrechen Sie mich nicht, Herr Pfeiffer. Ich muss gestehen, ich habe mich etwas verkalkuliert. Sie haben sich sicherlich schon gefragt, was ich mit der Villa will, wenn die Polizei mich wegen mehrfachen Mordes sucht. Ja, da haben Sie recht. Ich werde die Villa nun nicht mehr genießen können ... Nachdem sich so viele Menschen mir und meinem Wunsch in den Weg gestellt haben.« Er lachte humorlos. »Aber Sie können dafür sorgen, dass ich außer Landes geflogen werde und dort ein gutes Leben führen kann. Das sind Sie mir schuldig, nachdem Sie sich mein Erbe erschlichen haben.«

»Ich ...«

Plötzlich war die Leitung unterbrochen. Pfeiffer starrte ängstlich auf sein Handy.

Bauer sah zu seinem Kollegen, der die Ortung übernommen hatte. Der schüttelte den Kopf. »Zu kurz. Er weiß, dass wir vorbereitet sind.«

Pfeiffers Handy klingelte erneut.

»Sie wollen schlauer sein als ich? Sind Sie nicht. Sie wissen inzwischen, wozu ich fähig bin. Also halten Sie mich besser nicht auf. Nicht, wenn Sie Ihren Sohn wiedersehen möchten. Ich habe ihn versteckt, und nur *ich* kenne seinen Aufenthaltsort. Wenn ich in Sicherheit bin, bekommen Sie ihn wieder.«

Pfeiffer schloss die Augen. »Was soll ich tun?«

Wieder legte der Anrufer auf.

Der Beamte schüttelte resigniert den Kopf und warf sein Equipment auf den Tisch.

Das Handy klingelte wieder.

»Ich werde Ihnen nur einmal sagen, was Sie machen sollen, und unterbrechen Sie mich nicht wieder! Ich hasse das, verstanden?«

Als Pfeiffer schwieg, fragte er erneut: »Verstanden?«

»Ja.«

»Gut. Notieren Sie sich gleich eine Kontonummer, um mir monatlich dreitausend Euro dorthin zu überweisen. Ihr Sohn sagte mir, dass der Verkauf der Villa laut einer Klausel untersagt ist. Also kann ich mir die Millionen vorerst abschminken. Aber Sie bekommen die Mieteinnahmen der Kanzlei. Und die will ich so lange, bis Sie in fünf Jahren die Villa verkaufen können!«

Pfeiffer wollte ihm erklären, dass er doch vom Erbe zurückgetreten war und daher keine Mieteinnahmen mehr hatte, schloss aber schnell wieder den Mund. Er wollte nicht, dass der Entführer ausrastete. Haas war ja selbst darauf gekommen, dass er als Erbe nichts ausrichten konnte.

»Dann werden Sie mir ein Auto mit Fahrer bereitstellen, um mich zum Flughafen zu bringen. Eine Privatmaschine bringt mich an mein Ziel, das ich später noch nennen werde. Sie sorgen dafür, dass die Maschine aufgetankt und abflugbereit ist. Der Sauerstoff für Jacobs Überleben reicht von jetzt an zehn Stunden. Also kommen Sie nicht auf die dumme Idee, mich stoppen zu wollen. Das würde er nicht überleben. Die Kontonummer lautet ...« Dann folgte die Nummer eines Schweizer Bankkontos.

Pfeiffer hatte es beim Erwähnen der zehn Stunden die Beine versagt. Ellen war hinzugesprungen und notierte die Nummer.

Haas stand am Türpfosten und starrte ununterbrochen auf das Handy in Pfeiffers Hand. »Dieses Schwein! Hätte ich gewusst, was für ein Wolf im Schafspelz er ist, hätte ich dich nie die Tür öffnen lassen!« Er funkelte seine Frau wild an.

»Psst!«, machte Bauer.

»Du bist gemein!«, schluchzte Sonja Haas und bedeckte mit den Händen das Gesicht, dann rannte sie aus dem Wohnzimmer.

Ellen notierte akribisch die Kontonummer und den Standort, wo er das Auto mit Chauffeur übernehmen wollte. In einer Stunde, mitten auf dem Marktplatz von Würzburg! Und wehe, der Platz würde von Passanten geräumt. Dann verschwände er, und Jacob würde sterben. Pfeiffer selbst sollte ihn zum Flughafen fahren.

Dann legte der Bruder von Haas auf.

Pfeiffer sank in sich zusammen. »Verdammt! Er sichert sich total ab! Wir haben keine Chance auf einen Zugriff, solange wir Jacob nicht gefunden haben.«

Haas lehnte sich auf das Sofa. »Ich bin an allem schuld.«

Pfeiffer wurde hellhörig. »Wie meinen Sie das?«

»Armin wusste, was mir Jacob bedeutet. Er will damit nicht nur Sie treffen, sondern auch mich. Er will sich rächen. An unserem Vater, der uns zur Adoption freigegeben hat. An uns, weil er unseren Lebensstil neidet. Aber so besonders ist das nicht. Wir führen ein ganz normales Leben. Er will mir alles kaputtmachen! Meine Ehe, meinen Beruf, alles, was mir etwas bedeutet«, jammerte er.

Wirklich ein Schlaffi, dachte Pfeiffer und ging auf Haas zu. »Mir ist es egal, ob Sie sich betrogen fühlen und was für ein Leben Sie verlieren. ER HAT MEINEN JUNGEN! Überlegen Sie, wo er Jacob versteckt haben könnte!«

»Ich weiß es nicht. Armin ist ja nicht von hier. Ich kenne ihn nicht und weiß nicht, was er sich in den letzten Wochen angesehen haben könnte.«

»Hat er nichts erzählt?«

»Nein«, sagte Haas und sah zu, wie seine Frau zurückkam und sich mit verweinten Augen auf das Sofa setzte. »Geht es dir gut?«

Sie nickte und hielt sich das Taschentuch vor den Mund.

Nina, die bei Ellen stand, winkte ihm. Pfeiffer hatte es nicht bemerkt. Jetzt hatte sie die Nase voll und rief: »Peter!«

Widerwillig stand er auf und ging zu ihr. »Was?«

Ellen schaute ihn eindringlich an. »Ich habe die ganze Zeit angenommen, es gehört zu deinem Plan, Informationen aus Haas zu bekommen«, flüsterte sie mit Seitenblick auf Haas. »Aber du verrennst dich da in was. Wir haben sicherlich gleich Jacobs Handy geortet. Jacob ist clever, vielleicht trägt er es bei sich oder hat es verstecken können.«

»Du hast gehört, er ist eingesperrt! Sein Sauerstoff reicht nur für zehn Stunden. Wenn er in einem dicken Gemäuer sitzt oder unter der Erde, nützt uns das alles nichts. Oh mein Gott! Wir können ihn dann nicht orten. Also, wo sollen wir ihn suchen? Er kann überall sein!« Pfeiffer wollte Ellen wieder den Rücken zukehren. Dann rieb er sich über das Gesicht. »Nein, nein, nein, nein. Warum dauert das so lange? Vielleicht hat er das Signal gestört? Ohne GPS lässt es sich nicht orten.« Er schlug gegen die Wand. »Wie lautet sein Name?«, fragte er plötzlich an Haas gewandt.

Erschrocken sah er auf. »Wen meinen Sie? Ach so. Armin, Armin Roth. So hat er sich zumindest bei uns vorgestellt.« Dann jammerte er wieder. »Ich hatte mich so gefreut, einen Bruder zu bekommen.«

»Warum tut er das?«

Haas wurde blass. »Ich weiß es nicht. Am Anfang wollte er nur an die Unterlagen, die in der Villa sind.«

»Genau! Die Villa! Was haben Sie in der Villa gesucht? Unterlagen? Welche Unterlagen? Mann, sprechen Sie!«

Haas zuckte zusammen. »Wir ... Ich wusste von meiner Adoptivmutter, dass die Kanzlei in der Lamprecht-Villa für unsere Adoption zuständig war. Armin wollte an die Unterlagen. Er wollte nur wissen, wer unsere Eltern sind.«

»Das ist alles?« Pfeiffer hob die Hand. »Deshalb der Aufwand?«

Ellen wandte sich an Haas. »War er letzte Nacht in der Villa? Und hat er die Sachen gefunden?«

Haas zuckte mit den Schultern. »Ich weiß es nicht. Anscheinend, denn heute Morgen war er wütend.«

»Warum haben Sie ihm nicht ausgerichtet, was ich Ihnen gestern gesagt habe?«, wandte sich Pfeiffer an Sonja Haas.

»Es tut mir leid! Aber ich habe ihn heute nicht zu Gesicht bekommen, und ich wusste ja auch nicht, wovon Sie da sprachen.« Sie schluchzte.

»Verdammt!«

Haas unternahm nichts, um seine Frau in Schutz zu nehmen. Er war am Boden zerstört. »Vielleicht hatte er gehofft, seine Eltern würden ihn liebevoll aufnehmen und er könnte wieder ein schönes Leben führen«, überlegte er gedankenverloren.

»Und deshalb bringt er fünf Menschen um?« Bauer schüttelte den Kopf.

Haas zuckte zusammen. »Oh mein Gott, ist das wahr? Und der war hier in meinem Haus und hat uns zu seinen Zwecken missbraucht? Dann tut er es wirklich nur, um mir alles kaputtzumachen?« Er sah zu seiner Frau, dann zu den Kommissaren, die sein Wohnzimmer belagerten. »Er hat mir erzählt, dass er im Krieg viel Schlimmes erlebt hat. Das hätte ihn verändert.«

»Krieg?«, fragten Pfeiffer und Bauer gleichzeitig.

Haas sah von Bauer zu ihnen. »Er war früher Soldat, jetzt ist er ... Söldner. Ein internationaler Söldner.«

Pfeiffer kannte die alten Berichte der Blackwater Worldwide, die damals mit dem deutschen Waffenhersteller Heckler

& Koch in Geschäfte verstrickt war. Söldner waren gut bezahlte Männer. Er sah einen bis zu den Zähnen bewaffneten Mann vor sich. Blutverschmiert und bereit, bis zum Äußersten zu gehen. Bereit, aus Spaß an der Freude zu morden. Das hatte noch gefehlt! Ein kampferprobter Mann, der über Leichen ging. »Söldner? Ist er im Besitz einer Waffe?«

»Was? Eine Waffe?« Haas faltete seine Hände wie zum Gebet. »Gesehen habe ich keine.«

Pfeiffer erinnerte sich an den Mann am Fenster bei seinem ersten Besuch. »Wo hat er geschlafen?«

Haas wurde rot.

»Sie haben ihn aufgenommen! Erzählen Sie mir nicht, er hätte im Hotel geschlafen. Also, wo ist sein Zimmer?«

»Äh ... oben. Aber er hat niemanden in sein Zimmer gelassen. Das hat er immer abgeschlossen«, erklärte Sonja Haas.

Pfeiffer griff Haas am Kragen und zerrte ihn vom Sofa hoch. »Welches ist sein Zimmer?«

»Brauchen Sie da nicht einen richterlichen Beschluss?«, rief Haas kleinlaut.

Pfeiffer näherte sich derart, dass seine Nase fast dessen Nase berührte. »Es ist Ihr Haus. Sie können mich reinlassen, wann immer Sie wollen. Oder haben Sie etwas zu verbergen? Wollen Sie Ihren Bruder beschützen?«

»Er ist immer noch mein Bruder.«

»Er ist ein Mörder!«

Pfeiffer nahm zwei Stufen auf einmal, Haas folgte ihm langsam.

»Hier, das Zimmer hat er bewohnt.« Haas, im Obergeschoss angekommen und außer Atem, deutete auf eine von drei Türen.

Pfeiffer drückte auf die Türklinke. Wie von Haas vorausgesehen, war die Tür verschlossen. »Haben Sie einen Schlüssel?«

»Nein.«

»Darf ich hinein?«, fragte Pfeiffer.

»Ja, schon. Aber ich habe doch keinen ...« Weiter kam Haas nicht.

Pfeiffer rammte bereits seine Schulter gegen das Sperrholz. Beim zweiten Stoß gab das Schloss nach und splitterte aus dem Rahmen. Pfeiffer trat ein und blickte sich um. Ein normales Gästezimmer. Bett, Schiebetürenschrank, Stuhl, Tisch, Papierkorb. Nicht besonders chic, aber immer noch besser als Pfeiffers Würzburger Wohnung. Relativ aufgeräumt, so wie Pfeiffer es von einem Soldaten erwartet hatte. Nur ein blaues Handtuch lag auf dem gemachten französischen Bett.

Haas blieb an der Tür stehen und stierte in das Zimmer. Pfeiffer trat an das Fenster und sah durch die Gardine auf die Straße. Dort, wo jetzt Bauers Auto parkte, hatte damals sein Passat gestanden. Und aus diesem Fenster hatte Roth zu ihm heruntergeschaut.

Hatte ihn beobachtet.

Ein Gedanke ploppte in Pfeiffers Kopf auf, doch er verschwand, bevor er ihn greifen konnte. Er drehte sich um und schob die Schranktür auf. Zwei Hemden und eine Jacke hingen darin. In den Fächern lag Unterwäsche. Nichts, das besonders teuer aussah. Kleidung, eher einfach und unmodern. Kleidung, in der man nicht auffiel. Entweder wollte er unscheinbar aussehen, oder er war kein gutbezahlter Söldner mehr. Das wäre auch eine Erklärung, weshalb er für sein Erbe über Leichen ging.

Pfeiffer hob die Wäsche an, ob sich etwas darunter befand. Er klopfte an die Schrankwände. Nichts. Im oberen Fach lag ein zusammengefalteter Seesack, wie er bei Soldaten beliebt war. Mit einem Samsonite Koffer reiste ein Soldat selten. Er sah hinein. Leer.

Da war der Gedanke wieder, und sofort stellte er Haas die Frage: »Warum sind Sie nicht an dem Erbe interessiert, sondern nur Ihr Bruder?«

Haas wurde verlegen. »Ich bin zufrieden mit dem, was ich habe. Ich ... Ich bin nicht auf den Gedanken gekommen. Geht das denn?«

»Keine Ahnung«, brummte Pfeiffer vor sich hin. Seine Aufmerksamkeit war wieder ganz bei der Durchsuchung, denn er suchte nach etwas Wichtigem: Nach einem Hinweis auf eine Waffe.

Doch würde Roth, wenn er eine solche besaß, sie nicht bei sich tragen?

Er bückte sich und sah unter das Bett. Nichts. Nicht einmal Flusen lagen darunter.

Beim Aufstehen stützte er sich auf dem Stuhl ab, und sein Blick fiel in den Papierkorb. Einen Moment lang dachte er, sein Herz würde aussetzen. Er griff hinein und holte eine leere Munitionspackung heraus.

Pfeiffer sprang zur Tür und riss Haas mit sich. »Los, kommen Sie!«

Im Erdgeschoss angekommen, warf Pfeiffer den Pappkarton auf den Couchtisch. »Er hat mindestens eine Waffe.« Dann wandte er sich an die Ehefrau. »Waren Sie in dem Zimmer?«

Sie sah ihn geschockt an. »Ich? Wie kommen Sie darauf?«

»Sie sind eine gute Hausfrau. Alles ist sauber. Sogar unter dem Bett.«

Frau Haas weinte erneut. »Er war mitunter sehr launisch. Mal freundlich, mal sehr impertinent. Es gab Tage, da schüchterte er mich ein. Er zwang mich, sein Zimmer zu putzen. Er lag dabei auf dem Bett und sah mir zu. Er ließ mich nicht allein. Ich hatte Angst vor ihm.«

»Das sagst du erst jetzt?« Haas sprang auf.

»Was hätte es geändert, wenn ich es dir gesagt hätte?«, schrie sie. »Hättest du mir geglaubt? Du warst fasziniert von ihm. Er ist das, was du immer sein wolltest!«

Haas starrte sie mit offenem Mund an. »Und mir hat er gesagt, er tut dir was an, wenn ich ihm nicht helfe. Ich musste mitspielen.«

»Oh mein Gott!« Sonja Haas nahm neben ihrem Mann auf dem Sofa Platz. Langsam griff sie nach seiner Hand und lehnte sich an seine Brust. »Wir stehen das gemeinsam durch, Hasi. Ich hoffe, er ist bald aus unserem Leben verschwunden.« Dann sah sie Pfeiffer an. »Sie werden ihn uns vom Halse schaffen, nicht wahr? Sie sperren ihn ein!« Sie flehte Pfeiffer regelrecht an. Dann machte sie eine Pause, überlegte sich die nächsten Worte. »Suchen Sie Ihren Sohn. Ich bin mir nicht sicher, ob er Wort hält. Er sagte mir einmal, wenn er nicht das bekommt, was er will, geht er über Leichen. Er bekäme immer, was er wolle. Und Sie sagen, fünf Menschen hat er schon getötet?«

Bauers Handy klingelte. Er ging zur Eingangstür.

Pfeiffer, der immer noch hoffte, bald aus einem Albtraum zu erwachen, reagierte zeitverzögert. »Wann hat er das gesagt?«

Sonja Haas hob die Hand. »Das ist schon einige Tage her. Aber jetzt ergibt alles erst einen Sinn, und ich verstehe seine Andeutungen.«

Haas schob seine Frau von sich. »Was sagst du da? Hat er das genauso gesagt?«

»Ja. Warum fragst du?«

Haas ließ sie sitzen und rannte hinaus.

Pfeiffer fasste sich an die Stirn. Konnte das sein?

Seine Vermutung bestätigte sich, als Haas mit blassem Gesicht zurückkehrte. In den Händen hielt er einen leeren Karton. »Die Brandpasten vom Grill sind weg. Und meine Signalpistole vom Segelboot fehlt auch.«

Die Villa! Pfeiffer sah plötzlich das Gemäuer in Flammen aufgehen. »Will er die Villa tatsächlich abfackeln? Aber dann fallen doch die Mieteinnahmen weg! Dann geht er leer aus. Ich habe ansonsten kein Geld!«

»Geld war ihm nie wichtig«, sagte Sonja Haas leise.

Pfeiffer würgte. Es ging ihm nur um Zerstörung. Sein Leben und das seines Bruders. »Hat er Jacob dort versteckt?« Er sah zu Ellen. »Er muss uns beobachtet und Jacob hingebracht haben, nachdem wir weggefahren sind.«

»Los! Lasst uns fahren!«, rief Bauer aus dem Flur. »Ich habe gerade das Ergebnis der Ortung erhalten. Das SEK ist schon fast bei Ihrer Villa.«

Also doch!

»Der Typ wird doch nicht so nachlässig sein«, zweifelte Nina.

»Jeder macht mal Fehler.« Bauer wies seine Kollegen und Nina an, ihnen im zweiten Wagen zu folgen, und rannte hinaus.

»Sollen wir nicht zum Marktplatz fahren? Wenn Jacob nicht in der Villa ist, wird Roth untertauchen und Jacob ...«, rief Pfeiffer ihm nach. Die Vorstellung, dass Jacob in irgendeinem kalten Loch frierend und ängstlich auf seine Befreiung wartete, ließ seine Atmung verkrampfen.

Jacob, halte durch. Wir kommen!

Auch Bauer blickte starr nach vorne. »Wir haben alle Eventualitäten berücksichtigt. Ein Kommando wird auf dem Marktplatz nach ihm Ausschau halten.«

»Und wenn das Handy eine Falle ist? Eine Ablenkung?« Ellens Bemerkung war wie eine Ohrfeige in Pfeiffers Gesicht.

»Auch möglich. Aber es ist derzeit unsere heißeste Spur.«

Pfeiffer hielt Bauer am Arm zurück.

»Wird er nicht auf dem Markt nach mir im Auto Ausschau halten?«

Bauer blieb stehen und drehte sich zu ihm um. »Aber dann ist es zu spät. Er sagte nicht, dass sie aussteigen sollen, also fährt ein Double vor.«

»Wenn das mal gutgeht.«

»Besser als das hier, sollte er sich noch mit Ihrem Sohn in der Villa verstecken.«

Haas zwängte sich zwischen Ellen und seiner Frau auf die Rückbank. »Das ergibt sogar Sinn!«, rief er aufgeregt. »Er kennt die Villa, schließlich war er schon ein paar Mal dort drinnen.«

»Nicht nur gestern Nacht? Ein paar Mal?«, fragte Ellen und schnallte sich an.

Pfeiffer ließ sich mit zusammengekniffenen Lippen auf den Beifahrersitz fallen. Er hatte den scharfen Unterton herausgehört. Ellens Frage war eine Rüge an ihn, weil er ihr all das unterschlagen hatte.

Doch da beantwortete Haas bereits die Frage. »Er ist ein paar Mal in die Villa eingebrochen ... Das hat er mir erzählt. Sein Auftreten ließ keine Zweifel daran. Ich wusste von meiner Mutter ... Adoptivmutter, besser gesagt, dass die Rechtsanwaltskanzlei Lamprecht für unsere Adoption zuständig war. Ich habe es ihm erzählt. Das hätte ich nicht tun sollen. Jetzt weiß ich, dass es ein Fehler war.« Haas ließ den Kopf sinken, bis ihn eine Bodenwelle in einer Dreißigerzone, die Bauer etwas schneller nahm, wachrüttelte. »Er wollte zuerst in die Kanzlei einsteigen, um an unsere Adoptionsakten zu kommen. Doch die Kanzlei ist mit den Alujalousien wie eine Festung gesichert. Da kann man nirgends einsteigen. Dann erzählte ihm eine alte Frau von einem alten Küchenaufzug, der die Wohnung mit der Kanzlei verbindet. So hatte sich der alte Lamprecht damals sein Essen bringen lassen. Doch den hatte Armin auch nicht gefunden, da seine Pläne abwichen.« Haas musste sich in den Kurven an den Vordersitzen festhalten, um nicht abwechselnd auf Ellen oder auf seine Frau zu rutschen. Entschuldigend lächelte er Ellen an.

»Eine alte Frau? Lange weiße Haare?«, fragte Pfeiffer über die Schulter hinweg.

»Ja.«

»Das ist Edith Trivor aus der Seniorenresidenz«, erklärte Pfeiffer Bauer. »Wo hat Ihr Bruder sie getroffen?«

»Ich glaube, bei der Villa, als er die Kanzlei ausspähte.«

»So ein Zufall aber auch.« Pfeiffer schlug sich auf den Schenkel. »Was wollte sie dort?«

»Bruno Lamprecht besuchen?«, vermutete Ellen. »Nach allem, was du mir erzählt hast, ist sie eindeutig in den Fall involviert.«

»Eindeutig.« Pfeiffer legte den Zeigefinger an seine Lippen. »Sie stritt ab, Kinder zu haben. Aber was, wenn sie gelogen hat? Was, wenn das Gerücht von damals stimmt und sie wirklich schwanger war? Lamprecht senior bestand auf eine Zwangsadoption, und sie musste die Zwillinge hergeben. Das war ihr Schicksalsschlag, der sie altern ließ.«

»Sie hat sich nach vierzig Jahren gerächt, indem sie Armin von dem Aufzug erzählt hat.«

»Rache?« Pfeiffer ballte seine Hand zu einer Faust. »Das glaube ich nicht. Sie wollte vielleicht nur, dass die Wahrheit ans Licht kam und ihre Söhne die Villa erbten.«

»Was? Ihre Söhne? Sie meinen, diese Frau ist meine ... meine richtige ... Mutter?«

»Das könnte es erklären.«

»Oh Sonja! Ich habe meine Mutter gefunden!«

Sonja Haas beugte sich zu ihrem Mann und küsste ihn. »Ja, mein Hasi. Das freut mich für dich.«

»Wie hat er eigentlich Sie gefunden? Ein Söldner? Woher wusste er, dass er einen Bruder hat?«, fragte Bauer und blickte kurz in den Rückspiegel, während er rasant einen LKW überholte.

Frau Haas schlug so aufgeregt gegen Pfeiffers Rückenlehne, dass dieser zusammenzuckte. »Stellen Sie sich das vor!«, begann sie. »Thomas besuchte mit seiner Schulklasse Anfang des Jahres den Bundestag. Dort wurde einer seiner Schüler interviewt, und im Hintergrund war Thomas zu sehen. Da hat ihn Armin im Fernsehen erkannt. Seine Ähnlichkeit war verblüffend, und er machte sich auf die Suche nach seinem Bruder. Armin wuchs in einem Heim auf und hatte all die Jahre das Gefühl, ihm fehlte ein Stück.«

Haas seufzte. »Dasselbe Gefühl hat mich auch nie losgelassen. Deshalb habe ich mich auch so gefreut, als Armin vor der Tür stand.«

»Wenn es nicht so ein schlimmes Ausmaß angenommen hätte, könnte man sich über Ihr Zusammentreffen freuen«, stellte Bauer bitter fest.

»Und woher wusste Ihr Bruder, dass diese Akten in einem Geheimversteck der Villa sind? «

»Von diesem Liebespärchen, das ihn in der ersten Nacht in der Villa überrascht hat. Die beiden kannten das alte Gerücht von heiklen geheimen Akten, die der Seniorchef keinem anvertraute und in seiner Wohnung versteckt haben sollte.«

Pfeiffer schloss kurz die Augen. »Und als sie ihm nicht weiterhelfen konnten, schaffte er die Zeugen aus dem Weg.«

»Anzunehmen. Armin hat mir nicht erzählt, was er mit Ihnen gemacht hat.« Er stockte. Sie bogen rechts nach Margetshöchheim ab, fuhren in die Würzburgerstraße, überquerten sogleich auf der Brücke die ST2300 und kamen auf der anderen Seite am Bachgrund heraus. Der Anblick, als sie in die Straße einbogen, glich einem Kriegsgebiet.

11.25 UHR

Das SEK hatte die gesamte Straße vereinnahmt. Niemand durfte die Bachwiese betreten oder verlassen. Obwohl die Schaulustigen zurückgedrängt wurden, gelang es einzelnen immer wieder, sich vorzudrängen und zu gaffen.

Bauer wurde durchgewunken und parkte das Fahrzeug neben dem seiner Kollegen. Sie stiegen aus und rannten zur Villa. Nina war bereits da.

»Soll ich mit meinem Bruder reden, Herr Pfeiffer?«, bot Haas an. Er blieb mit seiner Frau auf Bauers Anweisung in sicherer Entfernung stehen.

»Sie halten gefälligst die Füße still. Sie haben genug angerichtet, Herr Haas. Vorerst tun Sie nichts, was meinen Sohn gefährdet.«

Haas kniff beleidigt die Lippen aufeinander. »Ich konnte doch nichts dazu!«

Pfeiffer ließ ihn stehen und ging zu den anderen. Seine Beine waren weich. Wo steckte Jacob? Am liebsten hätte er nach ihm gerufen.

Der Einsatzleiter vom SEK erklärte gerade Bauer und Ellen, dass einige Fahrzeuge von Zell her den Weg durch den Wald abgesperrt hatten. Eine weitere Truppe war zu Fuß durch den seitlichen Baum- und Buschbewuchs vorgerückt und hatte sich ebenfalls in Position gebracht. Schließlich sollte Haas nichts von dem Aufmarsch bemerken.

»Was gedenken Sie zu tun, um meinen Jungen zu befreien?«, fauchte Pfeiffer den SEKler an.

»Peter, bitte«, versuchte Ellen, ihn zu beruhigen.

Das Funkgerät knackte. »Dachs und Reh an Horst. Sind in Position.«

»Horst an alle: auf Zugriffsbefehl warten.«

»Bleiben in Position. Verstanden. Roger.«

»Haben Sie den Verdächtigen gesehen?«, fragte Pfeiffer, als der Einsatzleiter das Funkgerät herunternahm.

»Bisher nicht.«

»Was ist mit den Mitarbeitern der Kanzlei? Es ist zwar Samstag, aber man weiß ja nie.«

»Welche Kanzlei? Wir haben nur das Gartenhaus gesehen. Das steht anscheinend leer.«

Pfeiffer brummte einen Fluch. Er zückte sein Handy. »Hier Pfeiffer ... Ihren Chef, bitte. Nein, ich bin Ihr Vermieter und muss ihn sofort sprechen. ... Dann holen Sie ihn gefälligst aus seinem Termin! Was? Oh Mann, Sie müssen sofort raus da! ... Ja! Bitte verlassen Sie die Kanzlei. Nein ... Das ... Äh ... Ihr Chef hat Ihnen verboten? ... Verdammt noch mal! Hören Sie mir zu! Ich rieche Gas. Verlassen Sie sofort die Kanzlei. ... Nein, das ist kein Scherz! Und seien Sie ruhig dabei! Hören Sie? Ja, haben Sie mich verstanden? Gut.« Er legte auf.

»Gas?«, fragte Ellen. »War das nötig?«

»Sie wollten mir nicht zuhören.« Und an den Einsatzleiter gewandt, sagte Pfeiffer: »Sie kommen raus.«

»Ich schicke Männer an den Eingang. Sie sollen die Leute aus der Kanzlei abfangen, damit sie leise und ohne Aufsehen zu erregen das Grundstück verlassen. Nicht, dass Roth gewarnt wird.«

Der Einsatzleiter gab zwei seiner Männer, die in der Nähe standen und den Anruf mitbekommen hatten, ein Zeichen. Mit kugelsicheren Schutzschildern und Waffen im Anschlag rannten sie los.

Bauer sah ihnen nach. »Na, wenn *der* Anblick sie nicht erstarren lässt.«

Pfeiffer rannte hinterher und stellte sich ihnen in den Weg. »Es besteht die Gefahr, dass Roth sie aus dem Fenster heraus erblickt«, gab er zu bedenken. »Sie sollen sich außer Sichtweite halten. Besser, Roth sieht die Mitarbeiter in den Feierabend gehen als die hier.«

Unsicher sah einer der beiden zu seinem Chef.

Dem Einsatzleiter war anzusehen, dass es ihm nicht passte, selbst darauf gekommen zu sein. Er winkte sie weg. »Bleibt außer Sichtweite.«

»Gut. Geschafft. Wo genau haben Sie Jacobs Handy orten können?« Endlich konnte Pfeiffer die Frage stellen, die ihm auf der Seele brannte.

»Wir können nur eine ungefähre Position angeben.« Der Einsatzleiter zeigte auf das schmiedeeiserne Tor, hinter dem man, durch die großen Bäume geschützt, die Villa nur erahnen konnte. »Irgendwo da. Ich habe bereits Scharfschützen auf den Bäumen postiert. Sie melden sich, wenn sich jemand in der Villa bewegt. Außerdem suchen wir mit einer Drohne das Gelände nach dem Jungen ab. Bisher ohne Erfolg.«

Mehrere Personen rannten mit erschrockenen Gesichtern die Einfahrt herunter, durch das Tor über den Steg, der den kleinen Graben des leeren Baches überbrückte, und auf die Straße. Pfeiffer erkannte die Frau, von der er vor Tagen sein Päckchen in Empfang genommen hatte. Ihr folgten zwei Männern in Anzügen und ein Paar, das nach Klienten aussah.

Die Angestellte sagte etwas zu dem älteren der Anzugträger und deutete mit dem Kopf in Pfeiffers Richtung.

Das musste wohl Dr. Montag sein, mit dem Nina bezüglich der toten Angestellten gesprochen hatte.

Der kam sogleich auf Pfeiffer zu und postierte sich vor ihm wie ein radschlagender Pfau. »Das hat ein Nachspiel, Herr Pfeiffer, das hat ein Nachspiel! Uns mit einem falschen Gasalarm aufzuscheuchen. Wissen Sie, was eine Stunde von mir kostet?«

Pfeiffer trat an ihn heran und blieb nur wenige Zentimeter vor ihm stehen. »Nein, das weiß ich nicht. Ist mir auch egal. Sie können mich nicht einschüchtern.

Bedanken Sie sich bei Ihrer Angestellten, die mich nicht zu Ihnen durchstellen wollte. Ich weiß nur, was ein Menschenleben wert ist. Und dem muss ich Rechnung tragen. Schließlich waren fünf Menschen in Gefahr. Und seien Sie froh, wenn ich Sie nicht wegen Behinderung eines Einsatzes verklage.«

Der Mund des Anwalts zuckte, sein Blick bohrte sich in seinen, doch er schwieg. Dann gesellte er sich zu den anderen Schaulustigen.

Das Funkgerät knackte. »Hier Adler zwei an Horst. Verdächtige Person ist an das rechte mittlere Fenster getreten. Habe freie Sicht. Warte auf Schussfreigabe«, flüsterte eine Stimme.

Pfeiffer konnte sich denken, warum er leise sprach. Wenn er auf dem Baum saß, der nur wenige Meter von der Villa entfernt war, konnte Roth ihn ansonsten hören.

Der Einsatzleiter sah zu Pfeiffer und hob sein Funkgerät an den Mund. »Horst an Adler zwei. Hat die Zielperson gesehen, wie die Mitarbeiter das Grundstück verlassen haben?«

»Negativ. Er ist erst danach ans Fenster getreten.«

»Gut.« Pfeiffer war erleichtert. Wenigstens das. Dann fiel ihm der leere Karton ein, den Haas vorhin in der Hand gehalten hatte. »Ist er bewaffnet? Er ist im Besitz einer Signalpistole und von Brandpasten.«

Der SEK-Leiter gab die Frage weiter. »Ist er bewaffnet?«

»Negativ. Er schaut nur aus dem Fenster.«

»Adler eins und zwei, bleiben Sie in Position. Paket ist noch nicht gefunden. Warten Sie auf Freigabe.«

»Verstanden. Warten auf Freigabe. Roger.«

Paket? Sein Sohn war ein Paket? Pfeiffer atmete tief durch und zwang sich zur Ruhe. »Er ist also in der Villa. Oben im ...« Er überlegte und ging im Geiste die Zimmer durch. »Wohnzimmer. Was zum Teufel hat er vor? Er will mich in ...«, Pfeiffer schaute auf die Uhr, »siebenundzwanzig Minuten auf dem Marktplatz treffen. Wieso steht er hier noch seelenruhig am Fenster?«

»Das habe ich mich auch gefragt.« Bauer hatte bereits sein Handy in der Hand und wählte eine Nummer. »Vielleicht ist es ein Test. Oder ein Ablenkungsmanöver, und er schickt uns in letzter Minute zu einem anderen Ort, den er kontrollieren kann.« Er wandte sich ab und sprach in das Handy. »Haltet die Augen offen. Die Aktion auf dem Marktplatz könnte eine Falle oder Ablenkung sein. Zielperson befindet sich hier.«

»Wo könnte er Ihren Sohn verstecken? Gibt es einen Keller?«

»Keinen großen. Er liegt nur sehr tief unter der Erde.« Pfeiffer verstummte und sah Jacob auf dem kalten Boden liegen. »Es gibt nur einen kleinen Raum und den mit der Heizungsanlage.«

Der Einsatzleiter griff nach dem Funkgerät. »Horst an Dachs. Es gibt einen Keller.« Er sah Pfeiffer an. »Nennen Sie die Position.«

Pfeiffer beugte sich zum Funkgerät. »Auf der Ostseite. Direkt von außen zugänglich. Ist aber verschlossen.«

»Verstanden.«

»Horst an Dachs«, meldete sich nochmals der Einsatzleiter. »Achtet auf Sprengfallen.«

»Verstanden. Roger.«

Dann drehte sich der Mann zu Pfeiffer. »Wir werden Ihren Jungen da rausholen.« Seine aufeinandergepressten Lippen sollten Zuversicht ausstrahlen. Es misslang.

Dennoch wollte Pfeiffer ihm glauben. Doch der Zweifel war stärker.

»Dachs an Horst«, tönte es aus dem Funkgerät. »Negativ. Kein Paket dort.«

»Verstanden. Warten Sie auf weitere Anweisungen.«

Pfeiffer lief der Schweiß an den Schläfen herunter. »Es gibt unendlich viele Verstecke.« Er lief auf und ab. »Begrenzen wir es auf zwei Tatsachen: Entweder er hat Jacob in seiner Nähe, damit er ihn jederzeit ...« Pfeiffer stockte. »Oder er hat ihn in eins der vielen Zimmer oder auf den Dachboden gezerrt. Obwohl ich das weniger effizient fände. Ich hätte ihn auf dem Grundstück versteckt, wo ich jederzeit an ihn rankomme, wenn ich fliehen muss. Das ergäbe auch Sinn, weil er das Sauerstofflimit erwähnt hat. Ich habe im hinteren Bereich ein altes Glashaus mit Schwimmbad freigelegt.«

»Das hat die Drohne als Erstes abgeflogen. Aber außer Ästen, Gestrüpp und Lumpen ist das Becken leer.«

Pfeiffer fuhr herum. »Was sagen Sie da? Das kann nicht sein! Die Jungs haben die Tage alles freigeräumt, und das Becken war leer.«

Der Einsatzleiter führte sein Funkgerät wieder an den Mund. »Horst an Biene.«

»Hier Biene. Erwarte Anweisung.«

»Fliegen Sie noch einmal über das Schwimmbecken. Untersuchen Sie genauestens das Gestrüpp. Liegt etwas darunter?«

»Sofort, ich muss erst wenden.« Dann folgte ein Knacken, und einige lange Sekunden stierte Pfeiffer wie hypnotisiert auf das Funkgerät. Was, wenn Armin Roth die Brennpaste ...?

Das Knacken riss Pfeiffer aus seinen Gedanken. »Biene an Horst. Ich habe etwas gefunden.« Er räusperte sich. »Es sieht ... wie ein Fuß aus, der darunter hervorlugt.«

Das Wort ›Verdammt!‹, das dem SEK-Leiter auf der Zunge lag, schluckte er gekonnt herunter. »Horst an Dachs und Reh. Ihre Position, bitte. Wer ist am nächsten am Glashaus?«

Wieder knackte es. »Reh eins, drei und vier an Horst. Sehen das Dach von hier aus. Können unter einer Minute dort sein.«

»Gut. Horst an Dachs. Bitte kommen.«

Keine Antwort.

»Horst an Dachs. Wo sind Sie?«

Das Funkgerät knackte. »Dachs ... an Horst.« Es folgte ein Stöhnen. »Ich bin in eine Falle für Tiere getreten. Mein Bein ist zertrümmert.«

»Horst an Reh eins, drei und vier. Holen Sie das Paket da raus. Lassen Sie das Gestrüpp weiterhin so liegen. Zielperson soll denken, dass das Paket noch dort positioniert ist. Geben Sie sofort Bescheid, wenn das Paket in Sicherheit ist.«

»Verstanden. Holen das Paket.«

Pfeiffer lief auf und ab und blieb bei Ellen stehen. Er sah sie schweigend an.

»Es wird alles gut«, sagte sie zärtlich. Doch plötzlich sah sie an Pfeiffer vorbei.

Nina sprang auf Haas zu. »Mit wem telefonieren Sie?«, schrie sie.

Haas war derart erschrocken, dass er das iPhone fallen ließ. »Mein Bruder hat mich angerufen. Er ist wild entschlossen, er ... Er, oh mein Gott!«

Pfeiffer war Ellen gefolgt und hatte Haas' Worte gehört. »Wieso ruft er Sie an?«

Sonja Haas stieß ihren Mann in die Seite. »Sag es schon! Hör auf, ihn in Schutz zu nehmen. Armin sagt, er tötet Ihren Jungen! Er hat geschworen, sich an allen zu rächen, wenn er das hier überlebt.« Ihre Stimme überschlug sich. Ihre Augen glänzten vor Tränen. »Er wird uns alle töten. Sie! Den Jungen! Selbst aus dem Gefängnis heraus kennt er Leute, die das für ihn übernehmen werden.«

Pfeiffer wankte.

»Peter, was hast du vor?«, stieß Ellen gedämpft hervor und hielt ihn am Arm fest. »Bleib hier.«

»Lass mich.« Pfeiffer schüttelte Ellens Arm ab und hastete bereits durch das Tor, dann die Auffahrt hinauf. Nicht auf dem Kies, der unter seinen Schritten laut knirschen würde, sondern seitlich auf dem Rasen. Er wunderte sich selbst über seine Geistesgegenwart in diesem Moment. Noch zehn Schritte, und er würde das freigelegte Glashaus sehen können. Er betete zu Gott, dass Jacob unter dem Gestrüpp lag und nun in Sicherheit war.

Als Pfeiffer das Schwimmbad erspähte, war niemand vom SEK zu sehen. Verdammt! Waren sie nun schon dagewesen, oder kamen sie erst noch? Pfeiffer ging weiter. Er musste Jacob finden, bevor Armin Roth seinen Plan vollenden konnte.

Im dichten Unterholz, das in den Wald überging, konnte er niemanden ausmachen. Dann lief er am Glashaus entlang und sah hinein. Wie zu einem Reisigpaket lagen dort Äste zusammengeschnürt, die vor zwei Tagen noch nicht dort gelegen hatten. Lag Jacob darunter? Er sah keinen Fuß. Aber vielleicht war er nur von der anderen Seite aus zu sehen. Schließlich hatte der Drohnenführer Jacobs Fuß auch erst gesehen, als sie ihn mit der Nase darauf gestoßen hatten.

Noch ehe Pfeiffer die Tür erreichte, hörte er eine Stimme von oben rufen: »Ha, da sind Sie ja!«

Die Stimme war mit der von Haas fast identisch. Eine leichte Färbung wich ab, wenn man wusste, auf was man achten musste.

Pfeiffer drehte sich langsam um. Ein Abbild von Haas sah aus dem Fenster. Das Gesicht hatte die gleiche Form, die gleichen Augen. Roth hatte sogar den gleichen spießigen Haarschnitt wie Haas. Sie hatten sich assimiliert. Nur die Waffe in der Hand unterschied die beiden Brüder.

Dann verschwand Roth vom Fenster.

Er kommt runter! Er wird mich daran hindern, Jacob zu befreien.

Pfeiffer hastete zur Tür des Schwimmbads und riss sie auf. Abgestandene Luft schlug ihm entgegen. Wie lange hatte Jacob hier ausharren müssen? Pfeffer sprang in das Becken und riss das Holz zur Seite.

Pfeiffer starrte auf bloße Kacheln. War Jacob in Sicherheit? Oder hatte der Drohnenführer eine Wurzel als Fuß interpretiert? Wo war Jacob dann? Er hatte nur noch für neun Stunden Sauerstoff! Verdammt!

An welchem Ort konnte Jacob sein, an dem er auf Sauerstoff angewiesen war? Hier hätte er doch genügend Luft bekommen. Pfeiffer eilte zur Badeleiter, griff nach den Holmen und wollte hinaufklettern. Mit einem hohlen Scheppern löste sie sich aus der Wand.

Wie bei einem Klimmzug versuchte Pfeiffer, sich am Beckenrand hochzuziehen.

»Verdammt!« An einer geborstenen Kachel schnitt er sich in den Finger. So, wie das Blut herausschoss, musste es eine tiefe Wunde sein. Vielleicht hatte er sich sogar eine Sehne durchtrennt. Er versuchte erneut, sich hochzuziehen. Doch da er mit der Wunde nicht richtig zupacken konnte, fehlte ihm die Kraft. Pfeiffer kam sich vor wie eine Laborratte bei einem Experiment. Würde sie einen Weg nach draußen finden?

Roth kam aus der Villa und näherte sich dem Badehaus. In der Hand hielt er etwas, dass Pfeiffer durch die verschmutzten Scheiben nicht genau erkennen konnte. Nur seine Erfahrung ließ ihn die Waffe vermuten, deren Patronenschachtel er vor nicht mal dreißig Minuten in der Hand gehalten hatte.

Pfeiffer musste zur Tür. Er spurtete zu der flachen Seite des Beckens und verließ es über die Stufen. Er riss die Tür auf.

Zu spät.

Mit zorniger Fratze stand Roth vor ihm, eine alte Glock in der einen Hand, mit der anderen teilte er einen Schlag aus, bei dem Pfeiffer nach hinten taumelte.

Pfeiffer stolperte rücklings über das Geäst, fiel und lag wie ein Maikäfer auf dem Boden. Durch den Schlag benommen, konnte er nicht gleich reagieren, aufstehen und dem Verbrecher gegenübertreten. Im Gegenteil. Er verlor wertvolle Sekunden.

Roth baute sich unterdessen vor ihm auf. Er bewegte den Mund, als wollte er etwas sagen, während er zitternd den Lauf auf ihn richtete.

»Was soll das, Roth? Wo ist mein Sohn? Geben Sie ihn mir! Ich habe doch alles gemacht, was Sie wollten! Sie bekommen die Villa. Das wollen Sie doch alles nicht.«

Pfeiffer erschrak, als er in ein Gesicht starrte, aus dem jegliche Hoffnung gewichen war. Der Mann war zu allem fähig!

Ohne Waffe war Pfeiffer hilflos. Was hatte er sich nur dabei gedacht, sich solch einer Situation auszusetzen? Sein Loslaufen war unüberlegt gewesen, nur getrieben von der Angst um seinen Jungen. Und was hatte es gebracht? Er hatte Jacob nicht gefunden, und nun schaute er dem Tod in die Augen.

Roth hob die Waffe ein Stück höher, direkt auf Pfeiffers Kopf.

Drei Schüsse knallten.

Pfeiffer zuckte. Doch die Schüsse galten nicht ihm.

Roths Augen bekundeten Überraschung, während er auf seine Brust schauend nach hinten gerissen wurde und röchelnd liegen blieb.

»Nein!«, schrie Pfeiffer. Er rappelte sich auf und kroch auf allen vieren zu Roth. »Wo ist mein Sohn?« Er beugte sich über ihn.

Nach Atem ringend, griff er nach Pfeiffers Hand und wollte ihn zu sich ziehen. Dann wurde seine Hand kraftlos, der Blick zuckte ins Leere und wurde starr.

»Wie konnten Sie auf ihn schießen? Er hat doch noch Jacob!«, fuhr Pfeiffer den Einsatzleiter an, der gerade angerannt kam.

»Ihr Junge ist in Sicherheit. Unsere Leute haben ihn bereits herausgeholt. Er lag tatsächlich unter dem Strauchwerk. Sie sind so kopflos losgerannt, dass wir Ihnen nicht Bescheid geben konnten.«

Pfeiffer stand auf. »Wo ist er? Geht es ihm gut?«

Bauer schaltete sich ein. »Jacob schläft noch. Er wurde betäubt.«

Gott sei Dank! Dann hat er von alldem nichts mitbekommen.

Sanitäter und der Notarzt kamen. Ein Sanitäter versorgte Pfeiffers Wunde am Finger, der Notarzt stellte Roths Tod fest.

»Musste das sein?« Pfeiffer blickte auf den Toten. »Jetzt bekommen wir keine Antworten mehr.«

»Wir hätten Sie auch erschießen lassen können«, antwortete er bissig. »Wir mussten handeln, besonders im Hinblick auf die Aussage von Haas Frau, dass er alle töten wollte ...«

Pfeiffer schloss die Augen.

Entweder du oder er!

Das Schicksal hatte sich für ihn entschieden.

»Wo ist Jacob?«

»Im Krankenwagen auf der Straße«, antwortete der Sanitäter, der seinen Finger zupflasterte. »Sie müssen das unbedingt nähen lassen.«

»Später.« Er nahm die Binde aus der Hand des Sanitäters und wickelte ihn selbst weiter, während Pfeiffer zur Straße lief. Vom Polizeiaufgebot, dem Notarztwagen und zuletzt auch von den Schüssen angelockte Schaulustige tuschelten und sahen zu ihm.

Haas, mit seiner Frau im Arm, wurde von Reportern umringt. Karl Ferdinand von Weiden positionierte sich in vorderster Reihe und hielt dem verängstigten Ehepaar das Aufnahmegerät hin.

Die Nachricht, dass der Geiselnehmer im Feuergefecht seinen Wunden erlegen war, hatte bereits die Runde gemacht.

Pfeiffer hörte Hass erleichtert sagen: »Uns geht es gut. Wir hatten nur viel Angst und Stress! Aber jetzt ist alles gut. Es ist vorbei.« Er hielt sich erschöpft die Hände vor das Gesicht. »Mein Bruder ist tot, und wir können wieder ein normales Leben führen.«

Die Türen des Sankas standen offen, Pfeiffer sprang hinein. Blass lag Jacob auf der Liege. Pfeiffer strich ihm das sandfarbene Haar aus der schweißnassen Stirn.

Jacobs Mund zuckte. Dann ein Auge.

»Er wacht auf«, flüsterte der Sanitäter.

»Pappa«, raunte Jacob schlaftrunken.

Pfeiffer griff nach seiner Hand und drückte sie. »Ich bin hier, Jacob. Ich bin hier.«

»Pappa ... Ist das Unwetter vorbei?«

Vor Erleichterung liefen Pfeiffer die Tränen über die Wangen. »Ja, mein Großer, das ist es. Es ist alles vorbei. Und du hast es verschlafen.«

EINIGE WOCHEN SPÄTER ...

Barfuß suchte Pfeiffer seine Socken.

»Jetzt trödelt doch nicht so rum!«, rief Ellen aus der Küche. Das Klappern von Geschirr zeigte, dass sie selbst die noch verbleibende Zeit nutzte, um die Spülmaschine einzuräumen.

Frauen ruhen nie, dachte er bewundernd. Jede Sekunde nutzen sie.

Das Klappern verstummte. »Die Verhandlung fängt in einer Stunde an!«, rief sie. »Wir brauchen einen Parkplatz. Ich habe keine Lust, abgehetzt dort zu erscheinen. Sonst denken dieser Scheinheilige und sein schleimiger Anwalt noch, es wäre Angstschweiß.« Pfeiffer blieb in der Schiebetür stehen und beobachtete sie. Ellen wischte sich gerade über die Stirn. Auf dem Tisch lagen verschiedene Exposés von Wohnungen.

»Was?«, fragte sie irritiert, als sie ihn bemerkte.

»Egal, was du tust, du siehst immer blendend aus.«

Lachend schlug sie die Tür der Spülmaschine zu, dass das Geschirr in den Körben schepperte. »Du verstehst es, einen aufzubauen. Selbst in der schwierigen Situation, in der du steckst.« Sie ging zu ihm und strich zärtlich über seine dunklen Augenringe. »Die letzten Wochen waren nicht einfach. Dass Brunos leiblicher Sohn sein Erbe einfordert, hat Spuren hinterlassen. So schlecht sahst du aus, als du mit Ri...«

Pfeiffer zuckte, als sie Ritas Namen aussprechen wollte.

Ellen brach ab und sah sich um. »Du hast alles so schön hergerichtet. Es ist so unfair.«

»Ellen, Haas weiß nicht, was er tut. Er hat Schlimmes erlebt. Sein Bruder hat ihn und seine Frau benutzt. Er leidet an einer posttraumatischen Belastungsstörung und ist arbeitsunfähig. Er ist ein gebrochener Mann.«

»Wieso nimmst du ihn in Schutz? Schau doch, was du und Jacob erlebt habt.« Sie zeigte auf seinen Finger, der immer noch in einer Schiene steckte. Die Ärzte hatten die beiden Sehnenenden herausgezogen und zusammengetackert. Bald war er auch die Schiene los.

Er zuckte mit den Schultern. »Ich bin froh, dass Jacob betäubt war und die Ereignisse weitestgehend verschlafen hat.«

»Darüber bin ich auch froh. Aber die Kinder realisieren jetzt, was dir alles genommen werden soll.«

»Haas ist Bruno Lamprechts leiblicher Sohn. Das wurde bewiesen. Ihm steht das Erbe zu!«

»Nichts wurde bewiesen. Es gibt nur die Aussage einer alten, verbitterten Frau, die zugibt, damals schwanger gewesen zu sein und behauptet, Lamprecht senior habe sie gezwungen, ihre Kinder zur Adoption freizugeben.« Ellen hielt die Luft an. Ihre Augen funkelten. »Woher wusste Haas überhaupt, dass seine leibliche Mutter noch lebt?«

»Bauer.« Pfeiffer stieß ein abfälliges Schnaufen aus. »Bauer hat es ihm gesagt.«

»Oh Mann!«

»Früher oder später hätte er es sowieso erfahren.« Für einen Moment stockte Pfeiffer. Allerdings verschwand der aufkeimende Gedanke, als Ellen weitersprach.

»Gut, aber da bisher Lamprechts Leichnam fehlt, kann man keinen DNA-Vergleich anstellen.«

»Doch.«

Ellen sah ihn ungläubig an.

Pfeiffer räusperte sich. »Ich habe die alten Kleidungsstücke, die wir zusammengepackt haben, zur Verfügung gestellt. Darauf fanden sich einige Haare von Bruno Lamprecht.«

»Mhm. Deshalb warst du die letzten Tage so schweigsam.«

Pfeiffer wandte sich ab. Er strich sich über den Bart, den er sich wieder hatte wachsen lassen, weil er zu seiner miesen Stimmung passte. Ellen hatte recht. Er hatte sich gehenlassen. Doch wie sollte er Freude an dem Haus empfinden, wenn er wusste, dass dem heute ein Ende gesetzt wurde? »Und jetzt wird mir klar, warum sich Haas so überraschend schnell erholt hat.«

»Er wurde von seinem Anwalt falsch beraten.« Ellens Gesicht glühte vor Empörung. »Gut, dass ich dir einen guten Anwalt besorgt haben. Onkel Ekki sagt, dass Haas das nicht so einfach kann. Der Fall hätte gar nicht erst vor Gericht kommen dürfen. Haas geht es nur ums Geld, glaub mir. Die Menschen gehören gewarnt. Von wegen, der Anwalt will nur dein Bestes! Ha, dass ich nicht lache! Natürlich will er dein Bestes. Nämlich das Geld! Und an einem Vergleich verdienen Anwälte mehr, als wenn sie den Fall gewinnen. Ist das nicht verrückt?« Ellen strich über seine Wange und zwang ihn, sie anzusehen. »Es heißt also, nicht klein beigeben, nur weil es dich nervt! Hörst du?«

»Aber ...«

»Nicht aber. Wir gewinnen. Basta!«

Pfeiffer nickte. Er wollte Ellens Zuversicht teilen. Unbedingt.

LANDGERICHT WÜRZBURG
SITZUNGSSAAL B 107

Pfeiffer hatte den ganzen Tag, ach was, die ganzen vergangenen Wochen ein ungutes Gefühl gehabt, was den heutigen Tag betraf. Er war es gewohnt, vor Gericht zu erscheinen und seine Aussagen zu machen. Doch diese Situation war neu. Heute war er kein Zeuge, sondern der Beklagte.

Er war nicht das, was im Volksmund ›Streithansel‹ genannt wurde. Selbst bei seiner Scheidung hatte er eine außergerichtliche Lösung angestrebt und durch finanzielle Zugeständnisse gegenüber Kirsten auch erhalten. Die einen nannten es Feigheit, andere ein schwanzloses Verhalten – er nannte es Rücksichtnahme gegenüber seinen Kindern. Er hatte vermeiden wollen, dass sie in die schmutzigen Auseinandersetzungen hineingezogen wurden, die Kirsten angedroht hatte, wenn sie aus dem Haus ausziehen musste.

Jetzt saß er hier.

Auch wenn er vor Wochen die Erbschaft zum Schutz seiner Familie ausschlagen wollte, hatte ihm sein Bauchgefühl geraten, es auf einen Erbstreit ankommen zu lassen. Seine Kinder und selbst der alte Volkenstein hatten zu der Entscheidung beigetragen. »Selbst wenn Bruno von den beiden Kindern gewusst hätte, hätte er dennoch gewollt, dass Sie Ihr Erbe behalten«, hatte Volkenstein geraunt.

Pfeiffer lehnte sich zurück und schaute am Rücken seines Anwalts vorbei zu den Zuschauerbänken. Ein Rollator stand einsam am Fenstergang. Daneben, in der letzten Reihe, saß der alte Volkenstein. Mit versteinertem Gesicht starrte er auf seine Hände. Er sah aus, als wollte er sich da hinten verstecken, kam es Pfeiffer in den Sinn. Bestimmt dachte er an seinen Freund Bruno, der sich im Grabe umdrehen würde, wenn er noch darin liegen und das Spektakel mitbekäme.

Pfeiffer verdrängte den Gedanken an die verschwundene Leiche. Ein weiteres Rätsel in diesem Fall, das sie immer noch nicht gelöst hatten. Egal, welche Erkenntnisse sie zutage förderten - sie fanden keine Erklärung dafür, warum und wohin Roth Bruno Lamprechts Leiche hatte verschwinden lassen. Das Geheimnis hatte er mit ins Grab genommen. Die Kollegen vermuteten, dass er sie im Wald vergraben hatte, um ein weiteres Aufaddieren seiner Tötungsdelikte zu vermeiden. Doch wäre ein zusätzliches Opfer für Roth noch von Belang gewesen? Auch die Befragung des Arztes, der den Totenschein ausgestellt hatte, ergab keine neuen Erkenntnisse. Er blieb bei seiner Aussage, am Leichnam Bruno Lambrechts nichts Außergewöhnliches festgestellt zu haben. Aufgrund von dessen schwachem Herzen hatte er es als natürliche Todesursache angesehen. Auch der Verdacht bezüglich der Vergiftung des Hundes war durch die Obduktion bestätigt worden.

Pfeiffer schüttelte den Gedanken ab und konzentrierte sich auf die Gegenwart, um den heutigen Angriff abzuwehren.

Genau, Angriff war das richtige Wort.

In der ersten Reihe saß Haas' Ehefrau. Sie war wieder ordentlich frisiert und trug eine helle Bluse mit schmaler dunkler Hose. Sie sah ständig zu ihrem Mann und versuchte, Zuversicht auszustrahlen, doch Hass würdigte sie keines Blickes. Er unterhielt sich flüsternd mit seinem Anwalt.

Der Richter trat ein, und die Anwesenden erhoben sich.

Er war ein Mann zwischen Pfeiffers und Haas Alter, dessen Haare sich lichteten. »Nehmen Sie Platz«, sagte er mit überraschend dunkler Stimme.

Pfeiffer kannte ihn nicht. Er wusste nicht, ob es gut war, dass er so jung war. Er wusste nicht, wie er entscheiden würde. Er wusste gar nichts mehr. Obwohl, Fernseh-Richter Alexander Hold war damals noch jünger gewesen, versuchte er, sich selbst zu beruhigen.

Pfeiffer schaute zu Ellen und Jacob, die ebenfalls in der ersten Reihe Platz nahmen. Außer einigen jungen Leuten, eventuell Studenten, und vier Rentnern waren die Zuschauerbänke leer. Dass Andi, Nina und Jürgen Stumpf nicht kamen, wusste Pfeiffer. Sie hatten für heute Urlaub beantragt und nicht erhalten. Jetzt warteten sie in der Dienststelle auf seinen Anruf.

Ellen zwinkerte ihm mutmachend zu. Jacob saß mit hängenden Schultern und blasser Nase neben ihr und starrte den Lehrer an. Seit seiner Befreiung hatte er ihn nicht mehr gesehen, da Haas wegen posttraumatischer Belastungsstörung vom Schuldienst freigestellt beziehungsweise krankgeschrieben worden war.

Pfeiffer knurrte. Krank auf Kosten des Staates, aber zum Klagen war er in der Lage.

»Was?« Irritiert sah ihn sein Anwalt an. Dr. Eckerhardt Ebert, alias Onkel Ekki, war ein ruhiger Fastsechziger. Da er der Schulkollege ihres Vaters gewesen war, kannte Ellen ihn seit ihrer Kindheit. Er hatte ihnen große Hoffnung auf einen positiven Ausgang gemacht und ihnen die Vorgehensweise erläutert.

Pfeiffer deutete mit einem Kopfnicken in Jacobs Richtung. »Ich hätte meinen Sohn nicht mitbringen dürfen«, flüsterte er. »Er hat seinen Klassenlehrer seit damals nicht mehr gesehen.«

Dr. Ebert nickte nur. Nun wurden die Anwälte nacheinander vom Richter aufgefordert, ihre Ansichten dem Gericht darzulegen.

Dann wurde die erste Zeugin, Edith Trivor, aufgerufen.

Pfeiffer erstarrte. Seit seiner letzten Begegnung mit ihr in der ›Senioren-Residenz St. Josefstift‹ schien sie um weitere zehn Jahre gealtert.

Skrupellos hatte Haas die alte Frau vor Gericht gezerrt. Pfeiffer fühlte sich mies, weil er es soweit hatte kommen lassen.

Aber was hatte er erwartet? Natürlich würde Haas alle Geschütze auffahren, um zu beweisen, dass ihm das Erbe zustand, oder zumindest der Pflichtteil. Warum sollte er da seine leibliche Mutter verschonen?

Onkel Ekki hatte aus dem anwaltlichen Nähkästchen geplaudert. Daher wusste Pfeiffer, dass viele Anwälte jeden noch so aussichtslosen Fall annahmen. Würden sie ihrem Mandanten die Aussichtslosigkeit auf einen Prozessgewinn erklären, gingen sie zu einem anderen Anwalt, der ihnen Hoffnung auf einen Gewinn der Klage machte und somit auch das Honorar einstrich. Das war entgangener Nutzen und nicht tragbar für Kanzleien. Stellten es die Anwälte dazu noch geschickt an und piesackten die Gegenpartei, kamen hin und wieder einige der Lästigkeitsvergleiche heraus.

Pfeiffer war dieser Ausdruck unbekannt gewesen. An den sogenannten »Ach-lass-mir-doch-meine-Ruhe-Vergleichen« und an jedem anderen Vergleich verdienten die Anwälte mehr, als wenn sie den Prozess gewinnen würden. Eine perfide Angelegenheit, wenn falsche Anreize gesetzt wurden, fand Pfeiffer. Da stimmte das gesamte System nicht.

Gebeugt schlurfte Edith Trivor in den Zeugenstand, während sie den Blick über die Zuschauer wandern ließ. Pfeiffer fiel ein Stocken auf, als hätte sie bei der Gruppe von Rentnern einen Bekannten gesehen, über dessen Anwesenheit sie sich freute. Dann setzte sie sich auf den Stuhl. Noch einmal drehte sie sich um, als wollte sie sich vergewissern, dass sie richtig gesehen hatte.

Täuschte Pfeiffer sich, oder war Haas auch erstarrt? Wusste er nicht, dass seine leibliche Mutter als Zeugin aufgerufen wurde? Natürlich wusste er, wer vorgeladen war. Bereute er gerade seine Vorgehensweise, die alte Dame noch mehr zu quälen?

Oder hatte seine Reaktion einen anderen Grund?

Wenn Haas sie vorher noch nie gesehen hatte ... War er erschrocken, weil er sie hier wiedersah? Erkannte er heute in ihr die Frau wieder, die ihm von dem alten Speiseaufzug in der Villa erzählt hatte? Doch von wem war dann der Blumenstrauß gewesen?

Pfeiffer schwirrten die Fragen im Kopf umher, deren Antworten er nicht greifen konnte.

Oder hatten sie in der Zwischenzeit Absprache gehalten? Aber warum erschrak er dann so? Oder deutete er Haas' Verhalten falsch? Passte es ihm nicht, was sein Anwalt veranstaltete?

Für einen Moment wurde ihm Haas sympathisch, als er den Kugelschreiber gedankenverloren, beinahe ängstlich, in den Mund steckte. Anscheinend hatte er die gleichen Skrupel, die alte Dame vor das Gericht zu zerren, wie Pfeiffer.

Doch es war zu spät.

Nachdem sie die üblichen Personalien durchgegangen waren, machte der Anwalt der Gegenseite eine lange, kunstvolle Pause.

»Ist es richtig«, stellte Haas' Anwalt nun seine erste Frage, »Dass Sie im Jahre ...« Die Zahl ging in einem kleinen Hustenanfall unter. »Zwillinge zur Welt brachten?«

»Ja.«

Die Antwort kam für Pfeiffers Dafürhalten unerwartet schnell. Damit hatte er nicht gerechnet. Er hätte angenommen, dass sie es abstreiten und sich mit Ausreden winden würde, wie sie es damals bei seinem Besuch getan hatte.

»Warum haben Sie Ihre Babys weggegeben?«

»Ich war zu jung.«

»War es Ihre eigene Entscheidung, oder hat jemand anderes für Sie entschieden?«

Der Anwalt sah zum Richter.

»Warum soll ich das kundtun?«, fragte sie.

Der Blick des Anwalts richtete sich wieder auf sie. »Sie sollen hier keine Gegenfragen stellen, Frau Zeugin. Bitte beantworten Sie nur meine Fragen. Wurden Sie damals gezwungen, Ihre Kinder für eine Adoption freizugeben?«

Den Anwalt ignorierend, sah Edith zu Pfeiffer.

Pfeiffer wandte seinen Blick ab. Er wusste, dass es unhöflich war, doch er konnte ihr nicht in die Augen sehen.

Warum sah sie ihn an? Wollte sie ihn um Verzeihung bitten? Oder wollte sie sein Einverständnis?

Er bemerkte, wie er seine Hände zu Fäusten ballte, als würde er für sich selbst die Daumen drücken. Dann schloss er die Augen und überließ es einer höheren Macht, über sein Schicksal zu bestimmen.

Das Publikum wurde unruhig, und Pfeiffer öffnete wieder die Augen.

Edith betrachtete ihren Sohn. Thomas Haas lächelte sie an. Glückselig und siegessicher saß er neben seinem Anwalt, der nun ebenfalls unruhig wurde.

Pfeiffer war irritiert. Hatten Mutter und Sohn sich abgesprochen? War das jetzt eine stille Einforderung einer Übereinkunft, damit er sein Erbe erhielt? Oder hatte er sie zu einer Aussage gezwungen? Pfeiffer spürte Edith Trivors Angst fast körperlich.

Jemand im Zuschauerraum hustete. Dann wurde es wieder so still, dass Pfeiffer sogar das bronchiale Schnaufen eines der Rentner hören konnte.

Pfeiffer würgte die aufsteigende Magensäure hinunter.

Gekünstelt räusperte sich der Anwalt. »Frau Trivor, haben Sie meine Frage verstanden?«

»Ja, das habe ich.«

Der Anwalt stand auf. Der Stuhl schabte über das Parkett. »Warum lassen Sie dann das Gericht so lange auf die Antwort warten? Sie sind verpflichtet, die Wahrheit zu sagen. Und Sie können vereidigt werden.«

Herausfordernd musterte sie den Anwalt. »Genau aus diesem Grund muss ich meine Antwort gründlich überlegen.«

»Sie müssen überlegen, ob Sie zu der Entscheidung gezwungen wurden?«

»Nein.«

»Was dann?«

»Ob ich die Wahrheit sage.«

Ein Raunen ging durch den Gerichtssaal.

»Gut. Und zu welcher Erkenntnis sind Sie gekommen?«

Sie rieb die Hände über die Oberschenkel. »Ich wurde gezwungen.«

Das Gemurmel schwoll an.

»Ich gehe jetzt mal davon aus, dass Sie damit meine erste Frage beantworten.«

Ein Zuschauer lachte.

»Wenn hier keine Ruhe herrscht, werde ich den Saal räumen lassen«, sagte der Richter. »Herr Anwalt, zügeln Sie sich. Es ist schließlich Ihre Zeugin.«

»Von wem wurden Sie gezwungen?«, nahm der Anwalt wieder den Faden auf.

»Herr Kollege«, meldete sich Dr. Ebert behäbig zu Wort. »Das tut doch nichts zur Sache. Dass Frau Trivor die leibliche Mutter ist, steht doch bereits fest.«

»Ja, ich verstehe auch nicht, worauf Sie hinauswollen«, wandte sich der Richter an den Anwalt des Klägers und klopfte ungeduldig mit den Fingern auf den neben ihm liegenden Wälzer, in dem einige farbige Zettel steckten. Anscheinend hatte er sich gründlich vorbereitet und bestimmte Seiten griffbereit im Gesetzbuch markiert. »Es ist unbestreitbar, dass durch die gültige Adoption Ihres Mandanten vor zirka vierzig Jahren die Familienbande zur leiblichen Mutter gekappt wurden. Daher hat er keinen Anspruch auf den gesetzlichen Pflichtteil.«

Haas' Anwalt biss sich auf die Lippen. Anscheinend hatte er einen Lästigkeitsvergleich anvisiert und fühlte sich nun seines Showauftrittes beraubt, mit dem er die Gegenseite in die Enge zu treiben plante. »Herr Vorsitzender«, stieß er hervor. »Ich will mit der Aussage der Zeugin beweisen, dass die Adoption erzwungen und somit rechtswidrig war.«

»Mir ist bewusst, was Sie bezwecken wollen«, sagte der Richter. »Aber die Zeugin hat vierzig Jahre verstreichen lassen, ohne zu versuchen, eine Aufhebung der Adoption zu erwirken.« Streng sah er zu Edith Trivor. »Frau Trivor, haben Sie jemals versucht, Ihre Kinder wieder zurückzugewinnen?«

Edith Trivor sank regelrecht in sich zusammen. »Nein, Herr Richter.«

Der Richter nickte. »Danke, Sie können gehen. Die Klage ist abzuweisen ...«, hob der Richter bereits an, während Edith Trivor zum Ausgang schlurfte. Schwer schnappte die Tür hinter ihr ins Schloss. Doch Pfeiffer bemerkte ihren neuerlichen irritierten Blick zu den Zuschauerbänken.

»Der Kläger ist weder Erbe noch Miterbe geworden. Das Testament des Bruno Lamprecht ist klar, völlig widerspruchsfrei und weist den Beklagten als Alleinerben aus. Anfechtungsgründe sind nicht einmal behauptet worden.

Der Kläger hat auch keinen Anspruch auf einen Pflichtteil. Aufgrund der Adoption ist er aus dem vorherigen Familienverbund ausgeschieden. Die Adoption ist wirksam und kann auch nicht mehr aufgehoben werden.« Der Richter machte eine Pause, die mehr zum Zermürben von Haas' Anwalt dienen sollte, und weniger, um nach den richtigen Worten zu suchen. »Und Sie, werter Herr Anwalt, wollten daran Zweifel wecken. Ansonsten sehe ich keinen Sinn darin, warum der Fall überhaupt auf meinem Tisch gelandet ist.« Er räusperte sich und konzentrierte sich wieder auf seine Rede. »Wenn die Zeugin ... tatsächlich vor vierzig Jahren dazu gezwungen wurde, der Adoption zuzustimmen, kann heute die Aufhebung der Adoption auch nicht mehr darauf gestützt werden. Zum einen hätte die Zeugin innerhalb eines Jahres nach Wegfall der Zwangslage die Aufhebung beantragen müssen. Was sie nicht getan hat. Und zum anderen ist die absolute Frist von drei Jahren abgelaufen.«

Zufrieden saß Haas' Anwalt neben seinem Mandanten. Bestimmt hatte er ihn auf das Abschmettern der Klage vorbereitet und war nun aus dem Fall raus.

Pfeiffer beobachtete Thomas Haas. Glühender Hass schoss aus seinen Augen. Dem Mienenspiel nach zu urteilen, überlegte er, wen er als Erstes töten sollte. Den Richter, seinen Anwalt oder ... ihn.

Der Kuli, mit dem er die ganze Zeit gespielt hatte, knackte zwischen den Fingern seiner rechten Hand. Was auch immer der Ring an Haas' Ringfinger verkörperte, er verhöhnte seinen Träger. Er wirkte plötzlich deplatziert.

Nein!

Wie Schuppen fiel es Pfeiffer von den Augen.

Das war es!

Wie konnte er nur so blind sein?

Pfeiffer verbarg seine Aufregung. Er durfte sich nichts anmerken lassen!

»Damit ist kein Grund ersichtlich, wonach ein Pflichtteil zuzusprechen wäre.«

Nur noch aus der Ferne hörte Pfeiffer, wie die Klage abgewiesen wurde.

Er musste hier raus. Sofort!

Schnell schrieb er Jürgen Stumpf eine SMS: ›Ich brauche sofort ein Überwachungsteam!‹

Kaum hatte Pfeiffer sich von Ellen und Jacob verabschiedet und sie nach Hause geschickt, klingelte auch schon sein Handy.

»Was brauchst du?!«, fragte Stumpf ohne Gruß.

»Lass mich das jetzt nicht wiederholen«, nuschelte Pfeiffer und eilte aus dem Gerichtssaal. Er stellte sich im Gang an ein Fenster, damit er sah, wenn Haas den Saal verließ. Während die Zuschauer, auch der alte Volkenstein mit seinem Rentnerporsche, den Saal verließen, erklärte er dem Kollegen flüsternd seinen Verdacht.

Volkenstein blieb stehen und hielt sich ein Smartphone ans Ohr.

Pfeiffer hätte nie vermutet, dass der alte Mann so etwas besaß. Bei Gelegenheit musste er ihn unbedingt nach der Nummer fragen, damit er ihn in Notfällen erreichen konnte.

»Heilige Schei... Bist du dir sicher?«, fragte Stumpf, als Pfeiffer fertig war.

»Zu neunundneunzig Prozent.«

»Ich fass es nicht. Dass uns das entgangen ist! Ich informiere sofort Baumann und schicke dir jemanden.«

»Gut. Wo bist du?«

»Auf dem Friedhof von ›Maroggo‹.«

»Was machst du dort? Habt ihr etwa die Leiche gefunden?«

»Besser. Ich warte hier auf dich, das musst du dir selbst ansehen.«

Es dauerte zwölf Minuten, bis die Kollegen ihm Bescheid gaben, bereitzustehen. Pfeiffer lief auf und ab und beobachtete Haas. Dabei tat er so, als telefonierte er mit seiner Ex. Stattdessen sprach Pfeiffer mit Nina. Schnell ließ er sich in Stichworten über jene Wissenschaft berichten, mit der seine Kollegin sie an dem verhängnisvollen Abend bei ›Ritchy‹ alle in Erstaunen versetzt hatte.

»Du bist so gierig!«, rief Pfeiffer.

Jeder in Hörweite hatte Mitleid mit ihm.

Perfekt. Voller Schadenfreude sah Haas zu ihm, während er mit seinem Anwalt sprach, der immer mehr schrumpfte.

»Was bin ich?«, fragte Nina.

»Okay, die Kollegen kommen jetzt«, raunte Pfeiffer. »Das könnte dir so passen!«, rief er und legte auf.

Das passte perfekt.

Wütend starrte er das Handy an und fotografierte dabei heimlich Haas. Dann lief er zu seinem Auto. Die Schnappschüsse verschickte er den Kollegen, damit sie das Ziel der Observation kannten.

Pfeiffer startete den Passat. Seine Finger zitterten. War es Durst oder die Aufregung? Er wusste es nicht, also griff er nach der Wasserflasche auf dem Beifahrersitz. Langsam beruhigte er sich.

Wenn das alles klappte!

Er fuhr nach Margetshöchheim.

Diesmal hatte Pfeiffer vor dem Friedhof in ›Maroggo‹ die freie Auswahl an Parkplätzen. Er parkte neben Jürgens Wagen und eilte auf den Friedhof. Von weitem sah er schon seinen Kollegen. Jürgen Stumpf unterhielt sich mit einem älteren Herrn, der erschöpft auf einem der Grabsteine saß. Der Mann wirkte wie Haas' Anwalt zuvor, als er die Strafpredigt über sich ergehen lassen musste.

»Was hast du für mich?«

Stumpf wies auf ein Grab, in dem man einen freigelegten Sarg sah. Reste von Erde lagen auf dem Deckel.

Pfeiffer sah nach links, nach rechts und stützte die Hände in die Hüfte. »Das ist eine andere Stelle als beim letzten Mal.«

Stumpf grinste. Obwohl er übermüdet aussah, weil ihn seine neugeborene Tochter keine Nacht durchschlafen ließ, wirkte er überaus zufrieden. Er deutete auf den älteren Herrn. »Das hier ist Herr Koch. Er ist Friedhofsarbeiter.«

Pfeiffer wartete auf eine weitere Erklärung. »Und?«

Stumpfs Grinsen vertiefte sich. »Er ist ein alter Freund Bruno Lamprechts.«

»Das glaube ich jetzt nicht! Du willst mir doch nicht etwa weismachen ...?« Pfeiffer verstummte und sprang in das Grab. Das rötliche Holz glänzte, als wäre es eben erst mit Erde bedeckt worden. Der schwere Deckel war bereits gelöst, und Pfeiffer musste ihn nur noch zur Seite schieben. Der Deckel rutschte seitlich weg.

Pfeiffer lachte auf. »So ein alter Windhund!«

Statt eines verfaulenden, stinkenden Leichnams lagen in dem weißen Satin ... vier Sandsäcke.

»Bleiben Sie stehen!!!«, riss Stumpf Pfeiffer aus seinen Gedanken.

Er schaute, wen sein Kollege angeschrien hatte.

Am Haupteingang wollte Kurt Volkenstein gerade seinen Rollator in die Gräber schieben und flüchten.

»Bruno, lass sein. Sie wissen alles!«, rief der Friedhofsarbeiter.

Kurt blieb stehen und drehte sich langsam um. »Verdammt, du hast mich angerufen und hierher gelockt! Was hast du getan?«

»Nichts. Mein Chef hat gemerkt, dass die Gräber vertauscht wurden. Es war nur eine Frage der Zeit.«

Pfeiffer setzte sich auf die Erde und starrte erstaunt den näherkommenden Mann an.

Ohne Rollator, aufrecht, mit einem fast federnden Gang, schritt Volkenstein den Weg entlang. Dabei entfernte er den Ziegenbart, die buschigen Augenbrauen und zog etwas aus seinem Mund, wodurch seine Wangen schmaler wurden. Er verstaute alles in der Hosentasche.

»Mein Name lautet Bruno Lamprecht.« Er hielt Pfeiffer seine Hand hin. »Darf ich Sie aus meinem Grab ziehen?«

Nachdem Pfeiffer den ersten Schock überwunden hatte, fielen ihm tausend Fragen auf einmal ein. So groß wie einerseits die Freude war, seinem Gönner und Stiefvater doch noch zu begegnen, so wütend war er andererseits auf diese Farce.

Pfeiffer ging in Gedanken alle Begegnungen und Gespräche mit ›Volkenstein‹ durch und verstand jetzt seine spitzen Bemerkungen. Doch es kam ihm nur ein Wort über die Lippen. »Warum?«

Bruno Lamprecht sah ihn traurig an. »Das sagte ich Ihnen doch schon am Grab meines Hundes. Die zerstochenen Reifen, mein vergifteter Zeus. Ich spürte, dass etwas nicht stimmte. Da ich schon so lange auf Sie gewartet hatte, zog ich diese Täuschung vor. Ich wusste mir nicht anders zu helfen.«

Stumpfs Handy klingelte, und er stellte sich abseits zum Telefonieren.

»Und da haben Sie gedacht, ziehe ich doch einen Polizisten mit hinein?«, wollte Pfeiffer wissen.

»Den besten.«

Pfeiffers Wut verebbte.

»Wie haben Sie es geschafft, dass niemand Sie erkannt hat?«

»Ich habe Menschen gemieden, die mich kennen. Und die meisten sehen eh nur das, was sie sehen wollen. ›Kurt‹ ist schon vor Bruno Lamprechts Tod in das Gartenhaus eingezogen.«

Pfeiffer nickte anerkennend über diese Planung. »Und der Totenschein?«

Lamprechts Schnaufen klang wie ein Flehen. »Ein alter Schulfreund, der mich unterstützt hat. Und mit dem Bestatter spiele ich Schach.«

»Ich fasse es nicht! Und das ganze Schauspiel hier hat er organisiert?«, fragte Pfeiffer und zeigte auf den Friedhofsarbeiter, der immer noch auf dem Grabstein saß.

»Als Sie mir gesagt haben, dass Sie meine Leiche exhumieren wollen, ist mir schier schwindlig geworden. Was sollte ich machen? Spätestens da wäre mein Versteckspiel aufgeflogen. Das wäre zu früh gewesen. Ich konnte so schnell keinen Sarg verschwinden lassen, denn mit Ihren modischen forensischen Methoden hätten Sie sofort gemerkt, dass nie ein Leichnam darin gelegen hat.«

»Sehr scharfsinnig. Also haben Sie den Platz daneben benutzt und den Grabstein versetzt, um den Anschein eines geöffneten Grabes zu erwecken.«

»Es war ein glücklicher Zufall, dass da eine leere Grabstätte war.« Er zuckte mit der Schulter wie ein Junge, dessen Fahrrad gerade umgefallen war.

Pfeiffer schüttelte den Kopf. »Und das ist niemandem aufgefallen? Gibt es keinen Plan?«

Lamprecht zeigte auf den Friedhofsarbeiter. »Er hat die Pläne geändert.«

»Er hat mich dazu gezwungen!«, protestierte der Mann.

»Ach, halt die Gosch, Ferdi. Für ein Bier hilfst du mir gerne.«

Pfeiffer sah verwirrt von einem zum anderen. »Für ein Bier?«

Der Friedhofsarbeiter lachte. »Um nichts auf der Welt würde ich den Mann hier sitzen lassen.« Er stand auf, putzte sich die Hände an seiner Cordhose ab und umarmte Lamprecht herzlich. »Schön, dass du nun wieder offiziell unter uns weilst.«

Lamprecht lächelte. »Seine Tochter ist übrigens die Notarin«, erklärte er, nachdem sie wieder auseinandergetreten waren.

Pfeiffer schlug sich gegen die Stirn. »Deshalb war sie so überaus hilfsbereit. Und der Arzt mit dem Totenschein hat im gleichen Haus seine Praxis wie Frau Koch. So gute Freunde erwartet man gar nicht bei einem Narzissten.«

Erschrocken fuhr Lamprecht auf. »Narzisst? Sagt wer?«

»Jemand, der Sie von früher kannte.«

Bruno sackte wieder in ›Kurts‹ Haltung. Er hatte die Rolle zu lange gespielt. »Früher ... Ja, ich wurde zu einem Narzissten, als mich die Liebe meines Lebens verließ. Frauen bringen entweder das Beste oder das Schlechteste in uns Männern zum Vorschein. Dann bin ich Maria, Ihrer Mutter, begegnet. Sie hat alles verändert, besonders mich. Sie war die Güte in Person.«

Pfeiffers Kehle kratzte. »Sie wussten nichts von den Zwillingen?«, fragte Pfeiffer, um von seiner Mutter abzulenken. Der Gedanke, dass seine Mutter und dieser Mann einmal ein Paar gewesen waren, war immer noch sehr irritierend für ihn.

»Woher auch? Mein Vater erzählte mir nur, welchen Schaden Edith für die Kanzlei angerichtet hat. Und dass sie mit einer reichen Frau weggezogen wäre. Ich habe nach ihr gesucht, Detektive losgeschickt. Doch nachdem ich sie gefunden hatte, wollte sie nichts mehr von mir wissen.«

»Nach alldem, was ihr widerfahren war, hatte sie bestimmt Angst vor Ihrem Vater. Immerhin hat er ihr die Kinder genommen«, stellte Pfeiffer klar.

»Schrecklich. Kinder der Schande wegen freiwillig wegzugeben, ist schon schlimm, aber dazu gezwungen zu werden ...« Er sah auf. »Nach den Unterlagen hat unsere Kanzlei damals verschiedene Adoptionen im Auftrag der Töchter oder Söhne der höheren Gesellschaft Würzburgs diskret durchgeführt. Da fielen die eigenen nicht auf.«

»Sie wussten davon nichts?« Pfeiffer wollte eine Bestätigung hören.

»Mein Vater hat mich nicht in alles eingeweiht«, sagte Bruno betrübt. »Auf dem Sterbebett wollte er mir etwas sagen, doch er kam nicht über das Wort Adoption hinaus. Vielleicht wollte er mir da von meinen Kindern und dem Versteck der geheimen Akten erzählen. Wer weiß?«

»Akten, die inzwischen wertvoll wären, wenn man wüsste, wer hier uneheliche Kinder hat«, überlegte Pfeiffer.

»Das, nehme ich an, war der Grund, weshalb er sie bei sich unter Verschluss hielt. Niemand sollte jemals seine Klienten erpressen können. Ich war neugierig, warum mein Vater gerade dieses Wort vor seinem Tode nannte. Ich recherchierte und bekam hier und da den Hinweis darauf, dass unsere Kanzlei etwas damit zu haben könnte. Ich konnte es nicht fassen und unterband sofort jegliche Aktivitäten in dieser Richtung. Ab diesem Moment setzte ich mich für Aufhebungen von Zwangsadoptionen ein. Doch dass ich selbst betroffen war, wusste ich nicht. Welch Ironie!«

Pfeiffer erinnerte sich an das überglückliche Paar, dass er damals beim Verlassen der Kanzlei beobachtet hatte.

»Edith hat Sie vorhin im Gericht wiedererkannt.«

Der alte Mann wankte. »Ich habe es bemerkt. Ich rede mit ihr, wenn Sie es möchte.«

»Wussten Sie, dass sie wieder in der Gegend wohnt?«

»Ja, ich habe ihr jeden Monat Geld ausgezahlt.«

»Wofür? Hat sie Sie erpresst?«

»Gott bewahre, nein! Sie tat mir leid. Ich wollte das Unrecht wiedergutmachen. «

»Was? Was wollten Sie wiedergutmachen?«

»Dass mein Vater sie vertrieben hat. Sonst wäre sie heute die Herrin über die Villa und hätte ein ganz anderes Leben geführt.«

»Sie wollten sie damals ehelichen?«

»Selbstverständlich! Ich stehe zu meinem Wort. Doch meinem Vater hat das ganz und gar nicht gepasst. Als sie dann nach so vielen Jahren bei mir erschien, war ich schon mit Ihrer Frau Mama zusammen. Edi hatte sofort erkannt, dass es für sie nun zu spät war.«

»Wussten Sie, dass die Zwillinge den Hinweis, dass man durch den Küchenaufzug in die Kanzlei kommt, durch Frau Trivor bekommen haben? Glauben Sie, sie wollte sich damit an Ihnen rächen?«

Brunos Blick verweilte lange an einem kleinen Grabstein. »Keine Rache. Nicht Edi. Ich kann mir vorstellen, dass Sie ihren Söhnen nur ihr rechtmäßiges Erbe zukommen lassen wollte. Aber warum hat sie mich nicht einfach gefragt?«

»Ich hatte zeitweise Sie in Verdacht, hinter allem zu stecken.«

»Mich? Warum sollte ich?«

»Weil Ihnen das Vermächtnis nicht reichen würde und Sie in die Villa wollten. Schließlich hätte ›Kurt‹ bei meiner Erbausschlagung die Villa geerbt.«

Brunos Mund zuckte traurig. »Das haben Sie gedacht?«

»Nun ja, ich habe Erklärungen gesucht, und Sie waren nicht gerade hilfreich.«

»Da stimme ich Ihnen zu. Ich wollte vermeiden, dass mein Elternhaus in falsche Hände gerät und ich auf der Straße lande. Entschuldigen Sie diese Umstände.«

»Umstände?« Pfeiffer zwang sich, ruhig zu bleiben. »Wegen dieser ›Umstände‹ sind fünf Menschen gestorben.«

»Es tut mir unendlich leid. Ich konnte nicht ahnen, dass mein So... Roth so ein brutaler Mensch geworden ist. Gut, dass Ihre Mutter das nicht miterlebt hat. Sie war einfach wunderbar. Ich vermisse sie so sehr.«

Pfeiffer schluckte.

Ich auch.

Ein warmes Gefühl stieg in ihm hoch, als dieser Mann erneut so liebevoll von seiner Mutter sprach. »Ja, das war sie.« Dann sah Pfeiffer Bruno in die Augen und hielt ihm, wie Bruno vorher, die Hand hin. »Danke, dass Sie für meine Mutter da waren, als ich es nicht war.«

»Wir haben Haas den ganzen Tag nicht aus den Augen gelassen«, sagte der Beamte, der Haas in das Vernehmungszimmer gebracht und ihn freundlich gebeten hatte, Platz zu nehmen.

»Ahnt er etwas?« Pfeiffer fragte, ohne den Blick von dem Verhörraumspiegel abzuwenden.

Haas saß dort mit unstetem Blick und fuhr sich ängstlich abwechselnd durch seine Haare oder rieb mit beiden Händen über die Knie.

Ob er sich bewusst war, dass er beobachtet wurde und deshalb eine geniale Show lieferte?

»Was soll er denn ahnen?« Irritiert blickte der Kollege ebenfalls in den Verhörraum.

Tja, was? »Ach, nichts. Danke, Kollege.«

Das, was Pfeiffer ahnte, musste er erst noch beweisen. Doch wie sollte er einem so kaltblütigen Mann entgegentreten?

»Wo ist seine Frau?«

»Mit Hauptkommissar Stumpf in Verhörraum zwei, wie Sie es wollten. Mikrofon ist an.«

»Einer von Ihnen bleibt mit mir im Raum, Ihr Kollege steht davor. Höchste Konzentration. Machen Sie sich bitte auf alles gefasst«, sagte er nachdrücklich. »Der Mann ist überaus gefährlich.« Den verständnislosen Blick des Beamten ignorierte Pfeiffer.

Dann betrat er den Verhörraum. Gefolgt von dem Beamten, nachdem er Pfeiffers Anweisungen flüsternd an den Kollegen vor der Tür weitergegeben hatte.

»Guten Tag, Herr Haas. Entschuldigen Sie bitte die Unannehmlichkeiten, aber wir haben noch Fragen, für die wir einfach keine Antworten finden.«

»Was wollen Sie von mir? Ist es Ihnen nicht Genugtuung genug, dass Sie vor Gericht gewonnen haben? Müssen Sie mich hierherschleppen lassen?«

»*Sie* haben mich doch verklagt, schon vergessen?«

Haas wedelte mit den Händen. »Ich bin sehr, sehr durcheinander seit all den schlimmen Vorkommnissen. Ich kann nicht mehr schlafen.«

»Davon habe ich aber heute Morgen nichts gemerkt.«

»Da wirkten auch noch meine Antidepressiva.«

»Oh, das tut mir leid. Stimmt es, dass Sie immer noch arbeitsunfähig sind?«

Haas schaute ihn erstaunt an. »Selbstverständlich. Sie glauben doch nicht, dass ich nach all dem, was ich erlebt habe, mich mit den Schülern herumärgern kann?«

Pfeiffer schluckte.

Jacob sagt, er kann gut schlafen. Sagt er die Wahrheit?

»Und wie kommt Ihre Frau damit klar?«, riss sich Pfeiffer von den Gedanken an seinen Sohn los.

»Ach, die. Die ist zäh.«

»Zäh, sagen Sie? Sie wird erleichtert gewesen sein, dass dieser Schläger und Mörder aus ihrem Leben verschwunden ist.«

»Ich gebe ihr jetzt die Liebe, die sie braucht.« Haas faltete die Hände und sah ihn treuherzig an.

»Das wird Ihre Frau sicherlich trösten. Obwohl zäh nicht gerade ein passendes Wort von einem mitfühlenden Ehemann ist.«

»Ich verstehe Sie nicht.« Unruhig suchte Haas' Blick den Boden unter dem Tisch ab, als fände er dort die passenden Antworten.

»Sie verstehen nur zu gut. Meine Frage von eben haben Sie auch nicht beantwortet.«

»Es gibt immer Höhen und Tiefen in der Ehe. All das hat uns fester zusammengeschweißt. Wir wissen wieder zu schätzen, was wir aneinander haben.«

»Soso. Warum aber haben Sie meinem Kollegen damals verschwiegen, dass sozusagen ein Parasit Ihr Leben aufzusaugen drohte?«

»Ich weiß nicht, was das jetzt soll. All diese Fragen habe ich damals schon diesem Bauer beantwortet«, stieß Haas weinerlich hervor.

Hatte Bauer seine Arbeit doch gemacht? Nur, welchen der beiden Brüder hatte er damals vernommen?

»Wer hat Bauers Fragen beantwortet? Sie oder Ihr Bruder?«

Haas' Augenbrauen zuckten. »Was soll das jetzt? Können Sie uns nicht einfach in Ruhe lassen? Sind wir nicht genug gestraft?«

Pfeiffer klopfte ihm mitfühlend auf die Schulter. »Wusste Ihre Frau eigentlich von Ihrem Verhältnis mit Bianca Vornwald?«

Haas ruckte hoch. »Ich hatte nichts mit ihr. Das habe ich Ihnen doch schon mal gesagt.«

Pfeiffer nickte theatralisch. »Stimmt, als Sie mich besucht haben. Dieser seltsame Besuch«, sagte er nachdenklich. »Wie nannten Sie Jacobs Schulkameraden noch mal?«

Haas wurde nervös. »Ich weiß nicht mehr, was ich da gesagt habe.«

Pfeiffer blickte an die Decke, als überlegte er. »Es war so ein seltsames altmodisches Wort. Was war es denn nur? Rabauke? Genau, Rabauke.« Er beugte sich wieder zu Haas.

»Wenn Sie es sagen. Ich weiß es nicht mehr.«

Verdammt. Er hatte Rowdys gesagt. Haas fiel nicht darauf rein. Wie konnte er ihn nur aus der Reserve locken?

Haas krallte sich mit den Fingern in die Haare, als wollte er sie sich ausreißen. »Bitte hören Sie mit der Fragerei auf. Ich kann nicht mehr. Ich bin seit damals ein Wrack. Bitte!«

Fast hätte Pfeiffer seine Zweifel gewinnen lassen. Doch im letzten Moment sah er wieder den Ring. »Tragen Sie deshalb Ihren Ring an der anderen Hand?«

Überrascht nahm Haas die Hände herunter und besah sich den Ring, als sähe er ihn zum ersten Mal. »Ach so. Mir werden in letzter Zeit immer die Finger dick, dann wechsle ich die Hand.«

Pfeiffer ging um den Tisch und setzte sich. Er hatte mit so etwas Ähnlichem gerechnet und kratzte sich am Ohr.

Auf Kommando öffnete Stumpf die Tür und übergab ihm einen Zettel. Pfeiffer sah darauf. »Hervorragend, Herr Kollege.«

Wortlos, doch grinsend, verließ Stumpf den Raum.

Pfeiffer wandte sich Haas zu und sah ihn so lange wortlos an, bis Haas' Kiefer angespannt hervortraten. »War es nicht eher so, dass sich Ihre Frau von Ihnen, dem Langweiler, scheiden lassen wollte, bevor Armin sie durch das halbe Haus gevögelt hat? Hat sie nicht sogar nach dem ersten Schreck um Hilfe gerufen? Doch dann fand sie sogar Gefallen daran, und Sie beschlossen, gemeinsam den Langweiler loszuwerden.«

»Was erlauben Sie sich!«, fuhr Haas auf.

Pfeiffer lachte. »Wissen Sie, wer im Nachbarraum seine Aussage gemacht hat?« Die einsetzende Stille war erdrückend. Nur das Schaben des Hosengürtels des Beamten an der Wand war zu hören.

Haas schwieg.

»Nein? Ich habe Ihnen jetzt mehrmals die Chance gegeben, Ihre Aussagen zu korrigieren. Nun kam Ihnen Frau Haas zuvor und hat Sie belastet.«

Haas riss seinen Kopf hoch. »Was hat sie? Die verlogene Schlampe! Ich bin Thomas Haas! Und wenn sie etwas anderes behauptet, dann ...!« Erschrocken stockte Haas im Satz und drehte sich zu dem Beamten neben der Tür um.

Dieser sah verwirrt von Pfeiffer zu dem Verdächtigen und drückte sich an die Wand, als wollte er unsichtbar werden.

Pfeiffer war der Blick nicht entgangen. Haas hatte eindeutig seine Fluchtmöglichkeiten eingeschätzt. Er musste ihm zuvorkommen! Haas oder besser Roth selbst hatte erzählt, dass er sich als Legionär mit Waffen auskannte. Oder war es nur eine Lüge gewesen, wie alles an diesem Tag? Eine Bemerkung, um die Situation zuzuspitzen?

Mit zwei Schritten war Pfeiffer an der Tür und riss sie auf.

»Kommen Sie herein und legen Sie ihm Handschellen an«, befahl Pfeiffer.

Haas wollte aufspringen. Da zog Pfeiffer seine Dienstwaffe und richtete sie mit beiden Händen auf ihn. »Bieten Sie mir nur einen Grund zum Schießen, und ich werde es tun.«

Anstandslos ließ sich Haas die Handschellen auf dem Rücken anlegen, was wiederum Pfeiffer irritierte.

»Sie können mir nichts anhaben!« Grinsend lehnte sich Haas gemütlich zurück.

»Die Aussage von Frau Haas ...«

»Da steht Aussage gegen Aussage.«

»Glauben Sie?« Pfeiffer griff in seine Sakkoinnentasche, zog eine Tüte mit dem zerbrochenen Kugelschreiber heraus und warf sie auf den Tisch.

Haas verkrampfte sich.

»Erkennen Sie ihn wieder?«

Es dauerte einige Sekunden, bis die Worte ihre Wirkung taten. »Na und? Ist es in unserem Land verboten, einen Stift zu zerbrechen?«

»Das nicht, aber zu töten. Und Sie haben viele Menschen getötet.«

»Das stimmt nicht. Ich habe niemanden getötet. Das war Armin!«

»Genau, Sie sagen es. Armin ist der Mörder. Auch der Mörder von Sonjas Mann.«

»Sie können mir nichts beweisen.«

»Und ob ich das kann, Herr Roth. Herr Ar-min R o t h.«

Pfeiffer schob die Tüte mit dem zerbrochenen Stift hin und her. »Sie haben hier Ihre DNA und Ihre Fingerabdrücke hinterlassen.«

Auch wenn ein Ruck durch seinen Körper ging, blieb Roth seiner Rolle treu. »Na und? Was soll das schon aussagen?«

»Wir konnten nun die Fingerabdrücke auf den Patronen zuordnen.«

Pfeiffer sah ihm an, dass er widersprechen und sagen wollte, dass er ja an jenem Abend Handschuhe getragen hatte. Doch er schloss wieder den Mund.

Aber sein selbstverliebtes Grinsen sprach Bände. »Sie haben Fingerabdrücke? Der Täter hat keine Handschuhe getragen?«

Der Beamte, der vor der Tür Stellung bezogen hatte, steckte den Kopf herein. »Sie ist da.«

»Sehr gut. Ich komme.«

»Eh! Sie können mich doch nicht so sitzen lassen?«

»Kann ich nicht? Okay, dann gebe ich Ihnen zwischenzeitlich eine Denkaufgabe, damit es nicht so langweilig wird: Welche DNA hat Sie verraten?«

Pfeiffer ging in sein Büro.

»Guten Tag, Frau Trivor«, begrüßte er die Frau. »Danke, dass Sie gekommen sind. Nehmen Sie doch Platz.«

Auf einen Stock gestützt, ging sie zu dem angebotenen Stuhl und setzte sich schwerfällig. Ihr Kopf wiegte hin und her. Ihr langes weißes Haar flatterte. »Zuerst möchte ich mich für mein damaliges schnippisches Verhalten entschuldigen.« Sie stockte und suchte scheinbar nach den richtigen Worten. »Ich wollte an jenem Tag ...«

»Thomas beschützen?«

Sie sah ihn fragend aus blassen grauen Augen an, dann lächelte sie.

Alles an der Frau schien heute farblos zu sein, überlegte Pfeiffer. Die pinkfarbene Bluse, die sie über ihrer grauen weiten Hose trug, reflektierte sich an der faltigen Haut und machte sie noch blasser, als sie sowieso schon war.

»Ich habe es an dem Blumenstrauß erkannt.«

»Dass Sie ein schlauer Bursche sind, Herr Kommissar, habe ich bereits auf dem Friedhof bemerkt.«

»Haben Sie mir deshalb einen falschen Wohnort genannt?«

Sie bewegte die eingefallenen Lippen, als würde sie etwas kauen. »Ich habe gemerkt, dass ich Ihnen zu viel verraten habe. An jenem Tag wusste ich nicht, inwieweit ich Ihnen vertrauen konnte, und ... ich wusste selbst nicht, was ich wollte.«

Pfeiffer setzte sich ihr gegenüber an seinen Schreibtisch. Seit er ihn von Bauer wieder übernommen hatte, hatte die Ordnung darauf etwas gelitten.

»Ich bin den Zwillingen auf dem Grundstück begegnet, als ich von Bruno das Geld geholt habe.«

»Geld?«

»Er gab mir monatlich etwas zu meiner Rente. Das muss sich in Ihren Ohren entsetzlich anhören. Doch seine monatlichen Zahlungen persönlich bei ihm abzuholen, war die einzige Möglichkeit, ihm zu begegnen und in Kontakt zu bleiben.«

»Er hatte keinen Dauerauftrag gemacht, sondern ließ Sie immer persönlich kommen?«

Sie nickte unschlüssig. »Ich glaube, er hat es genossen, mit mir einige Worte zu wechseln. Der alten Zeiten wegen. Ich hatte all die Jahre die Hoffnung, wieder mit Bruno zusammenzukommen, wenn ich zurückkehre. Doch da hatte er schon Ihre Mutter kennengelernt.« Sie schob sich verlegen eine Strähne ihres weißen Haares aus dem Gesicht. Diese kleine, zarte Handbewegung ließ ihre vergangene jugendliche Grazie erahnen. »Da wusste ich, dass ich keine Chance mehr hatte. Aber er hat mich weiterhin finanziell unterstützt. Das habe ich sehr an ihm geschätzt. Ich glaube, er wollte wiedergutmachen, dass mich sein Vater damals rausgeworfen hat.«

»Das war sehr nobel von ihm.«

»So war er schon immer. Sonst hätte er Ihnen nicht die Villa vermacht. Dem Sohn seiner Frau.«

»Das hat sich schnell herumgesprochen, dass ich Marias Sohn war.«

»›Maroggo‹ ist ein ›Dorf‹, was Geschichten angeht.«

»Und nun?« Pfeiffer schob eine Akte zur Seite, damit er seine Arme auf die Tischplatte legen konnte. »Jetzt bekommen Sie gar nichts. Weder Ihre monatlichen Zahlungen noch Ihre Söhne das Erbe.«

»Sie denken, ich hätte es wegen des Geldes getan? Dann wäre ich jetzt tatsächlich gescheitert. Nein, Herr Kommissar, da täuschen Sie sich. Ich sag Ihnen etwas.« Sie legte den Kopf schräg und sah Pfeiffer trotzig an. »Als ich die beiden auf dem Grundstück sah, wusste ich es. Es war wie eine Eingebung. Das Alter der beiden und die Ähnlichkeit mit Bruno damals sagten mir, dass es meine Zwillinge sind. Viele Jahre habe ich gebetet, dass meine Kinder mich finden würden. Und nun standen sie vor mir.«

»Haben Sie sich nicht gefragt, was sie dort machten?«

»Nicht in dem Moment. Ich dankte nur dem Himmel, dass er sie mir wiedergebracht hat.« Sie faltete die Hände und sah an die Decke. Dann sah sie wieder auf ihren Schoß. Der große auffällige Ring an dem dürren Ringfinger wirkte fehl am Platz.

»Wie sind Sie darauf gekommen, dass die beiden dort einbrechen wollten?« Pfeiffer lachte, als er Ediths unschuldiges Gesicht sah. »Sie haben es ihnen angesehen, so, wie Sie die Gedanken auf dem Friedhof in meinem Gesicht abgelesen haben.«

Sie nickte. »Ich wollte den beiden helfen. Hätte ich gewusst, was dadurch entsteht ... Glauben Sie mir, das habe ich nicht vorausgesehen. Ich wollte nur, dass sie an die alten Akten kommen. Ich war sauer auf Bruno, weil er all die Jahre behauptet hat, von den Kindern nichts gewusst zu haben. Er glaubte mir nicht, dass sein ehrenwerter Vater mich gezwungen hat, mich von den Kindern gleich nach der Geburt zu trennen. Wenigstens konnte der alte Lamprecht mich nicht zur Abtreibung zwingen, da es dazu schon zu spät war. ›Das hätte er niemals getan!‹, hat Bruno geschrien. Doch! Sein Vater hat gedroht, ansonsten mich und meine Familie zu ruinieren. Ich war doch noch so jung ... Der Ruf, eine Hure zu sein, ich ... Ich kam damit nicht klar. Und meine Mutter war schon genug bestraft. Mein Vater hätte sie totgeschla...« Tränen rollten über ihre Haut und wurden genauso schnell aufgesogen wie auf trockenem Pergament.

»Hatten Sie vor Ihrer Entlassung mit Bruno sprechen können?«

»Nein, er war in einem Auslandssemester und kam erst wieder zurück, als ich schon in München war.« Sie stockte, als würden sich jetzt einige verlorengegangenen Fäden zusammenfinden und einen Sinn ergeben. »Ich traue seinem Vater zu, dass er ihn extra von mir getrennt und meinen Fehler als Rechtfertigung für meine Kündigung genommen hat.« Sie ballte ihre knochigen Hände zusammen, dass sich die Haut darüber spannte.

»Haben Sie nie daran gedacht, dass Bruno Lamprecht junior sich fragte, warum Sie sich nie wieder gemeldet haben? Hat er Sie nie gesucht?«

»Doch.« Sie schluckte schwer. »Ich war gezwungen, ihn vor den Kopf zu stoßen. Sonst hätte sein Vater ihn enterbt. Ich liebte ihn so sehr, ich wollte nicht, dass er auf all das verzichten musste, für das er so hart gearbeitet hatte. Ich wollte es ihm erklären, als sein Vater verstorben war, aber was hätte es gebracht? Es war zu spät. Wie sollte er da unsere Jungs finden? Er lebte sein Leben, ich das meine.«

Pfeiffer lehnte sich zurück. »Meinen Sie nicht, er hätte ein Recht darauf gehabt, zu wissen, dass er Kinder hatte?«

Sie zuckte nur mit den Schultern.

»Er hätte Ihnen zugehört.« Pfeiffer erzählte ihr von dem letzten Wort, dass Lamprecht senior vor seinem Ableben gesagt hatte. »Er nutzte von da an seine Kanzlei für Aufhebungen von Adoptionen.«

Edith Trivor fasste sich an die Lippen. »Oh nein«, hauchte sie. »Wenn ich das gewusst hätte.«

Dann würden viele Menschen noch leben.

Pfeiffer wischte sich müde über das Gesicht. »Wie ging es weiter, als sie den beiden begegnet waren?«

Edith nahm all ihre Kraft zusammen und sprach weiter. »An dem Tag folgte ich den Jungs und wusste daher, wo Thomas wohnte. Ich versuchte Tage später, mit ihm beim Einkaufen ins Gespräch zu kommen. Er war ein netter, verunsicherter Mann, dem sein Bruder Angst machte. Ich sagte ihm, wo er mich finden konnte, und er besuchte mich in der Seniorenresidenz.«

»Von ihm stammten die Blumen, die Sie nicht wegschmeißen wollten.«

Sie strich über die Tischplatte. Ihre Hände waren mit Altersflecken übersät. »Ja.«

»Wann erfuhren Sie, dass Bruno gestorben war?«

Sie hielte kurz inne. »Erst Tage später, durch den Dorftratsch.«

»Und Sie haben keinen Zusammenhang zwischen seinem Tod und Ihren Söhnen gesehen?«

»Wie auch? Bruno ist ja an einem Herzinfarkt gestorben, weil sein Hund vergiftet wurde.« Verunsichert sah sie ihn an.

Pfeiffer rollte mit dem Stuhl zu Edith Trivor und nahm ihre Hände in die seinen. Er lächelte. »Wir wissen mittlerweile, dass Bruno seinen Tod nur vorgetäuscht hat. Sie haben ihn im Gericht erkannt?«

Sie atmete einmal tief ein und aus. Ihre Lippen zitterten. »Also war er es doch. Ich dachte schon, ich sehe Gespenster. Er hat seinen Tod vorgetäuscht? Warum?«

»Als sein Hund vergiftet wurde, ahnte er, dass etwas Grauenvolles seinen Anfang nahm. Er wusste, dass ich als ›Kriminaler‹ eher dahinterkomme, wenn ich die Villa früher erbe.«

Sie schüttelte fassungslos den Kopf. »Dass ich ihn nicht erkannt habe.«

»Sind Sie ›Kurt‹ nicht bei der Beerdigung begegnet? Oder als Sie das Geld abholen wollten?«

»Nur kurz, von weitem, aber da war er mit dem Rollator so gebeugt unterwegs, dass ich keinen Verdacht schöpfte. Aber vor Gericht putzte er seine Nase, und diese Geste ... Ich war mir nicht sicher, aber ich habe es gehofft ... Wie hat er das gemacht?«

»Der Arzt war ein alter Freund, und Herzinfarkt ist ein Tod, der in diesem Alter keine Fragen aufwirft. Wie ging es weiter?«

Sie überlegte kurz, wo sie stehengeblieben war. »Ich stellte fest, dass Armin sehr aggressiv ist. Thomas war überfordert und sagte mir, dass er lieber wieder allein wäre. So sehr er sich auch gewünscht hatte, einen Bruder zu haben, Armin war ihm zu brutal.«

»Sagten Sie ihm da, dass Sie seine leibliche Mutter sind?«

»Ja.«

»Aber nicht, wer sein Vater ist? Ihre Söhne hätten dann doch nicht mehr in die Villa einbrechen müssen.«

»Ich brauchte aber den Beweis!«

»Und ein DNA-Test hätte es doch auch getan? So, wie es Haas alias Armin Roth jetzt gemacht hat, um das Erbe anzufechten.«

Sie starrte ihn an, als wäre ihr diese Idee nie gekommen. Ihre Augen wurden feucht. »Ich glaube nicht, dass sich Armin davon hätte abbringen lassen. Er war zu verbohrt.«

»Aber versucht haben Sie es auch nicht.«

»Nein, ich weiß nicht, warum ich daran nicht gedacht habe. Es fühlte sich anscheinend für mich nicht schlüssig an. Ich brauchte die Unterlagen als Beweis für die Schandtat seines Vaters.« Sie hustete.

Pfeiffer stellte ihr ein Glas Wasser hin.

»Obwohl Bruno da schon tot war?«

Sie sah ihn dankbar an, holte ein Döschen hervor, legte sich zwei Pillen auf die Zunge und trank einen Schluck. »Ich wusste nicht, dass ich eine Chance gehabt hätte, meine

Kinder wiederzubekommen. Lamprecht senior hatte mir untersagt, mich je wieder Bruno und unseren Söhnen zu nähern.«

»Warum haben Sie das nicht vor Gericht gesagt?«

Sie lächelte. »Ich wurde es nicht gefragt. Ich musste nur die Wahrheit in Bezug auf die gestellten Fragen sagen.«

Pfeiffer war sprachlos.

»Ich wollte nicht, dass er gewinnt. Nicht *er*.«

Er schlug auf die Tischplatte. »Sie wissen, dass es Armin ist und nicht Thomas?«

Sie nickte. »Thomas hat mir erzählt, dass er einen Tumor hätte. Armin war mit ihm beim Arzt. Nach dem Einsatz bei der Villa, bei dem angeblich Armin starb, hat mich Thomas aber nicht mehr besucht. Da wusste ich, dass die beiden die Rollen getauscht hatten.«

»Erwähnte Thomas, bei welchem Arzt er war?«

»Nein.«

Pfeiffer kratzte sich am Hinterkopf. »Im Obduktionsbericht stand nichts von einer Erkrankung. Thomas Haas war kerngesund. Er stand nur unter Drogen, die Halluzinationen ausgelöst haben.«

»Oh nein! Er hat auch meinen Thomas getötet? So hat er ihn also dazu gebracht, sich erschießen zu lassen!« Edi rutschte das Glas aus der Hand. Pfeiffer konnte es gerade noch auffangen, bevor es auf seinem Schreibtisch umfiel. »Armin war ein Parasit. Er hat Thomas' Leben aufgesogen. Fast auch das von Ihrem Sohn Jacob, Herr Pfeiffer. Ich bin sehr froh, dass ihm nichts passiert ist. Sehr froh.« Sie zog die Nase hoch. »Ich beschloss, Thomas zu helfen, Armin loszuwerden. Doch warum hat Thomas mir nichts von seinem Vorhaben erzählt, sich erschießen zu lassen?«

»Vielleicht war das ein spontaner Einfall?«

»Kann sein. Doch von Armin lange geplant. Jetzt ergibt alles einen Sinn!«, rief sie. »Er und Armin hatten

Lebensversicherungen abgeschlossen, erzählte er mir. Damit Sonja finanziell abgesichert ist, so wird er ihn gelockt haben. Auch die von Sonja Haas hatten sie erhöht.«

»Denkbar«, stimmte Pfeiffer ihr zu. »Aber warum sollte ein falscher Roth seine Schwägerin als Begünstigte der Lebensversicherung einsetzen und nicht gleich den richtigen Armin Roth?«

»Da Thomas sicherlich darauf bestanden hätte, dass seine Frau abgesichert ist.« Sie sah Pfeiffer an. »Wenn Sonja jetzt das Geld von der Lebensversicherung hat, wird Armin nie aufhören, sich das zu holen, was er will!« Sie hielt die Hand vor den Mund und weinte. »Wenn er erfährt, dass Bruno lebt ... Er wird es nicht zulassen.«

»Was meinen Sie damit?«

»Er wird selbst aus dem Gefängnis Wege finden ...« Ihre Worte ertranken in Tränen. »Ich muss mit ihm reden!«

»Mit wem?«

»Armin! Vielleicht kann ich ihn zur Vernunft bringen.«

»Haben Sie herausgefunden, wo Sie uns Ihre DNA ›hinterlassen‹ haben?«

Roth starrte ihn eiskalt an. »Zum hundertsten Mal: Ich weiß nicht, von was Sie sprechen!«

Pfeiffer grinste. »Etwas mehr Anerkennung, bitte. Das Wortspiel ist allein gesehen schon genial: Hinterlassen – Hinterlassenschaft? Na, klingelt's?«

Roth wurde rot. »Nein«, beharrte er weiterhin, obwohl seine Reaktion etwas anderes verriet.

»Sie wurden gerade rot.«

»Mir ist nur warm, und meine Arme tun mir weh. Testen Sie ruhig, was Sie testen wollen. Sie werden sehen, da kommt nichts dabei raus.«

»Haben wir schon.« Pfeiffer grinste. »Wissen Sie, ich habe eine schlaue Kollegin. Die brachte mich auf diese Idee. Viele denken, die DNA von Zwillingen wäre identisch und einer könnte dem anderen seine Taten unterschieben. Doch was viele nicht kennen, ist das Fachgebiet der Epigenetik.«

»Was für einen ... Schwachsinn muss ich mir hier anhören?«

»Kein Schwachsinn. Die DNA ändert sich, wenn die Zwillinge getrennt aufwachsen. Sie entwickeln zum Beispiel auch unterschiedliche Krankheiten. In Ihrem Fall erkrankte Thomas an einem Tumor. Wir können also Ihre DNA genau zuordnen.«

Roth verzog seinen Mund zu einem bösartigen Grinsen. »Thomas war nicht krank.«

»War er nicht?«, fragte Pfeiffer. Er wollte sichergehen, dass Sonja Haas im zweiten Verhörraum die Worte ebenso genau vernommen hatte.

»Thomas hatte keinen Tumor.« Armin Roth stockte. Ihm wurde bewusst, was er gerade zugegeben hatte. »Fuck!«

Zufrieden streckte Pfeiffer sich und tat, als fiele es ihm erst jetzt ein. »Moment mal. Ich dachte, er hätte deshalb bei der Entführung meines Sohnes mitgemacht, weil er dachte, die Lebensversicherung würde zahlen, wenn er erschossen wird?«

»Woher?« Die herunterfallende Kinnlade sprach Bände.

Pfeiffer grinste. »Thomas in eine solch verzweifelte Situation zu bringen, dass er sich für Ihren Plan opfert, ist echt schäbig. Er muss seine Frau sehr geliebt haben, weil er sie finanziell absichern wollte.«

Ein kurzer Funke des Widerstands glomm in Roths Gesicht auf, verschwand aber, als Pfeiffer weitersprach. »Doch Ihr Plan geht weiter. Sie hatten mehr vor als nur die Lebensversicherungssumme, die Ihr Bruder als falscher Roth Sonja Haas vermacht hat, einzustreichen. Ihr Plan war viel perfider. Denn Thomas hatte damals gleich noch die Lebensversicherung von seiner Ehefrau erhöht. Und Sie, der in die Rolle ihres Mannes schlüpfte, würde der Nutznießer sein, sollte ihr jetzt etwas geschehen. Wann wollten Sie sie loswerden? Haben Sie schon etwas geplant?«

Roth trat gegen den Tisch und brüllte unartikuliert.

»Sind Sie endlich bereit, einige Fragen zu beantworten, die mir auf der Seele brennen?«

»Sie können mich mal! Ich werde gar nichts beantworten! Wo bleibt mein Anwalt?«

»Der steht im Stau.«

»Das glaube ich Ihnen nicht.«

»Doch, die Friedensbrücke ist dicht«, erklärte der Beamte aus dem Hintergrund.

Roth drehte sich irritiert zu ihm um. »Das haben Sie bestimmt abgesprochen.«

Pfeiffer beugte sich zu ihm herunter und zwang Roth, ihn anzusehen. »Was wollen Sie mit einem Anwalt? Der rettet Sie doch auch nicht mehr. Befreien Sie Ihr Gewissen und befriedigen Sie meine Neugier.«

Roth schwieg. »Ich sage gar nichts.«

»Ach, kommen Sie. Wir haben die Aussage der Nachbarn, die Ihrer Mutter, wir haben Ihre DNA verglichen und wir haben den Arzt, der Ihrem Bruder auf Ihr Geheiß hin einen falschen Befund ausgestellt hat«, riskierte Pfeiffer einen Bluff. »Und wir haben Sonja Haas' Zeugenaussage, die alles bestätigt und sie eindeutig belastet. Geben Sie auf.« Er setzte sich, erleichtert darüber, dass Roth ihm alles abkaufte. »Ihr Plan war genial. Ich würde gerne verstehen, *wie* Sie es gemacht haben. Ich habe wirklich lange an mir gezweifelt, aber *Sie sind b r i l l a n t.* Wie haben Sie das im Restaurant gemacht? Woher wussten Sie überhaupt, dass ich dort sein werde?«

Jeder Ganove war empfänglich, wenn sein Genie gelobt wurde. Pfeiffer gab Roth Zeit, um seine Chance abzuwägen.

Nach minutenlangem Schweigen setzte sich Roth auf. »Sie hatten es dem Alten aus dem Fenster nachgerufen, vergessen? Ich wollte gerade das Haus auskundschaften, um später einzusteigen, da sah ich, dass Licht brannte. Ich war neugierig, also blieb ich und hörte Sie. Tja, und der Abend im Restaurant war perfekt für ein Hütchenspiel geeignet. Ihr alle habt nur gesehen, was ich wollte, dass ihr es seht.«

Pfeiffer fasste sich an den Kopf. »*Sie* saßen zu Beginn mit Bianca Vornwald im Restaurant. Zum Schluss war es Ihr Bruder Thomas. Wie haben Sie die beiden dazu gebracht, mitzuspielen?«

Er lachte gönnerhaft. »Musste ich nicht. Ich lud Bianca unter dem Vorwand ein, dass ich mich bei ihr mit einem Essen für die Pläne der Villa bedanken wollte. Sie wurde nervös, als sie sah, dass Sie mit Ihrer Familie da oben saßen. Ich sagte ihr, sie solle Sie rauslocken, da ich mit Ihnen unter vier Augen reden müsse.«

»Und das hat sie Ihnen geglaubt?«

»Sie haben doch das Resultat erlebt. Wie sie mit Ihnen geflirtet hat, war regelrecht töricht.«

»Und wie haben Sie Ihren Bruder überzeugt?«

»Thomas hatte ich zum Hinterausgang bestellt.«

»Mit exakt der gleichen Kleidung.«

Wieder lachte er. »Das haben wir uns gleich am ersten Tag angewöhnt. Selbst Sonja konnte uns kaum noch auseinanderhalten, als ich anfing, Thomas zu kopieren.«

»Das alles bedeutete exakte Planung. Wusste Thomas davon?«

»Weiß ein Soldat, welche Aufträge ein Offizier für ihn bereithält? Gewiss nicht. Thomas hat alles ohne zu hinterfragen gemacht, was ich ihm sagte.«

Wenn du wüsstest! Pfeiffer freute sich auf den Moment, wenn er ihm erzählte, dass sein Bruder die ganze Zeit über ihre Mutter besucht und mit ihr ebenfalls einen Plan ausgeheckt hatte. Oder dass ihr Vater noch lebte und ihn damit eines anderen belehren würde.

»Ach, da bin ich recht spontan. Ich hatte keinen speziellen Plan. Ich hatte die Wahl: Entweder ich würde die zwei Stunden, in denen Sie im Restaurant saßen, nutzen, um in die Villa zu gelangen oder um Sie für längere Zeit ins Krankenhaus zu bringen, damit ich freie Hand hatte.«

»So etwas in der Art habe ich mir gedacht.«

Roth grinste schief. »Nachdem Sie Bianca nicht verfallen waren, sondern Ihr Kollege ihr gefolgt ist, musste ich improvisieren.«

»Und gleichzeitig sind Sie auch Bianca Vornwald losgeworden.«

»Es war sowieso nur eine Frage der Zeit, wann Sie plaudern würde.«

Pfeiffer beugte sich zu ihm herunter. »So wie Manni? Wir wissen von Manni, wir wissen von dem jungen Pärchen aus der Kanzlei ... Alles Zeugen, die Sie loswerden mussten. Und warum das alles? Nur weil Sie wissen wollten, wer Ihr Vater ist? Nur, um sich für die Adoption zu rächen?«

»So redet nur jemand, der nicht in einem Heim und bei brutalen Pflegeeltern aufgewachsen ist. Sie wurden nie geschlagen und misshandelt.« Armin Roth lachte bitter. »Nachdem ich wusste, wer unser Vater war und dass er es war, der kurz vorher durch den Schock wegen des Köters gestorben war, hätte ich alles zusammenschlagen können. Mit meiner Rache an ihm war es nun aus! Mein Vater hatte sich einfach aus dem Staub gemacht. Tot, bevor ich ihn töten konnte! Doch dann sah ich es ganz klar vor mir: Das war meine Chance! Die Villa, das Erbe stand mir zu!«

»Und sie wollten Thomas' Leben mit seiner Frau.«

Roth grinste.

Pfeiffer schluckte. Was geschah, wenn Roth erfuhr, dass Bruno noch lebte? Er würde bestimmt, wie es Edith Trivor vorhergesagt hatte, noch aus dem Gefängnis heraus einen Weg finden, um sich zu rächen.

»Erzählen Sie mal von vorne. Was war mit dem Hund?«, forderte Pfeiffer ihn auf.

»Ich wollte den Alten vergraulen, damit ich in die Wohnung über der Kanzlei konnte. Der Hund verschlang das Leckerli, das ihn schlafen schicken sollte, gierig. Doof, dass ich mich wohl etwas mit der Dosis vertan hatte und er länger schlief als beabsichtigt.« Er senkte den Blick. »Dass dann wiederum der Alte sich so aufregt, dass er einen Herzinfarkt bekam, war nicht beabsichtigt. Es tut mir leid.« Er hörte sich an, als würde er seine Handlung bereuen.

Pfeiffer betrachtete den Mehrfachmörder. Hatte der Mann doch so etwas wie ein Herz, das nur durch die Lebensumstände verhärtet war, und war irgendwann auf dem Weg falsch abgebogen?

Doch dann blickte Armin Roth Pfeiffer an. Seine Augen wurden kleiner, und sein Mundwinkel zuckte.

Er war ein guter Schauspieler, und Pfeiffer schimpfte sich einen Narren, dass er beinahe darauf hereingefallen wäre.

Roth lachte ein schreckliches Lachen. »Sie sind so manipulierbar!«

Pfeiffer hätte ihm gerne seine Frechheit in den Mund zurückgestopft. Doch er blieb stehen. »Wer von uns beiden sitzt mit Handschellen da? Ach ja, Sie, Herr Roth.«

Roths Lachen endete in einem gekränkten Röcheln.

»Also, wie ging es weiter? Ich habe nicht ewig Zeit.«

»Wo war ich stehengeblieben?« Roth überlegte gespielt langsam, um Pfeiffer zu reizen. »Ach ja, bei dem Köter und dem Alten.« Er stockte und schmunzelte, als wäre ihm etwas Lustiges eingefallen. »Der Köter sollte nicht am Köder sterben. Ich hab nichts gegen Tiere.« Er lachte. »Wortspiele kann ich auch.«

Pfeiffer verschränkte die Arme vor der Brust. »Ich bin stolz auf Sie.«

»Jetzt lassen Sie mich doch auch mal.«

»Ihnen wird noch das Lachen vergehen! Weiter!«

Roth wurde ernst. »Wenn ich damals gewusst hätte, wer Bruno Lamprecht ist, hätte er nicht so einen leichten Tod erlitten. Ich ging sogar zu seiner Beerdigung, um ihm die letzte Ehre zu erweisen. Nun denn, jetzt konnte ich endlich rein, um nach den Akten zu suchen«, sprach Roth weiter. »Doch den besagten Speiseschacht, von dem man uns erzählt hatte und durch den wir in diese Hochsicherheitskanzlei gelangt wären, haben wir nicht gefunden. Die Pläne wichen ab.«

»Für was brauchten Sie die Maklerin?«

»Thomas kannte sie von seinem früheren Hauskauf und fragte, ob sie ihm die Pläne besorgen könne.«

»Sie tat es. Und als sie aussteigen wollte, so wie Manni ...«

»Also durfte er gehen.« Er lachte. »Aber ohne Geld. Dem Pärchen lauerten wir auf, als sie sich aus der Kanzlei schlichen. Aber sie konnten mir nicht helfen. In der Kanzlei war nichts, und sie erzählten von einem Gerücht, dass der alte Bruno heikle Akten selbst aufbewahrt hatte. Zumal sie unsere Gesichter gesehen hatten. Manni durfte mir noch helfen, sie ins Gestrüpp zu zerren. Ich wollte ihn erst noch mit zu den beiden legen, doch er war plötzlich sehr aufmerksam. Er drehte mir kein einziges Mal den Rücken zu. Also habe ich diese Chance verpasst.

Am Hafen hatte ich meinen Bus abgestellt, in dem ich geschlafen habe, bevor ich Thomas gefunden hatte. Da endlich hat es geklappt. Unfall ist besser als Mord. Es war so perfekt! Da konntet ihr Bullen nicht so schnell einen Zusammenhang herstellen.« Wieder lachte er.

Pfeiffer riss sich zusammen, um sich seinen Widerwillen nicht anmerken zu lassen. »Und von dem Pärchen hatten Sie auch die Schlüssel, um unten ins Haus zu kommen.«

Roth grinste. »Ihr Schloss oben war ja lächerlich. Das konnte ich mit einem Kugelschreiber öffnen.« Er deutete mit dem Kopf auf den zerbrochenen Kugelschreiber, der noch auf dem Tisch lag.

»Woher wussten Sie eigentlich von der Villa?«

»Thomas' Adoptivmutter erzählte ihm auf dem Sterbebett, dass die Anwaltskanzlei ›Lamprecht‹ damals die Adoption vermittelt habe. Sie hatte sich nichts dabei gedacht. Aber es war der einzige Hinweis, den sie Thomas weitergeben konnte. Die Närrin. Thomas hat sie so geliebt, dass er gar nicht wissen wollte, wer unsere Erzeuger waren. Aber er hat es mir erzählt. Er selbst hat diesen Hinweis jahrelang mit sich herumgetragen, und es hat ihn einfach nicht interessiert. Diese Lusche. Sitzt auf einem Sack voll Gold, und es juckt nicht in seinen Fingern.«

»Sie kamen, und schon nahm das Übel seinen Lauf.«

»Wenn Sie das sagen!« Er lachte. »Mein Gott, dass Thomas und ich Zwillinge sind, kann ich mir echt nicht vorstellen.« Er wollte wieder lachen, doch sein Lachen verlor an Zynismus. »Wir waren so grundverschieden.«

Genau das sagten viele Studien aus, die getrennt aufgewachsene Zwillingspaare untersucht haben, hatte Nina erzählt.

Stille trat ein.

Eine Stille, die Pfeiffers Hirn benötigte, um festzustellen, dass noch ein Puzzleteil fehlte. »Warum haben Sie mich nicht getötet?«

»Einen Bullen? Sind Sie blöd? Dann jagen mich alle. Nein, das wollte ich auf alle Fälle vermeiden.«

»Ja, Sie sind clever.« Pfeiffer lief auf und ab. »Wie haben Sie das mit dem Telefonat mit mir gemacht? Wir standen doch alle beisammen in Ihrem Haus, ich meine, in Thomas Haas' Haus.«

Roth lehnte den Kopf nach hinten und lachte wirr. »Ich musste derart mein Lachen unterdrücken.« Dann sah er wieder ernst zu Pfeiffer. »Er ließ ab dem zweiten Anruf ein Band laufen, deshalb sollten Sie mich nicht ständig unterbrechen. Es hätte nicht funktioniert, wenn ich hätte Fragen beantworten müssen. Und dann lief Sonja weinend ins Bad und legte auf.«

Pfeiffer war baff. »Das war brillant.«

»Ich weiß.« Er streckte die Beine von sich.

»Und warum die Schachfigur?«

»Na, überlegen Sie mal.«

Pfeiffer war ratlos.

Ein Lächeln huschte über Roths Gesichts. Zum Schluss wollte er Pfeiffer noch einmal in die Irre führen. Doch seine Selbstgefälligkeit verriet ihn. »Ach, das war nur so aus Spaß.«

»Sie wollen spielen?« Pfeiffer lehnte sich zurück. »Können wir. Ist Ihnen eigentlich nie aufgefallen, dass Sie vielleicht ebenfalls benutzt wurden?«

»Ich?« Das Grinsen verschwand. Er richtete sich auf und zerrte an den Handschellen.

»Genau Sie. Haben Sie nie hinterfragt, wer Ihnen von einem alten Speiseaufzug erzählt hat, der die Kanzlei von der Küche oben mit Essen belieferte?«

Roth überlegte und kratzte sich, da seine Hände auf dem Rücken gefesselt waren, mit der rechten Schulter über seine Wange. »Irgend so ne alte Frau.«

»Wissen Sie nicht mehr, wer sie war?«

Roth hielt inne und zog unwissend die Schultern hoch.

»Nein? Lange weiße Haare? Na, klingelt es? Wie kam es dazu? Eine fremde Person erzählt doch nicht jemandem x-Beliebigen so etwas Wichtiges.« Pfeiffer gab ihm Zeit, um das Gehörte zu verarbeiten.

Und Roth begriff. Sein Blick wanderte nach links oben. Er überlegte, wie es zu dem Gespräch gekommen war. Dann schüttelte er fassungslos den Kopf. Wie jemand, der mit seiner eigenen Dummheit nicht fertig wird. »Da sind wir doch tatsächlich benutzt worden.«

»Als Sie Edith Trivor bei Gericht gesehen haben, erkannten Sie sie. Aber Sie wussten in dem Moment nicht mehr, wo Sie sie schon einmal gesehen hatten. Nämlich damals an der Villa.«

»Das haben Sie gemerkt?« Roth blies anerkennend die Wangen auf.

»Ja.« Pfeiffer lächelte. »Waren Sie jemals bei Ihrer Mutter im Altenheim?«

»Warum sollte ich?«

Nun schüttelte Pfeiffer den Kopf.

»Was ist? Was haben Sie?« Roth rutschte auf seinem Stuhl umher.

»Na, überlegen Sie mal.« In Gedanken biss sich Pfeiffer auf die Zunge. Sein Ego rang mit ihm, ob er die Retourkutsche bedauern sollte oder nicht. Es war nicht seine Art, sich über andere lustig zu machen. Aber der Mann hatte so viele Menschen getötet und ihn dazu noch bis vor einer Minute verspottet.

Das dumme Grinsen war aus Armin Roths Gesicht verschwunden. Stattdessen flammte Wut auf. Dazu kamen Unglaube und Verwirrung, was Pfeiffer nie vorausgesehen hätte.

Pfeiffer bekam Mitleid mit ihm. Einem Mörder. »Ihr Bruder besuchte ihre Mutter«, klärte er ihn auf.

»Was?! Er hat es die ganze Zeit gewusst?«

»Ja, Herr Roth. Ich glaube, da war einer doch schlauer als Sie. Hätten Sie ihn nicht mit der falschen Krankenakte manipuliert ...«

Roth ließ den Kopf sinken.

Er würde jetzt alle Gespräche durchgehen und sich fragen, wann er die Kontrolle über seinen Bruder verloren hatte. Vielleicht, als der merkte, dass er seine Frau an ihn verlor. Oder als ihm klar wurde, dass er diesen Mörder nicht mehr aus seinem Leben bekam.

Thomas Haas, ein Sohn, der seine Mutter stolz gemacht hatte. Dessen Blumenstrauß sie stehen ließ, obwohl er bereits verwelkt war.

Pfeiffer stand auf. »Ich verstehe es zwar nicht, aber Ihre Mutter möchte Sie noch einmal sehen.«

Roth kauerte mit hängendem Kopf auf dem Stuhl. »Es kann nicht mehr schlimmer kommen.«

Auf den Stock gestützt betrat Edith Trivor zögernd den Raum und blieb stehen. »Hallo, Armin. Es tut mir alles so leid.«

Roth fuhr wutentbrannt herum, als wollte er aufspringen und einem Footballspieler gleich auf sie zustürmen.

Pfeiffer machte einen Schritt auf ihn zu.

Roth, den Körper bereits vom Stuhl erhoben, verharrte. Etwas ließ ihn beim Anblick der alten Frau innehalten. Seine Miene entspannte sich, als er sich wieder setzte.

Pfeiffers Pulsschlag normalisierte sich. Er verstand von Roths gebrummter Antwort kein Wort. Sollte das ›Mama‹ geheißen haben?

Niemals. Oder doch?

Wie bei einer unrealistischen Szene aus einer Seifenoper starrte Pfeiffer von einem zum anderen, in der seltsamen Erwartung, welch neue Wendung sich der Drehbuchautor hatte einfallen lassen.

Was ging hier vor? Was geschah mit diesem Mann? Aus einem Monster, dem viele Morde auf einem nicht vorhandenen Gewissen lastete, wurde zusehends ein anschmiegsames Lämmchen.

»Darf ich ihn ein letztes Mal umarmen?«, fragte Edith, als hätte sie wieder Pfeiffers Gedanken gelesen. Und doch war es auch eine Frage an ihren Sohn.

Pfeiffer brach der Schweiß aus. »Nein!«

»Warum nicht?« Sie zeigte mit ihrer knochigen Hand auf ihren Sohn, der zusammengesunken auf dem Stuhl saß, als hätte seine letzte Stunde geschlagen. »Er will es doch. Sehen Sie das nicht?«

Pfeiffer sah zu dem Beschuldigten. »Herr Roth?«

Der Mann blickte von seiner Mutter zu ihm und nickte.

Kopfschüttelnd hob Pfeiffer die Hand. »Wenn Sie unbedingt wollen. Aber benehmen Sie sich! Sonst reiß ich Sie auseinander.«

»Er wird brav sein. Stimmt's, Armin?«

Wieder nickte er wie ein kleiner Junge.

Pfeiffer schnaubte. Was löste der Anblick seiner Mutter bei dem Killer aus? Fühlte er sich in die Kindheit zurückversetzt? Erlebte er gerade die einschüchternde Art des Kinderheims oder die der Pflegefamilien?

Pfeiffer verstand auch nicht, wie Edith Trivor diesem Mann noch Liebe entgegenbringen konnte. Obwohl, eine Mutter blieb immer eine Mutter ... Und Armin Roth blieb immer ihr Sohn. Einer der Söhne, die man ihr vor über vierzig Jahren entrissen hatte. Und jetzt war sie die Mutter, die sie nie hatte sein dürfen.

Pfeiffer schluckte schwer an dem Kloß in seinem Hals und lehnte sich an den Schreibtisch. Er dachte an Kati und Jacob. Was wäre, wenn man sie ihm entreißen würde?

Edith trat zu ihrem sitzenden Sohn. Ihre linke Hand zitterte, als sie den Stock neben Pfeiffer an den Tisch lehnte und ihren Sohn an der Schulter berührte.

Armin Roth stand auf. Er überragte seine Mutter um fast einen Kopf.

Gut, dass seine gefesselten Hände auf dem Rücken lagen, dachte Pfeiffer. Ansonsten hätte er nicht für Ediths Unversehrtheit garantieren können. Roth könnte sie allein schon mit einem Tritt zu Boden werfen. Doch er war lammfromm. Er würde seiner Mutter nichts tun. Oder doch?

Edith Trivor zog Armin Roth zu sich heran und umarmte ihn. Roth verharrte wie ein gefühlloser Baum.

Nein, Pfeiffer tat dem Baum unrecht! Ein Baum spürte mehr!

Armin Roth machte keine Anstalten, seiner Mutter auch nur einen Zentimeter näherzukommen.

Dann hob Edith den rechten Arm und drückte Roth an sich. Ihr Kopf ruhte an seiner Brust. Er zuckte zurück, doch dann, als würde er jeglichen Widerstand aufgeben, schloss er die Augen. Sein Kopf, der Pfeiffer zugewandt war, ruhte mit dem Kinn auf dem Haupt seiner Mutter. Aus seinem rechten Auge kullerte eine Träne.

Armin Roth schien seinen Frieden mit ihr gemacht zu haben.

Ediths Stimme zitterte, als sie leise sagte: »Ich habe dir das Leben geschenkt, dass du nie führen wolltest ...«

Den Rest konnte Pfeiffer nicht richtig verstehen.

»Danke, Mama. Das ist das Beste.«

Pfeiffer grübelte. Hatte es sich etwa wie: ›und nun werde ich es dir auch wieder nehmen‹ angehört?

Nein, das bildete er sich nur ein.

Ediths rechte Hand lag an Armins Hals, als würde sie ihn streicheln. Nach einer gefühlten Ewigkeit löste sie sich von Armin und trat zurück. »Leb wohl.« Sie steckte die Hände in die Hosentaschen ihrer grauen Schlupfhose, drehte sich um und schickte sich an, den Raum zu verlassen. Armin Roth setzte sich wieder, als wäre nichts gewesen.

»Danke, Herr Pfeiffer. Das hat mir viel bedeutet.«

Pfeiffer begleitete sie auf den Flur. »Wie kommen Sie jetzt zurück?«

»Ich werde mir ein Taxi gönnen.«

»Wir werden Sie fahren.«

»Oh nein, danke. Das ist wirklich nicht notwendig.«

Ihre abwehrende Art irritierte Pfeiffer. »Geht es Ihnen gut?«

Widerstrebend blieb sie stehen und drehte sich um. »Ja, warum nicht?«

»Sie haben sich verändert.«

»Ach, das ist nichts. Ich habe nur mir und meiner Vergangenheit und allen anderen vergeben. Mir geht es jetzt gut. Leben Sie wohl, Herr Kommissar.«

»Auf Wiedersehen, Frau Trivor.« Er sah ihr nach, wie sie von einer Beamtin begleitet den Flur entlanglief.

Aufrecht, als wäre eine Last von ihren Schultern genommen worden. Ihre gebeugte Haltung war wie weggeblasen.

Freudestrahlend kam Stumpf den Flur entlang auf ihn zu und überreichte ihm ein Protokoll. »Sonja Haas hat alle Details preisgegeben und ihre Mitwisserschaft gestanden. Sie hat es in Kauf genommen, dass sich ihr Mann wegen der Lebensversicherung erschießen lässt, streitet jedoch ab, gewusst zu haben, dass er eigentlich gesund war.«

»Gute Arbeit«, sagte Pfeiffer, ohne den Blick von der alten Frau zu lassen, die nun um die Ecke verschwand.

Stumpf bemerkte Pfeiffers unaufmerksame Art. »Was hast du? Du kannst doch zufrieden sein mit der Aufklärung.

Bauer hast du bewiesen, dass du von Anfang an richtig gelegen hast, und außerdem hast du jetzt noch ein weiteres Tötungsdelikt als Mord aufgeklärt. Besser geht's doch nicht.«

Als Pfeiffer nicht reagierte, knuffte er ihn am Arm. »Peter, was ist los?«

Pfeiffer drehte sich zu ihm um. »Wenn ich das wüsste.«

»Was ist passiert? Du siehst aus, als hättest du einen Geist gesehen.«

»Die Mutter von unserem Täter hat sich gerade von ihm verabschiedet und ist davongegangen, als ginge es ihr mit einem Mal gut.« Pfeiffer strich sich über die Mundwinkel. »Als sie kam, konnte sie kaum stehen und stützte sich auf ihren Stock.«

»Ich hoffe, sie ist von den Kollegen durchsucht worden.«

»Eine alte Frau, die eine Zeugenaussage machen wollte ... Ich hoffe doch!« Pfeiffer starrte Stumpf an. »Der Stock!«

»Welcher Stock?«

»Der, auf den sie sich vorhin gestützt hat ...« Er rannte zurück in den Verhörraum und zeigte seinem Kollegen den Stock. »Der, den sie hier vergessen hat.«

Armin Roth saß immer noch auf seinem Stuhl, als wartete er auf den Messdiener. Ohne auf die Anwesenden zu reagieren, starrte er auf die gegenüberliegende Wand. Schweiß stand ihm auf der Stirn, als hätte er Fieber.

Der Beamte in der Ecke nickte Pfeiffer zu. »Er hat sich nicht gerührt.«

»Danke«, sagte er zu dem Beamten. Dann betrachtete er den Stock, nahm ihn in die Hände und versuchte, ihn auseinanderzuziehen. Ohne Erfolg.

»Mein Gott, Peter, was ist los? Denkst du, sie hat hier eine Waffe reingeschmuggelt? Meinst du allen Ernstes, sie will dem Mörder ihres anderen Sohnes zur Flucht verhelfen?«

»Warum nicht? Irgendetwas *ist* vorgefallen. Vor meinen Augen! Und ich Idiot hab es nicht bemerkt.«

»Was bildest du dir wieder ...« Jürgen Stumpf verstummte. Mit dem Kinn wies er auf den Hals des Mörders.

Pfeiffer sah, wie sich Roth mit einer hochgezogenen Schulter am Hals scheuerte. Als er wieder gerade saß, war sein Hemd blutig und der Hals blassrot verwischt.

Blut!

Blut, das dort nicht hingehörte!

Pfeiffer riss die Tür auf und schrie hinaus: »Rufen Sie den Notarzt! Und holen Sie die alte Frau zurück. Die kann noch nicht weit sein! Sofort!! Bewegen Sie sich! Und nehmen Sie ihr den Ring ab! Berühren Sie ihn aber nicht!«

Von einer brünetten Beamtin eskortiert, erschien einige Minuten später Edith Trivor wieder im Vernehmungsraum.

»Ich hoffe, Sie haben sie jetzt richtig durchsucht!«, schnauzte Pfeiffer die Beamtin an.

Mit rotem Kopf verschwand sie im Flur und warf hinter sich die Tür zu.

Pfeiffer riss sie erneut auf und schrie: »Und wo bleibt der Arzt?« Dann schmiss auch er die Tür zu. »Verdammte Scheiße!«

»Lassen Sie den Anruf, Sie werden ihm nicht mehr helfen können. Die Dosis war zu stark.« Edith Trivor kniff die Augen zusammen, als sie Jürgen Stumpf sah, der immer noch Sonja Haas' Geständnis in der Hand hielt.

Pfeiffer trat auf sie zu und schüttelte sie. »Was haben Sie ihm gegeben?«

»Peter, bitte!«, beschwor Stumpf ihn.

»Ach, hör doch auf. Du hast gut reden!«, fuhr er seinen Kollegen an.

Trotz des Zwischenfalls lächelte sie Pfeiffer liebevoll an. »Nichts, was Armin nicht wollte.«

»Sie sind ja irre!« Pfeiffer ließ Edith Trivor so abrupt los, dass sie taumelte und fast stürzte.

»Irre ist das Einzige, was ich nicht bin.«

»Also«, Pfeiffer versuchte, sich zu beruhigen, indem er mehrmals durchatmete. »Was haben Sie ihm in den Hals gespritzt?«

»Es gibt so viele giftige Pflanzen, die man nutzen kann.«

Sie schlurfte zu ihrem Sohn, der sie emotionslos ansah, als sie sich vor ihn hinkauerte. Ohne ihn zu berühren, beobachtete sie, wie er einen Krampf nach dem anderen durchlebte. Sie holte die Dose mit den Pillen aus ihrer Hosentasche und naschte den Inhalt seelenruhig wie Gummibärchen.

»Was haben Sie da?« Pfeiffer besah sie sich.

»Nur etwas zur Stärkung meines Herzens. Wollen Sie eine?« Sie hielt ihm die kleine Dose hin.

Pfeiffer winkte irritiert ab.

»Frau Trivor! Was haben Sie sich dabei nur gedacht?«, mischte sich Stumpf ein. »Sie werden mit den Konsequenzen leben müssen und für diese Tat ins Gefängnis gehen.« Stumpf machte einen Schritt auf sie zu und wollte sie hochziehen.

Da meldete sich überraschenderweise Roth zu Wort: »Sie soll bleiben. Bitte.« Seine Stimme war leise und flehend.

»Was? Sie wollen sie bei sich haben?« Pfeiffer fiel die Kinnlade herunter.

Roth öffnete wie ein Vögelchen den Schlund, und sie steckte ihm einige der Pastillen hinein. Schnell kaute er sie und fuhr mit der Zunge zwischen Zähnen und Lippe entlang, als wollte er alles verteilen.

»Es gibt kein so schnell wirkendes Gift, damit er seiner Strafe entgehen kann. Der Notarzt wird ihm ...« Pfeiffer stockte.

»... wird was? Glauben Sie mir, er kann nichts mehr tun.«

Aus einer Eingabe heraus sah Pfeiffer die blaue Staudenpflanze vor sich, die er in ihrem Zimmer in der Seniorenresidenz als unpassend empfunden hatte, und schimpfte sich einen Narren. »Sie haben es seit langem geplant.«

»Sagen wir so: Ich war auf alles vorbereitet. Und dass ich ins Gefängnis gehe, das ist mir egal. Aber *er* darf keinen Menschen mehr töten. Er hat mir Thomas genommen. Das hätte er nicht tun dürfen.«

»Nein, das hätte er nicht tun dürfen. Aber Sie, Frau Trivor, Sie haben Ihren Teil dazu beigetra...«

»Lassen Sie meine Mutter frei. Ich war mit allem einverstanden«, fuhr Armin Roth dazwischen und kämpfte gegen eine Kolik an.

»Wollen Sie mich jetzt verar...!« Pfeiffer stockte und stemmte die Arme in die Hüfte. »Eben markieren Sie noch den großen Verbrecher, der alles abstreitet, Ihre Mutter vergiftet Sie, und jetzt ...«

Armin Roth schrie vor Schmerzen auf und rutschte seitlich vom Stuhl, genau in die Arme seiner Mutter, als hätte sie darauf gewartet, ihn aufzufangen. Er röchelte und japste nach Luft. Wie bei einem fiebrigen Kind klebte sein Haar an der schweißnassen Stirn.

Pfeiffer schrie den uniformierten Kollegen an: »Fragen Sie nach, wo der Notarzt bleibt!«

»Der wird auch im Stau stecken«, sagte der Uniformierte, verließ aber dennoch den Raum.

Verdammt! Pfeiffer hatte sich bereits ausgemalt, wie er dem internen Ermittler den tatsächlichen Mörder präsentieren würde. Und nun? Er sah bereits Bauers Grinsen vor sich, wenn die Ermittlungen durch den ›sympathischen‹

Sachbearbeiter des Landeskriminalamtes voraussichtlich gegen ihn aufgenommen werden mussten.

Die Minuten rannen wie Sekunden.

»Es tut mir leid, wenn Sie jetzt meinetwegen Ärger bekommen. Ich habe, als ich vorhin kam, einen Brief für Sie abgegeben, der alles erklärt.«

Stumpf schnaufte abfällig. »Sie haben wirklich an alles gedacht.«

Sie bedachte ihn mit einem zornigen Blick. »Was wissen Sie schon? Ich wollte nicht mehr, dass ein Unschuldiger unseretwegen leidet.«

»Frau Trivor ...«

Sie hob die Hand, um ihm das Wort abzuschneiden. »Ich habe es schon am ersten Tag gesehen, als die beiden mir vor der Villa über den Weg gelaufen sind. Ich habe gesehen, was für ein Mensch aus Armin geworden ist. So, wie ich damals Ihre Gedanken lesen konnte, als wir uns auf dem Friedhof begegnet sind. Wissen Sie noch?« Sie sah Pfeiffer an und schloss kurz erschöpft die Augen.

Pfeiffer nickte. Er erinnerte sich noch an sein Unbehagen.

»So konnte ich es auch bei ihm.« Sie wischte sich den Schweiß von der Stirn. »Doch ich sah die Boshaftigkeit leider erst, als ich ihm von dem Aufzug erzählt habe. Ich wollte unbedingt, dass meine Söhne einen Nachweis darüber finden, wer ihr leiblicher Vater war. Bruno hatte keine Kinder, warum sollten sie also nicht erben? Das wäre nur gerecht gewesen.

Dann las ich Armins Gedanken, und mir wurde bange. Er plante mehr, als nur mit Thomas zusammen ein schönes Leben zu führen. Nein, er wollte mehr. Das machte mir Angst, und ich hätte gerne die Worte zurückgezogen, die ich über die Villa und den Aufzug preisgegeben hatte.« Erschöpft verstummte sie.

»Das ermächtigt Sie nicht, ihn zu töten«, sprach Pfeiffer voller Unverständnis.

»Doch! Nur ich habe das Recht, über ihn zu richten. Er ist eine Bestie, die nicht weiterleben darf! Aber er ist auch mein Sohn. Und den Mann, den ich mein ganzes Leben lang geliebt habe, soll er nicht auch noch töten.«

Roths Körper zuckte. Er würgte und erbrach. Dann schüttelte er sich vor Kälte und dämmerte langsam in den Schlaf.

Sie machte eine Pause und betrachtete ihren sterbenden Sohn plötzlich voller Widerwillen.

Die Tür wurde aufgerissen und Sanitäter mit einer Trage, gefolgt von einem Notarzt, stürmten herein. »Gehen Sie aus dem Weg!«

Pfeiffer griff unter die Arme der alten Frau, zog sie von ihrem Sohn weg und lehnte sie an die Wand. Sie hustete und rang nach Atem.

Der Notarzt rief: »Sein Blutdruck ... Beatmen!« Er gab Anweisungen, was zu tun war. »Wissen Sie, was er eingenommen hat?«, wandte er sich an Pfeiffer, während seine Hände fast blind eine Spritze setzten.

Einer der Sanitäter legte auch Edith eine Atemmaske an.

»Sie hat ihm etwas von einer blauen Pflanze injiziert.« Er nannte den Namen, den er vermutete, und der Notarzt schüttelte resigniert den Kopf. »Er ist zwar kräftig, aber nach dem Zustand zu urteilen, war die Dosis ...«

Edith zog die Maske herunter zum Kinn. »Für einen Stier ausreichend.«

Der Notarzt sah sie fassungslos an.

Roth röchelte, dann wich alles Leben aus ihm.

»Herzstillstand!«, rief einer der Sanitäter, und sie bereiteten alles für die Reanimation vor.

»Hätte ich ihm doch nur nicht von dem Aufzug erzählt«, jammerte sie.

»... hätte er einen anderen Weg gefunden«, ergänzte Pfeiffer in einem Anflug von Mitleid. »Viele Menschen sind deswegen gestorben. Unschuldige Menschen, die einfach im falschen Moment am falschen Ort waren. Aber vielleicht wären es noch mehr geworden.«

»Danke, dass Sie mich trösten wollen.« Sie zitterte plötzlich vor Kälte. »Wer hätte gedacht, dass Bruno lebt? Was wäre geworden, wenn ich vor vierzig Jahren ...?« Sie bäumte sich vor Schmerz auf und kippte seitlich um. Alle Kraft wich aus ihrem Körper. Sie griff sich an den Hals. »Wie soll er mir das je verzeihen?« Das Röcheln verstärkte sich.

»Sie können ihn fragen, wenn er Sie im Gefängnis besuchen kommt.« Pfeiffer nahm den Stuhl, auf dem vor Minuten noch ein Mörder gesessen hatte, und setzte sich zu der alten Frau.

Traurig lächelnd griff sie nach Pfeiffers Hand und drückte sie. »Ich gehe nirgendwo mehr hin.«

»Ihre angeblichen Pillen fürs Herz?«

Sie erbrach, bäumte sich auf und schrie. »Ich sagte ja, ich war vorbereitet.«

»Oh Edi, warum so ein qualvoller Tod?«

Sie griff sich an die Brust, dann an den Hals. »Das ist meine Sühne. Ich hatte ein langes, unglückliches Leben, jetzt geh ich zu meinen Söhnen.«

ENDE

DANKSAGUNG

Vielen Dank, dass Sie bis hierher durchgehalten haben. Ich hoffe, dieser Krimi hat Ihnen ein paar spannende Stunden beschert.
Es ist ein langer Weg, bis ein Buch veröffentlicht ist. Am Anfang steht eine Idee. Ein kleiner Funke, der ein loderndes Feuer in mir entfacht, das bis zur Veröffentlichung brennen muss. Am Ende bin ich voller Freude und Dankbarkeit, das fertige Buch in meinen Händen zu halten.

Mein tiefempfundener Dank gilt meinem immer größer werdenden Team an Unterstützern. Ich danke in erster Linie meinem Freund Dieter, der am meisten auf mich verzichten musste. Ich danke meinen Probelesern für das tolle Feedback und die konstruktive Kritik. Ich danke meinem kriminalistischen Berater, Kriminalhauptkommissar a. D. Martin Auer. Auch er möchte unterhalten werden und gestand mir schriftstellerische Freiheiten zu.
Ich danke Barbara Hubrich für die fränkische Übersetzung, damit wenigstens eine Person im Buch gscheid red' kann.

Mein besonderer Dank gilt der besten Lektorin aller Zeiten, Sheila McLane, für die Geduld und ihr fundiertes Wissen. Ich bin so dankbar, dass du auch wieder bei diesem Buch an meiner Seite warst!
Ich danke Simone von HollandDesign für dieses wundervolle Buchcover-Revival meiner Tödlich-Reihe und ihrer Geduld, bis alles fertig wurde, und Sabine Albrecht für ihre Nachsicht bei meinen Sonderwünschen beim Buchsatz meiner Neuauflage. Ich danke dem Universum für die Verzögerung in meinem Zeitplan, wodurch Alexandra Gentara in mein Leben trat. Sie machte ein hervorragendes Korrektorat und unterstützt mich von nun an auch im

Marketing. Denn ich kann wunderbare Bücher schreiben, wenn keiner davon weiß ...
Dieses Jahr ist ein besonderes Jahr. Mit Fendt-Cararvan habe ich einen Kooperationspartner gefunden, der uns auf den Campingplätzen begleitet und über mich berichtet.
Und der im Buch erwähnte Tee ›Oma Lottes Geheimmischung‹ ist in dem Würzburger Geschäft ›Maintee‹ oder unter www.maintee.de käuflich erwerbbar. Ich bin sehr gespannt, wie er schmeckt.

Und zuletzt danke ich Ihnen, meinen Leserinnen und Lesern. Ihre Unterstützung und Ihr Vertrauen sind eine große Motivation für mich. Lesen Sie weiter, empfehlen Sie mich weiter, und ich schreibe weiter.

Ihre Alex S. Judge

Ich würde mich sehr über Ihr Feedback freuen - als Rezension in den Online-Shops oder als Eintrag in meinem Gästebuch unter www.alex-s-judge.de

Menschliche Abgründe - die tödlich enden

364 Seiten
ISBN 978-3-932737-86-2
Auch als E-Book erhältlich

Trotz des heftigen Widerstandes der Anwohner entsteht aus der Ruine einer abgebrannten Diskothek ein Nobel-Swinger-Club. Einige Monate später ist der Besitzer tot; gefesselt am Andreaskreuz des eigenen Clubs – in der Brust das Wort ›Sünder‹ eingeritzt.
Wem war der charismatische Clubbesitzer ein Dorn im Auge? Die Ermittlungen führen den Würzburger Kommissar Peter Pfeiffer und sein Team zu Martin Weigand, dem Initiator der Bürgerinitiative gegen den Club. Aber Weigand erhält von seiner Frau Karin ein dubioses Alibi und die Kommissare tappen erneut im Dunkeln. Erst als sie feststellen, dass es sich bei dem letzten Gast in der Mordnacht um eine Domina handelte, geht die Suche in eine neue gefährliche Richtung.

Unsere Empfehlung zum Hören

gesprochen von Matthias Lühn
1 mp3, Laufzeit 10 Std. 54 min.
ungekürzte Lesung
ISBN 4251625974146

Nur der Tod gibt dir Vergebung

352 Seiten
ISBN 978-3-932737-87-9
Auch als E-Book erhältlich

»Rache verändert nicht die Vergangenheit, aber vielleicht die Zukunft, die man dann am Ende möglicherweise bereut.« (Pascal Hilgendorf)
In Würzburg erhängen sich kurz hintereinander zwei Männer. Auf den ersten Blick verbindet die beiden Toten nichts. Dennoch decken die Würzburger Kommissare um Peter Pfeiffer und Nina Schätzlein bei den Ermittlungen Ungereimtheiten und Lügen auf. Welches Geheimnis verbindet alle Beteiligten? Was lässt sie beharrlich schweigen, obwohl sie wissen, dass ein Mörder unter ihnen ist und jeder von ihnen der Nächste sein kann?
Aber auch im Privatleben von Peter Pfeiffer und Nina Schätzlein geht es drunter und drüber. Ehe sie sich versieht, muss Nina gegen einen Verdächtigen ermitteln, den sie über alles liebt und achtet. Dabei entdeckt sie nicht nur ein Geheimnis aus der Vergangenheit, sondern riskiert auch noch, vom Fall abgezogen zu werden.
Wie wird sie sich entscheiden?

Der zweite Fall der Tödlich-Reihe verheißt wieder Spannung pur. Denn das Ermittlerteam jagt einen Mörder, dessen Vergebung tödlich endet ... und Nina und ihre Kollegen geraten mitten hinein.

Tödliche Vergebung

Leseprobe

01 | »Ich will nicht sterben«, wimmerte Timo Sommer unter Tränen, während er auf den Stuhl und von dort auf den Esszimmertisch aus poliertem Olivenholz kletterte. »Ich kann das nicht!« Er wankte und stieß dabei gegen die Deckenleuchte, die wie eine Spinne am Faden vom Giebel der Dachwohnung herabhing. Gespenstisch huschte das gedimmte Licht über die Wände.

»Wirklich?« Ich saß auf einem Barhocker an der Küchentheke und schaute ihm ungerührt zu.

Wie ein Zuschauer, der darauf wartet, dass sich der Vorhang hebt und das Drama beginnt. - Ein makaberes Schauspiel, gestand ich mir ein.

Endlich war es soweit. Lange hatte ich auf diesen Tag gewartet. Nun wollte ich jede Sekunde auskosten. Doch meine Stimme war mir fremd. *Was ist nur aus mir geworden? Wollte ich ihnen nicht einmal ihre Tat verzeihen?*

Ich trank den Espresso und schob die Tasse auf der Granit-Arbeitsplatte direkt neben einen dieser kleinen gelben Notizblöcke. Mein Blick blieb daran haften. Etwas störte mich, doch ich konnte es nicht greifen.

Timos Armanihemd klebte am Körper und die braunen Haare auf der schweißbedeckten Stirn. Die Panik hatte seinen Blutdruck hochgetrieben und die Pupillen der aufgerissenen Augen geweitet. Er fasste sich an den Kopf, in dem wahrscheinlich das Adrenalin ebenso rauschte wie in meinem Schädel. In mir keimte etwas wie Mitgefühl auf.

»Bitte! Haben Sie doch Erbarmen!«

Hat er sie gespürt? Meine Zweifel?

Ich schaute weg. Er durfte mein Zögern nicht sehen. Mein Hadern, ob das wirklich der rechte Weg war. Ich hörte Gottes Stimme: ›... wie auch wir vergeben unseren Schuldigern.‹

Herr, vergib mir meine Schuld, denn ich kann meinen Schuldigern nicht vergeben.

Eine Fliege attackierte mich so hartnäckig, als wolle sie Timo Sommer verteidigen. Ich schlug nach ihr und verfehlte sie.

In Timos Gesicht spiegelten sich seine Gefühle in rascher Folge: Reue, Hoffnung, Verzweiflung. Vielleicht dachte er an seine Frau Sigrid. Vielleicht wollte er sie noch anrufen; ihr sagen, wie leid es ihm tat und dass alles wieder gut werden würde. Dann ein Schatten der Trauer. Vielleicht darüber, es nicht getan zu haben? Oder die Erkenntnis, dass es zu spät war? Zu spät für alles, was er jemals für die Zukunft geplant hatte?

Timo Sommer würde sterben.

Oder hoffte er auf eine Chance?

»Erbarmen? Mitleid?«, fauchte ich. »Du hattest damals auch keines.« Ein Lachen, das den gequälten Lauten eines rostigen Fahrrades ähnelte, entwich meiner Kehle und erfüllte das Dachgeschoss. Ungelenk erhob ich mich und lockerte meine steifen Beine. »Wir haben eine Abmachung. Wenn du dich nicht daran hältst, weißt du, was passiert.«

»Das ist nicht meine Vereinbarung!«, schrie Timo und stieg vom Tisch auf den Stuhl herab.

»Was?« Meine Stimme reduzierte sich zu einem gefährlichen Flüstern: »Das könnte dir so passen.«

Ich trat gegen den Stuhl, auf dem er bereits mit einem Bein stand. Er fiel, schlug mit dem Oberkörper gegen die Tischkante und stürzte hart zu Boden. Bevor er nach Luft schnappen konnte, kniete ich auf seinem Brustkorb und drückte den Unterarm auf die Kehle.

Timo Sommer röchelte, wand sich. Doch schlagartig lag er reglos unter mir. Er schloss die Augen, bereit zu sterben.

Nein, das darf er nicht! Nicht so!